Princesse maorie

Bernard Simonay

Princesse maorie

ÉDITIONS FRANCE LOISIRS

Edition du Club France Loisirs,
avec l'autorisation des Presses de la Cité.

France Loisirs,
123, boulevard de Grenelle, Paris.
www.franceloisirs.com

ISBN : 2-7441-8778-X

100 km
Cap Reinga
Kaingaroa
Kaikoba
Kororareka (Russell)
Matawaia
Hokianga
Coromandel
Auckland
Tauranga
Ile du Nord
(Ile fumante)
Te Puke
Rotorua
Gisborne
New Plymouth
Lac Taupo
Taupo
Tokaanu
Turangi
Mer de Tasman
Wellington
Nelson
Ile du Sud
(Ile de Jade)
Christchurch
Akaroa
Océan Pacifique
Fjords
Dunedin
Invercargil
Nouvelle-Zélande
Ile Stewart

1

Auckland, Nouvelle-Zélande, 1865

Un bouillonnement de sentiments contradictoires tourmentait la jeune lady Laura Whitmore tandis qu'elle marchait à pas lents dans la capitale néo-zélandaise au bras de monsieur Pembleton.

Monsieur Pembleton, rencontré pendant le voyage qui l'avait amenée d'Angleterre, avait l'âge d'être son grand-père et un ventre rond de bon vivant, de petites lunettes d'écaille derrière lesquelles il cachait un regard malicieux. Il s'était installé en Nouvelle-Zélande dix ans plus tôt et y exerçait le métier de négociant en laine. La région de Christchurch, dans l'île du Sud, où il résidait, était couverte de riches pâturages qui accueillaient de grands troupeaux de moutons. Il n'était que de passage à Auckland.

Partagée entre la joie et l'angoisse, Laura découvrait avec étonnement ce pays où, d'après sa mère, elle était née. Mais Rebecca lui avait également fait une révélation incroyable sur sa naissance, qui avait bouleversé la jeune femme. Immédiatement, une idée s'était imposée à elle : elle devait se rendre en Nouvelle-Zélande. A présent, devant l'immensité et la sauvagerie de cette contrée inconnue, elle commençait à se demander quelle folie avait bien pu la pousser à se lancer dans cette aventure insensée.

Tous les sens aux aguets, Laura cherchait à reconnaître quelque chose de familier, une odeur, un appel, mais il ne se passait rien. Elle tentait de se rassurer en se disant que cela n'avait rien d'étonnant. Elle était née à la fin de l'année 1843. A cette époque, Auckland n'était qu'une petite bourgade récemment promue au rang de capitale. Laura ignorait s'il s'agissait du lieu de sa naissance. Sa mère n'avait pu lui fournir aucune information précise à ce sujet. Alors, si elle avait vu le jour ailleurs, sans doute était-il normal que la cité n'éveillât en elle aucun souvenir. De plus, toujours selon Rebecca, elle avait à peine deux ans lorsqu'elle avait quitté la Nouvelle-Zélande.

Naïvement, Laura s'était attendue à retrouver, dans la capitale du tout jeune Etat néo-zélandais, un peu de l'atmosphère londonienne. Des bâtiments solides étaient en construction, comme la Cour suprême, dont on venait d'ouvrir le chantier, ainsi que l'expliqua monsieur Pembleton. Cependant, la cité n'avait rien à voir avec une ville anglaise. Au lieu de la grisaille londonienne, un soleil éblouissant inondait la cité, un vent vif et chargé d'effluves puissants montait de la mer. A côté des chênes et des hêtres poussaient des palmiers et des plantes étranges que monsieur Pembleton avait appelées fougères arborescentes. Très vite, au-delà des quartiers construits, une nature farouche et exubérante reprenait ses droits.

Dans Shortland Street, l'artère principale, régnait une activité intense, en partie provoquée par l'arrivée du navire le matin même. Des manœuvres transportaient, à dos d'homme ou sur des chariots, de lourds ballots de marchandises. Des échoppes se dressaient de part et d'autre de la rue, proposant des fruits inconnus, du poisson, des langoustes, des pièces de viande de mouton, des vêtements. Beaucoup de magasins n'étaient que des baraques de bois abritant des commerçants de toutes origines, Européens, Américains, Chinois aux sourires engageants. Plus loin s'alignaient des tentes qui accueillaient les immigrants dans une joyeuse anarchie. Des hommes aux vêtements disparates bavardaient, se disputaient ou se battaient parfois. D'autres jouaient aux cartes ou aux dés. Du linge séchait sur des fils tendus d'un piquet à l'autre, des gamins pauvrement vêtus couraient, criaient, se chamaillaient, des femmes tentaient d'instaurer un peu d'ordre dans cette pagaille. Des gens bruyants s'interpellaient dans des langues incompréhensibles, d'écœurants relents de cuisine s'échappaient de cabanes branlantes. Parfois, au milieu de ce chaos se dressait un bâtiment de bois, un entrepôt appartenant à une compagnie marchande dans lequel des ouvriers stockaient du matériel, planches, ballots de laine, tissus, outils, quincaillerie, lourds coffres de bois. Les colons se regroupaient par nationalités. Si les Anglais étaient les plus nombreux, on croisait aussi nombre de Hollandais, d'Allemands, d'Italiens, de Français, de Chinois. La tour de Babel ne devait pas ressembler à autre chose.

Laura frémit. Tous ces étrangers avaient l'air sales et

mal élevés. Les hommes ne se privaient pas de la dévisager, de lui adresser des sourires provocateurs auxquels elle ne répondait pas. Des rires éclataient derrière elle, ainsi que des cris rauques poussés par des individus visiblement pris de boisson. Des soldats et des miliciens patrouillaient le long de l'artère afin de maintenir l'ordre, bousculant sans ménagement les ivrognes.

Faisant appel à la rigueur de son éducation victorienne, Laura dressait fièrement la tête pour ne pas laisser transparaître sa peur. Elle commençait à regretter d'avoir refusé la voiture envoyée au port par la direction de l'hôtel. Mais elle s'était lancé un défi : surmonter l'inquiétude qui l'avait saisie lorsqu'elle avait posé le pied sur le quai. Si elle faiblissait dès les premiers instants, elle ne mènerait jamais sa quête à bien. Et puis, après les cinq mois passés à bord, elle avait besoin de se dégourdir les jambes. Elle resserra sa prise sur le bras protecteur de monsieur Pembleton.

D'autres personnages attiraient l'attention de la jeune femme. Sa mère lui avait parlé de ces mystérieux Maoris, les premiers habitants de la Nouvelle-Zélande. Sa réaction initiale fut la peur. A peine avaient-ils fait quelques pas dans la ville qu'un petit groupe de gaillards à la peau cuivrée s'était mis à les suivre en échangeant des propos qu'elle imaginait inconvenants dans leur langage incompréhensible. Certains venaient la contempler sous le nez, aussitôt vigoureusement écartés par son compagnon. Leurs yeux étaient injectés de sang et ils empestaient le mauvais alcool. Devant leurs visages peints de masques bleus inquiétants, elle faillit plusieurs fois crier de frayeur, ce qui eut l'air de beaucoup les amuser.

— Ne craignez rien ! la rassura son compagnon. Ils ne vous feront pas de mal.

Les Maoris poussaient des cris gutturaux, tiraient la langue, puis laissaient échapper des rires gras. Jusqu'au moment où un détachement de soldats vint chasser les perturbateurs, qui s'éloignèrent d'une démarche incertaine.

— N'allez pas penser que tous les Maoris ressemblent à ces individus, précisa monsieur Pembleton. Ceux-là ne sont que des ivrognes rejetés par leur propre tribu. Ils savent que s'ils retournent vers les leurs, ils seront transformés en esclaves et mangés un jour ou l'autre. C'est pourquoi ils préfèrent rester dans le sillage des Blancs.

— Ainsi, c'est vrai, ils sont cannibales ?

— Comme la plupart des Polynésiens. Et ils ne se contentent pas de leurs frères de sang. On ne compte plus les marins qui ont fini dans l'estomac des indigènes.

— Quelle horreur !

— N'ayez crainte ! Ici, à Auckland, vous ne risquez rien.

Il désigna, au-delà de Shortland Street qu'ils venaient d'emprunter, un bâtiment fortifié dominant la ville.

— Les Maoris n'oseront jamais s'attaquer à cette citadelle, poursuivit Pembleton. Et puis, la plupart sont satisfaits de notre installation en Nouvelle-Zélande. Ils n'ont pas été longs à comprendre les avantages des échanges commerciaux avec l'empire britannique.

Laura savait déjà que les Maoris étaient cannibales. Sa mère le lui avait dit. Mais cette information inquiétante était restée une abstraction jusqu'au moment où ces ivrognes au visage effrayant étaient venus l'importuner.

A présent qu'ils avaient été éloignés par les soldats, elle ne pouvait s'empêcher de penser que ces individus avaient déjà probablement planté leurs dents dans de la chair humaine. Un frisson la saisit à cette évocation terrifiante. Monsieur Pembleton poursuivit :

— Nous avons bon espoir qu'avec le temps, les Maoris abandonneront le cannibalisme. Nombre d'entre eux se sont convertis au christianisme et ont renoncé à cette pratique. Nos missionnaires ont fait un travail remarquable dans ce pays. Il faut dire que, sans ces conversions, il n'y aurait peut-être plus de Maoris aujourd'hui.

— Comment cela ?

— La guerre sévit à l'état endémique entre les différents clans. Avant l'arrivée des Blancs, ils s'entretuaient avec leurs armes traditionnelles, ce qui limitait le nombre de morts. Lorsque nous nous sommes implantés ici, les Maoris ont découvert les armes à feu, et ils n'ont pas été longs à apprendre à s'en servir. Dès 1820, le chef Hongi Hika a réussi à s'en procurer. Ses actions guerrières ont provoqué un véritable massacre parmi les vaincus. La population indigène a fortement diminué, mais cela n'empêche que de nombreuses tribus se livrent encore à ces atrocités.

— Ces masques sont surprenants, dit Laura, préférant changer de sujet.

— On appelle ça des tatouages. Les Maoris disent *moko*, je crois. Tous sont tatoués, y compris les femmes. C'est pour eux une manière d'affirmer leur identité et d'éprouver leur courage, car les incisions sont particulièrement douloureuses. Un homme non tatoué n'a pas plus d'importance qu'un animal.

Ils poursuivirent leur chemin en direction de l'hôtel. Peu à peu, la frayeur de Laura s'estompa, remplacée par un autre sentiment. C'était impalpable, insaisissable, comme ces parfums qui flottaient dans l'air tiède, les effluves du port, la ceinture verte des hautes collines qui cernaient au loin le port d'Auckland. La luminosité lui semblait bizarrement familière. Les tatouages des Maoris qui déambulaient sur Shortland Street ne lui paraissaient plus si inquiétants. Elle se rendit compte qu'elle avait été plus effrayée par l'attitude agressive des ivrognes que par leur aspect. A présent, ces tatouages éveillaient en elle une inexplicable impression de sécurité. Mais tout cela restait confus, comme des images imprécises remontées de sa petite enfance.

Ils arrivèrent enfin devant l'hôtel, une bâtisse neuve qui ne devait pas avoir plus de cinq ou six ans, et destinée à loger les riches voyageurs. Au moins, l'intérieur rappelait les meilleurs établissements d'Angleterre. Laura soupira en pensant qu'elle n'y séjournerait sans doute pas très longtemps. Ses recherches l'amèneraient certainement à l'intérieur du pays. Cette perspective l'inquiétait, mais elle savait déjà qu'elle ne reculerait jamais, quels que fussent les dangers. Elle devait savoir.

Le directeur se plia en deux avec obséquiosité pour lui souhaiter la bienvenue.

— Vos bagages sont arrivés, milady, dit-il. Vos domestiques s'en sont déjà occupés.

— Merci, monsieur. Monsieur ?

— Bannister, milady, pour vous servir.

Elle prit congé de monsieur Pembleton, puis gagna sa chambre, où elle dut subir les reproches de Katherine Miller, son amie et dame de compagnie.

— Quelle idée de vouloir traverser ce coupe-gorge à pied ! s'exclama-t-elle. Je n'ai pas vécu jusqu'à ton arrivée. Tu aurais au moins pu demander à Jack de te suivre.

Laura éclata de rire. Elle était habituée aux récriminations de son amie.

— Et qui aurait porté les malles ? Rien ne t'empêchait de m'accompagner, d'ailleurs. Tu te serais fait tuer à ma place !

— Oh, c'est très drôle !

Laura adorait le caractère bourru de Katherine. Elles avaient le même âge – vingt-deux ans – et avaient suivi leur scolarité dans le même pensionnat. Katherine était la fille de l'intendant du château Whitmore. Depuis toujours, les deux fillettes avaient grandi ensemble. Laura avait insisté pour que sa compagne de jeu ne fût pas séparée d'elle lorsqu'elle était entrée au collège. Lord Whitmore avait donné son accord et Katherine avait ainsi pu suivre un enseignement dont ses parents n'auraient jamais osé rêver. Sa présence avait permis à

Laura de supporter l'atmosphère intransigeante de l'établissement, où les jeunes filles de la bonne société anglaise recevaient une éducation draconienne.

D'une intelligence vive, Laura avait suivi des études brillantes, arrivant toujours en tête de sa classe. Mais ces résultats exemplaires étaient tempérés par une propension à l'indiscipline qui désespérait ses professeurs. Elle n'hésitait pas à se rebeller contre l'autorité lorsqu'elle jugeait que celle-ci faisait preuve d'injustice, ce qui lui avait plusieurs fois valu des séances de cachot ou des punitions corporelles qu'elle subissait en serrant les dents et en remâchant des idées de vengeance. Des courriers sévères avaient averti ses parents de ses écarts de conduite, mais Laura savait qu'elle était soutenue par sa mère, Rebecca, qui admirait son esprit indépendant.

Leurs études achevées, Katherine était tout naturellement devenue la dame de compagnie de Laura. Malgré la différence de fortune, leurs relations étaient celles de deux sœurs.

Katherine tirait de sa mère écossaise une épaisse tignasse rousse qu'elle laissait tomber sur ses épaules. Hâbleuse, prompte à rire, elle vouait à Laura une grande admiration, mais elle n'hésitait pas à lui adresser de vigoureux reproches lorsqu'elle estimait que la jeune lady prenait des risques inconsidérés. Ce qui arrivait souvent. Sous des dehors sages, Laura dissimulait un tempérament énergique, volontaire et un peu risque-tout. Elle prenait un malin plaisir à se mesurer au danger. Cavalière émérite, elle montait en amazone et adorait pousser son cheval à pleine vitesse, au grand dam de Katherine qui lui prédisait qu'un jour elle se romprait les os.

Cependant, devant la mine soucieuse de Laura, la jeune femme n'insista pas.

— Je vais te faire préparer un bain, dit-elle.

Laura acquiesça en souriant. Les éclats de Katherine ne duraient jamais très longtemps. Tandis que la femme de chambre, Margaret, défaisait les malles avec l'aide de Jack, le valet, Laura se rendit sur le balcon desservant son appartement. De là, elle bénéficiait d'une vue imprenable sur la jeune cité. La beauté du site l'émerveilla. L'océan ouvrait au nord et au sud sur des baies aux noms indigènes. Mais partout s'élevaient de hautes collines, presque de petites montagnes, dont monsieur Pembleton lui avait dit qu'il s'agissait de volcans. On n'en comptait pas moins de soixante dans la région, dont l'un avait surgi de la mer pour donner naissance à une île, quelques siècles auparavant. Sa dernière éruption avait enseveli un village maori à la fin du XVIIIe siècle. Cependant, les habitants d'Auckland ne paraissaient pas s'en soucier. Ces volcans étaient éteints et ne présentaient plus guère de danger.

Curieusement, ce paysage magnifique sembla, lui aussi, familier à Laura. Elle était certaine d'être déjà venue ici. Cela n'avait rien d'étonnant si elle admettait qu'elle était née dans ce pays, même si elle l'avait quitté alors qu'elle n'avait pas encore deux ans.

Mais là n'était pas le plus surprenant. Elle repensa à ce que lui avait avoué Rebecca peu avant de mourir.

2

Londres, un an auparavant

Depuis quelques mois, les médecins ne donnaient plus guère d'espoir à Rebecca Whitmore. Elle souffrait d'une tumeur au cerveau qui provoquait chez elle des absences de plus en plus fréquentes et une cécité progressive. Laura, bouleversée, se sentait désemparée devant l'inéluctable. Son père, lord Whitmore, était mort trois ans plus tôt d'une pneumonie. Sa mère était tout ce qui lui restait au monde, en dehors de son amie Katherine.

Sentant sa fin venir, Rebecca avait décidé, un soir d'hiver, d'avouer à sa fille sa véritable origine.

— Laura, je dois te dire quelque chose de très important.

Son ton fit frissonner la jeune fille.

— Qu'y a-t-il, mère ?

— Ce que je vais te dire te fera de la peine, mais je pense qu'il faut que tu saches la vérité. Voilà : pendant toutes ces années, tu as cru que tu étais l'enfant que j'avais eue avec mon mari, lord Whitmore. Mais en réalité... tu n'es pas ma fille. C'est une autre femme qui t'a mise au monde.

Laura pâlit. Elle avait l'impression tout à coup que les murs s'effondraient autour d'elle. Ce n'était pas possible, la maladie altérait sans doute la raison de sa mère. Mais Rebecca balaya ses doutes.

— Non, je suis lucide. J'aurais pu mourir en te laissant dans l'ignorance. Je serais partie en étant ta mère. Mais je ne peux pas m'y résoudre. Peut-être est-ce Dieu qui m'encourage à parler.

Laura prit la main de sa mère dans les siennes. Elle évoquait rarement la religion. Elle fréquentait très peu le temple et ne se souciait guère du salut de son âme. Rebecca eut un pauvre sourire.

— Cela te surprend de m'entendre parler ainsi... Avec tout ce que j'ai vu avant ta naissance, j'ai fini par douter de l'existence de Dieu. Mais je n'ai rien trouvé d'autre. Et j'ai très peur de mourir. Alors je me raccroche à ce que je peux.

Laura sentit ses yeux se remplir de larmes. Quelles que fussent les révélations de Rebecca, elle resterait toujours sa mère. Mais elle devait en savoir plus.

— Qui était ma vraie mère ?

Les yeux de Rebecca s'allumèrent.

— Une femme remarquable. Son nom était Cécilia de Hauterive. Elle était la fille d'un baron français dont les parents avaient émigré en Angleterre à cause de la Révolution. Ton grand-père, Charles, est arrivé en Nouvelle-Zélande il y a presque trente ans de cela, un peu après mon propre père, Henry Simpson. Celui que tu appelais grand-père Henry.

« La Nouvelle-Zélande ne faisait pas encore partie de l'empire britannique. La ville la plus importante était Kororareka, de son nom indigène. C'était un port dangereux et sans loi, qui servait de base aux baleiniers et aux chasseurs de phoques. On y rencontrait des crapules de toutes nationalités, des prostituées, des bagnards évadés, des contrebandiers. La ville n'était qu'un rassemblement de tripots, de maisons mal famées. On pouvait s'y faire couper la gorge pour quelques pièces. Des missionnaires tentaient d'apporter un peu de foi chrétienne à ces scélérats, au prix de mille difficultés. Mais ce n'est pas tout. Kororareka était cerné par les villages des Maoris, les naturels de ce pays. Nous vivions perpétuellement dans la crainte d'une guerre avec eux. Ce sont des sauvages impitoyables et cruels, aux visages tatoués, qui dévorent leurs prisonniers comme s'il s'agissait de bétail.

Laura frémit.

— Mais pourquoi être allée là-bas ?

— Mon père était un haut fonctionnaire attaché au résident officiel de l'empire, James Busby. Comme j'avais perdu ma mère, il n'a pas voulu m'abandonner derrière lui et il m'a emmenée. J'avais dix-huit ans. James Busby tentait tant bien que mal d'instaurer un semblant de discipline dans cet enfer, mais il n'avait aucun pouvoir. Les soldats anglais étaient très peu nombreux.

« James Busby avait constitué autour de lui une petite cour composée des personnages les plus importants de la ville. Il n'y avait pas beaucoup de femmes en ce temps-là, et je suis très vite devenue la reine des soirées que le résident organisait. On y croisait de riches colons fraîchement débarqués, des militaires, des commandants de vaisseau anglais, français, norvégiens. Tout ce beau monde ne parlait que de voyages, de découvertes, de terres lointaines, d'animaux étranges. Et ces messieurs rivalisaient de compliments pour danser avec moi. Mon père espérait que je trouverais un mari parmi eux, mais je n'avais aucune envie de lier ma vie à un seul alors que tous m'adulaient. Sauf un.

« Et puis ta mère est arrivée. Elle avait seize ans. Son père avait décidé de s'installer en Nouvelle-Zélande. Je n'ai pas vu son arrivée d'un très bon œil. Au début, nous avons été rivales. Je n'étais plus la seule à être courtisée par les fringants militaires. Car malgré son jeune âge, ta mère possédait un charme irrésistible.

Le visage de Rebecca s'éclaira :

— Cécilia dégageait une sorte de lumière. Le monde avait l'air d'être à ses pieds. Et tous les hommes restaient bouche bée lorsqu'elle apparaissait dans la salle de bal que le résident avait fait aménager. Le plus beau était le capitaine Philip Jefferson. J'étais amoureuse de lui. Avant l'arrivée de Cécilia, je flirtais avec lui. Je voulais l'épouser, et j'ai tout fait pour cela. Mais il s'est détourné de moi et il a succombé au charme de ta mère. J'ai lutté de toutes mes forces, mais c'est elle qu'il a épousée. Je l'ai haïe pour cela à l'époque. Mais le temps a passé et, malgré ma rancœur, nous sommes devenues amies. Je ne pouvais m'empêcher de l'admirer. Elle avait même réussi à apprivoiser les Maoris. Elle avait appris leur langue. Quant à Philip, il a quitté l'armée pour s'occuper du domaine du baron de Hauterive.

— Le capitaine Jefferson est donc mon père, remarqua Laura, anxieuse.

Rebecca, perdue dans ses souvenirs, ne répondit pas immédiatement.

— Philip, oui, finit-elle par dire.

— Qu'est-il devenu ?

Nouveau silence.

— Hélas ! il est mort, dit enfin Rebecca. Leur domaine a été attaqué par une tribu maorie. Philip a été tué.

— Et ma mère ?

— Elle a réussi à s'enfuir.

Le cœur de Laura se serra. En quelques secondes, elle venait d'apprendre le nom de son vrai père... et de le perdre à jamais. Elle respira profondément pour ne pas céder à l'émotion.

— Que s'est-il passé ensuite ? demanda-t-elle d'une voix blanche.

— Je ne sais plus très bien. Ma mémoire se brouille. C'était une époque troublée. Les affrontements avec les Maoris se sont multipliés, pour des questions de territoires. La capitale a été transférée à Auckland parce que Kororareka était trop dangereuse pour les immigrants. Mon père et moi avons suivi le résident Busby. Un jour, Cécilia est venue me voir. Elle avait un bébé avec elle, une petite fille. Elle m'a demandé de veiller sur elle au cas où il lui arriverait malheur. Et puis elle est repartie pour se battre.

— Se battre ? Elle voulait sans doute venger son mari !

Laura ne pouvait se résoudre à dire « mon père ». Lord Whitmore avait tenu ce rôle avec une grande tendresse et le garderait dans sa mémoire.

— Elle n'est jamais revenue, poursuivit Rebecca. Je l'ai attendue longtemps. En vain. J'ai fini par comprendre qu'elle avait dû être tuée.

Une nouvelle fois l'émotion étreignit Laura. Pourquoi lui raconter tout cela si c'était pour lui apprendre la mort de ses véritables parents ? Mais Rebecca devait avoir ses raisons. Il y avait autre chose.

— A-t-on retrouvé son corps ?

— Je l'ignore. Les combats avaient lieu dans le nord de l'île. Je me souviens que la ville de Kororareka a été prise par les Maoris et incendiée. Ils se sont livrés là-bas à un tel massacre que beaucoup de colons d'Auckland ont eu peur et sont partis pour l'Australie. Mon père était malade. Il a décidé de regagner l'Angleterre. C'est ainsi que nous avons quitté la Nouvelle-Zélande. Tu n'avais plus personne. Je t'ai emmenée.

« De retour à Londres, mon père est entré au service de lord Whitmore. Celui-ci venait de perdre sa femme. Il avait vingt ans de plus que moi, mais cela ne l'a pas empêché de me faire une cour assidue. Il était bel homme. Lorsqu'il a offert de m'épouser, j'ai accepté. Il n'avait pas eu d'enfant de sa première femme. Il s'est attaché à toi. Tu me suivais partout, et je crois que je te considérais déjà un peu comme ma fille. Lorsque je me suis mariée, lord Whitmore t'a adoptée. Tu as remplacé les enfants qu'il n'a jamais pu me donner.

Un chaud sourire éclaira le visage de Rebecca.

— C'était le plus gentil des hommes. Chaque jour, je l'ai vu rire de tes facéties. Il était aussi fier de toi que si tu avais été de son sang. Je suis sûre que si on lui avait rappelé que tu étais l'enfant d'un autre, il ne l'aurait même pas cru. Il t'a tout donné. Nous étions convenus de ne pas te révéler la vérité.

— Pourquoi l'avoir fait aujourd'hui ?

— Je ne sais pas. Je ne sais pas.

— Peut-être parce que ma mère est encore vivante ?

Rebecca soupira.

— Comment le savoir ? Pendant des années, j'ai redouté et espéré un retour de Cécilia, qui viendrait te réclamer. Redouté, parce que je savais qu'elle t'emmènerait loin de moi et de lord Whitmore. Espéré aussi, parce que je l'aimais. On ne pouvait pas ne pas l'aimer. Il y avait une telle force de vie en elle. Elle était généreuse et courageuse. Mais elle n'est jamais revenue en Angleterre. Cela veut sans doute dire qu'elle a été tuée au cours de ces terribles batailles. Dans le cas contraire, elle serait venue te chercher.

Rebecca ferma les yeux. Son élocution devenait de plus en plus difficile. Elle ajouta :

— Pourtant...

— Pourtant ?

— Même après toutes ces années, je ne peux pas me résoudre à la croire morte. Elle était trop forte.

— Dans ce cas, pourquoi n'est-elle pas revenue en Angleterre ?

— Je ne sais pas... Il s'est peut-être passé quelque chose qui l'en a empêchée.

Les révélations de sa mère avaient laissé Laura abasourdie. Jamais elle n'avait soupçonné quoi que ce fût. Elle comprenait aujourd'hui l'amour que lui avaient donné deux personnes qui lui étaient complètement étrangères par le sang. Elle ne les en aimait que plus.

Rebecca était morte trois jours plus tard d'un afflux de sang au cerveau. La douleur qui avait déchiré Laura à ce moment-là restait incrustée en elle comme une blessure qui ne guérirait jamais. Même si une autre l'avait mise au monde, Rebecca l'avait élevée avec toute la tendresse d'une vraie mère.

Cependant, ses dernières paroles ne cessaient de hanter la jeune fille. Il était plus que probable que Cécilia de Hauterive avait péri vingt ans plus tôt. Pourtant, Rebecca refusait de croire à sa mort. Jusqu'au dernier moment de lucidité, elle avait douté. Laura avait fait sien ce doute. Peut-être sa mère vivait-elle encore, quelque part, dans ce pays situé à l'autre bout du monde...

Dès le premier instant, l'idée lui était venue de se rendre en Nouvelle-Zélande. La possibilité que Cécilia pût être encore vivante la taraudait. S'il existait une chance, même infime, de la retrouver, elle devait la tenter. Comment pourrait-elle vivre en sachant qu'elle n'avait pas tout fait pour connaître la vérité ? Laura s'accrochait à l'étrange intuition de Rebecca à la veille de sa mort. Elle ne lui avait pas révélé tout cela pour rien.

Puis elle se reprochait de vouloir croire à l'impossible. C'était un voyage insensé, à la poursuite d'un fantôme dont elle ignorait tout. Quel âge avait-elle lorsque Cécilia l'avait confiée à Rebecca ? Un an ? Deux ans ? Sa mère adoptive avait manqué de précision sur ce point.

Laura avait hésité plusieurs mois. Unique héritière de la fortune de lord Whitmore, elle représentait un excellent parti. La période de deuil terminée, elle avait été invitée à toutes sortes de fêtes organisées par la haute société britannique. Ses soupirants étaient légion, mais aucun d'eux n'avait retenu son attention, même si elle avait flirté avec plusieurs. Scandalisée par son esprit indépendant, une lointaine cousine avait résolu de la marier coûte que coûte. Laura l'avait remise en place avec fermeté. Elle était libre et tenait à le rester. Elle avait d'autres projets en tête.

Par l'intermédiaire de l'homme de confiance de son père, Laura obtint des renseignements sur les Hauterive. Elle apprit ainsi que le berceau de cette famille se situait dans l'ouest de la Bretagne, et que ses quartiers de noblesse remontaient aux croisades. Les Hauterive étaient arrivés en Angleterre en 1794 après avoir fui cette période que l'on avait plus tard appelée la Terreur. Son grand-père, Charles, s'était lancé dans les affaires avec plus ou moins de bonheur. Puis, pour une raison inconnue, il avait vendu tous ses biens et avait quitté Londres pour la Nouvelle-Zélande en 1836. Ensuite, on perdait sa trace.

Huit mois après la disparition de Rebecca, Laura prit sa décision : elle se rendrait là-bas. Lorsqu'elle l'avait appris, Katherine avait tenté de la dissuader. Mais elle avait vite compris que cela ne servirait à rien. Son amie avait besoin de faire ce voyage. Avec le temps, c'était devenu une obsession. Bien sûr, Cécilia n'était jamais venue la chercher, mais cela ne voulait pas forcément dire qu'elle était morte. Il y avait peut-être une explication à son silence. Sur place, elle rencontrerait des gens qui l'avaient connue, qui pourraient lui fournir des informations...

3

Auckland, 1865

Laura revint dans sa chambre. Malgré la beauté des lieux, une sorte de désespoir s'était abattu sur elle. Elle avait l'impression d'avoir fait tout ce périple pour rien. Elle ne savait pas par où commencer. Elle avait résolu de demander l'aide du gouverneur. Peut-être savait-il quelque chose. Tout au moins pourrait-il lui indiquer les personnes à contacter.

— Hélas! j'aurais aimé vous être agréable, lady Whitmore, mais je ne dispose guère d'informations. La Nouvelle-Zélande a toujours été un pays très troublé. La guerre fait partie des mœurs de ces diables de Maoris. Nous sortons à peine de deux années de guerre contre les tribus du roi qu'ils ont élu en 1860. Et aujourd'hui encore, je dois faire face à une nouvelle menace, peut-être plus grave que celle de 1845.

Dès qu'il avait appris qu'elle souhaitait le rencontrer, lord John Chalmers avait reçu la jeune femme avec bienveillance. Il l'avait accueillie dans son vaste bureau du palais nouvellement construit, dont certaines parties étaient encore aux mains des maçons et des peintres. Une odeur de bois neuf et de vernis flottait dans l'air. Lord Chalmers était un homme dans la force de l'âge, au visage un peu empâté et aux traits marqués par la fatigue. Laura avait hésité avant de lui confier la raison de sa présence à Auckland. Puis elle lui avait avoué la vérité.

— Il n'existe guère d'archives sur cette époque, ajouta-t-il. La ville de Kororareka a été entièrement détruite lors de la guerre du Mât. Elle a été reconstruite et a changé de nom plus tard. Aujourd'hui, elle s'appelle Russell. Les renseignements que j'ai réussi à obtenir sont bien maigres. D'après ce que l'on sait, le baron Charles de Hauterive a débarqué en Nouvelle-Zélande en 1836, il y a vingt-neuf ans. Il s'est installé dans un domaine situé à l'intérieur des terres, à l'ouest de Russell. Malheureusement, ce domaine a subi plusieurs attaques de la part de tribus hostiles. Il a été détruit, et ses occupants ont été massacrés. Depuis, pour une raison inconnue, ces terres sont inoccupées.

Le cœur de Laura se serra. Il n'était pas possible qu'elle ait accompli ce long périple pour apprendre que Cécilia avait été tuée ainsi.

— Peut-être y a-t-il eu des survivants... hasarda la jeune femme.

— Les Maoris n'ont pas l'habitude de faire des prisonniers. Lorsque cela leur arrive, ces malheureux sont considérés comme des esclaves, voire des animaux de boucherie.

— C'est horrible !

— Cela fait partie des particularités de ce charmant pays, lady Whitmore. Bien sûr, le zèle de nos missionnaires a permis de faire évoluer les choses. Nombre de tribus ont abandonné ces traditions barbares. Mais beaucoup de Maoris se livrent encore à l'anthropophagie.

Embarrassé, lord Chalmers se racla la gorge et ajouta :

— Je suis désolé, mais je dois vous mettre en garde. Aussi noble que soit votre quête, je ne voudrais pas que vous entreteniez d'espoir insensé. Si une femme européenne d'origine aussi élevée que votre mère était encore en vie, elle serait réapparue depuis longtemps.

Laura maîtrisa à grand-peine l'afflux de larmes qui lui brouillait la vue.

— Je pourrais me rendre à Russell, dit-elle. Il reste peut-être encore là-bas des gens qui l'ont connue.

— Si cela peut apaiser votre douleur, faites le voyage. Un bateau effectue régulièrement la liaison entre les différentes villes de Nouvelle-Zélande et il devrait être là dans quelques jours. Russell est plus sûre qu'autrefois, quand elle s'appelait Kororareka. Par précaution, je vais donner des ordres pour qu'un détachement de soldats vous accompagne.

— Je vous en remercie.

— Mais je dois vous prévenir. Il faudra vous montrer très prudente. Le pays n'est pas sûr dès que vous quittez les villes. Des tribus incontrôlées se livrent actuellement à des attaques violentes contre les colons et les villages maoris favorables au gouvernement. Vous entendrez sans doute parler du mouvement *hauhau*.

— De quoi s'agit-il ?

— C'est une histoire invraisemblable. Grâce aux travaux du linguiste Samuel Lee, la Bible a été traduite en maori dès les années 1830. Cette traduction a grandement aidé les missionnaires dans leur œuvre de conversion. Mais celle-ci a eu récemment un effet pervers sur certaines tribus du centre de l'île du Nord. Un chef fanatique, Te Ua Haumene, a fondé une religion basée sur un mélange de religion juive, de christianisme et de croyances maories. Inspiré par l'histoire de Moïse, il estime que les Maoris sont le peuple élu, un équivalent polynésien des Hébreux. Il a interprété l'Ancien Testament à sa manière en comparant les souffrances des Maoris à celles des Israélites. A ses yeux, les Maoris ont été dépossédés de leurs terres par les Anglais. Depuis, il combat pour chasser les Blancs de Nouvelle-Zélande. C'est devenu pour lui une mission sacrée inspirée par Dieu.

Il secoua la tête :

— Ce mouvement nous cause beaucoup de souci, car ce Haumene exerce une influence étonnante sur nombre de tribus. Il a réussi à rallier beaucoup de Maoris à sa cause et il transforme ses guerriers en de véritables fanatiques. Ils combattent sans souci de leur propre vie. Par exemple, ils sont persuadés que leur cri de guerre les protège des balles. Leur férocité effraie les plus vaillants de nos soldats. Russell n'est pas située sur les territoires où ils sévissent, mais restez tout de même sur vos gardes. Ils s'infiltrent partout.

Après avoir pris congé du gouverneur, Laura connut un moment de profond désespoir. Les paroles de lord Chalmers confirmaient l'absurdité de sa démarche. Comment croire que sa mère ait pu survivre dans un pays aussi hostile sans que quiconque ait jamais plus entendu parler d'elle ?

Katherine, qui l'avait attendue à l'extérieur, ne lui posa aucune question. Elles n'avaient pas besoin de parler pour deviner leur état d'esprit mutuel. Elle prit affectueusement le bras de son amie et l'entraîna vers la sortie.

Tout à coup, un vieil homme s'avança vers elles et s'adressa à Laura :

— Pardonnez mon audace, milady, mon nom est Donald McLeod. Je suis écossais. J'ai appris les motifs de votre visite. Lord Chalmers ne m'a rien demandé, mais je peux peut-être vous apporter des informations complémentaires.

Le cœur de la jeune femme fit un bond dans sa poitrine.

— Pourquoi n'a-t-il pas fait appel à vous ?

Le vieil homme eut un sourire en coin.

— Il ignore que j'étais déjà là lors de la fondation d'Auckland. De plus, il n'existe pas d'archives sur cette époque. A la vérité, l'empire préfère ignorer cette période peu glorieuse, au cours de laquelle l'armée britannique ne s'est guère illustrée.

— Je vous écoute.

McLeod les invita à le suivre dans un bureau aux murs couverts d'étagères chargées de dossiers de cuir. Après leur avoir offert deux sièges, il s'assit derrière sa table de travail et croisa ses mains tout en les observant par-dessus ses petites lunettes rondes cerclées d'écaille.

— Lorsque le baron Charles de Hauterive est arrivé, à la fin de l'année 1836, Auckland n'existait pas encore. Le résident officiel James Busby, au service duquel je travaillais, se trouvait à Kororareka. Je me souviens très bien de votre grand-père. Un homme courageux. Il était accompagné de sa femme, Helen, et de sa fille, Cécilia. Il a acheté un territoire aux Maoris Nga Puhis. Cela s'appelait Matawaia. En quelques années, il a transformé ce domaine en un magnifique élevage de moutons mérinos. C'était un homme habile, qui avait su se concilier les tribus voisines. Je sais que le domaine fut attaqué en 1841 ou 1842. Je n'étais plus à Kororareka à ce moment-là. En 1840, le gouverneur de l'époque, William Hobson, a transféré la capitale à Auckland, qui venait d'être fondée. Je l'ai suivi.

« Votre mère est venue à Auckland une première fois vers la fin de l'hiver 1842. Elle a demandé de l'aide au gouverneur parce qu'elle sentait que le domaine était menacé. Son Excellence a promis de le faire protéger. Elle est revenue quelques semaines plus tard. Entretemps, le gouverneur William Hobson était décédé. J'avais été nommé secrétaire de son remplaçant, lord Robert Fitzroy, et j'ai assisté à l'entrevue. Comme elle le craignait, Matawaia avait été attaqué. Son père avait été tué, ainsi que plusieurs autres personnes. Elle exigeait une expédition punitive contre la tribu qui les avait agressés. Mais Son Excellence lui a répondu qu'il ne pouvait rien faire parce qu'il ne disposait pas de suffisamment de troupes. Ce qui était vrai.

— Qu'a-t-elle fait ensuite ?

— Je l'ignore, milady. Elle est repartie et je ne l'ai jamais revue. Mais je me souviens d'un détail : la seconde fois, elle était accompagnée d'un Maori. Il portait les attributs d'un chef. Peut-être cet homme lui avait-il apporté son soutien. Il a demandé des armes au gouverneur, qui les lui a accordées.

— Où se trouve Matawaia ?

— A l'ouest de Russell. Je vais vous le situer avec précision.

Il tira de ses étagères une carte de papier jauni qu'il déplia avec componction.

— Ceci est le nord de la Nouvelle-Zélande. Vous voyez ici la Baie des îles, la ville de Russell. Et là, Matawaia. C'est à deux jours de marche de la côte. Il y a un petit village juste à côté, où des colons se sont installés. Il s'appelle Taikirau. Je vais vous donner cette carte.

Lorsqu'elle quitta le palais, un nouvel espoir s'était emparé de Laura. La main serrée sur la précieuse carte de Donald McLeod, elle s'exclama :

— En 1841, je n'étais pas encore née. Cela veut dire que, d'une manière ou d'une autre, ma mère a continué à faire vivre le domaine avec mon père. Au moins jusqu'en 1843, date de ma naissance. Je dois me rendre là-bas !

— Où cela ? demanda Katherine.

— A Matawaia !

— Tu n'y penses pas ! C'est en plein territoire maori.

— Le gouverneur Chalmers n'a-t-il pas dit qu'il m'accorderait une escorte ? Et le bateau pour Russell doit arriver dans quelques jours.

4

Une semaine plus tard, Laura et ses compagnons embarquaient à bord du *Braveheart*, un navire marchand qui effectuait la liaison entre les différentes cités de l'archipel. Le gouverneur Chalmers avait tenu parole. Une escouade de six soldats, commandée par un jeune lieutenant du nom de Robert Mansfield, escortait les deux jeunes femmes. Malgré la terreur que les Maoris inspiraient à Margaret, la femme de chambre, celle-ci avait préféré suivre sa maîtresse, redoutant de rester seule à Auckland ainsi que Laura le lui avait proposé. Le valet, Jack, ne se posait pas la question. Il ne s'en posait jamais. Pourvu qu'il fût dans le sillage de sa maîtresse, tout allait bien. Il éprouvait pour elle une véritable adoration.

Le *Braveheart*, destiné essentiellement à transporter des marchandises, avait été aménagé de manière à accueillir les passagers voyageant d'une cité à l'autre. En provenance de Wellington, la ville fondée par les colons de la Compagnie néo-zélandaise d'Edward Wakefield au début des années 1840, il avait fait escale à Auckland avant de repartir pour Russell en passant par la mer de Tasman, ce qui l'amènerait à contourner la pointe extrême nord de l'île. Ce trajet lui permettait de desservir la petite cité de Dargaville et les communautés de colons installées dans la région de Hokianga, à l'ouest, et de Whangaroa, à l'est. Après Russell, il poursuivrait ensuite sur Coromandel, puis gagnerait

Christchurch, et enfin Dunedin, tout en bas de l'île du Sud.

Outre Laura et ses compagnons, le navire accueillait plusieurs personnes, dont un certain Josuah Tweetle, un homme d'affaires anglais hautain, qui professait un parfait dédain pour tout ce qui n'était pas britannique. Les Maoris en particulier l'horripilaient, à cause de leurs visages tatoués. Son jugement était sans appel :

— Des sous-hommes puants et fainéants que l'on devrait éliminer pour nettoyer ce pays et y installer des colons courageux et bons chrétiens ! affirmait-il sur un ton de défi à qui voulait l'entendre.

Arrogant et suffisant, il énervait copieusement Laura. Fort heureusement elle avait retrouvé avec plaisir monsieur Pembleton. Celui-ci ne devait pas repartir immédiatement, mais, apprenant qu'elle se rendait à Russell, il avait avancé son départ. Tous deux passaient leur temps à éviter la compagnie désagréable de l'homme d'affaires, mais ce n'était pas chose facile sur le pont du navire, de dimensions modestes.

— Le gouverneur Chalmers est bien trop faible avec ces indigènes, pérorait Tweetle. S'il ne tenait qu'à moi, on ferait venir un régiment de l'armée des Indes et on exterminerait cette vermine maorie. Ils ne tiendraient pas longtemps devant la puissance de nos armes. Ce mouvement hauhau, prétendument d'inspiration biblique, n'est qu'un ramassis de fripouilles et de couards. Ils s'enfuiront au son du canon.

— Pardonnez-moi, monsieur, mais je n'en suis pas certain, intervint un vieil homme qui s'était tenu à l'écart depuis qu'il était monté à bord.

Tweetle le toisa avec condescendance.

— A qui ai-je l'honneur ? laissa-t-il tomber.

— Je suis le père Marvin O'Connell, missionnaire irlandais.

— Ah ! Vous êtes catholique... répondit Tweetle avec mépris.

— Je suis avant tout chrétien, monsieur. Mais je vois que vous ne connaissez pas très bien les Maoris. C'est votre premier voyage, peut-être.

— En effet.

— Alors, je ne saurais trop vous conseiller la prudence. Les Maoris sont des êtres fiers et de farouches guerriers.

— Des lâches, qui ne savent que tendre des embuscades, d'après ce que j'ai entendu dire à Auckland.

— Il y a un an, ces lâches, comme vous dites, ont vaincu nos soldats alors qu'ils combattaient à un contre cinq, à Gate Pa. Aussi, évitez de les provoquer et, surtout, ne vous aventurez pas trop près des Hauhaus. Vous risqueriez de subir le sort de mon ami, le missionnaire Carl Volkner. Il vivait dans le petit port d'Opotiki, au sud de Coromandel. Voici quelques mois, le village a été attaqué. En général, les Maoris respectent les prêtres. Mais le chef rebelle Kereopa nous déteste. Il a décapité Carl Volkner au cœur même de son église. Puis il a placé sa tête sur l'autel, lui a arraché les yeux et les a mangés après avoir bu son sang[1].

Tweetle blêmit et s'écarta du missionnaire. Laura elle-même ne se sentait pas très bien.

1. Authentique.

— Pardonnez-moi, milady, dit le prêtre, mais j'ai cru comprendre que la compagnie de cet homme vous déplaisait.

— Tout comme ce genre de récit...

— Il n'est, hélas ! que le reflet de la vérité. Les Hauhaus ne respectent rien et se prennent pour le nouveau peuple élu. Ce sont des fanatiques de la pire espèce. Croyez-moi, il vaut mieux ne pas tomber sur eux. Ce genre d'histoire fait partie du quotidien de la Nouvelle-Zélande. Mais n'allez pas en déduire que les Maoris sont tous des êtres méchants et cruels. Ce sont au contraire des hommes remarquables, généreux et hospitaliers, capables de fidélité en amitié et d'une grande tendresse envers les leurs. Savez-vous comment ils se saluent entre eux ? En se frottant le nez.

— Vous semblez bien les connaître !

— J'ai vécu dix ans en leur compagnie à Waitangi. J'ai appris à les aimer. Beaucoup se sont convertis au christianisme et ont renoncé à l'anthropophagie. J'espère que vous aurez l'occasion de visiter l'un de leurs villages. Leur art est extrêmement sophistiqué et leurs demeures, les *whares*, sont vraiment belles.

— Mais pourquoi mangent-ils leurs semblables ? demanda monsieur Pembleton.

— J'ai essayé de comprendre pourquoi certains peuples étaient cannibales et d'autres non. Je pense que cette pratique est liée à l'absence ou à la rareté du gibier. Les Maoris sont d'origine polynésienne. Or les îles du Pacifique, y compris la Nouvelle-Zélande, n'abritent pas beaucoup d'animaux à chasser. Ce qui explique peut-être pourquoi les Polynésiens sont presque tous anthropophages. Les Maoris n'ont fait que suivre l'exemple de leurs ancêtres. On retrouve le même phénomène chez les Papous de Nouvelle-Guinée. Bien sûr, on trouve ici quelques oiseaux de grande taille ressemblant à des autruches, mais ils ont pratiquement disparu après avoir été chassés sans discernement. En dehors du poisson, les Maoris n'ont guère de viande à manger.

« Depuis que nous avons importé des moutons, le cannibalisme a fortement diminué. Il finira par disparaître totalement. Mais il faudrait pour cela que le gouvernement impose le respect des traités passés avec les Maoris. Car vous ne devez pas vous y tromper : ces guerres sont en grande partie provoquées par les spéculateurs terriens qui s'emparent des territoires indigènes. Elles pourraient être évitées. Aujourd'hui, la plupart des Maoris ne demandent qu'à vivre en paix avec les *pakehas*.

— Les *pakehas* ? demanda Laura.

— C'est le nom qu'ils donnent aux Blancs, milady.

Le vieux prêtre plaisait à Laura. C'était un petit bonhomme aux yeux francs et rieurs, au visage buriné par le soleil et les vents du Pacifique. Il avait toujours quelque anecdote à raconter et il se fit un devoir de décrire à Laura les paysages longés par le navire.

— Cette île du Nord est aussi appelée l'Ile fumante en raison des innombrables geysers que l'on y rencontre. Une route a été tracée entre Auckland et Russell, mais elle reste très dangereuse. Il subsiste dans cette région quelques tribus hostiles. Il est plus prudent de voyager par bateau, même si cela prend plus de temps. Nous allons devoir remonter par le nord-ouest et contourner le cap Reinga et le cap Nord. Puis nous redescendrons par le sud-est jusqu'à la Baie des îles.

Ainsi Laura découvrit-elle des lieux insoupçonnés, comme le petit village maori de Hokianga, installé à l'entrée d'un bras de mer qui s'enfonçait de quatre-vingts kilomètres à l'intérieur des terres.

— D'après une légende indigène, expliqua le père O'Connell, la Nouvelle-Zélande fut découverte vers le Xᵉ siècle par un navigateur polynésien en provenance d'une île mythique appelée Hawaiiki. Il avait pour nom Kupe.

— Mais comment sont-ils arrivés jusqu'ici ? Ces îles sont éloignées de tout.

— Ils possédaient des pirogues de grande taille, capables chacune de transporter jusqu'à deux cents personnes. On les appelle des *wakas*. C'est ainsi que les Polynésiens ont conquis le Pacifique. Ce sont de grands navigateurs, tout comme nous. Mais à l'époque où ils ont accompli cet exploit, les Européens estimaient que la Terre était plate et n'osaient pas s'aventurer sur l'océan Atlantique. D'une certaine manière, ils étaient en avance sur nous, ajouta-t-il avec un sourire malicieux.

Il jeta un coup d'œil en direction de l'homme d'affaires qui s'était éloigné, vexé par le ton ironique du prêtre.

— Et cela n'a rien d'étonnant si nos propres ancêtres étaient aussi peu ouverts d'esprit que ce monsieur Tweetle.

Puis il prit un air faussement contrit.

— Oh, je ne suis guère charitable !

Laura faillit éclater de rire.

— Parlez-moi encore des Maoris, dit-elle.

— Eh bien, après sa découverte, Kupe reprit la mer et quitta la Nouvelle-Zélande, qu'il avait baptisée Aotearoa, ce qui veut dire « Pays du long nuage blanc ». On dit que c'est de cet endroit qu'il partit pour rejoindre Hawaiiki. Mais je vous montrerai bientôt un lieu encore plus étonnant.

Le lendemain, le navire longea une plage sablonneuse interminable.

— Elle fait plus de quatre-vingt-dix miles, commenta le père O'Connell.

Cette grève de dunes désertes menait jusqu'aux deux pointes rocheuses qui terminaient l'île au nord. Bientôt, le *Braveheart* doubla le cap Reinga et longea une côte rocheuse balayée par des vents violents. Le paysage était d'une beauté à couper le souffle. Il s'en dégageait une atmosphère mystérieuse, presque oppressante. Les cris des goélands et des aigles de mer se mêlaient au fracas des lames sur la côte et aux hurlements des bourrasques s'écorchant sur les falaises de pierre noire.

Soudain, à mi-chemin entre les deux caps, le prêtre indiqua un point de couleur rouge sang sur la côte désolée. A l'aide d'une longue-vue, Laura aperçut un vieil arbre couvert de fleurs carmin.

— C'est un *pohutukawa*, expliqua O'Connell. Les *pohutukawas* fleurissent en été, ce qui explique les vastes étendues rouges que l'on aperçoit dans les terres. Celui-ci est un très vieil arbre à l'histoire étonnante. Selon une légende maorie, c'est de cet endroit que les âmes des défunts partent pour rejoindre la terre ancestrale. Elles glissent par l'une de ses racines pour rejoindre l'océan. Elles émergent ensuite à Ohaua, le sommet le plus élevé d'une île qu'ils appellent l'île des Trois Rois. De là, elles repartent pour Hawaiiki.

Après avoir franchi le cap Nord, le navire redescendit vers le sud-est en direction de Russell. C'était une succession de pointes rocheuses et de baies abritées.

— Voici Doubtless Bay ! indiqua le prêtre. Elle fut nommée ainsi par le grand capitaine Cook, qui n'y débarqua pourtant jamais. Le premier à poser le pied sur ces rivages fut le Français Surville, qui y laissa un bien mauvais souvenir : il brûla un village maori et massacra ses habitants. Cela explique pourquoi les Maoris se méfièrent des Blancs pendant longtemps. Pourtant, la religion chrétienne fit son chemin, en grande partie grâce à l'imprimerie installée en 1834 à Paihia par William Collenso, qui publia une bible en langue maorie. A partir de cette époque, les conversions se multiplièrent.

Après trois jours d'un voyage sans histoire, le *Braveheart* pénétra dans la Baie des îles. O'Connell indiqua un petit village situé face à Russell.

— Waitangi ! C'est là que fut signé, le 6 février 1840, le traité qui instaurait la paix entre les tribus maories et les colons anglais.

Russell n'avait plus guère de rapport avec le lieu de

perdition auquel s'attendait Laura. La ville s'était agrandie et comportait désormais des demeures solides. Toutefois, le port, toujours fréquenté par les baleiniers et les chasseurs de phoques, restait un endroit très animé. On y parlait un sabir d'anglais mêlé de mots français, norvégiens, espagnols, italiens, allemands ou russes. Des soldats patrouillaient afin de faire régner l'ordre.

Après avoir pris congé de monsieur Pembleton et du père O'Connell, Laura se rendit à l'hôtel de ville afin d'obtenir des renseignements sur le domaine de Matawaia. Le maire, Edmond Collridge, la reçut immédiatement, s'estimant honoré de la présence de lady Whitmore dans sa ville. Mais sa demande le surprit.

— Matawaia ? Oui, j'en ai entendu parler. Plus personne ne vit là-bas. Je ne suis pas en fonction depuis très longtemps, mais je sais qu'il s'y est déroulé plusieurs drames dans les années 1840. Le domaine a été attaqué par deux fois. Les habitants ont été massacrés. Aujourd'hui, plus personne n'y vit. Les Maoris considèrent cet endroit comme sacré, ou maudit, je ne sais pas. Pourquoi voulez-vous savoir ce qui s'est passé ?

Laura hésita.

— Ma mère vivait à Matawaia. Le domaine avait été acheté par son père, le baron Charles de Hauterive.

— Oui, oui. Je suis au courant de cette histoire. Il s'est installé à Matawaia avec sa femme et sa fille. Cette fille, heu... Cécilia de Hauterive, était donc votre mère...

— Oui. Savez-vous ce qu'elle est devenue ?

Laura nota un certain embarras dans l'attitude de Collridge. Il répondit néanmoins :

— Malheureusement non. Il est difficile d'obtenir des renseignements précis sur cette période. Des guerres incessantes opposaient les différentes tribus, et les colons en faisaient parfois les frais. Il arrivait que les Maoris attaquent les fermes. Il y a eu aussi ce que l'on a appelé la « guerre du Mât ». La ville a été détruite par des tribus rebelles. Je crois que c'est à cette période que le domaine de Matawaia a été définitivement abandonné. Je n'en sais pas plus.

Elle comprit qu'il n'avait guère le désir d'approfondir la question. Elle demanda :

— Est-il possible de se rendre sur place ?

— Vous n'y pensez pas ! C'est en plein territoire maori.

— Les Hauhaus ?

— Non. Les tribus dont je parle sont pacifiques et fidèles au gouvernement. Mais ce sont des gens étranges, très attachés à leurs traditions. Ils accordent beaucoup d'importance à certains *tapus*. Si vous transgressez l'un d'eux, ils peuvent vous tuer sans autre forme de procès.

— Alors, trouvez-moi un guide qui les connaisse bien et qui m'évitera de commettre des bévues. Et ne vous inquiétez pas pour moi. Son Excellence lord Chalmers m'a adjoint une escorte de soldats.

Edmond Collridge tirailla ses favoris d'un air ennuyé. Mais il était difficile de résister au regard profond de la jeune femme.

— C'est bien. Je vais demander au vieux Sam Pickett de vous accompagner. Cela fait plus de quinze ans qu'il trafique avec les Maoris. Je sais qu'il leur fournit des armes et de l'alcool, mais je ferme les yeux, car personne ne les connaît mieux que lui, ce qui est bien utile lorsque nous devons négocier. De plus, il parle couramment leur langue.

Deux jours plus tard, Laura et Katherine, suivies par Robert Mansfield et ses soldats, quittaient Russell pour l'intérieur des terres. La jeune femme avait proposé à son amie de rester en ville en compagnie de Margaret et Jack, mais, malgré son inquiétude, elle avait refusé.

Le vieux Sam Pickett était un personnage pittoresque, à peine plus grand qu'un enfant de dix ans. Son visage disparaissait derrière un système pileux invraisemblable, entre le blanc et le jaune sale, en raison du tabac dont il faisait une grande consommation sous la forme de chiques épaisses dont il crachait de longs jets noirâtres à intervalles réguliers. La présence d'une lady ne le troublait pas le moins du monde et la seule marque de déférence qu'il lui témoigna fut d'ôter brièvement son bonnet de laine crasseux pour la saluer lorsque le maire la lui présenta. Doté d'un caractère bourru, mâchouillant ses mots de telle manière que l'on comprenait difficilement ce qu'il voulait dire, il pestait sans cesse contre tout et rien, bougonnant, renâclant, grommelant des phrases sans suite. En revanche, il savait parfaitement où se trouvait Matawaia.

Dans un premier temps, pour éviter un long détour

par le sud, un petit bateau amena Laura et ses compagnons à Paihia, une petite ville qui s'enorgueillissait de son esprit pionnier. C'est là qu'avait été installée la première imprimerie de William Collenso. D'ailleurs, Paihia était la ville des « premiers ». Ainsi, on y avait construit la première mission en 1823, près de laquelle on avait planté le premier pin de Norfolk. Non loin de là, à Kiddie Kiddie, une charrue avait creusé pour la première fois le sol néo-zélandais le 3 mai 1820, ainsi que l'expliqua le maire de la ville, à qui Laura acheta des chevaux.

Cavalière remarquable, elle ne manqua pas d'étonner les Maoris qu'ils croisèrent sur la piste s'enfonçant à l'intérieur du pays. Le paysage variait sans cesse, comme une mosaïque de verts de toutes nuances. Les fougères arborescentes succédaient aux gigantesques *kauris*, ces fameux conifères aux troncs élancés qui justifiaient les escales des navires en difficulté. Le relief eut tôt fait de s'élever en collines aux pentes douces, couvertes d'une végétation abondante de palmiers, de hêtres et de pins. Par endroits, on se serait cru dans le sud de l'Angleterre. La forêt s'élargissait en de vastes prairies où s'étaient implantés des colons. Mais bien vite la forêt reprenait ses droits et la sauvagerie du paysage démentait cette impression.

Il fallut une journée entière pour parvenir jusqu'à un village habité à la fois par des Blancs et par des Maoris.

— Taikirau, déclara Sam Pickett avant de cracher un jet noir sur le sol. Nous passerons la nuit ici.

Dès leur arrivée, une foule se porta à leur rencontre, composée essentiellement de Maoris intrigués par cette femme qui montait un cheval. Il n'y avait pas d'auberge dans le village, et Laura fut logée chez le maire, étonné et ravi d'accueillir une lady dans sa modeste maison. Lorsqu'elle lui expliqua son intention de se rendre à Matawaia, Laura fut mise en garde par son hôte.

— Matawaia est devenu un lieu maudit. Il s'est produit là-bas une terrible bataille il y a plus de vingt ans. Depuis, plus personne ne s'y est installé. Les Maoris considèrent ce lieu comme sacré. Il pourrait être dangereux de vous y aventurer.

— Je veux pourtant y aller. Autrefois, il y avait un domaine.

— Je ne sais pas. On prétend qu'un vieux Blanc y vit encore.

— Un vieux Blanc, dites-vous ?

— Les Maoris du village disent qu'ils le connaissent. Mais, personnellement, je ne l'ai jamais vu.

Sam Pickett fit la moue.

— Moi, je ne vais là-bas que si les Maoris nous en donnent l'autorisation, marmonna-t-il entre ses dents. Je n'ai pas l'intention de finir dans leur estomac.

Laura frémit.

— Je demanderai son accord au chef Ngawaika, décida le maire.

La nuit suivante, Laura partagea sa chambre avec Katherine. Si son amie, épuisée par la fatigue du voyage, sombra rapidement dans le sommeil, la jeune femme resta longtemps éveillée. Le vent faisait bruire étrangement les branches des grands arbres, apportant par la fenêtre équipée de moustiquaires un souffle tiède et caressant, des parfums insolites qui trouvaient un écho en elle. Les bruits, les odeurs lui semblaient paradoxalement rassurants alors qu'elle se trouvait dans un lieu perdu à l'autre bout du monde et de son univers habituel. Elle se leva, observa la forêt épaisse. Les palmiers et fougères géantes agitaient d'immenses bras noirs éclaboussés de reflets d'argent par une lune qui fuyait des hordes de nuages fuligineux. Des appels d'animaux inconnus retentissaient, couinements, chuintements, stridulations, hululements divers qui se mêlaient en contrepoint aux murmures des vents. Ces ténèbres ignorées auraient dû provoquer en elle sinon la peur, tout au moins une certaine méfiance. Pourtant, elle s'y sentait bien, elle aimait les effluves subtils qui montaient de la terre, les fragrances vanillées apportées par la brise tiède et humide. Elle passa la main sur sa peau nue et moite. De quels souvenirs d'une enfance oubliée lui venait cette envie inexplicable de marcher, de courir pieds nus dans la forêt noire ?

Par instants remontaient du plus profond de sa mémoire des images fugaces, des sensations de douceur, d'amour, une chair tiède, des bras protecteurs autour d'elle, une odeur inoubliable, indissociable de celles qu'elle percevait à présent, et le souvenir flou d'une chevelure blonde, d'un regard aussi clair qu'un ciel d'été.

Le lendemain, comme elle sortait de la maison du maire en compagnie de Katherine, un petit groupe de Maoris semblait l'attendre. Les soldats, qui avaient passé la nuit sous la tente, étaient déjà présents. L'un des indigènes s'avança vers la jeune femme et lui parla dans un anglais simple et chargé d'accent.

— Tu veux aller à Matawaia, dit-il. Pourquoi ? C'est un endroit *tapu*. Beaucoup de morts, là-bas. Les esprits hantent encore Matawaia.

— Mon grand-père était le baron de Hauterive. Ce domaine lui a appartenu autrefois.

Le Maori plissa les yeux.

— Qui es-tu ?

— Je suis la comtesse de Whitmore. Mais je suis aussi la fille de Cécilia de Hauterive.

Le Maori resta un long moment silencieux. Puis il se tourna vers un vieil homme au visage tatoué et creusé de rides profondes. Le chef Ngawaika. Celui-ci hocha lentement la tête. Le premier revint vers Laura.

— C'est bien, dit-il. Tu peux aller à Matawaia. Mais tu dois venir seule. C'est une terre sacrée.

— Il est hors de question que nous abandonnions lady Whitmore, intervint le lieutenant Mansfield.

Laura leva le bras.

— Y a-t-il du danger ? demanda-t-elle au Maori.

— Non. Je viendrai avec toi.

Une heure plus tard, Laura et son guide s'enfonçaient dans l'épaisseur forestière en direction du sud-ouest, suivant une piste incertaine. Montée en amazone sur la jument qu'elle avait louée à Russell, la jeune femme observait l'indigène. Il ne devait pas avoir plus de vingt-cinq ans.

— Quel est votre nom ? demanda-t-elle.

— Tama-Ra. Ça veut dire : « fils du soleil ».

— C'est un joli nom. Mais dites-moi : pourquoi cette terre est-elle devenue sacrée ?

— Un grand chef est mort là-bas.

Ils eurent tôt fait d'arriver dans une vallée large et verdoyante, couverte d'arbres jeunes, et traversée par une rivière tumultueuse. Par endroits, il restait de vastes espaces libres, dessinant des prés livrés à l'abandon, sur lesquels la forêt reprenait inexorablement ses droits. Un trouble inexplicable envahit Laura. Elle s'était attendue à éprouver une certaine émotion en retrouvant cet endroit où elle avait vraisemblablement vu le jour. Les odeurs lui semblaient familières mais, à l'inverse de la nuit précédente, l'émotion était absente. Comme si elle n'était jamais venue ici. Elle en ressentit un vague malaise, qu'elle dissipa par un effort de volonté. Elle était trop jeune à l'époque pour se souvenir de quoi que ce fut de précis.

Un peu plus loin, là où la rivière s'élargissait en un étang ombragé, elle mit pied à terre. Ce fut alors qu'elle aperçut les ruines. Au-delà d'un bosquet de hêtres et de chênes se dressait une grande demeure dont il ne subsistait que les murs extérieurs. Des traces noires indiquaient que la maison avait été ravagée par un incendie violent. Une végétation luxuriante avait reconquis l'intérieur, achevant de détruire ce qui subsistait des bâtiments. Un silence étrange pesait sur les lieux, troublé seulement par la rumeur du vent et le murmure de la rivière. Laura comprenait à présent pourquoi les Maoris considéraient cet endroit comme sacré. Une atmosphère lourde y régnait, étouffante, presque palpable, comme si des spectres allaient surgir d'un instant à l'autre de la terre. Le soleil éclatant ne parvenait pas à chasser cette sensation oppressante.

Suivie par Tama-Ra, Laura contourna les ruines à pas lents. De l'autre côté, sur la pente douce d'une colline, elle découvrit un petit cimetière installé sous l'ombre protectrice d'un gigantesque *kauri*.

— Ce cimetière est parfaitement entretenu, s'étonna-t-elle.

Elle s'avança, vivement émue. Tama-Ra demeura en arrière, immobile comme une statue.

— Est-ce vous qui prenez soin de ces sépultures ? lui demanda-t-elle.

Il secoua négativement la tête. Plusieurs tombes étaient alignées. Les plus petites étaient probablement celles de domestiques. Mais elle reconnut les noms sur les trois plus importantes.

— Charles Louis Hippolyte de Hauterive, 1794-1842. Helen Elisabeth Marie de Hauterive, née Dawson, 1798-1839. Philip George Jefferson, 1815-1842.

— Mon père et mon grand-père sont morts la même année, murmura-t-elle.

En revanche, sa grand-mère Helen était décédée trois ans auparavant. Un autre élément la fit réagir.

— Il n'y a aucune tombe au nom de ma mère, dit-elle, fébrile.

Cependant, la dernière dalle, celle du capitaine Jefferson, comportait un mystère. Elle relut les dates.

— Je ne comprends pas, dit-elle, il doit y avoir une erreur. Mon père est mort en 1842 et je suis née à la fin de l'année 1843, au mois de novembre.

Elle n'eut pas le temps de se poser la question plus avant. Un vieillard venait de surgir des sous-bois. Laura remarqua alors, plus haut sur la colline, un *whare*, une maison maorie, dans laquelle visiblement il logeait. Le vieil homme contempla longuement Laura et Tama-Ra, puis s'inclina avec respect. Le guerrier indigène n'avait pas l'air surpris.

— Qui êtes-vous ? demanda-t-elle.

— Mon nom est Pierre-Marie Le Drezen, madame.

— Vous habitez ici ?

— Oui. Les Anglais me prennent pour un fou parce que je refuse d'aller m'installer en ville. Mais ma vie est ici. J'étais le jardinier de monsieur le baron de Hauterive. Depuis sa mort, je veille sur ce cimetière.

— Son jardinier ? Mais alors, vous l'avez bien connu.

— Ma famille est au service des Hauterive depuis plus de trois siècles, madame. Je les ai suivis en 1794, lorsqu'ils ont quitté la France, à l'époque de la Révolution.

— J'aimerais que vous me parliez d'eux, monsieur Le Drezen.

Le visage du vieil homme s'éclaira.

— C'est une histoire bien étrange, madame.

5

Baie des îles, Nouvelle-Zélande, 1836

Le baron Charles Hippolyte de Hauterive exultait. Il venait enfin de poser le pied sur cette terre inconnue dont une bonne partie lui appartenait, ainsi que le stipulait l'acte de vente qu'il gardait précieusement serré dans sa mallette de cuir roux.

Depuis toujours, il rêvait de fuir cette Angleterre où sa famille avait trouvé refuge à l'époque des tragédies engendrées par la Révolution. Il ne s'y était jamais senti chez lui. Les nobles anglais traitaient les exilés français avec une condescendance vaguement méprisante, voire par l'ignorance pure et simple. Aux yeux des Britanniques, ces émigrés encombrants et arrogants – comme tous les Français – ne rêvaient que de revanche. Charles gardait un mauvais souvenir de ses années de collège à Londres où il avait suivi des études laborieuses, handicapé par le fait que ses parents ne parlaient pas la langue de Shakespeare. Il avait dû apprendre l'anglais au début de sa scolarité, ce qui lui avait valu de nombreuses difficultés auprès de ses professeurs et de ses camarades, qui ne faisaient aucun effort pour l'aider.

Lorsqu'il avait eu une dizaine d'années, la Révolution avait cédé la place à l'empire. Un petit caporal corse avide de conquêtes avait entrepris de mettre l'Europe à feu et à sang pour unifier le Vieux Continent sous sa bannière, ce qui, bien sûr, n'était pas du goût des souverains en place. Certains exilés, fascinés par ce personnage hors du commun, étaient alors revenus en France. D'autres, comme le baron Hippolyte, père de Charles, avaient refusé de cautionner Bonaparte le roturier, que les Anglais avaient surnommé « l'Ogre ». Comme beaucoup d'autres, il avait rallié le camp des légitimistes mené par le comte de Provence, frère du défunt Louis XVI, qui s'était proclamé régent depuis la mort du jeune Louis XVII dans les geôles de la Révolution. Installé depuis 1807 au château de Hartwell, le futur roi rassemblait autour de lui les nobles français en exil, harcelant les souverains d'Europe pour qu'ils entrent en guerre contre Napoléon.

Quelques années et quelques centaines de milliers de morts plus tard, après une campagne de Russie désastreuse pour le Petit Caporal et un premier retour raté du comte de Provence en 1814, la France impériale avait jeté toutes ses forces dans une ultime bataille, Waterloo, qui avait vu le triomphe anglais et la fin du rêve napoléonien.

En 1815, Charles venait tout juste d'avoir vingt et un ans. Cependant, à l'inverse des autres Français qui avaient emboîté le pas au futur Louis XVIII, il ne se passionnait pas pour la politique. Au grand dam de son père, la France ne l'intéressait guère, d'autant plus que sa famille n'y possédait plus rien. Il estimait que le monde de l'Ancien Régime était révolu, et que l'avenir appartiendrait à ceux qui géreraient eux-mêmes leur fortune en se lançant dans les affaires. Rejeté par ses pairs à cause de cette attitude indigne, dédaigné par l'aristocratie anglaise, il s'était rapproché des cercles scientifiques et géographiques. L'Angleterre était une nation de marins et l'exploration du monde était en plein essor. Dans les clubs qu'il fréquentait, on commentait avec ardeur les récits des voyageurs revenus de pays lointains. Passionné et enthousiaste, il s'était pris à rêver de quitter la vieille Europe pour partir s'établir à l'autre bout du monde, dans un pays où il deviendrait un grand propriétaire terrien.

Tandis que le baron Hippolyte entreprenait d'obtenir la restitution des domaines ancestraux auprès du nouveau souverain français, Charles se lançait dans l'étude des continents nouvellement découverts de l'autre côté du monde, comme l'Australie, l'île de Van Diemen, qui deviendrait plus tard la Tasmanie, et cet archipel étrange qui, selon les navigateurs, rappelait par de nombreux aspects les îles Britanniques : la Nouvelle-Zélande.

Charles avait vite compris que ses parents n'auraient jamais gain de cause. Les terres familiales avaient été accaparées par de puissants fermiers généraux qui avaient eu l'habileté de se glisser dans l'entourage de Louis XVIII. Devenus très riches, ils avaient acquis la puissance suffisante pour balayer les réclamations de nobliaux bretons désargentés, dont les seuls arguments reposaient sur une lignée ancestrale glorieuse et fidèle à la Couronne depuis le rattachement de la Bretagne à la France en 1532. Une seule visite en France lui avait suffi. De plus, sa mère étant enceinte de lui lorsque ses parents avaient quitté la France en catastrophe en 1794, il était né à Londres et ignorait tout de cette patrie qui l'inquiétait beaucoup. Sa vraie vie était ailleurs.

Le nerf de la guerre étant ce qui lui manquait le plus, Charles se lança avec sa fougue habituelle dans des affaires dont il n'obtint toutefois pas les résultats escomptés. Cependant, sa faconde et son caractère heureux lui valaient le respect et l'estime de ses amis des clubs géographiques et scientifiques. Ce fut ainsi qu'il rencontra, en 1818, une jeune femme au regard doux et au teint pâle, dont il tomba immédiatement amoureux. Le coup de foudre fut réciproque. Elle s'appelait Helen Dawson, et c'était la fille d'un riche négociant de Londres qui avait fait fortune en fournissant la nourriture destinée aux « pontons », ces navires-épaves transformés en prison durant la guerre contre Napoléon. Ces ignobles mouroirs échoués sur les côtes anglaises lui avaient permis de réaliser des bénéfices confortables, la nourriture en question ne lui coûtant pas très cher.

La relation des tourtereaux ne fut pas de tout repos. Afin d'asseoir sa prospérité nouvelle, Horace Dawson avait rêvé pour sa fille d'un mariage avec un membre de l'aristocratie anglaise. Quant à Hippolyte, il refusait de voir son fils épouser une fille de la roture, quand bien même les parents de celle-ci se trouvaient à la tête d'une fortune bien alléchante pour un noble désargenté. Mais, au contact des navigateurs, Charles avait acquis un goût certain pour l'indépendance, et le fit fermement savoir à son père, qui dut baisser pavillon. De son côté, la jeune Helen avait tenu tête à ses parents avec détermination, menaçant de s'enfuir avec Charles s'ils la contraignaient à épouser un homme qu'elle n'aurait pas choisi. A contrecœur, monsieur Dawson avait fini par céder à son tour. Après tout, Charles de Hauterive, bien que français, était d'une noblesse ancienne. Le mariage se fit donc au début de l'année 1820, dans une ambiance glaciale qui ne troubla pas pour autant les jeunes mariés, bien décidés à quitter dès que possible ce monde compassé et attaché à des traditions surannées. Charles avait réussi – exceptionnellement – à gagner un peu d'argent et il avait enfin acquis son indépendance financière.

Séduite par sa fougue, Helen s'était surprise à partager son engouement pour les pays lointains. La même année, à Cambridge, le jeune marié rencontra le pasteur Thomas Kendall, grand voyageur devant l'Eternel. Il revenait de Nouvelle-Zélande en compagnie des chefs Hongi Hika et Waikato, qui avaient décidé de faire le voyage jusqu'en Angleterre. Leur visite allait permettre au linguiste Samuel Lee d'établir le premier dictionnaire anglais-maori, à partir duquel on traduirait la Bible dans cette nouvelle langue.

Invité chez le jeune couple, Thomas Kendall parla de ce pays fabuleux, lui vanta les extraordinaires possibilités de ses terres vierges. Bien sûr, les tatouages faciaux de Hongi Hika et de Waikato impressionnèrent la jeune Helen, mais ils parlaient un anglais tout à fait correct et ils étaient très favorables à une alliance avec l'Empire britannique. Ils évoquèrent aussi les vastes territoires de l'archipel, qui pourraient accueillir des colons anglais. Enthousiasmé, Charles tomba sous le charme de ce pays inconnu. Il chargea alors le pasteur Kendall de négocier pour lui l'acquisition d'un grand terrain dans l'île du Nord. Le contrat fut passé, dûment signé par toutes les parties, et Charles se trouva propriétaire d'un terrain d'une superficie de vingt mille hectares, pour lequel il avait offert trente-six haches [1]. Pouvait-on rêver plus belle affaire ?

Charles et Helen avaient envisagé de partir immédiatement pour la Nouvelle-Zélande. Mais le sort en décida autrement. Tout d'abord l'amour passionné qui unissait le baron et son épouse ne tarda pas à porter ses fruits et, à la fin de l'année 1820, Helen donna naissance à la petite Cécilia. Malheureusement, l'accouchement fut difficile et la jeune mère resta plusieurs jours entre la vie et la mort. Affolé, Charles renonça temporairement à ses projets de voyage. Un médecin lui fit savoir qu'une nouvelle grossesse tuerait sûrement sa femme. Charles, désespéré, décida de prendre toutes les précautions afin d'éviter tout accident ultérieur. Mais il était hors de question de voyager avec un bébé et une épouse affaiblie.

De son côté, le vieux baron de Hauterive, perclus de rhumatismes, n'avait pas renoncé à récupérer, malgré ses échecs précédents, ses terres ancestrales de Bretagne. Mais sa santé vacillante ne lui permettait plus d'effectuer les voyages nécessaires aux procès qu'il intentait régulièrement aux « voleurs de la République ». Il sut convaincre son fils de se charger de ses affaires, et Charles, malgré lui, dut se rendre plusieurs

1. Ce détail, inspiré de la vie du baron Charles Hippolyte de Thierry, est véridique.

fois en France pour tenter de fléchir le roi Louis XVIII puis, à partir de 1824, le roi Charles X. Malheureusement, là encore, les fermiers généraux enrichis avaient habilement manœuvré pour s'attirer l'amitié du monarque, et les procès traînaient en longueur sans jamais aboutir.

De leur côté, les parents de Helen agissaient pour empêcher les jeunes gens de partir. La mère, Elisabeth, mettait sa fille en garde. Elle ne pouvait envisager sérieusement d'aller vivre chez les cannibales. Car elle s'était renseignée : ces gens-là étaient des barbares qui mangeaient leurs semblables. Helen ne pouvait démentir : c'était la réalité. Les parents de la jeune femme n'eurent pas beaucoup d'efforts à faire. Lorsqu'elle avait appris cette tradition effrayante, Helen avait senti son enthousiasme fondre de manière significative. Elle ne pouvait pas envisager d'élever sa fille unique au milieu de mangeurs d'hommes. Très amoureux, Charles accepta de différer leur voyage. De plus, ses affaires n'étaient guère florissantes et il ne lui était pas possible d'organiser une telle expédition.

En 1830 enfin, le sort sourit au vieux baron de Hauterive. Son procès était sur le point d'aboutir. Charles X avait tenu compte de l'ancienneté de sa noblesse et avait usé de son influence pour que les fermiers généraux rendent les terres dont ils s'étaient indûment emparés. Hippolyte gagna donc Paris, persuadé qu'il allait enfin pouvoir reprendre son château et une bonne partie de ses terres. Pour l'occasion, il se fit accompagner par sa femme. Mais le destin se retourna contre eux. A leur arrivée à Paris, une foudroyante épidémie de choléra se déclencha, et ils furent parmi ses premières victimes, à la grande satisfaction des fermiers généraux. Quelques semaines plus tard, le roi Charles X était contraint à une retraite précipitée vers l'Angleterre à la suite d'un soulèvement parisien – baptisé plus tard les Trois Glorieuses. Cette courte révolution amena très vite une branche cadette sur le trône, en la personne d'un cousin qui se proclama non plus roi de France, mais « des Français ». Il régna sous le nom de Louis-Philippe Ier, et fut aussitôt courtisé par les fermiers généraux qui obtinrent très vite l'annulation du jugement de son prédécesseur.

Charles, très éprouvé par la disparition de ses parents, mais peu enclin à reprendre le cours de ces procès interminables avec le nouveau souverain, envisagea à nouveau de partir pour la Nouvelle-Zélande. Là-bas, on ne parlait pas de ce maudit choléra qui s'était répandu dans l'Europe entière depuis 1823. Mais Horace Dawson et son épouse parvinrent une nouvelle fois à faire fléchir leur fille. Charles n'avait pas encore renoncé à son projet, mais il était hors de question de contrarier son épouse bien-aimée. Pendant ce temps-là, la petite Cécilia grandissait. Conçue dans l'amour, elle promettait de devenir une fille magnifique, même si son caractère volontaire décourageait souvent ses professeurs.

En 1835, les parents de Helen moururent, à quelques mois d'intervalle. A cette époque, Charles avait abandonné l'idée de quitter l'Angleterre. Les quelques biens hérités de ses propres parents lui avaient permis de faire des placements intéressants qui avaient mis sa famille à l'abri du besoin. Cependant, des querelles de succession opposèrent Helen à ses frères et sœurs. D'un naturel confiant, elle ne se rendit pas immédiatement compte que les autres héritiers s'étaient entendus pour la dépouiller de la majorité de sa part. Lorsqu'elle comprit leur basse manœuvre, elle en éprouva un profond dépit et n'eut plus aucune envie de les revoir. Finalement, ce fut elle qui, écœurée, proposa à son mari de partir pour la Nouvelle-Zélande.

Charles n'hésita pas longtemps. Après avoir réalisé tous leurs avoirs, il organisa leur voyage, persuadé que l'air de la Nouvelle-Zélande ferait le plus grand bien à son épouse et à Cécilia. Il avait retrouvé l'enthousiasme des débuts de leur mariage. Ce fut comme un second voyage de noces.

Après un périple de six mois au cours duquel ils avaient fait escale aux Indes, Charles, Helen et Cécilia, âgée de seize ans, débarquaient à Kororareka, accompagnés de leurs serviteurs, dont le jardinier Pierre-Marie Le Drezen, qui n'avait pas voulu abandonner son maître malgré les risques d'une telle aventure.

Charles de Hauterive contempla la petite cité d'un regard conquérant. Il avait écrit au résident officiel de l'empire, sir James Busby, pour lui annoncer son arrivée. Il ne faisait aucun doute que cet homme l'accueillerait avec les égards dus à son rang. Il ne devait pas avoir souvent l'occasion de s'entretenir avec l'un de ses semblables.

Après quelques pas au bras de la douce Helen, Charles pinça le nez. Il régnait sur ce port des odeurs qui agressaient fâcheusement les narines. Mais fallait-il s'en étonner ? Les autres navires étaient des baleiniers. Il flottait dans l'air surchargé des relents de graisse brûlée, de suif, de goudron, de cordages, de bois exotique, de poisson en décomposition.

— Bah ! c'est ainsi dans tous les ports, déclara le baron pour rassurer son épouse, effrayée par la foule qui les regardait débarquer.

Le port, en vérité, se composait d'un embryon de quai en bois et d'une jetée douteuse, en bois elle aussi, le long de laquelle venaient s'amarrer les bateaux en provenance de la mère patrie. Elle permettait aux personnages importants de ne pas se mouiller les pieds. Les autres navires devaient se contenter de jeter l'ancre dans la baie.

Au-delà s'étirait une sorte de rue bordée de baraquements insolites, construits de bric et de broc, dans l'anarchie la plus totale. Çà et là se dressaient quelques bâtiments plus solides. Le baron eut tôt fait d'y repérer deux églises. Il en ressentit une vive satisfaction. Lui-même n'éprouvait pas pour la religion le respect qu'avaient tenté de lui inculquer ses parents et ses professeurs : le souvenir des badines cinglantes des religieux qui lui servaient de maîtres avait quelque peu refroidi sa foi en la charité chrétienne. Mais il savait le réconfort que son épouse, de confession anglicane, trouvait dans la fréquentation d'une église. Il devina aussi une caserne, construite à l'extérieur de l'agglomération.

Cependant, il se rendit compte que la foule qui hantait le port inquiétait Helen. Il y avait là des marins à la mine patibulaire, au visage et aux membres couturés de cicatrices, des gaillards aux regards provocateurs, dans la ceinture desquels étaient passés de longs poignards. Des filles à la robe largement échancrée aguichaient les hommes. Certaines avaient même la poitrine nue. Des prostituées. La chose était courante dans les ports. Mais cette fois, la foule ne semblait composée que de cette sorte de personnages. Plus inquiétants encore étaient les Maoris au faciès grimaçant qui titubaient d'une baraque à l'autre ou gisaient sur le sol, visiblement abrutis par la boisson. Ils n'avaient rien à voir avec les chefs Hongi Hika et Waikato que Charles avait rencontrés seize ans auparavant à Londres. Se pouvait-il qu'en si peu d'années le contact avec les Blancs ait fait tant de ravages parmi les indigènes ?

Fort heureusement, il y avait quand même quelques personnes fréquentables parmi les curieux qui assistaient au débarquement.

— Mais au fait, demanda soudain Charles, où est Cécilia ?

6

L'arrivée d'un navire en provenance d'Angleterre était toujours un spectacle de choix à Kororareka. Ils n'étaient guère nombreux, et ils apportaient des nouvelles fraîches d'Europe, des passagers, des marchandises rares.

Déjà, il y avait eu ce couple de colons à l'allure bizarre qui contemplait l'alignement des bars et des bordels avec un étonnement sans bornes sous l'œil goguenard des marins. Mais la suite ne manqua pas d'intérêt non plus. Les matelots avaient entrepris de faire descendre des chevaux, manœuvre toujours délicate, ces animaux n'ayant pas apprécié les quelques mois passés en mer dans des stalles étroites et mouvantes. Ils n'aimèrent pas non plus la jetée incertaine sur laquelle on les fit débarquer. L'un d'eux en particulier se montrait particulièrement récalcitrant lorsqu'il apparut sur le pont du navire. On se rapprocha, amusé, escomptant quelque incident spectaculaire.

On vit le couple bizarre revenir sur ses pas, la mine inquiète. Une jeune fille avait surgi près du cheval ombrageux et l'avait saisi solidement par la bride. On n'entendait pas ce qu'elle disait, mais on devinait qu'elle avait toutes les peines du monde à calmer l'animal. Tout à coup, on la vit se hisser sur le dos du cheval et empoigner les rênes d'une main ferme. Après quelques tentatives pour échapper à l'emprise de sa cavalière, l'animal s'apaisa, puis se dirigea vers la passerelle étroite qui reliait le navire à la jetée. La tête fièrement relevée, le cheval piaffa, puis emprunta la digue de bois en toisant la foule agglutinée, comme un prince acceptant l'hommage de ses sujets. La maîtrise parfaite de la jeune fille stupéfia les spectateurs, et l'on se rendit compte qu'elle était très belle. Elle devait avoir entre seize et dix-huit ans. Elle était vêtue d'un pantalon serré et sa chevelure blonde, longue et épaisse, croulait sur ses épaules. Le teint de son visage, bruni par le soleil et les vents océaniques, mettait en valeur la couleur rare de ses yeux, d'un bleu turquoise très pâle.

Dans la foule, des sifflements et des vivats fusèrent, suivis d'applaudissements que la jeune fille accueillit avec un large sourire. Visiblement, elle avait pris plaisir à montrer ses talents et l'accueil enthousiaste de l'assistance lui convenait.

Satisfaite d'elle-même, elle accorda un regard de reine à la foule, constatant que l'endroit comptait quelques jeunes hommes dignes d'intérêt. Un groupe de Maoris s'était approché. Cécilia découvrit pour la première fois leurs visages masqués de tatouages impressionnants. Elle vit qu'ils étaient plus fascinés par sa pouliche que par elle-même. Cela ne la chagrina pas. Elle était fière de sa monture, un pur-sang arabe à la robe fauve et aux paturons bottés de noir. Avec de grands rires, ils se désignaient la cavalière du doigt en répétant :

— *Hoiho ! Hoihowahine !*

Elle se demanda ce que cela voulait dire.

Cependant, l'un d'eux ne détachait pas ses yeux de Cécilia. Un peu gênée par cet hommage appuyé, elle remarqua que, sous son tatouage, il était très beau. Un frémissement la parcourut.

Te Ruki Kaharinga, dont le nom signifiait « le bras puissant », ne s'intéressait guère au cheval. Il avait déjà eu l'occasion d'en approcher et il n'en avait pas peur. Mais la beauté de cette fille venue du pays des *pakehas* le troublait. Son regard volontaire, sa fierté, et surtout cette chevelure abondante, couleur de soleil, le fascinaient. Au coup d'œil embarrassé qu'elle lui avait jeté, il comprit qu'il ne lui était pas indifférent. Il lui répondit d'un sourire qu'elle fit mine d'ignorer.

D'autres hommes détaillaient Cécilia avec insistance, tentant d'attirer son attention. Ainsi, Yann Le Bihan, commandant du baleinier la *Marie-Morgane*, ressentait une douleur sourde dans la poitrine, comme une boule trop lourde à porter. En quelques secondes, il était tombé amoureux. Jamais il n'avait contemplé de femme plus belle et plus désirable. Mais il était visible qu'il avait affaire à une demoiselle de la haute société et il se dit que c'était sans espoir.

Le capitaine Philip Jefferson, entouré de ses amis, Rebecca Simpson à son bras, ouvrait une bouche béante, ce qui mécontenta sa compagne. Celle-ci, furieuse, s'écarta de lui avec brusquerie. Embarrassé, il la suivit pour s'excuser.

— Pardonnez-moi, Rebecca, mais n'allez pas en déduire n'importe quoi. J'ai tout simplement apprécié les talents de cavalière de cette jeune fille.

— Eh bien, retournez l'admirer. Je me sens un peu fatiguée.

La petite fâcherie n'avait pas échappé à la nouvelle venue, qui sourit intérieurement. Elle se sentait parfaitement bien. Un vent tiède caressait son visage et elle était heureuse d'essayer les griffes toutes neuves de sa séduction. La beauté de ce pays la subjuguait. Il flottait dans l'air un vif parfum de liberté. Elle était ravie de ce voyage qui lui avait permis d'échapper à la perspective de rester enfermée encore deux années dans la triste école anglaise où ses parents l'avaient inscrite. L'obstination de ses professeurs n'avait jamais réussi à étouffer l'esprit frondeur de leur élève, qu'ils mettaient sur le compte de sa regrettable ascendance française.

Ravie de son effet, l'amazone dirigea sa pouliche vers ses parents et sauta souplement à terre.

— Bravo, ma fille ! s'exclama Charles. J'ai l'impression que tu as fait sensation.

— Tu n'es guère prudente, la sermonna doucement sa mère. Tu aurais pu te rompre les os.

— Allons, Helen, répondit Charles, Cécilia est une excellente cavalière.

La jeune fille adressa un sourire charmeur à son père. Il l'adorait et lui passait tous ses caprices.

— Aideen était un peu ombrageuse, dit-elle. Cela n'a rien d'étonnant après ce voyage. Elle a envie de se dégourdir les jambes. Tout comme moi !

Du bateau débarquaient à présent d'autres personnes, qui rejoignirent le trio. Miss Tington, qui approchait la soixantaine, était la gouvernante de Cécilia. Elle avait tenté avec une persévérance digne d'éloges de faire de sa protégée une parfaite jeune fille anglaise, qui baissait les yeux quand on lui adressait la parole, qui ne parlait jamais sans y être invitée, qui connaissait l'art de boire le thé bouillant sans avoir l'air de se brûler la langue et toutes sortes de choses fort utiles pour se fondre discrètement dans la bonne société. On ne pouvait pas dire que son enseignement avait été suivi avec un enthousiasme débordant. L'indépendance d'esprit de Cécilia et sa propension à désobéir faisaient le désespoir de la brave gouvernante. Mais comme elle s'était profondément attachée à la jeune fille, elle n'avait pu se résoudre à l'abandonner lorsque le baron avait décidé de partir « chez les sauvages ».

James Wells, qui venait de dépasser le demi-siècle, régnait en maître sur les autres domestiques, Max, le cocher, Elisabeth, la femme de chambre, Philibert, le cuisinier français, et le jardinier breton, Pierre-Marie Le Drezen.

Soudain, un homme jovial se détacha de la foule et s'avança vers le baron. Vêtu avec une élégance rustique, il portait les favoris à la dernière mode de Londres et affichait un embonpoint qui trahissait son côté bon vivant.

— Charles de Hauterive, je présume ?

— En effet ! Et voici mon épouse, Helen, ainsi que ma fille, Cécilia.

— Mes compliments pour votre brillante démonstration, mademoiselle. Vous venez de vous tailler une solide réputation dans notre modeste cité du bout du monde. Savez-vous que c'est la première fois que les Maoris ont l'occasion de voir une femme monter à cheval ? Il y a quelques années, lorsque le pasteur Marsden l'a fait, ces braves gens l'ont pris pour un dieu. Mais pardonnez-moi, j'en oublie de me présenter. Je suis James Busby, résident officiel de l'empire britannique en Nouvelle-Zélande. Soyez les bienvenus à Kororareka.

— Merci de votre accueil, Excellence, répondit Charles.

— Je vous ai fait réserver un appartement dans l'humble résidence qui me sert de palais. Le confort y est sommaire, mais il n'existe pas ici d'hôtel digne de ce nom.

— Cette attention me touche, Excellence.

— Cependant, je dois vous prévenir que vous devez vous tenir sur vos gardes, baron. La Nouvelle-Zélande n'est pas une colonie britannique et mes pouvoirs sont tragiquement limités. Je ne dispose d'aucune puissance militaire, à telle enseigne que les Maoris m'ont baptisé le « vaisseau sans armes ». Je n'ai pas le pouvoir de faire respecter l'autorité, et d'ailleurs, il n'existe ici aucun gouvernement. C'est la loi du plus fort qui prime et, malgré les louables efforts de nos missionnaires pour tenter de faire régner un semblant de morale, Kororareka est le repaire de tous les marins en rupture de ban, de tous les contrebandiers qui hantent ces eaux. Les bagarres et règlements de comptes y sont monnaie courante, les meurtres y sont chose banale. Et la plupart des baraques que vous voyez là sont des bars mal famés et des...

Il se racla la gorge pour chercher une métaphore qui ne risque pas de heurter Cécilia et sa mère.

— ... des établissements consacrés au commerce des charmes de dames à la vertu compréhensive.

Il désigna, de loin, les filles aux seins nus, parmi lesquelles se trouvaient quelques femmes maories.

— Je vais demander au capitaine Jefferson, qui commande la garnison, de faire récupérer vos malles.

Le petit groupe se dirigea vers le palais, construit derrière le port. C'était un bâtiment à l'architecture toute militaire, qui abritait les appartements du résident ainsi que les bureaux administratifs. Là logeaient également les membres de la délégation britannique.

— J'y ai fait aménager une salle de bal, expliqua James Busby. Les distractions sont rares ici, à moins d'accepter de se vautrer dans la fange des bouges du port. J'essaie d'entretenir un semblant de vie mondaine. Mais j'attends avec impatience que Sa Majesté décide d'inclure la Nouvelle-Zélande dans l'empire britannique pour que des colons s'installent en nombre. Ceux-ci ne sont actuellement que quelques milliers pour l'ensemble des deux îles. Il faut dire que la réputation des Maoris n'incite pas nos compatriotes à venir. Votre initiative est très courageuse.

Tandis que Cécilia et sa mère prenaient possession de l'appartement mis à leur disposition par le résident, celui-ci recevait Charles dans son bureau. Le baron exhiba fièrement son acte de propriété.

Quelques instants plus tard, il eut l'impression que le ciel lui tombait sur la tête.

— Je suis désolé, baron, déclara James Busby, mais cet acte ne vaut plus rien.

7

— Comment ça, il ne vaut rien ? s'emporta le baron. C'est impossible ! Le chef Hongi Hika lui-même a signé cet acte. Il me garantit la propriété de cinquante mille acres dans la région de Hokianga.

— Ce document date de 1820. Il a seize ans. Les terres auxquelles il fait référence ont été revendues depuis. Elles appartiennent à une compagnie basée en Angleterre. D'autres colons y sont implantés. Tenez, regardez la carte.

Le résident écarta les bras.

— Vous savez, Hongi Hika a pu lui-même revendre ces terres à d'autres. Pour les Maoris, la notion de propriété est différente de la nôtre. Lorsqu'ils « vendent » une terre à des *pakehas*, dans leur esprit, c'est l'usufruit qu'ils leur cèdent. Mais la terre continue d'appartenir à la tribu. Il n'y a pas de propriété individuelle pour eux. Voyant que vous ne veniez pas, ils en ont conclu que cette terre ne vous intéressait pas et ils l'ont cédée à d'autres.

Il eut un sourire un peu ironique.

— Et puis, peut-être ont-ils estimé que le prix n'était pas assez élevé.

Charles évita de répondre.

— J'avais un grand projet, insista-t-il. J'ai rencontré Edward Wakefield à Londres. Il m'a parlé de son système de colonisation progressive. Dans un premier temps, de vastes territoires sont achetés aux indigènes par une société qui y installe des colons, lesquels commencent par travailler pour elle. Puis, peu à peu, des parcelles leur sont revendues. Ce système permet d'éviter une spoliation des indigènes et l'utilisation de prisonniers de droit commun, comme cela se fait en Australie. Les colons envoyés sur place sont triés sur le volet. Ils doivent posséder des références de moralité et d'honnêteté. Voilà ce que je voulais faire sur mon domaine, en pratiquant l'élevage du mouton. J'ai amené avec moi quatre reproducteurs et une vingtaine de brebis de race mérinos. Ce sont des animaux très résistants, qui fournissent une laine de grande qualité.

— Je sais. Elle est déjà exploitée en Nouvelle-Zélande et en Australie. Mais les troupeaux ne sont pas encore très nombreux.

— La Nouvelle-Zélande est le pays idéal pour cela. Il n'y a pas de prédateurs, le climat ressemble beaucoup à celui de l'Angleterre. Ces moutons s'y développeront sans problème. J'ai étudié le travail de la laine. Et j'ai fait une étude financière. On peut installer plus d'une centaine de familles sur un domaine aussi vaste.

Tout à coup, Charles se rendit compte que sa fougue ne correspondait plus à rien. Son rêve s'écroulait avant même d'avoir vu le jour. Il se tut, puis soupira :

— Que vais-je faire à présent ? J'ai vendu tous mes biens en Angleterre. Mon épouse s'est brouillée avec sa famille. Je n'ai plus rien en France. Je voulais refaire ma vie ici. Mais il semble que cela soit impossible.

— Ne vous découragez pas, le consola James Busby.

Celui-ci était embarrassé. Le personnage lui était

sympathique. Tout à coup, le baron avança son siège et ses yeux se remirent à briller.

— J'ai de l'argent. Je pourrais peut-être négocier l'achat d'un nouveau territoire avec les Maoris.

James Busby réfléchit.

— C'est possible, en effet. Il reste beaucoup de terres libres. Mais je dois vous mettre en garde. Les tribus maories sont en guerre permanente les unes contre les autres. Pour les prétextes les plus futiles, une histoire de femme, une insulte, parfois même ils se battent sans véritable raison. Le motif le plus courant repose sur les délimitations de territoire. Certaines tribus marquent leur domaine avec des bornes qui sont les causes de conflits violents. Deux grandes tribus vivent dans cette région de l'île du Nord, les Nga Puhis et les Ngati Whatuas. Ces derniers sont belliqueux. Quant aux autres, nous avons lié d'excellents contacts avec eux. Le chef Hongi Hika appartenait à cette tribu. Malheureusement, il est mort il y a huit ans. Je vous suggère de rencontrer son cousin, Wakatanga. C'est un homme favorable à une alliance entre les Maoris et les Anglais. Cependant, il est possible qu'il refuse de vous recevoir parce que vous êtes français.

— Pourquoi ?

— Certains Maoris gardent un souvenir effrayant de vos compatriotes depuis l'épisode du massacre qui a eu lieu il y a une soixantaine d'années dans la baie des Esprits. Dois-je vous dire que cette crainte que les Maoris éprouvent vis-à-vis des Français a joué un rôle important dans la demande de protection formulée par certains chefs en 1830 ?

— Que s'est-il passé ?

— D'après ce que je sais, le capitaine Marion du Fresne a débarqué ici en 1772, pour renouveler ses provisions d'eau fraîche et réparer ses deux navires. Il a baptisé l'endroit Port-Marion, bien que Cook l'eût déjà nommé Baie des îles. Cook avait établi d'excellentes relations avec les Maoris, et du Fresne en bénéficia, tout au moins au début. Mais les indigènes entendirent parler du massacre perpétré par le Français Surville trois ans plus tôt dans la baie des Esprits. Les relations commencèrent à se tendre. Et surtout, les Français, malgré les mises en garde des Maoris, ne respectaient pas les lieux *tapus*. Il y a ici un endroit qu'ils appellent Te Hue, dont nous ne devons pas nous approcher. Les Français s'y risquèrent quand même, ce qui provoqua la colère des autochtones. Un groupe de Maoris massacra Marion du Fresne et les marins qui l'accompagnaient. Le second de du Fresne, Jules Crozet, prit le commandement et ordonna de riposter. Les Français, armés de mousquets, firent des ravages parmi la population maorie. On dit que plus de deux cent cinquante indigènes furent tués au cours de la bataille. Depuis, les Maoris gardent une très mauvaise image des Français. Il vaudrait mieux éviter de dévoiler votre origine.

— Je n'aime guère le mensonge, Excellence.

— Une omission n'est pas vraiment un mensonge, cher ami. Le chef Wakatanga est un homme de bon sens. Peut-être parviendrez-vous à vous entendre avec lui. Voulez-vous que je vous organise une entrevue ?

— Je vous en saurais gré, Excellence.

Après son entretien avec le résident, Charles fit part de sa déconvenue à son épouse et à sa fille. Il était furieux, mais il ne pouvait que prendre son mal en patience.

— Nous n'aurions jamais dû attendre seize ans pour venir ici, grommelait-il.

Helen le tempéra.

— Tout de même, trente-six haches, ce n'était pas beaucoup pour un territoire aussi vaste.

— C'était le prix convenu, tenta-t-il de se défendre. Mais au fond, tu as raison. Ces Maoris ne sont pas des idiots. Je dois avouer que j'ai cru les berner avec mes haches. J'en paye aujourd'hui les conséquences. Sans doute Dieu a-t-il voulu me punir de mon arrogance.

Pendant les jours qui suivirent, le baron refusa de perdre espoir. James Busby lui avait dit que les terres libres étaient nombreuses. Il trouverait un endroit où s'établir. Bien sûr, ce ne serait sans doute pas un territoire aussi vaste que celui qu'il avait espéré, mais il possédait quatre superbes étalons, de quoi faire naître une race nouvelle.

En attendant des nouvelles du chef Wakatanga, force fut au baron et à sa famille de demeurer au palais du résident. Ils trompaient leur ennui en visitant la région. Cécilia prenait un malin plaisir à échapper à la surveillance de miss Tington, effrayée par tout ce qu'elle découvrait. La jeune fille, au contraire, était éblouie par la beauté du paysage. Montée sur Aideen, dont le nom, en irlandais, signifiait « déesse de la Beauté », elle parcourait les alentours de la ville en compagnie de sa mère et de son père. A quelque distance se dressait un petit village de pêcheurs maoris. Les habitants les abordèrent avec familiarité dans un anglais approximatif, difficilement compréhensible. On leur proposait du poisson grillé ou des fruits, mangues, papayes ou goyaves[1]. En échange, ils exigeaient quelques pièces qu'ils baptisaient *moni*[2]. Cécilia espérait secrètement revoir le beau Maori. Mais, même si elle dévisageait discrètement les indigènes, elle ne le retrouva pas.

En revanche, ils découvrirent la beauté des maisons maories, richement décorées de motifs géométriques et ornées de personnages étranges que l'on appelait *tikis*.

— Dans la tradition maorie, Tiki est le nom du premier homme créé par les dieux, expliqua James Busby, qui les accompagnait parfois.

Dès le deuxième soir de leur arrivée, le résident, pour qui tout était prétexte à organiser des réjouissances,

1. Le kiwi, fruit représentatif de la Nouvelle-Zélande, est en réalité originaire d'Asie. On l'appelait « groseille à maquereau chinoise », ou encore « souris végétale ». Il a été importé et acclimaté en 1906 dans la région de Bay of Plenty, dans l'île du Nord. De nos jours, la petite ville de Te Puke est devenue la capitale mondiale du kiwi. On ne pouvait donc pas en trouver à Auckland en 1865.

2. Avant l'arrivée des Européens, les Maoris utilisaient différentes monnaies, comme les coquillages. Ils ont ensuite adopté les devises anglaises. *Money* (l'argent) devint *moni*, terme encore employé aujourd'hui.

donna un repas où il réunit les notables de Kororareka en l'honneur du baron et de sa famille. A cette occasion, Cécilia fit la connaissance de Rebecca, la fille de Henry Simpson, secrétaire particulier du résident. Rebecca avait deux ans de plus qu'elle, et régnait comme une reine sur la petite cour constituée autour de James Busby. Dès le début, elle fit comprendre à Cécilia, malgré des démonstrations d'apparente amitié, qu'il était hors de question de remettre son règne officieux en cause.

— J'avais votre âge quand mon père a suivi Son Excellence, expliqua-t-elle. Je n'étais pas très rassurée de quitter Londres où nous avions une demeure confortable. Le voyage fut interminable. Et surtout, je redoutais ce pays que l'on disait peuplé par des mangeurs d'hommes.

— Est-il vrai qu'ils soient cannibales ?

— Oh oui ! répondit Rebecca. Les prisonniers sont transformés en esclaves et ils ne sont pas mieux traités que des animaux de boucherie. Parfois, ils égorgent l'un d'entre eux, le découpent en morceaux qu'ils font cuire sur des braseros.

Cécilia fit la grimace. Elle comprit que la jeune fille s'amusait beaucoup à provoquer sa répulsion.

— Ce n'est pas tout, insista Rebecca. Ils ont coutume de réduire les têtes de leurs ennemis et de les faire sécher. Oh ! vous aurez certainement l'occasion d'en voir. On en trouve ici, à Kororareka. Je vous montrerai.

— Merci. Je préfère éviter.

— Vous savez, dit Rebecca d'un air supérieur, dans

ce pays, vous découvrirez bien d'autres choses épouvantables.

— Que voulez-vous dire ?

— Les Blancs sont peu nombreux. Et le résident ne possède aucune troupe. S'il prenait fantaisie aux Maoris de nous attaquer, nous serions tous massacrés sans pouvoir nous défendre.

— Mais pourquoi le feraient-ils ? Nous vivons en paix avec eux.

— Ne croyez pas ça : ils l'ont déjà fait. Ils ont massacré nombre de marins et les ont mangés. Certaines tribus détestent les *pakehas*. Mais les Maoris ne sont pas le seul danger. Il faut éviter d'aller vous promener seule sur le port. Il n'y a pas de loi dans la Baie des îles. Les tenanciers des bars auraient vite fait de s'emparer de vous et de vous séquestrer pour vous offrir aux marins de passage.

— Comment ça ?

— Les belles filles sont rares, et les capitaines de passage sont prêts à payer très cher pour passer un moment avec une femme de la haute société enlevée à sa famille.

— Mon père viendrait me chercher.

— Où irait-il chercher les soldats pour l'escorter ? Et que pourrait-il faire si vous étiez emmenée à bord d'un navire ? C'est ainsi que font les marins. Lorsqu'ils en auraient fini avec vous, ils jetteraient votre cadavre à la mer.

Cécilia blêmit.

— Vous dites ça pour me faire peur.

— Non, c'est la vérité. On ne compte plus les filles

que l'on a retrouvées dans les eaux du port. Il n'y a pas de police, ici. Les assassins ne sont jamais inquiétés. La plupart des victimes sont des prostituées, bien sûr. Mais il y a moins d'un an, la fille d'un colon a disparu, alors qu'elle venait à peine de débarquer. On a découvert son corps à moitié dévoré par les requins deux semaines plus tard. La mer l'avait rejetée. On ne l'a reconnue qu'à sa chevelure. Alors, n'allez pas vous promener seule en ville.

Cécilia ne répondit pas. Elle sentait que la démonstration inquiétante de Rebecca visait à assurer sa suprématie. Avant son arrivée, elle régnait seule sur les jeunes hommes de la petite cour de James Busby, qui cédaient à tous ses caprices. A présent, elle allait devoir compter avec la nouvelle venue. Même si elle n'avait que seize ans, elle deviendrait très vite une redoutable concurrente. Cécilia releva la tête et sourit d'un air de défi.

— A vous en croire, si mon père ne parvient pas à conclure un arrangement avec les Maoris, il vaudrait mieux que nous repartions.

— Ce serait plus sage, en effet.

— A moins que vous n'ayez peur de moi... riposta Cécilia, perfide.

— Moi, peur de vous ? s'esclaffa Rebecca.

Elle afficha un air supérieur.

— Regardez-vous ! Vous êtes encore une gamine. Moi, je suis une femme. Tous les hommes de cette ville sont aux petits soins pour moi.

Cécilia haussa les épaules.

— Eh bien, qu'ils le restent ! Ils ne m'intéressent pas plus que vous.

Puis elle s'en fut sans plus accorder d'importance à son interlocutrice, désarçonnée par son ton assuré. Cela n'empêcha pas Cécilia d'accepter les invitations à danser des hommes présents, qui la couvrirent de compliments.

Une semaine après leur arrivée, Charles commençait à se morfondre. Le résident lui avait promis son aide, mais il ne pouvait préjuger des réactions des Maoris. Peut-être refuseraient-ils tout simplement de recevoir le baron.

Cependant, un matin, Charles tournait comme un lion en cage dans ses appartements lorsqu'une ordonnance se présenta :

— Monsieur le baron, dit le soldat, Son Excellence souhaiterait s'entretenir avec vous.

Un peu plus tard, Charles pénétrait dans le bureau de James Busby, qui l'accueillit avec un grand sourire. Il n'était pas seul : plusieurs Maoris inclinèrent la tête devant lui à son arrivée. L'un d'eux, un fort gaillard au regard vif, semblait les commander.

— Soyez le bienvenu, baron, dit le résident. Ainsi que je vous l'avais promis, j'ai contacté le chef Wakatanga. Il accepte de vous recevoir. Je vous présente son fils, Te Ruki Kaharinga, qui doit vous escorter jusqu'au village de Kaikohe.

— Je ne sais comment vous remercier, Excellence.

Cependant, l'air embarrassé de Busby l'intrigua. Celui-ci ajouta :

— Je dois vous préciser que le chef Wakatanga désire que tout votre *whanau*, c'est-à-dire votre famille au complet, soit présent.

— Ma famille ?

— Votre femme, votre fille, ainsi que vos serviteurs.

— Mais pourquoi ?

— Je pense que cela est dû au fait que vous êtes français. Ils l'ont peut-être appris. Vous allez devoir faire preuve de... prudence et de diplomatie.

8

Le lendemain, une petite colonne composée de Charles de Hauterive, de sa femme, de sa fille et de leurs serviteurs, escortés par une douzaine de guerriers maoris, quittait Kororareka.

Cécilia regarda sa mère. Helen n'était pas très enthousiaste à l'idée de se rendre dans un village maori de l'intérieur des terres. Mais elle ne pouvait refuser l'invitation du vieux chef sous peine de risquer un incident. Elle adressa un sourire contraint à sa fille.

Les deux femmes chevauchaient côte à côte. Si Helen ne possédait pas la maîtrise de sa fille, elle montait depuis qu'elle était très jeune, et elle aussi avait amené son cheval en Nouvelle-Zélande. La beauté du pays lui donnait parfois envie de partir pour de grands galops à travers les forêts et les prés. Les Maoris considéraient les deux femmes avec une admiration non feinte et échangeaient entre eux des paroles incompréhensibles, ponctuées de grands éclats de rire. Une voiture attelée de deux lourds chevaux de trait, menée par le cocher Max, transportait les serviteurs. Le teint blême, la pauvre miss Tington était persuadée qu'elle ne reviendrait pas vivante de l'expédition. Elle jetait des coups d'œil affolés aux Maoris. Ceux-ci marchaient d'un pas rapide, tenant en main des lances et de curieuses massues de pierre verte qu'ils appelaient *mere*.

— C'est de la néphrite, avait expliqué Charles. Une sorte de jade.

Kaikohe se situait à deux jours de marche vers l'ouest. Il fallut d'abord contourner la partie occidentale de la Baie des îles. On suivait une sorte de piste reliant entre eux les différents *kaingas*, les villages maoris. Kaharinga marchait à côté de la pouliche de Cécilia. La jeune fille était à la fois heureuse et embarrassée. Elle avait reconnu en leur guide le jeune Maori qui n'avait cessé de l'observer à son arrivéc, et qu'elle avait inconsciemment recherché depuis, sans succès. Elle en connaissait aujourd'hui la raison : il ne vivait pas à Kororareka. Sa présence faisait naître en elle une chaleur équivoque qu'elle ne parvenait pas à contrôler. Elle se rendit compte, à l'éclat malicieux de ses yeux noirs, qu'il avait conscience de l'effet qu'il produisait sur elle.

Intérieurement, elle pesta. En débarquant, elle avait une idée bien arrêtée sur les indigènes, qui n'étaient à son avis que des barbares. Comment pouvait-il en être autrement puisqu'ils mangeaient leurs semblables ? A présent, elle ne pouvait s'empêcher de les trouver beaux. Tout au moins celui-ci. Ses muscles roulaient sous sa peau brunie, et il ne portait pour tout vêtement qu'un pagne de *flax*[1] décoré autour de la taille. Sa démarche souple rappelait celle d'un félin et son port de tête était celui d'un roi. Cécilia s'en voulait de le regarder si souvent. D'autant plus qu'il restait silencieux. Elle n'entendait que la respiration puissante et régulière qui gonflait sa poitrine.

Tout à coup, il se tourna vers elle et dit :

— C'est un plaisir et un honneur de vous escorter jusqu'à notre *pa*, mesdames.

Cécilia le contempla, stupéfaite. Comment se faisait-il qu'il parlât aussi bien l'anglais ?

— Votre... votre quoi ? demanda-t-elle.

— Notre *pa*. Dans notre langue, cela veut dire « village fortifié ».

Sa voix chaude et grave désarçonna la jeune fille.

— Autrefois, poursuivit-il, nos ancêtres vivaient essentiellement dans des *kaingas*. Ce sont des villages non protégés. Avec le temps, Tû, le dieu de la Guerre, a dressé les différentes *iwis* – les tribus – les unes contre les autres. Nous avons dû nous réfugier dans des villages

1. Lin néo-zélandais, à partir duquel on fabrique aussi bien des vêtements que des corbeilles et des paniers.

mieux défendus, installés au sommet des collines, et entourés de palissades et de fossés. Grâce à ces *pas*, nous avons pu résister à nos ennemis.

Cécilia songea que le même phénomène s'était produit au Moyen Age, à l'époque des châteaux forts, seuls capables de protéger les populations des bandes errantes et des voisins vindicatifs.

— Comment se fait-il que vous parliez si bien l'anglais ? s'informa Helen.

— Mon père, le grand Wakatanga, est favorable à une alliance avec les Britanniques. Il a voulu que je suive l'enseignement dispensé par les missionnaires de Sydney. Il estime qu'un futur chef doit savoir comment raisonnent ses alliés. Je suis même allé au collège.

Poussée par la curiosité, Cécilia lui posa mille questions auxquelles il répondit de bonne grâce. Il expliqua ainsi l'origine du peuple maori.

— Nos ancêtres sont venus il y a bien longtemps d'une île mythique située au nord, qu'ils appelaient Hawaiiki. Leur chef s'appelait Kupe et ils ont navigué sur de grandes pirogues, les *wakas*. Chaque Maori compte un ancêtre venu sur ces pirogues. Ainsi, ma tribu, celle des Nga Puhis, descend de notre grand ancêtre nga puhi Moana Ariki. Puhi était son nom, Moana désigne l'océan d'où il est venu et Ariki signifie qu'il était un chef suprême, qui commandait plusieurs *iwis*, plusieurs tribus. Chaque tribu est constituée de *hapus*, de clans, eux-mêmes répartis en différents *whanaus*, différentes familles. Chaque *whanau* est placé sous l'autorité d'un *kaumatua*, c'est-à-dire un ancien.

— Comment est organisée la société maorie ?

— Il existe deux classes. Les *rangatiras* constituent l'aristocratie et dirigent les tribus. Les autres forment les *tutuas*, le peuple.

— Comment devient-on *rangatira* ?

— Par la naissance, parfois par le mérite. Comme chez les *pakehas*.

— Et ceux-là ? demanda Cécilia en indiquant deux hommes nus qui portaient de lourds fardeaux d'un air résigné à la fin de la colonne.

— Des prisonniers, répondit le jeune homme. Je les ai capturés moi-même. Depuis, ce sont mes esclaves.

Cécilia comprit que c'était parmi ces malheureux que l'on choisissait les victimes des horribles festins cannibales. Elle réprima un haut-le-cœur, qui n'échappa pas au Maori. Il eut un sourire amusé.

— Rassurez-vous ! Nous ne mangerons pas ces hommes. Ma tribu a abandonné le cannibalisme.

Elle lui aurait bien demandé s'il avait déjà mangé lui-même de la chair humaine, mais elle préféra changer de sujet.

— Ainsi, la Nouvelle-Zélande a été peuplée par des navigateurs venus d'ailleurs.

Il eut un petit sourire et ajouta :

— Je crois qu'il s'est passé un phénomène semblable avec les passagers du *Mayflower*, n'est-ce pas ?

Interloquée, Cécilia répondit :

— Vous connaissez cette histoire...

— Mes professeurs me l'ont racontée.

— Finalement, votre peuple présente bien des points communs avec le nôtre, intervint Helen.

— C'est vrai, milady. Nos ancêtres étaient eux aussi

des conquérants et des navigateurs. Et nous avons traversé le Pacifique bien avant que les vôtres ne se risquent sur l'Atlantique.

Elle le regarda avec étonnement. La culture et l'intelligence de Kaharinga la stupéfiaient. Il précisa :

— Il y a cependant une grande différence entre les Maoris et les Britanniques. Vous avez la conviction d'appartenir à un même peuple. Les Maoris n'éprouvent pas ce sentiment. Pour nous, chaque tribu constitue un peuple à elle seule. Cela peut s'expliquer ainsi : avant l'arrivée des Blancs, nous pensions être seuls au monde. Bien sûr, nous savions qu'il existait d'autres îles, bien loin vers le nord, d'où étaient venus nos ancêtres. Mais depuis des siècles, personne n'avait plus abordé Aotearoa.

— Aotearoa ?

— C'est le vrai nom de ces îles. Cela veut dire « Pays du long nuage blanc ». Les Maoris y vivent depuis près de mille ans. Et les îles lointaines sont devenues pour nous des terres mystérieuses vers lesquelles s'envolent les esprits de nos morts. Depuis mille ans, nous ne connaissons rien d'autre que cet archipel. C'est pourquoi chaque *hapu*, chaque clan, défend son territoire avec férocité. Nous devons toujours nous tenir prêts à combattre.

La dernière phrase ne rassura pas Cécilia. Elle avait remarqué que les guerriers ne cessaient de scruter la forêt. Deux d'entre eux effectuaient régulièrement des reconnaissances pour s'assurer qu'il n'y avait pas de danger.

— Que craignez-vous ? finit par demander Helen, qui avait elle aussi observé leur comportement.

— Nous devons toujours nous méfier de nos ennemis, les Ngati Whatuas. Parfois, ils nous tendent des embuscades. Mais rassurez-vous, nous ne risquons pas grand-chose sur cette piste. Leur territoire est situé plus au sud.

En fin de journée, ils firent escale dans un lieu appelé Ngawa, situé au pied de la colline de Kaikohe. L'endroit était situé à moins de six miles de leur destination, mais il était trop tard pour organiser la réception le soir même.

— Nous allons établir notre campement ici, déclara Kaharinga. Je pense que vous avez besoin de vous reposer.

Ils avaient sans doute parcouru plus de quarante miles depuis le matin. Cécilia aurait bien dit qu'elle avait les fesses en compote, mais c'était le genre de langage qu'il valait mieux éviter devant miss Tington. La pauvre femme lui faisait pitié. C'était la première fois qu'elle allait passer la nuit en pleine nature. Elle n'osait dire un mot, mais se flanquait parfois des claques destinées à tuer des moustiques inquisiteurs. Les joues en feu, elle arborait le visage triste et résigné d'un martyr chrétien livré aux bêtes sauvages.

Tandis que James, Max et Pierre-Marie montaient les tentes destinées aux femmes, Philibert le cuisinier se mit en devoir de préparer le repas. Cécilia aimait bien ce personnage. D'humeur joviale, il refusait de parler l'anglais, affirmant que la langue d'un peuple qui mangeait aussi mal n'offrait aucun intérêt.

Lorsque le repas fut prêt, Charles invita Kaharinga et ses guerriers à le partager avec eux. L'étonnement se peignit sur le visage du jeune homme lorsqu'il mordit dans la viande grillée préparée par Philibert :

— Ça ne ressemble pas à la cuisine anglaise, dit-il enfin. Et cet homme parle une langue différente, ajouta-t-il en désignant Philibert.

Charles hésita. James Busby lui avait recommandé de ne pas révéler ses origines. Mais il n'était pas sûr que ce fût la bonne solution.

— Ce n'est pas de la cuisine anglaise. Mon épouse est anglaise, mais je suis français.

Aussitôt, Cécilia sentit une tension s'installer sur le campement. Les regards des Maoris s'étaient durcis. Kaharinga hocha la tête. Pendant la journée, il avait lui aussi posé beaucoup de questions sur le pays d'où ils venaient, sur leurs ancêtres, sur leurs projets. La jeune fille comprit qu'il avait voulu les faire parler.

Charles regarda son interlocuteur dans les yeux.

— Je sais ce que les Maoris ont eu à souffrir de la part des Français il y a longtemps. James Busby m'a suggéré de ne pas vous révéler mes origines afin d'éviter tout malentendu. Mais j'estime que l'on ne peut pas construire une relation honnête et durable sur un mensonge. Je ne viens pas en ennemi. Je veux seulement m'installer dans ce pays pour y élever des moutons. Et je respecterai vos lieux sacrés.

Kaharinga ne répondit pas immédiatement.

— Les miens n'ont pas oublié les massacres. Mon père sait déjà que vous êtes français. Mais je vous remercie de votre franchise. Demain, l'accueil de

Wakatanga risque de vous sembler hostile. Il vous faudra accomplir un geste pour montrer que vous ne venez pas avec de mauvaises intentions. Je vous dirai lequel le moment venu.

Le lendemain, en milieu de matinée, ils arrivèrent à Kaikohe. Ainsi que Kaharinga l'avait expliqué, c'était un village solidement défendu, installé au sommet d'une éminence rocheuse. Cécilia avait découvert avec étonnement que les champs alentour étaient cultivés : du blé, de l'orge, ainsi que l'inévitable patate douce. Les Maoris élevaient aussi des moutons et quelques vaches.

Pour pénétrer dans la petite cité, il fallut franchir deux lignes de fossés couverts de rondins, chacune renforcée par des barrières d'épieux propres à décourager les plus audacieux des assaillants. Autour du village en tant que tel s'élevait une palissade de quatre mètres de haut gardée par des sortes de tours de guet occupées par des sentinelles. Les fortins des Anglais ne disposaient pas de défenses aussi efficaces. Puis on passa une double porte en bois, également flanquée de tours. Un tel endroit paraissait inexpugnable.

Sitôt le portail franchi, une foule curieuse et bavarde s'empressa pour voir les arrivants. Des gamins audacieux vinrent regarder Cécilia sous le nez. Elle avait mis pied à terre afin que sa pouliche n'effraie pas les villageois. Elle n'était pas tranquille. Il y avait là au moins six à sept cents personnes. S'il leur prenait l'envie de les attaquer, ils ne pourraient même pas se défendre. Elle jeta un coup d'œil angoissé à Kaharinga. Mais il la rassura d'un sourire. Elle décida de lui faire confiance. De toute façon, il était trop tard. Elle avança à la suite de son père qui gardait un visage dur, fermé. Sans doute s'en voulait-il d'avoir entraîné les siens dans cette aventure risquée. Mais avait-il le moyen de faire autrement ? Wakatanga avait exigé qu'il vînt avec son *whanau*.

Cécilia observa les Maoris. Tous les hommes avaient le visage tatoué. Certains individus portaient aussi, sur les fesses, des tatouages en spirale qui se prolongeaient parfois jusqu'aux genoux. Ceux des femmes étaient plus discrets. Ils consistaient en des lignes soulignant les joues, le front et les lèvres, teintes en bleu. Les enfants étaient nus. La plupart des hommes portaient des pagnes teints de couleurs vives. Les hommes âgés s'enveloppaient dans de larges manteaux de fourrure de chien, ornés sur les bords de tresses multicolores. Leurs cheveux, courts pour la plupart, étaient ornés de plumes. Les femmes arboraient des robes de lin soulignées de motifs compliqués. Les plus jeunes avaient les seins nus.

Une symphonie d'odeurs étranges flottait dans l'air, faite de relents de viande grillée, de parfums de fleurs, de plantes écrasées, de terre, d'épices. Divers animaux erraient dans le village, des chiens, des moutons, ainsi que des rats dont Kaharinga lui avait dit qu'ils servaient de nourriture. Cécilia espérait qu'elle ne serait pas obligée d'en manger.

Pour l'instant, elle ne décelait aucune hostilité, mais sans doute la foule ignorait-elle qu'ils étaient à moitié français. Suivant Kaharinga, le petit groupe s'avança dans le village. A l'intérieur se dressaient des maisons maories richement décorées. Puis, dans un tumulte assourdissant, on se dirigea vers un bâtiment plus grand entouré par une clôture délimitant une vaste esplanade.

— Voici le *whare waikaro*, précisa Kaharinga en désignant le bâtiment. C'est notre maison commune. La grande cour, devant, s'appelle le *marae*, c'est là que se tiennent les réunions.

Le *whare waikaro* était une maison plus grande que les autres, toute en longueur. Deux sculptures de bois stylisées encadraient la porte d'entrée. L'une d'elles tirait la langue. A la place du sexe apparaissaient des personnages de plus petite taille, symbolisant les générations à venir. Le faîte était orné d'un visage humain. Charles, Helen et Cécilia furent invités à approcher. La foule demeura en retrait, les yeux emplis de curiosité. Certains criaient quelque chose qui ressemblait à « *Haere mai* ».

— Ils vous souhaitent la bienvenue, traduisit le jeune chef.

Soudain, les portes du *marae* s'ouvrirent.

— A présent, dit Kaharinga à Charles, vos serviteurs vont rester à l'extérieur. Ne vous inquiétez pas pour eux. Mes compagnons vont s'en occuper. Seuls vous, votre épouse et votre fille êtes autorisés à entrer.

Charles acquiesça. Cécilia jeta un coup d'œil à la pauvre miss Tington. Jamais elle ne l'avait vue aussi pâle. Elle conservait pourtant un visage digne. Il ferait beau voir qu'elle se donnât en spectacle à ces barbares.

Ils entrèrent dans le *marae* à pas lents. A l'intérieur les attendait un groupe de femmes et d'hommes en habit de cérémonie, longues capes de fourrure, robes de lin aux motifs colorés. Au fond de la cour étaient assis des hommes âgés au visage fermé, impressionnants. Des guerriers se tenaient debout derrière eux, arborant leurs armes, une courte massue passée dans la ceinture, une lance, ainsi que le redoutable *mere* de néphrite. Une tension presque palpable flottait dans l'air. Cécilia ne comprenait pas. Pourquoi ces gens les avaient-ils fait venir s'ils les considéraient comme des ennemis ? Une peur sournoise l'envahit peu à peu. Sa main chercha celle de sa mère et s'y glissa, comme pour quêter une protection dérisoire.

Tout à coup, son angoisse explosa. Derrière eux surgirent une vingtaine de guerriers hurlant et vociférant. Ils bondirent comme des diables au milieu de la salle et se mirent à frapper violemment le sol du pied en brandissant leurs armes d'un air menaçant. Leurs yeux cerclés de noir étaient fixés sur les arrivants. Un vacarme assourdissant emplit le *marae*. Cécilia, épouvantée, dut faire un effort colossal pour ne pas fuir. Les cris gutturaux des Maoris s'accompagnaient de grimaces effrayantes. Certains leur tiraient la langue en brandissant leur casse-tête. Parfois, l'un d'eux s'approchait tout près et faisait mine de frapper Charles. Celui-ci demeurait aussi immobile qu'une sculpture de pierre.

Cécilia crut sa dernière heure venue. Ils étaient tombés dans un piège ! Elle serra plus fort la main de Helen. Et cette danse terrifiante durait, durait. Soudain, une voix chaude résonna tout près de son oreille. Kaharinga.

— Ne craignez rien, dit-il. Ceci est le *haka*, la danse sacrée. Nous la pratiquons pour honorer nos invités, mais aussi avant les combats.

— Pourquoi nous tirent-ils la langue ? demanda-t-elle au jeune homme.

— C'est un défi lancé à l'ennemi, dit-il. C'est ainsi que nous nous donnons du courage.

— Mais nous ne sommes pas vos ennemis, gémit-elle.

— Il faudra le prouver à Wakatanga. Vous êtes des Français, donc des ennemis potentiels.

Puis il se glissa près du baron, dont le teint avait pâli. Tout à coup, les guerriers s'écartèrent, livrant passage à un vieil homme qui brandissait une lance.

— *Te weko ! Te weko !* cria-t-il en fixant Charles dans les yeux.

L'instant d'après, il jetait la lance sur le sol, aux pieds du baron. Un silence de mort tomba sur le *marae*. Il y eut un instant de flottement, puis Charles s'avança et ramassa l'arme lentement. Ce geste signifiait qu'il ne venait pas en ennemi. Cécilia vit, au fond de la salle, un vieil homme au visage hiératique hocher la tête en signe d'assentiment. Elle comprit qu'il s'agissait du chef Wakatanga. Près de lui, un autre vieillard, sans doute son porte-parole, se leva et se lança dans un discours animé. Parfois, ses mots se transformaient en un chant modulé, psalmodié, puis reprenaient un cours normal. Lorsqu'il eut terminé, Kaharinga traduisit :

— Wakatanga demande pourquoi les Français désirent aujourd'hui le rencontrer, malgré le sang des Maoris innocents qu'ils ont sur les mains. Il rappelle le massacre qui a eu lieu voilà bien longtemps, les femmes et les enfants tués à Kororareka. Tous étaient des Nga Puhis.

Lorsqu'il eut terminé, Charles laissa passer un silence, puis répondit :

— Moi, Charles, baron de Hauterive, j'ai bien compris les paroles de Wakatanga et je souffre avec lui du mal que les Français ont fait aux Nga Puhis. Mais les Français sont aussi comme les Maoris. Plusieurs tribus les composent. Et mon clan n'appartient pas à la tribu qui a massacré les Nga Puhis à Kororareka. Nous venons d'Angleterre, et non pas de France. Je parle l'anglais. J'aurais pu vous cacher que j'étais d'origine française. Mais mon désir est de nouer des relations d'amitié avec la tribu de Wakatanga. Or, une relation d'amitié ne saurait être fondée sur un mensonge. C'est pourquoi j'ai voulu que vous sachiez que j'étais français. Cependant, mes propres ancêtres n'ont rien à voir avec le massacre dont les Nga Puhis furent victimes autrefois.

Un nouveau silence suivit son discours, puis Wakatanga lui-même prit la parole, toujours par le truchement de son fils :

— Pourquoi es-tu ici ?

Charles expliqua les raisons qui l'avaient amené, avec sa famille, en Nouvelle-Zélande, et notamment sa rencontre avec Hongi Hika. Cécilia se rendit compte que Wakatanga comprenait parfaitement l'anglais. A mesure que le baron parlait, les traits se détendirent. Charles expliqua d'abord pourquoi il avait été obligé de repousser son voyage. Le vieux chef eut l'air d'apprécier qu'il l'ait fait pour aider ses parents âgés. Puis le baron détailla son projet, évoquant son projet d'élevage avec son enthousiasme habituel.

Lorsqu'il eut terminé, Wakatanga hocha la tête sans mot dire. Mais Cécilia eut l'impression que l'atmosphère s'était apaisée. Sur un signe du chef, une vingtaine de jeunes femmes apparurent et entamèrent un chant qui ressemblait à une longue plainte.

— Ceci est le *karanga*, expliqua Kaharinga. C'est un hommage aux morts de nos deux tribus. Voici ce qu'elles disent : « Bienvenue, *haere mai*, visiteurs venus de loin. Amenez avec vous les esprits de vos morts. Qu'ils soient salués. Qu'ils soient pleurés. Montez vers le *marae* sacré de notre peuple. *Haere mai ! Haere mai !* »

Le mélange de tristesse et de joie qui émanait des jeunes chanteuses émut Cécilia. La sincérité qu'elle ressentait de la part de ces gens la surprenait. Elle reprit espoir. Wakatanga s'était méfié de ce Blanc qui désirait le rencontrer parce qu'il était français. Sa prudence était justifiée. Sa grand-mère paternelle lui avait parlé des crimes atroces dont les révolutionnaires français s'étaient rendus coupables en Vendée. Le massacre des Maoris de la Baie des îles justifiait leur attitude. A présent, par le chant de ces femmes, Wakatanga faisait savoir à son père qu'il pardonnait et qu'il acceptait sa venue. Elle remarqua les sourires qui commençaient à fleurir sur les lèvres des participants. Elle ne put s'empêcher de les trouver beaux. On finissait par s'habituer à leurs tatouages. Il y avait peu de personnes âgées parmi eux. Kaharinga lui avait expliqué la veille que les Maoris vivaient bien moins longtemps que les Européens, à cause des guerres qui les opposaient.

Le *karanga* fut suivi d'un long moment de silence. Cécilia comprit qu'il faisait partie du rituel, afin de permettre à chacun de se recueillir profondément en souvenir des morts des deux tribus. Elle songea à ses grands-parents paternels, morts six ans plus tôt alors qu'ils croyaient enfin toucher au but. Des grands-parents qui l'avaient aimée avec une grande tendresse, parce qu'elle était la dernière héritière de la famille de Hauterive. Les parents de sa mère, en revanche, la détestaient. Ils lui reprochaient son esprit frondeur, source de désordre, surtout de la part d'une jeune fille. Ils le mettaient sur le compte de son ascendance française. Elle leur en avait aussi voulu du mépris à peine voilé dans lequel ils tenaient son père à cause de son origine. Mais ils avaient disparu, eux aussi. Alors, ne devait-elle pas leur pardonner ?

Elle fut interrompue dans sa méditation par une agitation nouvelle. Wakatanga s'était levé et s'avançait à pas lents en direction de son père. Son regard noir et perçant observa longuement Charles sans mot dire. Puis il le prit par les épaules, posa son front contre le sien et, par trois fois, toucha de son nez celui de son visiteur. Kaharinga précisa pour Cécilia et sa mère :

— Ne soyez plus inquiètes. Wakatanga a réservé à votre père l'accueil que l'on doit à un ami. Il a pratiqué avec lui le *hongi*.

— Le *hongi* ?

— C'est notre salut rituel. Le premier contact mélange le souffle des deux personnes, ce qui signifie qu'elles sont unies par l'amitié. Le deuxième contact est un hommage aux ancêtres de chacun, et le troisième honore les vivants.

Cette coutume étrange plut beaucoup à Cécilia. Elle

se dit qu'elle aurait aimé pratiquer ce charmant salut traditionnel avec Kaharinga. Puis elle rougit d'avoir eu une pensée aussi audacieuse dans un moment si solennel.

Ensuite, les visiteurs furent invités à prendre place près du chef. Un vieux guerrier se lança dans une sorte de discours à moitié chanté, que Kaharinga désigna sous le nom de *waiata*, et qu'il traduisit :

— Par la voix du *kaumatua*, Wakatanga dit qu'il a grand plaisir à accueillir le grand chef Charles de Hauterive, qui a autrefois rencontré son bien-aimé cousin Hongi Hika. Qu'il soit accueilli à Kaikohe comme un frère.

Après le *waiata* de bienvenue, des jeunes filles pénétrèrent dans le *marae* avec des plats de nourriture. Un peu anxieuse, Cécilia examinait les viandes. Kaharinga, qui s'était assis à ses côtés, la surveillait d'un œil amusé. Lorsqu'on lui présenta les plats, elle prit un morceau de chair grillée et y mordit courageusement. Malgré ses préventions, elle dut s'avouer que c'était délicieux. Lorsqu'elle eut terminé, Kaharinga se pencha vers elle et lui demanda :

— Alors, comment trouvez-vous la viande de chien ?

Elle lui adressa un sourire jaune.

— Sans doute meilleure que la chair humaine, riposta-t-elle.

— Ne croyez pas ça, répondit-il. La chair humaine est très fine, surtout à votre âge.

Il roula des yeux comiques comme s'il était affamé, puis éclata de rire. Elle comprit qu'il se moquait d'elle.

Elle eut envie de le frapper, puis elle prit le parti de rire à son tour. Il ajouta :

— De toute façon, ce n'est pas du chien. Mon père sait que les Anglais refusent d'en manger et il a respecté vos coutumes. Cette viande est du kiwi, un oiseau sans ailes.

A la fin du repas, Wakatanga prit de nouveau la parole et s'adressa à Charles. Kaharinga traduisit :

— Wakatanga dit que l'idée de Pakeha Hemonga est bonne. Il accepte de lui vendre une partie des terres des Nga Puhis pour la somme de mille livres. Pakeha Hemonga et son clan pourront s'installer sur le territoire de Matawaia pour y créer un élevage. Il ajoute que Pakeha Hemonga sera pour ceux de Kaikohe comme un allié et un frère.

Un peu plus tard, lorsque Cécilia se retrouva à l'extérieur du *marae*, la tête lui tournait un peu. Elle adressa un grand sourire à Kaharinga, qui ne l'avait pas quittée.

— Mon père m'a demandé de vous conduire dès demain à Matawaia. Vous verrez, c'est un grand et beau domaine. En superficie, il doit faire près de dix mille acres.

— Soyez remercié, Kaharinga, dit-elle. Pour votre accueil, pour tout ce que vous avez fait pour nous.

— Ce fut un plaisir, mademoiselle.

Elle eut envie de lui dire de l'appeler Cécilia, mais un reste de l'éducation reçue de miss Tington l'en empêcha. Elle se contenta de sourire à nouveau. Puis elle demanda :

— Quelle est la signification du nom que votre père a donné au mien ?

— Pakeha Hemonga ? Cela veut dire : « le Blanc fougueux ».

9

Charles de Hauterive était soulagé. Bien sûr, il n'obtenait pas le territoire dont il avait rêvé durant toutes ces années, mais il s'en tirait finalement très bien. La transaction menée avec Wakatanga ne lui avait coûté que mille livres. C'était beaucoup plus que les trente-six haches du premier contrat, mais c'était le prix à payer pour un domaine de cette superficie.

On se remit en route dès le lendemain, après avoir passé la nuit dans le *whare manuhiri*, la maison des visiteurs. Il fallut moins d'une journée de marche pour parvenir à Matawaia. C'était une vallée cernée par des collines aux pentes douces et recouvertes d'une végétation luxuriante. Partout se dressaient de magnifiques *kauris* aux troncs droits et solides, à la couronne élevée. Ils étaient très recherchés. Il allait falloir déboiser une bonne partie des terres pour en faire des prairies, mais il serait sans doute possible de vendre les troncs à la marine anglaise. Charles se promit d'en parler au résident Busby.

Au milieu de la vallée coulait une rivière tumultueuse cernée par des fougères arborescentes dont l'envers des feuilles semblait recouvert d'argent. Partout s'épanouissaient de superbes fleurs couleur carmin, que Kaharinga nomma *pohutukawas*. Elles étaient parfois si nombreuses que la nature semblait couverte d'une nappe de sang.

Vers midi, ils arrivèrent à un endroit où la rivière s'élargissait en un petit lac ombragé. Sa beauté séduisit aussitôt Helen. Elle regarda son mari, qui lui répondit d'un sourire.

— Voilà un lieu qui me convient fort bien, dit-elle. C'est ici que nous construirons notre maison.

Cécilia s'approcha de Kaharinga.

— Pourquoi votre tribu ne s'est-elle pas installée ici ? demanda-t-elle. L'endroit est vraiment superbe. Il y a de l'eau, des fruits.

— Il n'est pas facilement défendable, répondit le jeune homme.

— Mais alors, ne risquons-nous pas nous-mêmes d'être attaqués ?

— Rassurez-vous, les Maoris ne s'en prennent pas aux Blancs. A moins que vous ne les provoquiez. Nos guerres ne vous concernent pas. Vous êtes en sécurité ici. De toute façon, vous êtes sous la protection de notre tribu. Je veillerai sur vous.

La manière dont il avait prononcé les derniers mots émut la jeune fille. Bien sûr, il avait inclus sa famille dans le « vous », mais elle n'était pas dupe, elle avait compris qu'il s'adressait surtout à elle.

— Soyez-en remercié, répondit-elle avec un sourire aussi provocateur que charmeur.

Un peu plus tard, Kaharinga prit congé du baron et de sa famille. Lorsqu'il s'éloigna, Cécilia ressentit comme une brûlure dans la poitrine. Elle ne parvenait pas à chasser les traits du jeune Maori de son esprit.

— Il est charmant, ce garçon, remarqua Helen, à qui le manège de sa fille n'avait pas échappé.

Mais Cécilia n'avait aucune envie d'en parler. Elle ne pouvait évoquer devant sa mère les envies inavouables qui la taraudaient depuis quelques jours. Il valait mieux ne plus y penser. Kaharinga était un Maori et elle, une jeune aristocrate anglaise. Rien n'était possible entre eux.

On se mit immédiatement au travail. Charles embaucha des ouvriers à Kororareka pour abattre les arbres autour de l'étang. Pendant les premiers jours, on se contenta des tentes de toile. Puis des bâtiments virent le jour : une petite maison pour la famille de Hauterive, une autre pour les domestiques, une bergerie pour les moutons. Charles avait fait venir son cheptel de la capitale. A cette occasion, il avait également engagé une équipe de bûcherons pour dégager les prairies destinées aux futurs troupeaux. Les troncs des arbres abattus étaient ensuite acheminés vers Kororareka par voie fluviale.

Cécilia n'avait pas le temps de penser à Kaharinga. Le travail ne manquait pas. Jusqu'à présent, elle n'avait eu d'autre souci que de suivre ses études et de jouir de la vie facile des jeunes Anglaises bien nées. Aujourd'hui, elle mettait la main à la pâte. Elle assistait les brebis lors des naissances, soignait les agneaux. Son grand-père Hippolyte lui avait maintes fois conté la visite qu'il avait faite à Versailles, au cours de laquelle il avait vu la reine Marie-Antoinette s'adonner à cette occupation. Cette histoire attendrissait la jeune fille, mais elle se doutait que la tâche de la reine était bien moins rude que la sienne. Ses agneaux devaient être lavés et parfumés avant qu'on les lui confie... Ce n'était certes pas le cas ici, et les bébés moutons de Matawaia, pour attendrissants qu'ils fussent, fleuraient une odeur assez puissante. Mais son père l'avait élevée dans l'idée que le travail anoblit l'être humain. Lui-même avait grandi loin de la Cour et de l'oisiveté des grands. La pauvreté relative des nobliaux de province les contraignait souvent à s'atteler eux-mêmes à la tâche.

Ces conditions de vie difficiles ne déplaisaient pas à Cécilia. Outre les moutons, elle avait la charge du couple de border collies que son père avait amené d'Angleterre. C'était un chien de berger particulièrement bien adapté à l'élevage des ovins. Les colons en partance pour l'Australie ou la Nouvelle-Zélande l'avaient adopté pour sa résistance, son agilité et sa faculté à s'imposer à tout type de bétail, qu'il approchait en rampant et en le fixant dans les yeux. Une légende affirmait d'ailleurs qu'il était capable d'hypnotiser des bêtes beaucoup plus grosses que lui, comme les bœufs. Sur le navire, Cécilia s'était occupée des deux chiots, un mâle et une femelle. Ils étaient désormais inséparables d'elle. Ils portaient des noms irlandais, parce que le baron les avait achetés à un homme originaire de la verte Erin. Aran, le mâle, tirait son nom de l'île occidentale de l'Irlande sur laquelle il avait vu le jour. Le nom de la femelle, Alannah, signifiait « la Belle ». Cécilia eut bientôt fort à faire avec la chienne, qui attendait des petits. Ce qui ne l'empêchait pas de travailler jusqu'à épuisement total. La jeune fille était obligée de l'attacher pour la contraindre à se reposer. Alannah portait les futurs meneurs de leurs troupeaux.

Charles avait recruté un chef berger à Kororareka. Cécilia ne l'aimait pas. C'était un Texan, un individu nonchalant qui ne cessait de chiquer et de cracher avec un air de défi dans le regard. Mais, parmi les hommes qui rôdaient sur le port, le choix était restreint. Slade Bowers, c'était son nom, s'éclipsait une fois ou deux par mois pour aller se saouler dans la capitale et rendre visite aux prostituées. Il revenait quelques jours plus tard, lorsqu'il n'avait plus d'argent. Charles s'était promis de le chasser dès qu'il aurait trouvé quelqu'un pour le remplacer, mais ce ne serait pas chose facile, car Bowers connaissait son travail. Il excellait notamment dans la tonte des moutons. A l'aide de grands ciseaux, il coinçait la brebis entre ses cuisses et avait tôt fait de la déshabiller. La tonte avait lieu immédiatement après la mise bas afin de protéger au maximum les agneaux.

Après la visite éprouvante dans le village des barbares, miss Tington tentait de s'adapter à la vie sauvage. Son univers autrefois si convenable était bouleversé, chamboulé au cœur de cette nature exubérante, chargée d'odeurs inconnues, cette forêt résonnant d'appels d'animaux qui devaient ressembler à des monstres. Parfois, elle se reprochait d'avoir accepté ce voyage insensé. Mais elle n'avait pu se résoudre à abandonner son élève, même si elle avait renoncé à faire d'elle une vraie lady. Par moments, miss Tington se sentait vraiment inutile, Cécilia était toujours dehors, soignant les moutons et les chiens ou parcourant le domaine à cheval pour en reconnaître les limites et repérer les meilleurs endroits. A la fin de la journée, elle revenait dépenaillée, les joues rouges, les yeux brillants, les membres griffés. Miss Tington désespérait de lui voir utiliser un peigne. La plupart du temps, Cécilia laissait sa lourde chevelure blonde flotter sur ses épaules. Le vent aidant, il fallait une heure pour les démêler le soir venu. Mais elle rayonnait d'une telle joie de vivre que la vieille gouvernante ne trouvait pas le courage de lui adresser le moindre reproche. De toute manière, Cécilia n'en faisait qu'à sa tête.

Au fil des mois, le domaine se transformait. Les baraques de bois étaient achevées et la forêt s'était éclaircie en plusieurs endroits. De vastes prairies accueillaient les moutons. Chacun des béliers avait hérité d'une demi-douzaine de brebis. Il fallait profiter de l'été. Même si l'hiver restait doux sous cette latitude, il allait amener des tempêtes.

Le baron avait également entrepris la construction d'une grande maison dont il avait lui-même dessiné les plans. Des maçons venus de la capitale s'étaient mis à l'ouvrage. Peu à peu, des murs s'érigeaient. Ayant pris le goût des jardins auprès des Anglais, Charles avait également tracé, avec l'aide de Pierre-Marie Le Drezen, le dessin d'une sorte de parc paysager comportant de vastes zones de gazon et d'importants massifs de fleurs. Celles-ci ne manquaient pas. Outre les magnifiques *pohutukawas* qui ressemblaient à des pelotes d'épingles écarlates terminées par une tache jaune, on rencontrait aussi de superbes arbres comme le *kowhai*, dont les branches se couvraient de clochettes d'or, ainsi que des orchidées de toutes tailles et de toutes couleurs.

Helen elle-même ne manquait pas de travail. Avant de quitter l'Angleterre, elle avait fait provision de rouleaux de tissu. En compagnie de miss Tington, qui trouvait ainsi de quoi s'occuper, elle coupait, taillait, montait, confectionnant des vêtements, fabriquant des rideaux, des nappes, des serviettes et toutes sortes d'objets destinés à donner un air civilisé à la future demeure.

A la fin du mois de mai, alors que l'hiver austral approchait à grands pas, la maison était loin d'être achevée. On passa la saison froide sous les baraques de bois construites au début de l'installation. De véritables ouragans se mirent à souffler sur Matawaia, menaçant d'emporter les fragiles constructions. Mais elles résistèrent, malgré les angoisses de la pauvre miss Tington qui enchaînait prière sur prière, se demandant quel péché elle avait pu commettre pour subir de telles épreuves. Pour elle, ce pays ne pouvait être que le repaire du diable, avec ces démons qui surgissaient tout à coup devant elle en faisant des grimaces horribles.

Car la vieille dame amusait beaucoup les Maoris qui visitaient régulièrement le domaine : ses cris effarouchés les réjouissaient.

Aussi miss Tington fut-elle comblée lorsque, un an après leur arrivée, la maison d'habitation fut terminée. Leur emménagement fut l'occasion de festivités auxquelles furent conviés James Busby et les notables de Kororareka, ainsi que le chef Wakatanga.

Au moins une fois par mois, le résident James Busby organisait une soirée à laquelle il invitait le baron, sa femme et sa fille. C'était l'occasion pour Cécilia de se distraire. Et de retrouver sa rivale Rebecca. Toutes deux se décochaient avec un art consommé des flèches empoisonnées. Lorsque Rebecca lui reprochait sournoisement ses mains rêches, Cécilia répliquait avec perfidie que le travail usait peut-être les mains, mais que l'oisiveté provoquait de désagréables afflux de bile et des accès de jalousie qui rendaient le teint jaune et l'œil terne.

— Si vous voulez y remédier, ripostait-elle, n'hésitez pas à nous rendre visite, je vous trouverai bien quelque bergerie à nettoyer.

Les relations entre les deux jeunes filles étaient d'autant moins cordiales que, les mois passant, les hommes remarquaient que la beauté de Cécilia ne cessait de s'épanouir. La brune Rebecca et la blonde Cécilia se partageaient un royaume minuscule, sujet à l'adulation des hommes qui constituaient la cour du résident Busby. Bien sûr, celle-ci comptait d'autres femmes, mais elles étaient toutes mariées, et leurs robes sans fantaisie, tout comme leur éducation rigide, leur interdisaient de se comparer aux deux princesses.

Cécilia prenait un malin plaisir à bavarder avec le capitaine Jefferson, uniquement dans le but de faire enrager sa rivale. C'était un jeu pour elle ; cependant elle se rendit très vite compte qu'elle suscitait chez le jeune militaire des sentiments enflammés qui la flattaient, mais auxquels elle s'interdisait de répondre.

Philip Jefferson n'était pas le seul soupirant de Cécilia. Yann Le Bihan, le marin breton qui commandait la *Marie-Morgane*, revenait chaque année pour la campagne de chasse à la baleine. Et il restait sur place le plus longtemps possible. Il racontait à qui voulait l'entendre qu'il comptait s'installer en Nouvelle-Zélande. Toutefois, Cécilia ne lui accordait pas plus d'espoir qu'au capitaine Jefferson. Il avait treize ans de plus qu'elle et elle le trouvait vieux.

Miss Tington, qui tentait de la chaperonner lors de ces soirées, lui vantait les mérites de chacun de ses prétendants, et la nécessité pour une jeune fille de bonne famille de se trouver un époux. Cécilia ne l'écoutait pas. Elle n'avait aucune envie de se marier. Cette attitude distante ne décourageait pourtant pas ses amoureux transis, et Matawaia recevait régulièrement des visiteurs. Afin de faire avancer ses affaires, le capitaine Jefferson venait souvent voir le baron, sous le prétexte de tirer l'épée. Cécilia n'était pas dupe. Mais elle encourageait néanmoins ces visites, car elle savait qu'elles faisaient enrager Rebecca. Le capitaine Yann Le Bihan, sur l'invitation de Charles, venait lui aussi au domaine. Etant tous deux bretons, ils prenaient plaisir à bavarder dans la langue de leurs ancêtres.

Il arrivait que les deux soupirants fussent présents en même temps. Ils rivalisaient alors de compliments et de petits cadeaux pour Cécilia, que ces attentions comblaient. Il lui plaisait beaucoup de se sentir la reine incontestée de la petite colonie. Car il ne faisait aucun doute que les hommes lui faisaient une cour plus assidue qu'à Rebecca.

Ces marivaudages, auxquels elle n'accordait pas une grande importance, l'empêchaient de trop penser à Kaharinga. Cependant, il hantait ses rêves. Des rêves qu'elle était obligée de garder pour elle seule, car nul parmi les siens n'aurait pu la comprendre.

10

Si au moins elle ne l'avait pas vu régulièrement, Cécilia aurait peut-être fini par oublier Kaharinga. Mais les Maoris avaient pris l'habitude de venir troquer des outils et différents objets avec les *pakehas* de Matawaia, et le jeune homme les accompagnait toujours. Il apportait quelque cadeau, un collier ou une boîte en bois magnifiquement travaillée comme savaient les faire les indigènes. Cécilia avait vite compris que ces visites étaient surtout prétexte à la rencontrer, car elle savait bien qu'il éprouvait des sentiments identiques aux siens.

Lorsqu'il ne venait pas pendant quelques jours, les pas de sa pouliche l'entraînaient immanquablement sur la piste de Kaikohe. S'il n'apparaissait pas, elle en ressentait une violente frustration.

Elle s'en voulait de se sentir ainsi prisonnière d'une passion à laquelle elle ne pouvait pas céder. Elle se morigénait intérieurement. Comment elle, héritière d'une famille de noble lignée, pouvait-elle être tombée amoureuse d'un... sauvage ? Il n'appartenait pas à son monde ! Pourtant, elle n'y pouvait rien. Elle avait besoin de sentir son regard noir sur elle, d'écouter sa voix chaude et rassurante, cette bouche joliment dessinée qui parlait un anglais si châtié. La nuit, c'était pire : elle rêvait de ses mains sur sa peau, et d'inavouables envies lui cambraient les reins. Parfois, un profond désespoir s'emparait d'elle. Il n'y aurait jamais rien entre Kaharinga et elle. Elle songeait alors à accepter d'épouser un autre homme, n'importe lequel. L'instant d'après, elle rejetait cette idée avec colère. Pourquoi ne pourrait-elle pas vivre avec l'homme qu'elle aurait choisi ? Pourquoi une aristocrate n'aurait-elle pas le droit d'épouser un Maori ? Après tout, il était noble lui aussi. Il appartenait à la caste dirigeante de sa tribu. Et puis, il existait de nombreux exemples de mariages entre *pakehas* et indigènes. Mais c'étaient toujours des hommes blancs qui épousaient des femmes maories. Jusqu'à présent, aucune femme blanche, surtout de haute naissance, n'avait épousé de Maori. Une telle idée était inconcevable pour le milieu auquel elle appartenait. Elle se doutait trop de la réaction de ses parents et de son entourage. Elle voyait déjà la tête de miss Tington. Cette vision lui arrachait un rire triste, qui se brisait rapidement.

Afin d'éviter d'attirer les soupçons sur les visites fréquentes du jeune Maori, Cécilia lui demanda de lui enseigner sa langue. Personne n'y vit d'inconvénient. Charles était bien trop occupé pour se poser la moindre question. Miss Tington n'aurait jamais osé imaginer une liaison aussi invraisemblable. Seule Helen n'était pas dupe. On ne peut tromper facilement le cœur d'une mère. Pourtant, elle n'en parla pas à sa fille. Elle savait ce qu'elle souffrait. Elle-même avait dû affronter l'opposition de ses parents lorsqu'elle avait rencontré Charles de Hauterive. Elle décida de laisser faire le temps. Peut-être Cécilia se rendrait-elle compte elle-même qu'un tel amour était sans espoir. Il existait trop de différences entre eux.

Mais la jeune fille se moquait bien des différences. Son stratagème lui permettait de retrouver Kaharinga au moins deux fois par semaine. Ils avaient pris l'habitude de se rencontrer à Ngawa, le petit village situé au pied de la colline de Kaikohe. Il y avait là un étang aux eaux chaudes dont émanait un bizarre parfum soufré. Ils avaient de longues conversations, moitié en anglais, moitié en maori. Cécilia faisait de louables efforts pour progresser.

Un jour, elle lui demanda :

— Je sais que les Maoris m'appellent entre eux « Wahinehoi ». Qu'est-ce que cela veut dire ?

— La femme-cheval !

— Quoi ? Ils trouvent que je ressemble à un cheval ? s'insurgea-t-elle.

Il éclata de rire.

— Oh non ! C'est très flatteur, au contraire. Ils croient que vous possédez un pouvoir sur lui. Les Maoris ne connaissaient pas les chevaux avant l'arrivée des *pakehas*. Ils pensent qu'il faut avoir un *mana* très puissant pour monter un cheval.

— Un *mana* ?

— Le *mana* est la force de l'esprit. Chaque être humain, chaque animal, chaque objet même possède son propre *mana*.

Un jour, elle remarqua qu'il portait autour du cou un collier auquel pendait une petite croix d'or.

— Cette croix... vous êtes chrétien ? s'étonna-t-elle.

Il acquiesça.

— J'ai suivi l'école des missionnaires à Kororareka. L'évêque Paul Selwyn a été mon professeur. C'est un homme bon. C'est lui qui m'a converti au christianisme. Il m'a aussi encouragé à aller au collège de Sydney.

— Je comprends pourquoi vous parlez si bien l'anglais.

— Beaucoup de Nga Puhis sont convertis à la religion chrétienne. Je pense que nous pouvons concilier nos croyances ancestrales et le christianisme. Il nous enseigne à pardonner à nos ennemis. C'est ce que doivent apprendre les Maoris s'ils ne veulent pas disparaître. Les guerres ont tué trop des nôtres.

— Mais pourquoi faites-vous la guerre ?

— Oh, tous les prétextes sont bons : une vengeance inassouvie, une revendication sur un territoire. Les Maoris estiment que la seule manière de prouver sa valeur est de tuer un maximum d'ennemis. L'évêque Selwyn m'a fait comprendre que la guerre n'est pas une bonne chose. Autrefois, avant l'arrivée des *pakehas*, nous n'avions que nos lances et nos casse-tête pour combattre. Malheureusement, depuis que les Blancs nous ont fourni des armes à feu, certaines tribus ont été décimées.

« Le cousin de mon père, Hongi Hika, était un grand guerrier. En 1820, il s'est rendu en Angleterre. C'est à cette occasion qu'il a rencontré votre père. Il fut reçu par votre roi, George IV, qui lui fit présent d'une malle remplie de cadeaux. Lors du voyage de retour, il fit escale à Sydney, où il les échangea contre une grosse quantité de mousquets. Alors commença la "guerre des Mousquets". Fortement armées, les tribus de Hongi Hika menèrent des raids victorieux contre leurs ennemis. Pour riposter contre sa suprématie, les autres tribus s'armèrent à leur tour et il s'établit un véritable trafic d'armes autour de la Nouvelle-Zélande. Ces batailles incessantes provoquèrent un grand nombre de victimes. Une coutume guerrière maorie veut que l'on coupe la tête de ses ennemis vaincus. Les têtes sont ensuite naturalisées comme symboles de victoire. Elles intéressaient les trafiquants, car des collectionneurs européens les achetaient à prix d'or. Aussi, ils les échangeaient volontiers contre des mousquets.

Cécilia était devenue toute pâle.

— Il me semble que Rebecca m'a parlé de quelque chose comme ça. C'est épouvantable.

— Les tribus du Sud, qui n'avaient pas accès à la Baie des îles, ne pouvaient pas se procurer d'armes, et elles devinrent plus vulnérables. Elles furent victimes d'innombrables raids, et des villages entiers disparurent pour approvisionner les trafiquants en têtes coupées. On ne faisait plus de prisonniers. Tous les esclaves étaient sacrifiés, décapités, et leurs têtes partaient vers l'empire britannique. Ce trafic monstrueux finit par provoquer un grand scandale en Angleterre. En 1831, le gouvernement anglais a interdit le marché des têtes naturalisées. Depuis, ce trafic a fortement diminué [1].

— C'est une histoire sordide, souffla Cécilia, mal à l'aise. Les Maoris sont-ils donc si barbares ?

— Il ne faut pas nous juger à la manière des Blancs. Selon nos coutumes, chaque ennemi tué renforce le *mana* des guerriers amis qui ont péri. N'allez pas croire que Hongi Hika était un homme sanguinaire et cruel. Au contraire. Je l'ai bien connu. Mon père a combattu à ses côtés autrefois. Il venait souvent nous rendre visite à Kaikohe. C'était un homme bon.

— Qu'est-il devenu ?

— Jusqu'à la fin de sa vie, il a livré des batailles. Mais il a été blessé lors de l'une d'elles. Il est mort quelques mois plus tard des suites de ses blessures.

1. Véridique.

Kaharinga resta un long moment silencieux. Enfin, il ajouta :

— Les choses sont plus compliquées qu'elles ne le paraissent. Je crois que, au début, les missionnaires l'ont encouragé à mener ces combats. Ils espéraient sans doute qu'il deviendrait le roi de tous les Maoris. Ainsi unifié, le peuple maori devrait lui obéir et accepter les colons. Mais Hongi Hika n'était pas un conquérant. Les Blancs n'ont pas compris que l'esprit de conquête ne correspond pas à notre mentalité. Aucun chef vainqueur n'a jamais tenté d'exploiter ou même d'occuper les territoires conquis sur un ennemi. Il arrive parfois que l'on désigne un chef suprême, un *ariki*, pour plusieurs tribus, lors des batailles, mais cela s'arrête là.

Cécilia secoua la tête :

— Et malgré tous ces morts, aujourd'hui encore, vous continuez de vous battre.

— C'est vrai. Les guerres sont moins nombreuses parce que les pertes ont été tellement lourdes que certaines tribus ont été décimées. Mais les combats reprendront dès que la population aura de nouveau augmenté. C'est pourquoi il est important que les Maoris se convertissent au christianisme.

Peu à peu, au travers de l'enseignement de son ami, Cécilia pénétrait l'esprit du peuple maori. Elle découvrit ainsi que certaines légendes relataient de très belles histoires d'amour, comme celle de Rahi et de Ti-Ara, qui était à l'origine d'un jeu très prisé des Maoris : le *ki-o-rahi*. Un jour, Kaharinga porta au baron une invitation pour assister, à Kaikohe, à une partie de ce jeu. Ces invitations étaient fréquentes entre Wakatanga et

Pakeha Hemonga. Elles étaient l'occasion de longs bavardages entre les deux hommes qui, avec le temps, avaient appris à s'apprécier.

Le *ki-o-rahi* était un sport plutôt brutal. Il se déroulait sur une surface circulaire, à l'intérieur de laquelle deux équipes se repassaient très vite le *ki*, un ballon de forme ovale. Il fallait éviter qu'il ne soit intercepté par les adversaires[1]. Kaharinga, qui jouait dans l'une des deux équipes, fit la démonstration de sa force et de son adresse, encouragé par les hurlements d'enthousiasme des jeunes Maoris.

A la fin de la partie, à laquelle Cécilia n'avait pas compris grand-chose, sinon que l'équipe de Kaharinga avait triomphé, elle voulut aller le féliciter. Mais elle se figea soudain sur place. Une jeune Maorie se jetait dans les bras du vainqueur et frottait tendrement son nez sur le sien.

11

Cécilia eut l'impression qu'une main de fer lui broyait les entrailles. Il ne faisait aucun doute, à la

1. Le *ki-o-rahi* est en partie à l'origine du rugby moderne.

façon dont cette fille le regardait, qu'elle était amoureuse de Kaharinga. Et il le lui rendait bien. Elle était très belle. Cécilia ravala ses larmes et sa frustration, et s'attacha à faire bonne figure. Au fond, tout cela n'avait pas d'importance. De toute façon, elle n'allait pas se marier avec un Maori, n'est-ce pas ? Et puis elle ne croyait pas au mariage.

Seule son éducation l'empêcha de s'enfuir en courant, mais elle prétexta un peu de fatigue pour quitter le village sans avoir revu Kaharinga. Sitôt qu'elle fut hors de vue, elle lança Aideen dans un galop effréné à travers la forêt et les prés. Le vent lui sifflait aux oreilles, des branches la cinglaient, elle n'en avait cure. Elle aurait voulu qu'elles lui arrachent la peau, qu'elles la vident de son sang. Elle n'avait pas eu la moindre chance. Elle n'avait même pas eu l'occasion de parler avec Kaharinga, de lui dire... Mais qu'aurait-elle pu lui dire ? Qu'elle était amoureuse de lui ? Une jeune fille anglaise ne pouvait se permettre une telle audace.

Kaharinga était un mystère. Sous l'apparence d'un sauvage à peine vêtu, il dissimulait une grande instruction et une intelligence vive. Il avait fait vivre pour elle seule un monde dont elle ignorait tout. Et, parce que c'était lui qui en parlait, la forêt, les montagnes, les légendes maories avaient pris pour elle un parfum de

L'équipe de la Nouvelle-Zélande compte parmi les meilleures du monde. Nombre de ses joueurs sont d'origine maorie. Elle pratique avant les matchs la danse rituelle du *haka*, destinée à impressionner l'adversaire.

magie inexplicable. Elle se sentait chez elle dans ce pays farouche, où l'eau s'infiltrait intimement jusqu'au cœur de la terre, sous forme de cascades noyées de brume, de torrents bondissants qui s'assagissaient parfois en étangs ombragés par des fougères à feuilles d'argent et des arbres colossaux. Jusqu'à ce jour, tout lui semblait beau, à tel point même qu'elle en oubliait les massacres dont le pays avait été le théâtre quelques années auparavant. Elle en oubliait le cannibalisme. Les Maoris aimaient leurs enfants avec une grande tendresse. Leurs maisons étaient magnifiquement décorées, leurs objets d'art étaient superbes. Elle avait appris à aimer Aotearoa avec passion, comme si elle y était née. Mais tout s'écroulait. Malgré l'impossibilité d'un amour entre une aristocrate et un Maori, elle avait voulu y croire. Elle avait espéré.

Elle comprenait aujourd'hui que c'était un espoir insensé. Les Maoris eux-mêmes n'auraient peut-être pas permis une telle union. D'ailleurs, il ne s'était jamais rien passé entre Kaharinga et elle. Lorsqu'ils étaient seuls, elle avait souhaité parfois le voir se pencher sur elle et l'embrasser, ou frotter son nez contre le sien tendrement. Il ne l'avait jamais fait. Il s'était toujours montré correct. Alors ? N'avait-elle pas imaginé ces regards troubles qui faisaient couler dans ses veines une lave brûlante ? Avait-elle rêvé qu'il l'aimait, lui aussi ?

Revenue à Matawaia, elle se réfugia dans sa chambre, claquant même la porte au nez de miss Tington, qui exigeait de savoir pourquoi elle s'était mise dans un état pareil.

Les jours suivants, elle s'étourdit de travail, passant

des heures avec ses chiens ou avec les moutons. Ne pas penser, chasser le fantôme qui la hantait. Au matin du septième jour, néanmoins, elle retourna à Ngawa, auprès de l'étang aux eaux sulfureuses. Elle s'assit sur la rive. Elle ignorait pourquoi elle était venue là. Ou plutôt, elle ne le savait que trop bien. Pendant ces quelques jours, elle avait espéré chasser Kaharinga de son esprit. En vain. Chaque nuit elle avait pensé à lui, elle avait rêvé de ses mains sur elle. Et son ventre à chaque fois se faisait plus douloureux, plus exigeant. S'étourdir de travail n'avait servi à rien. Elle avait bien senti que sa mère s'était aperçue de son chagrin. Mais elle avait évité de lui en parler. Il n'y avait plus rien à faire désormais.

Elle se demanda si Kaharinga était venu à Ngawa cette semaine. Ils y avaient rendez-vous, comme à l'accoutumée, pour l'enseignement du maori. Elle ne s'y était pas rendue. Il avait dû l'attendre pour rien. Bien fait pour lui ! Elle espérait qu'il en avait souffert, lui aussi. Elle éclata en sanglots. Il se moquait probablement d'elle. Elle s'était fait des illusions. Il ne l'aimait pas. Sa vie lui semblait désormais insipide, sans but. Elle ne se marierait pas. Aucun homme ne l'intéressait en dehors de Kaharinga. Avec qui aurait-elle pu partager une telle complicité ? Et comment imaginer les mains d'un autre sur sa peau ? L'avenir lui semblait un désert aride et sans vie, sans espoir. Dans ces conditions, comment trouver encore le désir de vivre ? A quoi bon ? Pour qui ? Pour quoi ?

Longtemps, jusqu'à la nausée, elle fixa les eaux vertes sur lesquelles planaient des brumes diaphanes que les vents légers emportaient. Il n'y avait personne aux alentours. Lentement, elle se défit de ses vêtements et glissa un pied dans l'étang. L'eau était agréablement tiède. Elle se souvint qu'elle avait plusieurs fois eu envie de s'y baigner lorsqu'elle venait en compagnie de Kahainga, mais n'avait jamais osé le faire : comment imaginer de se montrer nue devant lui, même si elle en avait très envie ?

Cette fois, elle était seule. Une violente crise de larmes la saisit. Peut-être ne ressortirait-elle pas de l'étang...

Lentement, elle se glissa dans l'onde, laissa la chaleur la pénétrer. Cet étang était vraiment surprenant. Elle avait l'impression de se retrouver dans une baignoire géante, cernée d'une végétation luxuriante. La boue était moelleuse sous ses pieds nus. Elle ferma les yeux et se laissa porter par l'eau. Celle-ci l'enveloppa comme une nouvelle poche maternelle. Il devait être facile de se laisser aller, de tout oublier dans ce liquide si agréable. Une douleur lourde lui broyait le cœur. Elle n'avait plus aucun espoir. Alors, pourquoi vivre ? D'un mouvement résolu, elle enfonça sa tête sous l'eau, ouvrit la bouche, retint sa respiration, mue par un reste d'instinct de survie. Elle était trop malheureuse. Comment pourrait-elle continuer à vivre dans ces conditions ? Elle serra les poings, et d'un coup, respira, bien décidée à en finir. Instantanément, une douleur vive fouailla ses poumons. La panique s'empara d'elle et elle se redressa, toussant, crachant, battant des mains pour reprendre son souffle, cherchant des yeux un secours absent. Enfin, tout se calma et le spectre de la noyade s'éloigna. La respiration saccadée, le cœur battant la chamade, elle remonta péniblement sur la rive, tremblant encore de peur rétrospective.

Soudain, une silhouette apparut devant elle. Kaharinga. Aussitôt, il fut près d'elle, affolé.

— Vous avez failli vous noyer !

Sans prendre garde à sa nudité, il l'enveloppa d'un bras protecteur, l'aida à revenir sur l'herbe. Frissonnante, Cécilia se laissa tomber sur le sol, indifférente au fait qu'elle ne portait rien sur elle. Elle avait eu trop peur pour se soucier de ce genre de détail. Et il était là, près d'elle. Tout était bien. Tandis qu'elle reprenait son souffle, il la contempla, puis d'un geste doux caressa ses cheveux blonds emmêlés. Il la regarda d'un œil sévère.

— Tu n'as pas manqué de te noyer, dit-il lentement. Tu as voulu mourir.

Elle leva les yeux vers lui. Comment aurait-elle pu lui mentir ? Il la connaissait trop bien. Elle se mit à pleurer. Il l'attira contre lui et murmura :

— *Iti rupahu. Taku aroha ki a koe !*

Elle connaissait assez de mots maoris à présent pour comprendre la signification de ses paroles. Il lui disait qu'elle n'était qu'une petite folle... et qu'il l'aimait. Elle répondit de même :

— *Taku aroha ki a koe !*

Puis elle glissa sa main autour du cou de Kaharinga et, sans cesser de le fixer de ses yeux mouillés, elle attira sa bouche contre la sienne, la mordit. Une fièvre incontrôlable s'empara d'elle, de son corps, et ce ne fut plus un rêve. Les mains de Kaharinga se posèrent sur elle, sur ses épaules, sur ses seins qu'aucune main d'homme n'avait encore effleurés. Elle se cambra sous l'onde de plaisir qui s'emparait d'elle.

Un douloureux mélange de paix infinie et de chaos total se partageait l'esprit de Cécilia. L'étreinte qui l'avait unie à Kaharinga avait été intense, éblouissante. Il avait fait preuve envers elle d'une grande douceur, parce qu'il savait qu'elle n'avait jamais connu d'homme avant lui. Elle-même avait accompli des gestes dont elle ne se serait jamais crue capable, des gestes dont l'audace la bouleversait. L'apaisement des sens lui avait apporté la sérénité et la certitude qu'il l'aimait, qu'il l'aimait profondément. Leur union lui avait aussi fait comprendre qu'ils étaient faits l'un pour l'autre. Ils se comprenaient. Jusque dans ces instants les plus intimes, leur complicité s'était exprimée d'une manière extraordinaire. Comme s'ils s'étaient toujours connus, comme s'ils avaient déjà fait l'amour d'innombrables fois ensemble.

A présent, ils étaient allongés, blottis l'un contre l'autre. La tête de Cécilia reposait sur la poitrine de Kaharinga. Ils ne parlaient pas. Un instant, elle redouta que quelqu'un pût les surprendre ainsi. Mais il ne venait jamais personne sur les rives de cet étang, éloigné du petit village de Ngawa. Peu à peu cependant, la paix s'estompa devant un sentiment de malaise, un goût de cendre. Cécilia savait que c'était la première fois qu'ils s'aimaient, mais aussi la dernière. Ils se redressèrent. Elle se rhabilla à gestes lents.

Après un long silence, Kaharinga déclara :

— Elle s'appelle Ti-Ara, comme la princesse de la légende. Elle est la fille de Kai-Hara, le chef des Nga Uris. Je dois l'épouser pour assurer une alliance entre nos deux *iwis*. C'était prévu ainsi depuis notre enfance.

Cécilia ne répondit pas immédiatement.

— Es-tu amoureux d'elle ?

— Si l'on ne peut pas vivre avec la femme que l'on aime, il faut aimer celle avec qui l'on doit vivre. Et puis, elle mérite que je sois bon avec elle. C'est une fille courageuse et d'un caractère doux. Elle me donnera de beaux enfants.

Ils firent quelques pas.

— Je crois qu'il vaudrait mieux que j'arrête de te donner des cours de maori, reprit-il. Mais toi, n'oublie pas que tu n'es pas seule.

Il se tourna vers elle, prit sa tête entre ses mains brunes.

— Tu n'as pas le droit de faire souffrir tes parents. Tu es leur seule fille. Si tu meurs, leur vie s'arrête. Et lorsqu'on est le fils ou la fille d'un grand chef, on doit faire passer ses désirs personnels après l'intérêt de tous.

— Je ne te reverrai plus...

— Tu me reverras à mon mariage. Mon père souhaite inviter Pakeha Hemonga et sa famille.

— Je n'aurai pas le courage...

— Tu l'auras.

Son visage s'était durci.

— Nous aurons le courage tous les deux. Et nous sourirons, parce que nous sommes destinés à commander un jour. Nous n'avons pas le droit de faiblir. Tu m'as compris ?

Son regard était dur, tout à coup. Elle eut l'impression qu'il allait la gifler. Mais, lorsque sa main se leva, ce fut pour lui caresser la joue avec une infinie tendresse. Elle le vit serrer les mâchoires, puis disparaître dans les profondeurs de la forêt. Désemparée, elle resta longtemps debout près de l'étang. Elle n'avait plus envie de mourir. C'était une solution stupide et lâche. Kaharinga avait raison. Elle devait supporter l'adversité sans faiblir. La vie venait de lui enseigner que l'on ne pouvait pas toujours avoir ce que l'on désirait. Mais c'était aussi un devoir de faire face aux revers de la fortune avec honneur et dignité. Elle refoula les larmes qui lui nouaient la gorge et rejoignit sa pouliche.

En cette fin d'année 1838, Charles de Hauterive avait tout lieu de se réjouir. La grande maison était achevée. Ses troupeaux s'étaient agrandis et la première récolte de laine promettait d'être excellente. Helen pouvait goûter un repos bien mérité. Miss Tington avait renoncé à faire de Cécilia une parfaite demoiselle anglaise. Plus que jamais la jeune fille laissait parler son instinct indépendant et farouche. Depuis quelque temps, son caractère s'était fait plus ombrageux. La vieille gouvernante, estimant qu'il s'agissait là d'insolence, lui faisait d'amères réflexions qui restaient lettre morte. Cécilia ne l'écoutait plus depuis longtemps. A dix-huit ans, elle estimait qu'elle n'avait plus à obéir à miss Tington.

Elle partait pour de longues promenades solitaires dans la forêt, indifférente aux avertissements de James

Busby, qui était venu rendre visite au baron Charles. On avait signalé des groupes de Ngati Whatuas au sud de Matawaia. Un petit village nga uris avait été attaqué et il y avait eu quelques morts. Cécilia n'en avait cure. Elle emportait toujours deux pistolets et un mousquet chargés. Et personne ne pouvait rivaliser avec elle au tir.

Seule Helen avait remarqué le changement d'attitude de sa fille. Cécilia lui semblait tout à coup plus mûre, à la fois plus sûre d'elle-même et désemparée. Elle avait perdu l'habitude de rire spontanément et ne taquinait plus miss Tington. Au contraire, elle la rembarrait parfois avec une certaine insolence. La vieille gouvernante s'en était plainte.

— Ne lui en tenez pas rigueur, miss Tington, avait répondu Helen. N'avez-vous pas compris qu'elle souffre ?

— Elle souffre ? Mais pourquoi ?

— Peut-être parce qu'elle devient une femme. A dix-huit ans, c'est normal.

Miss Tington l'avait regardée avec des yeux ronds. Une femme ? Elle était déjà devenue une femme quelques années plus tôt, quand elle avait eu ses... enfin, qu'elle s'était transformée en jeune fille. Que pouvait-il s'être produit d'autre ?

Helen n'avait pas insisté. La pauvre miss Tington n'avait aucune idée de ce que pouvait être l'amour et n'avait pas pensé un seul instant qu'une telle chose pût arriver à sa protégée.

Helen avait noté que le fils du chef, ce Kaharinga à l'érudition si surprenante, ne venait plus à Matawaia.

Elle se doutait bien qu'il s'était passé quelque chose entre eux. Elle imagina un instant qu'il avait tenté d'abuser d'elle et qu'elle l'avait repoussé. Mais elle rejeta immédiatement cette hypothèse. Au contraire, la nature passionnée de Cécilia l'avait peut-être amenée dans les bras du jeune Maori. Helen frémissait à cette hypothèse, mais il valait mieux ne pas savoir. De toute manière, cela ne changerait rien. Il était trop tard. Elle ne serait pas la première jeune fille à ne pas arriver vierge au mariage. Charles et elle n'avaient pas attendu d'être passés devant le prêtre pour concrétiser leur amour. Elle sourit à cette évocation brûlante – puis s'assombrit en songeant aux précautions éprouvantes qu'ils étaient contraints de prendre tous deux pour éviter qu'elle ne se retrouvât une nouvelle fois enceinte. C'était d'autant plus cruel que la passion ne s'était jamais éteinte entre eux. Sans doute Cécilia avait-elle hérité du tempérament fougueux de ses parents. Comment lui en vouloir ?

Cependant, le caractère ombrageux de Cécilia ne décourageait pas ses soupirants, qui continuaient à rendre des visites assidues au domaine. Les deux plus fidèles étaient toujours le capitaine Philip Jefferson et le commandant Yann Le Bihan. Sous le prétexte d'entraînement à l'épée pour l'un et de souvenirs bretons pour l'autre, ils venaient régulièrement, partageaient le repas de leurs hôtes, restaient parfois dormir lorsque le temps était trop mauvais pour reprendre la piste le soir venu. Tous deux faisaient une cour empressée à Cécilia, qui s'amusait de leurs compliments embarrassés. Elle acceptait leurs cadeaux ou les refusait, selon son humeur, se montrait capricieuse, changeante, tous traits de caractère qui ne lui ressemblaient pas. Loin de se décourager, aussi bien Philip que Yann tentaient de démêler, dans chacune des paroles échangées avec elle, la trace d'un intérêt, la lueur d'un espoir.

Avec le retour de l'été, au mois de décembre 1838, un émissaire maori vint porter l'invitation de Wakatanga pour le mariage de son fils Kaharinga. Cécilia avait revu plusieurs fois le jeune homme depuis leur union passionnée, mais il n'était jamais seul. Des guerriers l'accompagnaient toujours. Fidèles à leur promesse, pas une fois ils n'avaient tenté de se revoir, ne fût-ce que pour échanger quelques mots, malgré l'envie qui les brûlait l'un comme l'autre. Cécilia n'avait pas oublié l'étreinte sauvage qui les avait réunis là-bas, sur les rives du petit étang aux eaux chaudes. Elle y songeait toutes les nuits.

Le mariage de Kaharinga et de Ti-Ara fut une épreuve cruelle pour Cécilia. Cette fois, Charles, Helen et leur fille étaient présents en qualité d'alliés de la tribu, et des places d'honneur leur avaient été réservées au côté de Wakatanga, des *kaumatuas* et des grands dignitaires des Nga Uris, le peuple auquel appartenait Ti-Ara. D'autres chefs de tribus amies étaient également présents, comme le grand Hone Heke, neveu de Hongi Hika, qui lui avait succédé à la tête des Nga Puhis de Hokianga, et le vieux Te Ruki Kawiti, chef des Nga Puntis de Whangaroa, au nord de la Baie des îles. Cécilia remarqua également la silhouette d'un prêtre chrétien près de Wakatanga. Elle apprit qu'il s'agissait de l'évêque Paul Selwyn.

Jamais Cécilia n'avait vu autant de monde à Kaikohe. Elle se rendait compte qu'au-delà du mariage de Kaharinga, c'était bien à une union des deux tribus qu'elle assistait, afin de consolider la paix revenue. La mort dans l'âme, elle comprit que son ami n'avait eu d'autre choix que de se soumettre aux impératifs de la diplomatie maorie. Comme il l'avait dit, les désirs de chacun devaient s'effacer devant l'intérêt de la tribu. Elle avait eu la preuve qu'il l'aimait. Elle devrait s'en contenter. Alors, elle mit un point d'honneur à ne pas laisser paraître ses propres sentiments.

Les cérémonies commencèrent par un *karanga* de bienvenue, déclamé par les femmes, puis un *tangi* rituel destiné aux morts des différentes tribus. Même si certains mots lui échappaient, Cécilia comprit que les deux *iwis* qui s'unissaient par l'intermédiaire de Kaharinga et de Ti-Ara avaient autrefois été ennemies et que le sang avait coulé. Mais une ère nouvelle était venue où la paix prévaudrait. Les prêtres évoquèrent aussi la « compensation matrimoniale » versée par la tribu de Kaharinga à celle de Ti-Ara parce qu'elle quittait le village de son père. Elle consistait en coquillages, bijoux, colliers, nattes, boîtes et paniers de *flax* tressé, monnaies anglaises.

Après ces longs discours émaillés de *waiatas* – des chants parlés –, le *tohunga* unit les deux époux. Puis le prêtre se leva à son tour et prononça les paroles rituelles du mariage chrétien, dont Cécilia n'entendit que la fin tant son esprit était livré au chaos.

— ... jusqu'à ce que la mort vous sépare.

Elle connaissait un peu les traditions indigènes, dont Kaharinga lui avait parlé. En général, les Maoris étaient monogames, même s'il arrivait que les hommes prissent deux ou trois épouses. Lorsque l'un des deux mourait, l'union entre les deux familles persistait. Si le mari partait le premier, la femme pouvait décider de se donner la mort par pendaison. Dans certaines tribus, elle était parfois tuée par la famille de son époux, afin qu'elle ne se remariât pas, brisant ainsi l'alliance conclue.

Kaharinga arborait de nouveaux tatouages, tout comme sa femme. Après la cérémonie du mariage eut lieu le *haka* de fête, où les jeunes hommes des deux tribus rivalisèrent d'adresse. Puis ce fut le repas, préparé par les femmes dans le *hangi*, un four enterré dans lequel la nourriture était cuite à l'étouffée à l'aide de pierres brûlantes.

Si elle parvint à faire bonne figure, Cécilia en revanche ne mangea presque rien. Helen l'observait du coin de l'œil. Sa fille affichait un visage impassible, souriait à tous. Elle seule pouvait deviner qu'elle souffrait. Mais elle éprouva une grande fierté. Cécilia avait su dissimuler ses sentiments.

Soudain, une violente douleur tordit les entrailles de Helen. Autour d'elle, les visages se mirent à tourner et elle redouta de s'évanouir. Elle fit appel à toute sa volonté pour dominer le malaise. Enfin, tout se calma. Ne subsistèrent qu'une pénible sensation de chaleur et une onde désagréable qui roulait dans le bas de son ventre. Elle serra les dents. Elle avait hâte que cette cérémonie s'achevât. Cécilia, qui se tenait près d'elle, remarqua la pâleur de sa mère et lui prit la main.

— Cela ne va pas, maman ?

— Ne t'inquiète pas. Une petite bouffée de chaleur.

Le malaise de sa mère occupa l'esprit de Cécilia pendant le reste de la journée. Mais, lorsqu'ils regagnèrent Matawaia, Helen ne s'en ressentait plus. Assise dans la voiture qui les ramenait, elle observait Cécilia qui chevauchait à côté. Elle aurait voulu lui parler, lui dire qu'elle savait. Elle n'osa pas. Elle craignait que la petite ne le prît mal. Elle était si ombrageuse. Son orgueil lui interdirait de parler. Depuis qu'elle était toute petite, elle mettait un point d'honneur à garder ses faiblesses pour elle.

Mais Helen se demanda s'il existait en Nouvelle-Zélande un homme capable de lui faire oublier sa peine. Ils étaient si peu nombreux. Elle résolut de l'amener plus souvent aux bals donnés par le résident James Busby.

12

A Kororareka, James Busby avait fort à faire pour donner un semblant d'unité à ce territoire qui n'était pas une colonie britannique, mais dont les chefs de tribu souhaitaient, pour une grande majorité, un développement du commerce avec les Européens. Malgré les difficultés, l'éloignement et les guerres incessantes, plusieurs milliers de colons s'étaient déjà installés en Nouvelle-Zélande, principalement dans l'île du Nord. Ces colons étaient en grande majorité des Britanniques et il devenait essentiel de les protéger.

Le « vaisseau sans armes », ainsi que les Maoris surnommaient le résident, ne pouvait s'appuyer sur aucune force militaire suffisamment puissante pour asseoir son autorité. Cependant, à force de diplomatie, il avait réussi à gagner la confiance des chefs. Il avait créé une sorte de confédération, qu'il appelait les Tribus unies. Dans son esprit, cette confédération devait représenter l'ensemble des Maoris. Ainsi, à mesure qu'elle prendrait de l'importance, sa souveraineté s'étendrait peu à peu sur l'ensemble de l'archipel.

— Mais rien n'est jamais simple ici, confia-t-il à Charles un jour qu'il lui rendait visite. La meilleure solution pour ce pays serait le rattachement à l'empire britannique. Or les prêtres s'opposent à la colonisation de la Nouvelle-Zélande, au nom de principes de liberté issus en droite ligne de votre Révolution française. Nous ne désirons pourtant pas transformer les Maoris en esclaves. Nous voulons seulement cultiver leurs terres.

Visiblement, il éprouvait un profond découragement.

— Je dois aussi composer avec mes supérieurs, qui ne m'aident guère. Le gouverneur de Sydney, dont je dépends, m'a envoyé un homme, le capitaine William Hobson, qui a pour mission d'étudier la situation du pays et de déterminer s'il serait souhaitable de le faire entrer dans l'empire britannique. Hobson préconise la signature d'un traité d'alliance avec les chefs maoris. Mais j'ai déjà réalisé cela ! Ce qu'il me faut, ce sont des troupes afin de faire régner l'ordre. Hobson veut pourtant négocier lui-même avec les chefs.

Malgré ces problèmes, la petite ville continuait de se développer. On avait construit de nouvelles demeures de pierre destinées aux riches colons installés pour le négoce. Sous l'impulsion des missionnaires qui faisaient tout pour combattre la dépravation, Kororareka changeait peu à peu de visage. Avec l'arrivée de nouveaux immigrants, des commerces s'ouvraient ; on bâtissait des magasins généraux, des entrepôts ; des rues se dessinaient.

Au début de l'année 1839, le résident Busby organisa une série de festivités auxquelles participaient les nouveaux arrivants. Charles de Hauterive, son épouse et sa fille y étaient régulièrement invités. Cela convenait parfaitement à Cécilia, qui désirait oublier sa peine. Elle s'étourdissait de danses, de champagne, de flirts avec les immigrants de plus en plus nombreux.

Plus que jamais elle se trouva en rivalité avec Rebecca Simpson. Celle-ci avait réussi à attirer de nouveau dans ses rets le beau capitaine Philip Jefferson, qui s'était lassé de l'attitude inconstante de Cécilia. Par jeu, celle-ci se montrait séductrice, mais aussi capricieuse et exigeante. Avec une certaine cruauté, elle s'amusait à charmer ses prétendants, puis les repoussait en leur faisant miroiter un infime espoir, une lueur d'intérêt. Parce qu'elle souffrait elle-même, elle prenait plaisir à faire souffrir. Mais on ne lui en tenait pas rigueur, car elle étincelait d'une beauté et d'une sensualité auxquelles aucun homme ne restait insensible. Cécilia était la reine de la fête. On l'appelait « la petite amazone française ».

Vers le milieu de l'automne, la Baie des îles fut le théâtre de nouvelles compétitions : régates de pirogues et de canots, courses de chevaux, concours de tir. Depuis toujours, Cécilia maniait le fusil avec une rare habileté. Son père lui avait offert, dès qu'elle avait eu quinze ans, un superbe fusil grâce auquel elle avait acquis une adresse remarquable. Défiant les hommes sur leur terrain, elle remporta plusieurs épreuves.

Suivit une course de vitesse de chevaux. Le parcours décrivait un tracé qui menait en lisière de la forêt limitant la ville au nord, puis continuait par un chemin qui longeait les crêtes dominant la baie. Les chevaux avaient pris place sur la ligne de départ, devant la tribune pavoisée où se tenaient James Busby et sa cour.

Cécilia était la seule femme inscrite. Aucune monture ne pouvait rivaliser avec son pur-sang arabe. Aideen piaffait d'impatience. Elle semblait comprendre que sa maîtresse n'était nullement décidée à laisser gagner l'un de ces pantins qui gravitaient autour d'elle. Elle était lasse de leurs roucoulades, de leurs compliments stupides et de leur arrogance. Les uns comme les autres n'avaient qu'un seul objectif : la conquérir, l'épouser peut-être, ou plus simplement l'inscrire à leur tableau de chasse. Mais aucun d'eux ne l'intéressait.

Si l'un d'eux parvenait à la vaincre, il estimerait sans doute avoir quelque droit sur elle. Il ferait beau voir ça !

Une sorte de rage saisit Cécilia lorsque le résident donna le signal du départ. Elle lança sa pouliche dans un galop effréné, au mépris du danger, à tel point que les spectateurs crurent un moment qu'Aideen s'était emballée. Cécilia avait l'impression de s'être dédoublée. Au fond d'elle, une voix hurlait qu'elle courait droit à la mort, mais elle s'en moquait. Elle voulait absolument gagner, quitte à y laisser sa vie. Mourir lui importait peu. Le vent sifflait, lui giflait le visage, chargé d'odeurs marines et de résine de *kauri*. A mi-parcours, elle rejoignit la falaise surplombant l'océan d'une vingtaine de mètres. Elle avait déjà pris plusieurs longueurs d'avance sur ses concurrents. Cependant, au-delà de l'enthousiasme suscité par la performance de la cavalière, l'inquiétude pointait. Cécilia prenait trop de risques, frôlant parfois le précipice. A plusieurs reprises, les spectateurs crurent qu'elle allait tomber. Mais toujours elle évitait la chute, distançant inexorablement les autres participants.

Elle franchit la ligne d'arrivée avec plus de deux cents mètres d'avance sur le deuxième, sous les acclamations d'un public enthousiaste. Lorsqu'on se précipita vers elle pour la féliciter, elle aperçut le visage anxieux de sa mère et s'en voulut de sa témérité inconsciente. Rebecca Simpson, qui montait moins bien qu'elle, n'avait pas voulu participer au concours. Après la remise de la récompense, elle aborda Cécilia.

— J'ai bien cru que vous alliez vous rompre le cou, dit-elle d'un ton acide.

— Voilà qui vous aurait fait plaisir, n'est-ce pas ? Je suis désolée de vous avoir déçue.

Rebecca haussa les épaules et s'en fut. Elle détestait sa rivale d'avoir accompli un tel exploit, attirant ainsi, une nouvelle fois, l'attention des hommes. Depuis que Cécilia venait régulièrement à Kororareka, le capitaine Jefferson s'était détourné d'elle une nouvelle fois. Elle avait espéré un moment qu'il la demanderait en mariage, mais il n'avait d'yeux que pour « l'autre ». Au fond, elle savait que Philip n'avait jamais été amoureux d'elle. Il s'était amusé à flirter, sans pourtant rien lui promettre. Elle avait espéré qu'avec le temps il finirait par se détourner de cette séductrice. Mais elle avait perdu tout espoir quand il s'était confié à elle comme à une amie. Il lui avait avoué qu'il était amoureux de Cécilia et qu'il espérait faire d'elle sa femme. Rebecca avait alors compris qu'elle ne pourrait jamais lutter. Et elle refusait, si sa rivale se désintéressait de Philip, qu'il se tournât vers elle par dépit. Lorsqu'elle serait dans ses bras, il penserait à elle. Et cela, elle ne le supporterait pas.

Cependant, elle ne pouvait s'empêcher d'admirer l'audace de Cécilia, sa beauté insolente, son extraordinaire chevelure blonde et son aisance incroyable avec les hommes alors qu'elle n'avait que dix-huit ans. Elle semblait ne leur accorder aucune importance, et se comportait avec eux comme si elle était réellement leur souveraine. Tous adoptaient envers elle une attitude obéissante, se battaient presque pour se soumettre à ses fantaisies. Rebecca enviait aussi sa voix. Accompagnée au piano par Helen, Cécilia chantait de magnifiques mélodies irlandaises ou anglaises que l'assistance reprenait en chœur. Il y avait dans cette voix envoûtante une sensualité qui ne laissait personne indifférent, une magie qui éveillait en chacun une émotion profonde. Lorsque la chanson s'achevait, tous les hommes étaient un peu amoureux de Cécilia.

Cependant, à certains signes, Rebecca devina que Cécilia n'était pas parfaitement heureuse. Son visage reflétait parfois, lorsqu'elle se croyait seule, une mélancolie inexplicable. Cécilia constituait un mystère aux yeux de Rebecca, qui devinait en elle l'empreinte d'une sorte de désespoir, d'une souffrance aiguë contre laquelle elle menait un combat perdu d'avance. Mais il suffisait qu'un petit groupe vînt à elle pour qu'elle se métamorphosât. Et peut-être le désespoir qu'elle masquait la faisait-il rayonner encore plus. Rebecca se demandait quelle pouvait en être la cause.

Parmi les soupirants de Cécilia se trouvait un homme d'une quarantaine d'années nommé Cyrus Plymouth, un riche colon qui achetait des terrains aux Maoris pour le compte de la Compagnie néo-zélandaise. En raison de sa fortune, il jouissait d'une certaine notoriété, mais ses manières laissaient beaucoup à désirer. Volontiers provocateur, cynique, il n'était pas apprécié par les colons plus modestes, qui lui reprochaient de s'emparer des meilleurs territoires. On disait qu'il connaissait bien les Maoris et qu'il entretenait avec eux des relations privilégiées. D'aucuns le soupçonnaient même d'avoir largement participé à l'odieux trafic de têtes coupées qui avait sévi une dizaine d'années plus tôt. Bel homme, il bénéficiait d'un ascendant certain auprès des femmes, peut-être en raison de son aspect équivoque.

Cependant, ni Cécilia ni Rebecca ne l'appréciaient. A l'inverse de beaucoup de femmes, Cécilia ne le trouvait pas beau. Ses yeux gris pâle, profondément enfoncés dans leurs orbites, qui semblaient percer jusqu'à l'âme de ses interlocuteurs, la mettaient mal à l'aise. Avec son visage triangulaire et son menton pointu, elle trouvait qu'il avait un peu la tête d'un reptile. Pour elle-même, elle le surnommait le « serpent noir », en raison de sa tignasse sombre. Elle le devinait froid et calculateur. Les hommes le craignaient, car il était volontiers provocateur, et prompt à provoquer en duel ceux qui lui résistaient. On le prétendait redoutable bretteur. Pourtant il se gardait d'attaquer ceux dont la réputation de fine lame n'était plus à prouver, comme le capitaine Jefferson.

Cécilia l'évitait autant que possible, mais Plymouth avait entrepris de lui faire une cour acharnée, dans le but avoué de l'épouser. Il lui avait fait miroiter sa fortune, sa position puissante. Il s'était montré empressé, exigeant. Elle lui avait rétorqué qu'elle n'acceptait pas sa proposition. Il lui avait adressé alors un regard sombre, chargé de menace, qui avait effrayé la jeune femme. Elle eut peine à trouver le sommeil la nuit suivante.

Cyrus Plymouth lui faisait peur.

Mais bientôt, des soucis plus graves lui firent oublier ses inquiétudes et ses frustrations. Malgré les précautions, Helen, à quarante et un ans, se retrouva de nouveau enceinte.

13

Dans un premier temps, la perspective d'avoir un petit frère ou une petite sœur réjouit Cécilia. Elle adorait ses parents et elle savait par miss Tington qu'ils souffraient de ne pas avoir une grande famille. Ni Charles ni Helen n'avaient informé leur fille des souffrances endurées par sa mère lors de son premier accouchement. Cécilia en avait conclu qu'il leur était simplement difficile d'avoir un second enfant. Elle s'étonna que Helen lui annonçât la nouvelle sans manifester d'enthousiasme. Cela ne lui ressemblait pas. Mais sa mère ne lui fournit aucune explication, et elle-même ne posa aucune question. Il en avait toujours été ainsi entre elles. La relation d'amour qui liait Cécilia à sa mère était si forte que chacune occultait tout ce qui aurait pu causer de la peine à l'autre. Ainsi Cécilia n'avait-elle pas pu confier à sa mère son amour passionné pour Kaharinga. De même, Helen ne pouvait avouer à sa fille que ce bébé, qu'elle aurait ardemment désiré dans des circonstances différentes, risquait de la tuer.

Cécilia apprit la vérité par Elisabeth, la femme de chambre, à qui elle demandait la raison de cette attitude surprenante. La brave domestique prit un air catastrophé, hésitant à parler.

— Mais enfin, que se passe-t-il ? Pourquoi personne ne semble-t-il se réjouir de la venue de ce bébé ?

Enfin, Elisabeth se décida :

— Cela se comprend, mademoiselle Cécilia. Au moment de votre naissance, votre maman a failli mourir. Elle a perdu beaucoup de sang et elle avait la fièvre. Le médecin a dit qu'elle ne survivrait pas. Monsieur Charles était comme fou. Il a couru dans tout Londres pour chercher des docteurs. Tous ceux qui sont venus ont dit la même chose. Et puis, le bon Dieu a eu pitié de votre maman et elle s'est remise peu à peu. Mais les médecins ont dit qu'elle ne devait plus avoir d'autre enfant. Plus jamais. Sinon, elle risquait de mourir. Et aujourd'hui, elle est encore enceinte.

Un froid glacial envahit Cécilia. Elle eut l'impression que son univers s'écroulait. Depuis toujours ses parents avaient été auprès d'elle. Elle ne pouvait pas imaginer un seul instant qu'ils disparussent. Helen avait vingt-deux ans quand elle avait donné le jour à Cécilia. Elle en avait quarante et un; elle ne pouvait pas mourir. Elle était trop jeune. Les médecins se trompaient sûrement.

Elle quitta Elisabeth un peu brusquement et gagna sa chambre, où elle se mit à pleurer à chaudes larmes. Tout d'abord, elle éprouva une terrible sensation d'injustice. Puis, peu à peu, sa vision du monde se modifia. Les derniers mois lui revinrent et une honte rétrospective l'envahit à l'idée de son comportement capricieux et exigeant. Pas une fois elle ne s'était souciée de ses parents. Elle n'avait pensé qu'à elle, en parfaite égoïste. Et parce qu'elle n'avait pu réaliser son rêve d'épouser Kaharinga, elle avait même tenté de mettre fin à ses jours. Une phrase de Kaharinga lui revint :

« Tu n'as pas le droit de faire souffrir tes parents. Si tu meurs, leur vie s'arrête. »

Elle en avait pris conscience, bien sûr, sur le moment. Mais la vacuité de sa vie l'avait de nouveau taraudée lors de la course hippique de Kororareka et elle avait encore flirté avec la mort. Par jeu, par défi. Par égoïsme. Elle se souvint d'avoir pris un plaisir pervers à risquer ainsi sa vie. Une angoisse rétrospective l'envahit à l'idée qu'elle aurait vraiment pu se tuer. Ou encore se briser les membres et rester paralysée. Quelle stupidité ! Elle imagina la douleur de Charles et de Helen, et des larmes lui brûlèrent de nouveau les yeux. Elle s'était conduite comme une gamine trop gâtée. A présent, ses propres tracas lui paraissaient tellement futiles ! Elle n'avait plus aucune envie d'être la reine des fêtes de la capitale. Sa coquetterie, ses caprices, cette rivalité ridicule avec Rebecca lui montraient combien elle s'était conduite avec légèreté.

Un malaise sournois s'était emparé d'elle. Elle avait l'impression qu'une ombre menaçante avait étendu ses ailes au-dessus du domaine. Elle aimait pourtant Matawaia. Depuis plus de deux ans qu'ils s'y étaient installés, jamais elle n'avait vu ses parents aussi épanouis. Le troupeau se développait sans problème, les agneaux étaient gras et sains. Les brebis n'avaient souffert ni de la gale ni des parasites qui amoindrissent la qualité de la laine. On allait pouvoir réaliser cette année une première récolte importante. Les soins qu'elle avait apportés à Aran et à Alannah avaient porté leurs fruits, et la chienne avait déjà donné naissance à une vingtaine de chiots, plus qu'il n'en fallait pour garder les moutons.

On avait évité d'en donner aux Maoris parce qu'ils les mangeaient, mais les gens de Kororareka avaient hérité de quelques-uns.

Lorsqu'elle fut un peu calmée, Cécilia résista à l'envie de courir près de sa mère. Il ne fallait pas lui montrer qu'elle s'inquiétait pour elle. Au contraire, elle devait lui donner de la force. Elle l'aperçut par la fenêtre. Helen avait pris place à l'ombre d'un gigantesque *kauri* qu'elle aimait beaucoup, à une centaine de mètres de la maison. Il était situé sur une légère surélévation du terrain, depuis laquelle on dominait les bâtiments. Un magnifique *pohutukawa* fleurissait un peu plus loin. Elle avait refusé que les deux arbres fussent abattus. Depuis, elle aimait venir se reposer là. On lui avait installé un fauteuil à bascule. Une bouffée de tendresse réchauffa Cécilia. Elle sécha ses larmes et sortit pour rejoindre Helen.

Celle-ci lui adressa un sourire. Puis elle fronça les sourcils.

— Tu as les yeux rouges, ma fille.

Cécilia soupira. Elle aurait dû se méfier.

— Elisabeth m'a parlé.

Helen hocha la tête.

— Elle n'aurait pas dû t'inquiéter. Tu sais, c'était il y a longtemps. Je suis plus forte aujourd'hui. Pourquoi ne pourrais-je pas avoir un deuxième enfant ? Un fils. J'aimerais tellement avoir un garçon. Et ton père serait heureux, lui aussi.

Elle caressa doucement les cheveux rebelles de Cécilia et ajouta :

— Tu ne dois pas t'alarmer. Dieu décidera de ce qui

doit arriver. Et quelle que soit Sa décision, je n'ai aucune crainte.

Cécilia sourit en retour à Helen. Sa mère était très croyante et puisait dans les préceptes du Christ sa grande bonté. Cécilia évitait d'en parler avec elle, car si elle-même trouvait ces principes très beaux, elle avait beaucoup souffert de la tyrannie de ses professeurs religieux, qui avaient grandement refroidi la foi naïve qu'on lui avait inculquée lorsqu'elle était enfant. Mais elle gardait ses réflexions pour elle, redoutant plus que tout de chagriner Helen, bien que celle-ci ne lui reprochât jamais son manque de piété.

Pendant les premiers temps, Cécilia surveilla sa mère avec anxiété, mais celle-ci résistait bien. La grossesse paraissait même lui avoir redonné des forces.

Un matin, une délégation de Maoris commandée par Kaharinga se présenta à Matawaia. Le jeune homme présenta à Charles une vieille femme :

— Elle s'appelle Marevaora, dit-il. Nous avons appris que madame Helen attendait un enfant. Marevaora est notre meilleure sage-femme. Elle connaît les plantes qui soignent. Mon père, le grand Wakatanga, souhaiterait que vous acceptiez Marevaora auprès de madame Helen le temps que vienne le bébé.

Ainsi Marevaora entra-t-elle au service de Helen. Charles en fut un peu ennuyé, mais il eût été délicat de refuser. Et puis, il avait pu constater que les Maories faisaient de beaux enfants. Helen, quant à elle, accepta sans difficulté la présence de la vieille femme auprès d'elle. Elle n'accordait qu'une confiance mitigée aux médecins de Kororareka, qui ne soignaient que les marins, les militaires ou les prostituées et avaient un peu tendance à abuser de la bière et du whisky. Marevaora ne parlait que quelques mots d'anglais, et il fallait toujours faire un effort pour la comprendre, mais son aide se révéla efficace lorsque des douleurs assaillaient Helen.

Avec le retour du printemps, le travail s'était intensifié. Il avait fallu engager de nouveaux ouvriers, et Charles avait embauché quelques Maoris du village de Kaikohe. Lorsque vint le moment de la tonte, au mois de novembre, on fit une récolte encore plus belle que l'année précédente. Lors de la vente annuelle de Kororareka, Charles eut tout lieu d'être fier : son troupeau avait produit la plus belle laine de Nouvelle-Zélande – ce qui entraîna quelques réflexions amères de la part de ses concurrents.

A l'occasion de ce marché, Charles apprit que certains colons avaient décidé de céder leurs terres à Cyrus Plymouth.

— Il en offrait un bon prix, expliqua l'un d'eux au baron. Alors, avec ces menaces de guerre entre les tribus maories, j'ai préféré vendre. Je vais repartir en Australie.

Charles n'aimait pas Plymouth. Il n'avait pas apprécié la cour pressante qu'il avait faite à Cécilia. Fort heureusement, il s'était abstenu de lui rendre visite à Matawaia. Cécilia lui avait fait comprendre avec fermeté qu'elle ne voulait pas de lui et il n'avait pas osé la relancer. Charles aurait souhaité qu'elle acceptât d'épouser le capitaine Jefferson. Bien sûr, il n'était pas noble, mais cela avait-il une grande importance dans ce monde nouveau ? C'était un soldat honnête et courageux, et il était très amoureux de Cécilia. Mais cette petite étourdie ne s'en était peut-être même pas rendu compte. Elle aimait trop sa liberté. Et puis, lorsqu'il y réfléchissait, cette situation convenait à Charles. Il n'était guère pressé de voir sa fille unique le quitter. Surtout si son mari décidait de repartir pour l'Angleterre. Cela ne semblait toutefois pas être le cas de Philip.

Au début du mois de décembre 1839, quelques jours après la vente de la laine, un ouvrier vint prévenir Charles qu'un homme demandait à le rencontrer. Il reconnut Cyrus Plymouth. Embarrassé, il le reçut sur la terrasse. Tandis que James Wells préparait le thé, les deux hommes prirent place sur des fauteuils. De loin, Cécilia, qui tenait compagnie à sa mère sous le grand *kauri*, aperçut le visiteur.

— J'espère que cet imbécile n'est pas venu demander ma main ! s'exclama-t-elle.

Helen éclata de rire devant la véhémence de sa fille. Sa grossesse était désormais proche de son terme et tout semblait s'annoncer pour le mieux. Cécilia trouvait même que sa mère avait rajeuni.

— Ne t'alarme pas. Nous ne te marierons jamais avec un homme que tu n'auras pas choisi, déclara Helen.

— Eh bien, celui-là n'a aucune chance.

De loin, elle se rendit compte que son père semblait s'énerver.

— Que se passe-t-il ? s'inquiéta-t-elle.

Les deux femmes gagnèrent rapidement la maison. Le baron arpentait la terrasse à grands pas.

— Bonjour, monsieur Plymouth, dit poliment Helen. Qu'y a-t-il, Charles ?

Il cessa de marcher et montra son interlocuteur d'un geste agacé.

— Cet individu prétend me racheter Matawaia.

— Mais nous ne voulons pas vendre ! rétorqua doucement Helen.

— C'est bien ce que je lui ai répondu, mais il affirme que je serai bientôt obligé de lui céder mes terres.

Plymouth se tourna vers Cécilia et Helen.

— Mes hommages, mesdames. Je me dois de vous expliquer les raisons de ma venue. Ne vous inquiétez pas. L'offre que je fais à monsieur le baron est plus que généreuse.

— Monsieur, je crois que vous nous avez mal compris : nous n'avons pas l'intention de quitter ces terres, répliqua Helen.

— Je le sais, madame. Mais vous y serez bientôt contraints par la force des choses.

— Comment cela ?

— Le gouvernement britannique s'apprête à signer un traité avec les principales tribus maories.

— Nous le savons.

— Mais ce que vous ignorez peut-être, c'est que les

contrats passés avec les Maoris avant la date de signature de ce fameux traité n'auront plus aucune valeur. L'accord passé avec le chef Wakatanga se trouvera caduc. C'est pourquoi je suis venu vous proposer de racheter Matawaia.

— Je ne comprends guère votre démarche, monsieur Plymouth, dit Helen. En admettant que nous acceptions de vous céder notre domaine, le contrat que nous signerions avec vous serait lui aussi sans valeur.

— Je suis anglais, madame. Votre mari est français. Vous savez comme moi qu'on n'écoutera pas ses requêtes d'une oreille favorable. En revanche, je suis en relation avec une puissante compagnie qui a le soutien de Sa Gracieuse Majesté. Mes titres seront confirmés. Le vôtre ne le sera pas.

Charles riposta :

— Il ferait beau voir qu'il ne le soit pas. Le résident James Busby me soutiendra. Il sait le travail que j'ai fourni, et il est mon ami.

Plymouth éclata d'un rire plein de morgue.

— Busby n'a guère de pouvoir en Nouvelle-Zélande. Bientôt, il n'en aura plus du tout. Un gouverneur sera nommé à Auckland, dans le Sud. Cette petite ville vient d'être fondée et doit devenir la nouvelle capitale. L'empire estime que Kororareka est trop mal famée. Il sera difficile pour les anciens colons de négocier lorsque le pouvoir aura été transféré là-bas.

— Nous verrons, monsieur.

Plymouth hésita puis, après avoir longuement regardé Cécilia, revint à la charge.

— Il existe cependant un moyen de m'inciter à

défendre votre cause auprès de mes... correspondants. Un moyen qui vous éviterait même toutes sortes d'ennuis.

— Je ne veux pas le connaître.

— Monsieur le baron, permettez-moi au moins de plaider ma cause. Je suis tout disposé à appuyer la confirmation de votre titre de propriété si vous m'accordez la main de votre fille Cécilia.

Un grand froid envahit la jeune fille, aussitôt suivi d'une violente colère. Elle dut se retenir de gifler l'insolent. Avant que son père ait pu répondre, elle explosa :

— Mais je ne suis pas à vendre, monsieur ! Votre proposition est odieuse et indécente !

La vigueur de l'attaque désarçonna Plymouth.

— Cécilia, ne prenez pas les choses ainsi, balbutia-t-il. Croyez bien que ma démarche n'est motivée que par l'affection que je vous porte.

— Eh bien, elle est très maladroite, monsieur. Quant à moi, je ne vous porte aucune affection !

Sans attendre de réponse, elle tourna les talons et s'en fut.

La véhémence de sa fille avait fait tomber d'un coup la colère de Charles, qui se retint d'éclater de rire devant la mine déconfite du spéculateur.

— Je pense que ma fille vous a fait part sans ambiguïté de sa réponse.

Cyrus Plymouth était devenu blême. Mais il prit sur lui et insista d'une voix sourde :

— Vous devriez tout de même réfléchir à ma proposition.

— C'est tout réfléchi, monsieur ! Allez-vous-en ! Vous n'êtes pas le bienvenu à Matawaia.

Plymouth lui adressa un regard noir, puis riposta :

— Dans ce cas, je crains qu'il ne vous faille bientôt assumer les conséquences de votre obstination.

Puis il retourna vers sa monture. Après s'être mis en selle, il pointa le doigt sur Charles et lança :

— Prenez garde ! Vous regretterez de m'avoir traité ainsi ! J'aurai cette terre, d'une manière ou d'une autre !

Le baron voulut répliquer, mais Cécilia se mit à crier :

— Père ! Maman n'est pas bien.

Soudain très pâle, sa mère se tenait le ventre. Cécilia l'invita à s'asseoir. La respiration de Helen s'était brusquement accélérée. Partagé entre la colère et la peur, Charles s'agenouilla près d'elle.

— Qu'y a-t-il, mon amie ?

— Ce n'est rien ! Cela va passer. Un malaise.

Mais Charles la connaissait assez pour savoir que l'émotion avait pris le dessus.

Le lendemain, l'état de Helen s'était aggravé. Elle avait peine à reprendre son souffle, et son ventre continuait de la faire souffrir. Marevaora, sollicitée pour la première fois, se mit à préparer des potions pour calmer la douleur. Par précaution, Charles dépêcha James Wells à Kororareka pour chercher un médecin. L'homme arriva dans la soirée. Cécilia le détesta d'emblée. C'était un vieux bonhomme au visage rouge et au nez déformé par l'alcool.

Le baron fut fermement prié de quitter la chambre.

Seule Marevaora eut le droit de rester tandis que le docteur auscultait la malade. Cécilia se serra contre son père pour tenter de le calmer. Soudain, un cri retentit dans la chambre. L'instant d'après, le médecin ouvrait la porte et chassait Marevaora avec brutalité.

— Laisse-moi donc faire mon travail, au lieu de te mêler de ce qui ne te regarde pas ! s'exclama-t-il.

Puis il claqua la porte. Furieuse, la vieille femme se planta devant Charles.

— Homme mauvais ! explosa-t-elle d'un air outré. Pas laver mains ! Pas laver mains !

— Il ne s'est pas lavé les mains avant d'examiner maman ! s'exclama Cécilia.

Marevaora insista :

— Tohunga prévenir moi madame Helen mauvais accouchement. Lui voir dans les étoiles. Pourquoi moi ici. Mais ce médecin, là, mauvais ! Partir ! Partir !

Impressionné par la virulence de la vieille femme, Charles se décida à entrer. Il aperçut aussitôt le visage angoissé de Helen et déclara sèchement :

— Monsieur, comment pouvez-vous examiner ma femme sans vous être lavé les mains ?

L'autre se redressa brusquement, l'air outré.

— La belle affaire ! Allez-vous m'apprendre mon métier ?

— Cette vieille femme s'occupe de mon épouse depuis plusieurs mois et elle n'a pas été malade. Quant à vous, je vous connais, vous soignez les prostituées de Kororareka.

— Toutes les femmes sont faites de la même manière, monsieur le baron, riposta le médecin.

— Mais elles ne mènent pas toutes la même vie. Et je refuse qu'un docteur ayant touché des prostituées se penche ensuite sur ma femme sans s'être lavé les mains auparavant. A présent, partez ! Je vous dédommagerai pour le déplacement.

— Monsieur le baron, cette femme est gravement malade et nécessite l'intervention d'un homme de l'art.

— Eh bien ce ne sera pas vous !

Le bonhomme haussa les épaules en grommelant et reprit sa mallette. Lorsqu'il eut disparu, Charles s'assit sur le lit et prit la main de Helen dans les siennes.

— Fais revenir Marevaora, dit-elle. J'ai confiance en elle.

En quelques jours, la vieille indigène parvint à soulager les douleurs de Helen. Elle avait imposé à la jeune femme de rester allongée toute la journée. Cependant, son visage reflétait désormais une gravité qui réveilla les inquiétudes de Cécilia.

Peu avant Noël 1839, Helen mit au monde un magnifique petit garçon qui fut prénommé Hippolyte, du nom de son grand-père. Huit jours plus tard, malgré tous les soins prodigués par Marevaora, elle mourut des fièvres postnatales.

14

Les choses étaient allées très vite, trop vite. L'ombre menaçante qui avait plané pendant des mois sur Matawaia s'était abattue, semant la mort et le désarroi. Parfois, il semblait à Cécilia que tout cela n'était qu'un horrible cauchemar, qu'elle allait s'éveiller, bavarder avec sa mère sous le grand *kauri*, rire avec elle comme lorsqu'elles s'essayaient à parler maori. Mais elle ne rêvait pas et chaque fois, l'absence se faisait plus durement sentir, une douleur muette qui jamais ne s'éteindrait totalement.

On avait placé la tombe de Helen sous son arbre préféré, et nombre d'amis avaient assisté à ses funérailles : James Busby, William Hobson, Philip Jefferson, Rebecca et son père, Henry Simpson, quelques colons du voisinage. Wakatanga et Kaharinga étaient venus également, revêtus de leur costume de cérémonie. Les femmes maories avaient chanté un *tangi*, un chant funéraire plein de tristesse. Elles aimaient beaucoup Helen, qui leur avait fait présent de napperons brodés.

Après le rituel religieux, assuré par l'évêque Paul Selwyn, le majordome James Wells avait organisé une collation. Tandis que les invités lui parlaient, Cécilia observa discrètement son père. La mort de Helen l'avait bouleversé. Lui qui avait toujours paru si solide ressemblait désormais à un enfant désemparé en quête de réconfort. Il restait prostré, les yeux perdus dans le vague. Il répondait à peine à ses interlocuteurs qui, gênés, s'écartaient de lui sitôt leurs condoléances présentées.

Cécilia entendait ce qu'on lui disait dans un brouillard. Elle éprouvait une immense fatigue. Elle aurait aimé se coucher et dormir, dormir. Paradoxalement, elle ressentait comme une sensation de douceur, de paix. Pendant des mois, elle avait vécu dans l'angoisse. A présent que ses peurs s'étaient matérialisées, elle se trouvait dans un état second. Elle avait l'impression que sa mère était près d'elle et lui souriait pour la rassurer, lui dire de ne plus s'inquiéter pour elle. Là où elle se trouvait désormais, elle ne risquait plus rien. En revanche, la présence invisible concentrait ses pensées sur Charles et sur le bébé. Le premier était complètement désemparé. Le second était tout petit. Tous deux allaient avoir besoin d'elle.

Peu à peu, elle se rendit compte que l'on s'adressait à elle comme si elle était désormais la maîtresse du domaine. Peut-être était-ce là l'ultime message de Helen. Elle lui faisait comprendre qu'elle devait prendre le relais de Charles. Les rapaces allaient tenter de les dépouiller. Le visage de serpent de Plymouth s'imposa à elle et elle serra les dents. Elle ne laisserait pas cet individu s'emparer de leur domaine. Comme pour répondre aux paroles muettes du fantôme, elle lui adressa mentalement une réponse : « Ne t'inquiète pas, maman, je me battrai. »

Elle essuya brièvement les larmes qui lui brûlaient les yeux et redressa la tête. En quelques jours, il lui semblait avoir mûri de plusieurs années.

Tout à coup, le capitaine Jefferson fut devant elle.

— Acceptez mes plus sincères condoléances, Cécilia. J'avais beaucoup d'affection pour madame votre mère. Elle m'a toujours reçu avec beaucoup d'amitié.

Il hésita un instant, puis ajouta :

— Vous savez sans doute qu'un traité va être signé incessamment avec les principales tribus maories.

— On me l'a dit.

— On a dû aussi vous dire que tous les contrats passés auparavant avec les indigènes se trouveraient sans effet. Je crains que cette disposition n'entraîne quelques personnes malhonnêtes à vouloir s'emparer des domaines sur lesquels des colons sont déjà établis. Si vous aviez alors besoin de mon soutien, sachez qu'il vous est acquis.

— Je vous en remercie, Philip. Je sais que je peux compter sur votre amitié.

La vie reprit à Matawaia, mais quelque chose était brisé. Le baron Charles avait subi un choc terrible. Depuis le moment où il avait croisé les pas de Helen, tous deux avaient été unis par un amour rare, une complicité de tous les instants qui les avait aidés à surmonter les obstacles, l'hostilité des parents, la maladie, les difficultés liées à l'adaptation à ce pays inconnu. Charles ne comprenait pas ce qui lui arrivait. Sa souffrance était d'autant plus intense qu'il s'accusait d'être responsable de la mort de sa femme. Ils avaient pourtant pris toutes les précautions afin qu'un tel événement ne survînt pas. Peu à peu, il finit par refuser de voir la vérité en face. Sans doute pour se protéger, il s'imaginait que Helen n'était pas partie, qu'elle était seulement allée faire une promenade, et qu'elle allait réapparaître très vite près de lui. Bientôt, il se mit à lui parler, à demander son avis, s'adressant à son fantôme sous les regards peinés des siens. Cécilia, désespérée, avait compris que c'était pour lui le seul moyen de combattre une douleur trop forte. La naissance de son fils ne lui avait pas apporté de consolation. Il ne s'intéressait guère à lui. Peut-être lui en voulait-il inconsciemment d'avoir pris la vie de sa mère. Mais à la vérité, il s'était aussi détourné du domaine. Plus rien ne semblait compter pour lui à présent.

Cécilia avait compris que le sort de Matawaia reposait désormais sur ses seules épaules. Elle s'était mise à travailler d'arrache-pied pour reprendre les choses en main. Dès qu'elle se rendit compte que son père n'était plus capable d'assumer la direction, elle réunit les ouvriers.

— Vous savez tous le malheur qui a frappé cette maison, dit-elle. Il semble que mon père, le baron Charles, ne soit plus en mesure de vous diriger. Je vais donc le remplacer jusqu'à ce qu'il aille mieux. Je compte sur vous pour faire le meilleur travail possible, en souvenir de ma mère.

Cécilia avait redouté cette confrontation. Jamais elle n'avait eu l'occasion de mener une équipe. Mais son autorité naturelle s'affirma immédiatement et la plupart des bergers acquiescèrent sans poser de questions. Elle nota cependant la réticence de Slade Bowers. Elle se doutait qu'elle rencontrerait des difficultés avec cet individu. Son père devait parfois se fâcher pour lui faire entendre raison. Elle décida de tuer toute velléité de rébellion dans l'œuf. Elle ajouta :

— Si certains n'acceptent pas de travailler sous les ordres d'une femme, ils sont libres de partir tout de suite. Mais si vous désirez rester, il faut que vous soyez bien conscients que c'est moi qui commande désormais, et que je n'admettrai aucun manque de respect. Me suis-je bien fait comprendre ?

Un vieux berger s'approcha :

— J'ai confiance en vous, mademoiselle Cécilia. Je reste.

— Moi aussi !

La demi-douzaine de bergers employés en permanence au domaine se rangea à l'avis du vieux, qui avait pour nom Wilkins. Seul Bowers hésita, puis il cracha un long jus noirâtre sur le sol et les rejoignit en lançant un regard hautain à Cécilia. Elle comprit qu'il comptait bien lui imposer sa loi à la première occasion.

Helen avait laissé aux siens un petit garçon de huit livres qui ne connaîtrait jamais sa mère. Privé de son lait, le bébé se montra très vite fragile. Il pleurait souvent et Cécilia redoutait de le voir tomber malade. La perspective de le perdre à son tour l'affolait. Il devait vivre. Aussi passait-elle des nuits entières à le veiller, guettant son souffle avec anxiété. Elle l'alimentait avec du lait de brebis, qui hélas ! ne remplaçait pas le lait maternel. En Angleterre, il aurait été facile d'obtenir les services d'une nourrice. Mais où en trouver une dans ce pays sauvage ?

Le secours lui vint d'une manière totalement inattendue.

Une dizaine de jours après la mort de Helen, Cécilia vit arriver Kaharinga en compagnie de sa jeune épouse, Ti-Ara, qui portait un nourrisson dans une couverture colorée suspendue à son dos – la petite fille qu'elle avait eue de son mari. Une vive émotion s'empara de Cécilia. Elle respira profondément pour ne rien laisser paraître de son trouble.

Kaharinga s'inclina gravement devant elle.

— Ti-Ara vient d'avoir un bébé, elle aussi, dit-il. Et je sais que le fils de Pakeha Hemonga a besoin du lait d'une femme. Ti-Ara a beaucoup de lait. Elle peut lui en donner.

Il laissa passer un court silence et ajouta :

— Il me coûte de me séparer ainsi de mon épouse, mais aucune autre femme n'a eu de bébé ces derniers temps.

Cécilia lui adressa un sourire un peu pâle. Sa dernière phrase signifiait qu'il aurait souhaité pouvoir lui offrir les services d'une autre nourrice. Le souvenir de l'étang chaud de Ngawa restait gravé en eux.

— C'est une offre très généreuse, Kaharinga. Soyez remerciés, Ti-Ara et vous.

Ainsi Cécilia accueillit-elle Ti-Ara à Matawaia. Comme l'avait dit Kaharinga, sa compagne avait trop de lait et elle put sans problème nourrir les deux enfants. Elle avait mis au monde une superbe petite fille aux yeux noirs, prénommée Maeva. Le petit Hippolyte eut l'air de trouver le sein maori à son goût car il reprit très vite des forces. Cécilia était reconnaissante à la jeune femme d'accepter d'être ainsi isolée des siens. Elle se demandait si elle-même aurait eu ce courage. Mais Ti-Ara lui avait toujours témoigné de l'amitié. Cécilia aurait voulu la détester. Tout au moins aurait-elle voulu se montrer distante, ne pas se lier d'amitié avec cette femme qui avait épousé l'homme qu'elle aimait. Mais c'était impossible. Ti-Ara était très attachante. Malgré ses préventions, Cécilia se trouva prise sous son charme. La jeune Maorie riait facilement et se montrait curieuse de tout ce qu'elle découvrait du monde des Européens. Elle éprouvait une grande admiration pour Wahinehoi, la femme-qui-savait-monter-à-cheval. Elle-même avoua la peur que lui inspiraient ces animaux.

Le soir, elles se retrouvaient toutes les deux, tenant chacune un bébé dans les bras. Ti-Ara posait d'innombrables questions, parfois naïves, souvent pertinentes, sur le monde d'où venait Cécilia. Et, pour elle, Cécilia évoquait ce monde qu'elle avait quitté depuis déjà quatre ans, et qui lui paraissait désormais si lointain. Tant de choses s'étaient passées depuis. Il lui semblait avoir vécu deux vies.

Cécilia se rendit vite compte que Kaharinga avait gardé pour lui la brève aventure qui les avait réunis. Ti-Ara était loin de la soupçonner. Lorsqu'elle parla de son mari, elle ne tarit pas d'éloges, ignorant le mal qu'elle pouvait faire à son hôtesse. Peu à peu, au contact de la jeune Maorie, Cécilia prit conscience que Kaharinga ne serait jamais à elle, qu'il lui fallait abandonner tout espoir. La blessure serait toujours présente, mais sans doute s'atténuerait-elle avec le temps...

Aussi accorda-t-elle plus d'attention au capitaine Jefferson. Sous prétexte de prendre des nouvelles du baron, il passait régulièrement à Matawaia. Charles ne tirait plus l'épée contre lui. Il n'y prenait aucun plaisir, car Helen n'était plus là pour le regarder. Aussi Philip restait-il de longues heures à bavarder avec Cécilia.

Un jour, Charles vint à eux et s'adressa au jeune homme.

— Ah ! Philip, je suis ravi que vous soyez là. J'espère que vous nous ferez l'honneur de partager notre repas, ce soir. Helen en sera très heureuse. Elle vous apprécie beaucoup.

Un instant désarçonné, Philip répondit :

— Ce sera avec une grande joie, monsieur.

Le baron le remercia d'un sourire absent, puis reprit son chemin pour regagner l'ombre du grand *kauri*, auprès duquel il passait le plus clair de son temps. Philip le regarda s'éloigner, puis se tourna vers Cécilia. Il vit ses yeux brillants. Bouleversé, il la prit dans ses bras. Cécilia éclata en sanglots.

— Vous ne pouvez supporter seule la charge de ce vaste domaine, Cécilia. Il faudrait quelqu'un près de vous. Vous savez que je vous aime. Je n'ai pas de fortune, mais je suis honnête et courageux. Je voudrais que vous acceptiez... de m'épouser.

Cécilia frémit. Auparavant, elle avait trouvé amusant de séduire Philip, uniquement parce que Rebecca était amoureuse de lui. La disparition de Helen lui avait ouvert les yeux sur la futilité de ce comportement. A présent, la fidélité et le dévouement de Philip avaient fini par la toucher et elle devait admettre qu'il ne lui était plus indifférent. Bien sûr, elle n'éprouvait pas pour lui la passion dévorante qu'elle avait ressentie pour Kaharinga. Cependant, elle commençait à s'attacher à lui. Ses visites lui faisaient plaisir et lui apportaient le réconfort. Philip Jefferson était bel homme, cultivé et de caractère égal. Il avait quelque chose de rassurant. Actuellement, elle avait l'impression de porter Matawaia à bout de bras. Il serait agréable de pouvoir s'appuyer sur une épaule solide. Après un moment d'hésitation, elle répondit :

— J'accepte de devenir votre femme, Philip.

Elle crut qu'il allait exploser de joie. Il lui prit les mains et les porta à ses lèvres.

— Cécilia, vous venez de faire de moi le plus heureux des hommes.

Deux jours plus tard, alors que Philip était reparti pour Kororareka, Cécilia reçut une autre visite. Yann Le Bihan, le commandant de la *Marie-Morgane*, avait une grande nouvelle à lui annoncer.

— Cécilia, je voulais que vous soyez la première à l'apprendre : je vais m'installer définitivement en Nouvelle-Zélande. Je ne vais plus repartir pour la France. Ces voyages sont trop épuisants. Et surtout, ils m'éloignent de vous chaque fois. Aussi, je voulais vous proposer... de devenir ma femme.

Avant qu'elle ait pu répondre, il leva les bras et poursuivit :

— Oui, je sais, vous êtes de haute naissance, et je ne suis qu'un modeste marin. Mais mon nom, Le Bihan, traduit une ascendance noble. J'ai vendu tous les biens que je possédais et cela représente une certaine fortune. Je veux la mettre à votre disposition. Je saurai vous rendre heureuse. Et puis, nous sommes tous deux d'origine bretonne, n'est-ce pas ?

Le visage embarrassé de Cécilia endigua le flot de paroles du marin. Elle lui adressa un pauvre sourire.

— Yann, je suis désolée. Je sais que vous éprouvez pour moi une véritable affection. Mais je dois malheureusement refuser. J'ai accepté d'épouser le capitaine Philip Jefferson.

Une déception sans borne se peignit sur les traits de Yann Le Bihan. Il recula, le visage sombre.

— Evidemment, j'aurais dû me douter que je n'avais aucune chance. Jefferson est bel homme. Toutes les femmes en sont folles.

— Ce n'est pas une question de folie, Yann. Plus simplement, je ressens pour vous une très grande amitié, mais je ne suis pas amoureuse de vous. L'amour ne se commande pas, vous le savez. Je voudrais que vous ne me teniez pas rigueur de ma décision et que vous me conserviez votre amitié.

Il hocha la tête et réussit à sourire.

— C'est bien. Au moins, j'aurai tenté ma chance. Je vous souhaite beaucoup de bonheur, Cécilia.

— A vous aussi, Yann. Vous le méritez.

A présent qu'elle avait pris sa décision, Cécilia ne voulait plus attendre. Elle redoutait trop de changer d'avis. Elle avait dit à son père son intention d'épouser le capitaine Jefferson. Charles en avait été enchanté et lui avait répondu que cette nouvelle réjouirait également madame de Hauterive. Par moments, Cécilia se demandait s'il la reconnaissait encore.

Aussi organisa-t-elle rapidement ses fiançailles, avec l'aide de James Wells, le majordome. Ce dernier, engagé par son père vingt ans plus tôt, lorsqu'il s'était lancé dans les affaires, avait suivi le jeune couple depuis son installation. Cécilia appréciait cet homme discret et efficace. Cependant, depuis la mort de Helen, il n'était plus tout à fait le même. Cécilia le soupçonnait d'avoir été secrètement amoureux de sa mère pendant toutes ces années. Elle l'avait surpris à se rendre seul sur la tombe de Helen.

Au début de février 1840, Philip Jefferson annonça à Cécilia que le traité de Waitangi allait être signé le 6 du même mois. Il lui proposa de l'accompagner à cette cérémonie. Cécilia accepta.

Même si le traité était officiellement l'œuvre du capitaine William Hobson, investi de l'autorité de la Couronne, le résident James Busby estimait qu'il était en grande partie le résultat de son travail. Aussi obtint-il que la signature se fît dans la propriété qu'il possédait à Waitangi. Cécilia connaissait cette coquette demeure coloniale pour y avoir été invitée plusieurs fois. Une colonnade en ornait la façade blanche. Une vaste tente d'apparat avait été dressée sur la pelouse, à l'intérieur de laquelle avaient été tendus, outre l'Union Jack, une quantité importante de drapeaux de plus petite taille, représentant les différentes tribus maories signataires du traité. Car les indigènes n'avaient pas été longs à se doter de leurs propres bannières, auxquelles ils prêtaient des pouvoirs magiques.

Derrière une table se tenaient James Busby, le lieutenant-gouverneur William Hobson, le vice-gouverneur Henry Williams, tous trois revêtus de leurs uniformes royaux et coiffés d'un bicorne. Une vingtaine de notables de Kororareka, parmi lesquels Henry Simpson, avaient pris place de part et d'autre de la table. Leurs épouses les accompagnaient, revêtues de leurs robes strictes aux couleurs sombres, et coiffées de chapeaux à large bord qui ne laissaient apparaître que le visage. Cécilia détonnait par rapport à cette mode compassée en laissant crouler sur ses épaules, comme à son habitude, sa chevelure abondante, que sa robe de deuil noire mettait en valeur.

Face aux officiels s'étaient installés les grands dignitaires des tribus maories. Cécilia reconnut Wakatanga et Kaharinga, ainsi que quelques autres qu'elle avait eu l'occasion de croiser à Kaikohe, le vieux chef Te Ruki Kawiti, l'ami de Kaharinga, le bouillant Hone Heke, ainsi que Kai-Hara, le chef des Nga Uris, père de Ti-Ara.

Après les salutations protocolaires, auxquelles les autochtones attachaient beaucoup d'importance, Henry Williams lut le texte du traité en maori. Cécilia connaissait suffisamment la langue indigène pour avoir la confirmation de ce qu'elle craignait. Le traité établissait un droit de préemption qui garantissait les droits des Maoris et rendait caduques les ventes réalisées avant la signature. Légalement, le baron de Hauterive n'avait plus aucun droit sur Matawaia. Une vive inquiétude s'empara de Cécilia. Elle avait aperçu Cyrus Plymouth parmi les notables anglais. Elle se douta qu'il n'allait pas tarder à faire une proposition à Wakatanga. Il ne leur resterait plus alors qu'à partir. Mais cela, elle ne pouvait l'admettre. Ils n'avaient pas fait tout ce travail pour rien. Une colère froide l'envahit qui ne la quitta pas de la journée.

Plus tard, tout le monde se retrouva devant des tables garnies de victuailles, rôtis, viandes grillées, gâteaux, fruits et boissons. Chacun se félicitait. Ce traité de Waitangi faisait de la Nouvelle-Zélande une nouvelle colonie britannique, ce qui n'était pas du goût de certains colons, qui auraient préféré que le pays restât indépendant. Les raisons de cette position étaient multiples. Quelques-uns, soutenus par les missionnaires, voulaient vivre dans un pays libre de toute obédience, un peu à l'image des Etats américains. D'autres, plus nombreux, grands propriétaires terriens pour la plupart, ne voyaient pas d'un bon œil cette ingérence de l'empire britannique dans leurs affaires. Ils estimaient que le traité prenait ouvertement la défense des Maoris, auxquels il deviendrait plus difficile d'acheter des terres à bas prix.

Les conversations allaient bon train lorsque Philip se pencha vers Cécilia pour lui demander la permission d'annoncer officiellement leurs fiançailles. Prise au dépourvu, elle accepta. Philip n'eut aucun besoin de la questionner pour comprendre l'origine de son angoisse.

— Ne vous alarmez pas, Cécilia. J'userai de toute mon influence pour que l'on vous conserve votre titre de propriété. Vous savez combien Son Excellence James Busby me tient en estime.

— Mais il va quitter la Nouvelle-Zélande. Il me l'a dit. C'est William Hobson qui deviendra le premier gouverneur, et il met un point d'honneur à défendre les intérêts des Maoris. Il ne fera aucune exception à la règle.

— Alors, il faudra renégocier avec Wakatanga. Je vous y aiderai.

— Il est notre ami, mais je crains que ce maudit Plymouth ne lui fasse une proposition qu'il ne pourra pas refuser.

— Quoi qu'il arrive, je serai toujours près de vous, Cécilia.

Elle le regarda. Elle devina qu'il était heureux et fier d'être à son bras. Pour lui, ce jour était important. Elle lui sourit. Elle ne se sentait pas le cœur de lui gâcher son plaisir. Il ne méritait pas cela.

— Pardonnez-moi, dit-elle. Je suis persuadée que nous trouverons une solution. Un autre jour. Mais pour aujourd'hui, vous avez raison, je crois qu'il est temps d'annoncer nos fiançailles.

Philip ne se le fit pas dire deux fois. Après avoir réclamé l'attention de la foule, il déclara :

— Excellence, mes chers amis, permettez-moi de vous dire la joie qui est la mienne aujourd'hui de vous apprendre que je vais épouser mademoiselle Cécilia de Hauterive.

Un concert d'applaudissements lui répondit. Cependant, Cécilia vit le visage de Cyrus Plymouth devenir blême de rage. Après lui avoir jeté un long regard noir, il quitta précipitamment les lieux.

Pendant les quelques jours qui suivirent, Cécilia ne vécut pas. Elle était certaine que Plymouth ne lui pardonnerait pas de s'être ainsi fiancée avec Philip. Il ferait tout pour se venger.

Kaharinga n'était pas revenu depuis la signature. Sans doute était-il accaparé par les visites protocolaires des chefs de tribu ayant participé à l'élaboration du traité. Mais elle aurait aimé le voir, afin de le sonder sur les intentions de son père. Peu à peu, le doute l'envahit. Peut-être n'osait-il pas venir la voir parce que Wakatanga avait accepté les conditions offertes par Plymouth.

Elle tenta de sonder Ti-Ara, mais celle-ci lui expliqua que les femmes étaient rarement mises au courant des décisions des hommes. Cependant, elle n'avait pas l'air de s'inquiéter outre mesure de l'absence de son mari.

Dix jours plus tard, un guerrier maori se présenta. Wakatanga désirait voir Pakeha Hemonga et sa fille.

15

La mort dans l'âme, Cécilia convainquit son père de se rendre à Kaikohe. Officiellement, il était toujours propriétaire de Matawaia. Il n'éleva aucune objection. Il avait plaisir à bavarder avec Wakatanga. Cécilia se rendit compte qu'il ne comprenait absolument pas la situation.

Elle aurait souhaité que Philip fut à ses côtés, mais les devoirs de sa charge l'avaient retenu à Kororareka. On parlait de plus en plus de transférer la capitale à Auckland. Evidemment, ce choix se justifiait pleinement par la situation géographique plus centrale de ce port fondé récemment, mais il provoquait la colère des colons de la région, qui n'envisageaient pas d'un bon œil de devoir faire un long trajet dans des conditions difficiles pour se rendre dans la nouvelle capitale. Le gouverneur Hobson devait faire face à de nombreuses récriminations, voire à des tentatives d'intimidation de la part de certains grands propriétaires, et Philip devait rester à ses côtés. Il avait reçu de nouveaux renforts d'Australie, qu'il devait former.

A Kaikohe, Wakatanga reçut Pakeha Hemonga et Wahinehoi avec respect dans la maison commune. La cérémonie d'accueil fut réduite au strict minimum, ce qui ne fit qu'accroître l'angoisse de Cécilia. Pourtant, la voix du vieil homme ne semblait ni hostile, ni embarrassé.

Son fils se tenait à ses côtés. Il adressa un sourire chaleureux à la jeune femme. Wakatanga évoqua d'abord avec émotion le souvenir de Helen. Puis, par l'intermédiaire de Kaharinga, il s'adressa directement à Cécilia, montrant ainsi qu'il avait parfaitement conscience que c'était elle qui dirigeait Matawaia désormais.

— Un homme est venu me voir, Wahinehoi. Tu le connais. Il s'appelle Cyrus Plymouth. Il m'a expliqué que les actes de vente antérieurs à la signature du traité n'avaient plus aucune valeur et que Pakeha Hemonga n'avait désormais aucun droit sur Matawaia. Il m'a offert de racheter ce domaine pour une somme importante, bien supérieure à celle que j'avais demandée à Pakeha Hemonga.

Cécilia pâlit. Wakatanga laissa passer un silence, puis poursuivit :

— Cela fait quatre années que Pakeha Hemonga est installé avec son *whanau* à Matawaia. J'ai vu le travail qu'il a effectué, j'ai vu la beauté de ses troupeaux. Il a toujours respecté nos *tapus* et il est devenu l'ami de Wakatanga. Il s'est montré généreux avec les membres de ma tribu. Nous avons pleuré ensemble la mort de son épouse.

Nouveau silence.

— Aujourd'hui, il me semblerait malhonnête de remettre tout cela en question à cause d'un traité. Reprendre ce territoire reviendrait à le voler à Pakeha Hemonga. Or, je refuse de voler un ami. C'est pourquoi je dis en ce jour qu'il est toujours propriétaire de Matawaia. Et je ne lui demanderai pas d'argent en plus.

Cécilia crut que son cœur allait exploser. Les yeux brillants, elle s'inclina devant Wakatanga pour le remercier. Puis elle adressa un large sourire à Kaharinga. Elle se doutait qu'il avait dû plaider leur cause avec insistance.

Un peu plus tard, Wakatanga prit Cécilia à part. Il s'exprima directement en anglais.

— Les dieux ont pris l'esprit de Pakeha Hemonga. Tu es seule désormais pour diriger. Tu es une femme puissante, tu sauras le faire. Mais prends garde. Je n'aime pas ce Cyrus Plymouth. Sa bouche et ses yeux portent la haine. J'ai vu son regard quand tu as annoncé que tu allais te marier. C'est un homme mauvais. Tu dois te méfier de lui.

Ce fut avec un grand soulagement que Cécilia quitta Kaikohe. Le domaine était sauvé. Montée sur Aideen qui semblait ressentir sa joie, elle regagnait Matawaia en compagnie de son père, perdu dans ses pensées, quand un bruit de course retentit derrière elle. Kaharinga. Il prit la jeune fille à part.

— Je vais vous accompagner, Cécilia. Cela fait trop longtemps que je n'ai pas vu Ti-Ara et Maeva.

— Je ne sais comment vous remercier, votre père et vous, dit-elle. Je redoutais d'être obligée de partir. Pour moi, cela n'aurait pas été insurmontable, mais mon pauvre père n'aurait pas supporté de devoir quitter l'endroit où sa femme est enterrée.

— Wakatanga le sait. L'esprit de lady Helen vit toujours à Matawaia. Personne d'autre ne doit venir s'y installer. C'est aussi pour cela qu'il a donné son accord.

Mais il a eu la délicatesse de ne pas l'évoquer devant papa, songea Cécilia.

— Votre père est un homme bon, Kaharinga.

Le jeune homme acquiesça en silence, puis ajouta :

— Je n'ai pas eu l'occasion de vous féliciter pour vos fiançailles. Aussi, je le fais aujourd'hui. C'est une bonne chose que vous épousiez le capitaine Jefferson. Il saura vous défendre contre vos ennemis.

— Merci, Kaharinga.

Elle repensa à la phrase qu'il avait eue pour lui annoncer son mariage, la transposant à sa propre situation : « Quand on ne peut pas vivre avec l'homme qu'on aime, il faut aimer l'homme que l'on a épousé. »

Cependant, elle n'osa pas la prononcer à haute voix.

— Ti-Ara est une femme vraiment attachante, dit-elle doucement. Je crois que nous avons tous les deux de la chance.

Peu de temps après sa rencontre avec Wakatanga, Cécilia invita Philip à rester à Matawaia pour la nuit. Ce n'était pas la première fois que cela arrivait. Il avait l'habitude de dormir dans la chambre d'amis. Cette fois pourtant, elle l'entraîna dans la sienne. Un peu désarçonné, Philip accepta, vivement ému. Il s'attendait à ne pas partager la couche de sa fiancée avant le mariage, mais Cécilia avait une autre opinion. Et comment résister à une aussi agréable invitation ? Philip put constater à cette occasion que sa future femme était dotée d'un tempérament fougueux qui en faisait la plus étourdissante des maîtresses. Un peu surpris, il évita cependant de se poser trop de questions, mettant cette belle énergie sur le compte de son ascendance française.

Un mois plus tard, Cécilia et le capitaine Jefferson se fiançaient. Pour la circonstance, la jeune femme avait demandé à James Wells d'organiser un buffet dans le jardin du domaine. Philip avait donné sa démission de l'armée britannique. Mais il devrait encore patienter trois mois avant de pouvoir abandonner son poste de commandant de la garnison de Kororareka.

Les fiançailles eurent lieu dans une ambiance un peu nostalgique. Cécilia ne pouvait s'empêcher de penser à sa mère, qui dormait pour toujours à l'ombre du grand *kauri*, à quelque distance de la maison. Charles, qui avait définitivement rompu les ponts avec la réalité, se montrait aimable envers chacun, mais confondait les différents invités. Ainsi, il salua Henry Williams, le vice-gouverneur, en le prenant pour James Busby.

William Hobson affichait un visage fatigué. Il avait définitivement pris la décision de transférer la capitale à Auckland. Malgré la colère de nombreux colons, il ne reviendrait pas sur sa position. La situation d'Auckland en faisait un port bien mieux protégé que Kororareka. De grands travaux avaient été entrepris là-bas. Mais pour l'instant, comme il disait, cela ressemblait plutôt à « un moutonnement de tentes au milieu d'une mer de fougères ».

— Je l'ai nommée ainsi, expliqua-t-il, en hommage au comte d'Auckland, le vice-roi des Indes. Lorsqu'il était premier lord de l'Amirauté, il m'a confié le commandement de mon premier navire, la frégate *Rattlesnake*, en 1834.

Ce projet lui tenait visiblement à cœur. Il ne pouvait accepter que la capitale d'un pays dont il souhaitait faire une colonie indépendante fût un véritable repaire de brigands, de déserteurs et de prostituées, ce qu'était encore Kororareka.

— Actuellement, la Nouvelle-Zélande est considérée comme une province de la Nouvelle-Galles du Sud, ajouta-t-il. Mais je compte bien faire en sorte qu'elle soit reconnue comme une colonie à part entière par Sa Majesté. Pour cela, il lui faut une capitale digne de ce nom.

Il avait commencé à faire construire un palais du gouverneur dans la toute jeune cité. Comme il tenait à ce qu'il fût achevé dans les plus brefs délais, il avait offert des salaires élevés aux ouvriers. Mais, encore une fois, cette décision n'était pas du goût des colons, qui voyaient leurs employés les quitter pour s'engager sur le chantier.

Wakatanga, Kaharinga et les dignitaires du *pa* de Kaikohe avaient également été invités.

— Il va falloir redoubler de prudence, confia Kaharinga à Cécilia. Des rumeurs de guerre courent dans le Sud. Les Ngati Whatuas ont attaqué deux villages, à Parakao et à Ruatangata. Ils ont acquis de nombreux mousquets et ils veulent s'emparer de territoires pour les vendre aux nouveaux colons.

— Pensez-vous qu'ils pourraient s'en prendre à Matawaia ?

— En principe, les Maoris ne s'attaquent pas aux

colons. Mais les Ngati Whatuas sont nos ennemis depuis plusieurs générations et je crains que leur chef, Te Tangata Nui, ne veuille se venger de la défaite que Hongi Hika a infligée à son père il y a quinze ans.

— Hongi Hika était le chef du village de Hokianga, sur la côte ouest.

— C'était un Nga Puhi, et un cousin de mon père. Notre alliance avec les Nga Uris fait de notre tribu un peuple puissant. Mais on dit que Te Tangata Nui est fou. Il n'hésitera pas à attaquer s'il parvient à rallier d'autres tribus. Nous savons qu'il prend actuellement des contacts avec certaines tribus du Sud qui ont souffert des guerres menées par Hongi Hika.

— Je vais avertir le gouverneur Hobson, dit-elle.

Kaharinga fit la moue.

— Mon père l'a déjà fait. Malheureusement, le gouverneur ne dispose pas de troupes en suffisance. Et puis, que pourra-t-il faire lorsqu'il aura transféré le gouvernement à Auckland ? Cependant, ne vous alarmez pas trop vite. Actuellement, Te Tangata Nui est beaucoup moins puissant que nous. Il n'osera sans doute pas s'attaquer à Kaikohe. Par précaution, je vais demander à mes guerriers d'effectuer des reconnaissances régulières sur Matawaia.

— Merci, Kaharinga. Mais peut-être voudrez-vous que Ti-Ara revienne à Kaikohe avec vous...

— Votre petit frère a encore besoin d'elle. Et puis, elle est sans doute plus en sécurité ici, à Matawaia, que dans notre *pa*. Si les Ngati Whatuas attaquaient, ils s'en prendraient plutôt à notre village.

Les paroles de Kaharinga avaient inquiété Cécilia. Cependant, s'il avait accepté que sa femme reste au domaine, c'était qu'il croyait réellement qu'elle ne courait aucun danger. Par précaution, elle effectua elle-même quelques reconnaissances sur ses terres, armée d'un fusil et de deux pistolets chargés. Elle aurait aimé que Philip fût à ses côtés. Mais il avait été obligé de regagner Kororareka. Ils avaient fixé la date du mariage au mois d'octobre, lorsque Philip serait complètement dégagé de ses obligations militaires.

Cécilia ne regrettait pas de s'être fiancée avec lui. Bien sûr, elle n'éprouvait pas pour lui un sentiment aussi puissant que l'amour qu'elle ressentait encore pour Kaharinga. Mais il ne savait pas quoi faire pour lui être agréable. Il ne venait jamais à Matawaia sans un cadeau pour elle et pour Hippolyte. Celui-ci était encore un bébé, et en général, les hommes ne s'intéressaient pas aux enfants de cet âge. Philip, au contraire, s'était attaché au petit garçon, qui riait aux éclats quand il le voyait. Bien qu'Hippolyte ne fût âgé que de quelques mois, tous deux avaient de longues conversations qui attendrissaient beaucoup Cécilia.

Au début du mois de mai, lorsqu'il lui annonça qu'il devrait s'absenter pendant plus de trois semaines pour convoyer ses troupes de Kororareka à Auckland, elle en ressentit un pincement au cœur.

— Les jours vont me paraître longs, dit-elle, les yeux brillants.

Philip lui apportait le réconfort de sa présence. Avec lui, elle pouvait parler, aborder différents sujets. Avec Charles, c'était devenu impossible. Il s'était réfugié dans un rêve inaccessible aux autres, bavardait avec Helen comme si elle avait été encore là. Cécilia avait pensé au début que cette réaction de défense s'estomperait avec le temps. Mais, les mois passant, l'état du baron empirait. Lui autrefois si fier, si enthousiaste dans tout ce qu'il faisait, se voûtait, se repliait sur lui-même. Paradoxalement, il ne semblait pas vraiment malheureux, enfermé qu'il était dans son rêve.

Cependant, il lui venait parfois des moments de lucidité. Il se rendait alors sur la tombe de Helen, le visage décomposé par le chagrin. Il y restait prostré pendant des heures, jusqu'à ce que Cécilia ou James Wells parviennent, à force de persuasion, à le faire revenir à la maison.

Pour Cécilia, c'était pire que s'il avait péri en même temps que sa femme. Il lui était impossible de communiquer avec lui. Parfois même il la prenait pour Helen, évoquant des souvenirs communs, et lui reprochant gentiment de perdre la mémoire.

Sa santé se détériorait petit à petit, inexorablement. Bien qu'il n'eût que quarante-six ans, il ressemblait désormais à un vieillard. Cécilia avait demandé à Marevaora, qui venait de temps à autre lui rendre visite, s'il existait quelque chose à faire pour son père. Mais la vieille Maorie avait secoué négativement la tête.

— Son corps est ici, dit-elle, mais son esprit est déjà dans le monde des dieux.

Ces mots confirmaient ce que Cécilia avait déjà pressenti : son père était en train de mourir de chagrin.

Peut-être pour fuir une solitude un peu pesante, elle n'avait pas relâché sa vigilance. Deux ou trois fois par semaine, elle parcourait le domaine. Ce fut ainsi qu'elle revit Cyrus Plymouth, au cours d'une rencontre qui faillit tourner au drame.

Souvent, les pas de son cheval la guidaient vers Ngawa. Cet endroit gardait pour elle un parfum de magie, qu'elle se reprochait ensuite. N'était-ce pas une manière de tromper Philip, ne fût-ce que par la pensée ? Mais elle n'y pouvait rien, elle aimait ce lieu.

Jusqu'au jour où, ayant mis pied à terre pour s'approcher de la rive tiède, elle sentit une présence derrière elle. Elle se retourna d'un coup. Un homme lui faisait face. Cyrus Plymouth. Aussitôt, elle fut sur ses gardes. Ses yeux luisaient étrangement. Elle le soupçonna d'avoir abusé de l'alcool.

— Que faites-vous ici ? demanda-t-elle.

— Je suis venu vous voir. Je savais que je pouvais vous trouver dans cet endroit.

— Comment ça ?

— Vous aimez ce lieu. J'en ignore la raison, mais je vous y ai suivie plusieurs fois sans que vous vous en doutiez.

— Vous n'avez pas le droit ! s'insurgea-t-elle. Vous êtes ici sur mes terres.

— Oh ! rassurez-vous, je n'ai pas l'intention de vous proposer une nouvelle fois de vous les racheter. J'ai pourtant fait une offre alléchante au vieux Wakatanga. Mais il n'en a pas tenu compte et il a renouvelé votre acte de propriété. Je ne peux donc rien faire.

— Mon père et lui ont noué des liens d'amitié. L'argent n'est pas tout, monsieur Plymouth.

Il eut un geste agacé.

— Ce n'est pas pour cette raison que je suis venu vous voir. J'ai appris que vous vous étiez fiancée à Philip Jefferson.

— C'est exact. Nous devons nous marier au printemps prochain.

Plymouth se mit à marcher nerveusement de long en large, sans la regarder directement. Ses gestes saccadés témoignaient qu'il n'était pas dans son état normal.

— Ce n'est pas possible, marmonnait-il d'une voix sourde. Pourquoi avez-vous fait cela ?

Furieuse, Cécilia répliqua :

— Je ne vois pas en quoi cela vous regarde ! Je suis libre de faire ce que je veux, que je sache.

— Cela me regarde, parce que je suis amoureux de vous !

— Eh bien, ce n'est pas réciproque !

Il se tourna brusquement vers elle.

— Quelle importance ? s'emporta-t-il soudain. Depuis que je vous ai vue, je ne rêve plus que de vous tenir dans mes bras, de vous faire mienne.

Un sentiment de peur s'empara de Cécilia. Plymouth n'était plus lui-même. Ses membres tremblaient. Par moments, sa bouche se déformait en d'affreux tics. Elle soupçonna que l'alcool n'était peut-être pas seul responsable de son comportement aberrant. Elle tenta de le calmer.

— Allons, dit-elle doucement. Vous feriez mieux de rentrer chez vous. Je suis fiancée, et j'aime le capitaine

Jefferson. Vous devez vous conduire en gentleman et l'accepter.

— Des fiançailles, ça peut se rompre ! explosa-t-il. Vous ne pouvez aimer ce médiocre ! Il n'a pas un sou vaillant. Vous ne voyez même pas qu'il n'en veut qu'à vos biens.

Peu encline à se laisser impressionner, Cécilia riposta sur le même ton :

— Je vous interdis de parler ainsi ! Philip est un homme honnête. Quant à mes biens, je vous informe que je ne possède rien en propre. Le domaine appartient à mon père.

— Taisez-vous ! Je vous avais offert mon nom et ma fortune. Et croyez-moi, elle est autrement plus importante que la vôtre. Vous auriez été traitée comme une reine. Mais vous m'avez préféré un obscur petit capitaine de misère.

Cécilia se mit à reculer. Un commencement de panique lui glaçait le sang. Et elle n'avait pas pris ses pistolets, restés dans les fontes de sa selle.

— Partez, dit-elle, cela vaudra mieux.

— Non, je ne partirai pas. Jamais une femme ne m'a humilié ainsi ! Vous m'avez méprisé, rejeté comme on rejette un chien !

— C'est faux ! J'ai le droit d'aimer un autre homme !

— Non ! Tu dois m'appartenir ! Et tu vas payer tout ce que tu m'as fait subir !

Tout à coup, il se rua sur elle. Surprise, elle trébucha, glissa sur le sol humide. Un poids énorme s'abattit sur elle, une main possessive déchira son corsage, zébrant sa peau. Elle hurla. Les doigts moites de son agresseur la bâillonnèrent. Plymouth saisit l'un de ses seins avec avidité. Une douleur violente vrilla la poitrine de Cécilia. Elle aurait voulu crier, mais la main plaquée sur sa bouche l'étouffait à moitié. La panique fit alors place à une rage meurtrière. Elle n'allait pas se laisser faire par ce chien sans lutter ! Elle fit tout à coup semblant de ne plus résister. Décontenancé, son agresseur relâcha sa pression. Il eut un sourire mauvais signifiant qu'il se croyait déjà victorieux. Avec un rugissement de plaisir, il se pencha sur elle, l'embrassa à pleines lèvres. Pour se mettre à brailler l'instant d'après : Cécilia lui avait mordu la bouche jusqu'au sang. Surpris, il se redressa, perdit l'équilibre. La jeune femme en profita pour se dégager d'un vigoureux coup de reins, puis bondit sur ses pieds. Ivre de fureur, elle griffa le visage de Plymouth, qui brama de plus belle. Avant qu'il ait pu se relever, elle courut jusqu'à son cheval et sortit l'un de ses pistolets.

Plymouth avait réagi promptement, mais pas assez pour l'empêcher de s'armer. Lorsqu'il arriva sur elle, il se retrouva face à la gueule noire d'une arme à feu.

— Restez où vous êtes ! hurla-t-elle. Je vous préviens, il est chargé !

— Eh bien, tire ! riposta-t-il. Que m'importe de vivre ? Tu m'as rendu fou !

— Partez ! Partez ou je vous tue !

Elle aurait voulu ne pas trembler. Mais ses doigts lui faisaient mal à force de serrer la crosse du pistolet. Jamais elle ne s'était trouvée dans une telle situation. Dans cette île fertile en bataille, elle n'avait jamais été confrontée elle-même à la violence.

Soudain, Plymouth la vit baisser son arme. Il crut qu'elle renonçait et un rictus de triomphe étira ses lèvres ensanglantées. Il cracha un jet rouge sur le sol.

— Tu abandonnes ! ricana-t-il.

L'instant d'après, son sourire se figea. Il se retourna et blêmit. Derrière lui, aussi silencieux que des chats, une demi-douzaine de guerriers maoris venaient d'apparaître. Des haches se levèrent. Il glapit de terreur.

— Ne lui faites pas de mal ! s'exclama Cécilia.

Les bras retombèrent.

Cyrus Plymouth déguerpit sans demander son reste, non sans lui avoir jeté un dernier regard chargé de rancœur. Les Maoris entourèrent Cécilia, qui rajustait comme elle le pouvait ses vêtements malmenés.

— Kaharinga nous a demandé de veiller sur toi, déclara l'un des guerriers. Nous avons entendu tes cris et nous sommes venus.

— Merci, répondit Cécilia. Dites-lui que tout va bien.

Encore tremblante, elle regagna la maison, cachant tant bien que mal son corsage déchiré. Si miss Tington la voyait dans cet état, elle irait s'imaginer Dieu sait quoi. Cécilia n'avait pas envie que Philip apprenne cet incident. Il serait capable de défier Cyrus Plymouth en duel. Or, si le capitaine Jefferson bénéficiait d'une réputation de fine lame, Plymouth également. Et elle devinait qu'un affrontement à l'épée entre les deux hommes risquait de se terminer par la mort de l'un d'eux. De cela, elle ne voulait pas.

Elle espérait seulement que la leçon porterait ses fruits et que Plymouth ne tenterait plus rien contre elle.

Mais les blessures qu'elle lui avait infligées à la joue et à la lèvre étaient sérieuses ; il lui faudrait plusieurs jours pour s'en remettre. Et surtout, il ne pourrait pas les dissimuler. Connaissant le personnage, elle doutait qu'il lui pardonnât jamais cette humiliation.

La bonne marche du domaine l'obligeait à se rendre régulièrement à Kororareka. Avant cette agression, ce voyage était un plaisir, qui lui permettait de revoir les amis qu'elle s'était faits là-bas. A présent, elle craignait de retrouver Cyrus Plymouth et évitait de quitter Matawaia. Cependant, elle ne pouvait échapper à la rencontre mensuelle avec son banquier, destinée à préparer la paye des ouvriers. Comme chaque fois depuis qu'elle avait repris le domaine en main, James Wells et le jardinier Pierre-Marie Le Drezen l'accompagnaient.

Kororareka était en effervescence. L'afflux de plus en plus important de navires avait amené les autorités à entreprendre la construction d'une digue en pierre et à agrandir le port. Outre les baleiniers et les chasseurs de phoques, Kororareka accueillait des navires d'exploration qui venaient se ravitailler avant de poursuivre leur route vers l'Antarctique. Avec le transfert de la capitale à Auckland, la petite cité portuaire risquait de ne plus compter que sur les baleiniers et les chasseurs, ce qui ne contribuerait pas à réduire le nombre des maisons de passe, des prostituées et de cette faune interlope qui hantait déjà trop la ville. Les colons récemment installés dans la région s'en plaignaient. Ils n'étaient pas les seuls. Les chefs maoris avaient tout fait pour développer le commerce avec les *pakehas* à Kororareka. Auckland était trop éloignée pour eux et certains commençaient à récriminer, disant qu'ils avaient été trompés par le traité de Waitangi.

— En voulant bien faire, le gouverneur Hobson a mécontenté tout le monde, confia à Cécilia Timothy Honeywell, directeur de la banque de Nouvelle-Zélande nouvellement créée, qui gérait ses comptes. Personnellement, je pense que le choix d'Auckland est judicieux : il faut penser aux colons de l'île du Sud, qui se trouveront ainsi plus proches de la capitale. Je sais de source sûre que les Français s'apprêtent à la coloniser. Un navire est en route qui doit en prendre possession au nom du roi de France. C'est pourquoi Son Excellence va déclarer incessamment la Nouvelle-Zélande colonie britannique dans sa totalité. Il faut faire vite. Je m'apprête pour ma part à quitter Kororareka.

— Faudra-t-il que je me rende à Auckland pour mes comptes ? s'inquiéta Cécilia.

— Rassurez-vous. Nous maintiendrons une succursale ici. Mais vous n'aurez plus affaire à moi.

— J'en serai navrée.

Elle n'en pensait pas un mot. Avec ses dents proéminentes et son regard faux derrière ses lunettes d'écaille, Timothy Honeywell lui avait toujours fait l'effet d'un gros rongeur. Mais comme il était le seul banquier du pays, force était de passer par ses services. Et de se montrer aimable.

Lorsqu'elle sortit de la banque, une inquiétude sournoise avait envahi Cécilia, dont elle ne parvenait pas à s'expliquer la raison. Après tout, peu lui importait que la capitale fût désormais Auckland. Mais, comme l'avait dit Honeywell, cette décision allait bouleverser l'équilibre établi entre les différentes tribus maories du nord de l'île. Elle savait déjà par Kaharinga que les Nga Puhis, et notamment son ami Hone Heke, n'étaient pas satisfaits. Auckland était trop loin de leurs territoires et les liens privilégiés qu'ils avaient noués avec les Européens risquaient de s'en ressentir. La plus grande partie du trafic maritime allait basculer sur la nouvelle capitale, rendant les échanges plus difficiles à Kororareka.

De plus, l'émergence d'Auckland allait aussi permettre à des tribus qui n'avaient pas eu accès au trafic d'armes jusqu'ici d'en acheter en quantités importantes. Moins de vingt ans auparavant, ces tribus avaient subi la domination de Hongi Hika. N'allaient-elles pas profiter de cette nouvelle occasion pour se venger ?

16

Dans les jours qui suivirent son retour de Kororareka, Cécilia eut de la peine à trouver le sommeil. Elle redoutait de voir Cyrus Plymouth surgir devant elle pour la soumettre à sa volonté. Même à proximité de la maison, elle ne se déplaçait plus sans ses pistolets chargés. Mais il n'apparut pas. Plus étrange encore, il n'était pas revenu à Kororareka. Peut-être avait-il eu honte de sa conduite, ou de ce que l'on pourrait dire de lui.

Deux semaines après cet incident, Philip revint d'Auckland. Il lui vanta la beauté du site, avec ses deux ouvertures sur la mer de Tasman à l'ouest et sur l'océan Pacifique à l'est, avec les soixante volcans qui cernaient la ville. Ils se promirent de s'y rendre après leur mariage.

Celui-ci eut lieu au mois d'octobre suivant. Philip avait rempli ses devoirs militaires et revenait à la vie civile pour aider sa femme à tenir le domaine. Cécilia n'avait pas souhaité de festivités importantes. La santé de son père se détériorait inexorablement, et elle n'avait pas le cœur à se réjouir. Charles avait beaucoup maigri. Certains jours, il refusait de s'alimenter. Peu à peu, il avait pris conscience que sa femme était partie pour toujours. La raison lui était revenue, mais il avait sombré dans une mélancolie dont rien ne pouvait le sortir. La plupart du temps, il restait prostré sur un fauteuil, laissant le temps s'écouler. Son fils, qui allait bientôt avoir un an, ne trouvait toujours pas grâce à ses yeux. Parfois, il faisait un effort pour sourire, pour jouer avec lui, mais le cœur n'y était pas et il retombait très vite dans sa neurasthénie. Le mal dont il souffrait était de ceux dont on ne guérit pas, car la seule personne qui aurait pu le soigner s'en était allée.

Seuls les amis les plus proches étaient présents à la noce. Cécilia regretta l'absence de James Busby, mais il avait quitté la Nouvelle-Zélande immédiatement après la signature du traité de Waitangi. De même, William Hobson n'avait pu venir, étant retenu par son travail. Il avait néanmoins envoyé un cadeau aux jeunes mariés, avec tous ses vœux de bonheur. Ti-Ara, qui avait fini d'allaiter Hippolyte, fut invitée avec Kaharinga ainsi que Wakatanga, très curieux de participer à un mariage de *pakehas*.

La vie reprit son cours. Le troupeau ne cessait de grandir et il fallut engager de nouveaux bergers, dont plusieurs Maoris. Deux mois après le mariage eut lieu la tonte, qui produisit une laine encore plus abondante et plus belle que l'année précédente.

Philip, ravi d'avoir quitté la vie militaire, se consacrait entièrement à son épouse. Il s'était très rapidement adapté à la vie d'éleveur. Sa présence n'améliora pas l'humeur de Slade Bowers, qui voyait son autorité sur les bergers remise en cause. Et surtout, il lui était plus difficile de s'éclipser discrètement pour rejoindre les prostituées de Kororareka.

Agencé par Cécilia, Matawaia devenait le plus beau domaine de la région. Peu à peu, le paysage prenait l'aspect d'une mosaïque verdoyante de forêts préservées et de vastes prairies où paissaient de magnifiques troupeaux de moutons. Alors que d'autres colons avaient délibérément supprimé les arbres de leurs domaines, Cécilia avait tenu à conserver plusieurs parcelles boisées où survivaient d'immenses conifères, des fougères arborescentes et des choux-palmistes.

— Vous vous privez d'un revenu confortable, lui dit un jour un voisin.

— Je n'ai pas envie de défigurer ce pays, répliqua-t-elle. Et puis, si nous abattons tous les *kauris*, ils ne se reproduiront pas et disparaîtront. Où trouvera-t-on alors d'autres arbres pour fabriquer des mâts aussi droits et aussi solides ?

Mais ce n'était pas le souci du nommé Follett, qui s'était lancé dans l'élevage des bovins.

Les bergers vouaient une grande confiance à Cécilia. Elle connaissait le métier aussi bien qu'eux et se montrait généreuse sur les salaires. Tandis que certains colons profitaient de la situation précaire des nouveaux immigrants pour leur imposer des conditions à la limite de l'escroquerie, elle estimait qu'un ouvrier bien rémunéré avait à cœur de faire le meilleur ouvrage possible. Aussi se battait-on pour entrer à son service. Presque chaque jour, elle voyait arriver des malheureux cherchant du travail. Cet afflux de colons était le résultat d'une opération menée par la Compagnie néo-zélandaise fondée en 1837 par Edward Wakefield. Cette opération, organisée à la hâte et menée par des personnes incompétentes, s'était soldée par une monstrueuse gabegie.

La colonisation de l'archipel maori ne se déroulait pas comme celle de l'Australie ou de la Tasmanie. Dans ces pays, on avait tout d'abord amené des *convicts*, des prisonniers de droit commun, qui devaient purger leur peine en défrichant les terres vierges avant d'être libérés et de se voir offrir un lopin de terre. En Nouvelle-Zélande, outre l'immigration classique encouragée par l'empire, nombre de colons arrivèrent par milliers après avoir acheté des terres à la Compagnie néo-zélandaise de Wakefield. Celle-ci fonctionnait suivant un principe bien particulier. Par l'intermédiaire d'individus comme Cyrus Plymouth, elle achetait à bas prix de vastes territoires aux tribus maories ou aux colons découragés. Après les avoir morcelés en parcelles plus modestes, elle les vendait, en Angleterre, à des personnes désireuses de partir s'installer en Nouvelle-Zélande. Les titres de propriété devaient être réglés par les colons avant leur départ d'Angleterre. Les fonds ainsi récoltés devaient servir à faire voyager gratuitement d'autres immigrants moins fortunés, incapables de payer leur titre avant le départ. Ils devaient également permettre la construction de routes et de bâtiments publics. Les immigrants les plus pauvres étaient sélectionnés en fonction de leur honnêteté et de leur bonne réputation. Ils devaient maintenir l'esprit anglais dans cette nouvelle colonie. Une fois sur place, on leur confiait une parcelle sur laquelle ils devaient travailler. Mais, avec le temps, ils avaient eux aussi la possibilité de devenir propriétaires de leur terrain. Le prix demandé par la Compagnie était estimé « raisonnable ». Il était prélevé sur les bénéfices réalisés par ces colons. L'argent récupéré par ce biais devait permettre d'acheter ensuite de nouveaux territoires aux Maoris. Ainsi, selon le projet de Wakefield, toute la Nouvelle-Zélande serait peu à peu colonisée.

Si le projet avait pu paraître raisonnable en théorie, il n'en avait pas été de même dans la réalité, et les choses ne s'étaient pas passées exactement comme il l'avait prévu. Le Bureau colonial anglais avait jugé que le plan proposé par Edward Wakefield défavorisait les

Maoris et qu'il pouvait être à l'origine de nouveaux conflits avec des indigènes déjà trop prompts à se battre. L'homme d'affaires fit des pieds et des mains pour obtenir la confiance du gouvernement britannique, mais celui-ci resta sur ses positions et ne lui accorda pas le soutien qu'il avait escompté. Pire encore, on lui avait interdit de mettre son projet à exécution.

Il en fallait plus pour décourager Wakefield, peu enclin à se laisser impressionner par les autorités. N'avait-il pas conçu son plan en prison, où il purgeait une peine de trois ans pour avoir enlevé la riche héritière Ellen Turner, fille d'un puissant négociant ? Et puis, la Nouvelle-Zélande ne faisait pas partie de l'empire. Pas encore. Lorsqu'il apprit que l'Angleterre se préparait à annexer la Nouvelle-Zélande, il précipita les événements afin de mettre la Couronne devant le fait accompli. Le gouvernement eut beau l'avertir que les actes de vente conclus avant la signature du futur traité seraient illégaux, il affréta, en septembre 1839, trois navires, l'*Oriental*, l'*Aurora* et l'*Adelaide*, pour amener ses premiers immigrés. Il se garda bien de préciser à ces nouveaux colons que les titres de propriété achetés en Angleterre se trouveraient sans effet en raison du futur traité de Waitangi.

Le 22 janvier 1840, un millier de colons arrivèrent ainsi au sud de l'île du Nord. Edward avait chargé l'un de ses nombreux frères d'organiser la venue de ces immigrants. Mais celui-ci n'avait rien fait pour préparer leur accueil. Lorsqu'ils débarquèrent, l'endroit n'était encore qu'une immense étendue de brousse impénétrable et de marécages, battue par les vents des Quarantièmes Rugissants. Le détroit de Cook, qui sépare l'île du Nord de l'île du Sud, était extrêmement dangereux. Pendant plusieurs mois, les malheureux durent lutter contre les éléments, et parfois contre les tribus maories qui ne s'attendaient pas à voir affluer un si grand nombre de colons. Leurs chefs avaient été séduits par la quantité confortable de marchandises proposées par Wakefield, mais ils n'avaient pas imaginé que cela se traduirait par une immigration aussi importante.

Tout au long de l'année 1840, ce furent plus de neuf mille nouveaux colons engagés par la Compagnie néo-zélandaise qui suivirent les mille premiers. Mais, ainsi que l'avait dit le gouvernement anglais, les actes de propriété n'avaient aucune valeur. Ces gens qui avaient tout quitté se retrouvèrent sans terre sur laquelle travailler, démunis de tout. Beaucoup d'entre eux gagnèrent le nord de l'île, espérant trouver un emploi chez les colons déjà installés. Les autres fondèrent une ville qu'ils baptisèrent Wellington [1] en l'honneur du Duc de Fer, vainqueur de Waterloo.

Cécilia ne pouvait embaucher tous les malheureux qui cherchaient désespérément un emploi. La plupart regagnaient alors Auckland pour faire le siège du palais du gouverneur afin d'obtenir réparation.

1. En 1865, Wellington deviendra la nouvelle capitale de la Nouvelle-Zélande. Aujourd'hui encore, il subsiste des litiges au sujet de l'achat des terres maories pour les colons de la Compagnie néo-zélandaise d'Edward Wakefield. Bien qu'il soit véritablement – mais indirectement – à l'origine de la fondation de la cité, sa statue n'y figure pas.

De plus, Cécilia avait d'autres sujets de préoccupation. Au cours de l'année qui suivit, la santé de son père ne cessa de se détériorer.

17

Charles Louis Hippolyte de Hauterive rendit l'âme au mois d'avril 1842, alors qu'on allait vers l'hiver. Bien qu'elle s'y attendît, la disparition de son père bouleversa Cécilia. Pendant les deux années qui avaient suivi la mort de Helen, il avait lentement dépéri, se voûtant, se recroquevillant comme s'il voulait disparaître. Les derniers temps, il ne mangeait presque plus, ne reconnaissait plus ni sa fille, ni son fils. Malgré tous les efforts qu'elle avait accomplis pour tenter de lui redonner goût à la vie, elle avait échoué. Elle en éprouvait un terrible sentiment de culpabilité. Elle avait investi beaucoup d'efforts dans le domaine. Peut-être aurait-elle dû passer plus de temps en sa compagnie...

Ce fut Philip qui lui ouvrit les yeux.

— Tu ne pouvais mieux faire. Comme l'a dit cette vieille femme maorie, son corps était encore parmi nous, mais son esprit avait déjà rejoint celui de ta mère. Sans elle, la vie lui semblait un fardeau. Il l'a laissée s'en aller petit à petit. Comme on se débarrasse d'un vêtement usé.

Depuis plusieurs jours, les tempêtes se succédaient, faisant peser sur le pays une atmosphère lourde, sombre et froide. Les températures avaient tellement chuté que l'on aurait pu croire l'hiver déjà venu. Des ouragans dévastaient le nord de l'île, rendant les ports quasiment inaccessibles. D'après le vieux Wakatanga, qui avait tenu à venir aussitôt rendre hommage à son ami, de mémoire d'ancien on n'avait jamais observé un tel phénomène.

— Les dieux expriment leur tristesse ! dit-il. Pakeha Hemonga était un homme bon et un grand chef.

Curieusement, les éléments se calmèrent dès le lendemain de l'enterrement de Charles. Les vents tombèrent et un soleil éblouissant perça la couche de nuages, faisant naître de magnifiques arcs-en-ciel. Ce spectacle marqua profondément les esprits, aussi bien chez les Européens que chez les Maoris, portés à croire au merveilleux. Pour eux, Matawaia, et notamment le petit cimetière où reposait déjà Helen, devenait un lieu *tapu*.

— Matawaia appartiendra toujours aux descendants de Pakeha Hemonga, déclara Wakatanga. Les dieux puniront ceux qui tenteront de s'emparer de ces terres.

Cette phrase émut Cécilia. Elle signifiait que, selon la croyance maorie, personne ne viendrait plus jamais lui disputer la propriété du domaine.

La mort de son père affecta durement la jeune femme. Ce fut pour lui changer les idées que Philip lui proposa un voyage à Auckland. Depuis un an et demi qu'ils étaient mariés, ils n'avaient pu partir en voyage de noces, ainsi que le voulait la coutume. Bien sûr, le domaine exigeait beaucoup de travail, mais en vérité, Cécilia avait toujours reporté le projet, refusant d'abandonner son père. Elle redoutait trop de ne pas le retrouver à son retour. Cette fois, elle accepta.

Trois semaines plus tard, au début du mois de mai, Cécilia et Philip débarquaient à Auckland. La jeune femme était heureuse de pouvoir se consacrer uniquement à son mari. Avec le temps, elle s'était beaucoup attachée à Philip. Il avait eu l'intelligence de comprendre que s'il voulait garder son épouse, il ne devait pas tenter de la dominer, mais au contraire la laisser libre d'organiser sa vie comme elle le souhaitait. Cécilia lui était reconnaissante de cette attitude, car elle ne supportait aucune contrainte. Parfois, pour la taquiner, il la comparait à sa jument arabe qui possédait toujours le même caractère ombrageux. Il avait essayé une fois de monter Aideen, mais il avait renoncé.

Presque deux ans après sa fondation, le 18 septembre 1840, Auckland ne ressemblait plus à « un moutonnement de tentes sur une mer de fougères », comme disait William Hobson, mais à une ville en pleine effervescence. Le port accueillait d'innombrables navires et une forêt de mâts s'étirait le long de la rade. Déjà, les habitants l'appelaient la « Cité des voiliers ».

Çà et là s'élevaient des bâtiments importants, entrepôts, magasins, riches demeures en voie d'achèvement. Le chantier du palais du gouverneur grouillait de maçons, manœuvres, tailleurs de pierre, menuisiers et autres plâtriers. Une aile était terminée tandis que l'autre se hérissait de grues et d'échafaudages. Une vaste caserne[1] se dressait plus loin vers le sud. La rue principale, Shortland Street, effectuait une boucle à partir des docks, mais déjà une autre artère importante se dessinait, que l'on avait baptisée Queenstreet. Elle partait du port pour aller se perdre au loin dans une étendue de fougères arborescentes. De part et d'autre s'alignaient des magasins flambant neufs où l'on pouvait trouver des produits variés en provenance directe d'Europe.

Le premier magasin avait été ouvert sous une tente le 21 décembre 1840 par sir John Logan Campbell. Un an et demi plus tard, il était devenu l'homme le plus riche de la région. Surnommé le « père d'Auckland », pour laquelle il se dépensa sans compter, il avait fait construire une magnifique demeure, l'Acacia Cottage. Sous son impulsion, une multitude de magasins avaient ouvert le long de Shortland Street et de Queenstreet.

Cécilia avait bien l'intention de profiter de leur voyage pour se faire confectionner une garde-robe à la dernière mode. En ce qui concernait la mode féminine, la jeune reine Victoria, qui avait succédé à Guillaume IV en 1837, tenait le rôle d'arbitre. Les robes à crinoline étaient encore en vogue, mais elles restaient simples, dépouillées de tous ornements superflus. Ainsi le voulait la nouvelle souveraine. Les manches bouffantes

1. Sur l'emplacement de cette caserne s'étend aujourd'hui l'Albert Park.

étaient longues, le décolleté en cœur des robes du soir demeurait très sage. On portait deux paires de bas, l'une en soie par-dessus une seconde en cachemire.

Cependant, Cécilia n'aimait pas la crinoline, qu'elle jugeait encombrante. Aussi demanda-t-elle au couturier de la supprimer et de la remplacer par un coussinet placé sur les fesses, ce qui mettait la silhouette en valeur et formait sur l'arrière des drapés somptueux. L'artisan poussa les hauts cris devant une telle audace, mais il dut baisser pavillon face à l'insistance de la jeune femme. De même, elle fit élargir le décolleté pour dévoiler ses épaules et demanda qu'il fût orné de rubans et de dentelles. Epoustouflé, le couturier finit par se rendre aux raisons de sa cliente. Après de nombreuses séances d'essayage, il s'étonna lui-même du résultat.

— Voilà une mode qu'il faudrait lancer, dit-il lorsqu'il admira son œuvre. Mais les femmes sont-elles prêtes à abandonner la crinoline ?

— Bien sûr ! Et si l'on pouvait trouver quelque chose pour remplacer cet horrible corset, ajouta Cécilia, ce serait une excellente idée.

— Le corset ? Mais vous n'y pensez pas, madame !

Puis ce fut le tour de Philip. Le couturier spécialisé dans les costumes pour homme avait quant à lui des idées bien précises sur le summum de l'élégance. Il avait été, en Angleterre, l'un des fournisseurs du dandy George Brummell. Philip, n'ayant jamais revêtu que l'uniforme, se trouvait bien embarrassé de choisir des vêtements. Il décida de faire confiance à cet homme aux manières efféminées.

— Il a imposé une grande sobriété, monsieur,

expliqua-t-il à Philip d'un ton sucré. Il a supprimé toutes les frivolités dont on garnissait autrefois les habits masculins, volants et jabots, bas blancs de soie, souliers à boucle. Il a remplacé le tricorne par le haut-de-forme. Il exigeait des lignes sobres et impeccables. Je me souviens encore de ce qu'il disait : « La véritable élégance consiste à ne pas se faire remarquer ! » Il préconisait une redingote avec des boutons de laiton, une chemise blanche, une cravate de soie, des pantalons moulants et des bottes d'équitation. Je peux vous faire un vêtement bleu ou vert pour la journée, noir pour le soir. Les couleurs se doivent de rester discrètes. Supprimées les perruques ! Désormais, on porte les cheveux courts et bien coupés, et un visage rasé de près.

— Cela me convient ! répondit Philip qui n'avait jamais apprécié l'exubérance.

Tandis que Cécilia subissait la torture des essayages, Philip, qui passait beaucoup moins de temps chez le tailleur, en profita pour rendre visite à ses anciens amis militaires.

Ce fut au cours de l'une de ces pénibles séances que le couturier, Harold, demanda à Cécilia s'il pouvait inviter l'une de ses meilleures clientes à venir admirer le travail qu'il avait fait sur une magnifique robe bleue coupée sur les indications de la jeune femme.

— Je suis sûr qu'elle va me demander de lui en faire une inspirée de ce modèle. Vous êtes une créatrice, chère madame !

Amusée par la verve du bonhomme, Cécilia

acquiesça. Quelques instants plus tard, une femme entrait dans la salle. Après un instant de stupeur, Cécilia la salua :

— Bonjour, Rebecca !

— Bonjour, Cécilia !

Il y eut un moment de flottement, puis Rebecca adressa un grand sourire à son ancienne rivale et vint l'embrasser.

— Je suis sincèrement heureuse de vous revoir, dit-elle.

Cécilia comprit qu'elle désirait enterrer la hache de guerre. Rebecca observa longuement la robe de velours bleu roi.

— Harold m'a dit que cette robe a été dessinée selon votre idée. C'est une merveille.

— Merci. Je déteste les crinolines. Et je trouve la mode actuelle trop triste.

Rebecca eut un nouveau sourire.

— Il est vrai que vous n'avez jamais fait les choses comme tout le monde, Cécilia. Mais le résultat est superbe. Me permettrez-vous de demander à Harold de m'en faire une sur le même modèle ?

— Bien sûr !

Un peu plus tard, les deux jeunes femmes se retrouvèrent dans un salon de thé. Cécilia donna à Rebecca des nouvelles de l'ancienne capitale, puis lui conta les malheurs qui l'avaient récemment frappée.

— J'ignorais que votre père fut décédé, Cécilia. J'en suis profondément attristée. C'était un homme foncièrement bon. Votre mère et lui ont vécu un amour comme on en voit peu. Je comprends qu'il ne s'en soit jamais remis.

Rebecca laissa passer un silence.

— Je sais ce que vous endurez, dit-elle enfin. Il y a dix ans, ma mère a été emportée par le choléra lors de la grande épidémie. C'est un peu pour cette raison que mon père a choisi de quitter l'Angleterre. Il y avait trop de souvenirs. Quand James Busby lui a proposé de le suivre en Nouvelle-Zélande. Il a accepté. Parfois, j'aimerais qu'il refasse sa vie. Il n'est pas très âgé. Mais il n'a jamais pu oublier ma mère, même s'il s'est mieux remis de sa mort que votre père. C'est pour cela que je reste près de lui. Je ne suis pas pressée de me marier.

Elle ajouta :

— J'ai une grande admiration pour vous, Cécilia. Vous êtes seule à présent pour diriger ce grand domaine.

— Je ne le suis plus, Rebecca.

Elle hésita, puis précisa :

— J'ai épousé Philip Jefferson. Nous sommes ici en voyage de noces.

Rebecca eut un sourire triste.

— J'étais présente lorsque vous avez annoncé vos fiançailles. Je me doutais que le mariage avait eu lieu.

— Vous m'en voulez ?

— Non. Il ne pouvait pas avoir deux épouses. Et c'est de vous qu'il était amoureux. Si vous l'aviez repoussé, peut-être serait-il venu vers moi, mais c'est à vous qu'il aurait songé. Alors, tout est bien ainsi.

Emue, Cécilia prit la main de Rebecca dans la sienne.

— Si je vous ai fait du mal autrefois, veuillez me pardonner, Rebecca. J'avoue m'être parfois conduite comme une gamine trop gâtée.

— Je crois que je n'ai rien à vous envier sur ce plan-là.

Cécilia sourit.

— Vous n'allez peut-être pas le croire, poursuivit Rebecca, mais vous m'avez manqué. Malgré nos petites querelles, nous avons passé tant de bons moments à Kororareka. Nous n'avions d'autre souci que de danser et de séduire tous ces beaux messieurs. C'était une période vraiment heureuse. Ce n'est pas très vieux, mais il me semble que c'était il y a vingt ans.

— A moi aussi vous avez manqué, Rebecca.

Elles se regardèrent, puis éclatèrent de rire.

— Mon père a fait construire une maison dans le sud de la ville, ajouta Rebecca. J'aurais plaisir à vous y recevoir, si vous ne repartez pas tout de suite.

— Nous sommes à Auckland pour plusieurs jours. Je viendrai.

Lorsqu'elles se quittèrent, les deux jeunes femmes étaient devenues les meilleures amies du monde. Cependant, au moment où elles sortaient du salon de thé, Cécilia sentit que Rebecca voulait lui dire quelque chose. Tout à coup, elle déclara :

— Je voulais vous demander : avez-vous croisé Cyrus Plymouth dernièrement ?

Cécilia pâlit.

— Non. Et je n'ai aucune envie de revoir cet individu.

— Vous avez raison. Il vaudrait mieux l'éviter.

Avant de quitter Kororareka, j'ai surpris par hasard une conversation entre deux colons en visite chez mon père. Ils parlaient de Cyrus Plymouth... et de vous.

Le cœur de Cécilia se mit à battre plus vite.

— Que disaient-ils ?

— Un jour, il y a déjà quelque temps, il est revenu en ville avec la figure balafrée et la lèvre déchirée. Il a prétendu qu'il s'était battu avec un Maori, mais personne ne l'a cru. Cela ressemblait plutôt à des griffures de femme. Or, on savait qu'il se vantait partout de vous faire sienne. Ces colons en avaient déduit qu'il avait tenté de vous séduire et qu'il avait essuyé un refus plutôt vif.

Cécilia hésita, puis avoua :

— C'est vrai. C'est moi qui lui ai infligé ces blessures. Il m'avait suivie sur mes terres et a tenté... de me violer. Je me suis défendue.

— Je m'en doutais un peu, soupira Rebecca. Il a quitté Kororareka peu après cet incident. Mais je l'ai revu ici, à Auckland, à l'occasion d'une fête organisée par le gouverneur Hobson. Il parlait encore de vous. Il ne cessait de clamer qu'il finirait bien par vous avoir.

Rebecca laissa passer un silence, puis ajouta :

— Cet homme m'a toujours fait peur, Cécilia. C'est un être cynique et gonflé d'orgueil, qui n'admet pas qu'on puisse lui résister. Sa fortune lui a toujours permis d'obtenir ce qu'il voulait. Et il est vrai que peu de femmes jusqu'à présent ont repoussé ses avances. Je crois qu'elles étaient fascinées par ses yeux gris. En ce qui me concerne, j'ai toujours tremblé de le voir jeter son dévolu sur moi. Mais par chance il ne m'a jamais regardée. Avec vous, il a échoué. C'est cet échec qu'il ne vous pardonnera pas. Vous devriez vous méfier de lui.

Lorsque Cécilia retrouva Philip, un peu plus tard dans l'après-midi, celui-ci avait une nouvelle à lui annoncer :

— J'ai rencontré Son Excellence, dit-il. Il était en visite à la caserne. Il m'a félicité pour notre mariage et s'est excusé de n'avoir pu être présent. Il nous invite à assister aux courses de bateaux qu'il organise dans trois jours. Il y a eu une première édition lors de la fondation de la cité. Il voudrait faire de ces courses une tradition d'Auckland.

Le jour des régates, Cécilia et son mari firent sensation lorsqu'ils se présentèrent sur la tribune que l'on avait dressée sur le port pour le gouverneur et ses invités. On détaillait avec curiosité et envie la magnifique robe de velours bleu roi que portait la jeune femme, sur laquelle elle avait passé une cape bleu pâle. De même, elle n'avait pas voulu céder à la mode du bonnet à large bord qui ne montrait que le visage et elle laissait libres ses cheveux blonds, dans lesquels elle avait passé des rubans rappelant les teintes de sa robe.

Le couple retrouva avec plaisir quelques personnes de connaissance, comme Henry Williams. Lorsqu'elle fut devant William Hobson, Cécilia maîtrisa sa surprise et sa tristesse. Le gouverneur ne paraissait pas en très bonne santé. Il se déplaçait avec une canne et son visage semblait avoir vieilli de dix ans[1].

Il accueillit néanmoins le couple avec sympathie.

— Je devrais vous en vouloir, madame Jefferson, de nous avoir volé un officier de la valeur de notre Philip. Mais lorsque je vous vois si resplendissante, je le comprends de n'avoir pu résister, et je dois vous pardonner et vous remercier de bien vouloir être si belle.

Le compliment dithyrambique flatta Cécilia.

Rebecca, qui arriva peu après avec son père, vint embrasser affectueusement la jeune femme, après s'être amusée des œillades de jalousie que les épouses des notables lui adressaient.

— Vous avez l'allure d'une reine, ma chère, lui glissa-t-elle à l'oreille.

Venant de son ancienne rivale, la remarque la toucha profondément. Mais bientôt, les regards se portèrent vers la mer. Deux régates étaient prévues. La première opposerait les canots des différents navires européens. La seconde verrait l'affrontement des *wakas* des tribus de la région d'Auckland.

Après le départ de la première course, William Hobson vint discrètement trouver Cécilia et Rebecca.

— Mesdames, en théorie, je dois remettre les trophées aux vainqueurs. Mais j'ai pensé, si vous l'acceptez, qu'il serait plus élégant que vous les remettiez vous-mêmes.

1. Le gouverneur William Hobson mourut le 10 septembre 1842. Par reconnaissance envers son œuvre, les habitants d'Auckland lui ont dressé une sépulture non loin d'Albert Park.

Cécilia jeta un bref coup d'œil à Rebecca.

— Mais à quel titre, Excellence ?

— Au titre des deux plus jolies femmes de l'assemblée ! précisa-t-il avec un regard malicieux. Et pour faire enrager les épouses pimbêches des hauts dignitaires nouvellement arrivés. Elles sont tristes à mourir.

Cécilia et Rebecca faillirent éclater de rire.

— Alors, nous acceptons avec plaisir, Excellence.

Ainsi les vainqueurs, Européens comme Maoris, reçurent-ils ce jour-là leur trophée des mains des deux plus belles femmes d'Auckland.

Vers la fin de l'après-midi, tandis que la foule se dispersait, commentant l'événement avec passion, Cécilia et Philip regagnèrent la ville en compagnie de Rebecca et de Henry. Tout à coup, un homme les aborda.

— Yann ! s'exclama Cécilia, émue de retrouver son ancien soupirant.

Le commandant Le Bihan s'était lui aussi fait confectionner des habits neufs. On se salua.

— Chère Cécilia, je suis heureux de pouvoir vous présenter mes félicitations, à vous et à Philip, pour votre mariage.

— Merci, Yann. Vous êtes-vous installé en Nouvelle-Zélande, comme vous me l'aviez dit ?

— C'est exact, je vis à présent à Akaroa. Mais ce fut toute une histoire.

— Ah ! Akaroa, dit Henry. J'en ai entendu parler. On dit que l'île du Sud fut à deux doigts de devenir française. Mais si vous n'avez pas d'obligations, pourquoi ne pas venir nous raconter tout cela chez moi ce soir ?

Henry Simpson et sa fille habitaient une coquette maison coloniale à colonnades, située à deux miles à l'extérieur de la ville, et construite sur le modèle de la demeure qui avait servi de cadre à la signature du traité de Waitangi. A Philip qui s'étonnait que Simpson ait choisi cet endroit un peu isolé, le père de Rebecca répondit :

— Ce n'est pas un hasard. Le prix du terrain au centre d'Auckland ne cesse d'augmenter. Petit à petit, la ville va s'étendre. Et les terres actuellement situées à l'extérieur vont prendre de la valeur. C'est pourquoi j'ai acheté les deux cents acres qui entourent cette maison. Dans quelques années, elles vaudront vingt ou trente fois plus. Je ne suis pas le seul. D'autres ont eu la même idée, et mes voisins les plus proches sont à plus d'un mile d'ici.

Tandis que l'on servait le repas, Yann conta son histoire.

— Comme vous l'avez dit, sir Henry, la plus grande partie de la Nouvelle-Zélande a failli devenir française. C'était une ambition tout à fait justifiée pour la France. Actuellement, plus d'une soixantaine de navires font régulièrement la traversée pour chasser la baleine, dont l'huile est utilisée pour éclairer les lampadaires de Paris. C'est un marché très lucratif, et l'un de mes collègues, Jean-François Langlois, a eu l'idée d'installer une base française en Nouvelle-Zélande. Je l'ai rencontré il y a quatre ans, alors que je naviguais du côté de la péninsule de Banks, le long des côtes de l'île du Sud. C'est un homme remarquable. Cette île du Sud aurait parfaitement convenu pour construire un port. On n'y compte pas plus de trois ou quatre mille Maoris, et ils sont beaucoup moins agressifs que ceux de l'île du Nord. Langlois avait repéré le petit village d'Akaroa. Il a donc pris contact avec les chefs locaux, qui appartiennent à la tribu des Nga Tahus. A force de persuasion, il a obtenu la signature d'une douzaine d'entre eux, qui lui ont vendu une importante partie de la péninsule de Banks pour mille francs français, dont il a immédiatement versé un acompte sous la forme de manteaux, pantalons, chapeaux, chaussures et même un pistolet. Le reste devait être versé lorsque les Français prendraient possession de la terre. Le but consistait à coloniser peu à peu toute l'île.

« J'aime ce pays, et ce projet m'a enthousiasmé. J'ai accompagné Jean-François Langlois à Paris pour le soutenir dans sa démarche. C'était en mai 1839. Je savais que la Grande-Bretagne se préparait à annexer la Nouvelle-Zélande. C'est pourquoi nous avons tout fait pour décider les autorités françaises à agir rapidement. Langlois a vendu la péninsule de Banks à un groupe d'hommes d'affaires de Nantes et de Bordeaux. Ils ont aussitôt fondé la Compagnie nanto-bordelaise, dont j'ai acheté des actions. Mais il fallait ensuite convaincre le gouvernement d'intervenir. Nous avons réussi à intéresser le duc Decazes et le président du Conseil, le maréchal Soult, à notre affaire. Malheureusement, le roi Louis-Philippe n'a pas compris assez vite l'intérêt de notre démarche. Et il a laissé traîner le dossier. Je pense qu'il ne voulait pas risquer de mécontenter la reine Victoria, avec qui il avait établi des liens amicaux. Nous avons fini par obtenir une signature d'accord en décembre 1839. Le gouvernement a voté une subvention en notre faveur et il a mis deux navires à notre disposition, un vaisseau de transport et un bateau de guerre. Afin de ménager la susceptibilité de la couronne britannique, il a été convenu de ne pas annexer immédiatement l'île du Sud, mais plutôt d'acheter le plus de terres possible aux Maoris et d'y installer très vite des colons français. Il serait ensuite plus facile d'en prendre possession au nom du roi de France.

« J'ai quitté la France pour une nouvelle campagne de chasse immédiatement après la signature de l'accord. Une première base devait être installée à Akaroa. A mon arrivée, je suis d'abord passé par Kororareka.

Il se tourna vers Cécilia.

— Je vous ai rendu visite, et c'est là que j'ai appris le décès de madame votre mère.

La jeune femme se souvenait également qu'il lui avait proposé de l'épouser. Une furtive lueur de nostalgie passa dans le regard de Yann, puis il poursuivit :

— J'ai appris aussi que les tribus du Nord avaient signé le traité de Waitangi le 6 février précédent. Je me suis aussitôt rendu à Akaroa, et j'ai attendu les navires qui devaient amener les premiers colons français. Les chefs Nga Tahus du Sud n'avaient pas encore signé, mais c'était une question de jours. J'ai tenté de les convaincre, en vain. Au mois de mai, un navire anglais est arrivé à Akaroa et l'Union Jack a été hissé à l'endroit où nous devions fonder notre première cité. Les chefs maoris s'étaient laissé convaincre à leur tour de faire partie de l'empire britannique. La France avait trop tardé. Le *Comte-de-Paris*, commandé par Jean-François Langlois, nommé gouverneur de la future colonie, a quitté Rochefort en mai, un mois après le bateau de guerre l'*Aurore*. Lorsqu'ils sont arrivés, ils se sont rendu compte qu'ils se trouvaient dans une colonie britannique.

— Que s'est-il passé ? demanda Rebecca.

— Oh ! cela s'est arrangé. Il y avait de la place pour tout le monde. Les autorités ont accepté que les immigrants français s'installent à Akaroa, mais évidemment, il était hors de question pour la France de revendiquer l'île du Sud. J'ai néanmoins décidé de m'installer là-bas[1].

Un peu plus tard, profitant d'une promenade dans l'immense terrain des Simpson, Yann parvint à s'isoler un peu avec Cécilia.

— Je suis très heureux de vous avoir revue, Cécilia. J'aurais aimé partager avec vous cette aventure d'Akaroa. Mais vous m'avez préféré le capitaine Jefferson. Tant pis pour moi. C'est un homme de valeur. Vous ne pouviez pas mieux choisir. Cependant, si un jour vous aviez besoin de mes services, sachez que je serai toujours là pour vous aider.

1. Cette histoire surprenante est véridique. Aujourd'hui, les soixante premiers colons français à s'être ainsi installés en Nouvelle-Zélande comptent de nombreux descendants dans tout le pays.

— Merci, Yann, je sais que je peux compter sur votre amitié.

Quelques jours après la soirée chez Henry Simpson, Philip et Cécilia regagnèrent Matawaia. Ce fut peu après leur retour que des événements dramatiques commencèrent à frapper le domaine.

18

Depuis quelques semaines, Cécilia éprouvait une sorte de malaise inexplicable. Elle se sentait épuisée sans véritable raison. Tout d'abord, elle mit cette fatigue sur le compte du temps qui s'était de nouveau détérioré à leur retour d'Auckland. Le navire qui les avait ramenés à Kororareka avait essuyé deux coups de vent d'une rare violence. Depuis, une série de tempêtes frappait le pays, en provenance de la mer de Tasman. De violentes bourrasques chargées de débris balayaient les prairies et les forêts, déracinant parfois les grands arbres aux racines fragilisées par les pluies. Des cohortes de nuages noirs couraient en meutes pressées sur le ciel bas et menaçant, explosant tout à coup en orages furieux qui épouvantaient le bétail. Les rivières gonflées par les eaux de pluie sortaient de leur lit, dévastaient les rives. Des brebis imprudentes avaient été emportées par les flots en furie.

Une nuit, Cécilia crut que le grand *kauri* sous lequel reposaient Helen et Charles avait été arraché par l'ouragan. Elle se dressa sur son lit, le cœur battant la chamade, le souffle court. A ses côtés, Philip, réveillé en sursaut, la contemplait sans comprendre. Elle se leva, courut à la fenêtre de sa chambre, d'où l'on apercevait au loin le petit cimetière et l'arbre immense. Mais celui-ci était toujours debout. Elle avait fait un cauchemar. Cette nuit-là, peut-être pour conjurer sa peur, elle entraîna Philip dans une joute amoureuse audacieuse, un hymne à la vie et un défi jeté à la face des éléments déchaînés. Tandis qu'ils faisaient l'amour jusqu'à en perdre haleine, un vacarme épouvantable faisait vibrer les murs de la demeure, reflet de la tempête qui sévissait au-dehors.

Le lendemain, elle se sentit bizarre, comme si quelque chose s'était modifié en elle. Mais la sensation de menace impalpable ne s'était pas estompée.

Comme pour se mettre à l'unisson du climat détraqué, l'atmosphère de la Nouvelle-Zélande se détériorait. Partout se multipliaient les conflits entre colons et Maoris. Les premiers n'étaient pas satisfaits du traité de Waitangi. Ils auraient préféré que le pays restât indépendant. On supportait mal la tutelle britannique. Ils accusaient le gouverneur Hobson de se montrer trop favorable aux Maoris. Les immigrants amenés par la Compagnie néo-zélandaise d'Edward Wakefield connaissaient de terribles difficultés. Les plus riches, qui avaient déjà acheté leur terrain par l'intermédiaire de la Compagnie, ne parvenaient pas à obtenir un bornage exact de la part des experts géomètres et se heurtaient les uns aux autres, quand ce n'était pas aux autochtones, dont ils ne comprenaient pas la langue et les traditions. Les autres, les pauvres, qui avaient effectué la traversée en espérant construire une ferme grâce à la Compagnie, demeuraient sans emploi. Les plus chanceux, peu nombreux, avaient pu gagner l'Australie ou la Tasmanie. Ceux qui restaient erraient dans le pays à la recherche d'un travail, survivaient tant bien que mal, et beaucoup devenaient la proie des malandrins de tout poil qui rôdaient dans les ports, quand ils ne basculaient pas à leur tour dans le banditisme. Il y eut à cette période une recrudescence de crimes et de disparitions.

Quelques riches colons avaient formé un mouvement exigeant le départ de William Hobson et la déclaration d'indépendance. Il y avait parmi eux beaucoup d'Américains, car la Nouvelle-Zélande en avait attiré quelques dizaines. Pour eux, il était hors de question de devenir sujets britanniques.

Certains de ces indépendantistes étaient venus voir Cécilia et Philip en leur demandant de se joindre à eux. Ils étaient menés par Cyrus Plymouth, qui avait refait surface. Il se montra arrogant et sûr de lui.

— Vous auriez intérêt à ne pas vous opposer à notre mouvement, déclara-t-il d'une voix provocante. La Nouvelle-Zélande n'est pas un pays comme les autres, et l'Angleterre n'a pas les moyens d'y faire régner la loi.

C'est pourquoi nous devons édicter la nôtre. Et lorsque le pays sera indépendant, comme le souhaite la majorité des éleveurs, nous saurons nous souvenir de ceux qui nous auront soutenus et de ceux qui se seront dressés contre nous.

— Est-ce une menace ? riposta sèchement Cécilia.

— C'est un conseil d'ami.

— Je ne sache pas que vous fassiez partie de mes amis, Cyrus Plymouth ! répliqua-t-elle d'un ton cinglant. Et personne ne me dictera ma conduite ! Je n'ignore pas que derrière votre bel idéal d'indépendance se cache votre volonté de tromper les Maoris et les petits colons en achetant leurs terres à vil prix. En ce qui me concerne, j'approuve le gouverneur Hobson de tenir la bride aux spéculateurs dans votre genre. Car bien entendu, vous ne travaillerez pas la terre vous-même !

Plymouth émit un petit ricanement.

— Le capitaine Jefferson ne dit rien, il me semble ! Il est pourtant le chef de famille. Mais on dirait qu'ici, ce sont les femmes qui commandent ! N'y a-t-il donc pas d'homme digne de ce nom pour imposer sa volonté et apprendre les vraies valeurs aux dames qui ne savent pas se tenir à leur place ?

Philip bondit. Avant que Cécilia ait pu réagir, il avait souffleté Plymouth.

— Monsieur, vous me rendrez raison de votre insolence. Vous avez insulté mon épouse. Où sont vos témoins ?

Cécilia aurait voulu réagir, mais elle savait qu'il était trop tard. Plymouth avait délibérément provoqué Philip, et ce dernier était tombé tête baissée dans le piège. Deux des compagnons de Plymouth s'avancèrent.

— Maurice Feldmann et Martin McQueen, capitaine. Nous serons les témoins de notre ami.

Un sourire mauvais éclaira le visage de Plymouth. Il avait obtenu ce qu'il voulait.

— Vous êtes l'offensé, dit-il, conciliant, vous avez le choix des armes.

— Le sabre de cavalerie, monsieur, répondit Philip, visiblement furieux de ne pouvoir lui faire rendre gorge immédiatement.

— Cela me va ! J'aurai plaisir à vous donner une bonne leçon d'escrime.

Cécilia, pétrifiée, ne disait mot. Elle était furieuse contre Plymouth, mais aussi contre son mari, qui avait réagi exactement comme l'autre le souhaitait. L'intendant James Wells et un dénommé Forbes, qui accompagnait Plymouth, furent les témoins de Philip.

— Messieurs, dit Maurice Feldmann, convenons de nous retrouver demain, à six heures, au lieu-dit Opahi, sur la route de Kororareka.

Dès que les colons furent partis, Cécilia laissa exploser sa colère.

— Mais qu'est-ce qui t'a pris ? N'as-tu pas vu que la provocation de ce scélérat était délibérée ? Il voulait se battre contre toi.

Il en fallait plus pour démonter Philip, qui ne se serait pour rien au monde fâché avec Cécilia.

— Eh bien, il a réussi.

— Il fera tout pour te tuer !

— Mais non. Ce genre de combat s'arrête au premier sang. C'est une histoire d'honneur.

— Quel honneur ? Pour une petite insulte émise par un imbécile, vous voilà prêts à vous entretuer. Je ne vois pas là un signe d'intelligence. Je ne crois pas que la violence ait jamais résolu quoi que ce soit. S'il te bat, il n'aura pas fini de plastronner. Et si tu es vainqueur, il ne le digérera pas et n'aura de cesse de se venger.

Philip ne se départit pas de son sourire pour autant. Il la prit dans ses bras et ajouta :

— Pourquoi t'en faire, ma douce amie ? Je ne trouve pas injuste d'avoir à me battre pour défendre l'honneur d'une si belle épouse.

En d'autres temps, Cécilia eût laissé la querelle s'éteindre d'elle-même et leur différend se fût réglé dans la chambre à coucher. Mais la menace sournoise qui pesait sur Matawaia lui avait mis les nerfs à fleur de peau. Elle se dégagea brusquement et s'en fut, abandonnant un Philip désemparé.

Elle fila dans la chambre d'amis, dans laquelle elle s'enferma à double tour. Elle n'avait aucune envie de le voir et encore moins de passer la nuit prochaine avec lui.

Une heure plus tard, alors que la nuit tombait, il vint frapper à sa porte, mais elle refusa de lui ouvrir. Découragé, il s'en fut.

Le soir, elle se fit amener un repas dans la chambre par Elisabeth, qui affichait un air navré. Elle aimait beaucoup le capitaine Jefferson. Miss Tington vint la trouver à son tour pour tenter d'adoucir son humeur. Elle se fit rabrouer fermement.

— Les hommes sont de fieffés imbéciles ! riposta Cécilia. Je suis sûre que l'autre fera tout pour le tuer, ou tout au moins le blesser sérieusement. C'est ridicule.

Elle avait envie de pleurer. De rage et d'impuissance. Elle aurait aimé châtier Plymouth elle-même. Mais pourquoi fallait-il que les hommes fussent si bêtes et si chatouilleux sur le plan de l'honneur ? Elle seule pressentait les dangers d'un tel affrontement. Car le but de Plymouth était clair : la priver de son mari. Elle ne pouvait évoquer la tentative de viol dont elle avait été victime de sa part. Si Philip l'apprenait, le duel risquait de prendre une autre tournure. La colère lui ferait perdre ses moyens et le rendrait plus vulnérable.

Elle mangea de mauvais appétit, toujours furieuse contre son mari, mais aussi contre elle-même. Elle s'en voulait de réagir ainsi. Philip n'avait fait que prendre sa défense. Et peut-être souffrait-il de ne pas être véritablement le chef de famille, comme l'avait dit Plymouth. Elle prenait toujours les décisions, commandait les ouvriers et les bergers, tenait elle-même la comptabilité. Bien sûr, elle était propriétaire du domaine, mais peut-être aurait-elle dû laisser plus de responsabilités à Philip...

Tout à coup, une terrible nausée lui tordit l'estomac. Elle n'eut que le temps de courir jusqu'à la cuvette de céramique qui trônait sur la table de nuit en bois et vomit son dîner. Les yeux rouges, le souffle court, elle retourna s'asseoir sur le lit. Une vive inquiétude la saisit. Elle se sentait fébrile, affaiblie. Ce n'était pourtant pas le moment de tomber malade. Soudain, elle comprit et une bouffée de joie l'envahit : cela faisait deux mois qu'elle n'avait plus ses règles.

Elle était enceinte, tout simplement.

Sa colère s'envola aussitôt et elle s'en voulut de s'être montrée aussi intransigeante. Au lieu de soutenir le pauvre Philip qui allait se battre pour elle le lendemain, elle l'abandonnait. Et s'il allait ne pas en dormir de la nuit... Il serait alors plus faible au matin, et Plymouth n'en ferait qu'une bouchée !

Après avoir fait une rapide toilette, elle gagna la salle à manger où Philip dînait seul. Il avait l'air embarrassé. Elle vint à lui, passa ses bras autour de son cou.

— Pardonne-moi, dit-elle. J'ai toujours trouvé les duels ridicules. Mais je regrette de ne pas manier suffisamment le sabre pour flanquer moi-même à cet imbécile la correction qu'il mérite.

Elle s'assit sur ses genoux et enfouit sa tête dans son cou.

— Tu sais... commença-t-il.

Elle lui posa aussitôt un doigt sur la bouche pour le faire taire.

— Tu n'as pas à te justifier, dit-elle. Mais je sais que demain, tu vas vaincre ce scélérat. Parce que tu n'as pas le droit de perdre. Plus maintenant.

Elle se pencha sur son oreille et murmura :

— Tu vas être papa.

Il sursauta.

— Hein ? Tu en es sûre ?

— Tout à fait.

Cette nuit-là, il aurait voulu la ménager, comme si

elle ne devait plus faire aucun effort, mais il en aurait fallu plus pour affaiblir le tempérament fougueux de Cécilia.

Le lendemain, à six heures, duellistes et témoins se retrouvèrent au lieu-dit Opahi, qui n'était que le croisement de deux pistes dont l'une menait à Kaikohe et l'autre à Matawaia. Cécilia attendait à quelque distance, montée sur Aideen, un fusil passé dans la selle. Si Plymouth faisait preuve d'une quelconque traîtrise, il le paierait très cher.

Maurice Feldmann vérifia les armes de chacun, puis précisa les règles. Le duel devait être arrêté au premier sang.

Plymouth, qui était arrivé plein de confiance, sentit un malaise s'installer en lui devant le sourire qu'affichait son adversaire. Le capitaine Jefferson avait, lui aussi, une solide réputation de bretteur. On disait qu'il avait bénéficié des leçons d'un capitaine japonais. Mais Plymouth tenait ces Jaunes pour des êtres inférieurs, comme d'ailleurs tous les peuples autres que les Européens. Lui-même avait provoqué plus de douze hommes en duel, et il n'avait jamais perdu. Deux d'entre eux en étaient morts. Bien sûr, la règle voulait que l'on s'arrêtât au premier sang, toutefois un accident était vite arrivé. Il haïssait Jefferson. Il ne pouvait s'empêcher d'imaginer Cécilia nue dans ses bras, gémissant de bonheur, lui offrant un visage et un regard qu'il aurait voulus pour lui-même. Il serra les mâchoires et lança :

— Capitaine ! Votre épouse ne vous a-t-elle jamais

avoué qu'avant de succomber à votre charme, elle s'est retrouvée dans mes bras ?

Philip, déconcerté, se tourna vers Cécilia. Celle-ci, furieuse, s'avança. Elle avait parfaitement percé le jeu de Plymouth : susciter la colère de son adversaire pour lui faire perdre ses moyens. Elle sauta à bas de sa monture et s'approcha.

— A votre place, dit-elle d'un ton qu'elle s'efforçait de garder calme, je ne me vanterais pas trop de cet exploit, qui vous a valu la balafre qui marque encore votre joue.

Plymouth accusa le coup. Ses yeux gris la foudroyèrent. Cécilia comprit qu'il ne lui avait jamais pardonné et qu'il ferait tout pour lui faire payer cette humiliation, quitte à se détruire lui-même. Il émit un ricanement et insista :

— C'est exact, capitaine. J'ai tenté de violer votre épouse. Et j'y serais parvenu si elle ne s'était pas défendue avec acharnement. Tant pis pour elle. Elle ignore ce qu'elle a perdu.

Philip blêmit devant cette nouvelle provocation. Cécilia posa la main sur son bras et lui glissa :

— Méfie-toi ! Ne cède pas à la colère.

— Tu ne m'as jamais parlé de ça, reprocha-t-il.

— Crois-tu que cela en valait la peine ? J'ai su me défendre contre ce porc. Mais toi, prends garde ! Il veut te tuer.

Il regarda Plymouth qui le contemplait d'un air arrogant, puis la rassura d'un sourire.

— Il n'y est pas encore parvenu. Je ne tomberai pas dans son piège.

Cécilia dut se retirer. Revenue à sa monture, elle posa la main sur son fusil, se promettant d'abattre Plymouth sur-le-champ s'il tuait Philip.

Feldmann donna le signal du combat. Les deux antagonistes se jaugèrent du regard, puis attaquèrent. Très vite, il apparut qu'ils étaient tous deux de force sensiblement égale. A plusieurs reprises, Plymouth tenta de passer des feintes et des bottes incisives, de celles qui lui avaient permis de triompher de ses précédents adversaires. Mais il constata avec amertume que Philip ne se laissait pas déborder et utilisait des parades habiles pour se dégager. Peu à peu, Plymouth se rendit compte qu'il avait présumé de ses forces. Non seulement Philip recourait à des bottes inconnues et d'une efficacité redoutable, mais il jouissait d'une belle énergie, sans doute due au fait qu'il avait dix ans de moins que lui. Malgré sa science du sabre, il dut plusieurs fois céder le pas. Furieux, il riposta par des attaques violentes, chargeant, bondissant, frappant de toutes ses forces. A plusieurs reprises, il crut qu'il parviendrait à blesser sérieusement son adversaire. Mais Philip esquivait, parait, feintait, puis répliquait avec une rapidité surprenante. Il fallait toute l'adresse de Plymouth pour contrer. Emporté par la colère, il ne se rendait pas compte qu'elle lui faisait inexorablement perdre ses moyens.

Soudain, il ressentit une violente douleur au bras. La lame de Philip venait de lui entailler sérieusement la chair. Le souffle court, il fut contraint de lâcher son sabre.

— J'ai gagné, monsieur ! dit simplement Philip. L'honneur est sauf. Vous pouvez repartir pour vous faire soigner. Et ne tentez plus d'importuner mon épouse. La prochaine fois, je ne serai peut-être pas aussi clément.

La nuance de moquerie qu'il avait mise dans sa voix acheva de faire exploser la haine de Cyrus Plymouth. Mais le combat était terminé et il n'était plus en état de se battre. Lorsque ses amis vinrent le soutenir, il jura intérieurement de se venger.

Le cœur de Cécilia fit un bond dans sa poitrine. Elle courut vers Philip et se jeta dans ses bras. Parce qu'elle avait failli le perdre, elle comprit, dans la brume de ce matin d'hiver, qu'elle aimait vraiment le capitaine Jefferson. Un instant, le visage de Kaharinga flotta dans son esprit, et une vague nostalgie la saisit. Mais elle la rejeta.

— Tu m'as fait si peur, dit-elle.

Au côté de Philip, James Wells affichait un large sourire.

— Monsieur, ce fut un combat magnifique.

— Peut-être, grogna Cécilia, mais ne me refais plus jamais ça !

— Pourquoi ? J'ai vaincu, non ?

— Et moi, j'ai pris dix ans.

Il éclata de rire.

— En vérité, je disposais d'un atout sur cet imbécile. J'ai reçu des leçons d'un maître du sabre japonais, qui m'a appris à faire le vide dans mon esprit et à ne jamais céder à la colère au cours d'un combat, quelles que soient les circonstances.

Tous trois reprirent le chemin de la maison. Cécilia déclara :

— Tu as vaincu, c'est vrai, mais il va falloir tout de

même nous montrer prudents. Je suis sûre que ce scélérat ne nous laissera pas tranquilles.

Philip lui serra doucement l'épaule pour la rassurer.

— Allons, il n'osera pas s'attaquer à nous. Que veux-tu qu'il fasse ?

— Je ne sais pas, je ne sais pas...

Dans les jours qui suivirent, Philip constata que l'anxiété de Cécilia ne s'estompait pas. Il ne s'en inquiéta pas outre mesure. Son nouvel état expliquait sans aucun doute ces angoisses. Le temps maussade et froid n'arrangeait rien. Avec douceur, il entreprit de la réconforter. La récolte avait été excellente, les troupeaux étaient sains et nombreux, leurs ouvriers étaient satisfaits de leur sort parce qu'ils gagnaient bien leur vie. Il n'y avait donc aucune raison de s'alarmer.

Le seul point ennuyeux était l'attitude du chef des bergers, Slade Bowers. Cécilia s'était plusieurs fois heurtée à lui. Il entendait n'en faire qu'à sa tête et renâclait à lui obéir sous le prétexte qu'elle était une femme. Et surtout, elle avait constaté qu'il profitait de la situation précaire des ouvriers pour exercer sur eux un odieux chantage. Il les faisait travailler à sa place et s'absentait régulièrement pour rejoindre les prostituées de Kororareka.

Un jour, à la suite de l'une de ses escapades, l'un des béliers dont il avait la charge mourut. C'était une faute grave et une perte importante pour le troupeau. Lorsqu'il revint de Kororareka, Cécilia l'attendait de pied ferme.

— Où étiez-vous, monsieur Bowers ?

Il haussa les épaules. Il semblait n'avoir pas encore dessaoulé.

— Où bon me semble ! Je n'ai pas de comptes à rendre à une femme, grommela-t-il.

— Je suis votre patronne, que je sache. Tout au moins l'étais-je jusqu'à maintenant. A partir d'aujourd'hui, vous ne faites plus partie du domaine. Je vous chasse pour faute grave.

Il éclata d'un rire gras et cracha un long jus de chique sur le sol.

— Ça me convient. J'en avais assez de travailler pour vous.

Il pointa un doigt menaçant sur elle.

— Mais vous, faites bien attention !

Il jeta un lent regard circulaire sur les alentours.

— On dit que les Maoris s'agitent de plus en plus dans le Sud. Malheur à ceux qui se trouveront sur leur chemin.

— Partez avant que je ne me fâche, monsieur Bowers, intervint Philip. Vous n'êtes qu'une canaille.

L'autre cracha de nouveau par terre et s'en fut de sa démarche nonchalante.

Malgré son départ, la menace de Bowers obséda Cécilia pendant plusieurs jours. Ce n'était pas la première fois qu'elle se heurtait à lui. D'ordinaire, il faisait le dos rond et s'empressait de reprendre son travail. Cette fois, il n'avait même pas cherché à discuter ou à obtenir une indemnité. Ce dernier point surtout intriguait Cécilia. Il devait avoir tout dépensé à Kororareka. Comment ferait-il pour vivre s'il ne lui restait rien ? A moins qu'il n'ait déjà trouvé un autre employeur...

Mais après tout, cela ne la regardait pas, et son départ était une bonne chose.

Un mois s'écoula ainsi au cœur de l'hiver. Après la succession de tempêtes, un froid inhabituel s'était installé sur le pays. Dans certains endroits, la neige était tombée en altitude. Jamais de mémoire de marin on n'avait dû affronter de vagues aussi dangereuses, tant dans la mer de Tasman que dans le Pacifique. Certains prétendaient que le froid polaire remontait de l'Antarctique.

Vers la fin juillet, un léger redoux apporta un peu de réconfort aux hommes et aux bêtes lourdement éprouvés par l'hiver. Pourtant, dans l'esprit de Cécilia, la menace indistincte pesait toujours sur Matawaia. Elle n'aurait su expliquer pourquoi elle ne parvenait pas à se débarrasser de ses angoisses. Elle songeait parfois qu'elles étaient dues à son état, mais, un matin, elles prirent corps dans toute leur horreur.

19

Un vent froid soufflait du sud depuis la nuit, apportant des odeurs d'humus. Cécilia était en train de prendre son petit déjeuner lorsque l'un des bergers fit irruption dans la maison en hurlant :

— Madame Cécilia, madame Cécilia !

C'était un jeune homme d'une vingtaine d'années, un peu simplet, nommé Korben. Elle l'avait recueilli après la mort de ses parents, arrivés avec le premier bateau de la Compagnie néo-zélandaise, deux ans plus tôt. Ils avaient succombé au scorbut. Abandonné à lui-même, le garçon avait erré sur les pistes, suivant les hommes désœuvrés. Cécilia l'avait croisé quelques mois auparavant sur les quais de Kororareka. Il était pâle, amaigri, et cherchait désespérément du travail. Elle avait eu pitié de lui et l'avait engagé comme berger. Depuis, il lui vouait une admiration sans borne et se serait fait tuer pour elle.

— Qu'y a-t-il, Korben ?

— Il faut venir, madame Cécilia. Les moutons ! Les moutons !

Il avait peine à reprendre son souffle. Elle constata qu'il avait du sang sur les mains.

— Tu es blessé ?

— Pas moi, madame. C'est horrible ! Il faut venir.

Soudain angoissée, Cécilia passa une mante et le suivit. Par malchance, Philip était allé à Kororareka. Cécilia ne prit que le temps de seller Aideen et suivit le berger. Ils n'allèrent pas très loin. A environ deux miles vers l'ouest s'étirait une prairie tout en longueur, bordée par deux collines boisées. Le jeune homme l'entraîna à la lisière des arbres. Un spectacle effrayant l'attendait. Un mouton avait été égorgé et dépecé, et sa carcasse avait été empalée sur les branches basses des arbres. Le chien de Korben, l'un des fils d'Alannah et d'Aran, courait en tous sens, à la recherche d'une piste.

— Qui a pu commettre une telle abomination ? souffla Cécilia, épouvantée.

Prenant son courage à deux mains, elle s'approcha. Le sol était couvert de sang. Ce crime portait la marque de l'homme. Il n'existait aucun prédateur naturel en Nouvelle-Zélande.

— Même un loup de grande taille n'aurait pas pu faire ça, grogna Cécilia pour elle-même.

— Madame ! C'est peut-être le diable, dit le jeune homme en roulant des yeux emplis de terreur.

La jeune femme hocha la tête.

— Le diable, non, mais un homme à l'esprit maléfique, certainement.

Elle songea aussitôt à Cyrus Plymouth. Qui d'autre aurait pu vouloir s'en prendre à leur domaine ? Il n'avait sans doute pas digéré la leçon que lui avait donnée Philip. L'horreur se mua instantanément en une violente colère.

— Comment peux-tu être sûre que c'est lui ? demanda Philip lorsqu'il revint. Je le vois mal se livrer à ce genre de travail.

— Oh ! il ne l'a certainement pas fait lui-même. Il a fait agir un homme de main.

— Et qui ?

— Pourquoi pas Slade Bowers ? Il connaît parfaitement le domaine. Il savait comment frapper sans se faire prendre.

— Nous n'avons aucune preuve. Pourquoi ne pas soupçonner les Maoris ?

— Les Maoris ne s'attaquent pas aux animaux ainsi. Ils les auraient volés, plutôt. Et puis, pourquoi s'en prendraient-ils tout à coup à nous ? Wakatanga est notre ami.

— Lui, oui, mais les Ngati Whatuas du Sud s'agitent beaucoup en ce moment.

Ils décidèrent d'effectuer des rondes régulières dans les prairies, mais il était impossible de surveiller efficacement un domaine aussi vaste. Pendant une semaine, il ne se passa rien. Au matin du huitième jour, une nouvelle brebis fut retrouvée égorgée et dépecée dans un autre endroit. Quatre jours plus tard, un troisième cadavre fut découvert, cuit par la vapeur d'un geyser situé non loin de Ngawa.

— Ceux qui font ça connaissent nos habitudes, déclara Cécilia. Tu ne m'enlèveras pas de l'idée que Plymouth et Bowers y sont pour quelque chose.

Le lendemain, tous deux se rendirent à Kororareka pour la visite mensuelle au banquier Honeywell. Ce fut en sortant de la banque qu'ils croisèrent Slade Bowers à la terrasse d'une auberge. Mais il n'était pas seul. Deux hommes lui tenaient compagnie. L'un d'eux était Cyrus Plymouth. Pour Cécilia, c'était la preuve qu'ils étaient de connivence. Furieuse, elle les apostropha :

— Je comprends à présent pourquoi vous avez accepté si facilement votre licenciement, Bowers. Vous travailliez déjà pour Cyrus Plymouth.

— Je ne vois pas en quoi cela vous regarde ! riposta l'autre sur un ton de défi.

— Cela me regarde dans la mesure où j'ai retrouvé trois de mes brebis égorgées et dépecées.

— Et vous m'accusez de tuer vos bêtes ? s'indigna Bowers.

— Parfaitement. Pour le compte de cet individu ! ajouta-t-elle en désignant Plymouth.

Déjà un petit attroupement se formait, attiré par le relent de scandale. Philip ne savait que faire pour calmer sa femme. Plymouth se leva et fit face à Cécilia.

— Vous portez là une accusation très grave, madame Jefferson. Avez-vous des preuves de ce que vous avancez ?

— Je n'en ai pas encore ! Mais vous m'avez menacée, je ne l'oublie pas.

L'autre rugit :

— Madame, il suffit ! Je vais déposer une plainte contre vous. J'ai des témoins. Je pense, monsieur l'attaché, que vous avez clairement entendu les accusations portées contre moi par cette personne.

— Oh ! bien sûr, intervint Philip, mon ami Dunaway n'hésitera pas à témoigner contre mon épouse, n'est-ce pas, Robert ?

Le militaire prit une mine embarrassée.

— Je crois qu'il vaudrait mieux que tout le monde se calme, dit-il. Que se passe-t-il, madame Jefferson ?

— Depuis deux semaines, quelqu'un tue mes animaux.

— Et pourquoi pensez-vous qu'il s'agit de monsieur Plymouth ?

— Parce que j'ai refusé de lui vendre mes terres ! Mais s'il compte m'intimider en tuant mes bêtes, il se trompe !

— Je n'ai rien à voir avec cela, répondit Plymouth d'un ton un peu trop tranquille. Il doit s'agir de Maoris mécontents ou de colons furieux. Ou bien de rôdeurs. On a débarqué tellement de gens douteux dernièrement. Ils ont faim, ils n'ont pas de travail.

— Mes brebis n'ont pas été tuées pour servir de nourriture. On les a égorgées et dépecées avant de les empaler sur des branches. Des pauvres ou des Maoris auraient volé les bêtes.

— Alors, ceux qui ont agi ainsi ont voulu vous faire peur, répliqua Cyrus Plymouth, cynique. Et cela prouve une chose.

— Laquelle ?

— Que vous n'avez rien à faire dans ce pays ! Apparemment, certaines personnes ne vous aiment pas. Vous feriez mieux de me vendre votre domaine. Je vous ai fait une offre pour vous le racheter autrefois. Je la renouvelle devant témoins.

— Je vous ai déjà dit que je n'ai pas l'intention de vendre ! s'emporta Cécilia. Mais votre proposition pourrait laisser penser que vous avez organisé ces massacres pour m'inciter à partir.

Plymouth écarta les bras sans se départir de son calme.

— Libre à vous de le penser. Mais il faudrait des preuves. A présent, si vous n'avez rien d'autre à me dire, je vous prierais de me laisser en compagnie de mes amis.

Cécilia lui jeta un regard furieux. Elle serra les dents pour ne pas céder à l'envie de le gifler. Elle s'en fut, suivie par un Philip embarrassé. Elle était en colère, mais sa colère était autant dirigée contre elle-même que contre Plymouth. Ce scélérat avait raison : elle n'avait aucune preuve contre lui ou contre Bowers. Toutefois sa sérénité inhabituelle trahissait le fait qu'il avait voulu se jouer d'elle devant témoins. Ses dénégations ne prouvaient rien. Il savait très bien mentir.

Cécilia espérait que son intervention plutôt vive mettrait un terme au massacre des brebis. Cependant, un événement bien plus grave survint quelques jours après leur retour à Matawaia. Afin de tenter de démasquer les auteurs des massacres, Philip avait pris la décision d'effectuer lui-même des rondes dans le domaine. Un soir, alors qu'il s'apprêtait à regagner la maison après une expédition infructueuse, il entendit derrière lui, dans les profondeurs de la forêt, le claquement caractéristique d'un mousquet. L'instant d'après, un coup de feu déchirait le silence et il ressentait une violente douleur dans l'épaule. La respiration coupée, il eut néanmoins le réflexe de lancer sa monture au galop pour se mettre hors de portée du tireur inconnu. Lorsqu'il arriva à la maison, son torse était couvert de sang.

20

On transporta immédiatement le blessé dans sa chambre. S'il avait eu la force de regagner la demeure, il avait sombré dans l'inconscience aussitôt arrivé. Philip avait perdu beaucoup de sang. Aidée par James Wells, Cécilia examina la blessure. Elle constata que la balle n'était pas ressortie. Elle envoya aussitôt Max le cocher chercher un médecin à Kororareka. Pendant ce temps, elle endigua l'hémorragie en appliquant des compresses enduites de potions cicatrisantes.

Le lendemain soir, Max n'était toujours pas de retour. Philip avait repris conscience, mais la souffrance lui bloquait la respiration. Inquiète, Cécilia ne le quittait pas. Philibert avait préparé des bouillons de légumes auxquels le capitaine touchait à peine. Cécilia tenta d'obtenir des informations sur son agresseur, mais Philip lui tournait le dos et il était incapable de fournir le moindre renseignement. Une fatigue intense le tenait, le plongeant la plupart du temps dans un demi-sommeil agité. Son visage déformé par la douleur inquiétait beaucoup Cécilia.

Au bout de deux jours, Max n'était toujours pas revenu de Kororareka. L'inquiétude de Cécilia se mua en angoisse. Le lendemain matin, elle constata que le front de Philip était brûlant. L'infection commençait à le gagner. Le cocher fut de retour au début de l'après-midi. Seul.

— Les médecins ne veulent pas se déplacer, expliqua-t-il. Ils redoutent de tomber sur une bande de Ngati Whatuas. Seul le chirurgien de l'armée a promis de venir, mais il ne pourra pas le faire avant deux jours. Le commandant d'un navire et son second ont été blessés et il ne peut pas les abandonner.

Cécilia faillit hurler. De désespoir. De colère. Elle était sûre que ce lâche attentat était encore une fois l'œuvre de Cyrus Plymouth. Elle avait envie de courir jusqu'à Kororareka et de lui flanquer une balle dans la tête. Mais cela n'aurait rien résolu. Seule comptait pour l'instant la survie de Philip.

Soudain, elle eut l'idée de faire prévenir Kaharinga. Le sorcier Pemako pourrait peut-être lui venir en aide. Fébrile, elle demanda à l'un des Maoris qui travaillaient au domaine de courir le prévenir.

Quelques heures plus tard, Kaharinga, Pemako et Marevaora étaient là. Le *tohunga* se pencha sur le blessé et poussa quelques grognements incompréhensibles. Il regarda Cécilia et grommela :

— Tu aurais dû me faire prévenir plus tôt. L'esprit du mal s'est emparé de ton mari.

Puis, sans attendre de réponse, il psalmodia des incantations rituelles d'une voix rauque. Il entreprit ensuite une série de manipulations étranges sur le corps du capitaine plongé dans l'inconscience par la douleur.

Anxieuse, Cécilia observait la scène, n'osant intervenir. Au bout de quelques minutes, Philip fut saisi de convulsions et poussa des gémissements. Elle voulut intervenir, mais Kaharinga la retint.

— Laisse, dit-il. Pemako est un grand *tohunga*.

Tout à coup, sans qu'elle comprît ce qui s'était passé, le sorcier fit surgir la balle sanguinolente entre ses doigts. Cécilia eut l'impression d'un tour de magie. Il n'avait utilisé aucun instrument. Le vieil homme se retourna vers elle avec un sourire à la dentition particulière.

— L'esprit du mal est sorti de son corps, Wahinehoi. Mais il n'est pas sauvé pour autant. Il faut attendre.

Il ordonna à Marevaora de préparer des mixtures et des potions qu'il appliqua ensuite sur la plaie béante. Puis il fit ingurgiter à Philip une décoction malodorante destinée à lui redonner des forces.

Le capitaine resta plusieurs jours entre la vie et la mort. Cécilia ne dormait presque plus. Kaharinga et Pemako étaient repartis, laissant Philip sous la garde de Marevaora. Celle-ci refaisait les pansements.

Lorsque le chirurgien militaire se présenta, le blessé avait commencé à reprendre des forces. Un peu contrarié d'avoir été précédé par des indigènes, O'Malley examina la plaie.

— Du diable si je comprends comment s'y est pris ce sorcier, dit-il. Je n'aurais pas mieux fait moi-même. Et vous dites qu'il vous a opéré sans aucun instrument ?

— Je ne sais pas. J'étais inconscient.

Cécilia confirma.

— Il n'avait rien dans les mains. Tout à coup, la balle est apparue entre ses doigts.

O'Malley hocha la tête.

— J'ai déjà assisté à ce genre d'opération une fois, en Indonésie. Les guérisseurs de ce pays sont capables de prodiges étonnants. Il semble que votre sorcier utilise un art semblable. En tout cas, je pense qu'il vous a sauvé la vie, capitaine.

Au bout d'une semaine, la fièvre avait disparu. L'attaché militaire Robert Dunaway, rencontré en compagnie de Plymouth, lui rendit visite quelques jours plus tard.

— J'ai appris par le chirurgien O'Malley que tu avais été blessé. Je suis venu dès que possible.

Cécilia appréciait le capitaine Dunaway. Mais l'avoir vu en compagnie de Plymouth la tracassait. Elle crut un moment qu'il avait conclu un arrangement avec son ennemi et qu'il venait lui faire une nouvelle proposition de sa part. Mais Dunaway précisa que Plymouth n'était pas de ses amis.

— C'est seulement un homme important de Kororareka, précisa-t-il. Je ne l'aime pas, mais je suis obligé de compter avec lui depuis que j'ai été nommé commandant de la garnison. Je ne dispose pas de beaucoup d'hommes, à peine une vingtaine de soldats. C'est bien insuffisant pour maintenir l'ordre dans ce repaire de bandits.

— Quand Sa Gracieuse Majesté daignera-t-elle se

pencher véritablement sur nos problèmes ? demanda Philip.

— Pas immédiatement, j'en ai peur. Le gouverneur Hobson n'est guère mieux loti à Auckland. Certaines tribus maories s'agitent au sud de Matawaia. D'ordinaire, elles se battent entre elles. Mais depuis la signature du traité, plusieurs chefs sont furieux contre les Européens. Je crains qu'ils ne s'attaquent directement aux colons. Il va falloir vous montrer prudents.

— Penses-tu qu'ils puissent être responsables des massacres de moutons et de l'attentat contre moi ?

— C'est possible. Je ne crois pas vraiment à la culpabilité de Cyrus Plymouth dans ce domaine.

Cécilia ne partageait pas cet avis, mais elle s'abstint de le dire. Cependant, la menace que faisaient peser les tribus maories du Sud devait être prise au sérieux.

Elle en eut la confirmation le lendemain, lorsqu'un vieil indigène qui travaillait au domaine vint la trouver.

— Méfie-toi, Wahinehoi. La mort rôde !

Ce disant, il huma longuement l'air tiède de la nuit tombante.

Peu de temps après, Kaharinga lui-même rendit visite à Cécilia et Philip. Il confirma que les Ngati Whatuas avaient fait retentir leurs chants de guerre.

— Ils cherchent tous les prétextes. Ils prétendent avoir été trompés par le traité. C'est faux, bien sûr. Je connais leurs véritables motivations. Ils veulent s'emparer de nouveaux territoires pour les revendre ensuite aux colons. Et ils s'en prendront aux terres appartenant à la tribu des Nga Puhis parce qu'ils ont été vaincus autrefois.

Il laissa passer un silence, puis ajouta :

— Je crains que nous ne devions nous préparer à combattre.

21

Matawaia, 1865

Pierre-Marie Le Drezen laissa passer un long silence.

— L'attaque a bien eu lieu, dit-il enfin. Exceptionnellement, je n'étais pas à Matawaia ce jour-là. Je m'étais rendu à Kororareka. C'est ce qui m'a sauvé la vie. Les Ngati Whatuas ont investi le domaine. Ils ont massacré tout le monde, les maîtres, les domestiques, et même les chiens. Quant au bétail, il a été emporté ou abattu.

Laura frémit.

— Et ma mère, que lui est-il arrivé ?

— Votre mère ?

Il la regarda, étonné.

— Pardonnez-moi, mais qui êtes-vous, milady ?

— Je suis la fille de Cécilia de Hauterive et du capitaine Philip Jefferson.

— Le bébé qu'elle portait à cette époque... ce serait vous ?

Les traits du vieil homme s'éclairèrent.

— C'est un miracle, milady. A présent que je vous regarde... Vos yeux ont la même couleur turquoise que ceux du petit Hippolyte et de madame Cécilia. Ils l'avaient héritée de madame Helen, que Dieu l'ait en Sa sainte garde !

— Cela veut donc dire qu'elle a survécu à cette bataille.

— Probablement. Mais j'ignore ce qu'a pu devenir madame Cécilia. Je ne l'ai jamais revue.

Un sentiment étrange envahit Laura tout à coup.

— Attendez. Il y a quelque chose de bizarre. D'après ce que vous m'avez dit, le capitaine Jefferson est mort au mois d'octobre 1842. Ma mère était enceinte depuis le mois de mai. J'aurais donc dû venir au monde vers le mois de février 1843. Or, la personne qui m'a élevée, Rebecca Simpson, m'a affirmé que je suis née en novembre de la même année. C'est impossible. Peut-être vous trompez-vous sur les dates ?

— Non, milady. Je suis peut-être vieux, mais ma mémoire est intacte.

Laura regarda les tombes nerveusement.

— Si c'est vrai, cela signifie que le capitaine Jefferson ne peut pas être mon père.

— Madame Cécilia attendait bien un bébé à cette époque. Peut-être êtes-vous née plus tôt que vous ne le pensez, hasarda Pierre-Marie.

Laura secoua la tête. C'était impossible. Rebecca n'avait pu se tromper à ce point-là. Ou alors, cela voulait dire qu'elle était plus âgée de dix mois. Rebecca lui avait pourtant dit qu'elle était née à la fin de 1843. Et elle n'avait aucune raison de lui mentir sur sa date de naissance. Cela n'avait pas de sens.

— Vous dites que vous n'avez jamais revu ma mère ? demanda-t-elle.

— Jamais. Plus tard, après la bataille, j'ai pu revenir à Matawaia avec des soldats anglais. Des Maoris de la tribu des Ngati Whatuas occupaient les lieux. Ils se sont montrés menaçants et les soldats étaient trop peu nombreux pour les inquiéter. J'ai bien cru ma dernière heure venue. Mais le temps des combats était terminé. Ils nous ont laissés enterrer les morts, et je suis ensuite reparti avec les soldats. Ce n'est que plusieurs années après que j'ai pu revenir ici pour entretenir le cimetière. La seule chose que je puis dire, c'est que le corps de votre mère n'était pas parmi les cadavres. Elle avait sans doute réussi à s'enfuir. Cependant, j'ignore ce qu'elle est devenue.

Laura examina les tombes à nouveau. Elle connaissait désormais les noms des autres personnes enterrées auprès de ses grands-parents et de son père : Prudence Tington, la gouvernante, Philibert Deschamps, le cuisinier, l'intendant James Wells, Elisabeth Plummer, la femme de chambre, Max Severs, le cocher... Il n'y avait aucune trace d'Hippolyte non plus.

— Le petit garçon n'est pas enterré ici, dit-elle.

— Nous n'avons pas retrouvé son corps. Peut-être a-t-il été sauvé, lui aussi, tout comme madame Cécilia.

Laura contempla les ruines envahies par la végétation exubérante.

— Quelle tragédie ! Mais pourquoi les Maoris ont-ils brûlé la maison ?

— Oh ! elle n'a pas été détruite lors de l'attaque de 1842. Lorsque je suis revenu avec les soldats, elle était intacte.

— De quand date cet incendie ?

— De 1845, pendant la guerre du Mât.

— La guerre du Mât ?

— C'est comme ça qu'on l'a appelée plus tard. Les Maoris ne supportaient plus la domination anglaise. Ils se sont révoltés. Ils ont commencé en abattant le mât qui portait l'étendard britannique, à Kororareka. C'est ainsi que s'appelait Russell à l'époque. Pour eux, les drapeaux avaient des vertus magiques.

— Mais alors, que s'est-il passé entre 1842 et 1845 ? Pourquoi ma mère n'est-elle pas revenue ici après la bataille ? Cette terre lui appartenait.

— A l'origine, elle appartenait aux Nga Puhis. Mais les Ngati Whatuas s'en sont emparés.

— Et vous n'avez jamais eu de nouvelles de ma mère ensuite ? Vous savez peut-être où elle a mis son enfant au monde...

— Hélas ! je l'ignore, milady.

Le vieil homme secoua la tête et baissa les yeux. Laura le sentait mal à l'aise. A cet instant, elle comprit qu'il savait quelque chose, mais qu'il ne voulait pas en parler. En fait, son attitude s'était modifiée depuis qu'elle lui avait révélé être la fille de Cécilia. Refusait-il de lui avouer qu'elle avait été tuée plus tard, au cours de la guerre du Mât ? Ou y avait-il une autre raison ? Pierre-Marie s'était fermé comme une huître. Laura voulut insister, mais elle se rendit compte qu'il ne dirait plus rien.

Elle sortit sa bourse et en préleva une somme rondelette qu'elle lui tendit.

— Acceptez ceci, monsieur, dit-elle. Vous avez pris soin des tombes de mes ancêtres et je tiens à vous en remercier.

Il recula en secouant la tête.

— Pardonnez-moi, milady, mais je n'ai pas besoin de cet argent. Il y a ici bien assez de fruits et de gibier pour moi. Lorsque Dieu aura décidé de me rappeler à Lui, les Maoris m'enterreront près de mes anciens maîtres. C'est tout ce que je désire.

Laura reprit son argent et hocha la tête, un peu embarrassée.

Après s'être recueillie une dernière fois sur les tombes, elle prit congé du vieil homme et regagna le village, toujours accompagnée par Tama-Ra. Le jeune Maori respectait sa méditation. Elle en savait plus à présent sur sa famille et sur sa mère, mais beaucoup de points restaient dans l'ombre. Pourquoi Rebecca lui avait-elle dit qu'elle était née en novembre 1843 alors que, selon le récit du vieux jardinier, elle avait dû naître en février ? Mais peut-être s'était-elle trompée sur la date... Elle était tellement mal en point les derniers temps.

Elle songea à son père, le capitaine Jefferson. Elle

aurait aimé le connaître. En ce qui le concernait, aucun doute n'était permis : elle avait vu sa tombe. Intriguée, elle demanda au jeune guerrier :

— Connaissez-vous le nom du grand chef qui a péri à Matawaia ?

— Il s'appelait Pakeha Hemonga. Lorsque ma tribu a repris Matawaia aux Ngati Whatuas, elle en a fait un territoire sacré. Depuis, nous refusons que des colons viennent s'y installer. Il appartient à sa famille.

Laura comprit qu'il parlait de son grand-père, Charles de Hauterive. Ainsi, les Maoris l'avaient respecté au point de le traiter comme un grand chef et de considérer comme sacrée la terre où il reposait.

— Est-ce pour cela que vous avez repris le domaine à vos ennemis ?

— Bien sûr ! Les Ngati Whatuas avaient transgressé la loi. Le territoire d'une tribu, même vaincue, lui appartient toujours. Les Ngati Whatuas ne s'y sont pas installés, mais ils l'ont vendue.

— A qui ?

— Je l'ignore. Des colons. Mais un jour, notre tribu a envahi le domaine et l'a repris aux Ngati Whatuas. Ils ont été chassés.

Et c'est au cours de cette bataille que la demeure a été incendiée, songea Laura.

Elle soupira. Cécilia n'était pas morte pendant le massacre de 1842. A la vérité, elle le savait déjà puisque, d'après Donald McLeod, elle était revenue ensuite à Auckland pour demander au gouverneur Fitzroy d'organiser une expédition punitive contre les Maoris responsables. Elle était alors accompagnée d'un Maori.

Elle avait donc dû la mettre au monde ensuite. Ce ne pouvait être qu'en février 1843. Rebecca avait dû se tromper.

Mais où avait-elle accouché ? Selon le vieux jardinier, elle avait disparu et personne ne semblait savoir ce qu'elle était devenue. Plus exactement, peut-être le savait-on, mais on refusait d'en parler. Pour quelles raisons ? Qu'avait-elle fait de 1842 à 1845, date à laquelle elle avait réapparu à Auckland pour confier sa fille – elle-même, Laura – à Rebecca Simpson, alors que sévissait la terrible guerre du Mât ? Elle était ensuite repartie sur les lieux des combats, d'après ce que Rebecca lui avait dit, et n'en était pas revenue. Un grand froid envahit Laura. La seule explication était que Cécilia avait péri lors de ce voyage.

La jeune fille secoua la tête. Malgré sa logique implacable, elle ne pouvait pas accepter cette idée.

Pourtant, lorsqu'elle retrouva Katherine à Taikirau, son amie tenta de lui ouvrir les yeux.

— Je crois que tu poursuis un rêve, Laura, dit-elle doucement pour ne pas lui faire trop de peine. Crois-tu que si Cécilia de Hauterive avait survécu, elle t'aurait abandonnée ?

Evidemment, Katherine avait probablement raison : Cécilia était morte depuis vingt ans et cette quête était inutile. Une terrible envie de pleurer s'empara de Laura. Avait-elle fait ce voyage pour rien ? Pourtant, au fond d'elle-même, la petite lueur d'espoir refusait de s'éteindre. Jusqu'à présent, personne n'avait pu lui dire où, quand et dans quelles circonstances Cécilia avait péri. Cela signifiait qu'elle pouvait très bien être vivante. Elle ne renoncerait pas.

— Il faut que j'en sache plus, décida-t-elle.

Katherine poussa un soupir de résignation. Elle avait le sentiment qu'elle n'était pas au bout de ses peines.

Une fois revenue à Russell, Laura offrit une récompense à toute personne susceptible de lui apporter des informations. Elle se rendit au bureau du journal local, où le directeur, qui faisait également office de journaliste, de rédacteur en chef et d'imprimeur, la reçut fort aimablement. Il s'appelait Joshua Milton. Il ouvrit des yeux ronds lorsqu'elle lui apprit qu'elle était la fille de Cécilia de Hauterive.

— Je suis arrivé ici il y a seulement cinq ans, dit-il. Je ne l'ai pas connue.

— Mais vous en avez entendu parler !

Laura sentit qu'une certaine tension s'était installée depuis qu'elle avait révélé son identité.

— Oui, les anciens en parlent quelquefois, poursuivit-il sur un ton embarrassé.

— Que disent-ils ?

— Peu de chose. On dit que c'était une cavalière brillante. Mais cela date d'avant la destruction de la cité par les Maoris, lors de la guerre du Mât. Après, on ignore ce qu'elle est devenue.

— Pensez-vous qu'elle a pu périr pendant les combats ? demanda Laura, anxieuse.

— Je l'ignore, milady. Je vous l'ai dit, je n'étais pas là à l'époque.

Le bonhomme n'osait plus la regarder dans les yeux. La jeune femme mourait d'envie de lui poser d'autres questions, mais elle devinait qu'il ne dirait rien de plus. Pierre-Marie Le Drezen avait eu la même réaction, et même le maire, Edmond Collridge. Pourquoi ?

Laura s'était installée dans la plus belle auberge de la ville, où descendaient les membres du gouvernement lorsqu'ils étaient en visite dans le Northland, ainsi que l'on avait nommé la province située au nord d'Auckland. L'annonce parut dès le lendemain. Malheureusement, personne ne se manifesta. Plus inquiétant encore, alors qu'elle se promenait dans les rues de la ville, elle surprit un vieil homme à cracher sur son passage. Katherine s'apprêtait à répondre vertement à l'inconnu, mais Laura la retint.

— Ne dis rien ! Ces gens savent qui je suis à présent. Visiblement, ma mère ne leur a pas laissé un bon souvenir.

— Mais pourquoi ?

— J'aimerais le savoir. Cécilia a perdu sa famille et son domaine. Elle aurait dû susciter la compassion de ces gens. Au contraire, son nom seul provoque une réaction de haine. Même le vieux jardinier s'est montré distant lorsque je lui ai révélé la vérité. C'est incompréhensible.

— Elle a peut-être fait quelque chose qui leur a déplu.

— Mais quoi ?

Au matin du troisième jour, toutefois, le réceptionniste de l'hôtel lui remit une demi-douzaine de lettres. Laura s'en empara avec fébrilité et remonta dans sa chambre pour les ouvrir. Mais très vite, son espoir se mua en un mélange de colère et de peur. Toutes étaient des lettres anonymes remplies d'injures. Les moins agressifs des termes utilisés la traitaient de bâtarde, de fille de chienne ou de putain, et on lui enjoignait de quitter la ville au plus vite si elle ne voulait pas avoir d'ennuis.

— Qu'est-ce que ça veut dire ? s'écria-t-elle, furieuse.

Au cours des deux jours qui suivirent, elle constata cependant que la grande majorité de la population l'ignorait. L'hostilité émanait seulement des plus âgés, les hommes comme les femmes. Un matin, l'un d'eux l'apostropha :

— Vous devriez repartir, madame, dit-il d'un ton sec en négligeant de lui donner son titre. Les gens ne vous aiment pas ici !

Elle s'approcha de lui.

— Mais pourquoi ? Est-ce vous qui avez envoyé les lettres ?

— Vous n'avez rien à faire ici ! Fichez le camp !

— Holà ! Est-ce ainsi que l'on s'adresse à une dame ?

Laura tourna la tête. Un jeune homme s'était interposé entre l'individu et elle. L'autre haussa les épaules et fila sans demander son reste. Son défenseur s'inclina devant elle pour lui baiser la main.

— Pardonnez à ce rustre, milady. Les gens d'ici ignorent souvent les bonnes manières.

— Merci, monsieur. Mais vous savez, il n'était pas très agressif.

— Il n'aurait plus manqué que ça. Puis-je vous être utile ?

Laura examina le jeune homme. Plutôt grand, il était élégamment vêtu et coiffé d'un haut-de-forme. Il devait avoir environ vingt-cinq ans.

— Peut-être. Mais je voudrais d'abord savoir à qui j'ai affaire.

— Pardon, je ne me suis pas présenté. Je m'appelle Douglas McAllistair. Je suis négociant dans l'import-export. Quant à moi, je sais qui vous êtes. Votre présence à Russell alimente assez les conversations.

— Apparemment, on n'est pas très heureux de ma présence.

— Oh ! quelques vieux ronchons. Mais la plupart des gens d'ici sont accueillants.

— Accueillants, j'en doute. Je viens de recevoir des lettres d'injures.

— A ce point-là ? Evidemment, c'est inadmissible. Voulez-vous que je tente d'en savoir plus ?

— Je vous en serais reconnaissante, monsieur McAllistair. Ces gens m'injurient, mais ils refusent de me parler.

— Je connais bien les habitants de cette ville. Je saurai leur soutirer des renseignements. Nous pourrions nous retrouver, disons… demain, pour dîner. Si vous me permettez de vous inviter. Avec votre amie, bien entendu.

Il était difficile de résister à son sourire charmeur.
— Avec plaisir, monsieur McAllistair.

Le lendemain soir, Douglas McAllistair, toujours aussi élégant, se présenta à l'auberge.

— Cela n'a pas été facile, mais j'ai pu en apprendre un peu plus sur votre mère, dit-il. Je sais pourquoi le nom de Cécilia de Hauterive n'a pas laissé de bons souvenirs. En fait, après l'appropriation de son domaine par les Ngati Whatuas, elle est allée vivre chez les Nga Puhis. De la part d'une aristocrate, cela a été mal accepté. On n'a pas compris pourquoi elle n'est pas revenue vivre parmi les Blancs. Mais il y a eu pire. Au moment des affrontements de 1845, elle a combattu aux côtés des rebelles maoris. Et Russell, qui s'appelait encore Kororareka, a été entièrement détruite. Beaucoup d'anciens la tiennent pour responsable de ce qui s'est passé.

— Savez-vous ce qu'elle est devenue ensuite ?

Il hésita, puis poursuivit, embarrassé :

— Il y a eu plusieurs batailles. D'après ce que l'on m'a dit, personne ne l'a jamais revue après 1845. Je suis désolée, milady, mais il est probable qu'elle a été tuée pendant les combats. On prétend qu'ils furent très rudes. De nombreux soldats anglais ont péri, ainsi que beaucoup de miliciens de Russell.

— A-t-on retrouvé son corps ? insista Laura.

— Non, mais ça ne veut rien dire.

La jeune femme sentit les larmes lui brûler les yeux.

Les maigres révélations de Douglas McAllistair confirmaient ce qu'elle pressentait. Si Cécilia avait survécu, elle serait venue la rechercher à Auckland.

Cependant, Laura refusait de baisser les bras. Si par miracle sa mère avait survécu, les seuls capables de la renseigner étaient les Nga Puhis chez qui elle avait trouvé refuge.

— Il faut que je rencontre la tribu qui l'a accueillie, déclara-t-elle. Ils m'en diront plus.

Douglas McAllistair la regarda avec stupéfaction.

— Vous n'y pensez pas ! C'est une expédition dangereuse. La Nouvelle-Zélande est en état de guerre depuis cinq ans. Les tribus du centre de l'île ont élu un roi. Elles se sont unies pour lutter contre le gouvernement.

— Pourquoi cette révolte ?

Il haussa les épaules.

— Toujours pour la même raison : la spéculation foncière. Des hommes d'affaires leur rachetaient des terrains qu'ils revendaient ensuite vingt fois plus cher aux colons.

— On peut les comprendre. Ils avaient le sentiment d'être escroqués.

— Personne ne les obligeait à vendre.

Laura le dévisagea.

— On dirait que le principe ne vous choque pas.

— Vous savez, le monde est une jungle où seuls les plus forts survivent. Les Maoris ont pris les armes et se sont défendus avec férocité. En 1860, les Taranakis, une tribu qui faisait partie de ce nouveau royaume, se sont rebellés. L'empire britannique a envoyé des troupes. Malgré leurs canons, elles ont été vaincues. C'est arrivé à Waitara. Depuis, il ne se passe pas un mois sans qu'il y ait de nouvelles batailles. C'est pourquoi je pense qu'il est risqué de s'aventurer chez les Maoris.

— Je l'ai déjà fait. Je suis allée à Matawaia.

— Vous ne risquiez pas grand-chose. La tribu voisine est favorable au gouvernement. En ce qui concerne les Nga Puhis, c'est beaucoup plus risqué. Ce sont eux qui ont détruit Russell en 1845.

— C'était il y a vingt ans. Et puis, s'ils ont recueilli ma mère, ils accepteront de me recevoir.

— Vous êtes obstinée ! grommela-t-il.

— Plus encore que vous ne le pensez. S'il existe une seule chance de revoir ma mère vivante, je n'abandonnerai pas avant de l'avoir tentée.

Il la regarda longuement sans mot dire.

— Parce que vous croyez qu'elle vit toujours ? dit-il enfin.

— J'en suis persuadée.

Nouveau silence. Laura éprouva une sensation bizarre. Peut-être était-ce dû au regard perçant du jeune homme, d'un bleu pâle un peu semblable au sien. Douglas semblait intrigué et perplexe. Elle eut l'impression que ses traits reflétaient une certaine dureté. Pourtant, lorsqu'il parla à nouveau, son visage s'était détendu.

— Ecoutez, dit-il, je connais un peu les Maoris. Si je peux vous apporter mon aide, ce sera avec plaisir.

— Vous viendriez avec moi ?

— Pourquoi pas ? Mais il faudrait connaître le nom du village dans lequel votre mère a vécu. Je vais me renseigner.

Il revint le lendemain avec l'information. Le village avait nom Kaingaroa. C'était un *pa* situé bien au nord de Matawaia, près de l'océan.

— Ce n'était donc pas Kaikohe, s'étonna Laura.

— Les indigènes que j'ai interrogés ont un temps fait du troc avec ceux de Kaingaroa. Ils ont parlé d'une femme blanche aux cheveux couleur de soleil qui vivait là-bas. Ce ne peut être que votre mère.

— Oui, probablement.

Cette information confirmait bien qu'après le massacre de septembre 1842, Cécilia avait vécu chez les Maoris. Et elle-même, Laura, était probablement née dans ce village de Kaingaroa. Mais pourquoi sa mère n'avait-elle pas voulu revenir parmi les Blancs après avoir perdu son domaine ?

— Kaingaroa est située sur la côte, au fond de la baie de Rangaunu, expliqua Douglas. C'est à moins de cent miles de Russell. Par bateau, il nous faudra moins de deux jours pour nous y rendre. Nous allons louer les services d'un petit navire de commerce. Je connais tous les marins qui trafiquent sur ces côtes.

Trois jours plus tard, Laura et sa petite troupe quittaient Russell à bord d'un cotre à deux mâts qui faisait du cabotage d'un port à l'autre. Son capitaine, un colosse à la barbe noire hirsute, accueillit les passagers.

— Soyez les bienvenus, dit-il avec un large sourire. Mon nom est Mathias Kaufman.

Il se cassa en deux pour saluer Laura.

— Mon bateau est indigne d'accueillir une lady, dit-il.

La jeune femme partageait son avis. Le *Redman* était prévu pour recevoir des passagers, mais ceux-ci devaient se contenter de cabines exiguës au confort spartiate.

— Je n'ai pu trouver mieux en aussi peu de temps, s'excusa Douglas lorsque le navire eut pris la mer. Mais Kaufman est un marin de grande valeur. Lorsqu'il n'a pas abusé du rhum...

Et il présentait probablement l'avantage d'être très discret sur les marchandises qu'il transportait, comme le devina Laura. Les affaires d'import-export de Douglas devaient comporter quelques secteurs qui n'avaient pas intérêt à trop attirer l'attention des autorités.

Quoi qu'il en fût, deux jours plus tard, le *Redman* jetait l'ancre au fond de la baie de Rangaunu. Après avoir gravi une colline escarpée, on arriva devant Kaingaroa. C'était un *pa* solidement fortifié. Une violente émotion envahit Laura. Et si sa mère vivait encore dans ce village ? Une foule curieuse vint les entourer. Laura chercha désespérément une chevelure blonde. En vain.

Le chef du village, Mangamuka, les reçut avec hospitalité. Lorsque Laura lui exposa la raison de sa visite, il l'observa longuement et hocha sa tête ornée de plumes.

— Wahinehoi... Oui, oui. Je l'ai bien connue. Peut-être es-tu sa fille. Tu as le même regard.

— Parlez-moi d'elle, s'il vous plaît. Savez-vous ce qu'elle est devenue ?

Il la contempla de nouveau. Son visage restait impassible, mais Laura sentit qu'il était bouleversé. Enfin, il hocha la tête et déclara :

— Tu lui ressembles beaucoup. Je vais te dire ce que je sais.

22

Matawaia, début septembre 1842

Un terrible pressentiment étouffait Cécilia à mesure qu'elle approchait de Matawaia en ce froid début de printemps. À ses côtés, Philip ne disait mot. Peut-être éprouvait-il la même inquiétude.

Quelques jours plus tôt, ils étaient à Auckland. Devant la menace représentée par les Ngati Whatuas, ils avaient décidé de demander l'aide du gouverneur William Hobson. Depuis la dernière fois qu'ils l'avaient vu, quelques mois plus tôt, il avait beaucoup maigri. La fatigue le rongeait; son visage était très amaigri et la peau de ses mains avait pris l'aspect du parchemin. Il respirait avec peine et ses cheveux avaient blanchi. Malgré son épuisement, il leur réserva un excellent accueil et les écouta avec attention.

— Les Ngati Whatuas sont de plus en plus agressifs, expliqua Cécilia. Plusieurs de nos bêtes ont été égorgées. J'ai d'abord soupçonné un autre colon, ou un ancien ouvrier, qui aurait agi par vengeance. Mais mes bergers ont aperçu plusieurs fois des guerriers maoris qui rôdaient sur le domaine.

— N'avez-vous pas essayé de prendre contact avec eux, afin de négocier la paix ?

— Nous l'avons fait il y a deux semaines. Philip et moi nous sommes rendus dans un de leurs villages. Ils se sont montrés extrêmement menaçants. Ils ne nous ont pas permis d'entrer. Ils ont lancé leurs chants de guerre, dansé un *haka* guerrier pour nous impressionner. Nous avons été obligés de rebrousser chemin sans avoir même eu l'occasion de parler avec eux. J'ai peur qu'ils n'aient pris cela pour une provocation.

— Si leur attitude se confirme, il peut être dangereux de rester à proximité de ces gens. Peut-être devriez-vous revendre votre domaine...

— On a tenté de me le racheter à plusieurs reprises, Excellence. Mais mes parents y sont enterrés, et je ne veux pas quitter cette terre. Je m'y sens chez moi.

— Je vous comprends. Et puis, il n'est pas question de céder à l'intimidation de ces fous, dit Hobson d'une voix lasse, mais dans laquelle il tentait de faire passer toute la fermeté dont il était encore capable. Je crois que vous entretenez d'excellentes relations avec la tribu qui vous a cédé Matawaia.

Il laissa passer un silence, puis ajouta :

— Les temps sont durs. C'est une guerre larvée que subit cette île. Votre demande n'est pas unique, malheureusement. Je ne dispose pas de troupes en suffisance pour faire régner la loi. D'autant plus que les colons eux-mêmes complotent pour l'indépendance de la Nouvelle-Zélande, afin de se livrer plus facilement à la spéculation foncière. Je ne pourrai pas faire grand-chose, mais je vais adresser une lettre au capitaine Robert Dunaway, qui commande la petite garnison de Kororareka, afin qu'il organise des rondes sur votre domaine.

— Je vous en remercie, Excellence.

— Que Dieu vous protège !

Ils avaient débarqué le matin même à Kororareka, peu avant qu'une violente tempête ne se déclarât, menaçant de drosser le navire contre les quais. Après avoir récupéré leurs chevaux, ils avaient voyagé en direction de Matawaia, emmitouflés dans d'épais manteaux de cuir, luttant contre de furieuses rafales de pluie. En fin d'après-midi, quand ils étaient arrivés à la frontière du domaine, l'ouragan s'était un peu calmé. Des odeurs de terre détrempée et de végétation sauvage emplissaient l'air humide. Le ciel du crépuscule inondait les collines d'une lueur rouge. Un vent résiduel balayait la forêt, courbant les cimes des grands arbres.

Une fois en vue de la maison, l'inquiétude de Cécilia se mua en angoisse. D'habitude, les chiens accouraient pour lui faire la fête. Pourquoi n'étaient-ils pas là ? Elle lança sa jument au galop, aussitôt suivie par Philip. Lorsqu'ils arrivèrent devant la demeure, leur angoisse prit forme dans toute son horreur : sur la terrasse gisaient plusieurs corps sans vie.

— Oh non ! gémit Cécilia en mettant pied à terre.

James Wells et Philibert Deschamps avaient sans doute tenté de se défendre. Tous deux avaient le crâne défoncé et reposaient dans des poses grotesques contre le mur de la maison. Elle pénétra en trombe à l'intérieur, buta sur le cadavre égorgé de miss Tington. Plus loin gisait Elisabeth, la femme de chambre. Un mélange de fureur et d'angoisse fit frémir la jeune femme.

— Ils ont tué tout le monde ! Ils ont tué tout le monde ! gémit-elle.

Puis une crainte horrible lui traversa l'esprit. Elle se mit à hurler :

— Hippolyte ! Où est Hippolyte ?

Elle escalada les escaliers quatre à quatre, entra dans les chambres. Mais toutes les pièces étaient vides. Elle redescendit si vite qu'elle faillit tomber dans l'escalier. Dans la cour, Philip avait retrouvé le corps du cocher, Max. Cécilia se précipita dans ses bras.

— Je ne sais pas où est Hippolyte, sanglota-t-elle.

Il tenta de la rassurer, mais sa voix manquait de conviction.

— Calme-toi, nous allons le chercher. Il s'est peut-être caché quelque part.

Les yeux fous de douleur, Cécilia s'écarta de son mari, puis se précipita en direction des bergeries. Redoutant qu'un ennemi ne s'y cachât encore, il essaya de la retenir, mais elle ne l'écouta pas. L'esprit en déroute, Cécilia découvrit les deux chiens, Aran et Alannah, sans vie. Ils avaient été tués, sans doute en tentant de protéger leurs maîtres. Le cœur de la jeune femme se serra. La chienne venait juste de mettre une portée au monde.

Autour des bâtiments, plusieurs cadavres jonchaient

le sol : les bergers européens. Les employés maoris avaient disparu. L'idée s'insinua un instant dans l'esprit de Cécilia qu'ils avaient eux-mêmes commis ce massacre. Mais c'était impossible. Ils étaient leurs alliés, leurs amis. Ils s'étaient toujours bien entendus avec eux. Elle abandonna très vite ces soupçons en découvrant l'un d'eux, agonisant, caché derrière un amas de ballots. Il n'avait plus qu'un souffle de vie.

— Wahinehoi ! gémit-il. Les Ngati Whatuas ! Tué tous les miens. Et les tiens.

— Sais-tu où est Hippolyte ?

— Non ! Pas vu ! Pas vu !

Soudain, sa tête retomba en arrière, les yeux grands ouverts. Cécilia faillit hurler de terreur. Elle comprit ce qui était arrivé aux autres bergers maoris. Ils avaient été emmenés par les envahisseurs pour être transformés en esclaves, voire pour servir de nourriture. Elle poussa un long cri de rage et de détresse.

Toujours en proie à l'affolement, elle visita à la hâte les autres bâtiments. Les moutons avaient disparu, vraisemblablement volés par les assaillants. Mais aucune trace de son petit frère. Tout à coup, une violente douleur lui vrilla les entrailles. Le souffle coupé, elle dut s'adosser au mur pour reprendre son souffle. Elle ne devait pas oublier l'enfant qu'elle portait. Elle avait l'impression que son cœur allait éclater tant il battait vite. Elle ne sentait même pas les larmes qui ruisselaient sur ses joues.

A pas lents, elle revint vers la maison. Philip en ressortait, lui aussi probablement à la recherche d'Hippolyte. Soudain, le monde bascula dans le cauchemar. Elle vit plusieurs guerriers maoris surgir d'un angle du bâtiment. Elle hurla. Philip se retourna, mais il était trop tard. Pétrifiée par la terreur, Cécilia vit les casse-tête de néphrite se lever, frapper. Du sang jaillit. Philip s'écroula avant d'avoir pu se défendre. La jeune femme poussa un nouveau hurlement. Il y avait au moins une douzaine de Ngati Whatuas, le visage marqué par des tatouages effrayants. Ils se tournèrent vers elle et lancèrent des cris de triomphe. Elle comprit qu'ils étaient là pour la tuer, elle aussi. En un clin d'œil, elle évalua la situation. Un doute l'assaillit. Philip n'était peut-être que blessé... Mais comment aurait-elle pu combattre douze guerriers féroces alors qu'elle était enceinte de quatre mois ? La douleur revint, plus violente encore. Il fallait fuir à tout prix, se mettre en sécurité.

Sa jument était là, à quelques pas. Elle avait peut-être le temps de se hisser sur son échine et de s'enfuir. Sans réfléchir plus avant, elle se mit à courir. Les guerriers se lancèrent aussitôt à sa poursuite en poussant des cris rauques. Cécilia comprit qu'elle n'aurait pas le temps d'atteindre sa monture.

Tout à coup, une silhouette surgie d'un bâtiment s'interposa entre les Maoris et elle : Korben, le jeune homme un peu simple qu'elle avait recueilli après la mort de ses parents. Il brandissait une fourche en hurlant comme un possédé. Interloqués, les Ngati Whatuas s'arrêtèrent. Cécilia aurait voulu lui crier de fuir, mais elle le vit foncer sur eux en hurlant son chant de guerre. Pétrifié, le premier Maori n'eut pas le temps de réagir. La fourche s'enfonça dans son ventre jusqu'à la garde tant était grande la rage du jeune homme. Malheureusement, il ne pouvait lutter contre autant d'agresseurs. Les autres bondirent sur lui, le frappèrent. Il eut le temps de crier :

— Fuyez, madame Cécilia ! Fuyez !

Puis il s'effondra sous le nombre. Mais son sacrifice avait permis à la jeune femme de gagner du terrain. Malgré la douleur qui lui tordait le ventre, Cécilia se hissa en selle, saisit les rênes et donna un vigoureux coup de talon dans les flancs de sa monture. Aideen démarra en trombe. Abandonnant leur dernière victime, les Maoris coururent aussi vite que possible pour tenter de l'arrêter. Pendant de longues secondes, Cécilia eut l'impression qu'ils étaient sur le point de l'atteindre. Mais la jument finit par prendre de l'avance. Ils s'arrêtèrent, armèrent leurs mousquets. Des coups de feu retentirent, des balles sifflèrent autour d'elle, heureusement sans l'atteindre. Les Maoris étaient de piètres tireurs. Des cris de rage et de dépit explosèrent derrière elle. Instinctivement, Cécilia s'était dirigée vers Kaikohe. Mais la nuit était presque tombée et elle n'y voyait pas grand-chose.

Elle n'avait pas parcouru plus de quelques centaines de mètres que les faces grimaçantes et tatouées d'autres guerriers surgirent devant elle. Des mousquets se pointèrent. Elle hurla de terreur. Ils étaient une bonne vingtaine, qui barraient la route à sa monture. Elle faillit lancer Aideen à pleine vitesse afin de les bousculer, mais se retint au dernier moment. Elle venait de reconnaître Kaharinga. D'un geste, il lui fit signe de se rendre au village sans perdre de temps. Puis ses hommes et lui se portèrent à la rencontre de l'ennemi. L'esprit en déroute, elle vit ses alliés disparaître dans l'épaisseur de la forêt. Quelques instants plus tard, des grondements et des cris furieux retentirent. Cécilia eut le réflexe instinctif de fuir, obéissant ainsi à l'ordre de Kaharinga. Mais l'idée de le savoir en danger lui était insupportable. Elle revint sur ses pas. Vibrant de colère, elle dégaina son fusil, bien décidée à prêter main-forte aux Nga Puhis. Mais déjà Kaharinga revenait, le torse couvert de sang ennemi. Lorsqu'il la vit, il s'emporta :

— Je t'avais dit d'aller au village !

Elle sursauta. C'était la première fois qu'il lui parlait aussi durement. Puis le jeune homme se rendit compte qu'elle était terrorisée. Il s'adoucit immédiatement.

— Il ne faut pas rester là, dit-il. Nous avons tué ceux-là, mais d'autres risquent de revenir. Nous serons en sécurité à Kaikohe.

— Philip ? demanda-t-elle.

Kaharinga secoua la tête.

— Ils l'ont tué. Je suis désolé, Cécilia. Nous sommes arrivés trop tard.

La lueur d'espoir qui ne voulait pas mourir se transforma tout à coup en une boule pesante dans la gorge de la jeune femme. Par orgueil, elle ravala ses larmes. En à peine une journée, son univers avait sombré dans la folie et l'enfer.

Elle ne parvenait pas à accepter la mort de Philip. Bouleversés par l'événement, ils n'avaient pas pris garde au fait que quelques ennemis étaient encore sur place. Philip était tombé sous leurs coups, mais elle aurait tout aussi bien pu périr elle-même. Il avait seulement eu la malchance d'être au mauvais endroit au mauvais moment. Et cela, elle ne pouvait le supporter. Elle était avec lui quelques instants plus tôt. Il était bien vivant. Et elle l'aimait. A présent, il n'était plus qu'un cadavre auquel elle ne pouvait même pas offrir une sépulture décente. A l'idée de son corps déchiqueté par les nécrophages, ou pire encore, emporté par les Ngati Whatuas pour un horrible festin, elle avait envie de hurler de rage et de désespoir. Mais elle ne pouvait même pas crier. Une douleur lancinante dans ses entrailles lui coupait le souffle.

Des images effrayantes heurtèrent son esprit. Elle imaginait la terreur de la pauvre miss Tington en voyant surgir de l'orage ces guerriers aux visages déformés par la haine, braillant et brandissant leurs courts poignards de pierre et leurs *meres*, les hachettes de néphrite dont ils fracassaient le crâne de leurs ennemis. Elle avait sans doute essayé de fuir, de se réfugier au plus profond de la maison, mais on l'avait égorgée avec sauvagerie. Pauvre miss Tington, qui avait accepté de quitter sa chère Angleterre pour venir mourir dans un pays inconnu peuplé de mangeurs d'hommes.

Les domestiques et les bergers avaient dû essayer de lutter, mais l'ennemi était trop nombreux. Tous avaient péri : le cuisinier Philibert, Max le cocher, James Wells le majordome discret qui les avait toujours servis avec dévouement et efficacité, leurs fidèles ouvriers, dont beaucoup étaient là depuis les premiers temps. Et aussi le jeune Korben, qui avait sacrifié sa vie pour lui permettre de s'enfuir. Sans lui, elle aurait également été tuée.

Et Hippolyte ? Qu'était-il devenu ? L'avaient-ils tué,

lui aussi ? Ou bien l'avaient-ils emmené ? A cette idée, une nausée la saisit et elle se mit à vomir, écroulée sur l'échine de sa monture. Kaharinga fit arrêter la colonne pour lui permettre de reprendre son souffle.

Ils se remirent en route. Mais la douleur abdominale revenait, lancinante. Abasourdie, Cécilia se laissait porter par le pas de sa jument. Il flottait dans l'air une odeur étrange, vaguement écœurante, mélange de la boue résultant des pluies diluviennes qui s'étaient abattues plus tôt sur le monde et du sang qui séchait sur la peau des Maoris. Avec horreur, elle se rendit compte que quelques-uns d'entre eux transportaient des têtes humaines qu'ils tenaient par les cheveux. Ce fut plus qu'elle ne pouvait en supporter. La douleur devint insupportable et elle s'évanouit.

23

Elle ne savait plus où elle se trouvait. Une souffrance intolérable déchirait son corps. Par moments, elle avait l'impression de reconnaître un visage penché sur elle, celui d'une vieille femme au menton tatoué et aux lèvres bleues. Mais la plupart du temps, elle ne parvenait même pas à se souvenir de son propre nom. Parfois, elle grelottait de froid ; parfois elle suffoquait. On lui faisait ingurgiter des mixtures étranges, au goût infect.

Alors, les douleurs qui lui broyaient le ventre s'apaisaient un peu. Dans ces rares moments de calme, elle s'accrochait à la vie comme un naufragé à sa bouée. En elle vibrait une colère dont elle ne parvenait pas à situer l'origine, mais cette rage qui couvait dans les profondeurs de son âme lui donnait la force de lutter pied à pied avec la mort qui tentait de l'emporter.

Des images de cadavres ensanglantés, sans tête ou égorgés, hantaient ses cauchemars. Des guerriers aux maquillages terrifiants la poursuivaient. Elle aurait voulu fuir, mais son corps était trop lourd ; elle ne parvenait pas à courir, à peine à marcher. Le souffle lui manquait, ses mains, sa peau brûlaient d'une fièvre que rien ne pouvait enrayer. Et l'ennemi s'approchait, levait ses armes sur elle. Puis tout s'estompait dans le néant. Pour ressurgir plus loin, plus tard. Elle ignorait si l'on était le jour ou la nuit. Son monde baignait dans une pénombre crépusculaire, des murs de bois inconsistants la cernaient. Sans savoir pourquoi, elle éprouvait une intense envie de pleurer, de se vider du poison violent qui avait pris possession de son être. Quelque chose s'était brisé en elle, un vide s'était creusé, qui ne se comblerait plus jamais, comme si on lui avait arraché une partie d'elle-même.

Enfin, un matin, elle reprit conscience. La vieille femme était encore penchée sur elle. Elle la reconnut : Marevaora. Derrière elle se tenait Ti-Ara, l'épouse de Kaharinga. Toutes deux affichaient un visage grave.

— Où suis-je ? demanda Cécilia.

— Dans ma maison, répondit Ti-Ara dans un anglais maladroit.

Puis elle poursuivit en maori :

— Comment te sens-tu ?

— J'ai mal.

Une panique soudaine s'empara d'elle. Elle tâta son ventre. Mais le léger renflement provoqué par sa grossesse de quatre mois avait disparu.

— Mon bébé !

Ti-Ara secoua la tête.

— Je suis désolée, Wahinehoi. Le bébé est parti. Tu l'as perdu juste après que Kaharinga t'a ramenée ici, à Kaikohe.

Cécilia se mit à trembler. Ce n'était pas possible, elle devait se tromper. Cet enfant était tout ce qui lui restait de Philip. Philip...

Des images infernales la heurtèrent. Elle revit les casse-tête s'abattre sur lui, son corps qui tombait sous les coups des Ngati Whatuas. Puis la fuite, cette fuite éperdue et douloureuse qui l'avait menée jusqu'à Kaharinga.

Elle éclata en sanglots. Elle avait tout perdu, son enfant, son mari, sa famille, sa maison. Ti-Ara la prit contre elle et la berça doucement.

— Nous t'avons soignée depuis ton arrivée. Plusieurs fois, nous avons cru que tu ne survivrais pas. La fièvre tenait ton corps et tu délirais. Mais la vie a été plus forte. Aujourd'hui, tu es sauvée.

— Sauvée...

Elle regarda autour d'elle. Elle était allongée sur des nattes, réchauffée par des couvertures en peau de chien à l'odeur forte. Mais elle n'y accordait plus d'attention depuis longtemps. Ces senteurs faisaient partie de la vie des Maoris.

— Que vais-je devenir ? gémit-elle. Je n'ai plus rien. Les Ngati Whatuas m'ont tout pris.

— Il faut te reposer, Wahinehoi, déclara Marevaora d'un ton péremptoire. Bois ceci !

Il était hors de question de refuser. Cécilia savait qu'elle pouvait faire confiance à la vieille Maorie. Elle but. Quelques instants plus tard, une douce somnolence s'empara d'elle et elle s'endormit.

La nuit suivante, en revanche, elle ne parvint pas à trouver le sommeil. Trop d'idées se bousculaient en elle. Elle devait comprendre ce qui s'était passé. Pourquoi les Ngati Whatuas s'en étaient-ils pris à Matawaia ? Quelques semaines auparavant, le domaine d'un colon avait été attaqué plus au sud, mais il se trouvait sur le territoire de cette tribu et, d'après ce que l'on avait pu savoir, la profanation d'un lieu sacré avait été à l'origine du conflit. Le fermier et sa famille avaient été massacrés.

Matawaia était situé sur les terres des Nga Puhis. Ni son père ni elle n'avaient jamais eu de mauvais rapports avec les Ngati Whatuas, dont certains venaient de temps à autre troquer des outils ou un mouton contre des fruits ou des paniers de *flax*. Que s'était-il passé, qui avait soudain déclenché leur colère ? La visite que Philip et elle leur avaient rendue quelques semaines plus tôt ne pouvait justifier un tel massacre.

Elle tenta de comprendre. Tout avait commencé avec les moutons égorgés. Ces actes abominables avaient probablement pour but de l'effrayer et de l'inciter à quitter les lieux. Mais elle avait pensé qu'ils étaient l'œuvre de Cyrus Plymouth et elle avait refusé de tenir compte de ces sinistres avertissements. Alors, les Ngati Whatuas avaient massacré les habitants de Matawaia. Au-delà de l'horreur d'une telle tuerie, c'était une provocation délibérée envers les Nga Puhis, protecteurs de ce territoire. Il fallait donc craindre d'autres batailles.

Mais pourquoi s'en être pris précisément à Matawaia ? Les Maoris n'exploitaient jamais les terres dont ils s'emparaient. Leur objectif avoué consistait à vendre un maximum de domaines aux *pakehas*. Peu à peu, une autre explication apparut à Cécilia : les Ngati Whatuas avaient voulu s'emparer de son domaine pour le revendre à un autre colon. Mais parmi ces derniers, qui aurait eu assez peu de scrupules pour les pousser à commettre ce massacre ? Et surtout, qui la détestait assez pour cela ?

Ses soupçons se portèrent à nouveau sur Cyrus Plymouth. Cécilia n'oubliait pas qu'il avait juré de se venger. On l'avait avertie plusieurs fois de la haine qu'il éprouvait à son égard. Wakatanga, puis Rebecca Simpson l'avaient mise en garde contre lui. Se pouvait-il que son orgueil l'ait poussé à prendre sa revanche d'une manière aussi ignoble ? Il avait d'abord tenté de la chasser en s'en prenant au bétail. Sans doute avait-il payé un homme de main pour perpétrer ces actes horribles – Slade Bowers, probablement. Puis, voyant que les brebis égorgées ne suffisaient pas à la faire partir, il avait décidé d'agir d'une manière plus radicale. Il avait pris contact avec les Ngati Whatuas et les avait poussés à attaquer Matawaia. Une bouffée de rage envahit la jeune femme. Elle demanderait justice. Il fallait que ce chien payât ses crimes. Mais comment prouver une connivence entre Plymouth et les Ngati Whatuas ?

Ses pensées revinrent vers ceux qui avaient péri à Matawaia. Une profonde tristesse l'envahit, qui la maintint éveillée encore longtemps. Le sort du petit Hippolyte surtout l'angoissait. Qu'était-il devenu ? Etant donné la cruauté des Ngati Whatuas, elle n'avait guère d'espoir. Bien sûr, elle n'avait pas vu son corps, mais elle n'avait pas eu le temps de chercher partout. L'ennemi l'avait contrainte à fuir. Un espoir subsistait néanmoins. Peut-être avait-il été seulement enlevé... Les cheveux blonds intriguaient les Maoris. Elle imagina que l'un des guerriers l'avait emmené. Si c'était le cas, elle trouverait le moyen de le reprendre.

Elle finit par sombrer dans un sommeil agité, entrecoupé de réveils en sursaut provoqués par une douleur rémanente et des bouffées d'angoisse.

Le lendemain, elle se sentait un peu mieux. Ti-Ara vint lui donner ses vêtements, qu'elle avait lavés. L'esprit vide, Cécilia les passa. Elle appréciait la délicatesse des Maoris. Aucun homme n'avait pénétré dans le *whare* pendant sa maladie. Et pourtant, il s'agissait de la maison de Kaharinga. Ti-Ara lui avait dit qu'il était allé dormir ailleurs en attendant qu'elle fût remise.

Il ne se présenta que lorsqu'elle fut habillée. Ils

échangèrent un long regard, puis il l'invita à le suivre jusqu'au *marae*, où l'attendait Wakatanga.

Le visage du vieux chef reflétait la colère et l'inquiétude. Il lui parla directement en anglais, ce qui lui arrivait rarement.

— Mon cœur saigne avec le tien, Wahinehoi, dit-il. Nous savions que les Ngati Whatuas préparaient une attaque. Nous avons renforcé les défenses de notre *pa*. Mais nous n'avions pas pensé qu'ils détruiraient Matawaia. D'habitude, ils ne s'en prennent aux colons que si ceux-ci ont profané un lieu *tapu*.

— Nous n'avons rien fait de semblable. Au contraire, nos bêtes ont été massacrées, mais j'ignore par qui. J'ai demandé de l'aide au gouverneur Hobson. Il me l'a accordée, mais il était déjà trop tard.

— Ses soldats n'auraient pas pu faire grand-chose. Les Ngati Whatuas étaient trop nombreux et ils n'auraient pas hésité à tuer quelques Anglais de plus. Il faudrait que le gouverneur Hobson fasse venir une armée d'Australie.

— C'est ce que je vais lui demander. Je vais retourner à Auckland pour réclamer justice.

Wakatanga ne répondit pas immédiatement. Il secoua la tête plusieurs fois, puis déclara :

— Je crois que tu ne dois pas attendre justice de ton peuple, Wahinehoi. Le gouverneur Hobson ne combattra pas les Ngati Whatuas pour venger les tiens. Il n'a pas la force suffisante pour le faire, même avec des renforts australiens. En attaquant Matawaia, les Ngati Whatuas ont provoqué la guerre entre nos deux tribus. Malheureusement, ils sont très nombreux, et ce serait folie de les combattre directement. Kaikohe va bientôt être attaqué. Si tu veux retourner à Auckland pour demander l'aide du gouverneur, mon fils Kaharinga t'accompagnera. Nous avons, nous aussi, besoin de lui. Il nous faut des mousquets supplémentaires.

— Je vais partir dès que possible.

— Attention, Wahinehoi. Ce sera un voyage dangereux, car vous devrez longer les territoires ennemis.

Plus tard, Cécilia prit Kaharinga à part.

— Je suis sûre que Cyrus Plymouth est derrière tout ceci, dit-elle. Il me hait depuis que j'ai repoussé ses avances.

Mais le jeune homme était sceptique.

— Tu n'en as aucune preuve.

— Il a dit qu'il se vengerait. Ton père lui-même m'avait prévenue.

Kaharinga n'insista pas. Cécilia n'était plus qu'un bloc de haine. Ce sentiment néfaste était pour elle la seule manière de faire face à l'adversité. Mais lui-même avait d'autres soucis. D'après les informations transmises par les éclaireurs, les Ngati Whatuas préparaient une attaque de grande envergure. Ils disposaient d'un grand nombre d'hommes et ils étaient armés. Bien que solidement défendu, le *pa* de Kaikohe ne résisterait pas à une telle attaque. Il fallait absolument qu'il obtienne ces fusils de la part du gouverneur.

24

Le lendemain, Cécilia quitta Kaikohe en compagnie de Kaharinga et d'une dizaine de ses guerriers les plus fidèles. Chacun d'eux se serait fait tuer pour lui. Afin de gagner plus rapidement Auckland, ils empruntèrent les *wakas*. Une petite rivière tumultueuse coulait au pied de la colline sur laquelle était édifié le *pa*. Quelques pirogues sommeillaient sur la rive, à l'ombre de fougères arborescentes. Ces navires, creusés dans des troncs de *kauri*, étaient profilés pour la course. Un balancier maintenu par deux bras courbes leur évitait de chavirer. La poupe, relevée à hauteur d'homme, était sculptée de divinités protectrices.

Kaharinga ordonna à ses hommes de mettre deux pirogues à l'eau. Ce n'était pas la première fois que Cécilia empruntait ces embarcations longues et étroites, juste assez larges pour s'y asseoir. Avant son mariage, Kaharinga l'avait invitée plusieurs fois à des parties de pêche auxquelles Charles de Hauterive participait lui aussi. A l'époque, ils s'étaient contentés de naviguer sur la rivière. Cette fois, ils allaient gagner la mer de Tasman en descendant le cours d'eau jusqu'à Hokianga. Ils longeraient ensuite la côte pour atteindre Auckland. Le voyage devait durer quatre jours.

La première partie du périple fut plutôt mouvementée. Le courant était rapide et ils durent franchir plusieurs cascades tumultueuses. Mais les Maoris connaissaient parfaitement chaque passe difficile. Cécilia avait été installée à l'arrière, avec ordre de ne pas bouger, ce qui n'était guère facile en raison des bonds parfois exécutés par les *wakas*.

Cécilia observait Kaharinga, assis juste devant elle. Ses muscles puissants se gonflaient au rythme des pagaies qui plongeaient dans l'eau bondissante de la rivière. A chaque coup, les Maoris poussaient un grondement sourd, comme pour accentuer leur effort. La pirogue avançait vite, fendait les remous et les tourbillons. Cécilia s'agrippait fermement. Elle admirait la maîtrise de Kaharinga, qui savait éviter habilement les pièges de la rivière tumultueuse.

Le soir, ils accostèrent et, après un frugal repas de poisson et de fruits, ils s'allongèrent à même le sable ou la roche, et dormirent. L'un d'eux faisait le guet. Kaharinga avait apporté une couverture pour Cécilia, afin d'adoucir la dureté des pierres. Elle lui en fut reconnaissante.

Le lendemain, les *wakas* quittèrent la baie de Hokianga et s'engagèrent sur la mer de Tasman. Les remous firent place à de hautes vagues qui malmenaient les pirogues. Cécilia était trempée par les embruns. Elle comprenait pourquoi les Maoris portaient si peu de vêtements. Elle se sentait poisseuse et nauséeuse. Parfois, des douleurs vives lui tordaient les entrailles. Elle serrait les dents pour chasser la souffrance. Il n'était guère prudent de se lancer dans une telle aventure après le traumatisme qu'elle venait de subir. Mais elle n'avait pas le choix, et la haine lui donnait la force de surmonter l'épreuve.

Après quatre jours d'un voyage durant lequel ils avaient longé une côte percée de petites baies dont la plupart étaient aux mains des Ngati Whatuas, ils parvinrent enfin à Auckland. Tandis que les guerriers demeuraient sur le port, Cécilia loua une chambre dans une auberge afin de passer des vêtements propres, conservés au sec dans un sac étanche. Puis, en compagnie de Kaharinga, elle se rendit au palais, où ils demandèrent à rencontrer William Hobson. Un homme au visage compassé encadré par deux favoris exubérants les toisa d'un œil hautain, puis laissa tomber :

— Vous devez faire erreur, madame. Le gouverneur Hobson est mort il y a près de trois semaines.

Le cœur de Cécilia se serra. Il était bien mal en point lors de sa dernière visite. Il avait dû mourir peu après. Elle resta un long moment sans voix. Elle avait la sensation d'avoir perdu un ami. Elle refoula les larmes qui lui brûlaient les paupières, puis demanda :

— Qui le remplace ?

— Mais qui êtes-vous, madame ? répliqua le cerbère.

Le ton suffisant du bonhomme déplaisait fortement à la jeune femme. Elle se contint et répondit :

— Mon nom est Cécilia Jefferson, et je suis la fille du baron Charles de Hauterive.

L'autre se radoucit immédiatement, sans pour autant abandonner son attitude hautaine.

— Veuillez me pardonner, madame. J'ignorais à qui j'avais affaire. Je suis James Spencer, l'intendant de ce palais. Pour quelle raison vouliez-vous voir Son Excellence ?

— Mon domaine a été attaqué et tous les miens ont été tués, monsieur Spencer.

La nouvelle n'eut pas l'air d'émouvoir l'intendant, qui se contenta de hausser un peu plus les sourcils.

— J'en suis navré, madame. Je vais voir si Son Excellence Robert Fitzroy, qui a remplacé le regretté William Hobson, peut vous recevoir.

Robert Fitzroy était un colosse aux cheveux roux, au parler rocailleux. Immédiatement, Cécilia comprit que Wakatanga ne s'était pas trompé : le gouverneur ne l'aiderait pas.

— Je suis sincèrement désolé, madame Jefferson, mais il m'est vraiment impossible d'agir. Le nombre de mes soldats est très limité et je ne peux pas me permettre de risquer leur vie en les engageant dans un combat perdu d'avance. Quand bien même je disposerais d'une armée assez puissante, attaquer une tribu qui a signé le traité de Waitangi – comme c'est le cas des Ngati Whatuas – signifierait dénoncer ce traité. Nous irions à l'incident diplomatique.

— Mais ils ont massacré ma famille, insista Cécilia. Et le gouverneur Hobson m'avait promis son appui.

— Je n'en doute pas. Cependant, il faut bien comprendre que ces derniers temps, il n'était plus en pleine possession de ses moyens. Il avait sans doute mal estimé les conséquences de cette décision.

— Si je comprends bien, je dois me résoudre à ne jamais obtenir justice.

Fitzroy poussa un gros soupir.

— Croyez bien que cette histoire me révolte autant que vous, madame Jefferson. Mais elle n'est malheureusement pas unique. Les colons tués par les Maoris se comptent par dizaines. Lorsque vous êtes venue vous installer en Nouvelle-Zélande, vous saviez à quels risques vous vous exposiez.

— L'Angleterre va-t-elle laisser les siens à la merci des tribus hostiles ? Faudra-t-il encore beaucoup de massacres comme celui-là pour la décider à réagir ?

— Le problème est complexe, madame. Nombre de colons ne souhaitaient pas le rattachement de la Nouvelle-Zélande à la couronne britannique, et certains d'entre eux sont opposés à cette idée. Le gouvernement de Sa Majesté ne fait pas preuve d'empressement pour prendre leur défense. Il faut le comprendre.

— J'ai toujours été favorable à ce rattachement.

— Je le sais, madame Jefferson. Mon prédécesseur m'avait parlé de vous.

— Que comptez-vous faire pour moi ?

— Hélas ! si votre domaine est tombé aux mains des Ngati Whatuas, votre titre de propriété ne vaut plus rien. Ce territoire va passer entre leurs mains et ils pourront le revendre à quelqu'un d'autre.

— Mais ces terres sont à moi ! s'insurgea Cécilia. Elles représentent tout ce que je possède !

— Je crois savoir que la vente avait été conclue avant la signature du traité de Waitangi, répliqua Fitzroy.

Cécilia pâlit. L'homme qu'elle avait devant elle n'était pas un ami. Non seulement il ne ferait rien pour l'aider, mais il agirait plutôt dans le sens opposé. Pourquoi ?

— Comment savez-vous cela ? demanda-t-elle sèchement.

Il eut un geste évasif.

— Je sais que les titres de propriété ne sont pas tous légaux dans ce pays.

— Cette vente a été confirmée ensuite par le chef Wakatanga. Le titre de propriété est donc tout à fait légal.

— Il subsiste un litige, madame Jefferson. La loi britannique est claire à ce sujet : tout contrat négocié avant le traité de Waitangi n'a aucune valeur. Dans ces conditions, il m'est difficile de vous apporter mon appui.

La mauvaise foi évidente du gouverneur fit bouillir le sang de la jeune femme.

— Il me faut donc accepter d'être ruinée, gronda-t-elle, s'efforçant de conserver son calme.

— A la vérité, si vous n'avez plus rien, je ne peux que vous conseiller de repartir pour l'Angleterre.

— Cyrus Plymouth ! éclata-t-elle soudain. C'est lui qui vous a dit que la vente avait été conclue avant Waitangi. Comment auriez-vous pu le savoir autrement ?

— Je ne vois pas de qui vous voulez parler.

— Oh si ! Vous savez très bien qui est Cyrus Plymouth, le représentant de la Compagnie néo-zélanlandaise. Il a toujours voulu racheter mon domaine. Mais j'ai refusé. Depuis, il ne cesse de me harceler.

— Madame, je ne vous permets pas de mettre ma parole en doute, cingla le gouverneur. Je suis désolé pour ce qui est arrivé à votre famille, mais pour ma part je ne peux que constater que les lois de ce pays ne sont pas en votre faveur.

Cécilia serra les poings pour ne pas sauter à la gorge de Fitzroy. Sans doute avait-il partie liée avec Plymouth et la compagnie qu'il représentait. Elle comprit qu'il était inutile d'insister. Elle commençait à comprendre que le fameux traité de Waitangi n'avait été qu'un marché de dupes, puisqu'il ne garantissait pas la paix et ne faisait que favoriser la spéculation des hommes d'affaires peu scrupuleux. Elle était sûre à présent que l'action des Ngati Whatuas avait été commanditée par Cyrus Plymouth. S'il leur rachetait Matawaia ensuite, cela signerait son crime.

— Les lois de ce pays vous permettent-elles d'apporter votre aide, sous forme de mousquets, à une tribu qui risque de subir le même sort que les miens ? Les Ngati Whatuas sont sur le point de les attaquer.

Kaharinga intervint d'une voix posée.

— C'est exact, Excellence, dit-il. Le domaine de Matawaia est situé sur le territoire de ma tribu. Nos éclaireurs ont signalé des incursions ennemies. Notre village de Kaikohe a besoin de votre aide. Nous sommes pacifiques et nous manquons d'armes. Je suis venu vous rencontrer, envoyé par mon père, le grand chef Wakatanga, pour vous demander non pas l'appui de vos soldats, mais des mousquets qui nous permettront de nous défendre efficacement.

Fitzroy le contempla avec étonnement. Le langage châtié du jeune homme contrastait avec ses vêtements maoris. Cependant, la réponse fut encore négative.

— C'est bien, mon ami, répondit-il. Je vois que vous avez su profiter des bienfaits de notre civilisation. Malheureusement, je ne peux répondre favorablement à votre requête. Vous comprendrez que je ne puis faire de favoritisme en aidant une tribu plutôt qu'une autre. Cela risquerait de déstabiliser nos relations avec l'une ou l'autre. Dans cette affaire, je me dois d'observer une stricte neutralité.

Une nouvelle fois, Cécilia se retint de gifler l'individu pour effacer le sourire cynique qui étirait ses lèvres. Il se retranchait derrière la diplomatie, mais, là encore, elle pressentait l'action sous-jacente de Cyrus Plymouth, qui n'avait pas oublié l'humiliation et la peur ressenties quand il avait tenté d'abuser d'elle. Il en tenait les Ngati Puhis de Kaikohe pour responsables. La jeune femme posa la main sur le bras de Kaharinga.

— J'ai compris, dit-elle en se levant. Je sais ce qui me reste à faire !

— Et qu'allez-vous faire, madame ? demanda Fitzroy.

— Cela ne vous regarde pas, Excellence !

— Madame, je vous rappelle que je suis le gouverneur de ce pays !

— Gouverneur d'un pays sur lequel vous n'avez aucune autorité !

— Madame, vous êtes une insolente ! Je pourrais vous faire arrêter !

— Et ajouter ainsi l'infamie à votre indifférence en faisant jeter en prison une femme dont la famille vient d'être tuée !

Kaharinga prit le bras de Cécilia et l'entraîna hors du bureau, non sans avoir salué Fitzroy d'un signe de tête.

Hors du palais, Cécilia donna libre cours à sa colère.

— Je suis sûre que cet imbécile est de mèche avec Plymouth ! explosa-t-elle.

Kaharinga attendit patiemment que l'orage fût passé.

— Il est possible que tu aies raison, dit-il lorsqu'elle fut enfin calmée, mais ce n'était peut-être pas la meilleure manière de s'y prendre.

Elle haussa rageusement les épaules.

— De toute façon, il ne nous aurait accordé aucune aide. Alors, je suis bien contente de lui avoir dit ce que je pensais.

Kaharinga faillit éclater de rire devant la véhémence de la jeune femme. Puis il s'assombrit.

— En attendant, nous n'avons pas nos mousquets.

— Mais tu vas les avoir, répondit-elle. C'est moi qui vais les acheter.

— Toi ? Mais avec quel argent ?

— J'ai toujours un compte à la banque de Nouvelle-Zélande. L'ancien directeur de Kororareka me connaît. Je vais prélever la somme nécessaire.

Un peu plus tard, elle se trouvait dans les locaux nouvellement ouverts de la banque, où elle fut reçue par Timothy Honeywell en personne, promu directeur adjoint. Par précaution, elle avait demandé à Kaharinga de l'attendre à l'extérieur.

— Quelle joie de vous revoir, madame Jefferson !

Il n'en pensait pas un mot, car seul l'argent l'intéressait, mais cela n'avait aucune importance. Cécilia fit écho à son hypocrisie en lui répondant que c'était une joie partagée.

— Que puis-je faire pour vous être agréable, madame Jefferson ?

Une heure plus tard, Cécilia ressortait de la banque avec une somme de cinq cents livres. Un autre problème se posait cependant : où acheter les mousquets ? Mais Kaharinga connaissait la solution. Depuis plusieurs décennies, les Maoris étaient en contact avec des contrebandiers qui approvisionnaient les différentes tribus sans état d'âme.

Le soir même, dans le fond d'une auberge louche du port, Kaharinga, nanti de l'argent de Cécilia, négociait l'achat de cinquante mousquets de fabrication hollandaise.

Le lendemain, tandis que le jeune chef prenait livraison des armes avec ses compagnons, Cécilia rendit visite à Rebecca, à qui elle raconta ce qui était arrivé. La jeune femme lui suggéra de repartir en Europe.

— Si vous n'avez pas assez d'argent, je pourrais demander à mon père de vous aider.

— Vous êtes gentille, Rebecca, mais je n'ai plus rien là-bas. Mon père avait vendu tous ses biens pour venir s'installer ici. Je n'ai plus de famille ni en France ni en Angleterre, sinon les frères et sœurs de ma mère, qui la détestaient. Je n'ai pas envie de revoir ces gens-là. Et j'ai encore de l'argent déposé à la banque. Ma vie est ici, en Nouvelle-Zélande. Je trouverai quelque chose à faire. Mais je dois d'abord voir clair dans tout ceci.

— Peut-être pourriez-vous trouver un travail ici, à Auckland.

— Je n'en ai guère envie. Comment pourrais-je travailler pour quelqu'un, après avoir dirigé un domaine comme Matawaia ?

— En attendant, je vais vous donner quelques vêtements. Ils ne seront sans doute pas aussi beaux que ceux que vous portez habituellement, mais ils sont offerts de bon cœur.

Vivement émue, Cécilia regarda Rebecca, les yeux brillants. Elle se souvint que cette femme avait été sa rivale. Comment une telle chose avait-elle été possible ? Elle portait la bonté en elle. Le souvenir de ses robes et de ses bijoux définitivement perdus acheva de démoraliser Cécilia. Elle avait conscience qu'il s'agissait là d'un sujet futile, mais tous lui rappelaient des moments agréables, lui suggéraient des visages enfuis pour toujours, des fêtes qui ne reviendraient jamais. Brisée par l'épuisement, elle éclata en sanglots.

Rebecca la prit dans ses bras. Elle laissa les larmes couler, puis la morigéna d'une voix douce.

— Reprenez-vous, Cécilia. Vous n'avez pas le droit de vous laisser aller. Pas vous. Mon père dirait que c'est une épreuve que Dieu vous envoie. Vous savez que je ne suis guère croyante, tout comme vous, d'ailleurs. Mais je pense qu'il a raison. Notre vie est faite d'une succession d'épreuves, mais c'est un honneur de se battre, car cela nous rend plus forts. Et vous allez vous battre, n'est-ce pas, Cécilia ?

La jeune femme releva les yeux. Le ton de Rebecca s'était fait plus ferme. Dans son regard, elle lut toute l'admiration qu'elle lui vouait, et toute la compassion qu'elle lui portait en ce moment même. Elle sentit qu'elle n'avait pas le droit de la décevoir.

— Vous avez raison, Rebecca. Je vais me battre.

Dans la soirée, elle retrouva Kaharinga. Le lendemain, ils quittaient Auckland à bord des deux *wakas*, chargées des précieuses armes.

25

Assise à l'arrière de la *waka* derrière Kaharinga, Cécilia observait son dos et ses bras puissants qui crochaient avec vigueur dans l'eau salée. N'était-ce pas là la signification de son nom, le « bras puissant » ? Elle lui enviait ce privilège de ne porter que des vêtements simples qui libéraient les mouvements. Elle aussi aurait aimé, parfois, marcher pieds nus, vêtue d'un simple pagne, sentir le vent sur sa poitrine, sur ses jambes. Ses vêtements épais et trempés lui pesaient.

Il y avait en Kaharinga quelque chose d'un animal

indomptable, une puissance latente qui s'exprimait dans chacun de ses gestes, précis comme ceux d'un chat. Le vent marin lui apportait l'odeur de sa peau, provoquant en elle des ondes équivoques. Elle avait bien senti, au cours de ce voyage, que la complicité qui les avait réunis dès les premiers instants était toujours présente, et ne demandait qu'à s'exprimer.

Des idées audacieuses lui traversaient parfois l'esprit. Elle aurait aimé qu'il la touchât comme il l'avait fait jadis sur les rives de l'étang de Ngawa. Elle avait besoin de sentir ses bras se refermer sur elle, sa peau se coller à la sienne. Sa raison repoussait ces envies inconvenantes. Philip était mort depuis quelques jours à peine, et elle avait perdu le bébé qu'elle attendait de lui. Elle avait pourtant aimé son mari. Mais elle ne pouvait nier ses sentiments. Elle aimait toujours Kaharinga. Un amour qui se nourrissait aussi d'une grande admiration. Il aurait pu poursuivre des études, accéder à un poste élevé dans l'administration de l'empire, devenir ambassadeur, pourquoi pas. Il connaissait bien le peuple maori, et il était ouvert aux Européens. Pourtant, cet homme cultivé vivait à demi nu et préférait demeurer parmi les siens, auxquels il apportait tous les bienfaits de son savoir et les préceptes d'une religion chrétienne dont il avait su ne retenir que les meilleurs aspects : l'amour du prochain, l'ouverture d'esprit des origines, le refus de juger les autres. Il était le fils d'un chef et il en avait toute la noblesse, l'allure, le port de tête altier. Il en possédait aussi l'esprit, le sens des responsabilités, le souci de préserver les siens.

Elle aimait sa voix chaude, son regard pénétrant, ses

silences. Elle devinait également en lui une partie cachée, des zones d'ombre, des rêves secrets dont elle faisait peut-être partie. Il pouvait rester des heures sans prononcer une parole, observant avec attention ce qui se passait autour de lui. Dans les réunions, il écoutait beaucoup, et n'émettait un avis qu'après avoir entendu tout ce que les autres avaient à dire. Jamais il ne cherchait à se mettre en avant, à étaler ses connaissances. Combien de Blancs auraient été inspirés de prendre exemple sur lui...

Parfois, elle se disait qu'elle aurait voulu que cette expédition ne s'arrêtât jamais, qu'il l'emmenât au bout du monde, vers une île de légende, comme celle d'où ses ancêtres étaient venus.

Cependant, Kaharinga se montrait plutôt distant avec elle. S'était-il rendu compte qu'elle avait envie de lui ? Eprouvait-il le même désir ? Mais elle comprit très vite que son silence avait une autre origine. Les mousquets pouvaient constituer un atout important. Encore fallait-il que les Maoris fussent capables de les utiliser correctement. Le premier soir, au bivouac, elle lui en parla.

— Ces fusils ne serviront à rien si tes guerriers ne savent pas tirer, dit-elle.

Il hocha la tête.

— C'est vrai.

— J'ai gagné plusieurs épreuves de concours de tir. Si tu veux, je peux leur enseigner ce que je sais.

— Une femme, enseigner à des hommes comment manier une arme ? C'est contraire à toutes les règles maories.

Elle s'emporta.

— Encore un *tapu* ? Mais je ne suis pas une femme maorie. Et j'ai prouvé qu'une femme peut manipuler une arme au moins aussi bien qu'un homme.

Il éclata de rire.

— Holà ! Wahinehoi monte sur ses grands chevaux.

— Ne m'appelle pas comme ça !

— C'est pourtant un nom flatteur pour les miens.

Elle grommela :

— Je te propose ça pour t'aider.

Il réfléchit un instant.

— C'est vrai. Excuse-moi. Et puis, nous ne transgressons pas vraiment un *tapu*, puisque les femmes se battent parfois aux côtés des hommes, lorsque le village est menacé, par exemple. Mais dans la tradition maorie, la femme a été créée à partir de la terre, tandis que l'homme est issu de l'esprit des dieux.

Cécilia poussa un grognement.

— Je comprends. Ce n'est donc pas mieux que dans la religion chrétienne, où la femme est responsable du péché originel et de tous les maux qui ont suivi. Mais je ne crois pas à ces idioties, et je suis capable d'enseigner le maniement d'un mousquet à tes guerriers.

Elle insista :

— Kaharinga ! Il ne faut pas que les Ngati Whatuas s'emparent de Kaikohe.

— Tu as raison. Et puis, tu n'es pas une femme comme les autres. J'accepte. Et je te remercie de ton offre.

Ils se mirent au travail. Contrairement à ce que craignait le jeune homme, les guerriers, qui connaissaient

Cécilia depuis longtemps, ne s'offusquèrent pas de recevoir ses leçons. Pendant les trois soirs qu'ils passèrent sur les rivages sauvages de l'île, elle leur montra comment démonter et remonter les mousquets, comment les charger, comment épauler, viser, tirer. Après ces cours intensifs, ils étaient tous capables de se servir des fusils hollandais.

Cependant, lorsque les *wakas* accostèrent sur la rive proche de Kaikohe, Cécilia eut l'impression de revivre le même cauchemar qu'à son précédent retour d'Auckland. Au loin, dans la direction du *pa*, un grondement formidable se faisait entendre. Kaharinga bondit à terre. Son visage reflétait l'inquiétude et la colère.

— Kaikohe est attaqué, s'écria-t-il. Armez les mousquets ! Vite !

Puis il se précipita en direction du village, suivi par le regard angoissé de Cécilia. Ses hommes ne perdirent pas de temps. L'une après l'autre, les cinquante armes à feu furent chargées. Puis les Maoris en prirent chacun quatre ou cinq et s'élancèrent à la suite de leur chef. Cécilia s'était emparée de quelques mousquets, bien décidée à se battre elle aussi. Kaharinga les attendait à quelques pas de là. Il avait pris position sur un petit promontoire d'où l'on pouvait observer la colline où était installé le village.

— Les Ngati Whatuas ont porté l'attaque sur l'entrée principale, dit-il. Les nôtres résistent, mais ils sont en difficulté. Plusieurs de ces chiens ont réussi à pénétrer dans l'enceinte du village. Nous allons les prendre à revers.

Ses guerriers étaient déjà prêts à courir sus à

l'ennemi, les mousquets passés autour du torse, avec l'intention de tirer au hasard. Kaharinga les arrêta d'un geste.

— Non ! Ils sont trop nombreux. Vous vous feriez massacrer pour rien et ces fusils tomberaient entre leurs mains. Je veux six tireurs et quatre autres pour recharger au fur et à mesure.

Les guerriers ne discutèrent pas ses ordres. Cécilia ne put s'empêcher d'admirer la confiance totale qu'il leur inspirait. Les hommes se mirent immédiatement en position. La jeune femme sentit son cœur battre plus vite. Une décharge d'adrénaline inonda ses muscles. La peur et la colère se partageaient son esprit. Mais il était hors de question de rester sans rien faire.

— Je veux me battre aussi, déclara-t-elle. Ces hommes ont tué les miens.

Le jeune homme hésita un court instant, puis acquiesça.

— C'est d'accord. Place-toi à mes côtés.

Elle s'exécuta. En direction de Kaikohe, les pentes dégagées de végétation grouillaient d'ennemis vociférants. Certains étaient armés de fusils dont apparemment ils ne savaient pas très bien se servir.

Kaharinga et ses compagnons formèrent une ligne le long de la dénivellation rocheuse, qui les protégeait des éventuels tirs de riposte. L'instant d'après, des salves nourries cueillirent les assaillants en pleine course. Plusieurs corps s'effondrèrent. La distance de tir était idéale.

— Prenez le temps de viser ! hurla Cécilia, dont la peur s'était dissipée devant la rage de tuer.

Ce renfort inattendu sema le désordre et la confusion parmi les Ngati Whatuas. Quelques-uns tentèrent bien de répliquer, mais les nouveaux venus n'offraient pas des cibles faciles. Parfois, un projectile faisait jaillir de la terre tout près de Cécilia. Elle cherchait alors à localiser le tireur, puis l'abattait d'une balle sûre. Une colère froide l'habitait. Ce n'étaient pas des êtres humains qui tombaient sous ses coups, mais les démons qui avaient massacré les siens à Matawaia. Chaque corps qui s'effondrait provoquait en elle une satisfaction proche de la jouissance. La balle tirée, le mousquet fumant était remplacé par un autre grâce à l'homme situé derrière. Une épaisse odeur de poudre empuantissait l'air d'ordinaire chargé de senteurs de végétaux et de parfums de fleurs. Parfois, un audacieux courait dans leur direction, le casse-tête levé, en braillant des insultes. Mais un projectile précis le foudroyait avant qu'il ait pu les atteindre.

Jusqu'au moment où Cécilia prit conscience de la réalité. Jamais encore elle n'avait livré combat, sinon contre Plymouth lorsqu'il avait essayé de la violer. Mais il était seul, et elle avait pu s'en débarrasser facilement. Là, elle se retrouvait au cœur d'une bataille féroce et cruelle. Non loin d'elle, des hommes gémissaient de douleur, hurlaient de colère et de haine. Elle vit le sang qui ruisselait sur les visages, les chairs déchirées par les poignards, les membres brisés par les coups de massue, elle entendait les cris de terreur des enfants à l'intérieur du village. Ses mains se mirent à trembler. De peur, de lassitude, d'écœurement.

Heureusement, les Ngati Whatuas commençaient à

se replier. Les défenseurs avaient réussi à repousser les assaillants hors des murs fortifiés. Des femmes s'étaient mêlées à eux, armées de bâtons, de poignards, d'objets indéfinissables. Elles n'étaient pas les moins déchaînées.

— Tire ! lui ordonna sèchement Kaharinga.

Cécilia saisit le mousquet qu'il lui tendait et tira. Mais la balle se perdit sans atteindre de cible.

— Je suis désolée, gémit-elle.

Kaharinga la releva.

— Les femmes ne sont pas faites pour la guerre, dit-il.

Cécilia regarda les Maories qui combattaient aux côtés des guerriers.

— Et elles ?

— C'est différent. On a attaqué leur *pa*. Elles ne font que le défendre.

Elle frissonna. Pourquoi fallait-il que le monde fût si impitoyable ? Ses doigts la faisaient souffrir à force d'appuyer sur la gâchette. La fumée lui brûlait les yeux.

Ils remontèrent en direction du village. Les Ngati Whatuas s'étaient enfuis, abandonnant plusieurs dizaines des leurs sur le champ de bataille. Cécilia et ses compagnons furent accueillis avec de grands cris de joie. La plus grande confusion régnait sur les lieux. Le sol était couvert de corps de blessés, d'agonisants, de cadavres mutilés. Des hommes geignaient, amis comme ennemis. Avec horreur, Cécilia vit que l'on achevait les assaillants gravement touchés d'un vigoureux coup de massue sur la tête. Les autres étaient relevés sans ménagement et menés vers l'intérieur du village, solidement entravés. Elle posa sa main sur le bras de Kaharinga.

— Qu'allez-vous faire d'eux ? Les manger ?

Kaharinga, qui conservait son calme malgré la folie ambiante, répondit :

— Tu sais bien que nous ne sommes plus cannibales depuis que nous sommes convertis au christianisme. Mais ceux-là vont devenir nos esclaves.

On pénétra dans le village, entouré par une foule épuisée et hagarde. On avait l'impression de s'éveiller d'un terrible cauchemar. Les valides soutenaient les blessés, consolaient les mourants. Des femmes apportaient de l'eau, des potions.

Cécilia avait encore en main le mousquet avec lequel elle avait tiré sa dernière balle. Le cœur broyé par l'angoisse, elle se mit à marcher sans but, aidant quelques personnes, au hasard. Aucun endroit du village n'avait été épargné par les combats. Des vieillards, des femmes, des enfants même avaient été blessés ou tués. Une nausée la saisit, qu'elle contrôla avec peine.

Sans y penser, ses pas la menèrent vers le *whare* de Kaharinga. Elle entra. Et se mit à hurler. Ti-Ara et Maeva gisaient dans une mare de sang. La jeune femme tenait encore en main un poignard avec lequel elle avait tenté de défendre sa fille. Hélas ! son courage s'était révélé inutile devant la sauvagerie de son agresseur. En tremblant, Cécilia s'avança, espérant contre toute attente qu'elles n'étaient que blessées. Mais la mort avait déjà fait son œuvre.

Soudain, un bruit attira son attention. Elle se retourna d'un bloc et poussa un cri de terreur. Un Ngati

Whatua armé d'un casse-tête et d'un poignard surgit du fond de la maison, où il s'était dissimulé. Sans doute savait-il qu'il s'agissait de la demeure de Kaharinga, qu'il voulait tuer par surprise. Un horrible rictus déforma son visage tatoué lorsqu'il se rendit compte qu'il avait affaire à une femme. Il poussa un épouvantable rugissement et tira la langue en signe de défi. Cécilia, partagée entre la peur et une fureur noire, pointa le mousquet sur lui. Le guerrier s'arrêta. Mais elle se souvint au dernier moment qu'il n'était pas chargé. Son hésitation n'échappa pas au scélérat, qui émit un cri de triomphe anticipé et se rua sur la jeune femme. Celle-ci, mue par l'instinct de survie, esquiva l'attaque. Le guerrier, surpris, buta contre les corps de ses victimes et s'écroula sur le sol. Saisissant aussitôt le fusil par le canon, Cécilia l'abattit de toutes ses forces sur le crâne de l'ennemi. Il y eut un craquement sinistre. Le Maori, sonné, retomba sur le sol, s'ébroua. Du sang perlait à travers ses plumes en bataille. Il tenta de se relever. Prise d'une rage meurtrière, Cécilia lui assena un deuxième coup, puis un autre, et un autre encore. L'homme s'effondra, le visage ruisselant d'écarlate. A demi folle, Cécilia ne s'arrêta de frapper que lorsqu'elle fut sûre qu'il ne bougeait plus. Elle ne s'aperçut pas qu'elle tremblait comme une feuille. Elle contempla le cadavre, l'œil hagard. L'homme n'avait plus figure humaine. Des gens entrèrent dans le *whare*, des bras l'entourèrent. Elle ne pouvait détacher ses yeux de son ennemi, effrayée par la violence inouïe qui s'était exprimée en elle. Bien sûr, le Ngati Whatua n'avait eu que ce qu'il méritait, mais elle avait l'impression d'être plongée en plein cauchemar. Un cauchemar qui avait commencé avec le massacre de Matawaia et se poursuivait. Elle allait se réveiller, retrouver sa maison...

Elle prit soudain conscience que Kaharinga était là, lui aussi, prostré sur les corps sans vie de Ti-Ara et de sa fille. Bouleversée, elle s'approcha de lui.

— Je suis arrivée trop tard, murmura-t-elle.

Kaharinga se releva. Son visage reflétait une immense douleur et une colère intense. Il cracha sur le cadavre du Ngati Whatua.

— J'aurais aimé abattre ce lâche moi-même, gronda-t-il.

Puis il quitta brusquement les lieux. Cécilia eut l'impression qu'il lui en voulait d'avoir tué l'ennemi à sa place. L'esprit vide, elle sortit à son tour de la maison, inconsciente des larmes qui ruisselaient sur ses joues.

Si l'ennemi avait laissé un bon nombre de cadavres sur le champ de bataille, les Nga Puhis avaient, eux aussi, subi de lourdes pertes. Outre Ti-Ara et Maeva, près de trente personnes avaient péri, dont Wakatanga. Malgré son grand âge, le vieux chef avait voulu combattre. Il n'avait même pas eu l'occasion de livrer bataille. Une balle l'avait frappé en plein cœur dès les premiers instants, ce qui expliquait pourquoi les assaillants avaient réussi à pénétrer dans l'enceinte. Les occupants avaient été démoralisés par la mort de leur chef.

Cécilia errait dans le village, aidant les uns et les autres à soigner les blessures, à nettoyer les traces des combats. L'odeur de sang et de poudre qui flottait encore dans l'air l'écœurait. Et surtout, elle ne parvenait pas à chasser l'image de la barbarie qui s'était emparée d'elle quand elle avait tué le Maori. Mais aurait-elle pu agir autrement ? Si elle ne s'était pas défendue avec une telle hargne, il l'aurait tuée, elle aussi. Un frisson d'angoisse rétrospective lui parcourat le dos. Elle avait voulu venger Ti-Ara et Maeva. A présent, cette vengeance lui laissait un goût de cendre. La mort de l'ennemi ne leur avait pas rendu la vie.

Les corps des morts avaient été placés dans de grandes nattes de *flax* et oints d'huile sacrée. Puis on les avait exposés sur le *marae*, la cour située devant le *whare waikaro*, la maison commune. Chaque famille demeurait près des défunts. Selon la croyance maorie, l'âme ne quittait le corps que lorsque celui-ci avait été enterré. Elle restait alors pendant deux années parmi les membres de la tribu et se manifestait parfois par des bruits dans les maisons ou les champs. De nouvelles funérailles avaient lieu au bout de deux ans. On déterrait alors les ossements des défunts, on les nettoyait, puis on les remettait en terre. L'âme enfin libérée pouvait alors rejoindre le nord de l'île et glissait dans l'océan en empruntant le vieux *pohutukawa* sacré qui poussait à l'extrême pointe septentrionale d'Aotearoa. De là, elle gagnait ensuite Hawaiiki, l'île des ancêtres.

Cécilia aurait volontiers accepté de veiller les corps

de Ti-Ara et de Maeva. Mais elle n'était pas de leur famille. Elle redoutait de transgresser un *tapu* et préféra s'abstenir. Pour s'occuper, elle entreprit de mettre un peu d'ordre dans le *whare* de Kaharinga, et surtout de laver les traces de sang sur le sol de bois.

A la nuit tombante, Kaharinga n'était toujours pas revenu. Elle se dit que, comme les autres, il allait rester près des victimes toute la nuit. Mais la vieille Marevaora, qui vint la rejoindre, lui apprit que les anciens tenaient conseil dans le *marae*.

— Tu peux dormir ici, si tu le souhaites, dit-elle.

Cécilia acquiesça. Elle se lova sur une natte dans un coin, presque à l'entrée. Cependant, elle ne put fermer l'œil de la nuit. L'atmosphère de violence qui régnait encore sur les lieux la tenait éveillée. Le souvenir des atrocités dont elle avait été le témoin et l'acteur dans la journée la hantait.

Au matin enfin, Kaharinga réapparut. Ses traits étaient tirés et n'avaient rien perdu de leur dureté.

— J'ai été élu chef de la tribu à la place de mon père, dit-il seulement.

Bien sûr, c'était logique. Il avait prouvé sa valeur de guerrier et les anciens avaient reconnu sa sagesse et ses connaissances.

Il resta un long moment silencieux, assis en tailleur sur le pas de la porte, contemplant sans les voir les silhouettes qui erraient dans le village, sous la pluie fine qui s'était mise à tomber à l'aube, comme si les dieux avaient voulu laver le sang répandu la veille. Cécilia s'assit près de lui, mais respecta son mutisme.

— Nous allons quitter Kaikohe, déclara-t-il tout à coup.

— Pourquoi ? s'inquiéta-t-elle. Vous avez vaincu les Ngati Whatuas.

— Nous les avons vaincus, cette fois. Mais ils vont revenir encore plus nombreux et nous ne sommes pas assez puissants pour leur résister. Je ne veux pas courir le risque de voir ma tribu anéantie ou réduite en esclavage.

— Où irez-vous ?

— Nous possédons un autre *pa* plus au nord. Il se nomme Kaingaroa. Nous y serons en sécurité. Jamais les Ngati Whatuas ne viendront jusque-là. Nous serons près des territoires de notre allié et ami Hone Heke. Nous partirons dès demain. J'ai donné des ordres en conséquence. Nous offrirons des funérailles à nos morts une fois sur place.

Cécilia hocha la tête.

— Et toi, que vas-tu faire à présent ? demanda Kaharinga.

— Je ne sais pas. Il ne me reste que mon cheval et un peu d'argent à la banque de Kororareka. Je n'ai plus aucune famille.

— Je suis désolé. Nous n'avons pas su vous défendre, toi et les tiens, alors que vous viviez sur nos terres.

— Tu n'y es pour rien.

— Vas-tu retourner parmi les *pakehas* ?

Elle haussa les épaules.

— Je n'en ai pas très envie. A Kororareka, certains n'appréciaient pas qu'une femme soit à la tête d'un domaine aussi vaste. Je ne veux pas me retrouver face à ces hypocrites, qui m'adresseront des paroles de compassion dont ils ne penseront pas un traître mot, et qui se réjouiront par-derrière de ma déchéance.

Kaharinga laissa passer un silence, puis déclara :

— J'y ai réfléchi et j'en ai parlé au conseil. Si tu l'acceptes, tu peux vivre parmi nous. Tu seras accueillie comme une amie. Les anciens sont d'accord. Tu as combattu à nos côtés et c'est grâce à toi, aux fusils que tu as achetés à Auckland, que nous avons pu triompher des Ngati Whatuas.

Le cœur de Cécilia se mit à battre plus vite. Rester avec les Nga Puhis, cela voulait dire demeurer près de lui.

— Mais que ferais-je parmi vous ?

— Tu peux nous apporter beaucoup. Par exemple, tu pourrais enseigner l'anglais et bien d'autres choses à nos enfants, et même aux adultes qui le souhaiteront.

— Devenir... institutrice, en quelque sorte.

Elle sut immédiatement qu'elle allait accepter. Bien sûr, elle serait près de lui. Mais il y avait autre chose. Elle n'avait pas envie de retourner parmi les Européens, où elle ne serait plus qu'une femme ruinée, à la merci d'hommes malintentionnés. La perspective d'enseigner la séduisait. D'autant plus qu'elle avait beaucoup de choses à apprendre elle-même sur les Maoris.

— C'est d'accord, Kaharinga. Je reste avec vous.

26

On se relaya pour veiller les morts toute la journée et la nuit qui suivit. Les autres préparaient le départ avec fébrilité. Kaharinga avait donné l'ordre de ne pas traîner. Bien que ceux-ci eussent subi des pertes sévères, il redoutait une nouvelle attaque des Ngati Whatuas. Leur chef, qui s'était lui-même baptisé Te Tangata Nui – « l'homme grand » –, était un être vindicatif et mauvais, animé par une haine farouche. On racontait qu'il lui était arrivé d'arracher le cœur d'un ennemi encore vivant pour le manger dégoulinant de sang sous le regard des proches de sa victime.

Désœuvrée puisqu'elle n'avait pas de famille parmi les Maoris, Cécilia avait proposé de veiller Ti-Ara et sa fille pendant une bonne partie de la journée, à la place de Kaharinga, très occupé. Il avait accepté avec reconnaissance et lui avait enseigné comment respecter les rituels sacrés. Son attitude fut très appréciée par les autres familles. Une femme vint lui porter un peu de nourriture à laquelle elle toucha à peine. Elle ne cessait de songer à Hippolyte. Elle n'osait imaginer le pire. Elle espérait qu'il avait été enlevé et recueilli par une femme attentionnée de l'autre tribu. Mais au fond, elle ne se faisait guère d'illusions. L'homme qu'elle avait tué n'avait eu aucune pitié pour la petite Maeva. A plusieurs reprises, devant le corps de la petite fille et de sa mère, elle dut retenir ses larmes. Malgré le lien puissant qui l'enchaînait à Kaharinga, elle n'avait jamais considéré Ti-Ara comme une rivale. Elle n'oublierait pas la jeune mère aux yeux rieurs et à la beauté rayonnante qui avait nourri Hippolyte de son lait. Ti-Ara l'avait également aidée, à peine quelques jours auparavant, à guérir de la fièvre qui l'avait prise après la perte de son enfant. Elle avait l'impression d'avoir perdu une sœur, une amie avec qui elle avait partagé des moments intenses.

Le soir venu, elle se demanda pourquoi Kaharinga ne l'avait pas rejointe. Inquiète, elle quitta le *marae* après s'être soigneusement lavé les mains, ainsi que l'exigeait le rituel. Elle se rendit à sa demeure, mais il était absent. Elle se renseigna auprès d'un guerrier qu'elle connaissait pour lui avoir enseigné le maniement du mousquet.

— Il est parti dans l'après-midi avec six hommes, répondit-il.

— Sais-tu où il est allé ?

— Non. Kaharinga est le chef. Il fait ce qu'il veut.

Une angoisse soudaine envahit Cécilia. Le matin même, Kaharinga avait veillé les morts avec elle. Il n'avait presque pas parlé. Elle avait parfaitement senti la haine vibrer en lui. Il n'avait pu tuer l'assassin de sa femme et de sa fille lui-même, et il ne s'était pas acquitté de sa vengeance. A plusieurs reprises, elle l'avait vu faire le signe de la croix et fermer les yeux pour prier. Elle avait immédiatement deviné le dilemme qui le taraudait. D'un côté, sa foi chrétienne lui ordonnait de pardonner à ses ennemis. De l'autre, le sang des victimes criait vengeance. Elle se doutait de l'endroit où il était allé. A Matawaia devaient encore rôder quelques ennemis. Ceux-là paieraient pour le meurtrier de son épouse.

Elle ne dormit guère la nuit suivante. Incapable de fermer l'œil, elle s'enveloppa dans une couverture en peau de chien et s'installa près de la porte d'entrée du *pa*, en compagnie des sentinelles. Elle en voulait à Kaharinga. Avait-il besoin de courir de tels risques ? Que deviendrait la tribu s'il se faisait tuer à son tour ?

Le lendemain matin, alors que l'aube teintait le ciel de rose et d'argent à l'est, il réapparut, accompagné de ses guerriers. Tous avaient les bras chargés de ballots. Mais ils n'étaient pas seuls. Stupéfaite, Cécilia vit qu'ils ramenaient quelques brebis et un bélier. Kaharinga vint à elle et ordonna à ses hommes de lui donner les lourds paquets. Cécilia les ouvrit. Il y avait là des vêtements qui lui appartenaient, des pièces de tissu, de la vaisselle, des outils, des livres. Il avait récupéré dans la maison tout ce qui pouvait lui servir, afin qu'elle ne soit pas démunie.

Soudain, un couinement attira son attention. L'un des Maoris fit basculer une natte qu'il portait sur le dos et la jeune femme en vit sortir deux tout jeunes chiots.

— Nous n'avons pu sauver que ceux-là, expliqua Kaharinga. Ils sont vigoureux, même s'ils ont faim. Les autres étaient déjà mourants.

Il lui montra le petit troupeau, qui comptait une douzaine de bêtes.

— Les Ngati Whatuas n'ont pas pu les capturer tous. Ils étaient revenus les chercher.

Il tapota sa hache de néphrite sur laquelle séchait un sang noir.

— Ceux-là ne feront plus jamais de mal.

Cécilia pâlit. Il avait mené cette expédition pour elle. Il aurait pu y laisser la vie. Mais comment le réprimander après une attention aussi délicate ? Il ajouta :

— C'est mon cadeau de bienvenue pour notre nouvelle institutrice.

Elle le regarda avec des yeux brillants. Il semblait si heureux de son exploit... Autour d'elle, des gens se rassemblaient peu à peu. On avait entendu parler de sa décision de s'installer parmi eux. Des mains se posèrent sur ses bras, des visages tatoués lui sourirent.

— *Haere mai ! Haere mai !* Bienvenue ! lui soufflait-on.

Elle avait envie de se jeter dans les bras de Kaharinga, mais elle se retint.

— Merci, souffla-t-elle, vivement émue.

Soudain, les traits de la jeune femme s'assombrirent. Elle songea à ceux qui avaient été tués là-bas. Aucun n'avait eu de sépulture. Kaharinga comprit aussitôt la raison de son bouleversement.

— J'étais aussi allé là-bas pour ramener les corps des tiens, ajouta-t-il. Mais quelqu'un les avait déjà enterrés à l'ombre du *kauri*, près de tes parents.

— Enterrés ? Ce n'est pas possible. Ce ne sont pas les Ngati Whatuas qui ont pu faire ça !

— Non, bien sûr. Je pense que des soldats sont venus. Mais ils étaient déjà repartis lorsque je suis arrivé. Peut-être Tangata Nui leur a-t-il donné l'autorisation de procéder à leurs funérailles. Cela lui aura donné l'occasion de montrer sa puissance et sa mansuétude. C'est un chien orgueilleux.

— Et je n'étais pas là, gémit Cécilia.

— C'est mieux ainsi. Les Ngati Whatuas t'auraient tuée.

Le lendemain, la tribu quitta Kaikohe en direction du nord-ouest. Les *whares*, vidés de leur contenu, furent abandonnés, mais on avait prélevé les *tikis*, les statues à forme humaine qui les protégeaient. Elles seraient installées dans le nouveau village.

Cécilia avait chargé ses maigres possessions sur Aideen, temporairement transformée en cheval de bât, ce qui ne lui convenait pas trop. Le reste était transporté à dos d'homme ou sur des brancards tirés par des chiens.

Il fallut près de deux jours à la tribu pour gagner Kaingaroa. En langage maori, son nom voulait dire « village long ». Et effectivement, c'était un ensemble de maisons installées sur la crête toute en longueur d'une colline magnifique, qui dominait la baie de Rangaunu. On y jouissait d'une vue imprenable sur la presqu'île de Karikari et la pointe septentrionale de l'île, qui s'achevait bien plus loin avec le cap Reinga et le cap Nord.

Cécilia se rendit compte que les maisons étaient en bon état, même si certaines avaient souffert des tempêtes hivernales. Quelques membres de la tribu y vivaient en permanence.

— Nous devrons construire de nouveaux *whares*,

déclara Kaharinga lorsqu'ils furent arrivés. Pour l'instant, nous allons nous répartir dans ceux qui existent déjà.

La première tâche fut l'organisation des funérailles de Wakatanga et de tous ceux qui avaient péri. Les nattes furent de nouveau exposées sur le *marae* de Kaingaroa et, malgré la fatigue du voyage, les familles se relayèrent une nouvelle fois pour veiller. Cette coutume qui voulait que le corps d'un défunt ne soit jamais laissé seul avant d'être enterré ne laissait pas d'étonner Cécilia. D'autant plus que les veilleurs ne cessaient d'adresser des paroles de réconfort à la dépouille, parfois de véritables discours, quelquefois des chants. Elle en demanda la raison à Kaharinga.

— Nous croyons que l'âme ne quitte pas le corps, le *tupapaku*, tant qu'il n'est pas enterré, répondit-il. Aussi nous restons près de lui jusqu'à la mise en terre.

Autour des défunts, des jeunes filles agitaient des branches chargées de feuilles vertes, qui symbolisaient le deuil. C'était le *tangi*, le service funéraire. Après la nuit de veille, les corps furent portés dans un autre endroit situé derrière le *whare waikaro* de Kaingaroa. L'*urupa*, le cimetière du village, était un lieu particulièrement *tapu*.

Parce qu'elle faisait désormais partie de la tribu, Cécilia fut admise à y pénétrer. Pendant la nuit, des trous avaient été creusés par les hommes pour accueillir les trente victimes, parmi lesquelles figuraient une dizaine d'enfants. Cécilia ressentit la douleur éprouvée par Kaharinga.

Cependant, elle ne pouvait s'empêcher de penser que

tous deux étaient libres à présent. Cette idée lui faisait horreur, car leurs compagnons respectifs venaient à peine de mourir, mais elle revenait régulièrement la hanter. Elle n'ignorait pas que, de son côté, Kaharinga éprouvait toujours de l'amour pour elle. Elle l'avait lu dans son regard lorsqu'il lui avait porté secours quelques jours plus tôt, et cela s'était confirmé au cours du voyage qui les avait menés à Auckland.

Alors, qu'allait-il se passer ?

Dès le soir de leur installation à Kaingaroa, Cécilia se vit attribuer une petite maison située non loin du *marae*. On y jouissait d'une très belle vue sur la baie, au-delà des palissades aux pieux pointus. Malgré sa fatigue, elle entreprit de faire un sérieux ménage afin de chasser les insectes, oiseaux et rongeurs qui avaient élu domicile dans la demeure. Puis elle mit en place le peu de choses qu'elle possédait désormais.

Le lendemain, Kaharinga vint lui porter un grand coffre de bois.

— Ouvre ! dit-il, amusé par son étonnement.

Elle s'exécuta et découvrit à l'intérieur un amoncellement de livres. Il y avait là des romans, des recueils de poèmes, et... des manuels d'apprentissage de lecture, d'écriture et de calcul.

— D'où tiens-tu tout cela ? demanda-t-elle.

— La plupart m'ont été fournis par mon ami Paul Selwyn, l'évêque de Kororareka. J'ai acheté les autres. Surtout des romans. Paul n'apprécie pas toujours ce que je lis. Il aimerait que je me contente des auteurs de l'Eglise, particulièrement de saint Augustin.

Cécilia comprenait mieux d'où venait sa grande culture. Elle aperçut quelques noms : Jane Austen, Thomas Chatterton, Robert Burns. Et même la *Vie et Etranges Aventures de Robinson Crusoe*, de Daniel Defoe. Elle faillit éclater de rire.

— Tu as lu ça ?

— Bien sûr ! Et cela m'a beaucoup amusé. On y apprend nombre de choses sur la manière dont les Anglais voient les « sauvages ».

— Ce livre a été écrit il y a un siècle. Les choses ont changé depuis.

Kaharinga eut une moue dubitative.

— Je n'en suis pas certain. Je me suis toujours demandé si les Anglais n'avaient pas fourni des mousquets aux Maoris dans l'espoir qu'ils s'entretuent jusqu'au dernier.

Cécilia haussa les épaules.

— Certains ont probablement raisonné de cette manière. Mais d'autres vous ont envoyé des missionnaires pour vous apprendre à vivre en paix.

Ainsi commença la nouvelle vie de Cécilia. Si ses activités lui posèrent quelques difficultés au début, elle ne fut pas longue à trouver ses repères. Si la raison de son installation parmi les Maoris était motivée par la présence de Kaharinga, elle s'attacha très vite aux enfants qui avaient pris l'habitude de fréquenter son école. Le jeune chef n'avait rien voulu imposer. Les parents restaient libres de présenter leurs fils – et aussi leurs filles, car Cécilia estimait que tout le monde devait avoir le droit d'apprendre l'anglais, les femmes comme les hommes.

S'inspirant des manuels à sa disposition, elle avait élaboré une méthode personnelle qui reposait sur l'utilisation exclusive de l'anglais, sans passer par la traduction maorie. Ainsi, les enfants étaient contraints de faire l'effort d'enregistrer chaque mot. Et tous prenaient beaucoup de plaisir à suivre le *kaiako*, le « professeur » Cécilia qui parcourait le village en leur désignant différents objets et en les obligeant à former des phrases. Mais leur prononciation des mots n'était pas toujours adéquate. Ainsi, le mot bateau (*boat*) était immédiatement déformé en *poti*. Janvier (*january*) devenait *haanuere*, septembre, *hepetema*, des souliers (*shoes*), *huu*, la semaine (*week*) *wiki*. Les efforts des gamins faisaient rire Cécilia et l'enseignement se déroulait dans une atmosphère très détendue. La jeune femme aimait son nouveau métier.

Deux mois après l'installation de la tribu à Kaingaroa, Hone Heke, ami et allié de Kaharinga, lui rendit visite. Il était accompagné d'un vieux chef que Cécilia avait déjà eu l'occasion de rencontrer, Te Ruki Kawiti. Après les festivités données en l'honneur des visiteurs, de longues discussions réunirent les trois hommes avec les anciens.

Hone Heke faisait penser à un taureau sur le point de charger. Il possédait une grande force physique et un caractère prompt à s'enflammer. Cécilia savait qu'il avait proposé à Kaharinga de s'allier à lui pour reprendre Matawaia. Mais Kaharinga avait temporisé, s'appuyant sur son appartenance à la religion chrétienne, qui imposait de pardonner à ses ennemis. Cécilia savait que le choix de ne pas riposter par une nouvelle guerre avait constitué une décision difficile à prendre pour lui, car il ne pouvait oublier le sang versé par ses amis, et surtout la mort de sa femme et de sa fille. Mais Kaharinga ne croyait pas à la guerre. Il refusait de risquer la vie des membres de sa tribu dans des combats qui feraient de nouvelles victimes. Sur les quelques centaines de personnes que comptait le village, plus de trente avaient été tuées pendant la bataille de Kaikohe. Combien périraient dans une attaque au résultat plus qu'incertain sur des Ngati Whatuas forts d'une armée nombreuse ? Kaharinga avait su se contenter de l'expédition punitive justifiée par la récupération de quelques affaires pour elle. Hone Heke avait un peu de mal à comprendre une telle attitude mais, étant lui aussi converti au christianisme, il se rangea à ses arguments.

Te Ruki Kawiti, lui, avait d'autres sujets de mécontentement. Mais ses griefs étaient cette fois tournés vers les Blancs.

— Les *pakehas* ne respectent pas le traité de Waitangi, dit-il. Ils achètent nos terres pour les revendre ensuite beaucoup plus cher. Nous ne pouvons pas continuer ainsi.

Kaharinga connaissait déjà cette pratique. Mais comment empêcher les Blancs de se livrer à leurs viles spéculations sans provoquer un conflit avec les Anglais ?

Plus tard, il en parla à Cécilia.

— Je n'aime pas ce qui se passe en ce moment, avoua-t-il. Les colons sont de plus en plus nombreux. Les territoires sont achetés par des hommes qui ne viennent pas en Nouvelle-Zélande. Ils n'exploitent pas la terre eux-mêmes. Ils revendent très cher de petites parcelles à des colons dont le voyage a été payé.

— J'ai entendu parler de cela, confirma Cécilia. Il existe une compagnie qui pratique cette méthode.

— Les *pakehas* gagnent beaucoup d'argent sur le dos des Maoris, grommela Kaharinga. Mais il ne faut pas qu'ils nous prennent pour des idiots. La colère monte dans certaines tribus. Te Ruki Kawiti veut demander au gouverneur d'intervenir pour empêcher cette pratique.

Cécilia soupira.

— Je n'ai aucune confiance dans ce Robert Fitzroy. Je suis sûre qu'il a partie liée avec les spéculateurs. Souviens-toi de notre visite. Il ne fera rien pour empêcher de telles tractations.

— Je l'ai expliqué à nos alliés, répondit Kaharinga. Ils sont furieux. Je crains que tout cela ne finisse très mal. J'ai réussi à calmer Hone Heke, mais pour combien de temps ?

Cécilia aurait voulu ne pas accorder trop d'importance à ces honteuses malversations. Mais bientôt, elle fut touchée de plein fouet par ce trafic. Quelques jours après la visite de Hone Heke et de Te Ruki Kawiti, un éclaireur revint avec une nouvelle qui la plongea dans une colère noire.

— Quelqu'un a pris possession de Matawaia, Wahinehoi, dit le guerrier.

— Comment ça ? s'insurgea-t-elle.

— Les Ngati Whatuas ont revendu les terres à un *pakeha*.

— Sais-tu qui il est ?

— Oui. Son nom est Cyrus Plymouth.

27

Une colère froide tenait Cécilia, mêlée à une tristesse immense. La révélation du guerrier avait rouvert en elle des blessures qui avaient peine à cicatriser. Ses soupçons se confirmaient. Dès le départ, elle avait deviné juste : Cyrus Plymouth était bien responsable du malheur qui l'avait frappée. Il la haïssait parce qu'elle avait osé refuser ses propositions de mariage, parce qu'elle l'avait repoussé lorsqu'il avait tenté d'abuser d'elle. Et il s'était vengé de manière abominable. Il avait d'abord payé un homme de main pour égorger ses brebis dans le but de l'inciter à partir. Mais cela n'avait pas suffi. Il avait alors manipulé les Ngati Whatuas et les avait poussés à attaquer Matawaia. Mais il avait dû apprendre qu'elle ne figurait pas parmi les victimes, et qu'elle avait été recueillie par les Nga Puhis. Il avait alors lancé ses guerriers contre Kaikohe. Son but était de la faire disparaître, et de tuer Kaharinga qui avait pris sa défense. Ce scélérat était encore pire que les Ngati Whatuas, car il n'avait même pas le courage de se battre lui-même. Et à cause de la vanité imbécile de cet homme, tous les siens avaient été massacrés, et de nombreux Maoris avaient péri. A présent, il poussait l'ignominie jusqu'à racheter Matawaia. L'imaginer vivant dans les murs bâtis par son père lui était insupportable.

Ce chien avait détruit sa vie et celle de tous les siens pour satisfaire son orgueil. Mais elle ne pouvait espérer aucun secours de la justice. Il avait pris soin d'agir dans l'ombre. Qui croirait qu'il était derrière l'attaque de Matawaia ? Quand bien même elle aurait pu prouver qu'il existait un lien entre les Ngati Whatuas et lui, il ne se serait rien passé. Le gouverneur ne ferait rien pour l'aider puisqu'il était vendu à Plymouth.

Très vite, elle comprit que c'était à elle de rendre la justice. Elle devait tuer Cyrus Plymouth elle-même. Cependant, elle garda son projet secret, car elle se doutait bien que Kaharinga l'empêcherait d'agir. Il la connaissait trop et il sentait bien la haine qui vibrait en elle. Elle laissa donc passer quelques jours afin de lui laisser croire qu'elle n'était hantée par aucune idée de vengeance. Un matin, en compagnie d'une douzaine de jeunes hommes, il se rendit dans la baie pour pêcher. Cécilia décida de profiter de son absence. Prétextant une promenade à cheval, elle s'enfonça dans la forêt, puis quitta Kaingaroa en direction de Kaikohe, armée du fusil que son père lui avait offert, et que Kaharinga avait récupéré. Dans les fontes de sa selle reposaient ses deux pistolets, chargés.

Malgré les bourrasques violentes qui balayaient la forêt et les branches qui lui cinglaient le visage, il ne lui fallut qu'une journée pour rejoindre le *pa* abandonné.

Elle s'était attendue à ce que le village fût détruit. Mais apparemment, les Ngati Whatuas n'y étaient pas venus et les maisons étaient intactes. Elle s'approcha avec circonspection. Le village semblait totalement désert. En tremblant un peu, elle franchit les fossés et la haute clôture aux pieux acérés, la main crispée sur le fusil, prête à tirer à la moindre alerte. Lorsqu'elle eut la confirmation qu'il n'y avait personne, elle pénétra dans Kaikohe. L'absence des habitants y faisait régner une atmosphère étrange, accentuée par la nuit naissante. Elle avait l'impression que des silhouettes fantomatiques s'animaient à l'intérieur des *whares*, bizarrement éclairés par la lune fuyante. Mais peut-être n'étaient-ce que les ombres des grandes feuilles des fougères et des palmiers agitées par le vent. Leur bruissement faisait naître une rumeur étrange dans la pénombre. Des odeurs indéfinissables flottaient dans l'air du crépuscule. Sans même se poser la question, Cécilia gagna la maison de Kaharinga. Elle s'y sentirait plus en sécurité.

Elle évita d'allumer un feu pour ne pas attirer l'attention d'une éventuelle troupe de chasseurs maoris, mangea un morceau de poisson séché et un fruit, puis se coucha à même le sol, la main crispée sur son arme. Elle attendrait l'aube, puis gagnerait Matawaia. Là, elle se cacherait et attendrait. Elle guetterait Plymouth le temps qu'il faudrait, puis elle l'abattrait comme un chien enragé. Peut-être serait-elle tuée ensuite par ses hommes, mais elle devait à tout prix venger les siens. Et puis, que lui importait la vie à présent ? A cause de ce scélérat, elle n'avait plus rien.

Elle eut peine à trouver le sommeil. Plus tard dans la

nuit, le vent forcit et un ouragan d'une rare violence se déclencha. Le *whare* craquait de toutes parts, les murs semblaient plier sous l'effet des bourrasques. A plusieurs reprises, des cauchemars visitèrent Cécilia. Elle eut l'impression de voir surgir une horde de Ngati Whatuas. Mais ceux-ci s'estompaient dans le néant quand elle s'éveillait en sursaut, tous les sens aux aguets.

Parfois, tout au fond d'elle-même, une voix lui hurlait que son expédition n'avait aucun sens. En admettant même qu'elle réussît à tuer Plymouth, sa mort ne redonnerait pas vie aux siens. Quand de tels doutes l'assaillaient, elle se concentrait sur les visages de tous ceux qui avaient péri par sa faute. Elle ne pouvait oublier les corps gisant dans des mares de sang, le pauvre Philip frappé par traîtrise, le malheureux Korben sacrifiant sa vie pour la sauver. Elle revoyait aussi le visage du criminel, sa moue empreinte de cynisme, ses yeux glacés et impitoyables. Alors, la haine resurgissait comme un poison violent, la confortant dans sa décision de tuer. Ce chien devait payer ses crimes. Il le fallait...

Tout à coup, un bruit proche la fit sursauter. Elle s'assit sur sa natte inconfortable, le cœur battant la chamade. Elle scruta avidement la pénombre. Rien ne se produisit. Peut-être avait-elle rêvé. Par acquit de conscience, elle se leva et se risqua au-dehors. Un vent violent manqua de la faire tomber. Une pluie battante et tiède détrempa ses vêtements en quelques secondes, achevant de la réveiller. La tempête avait redoublé dans la nuit et faisait vibrer le *whare*. A la lueur des éclairs, la forêt tourmentée s'agitait sous les coups de boutoir de l'ouragan, les cimes des grands arbres se courbaient au loin. Attachée à un pieu, Aideen poussa un hennissement inquiet. Mal à l'aise, Cécilia revint à l'intérieur de la maison et se rassit. Elle crut que son cœur s'arrêtait de battre quand une voix grave se fit entendre près d'elle.

— Cécilia, que comptes-tu faire ?

Elle tourna le fusil en direction de l'intrus, mais ne tira pas. Elle avait reconnu la voix.

— Kaharinga ?

Elle distingua sa silhouette noire illuminée par moments par les éclairs.

— Mais... comment... ?

Elle crut discerner l'ombre d'un sourire dans ses paroles.

— J'avais deviné tes projets. Ce n'était pas difficile. Tout dans ton comportement de ces derniers jours disait que tu préparais ta vengeance.

— Et tu m'as suivie...

— Je t'ai fait croire que je partais pêcher. Je voulais t'empêcher de commettre une folie.

— Je dois le faire ! affirma-t-elle sur un ton péremptoire.

— Je sais ce que tu ressens, dit-il doucement. Mais tu n'as pas le droit de risquer ta vie dans une vengeance stérile.

— Stérile ? s'indigna-t-elle. Il est responsable de la mort de tous ceux que j'aimais ! Il mérite de mourir !

Un bref sanglot la secoua, qu'elle refoula avec fierté. Dans l'ombre, la silhouette noire se rapprocha.

Kaharinga la prit doucement par les épaules. Elle se laissa faire.

— Prends patience, Cécilia. Ceux qui provoquent le malheur doivent toujours s'attendre à payer un jour ou l'autre. Ainsi s'exprime la justice divine. Tu dois lui faire confiance.

Elle leva sur lui des yeux baignés de larmes.

— Tu sais bien que je ne crois plus à tout ça, Kaharinga.

— Alors, pense que tu n'es pas seule. Tous les tiens ne sont pas morts. Tu ignores ce qu'est devenu Hippolyte. Peut-être est-il encore vivant. Si tu meurs, que deviendra-t-il ?

— Mon frère est mort. Je le sais.

— Rien ne le prouve. Les Maoris adorent les enfants de *pakehas*. Il est très possible qu'il ait été emmené.

— Nous ne le retrouverons jamais.

— Il ne faut pas perdre espoir, Cécilia.

Il hésita, puis ajouta :

— Nous aussi, nous avons besoin de toi. La vie doit continuer. Je ne peux pas t'empêcher d'accomplir ta vengeance si tu le souhaites. Mais ce n'est pas la meilleure solution. Plymouth n'est certainement pas seul. Tu risques de tomber sur un groupe de Ngati Whatuas. Ils rôdent encore par là-bas. Que feras-tu lorsque tu auras tiré tes quelques munitions ? Ils te massacreront et tu ne pourras même pas te défendre. Crois-moi, il vaudrait mieux ne pas tomber entre leurs mains. Tu n'as aucune idée de ce qu'ils peuvent te faire.

L'inquiétude qu'elle décela dans sa voix la décontenança. A présent qu'il était là, elle n'avait plus vraiment envie de le quitter. Il lui prit les mains.

— Il y a autre chose. Je ne veux pas te perdre, Cécilia. Sans toi, ma vie n'aurait plus aucun sens.

Ses derniers mots firent naître au creux des reins de la jeune femme une chaleur équivoque. Il avait raison : son expédition n'avait pas vraiment de sens. Elle n'avait obéi qu'à une sordide pulsion de haine. Mais celle-ci s'estompa devant l'amour intense qu'elle sentait vibrer chez son compagnon. Peu à peu, le désir submergea le poison corrosif qui lui dévorait le cœur. Elle se rendit compte de la folie qui avait été la sienne. La mort de Plymouth ne redonnerait pas vie aux siens. Elle devait vivre, aimer, poursuivre leur œuvre, perpétuer leur sang.

Elle posa son fusil, noua ses mains autour de la nuque de Kaharinga, l'attira vers elle presque brutalement. Au cœur de la tempête de l'aube naissante, une fièvre incontrôlable s'empara d'eux. Ils avaient été depuis trop longtemps sevrés l'un de l'autre. Tous deux avaient aimé leur conjoint, mais cela n'avait rien à voir avec la passion qui les animait, une attirance absolue faite d'un goût irrépressible pour la peau de l'autre, pour son odeur, sa tendresse, un mélange de douceur et de violence qui les emporta sur une vague de désir intense, l'envie de se fondre l'un dans l'autre, de se posséder mutuellement, de se donner du plaisir jusqu'à l'évanouissement. L'épuisement qui broyait les membres de Cécilia accentua encore la jouissance qui mordait chaque partie de son corps, comme si elle s'était plongée dans une onde merveilleuse dont elle n'aurait plus jamais voulu sortir.

Leur union tumultueuse et sauvage dura longtemps, jusqu'à ce qu'un soleil triomphant eût chassé la tempête loin vers l'est. Engourdie de sommeil, la joue posée contre le torse de son amant, Cécilia était à présent baignée dans une torpeur bienheureuse. La tiédeur du matin inondait son corps nu collé contre celui de Kaharinga. Elle ouvrit les paupières. Son regard noir la contemplait avec une tendresse telle qu'elle en eut les larmes aux yeux.

Comment n'avait-elle pas pu se douter qu'il devinerait ses intentions ? Il la connaissait si bien. La complicité qui s'était nouée entre eux dès les premiers temps ne s'était jamais démentie. Et elle venait de trouver pour la deuxième fois un sublime accomplissement. Ils étaient faits l'un pour l'autre, au-delà même de leur parfaite entente charnelle.

— *Taku aroha ki a koe*, murmura-t-elle.

Il sourit et lui caressa doucement la joue.

— Moi aussi, je t'aime, répondit-il en anglais. Reviendras-tu avec moi à Kaingaroa ?

— Oui. Je te promets que je n'essaierai plus de me venger de Plymouth. La vie se chargera de lui faire payer ses crimes. Je voudrais... qu'on ne se quitte plus jamais.

Le regard de Kaharinga se fit plus intense.

— Je le veux aussi. Alors, accepterais-tu... de devenir mon épouse ? La femme d'un Maori ?

Pour toute réponse, elle l'attira de nouveau sur elle, lui mordit l'oreille, et souffla :

— Oui, je le veux.

Vers le milieu de la journée, ils prirent le chemin de retour. Cyrus Plymouth ignora qu'il avait peut-être échappé à la mort ce jour-là.

Quelques jours plus tard, la totalité de la tribu était rassemblée dans le *marae* pour le mariage du chef Kaharinga et de la belle *pakeha* Wahinehoi, qu'il était le seul à appeler par son nom européen. Si l'union fut célébrée selon le rituel maori, elle fut également consacrée par l'évêque Paul Selwyn, venu spécialement de Kororareka. Pour la circonstance, les chefs alliés, Hone Heke et Te Ruki Kawiti, s'étaient déplacés, apportant avec eux des cadeaux pour le jeune couple.

Neuf mois plus tard, peut-être à la suite de la nuit bouillonnante de Kaikohe, une petite fille naquit, que l'on appela Moana, car ses yeux étaient de la même couleur claire que ceux de sa mère, la couleur des eaux transparentes des rivages océaniques.

Kaingaroa, 1865

Une émotion intense envahit Laura. La date de naissance, fin 1843, correspondait à la sienne, mais le prénom n'était pas le même. Elle demanda au chef Mangamuka :

— Savez-vous ce qu'il est advenu de ce bébé ?

— Il a disparu deux ans plus tard, au moment des combats contre les Blancs, répondit le vieil homme.

— Comment ça ?

— C'était une époque de guerre. Wahinehoi a mis sa fille à l'abri à Auckland. Mais elle n'a jamais pu la reprendre.

Une angoisse soudaine broya le cœur de la jeune femme.

— Pourquoi ? Ma mère a-t-elle été... tuée ?

Il hésita longuement, sans regarder Laura dans les yeux. Enfin, il répondit :

— Nul ne le sait. La tribu qui occupe aujourd'hui Kaingaroa n'est pas celle de Wahinehoi. Nous nous sommes installés ici plus tard. Et seuls les plus vieux comme moi ont connu Kaharinga et son épouse blanche.

— Alors vous savez ce qu'ils sont devenus ! insista Laura.

Le vieil homme secoua brusquement la tête, comme si la question le gênait.

— Non, répondit-il sèchement. Ils ont disparu au moment de ce que les *pakehas* ont appelé la guerre du Mât.

28

Kaingaroa, 1845

Cela faisait à présent deux ans que Cécilia partageait la vie de la tribu de Kaharinga. La paix avait régné sur le petit village de Kaingaroa. Bien sûr, de temps à autre, une rumeur évoquait une guerre entre deux tribus lointaines, un conflit avec des colons, mais elle n'atteignait pas directement les Nga Puhis.

Malgré ses appréhensions du début, Cécilia s'était parfaitement adaptée à la vie au sein de la tribu. Avec le temps, elle avait renoncé à se venger de Cyrus Plymouth. Sa mort aurait risqué de rallumer le conflit entre la tribu de Kaharinga et les hordes de celui qui se faisait appeler avec complaisance Te Tangata Nui, « l'homme grand ». Or, les Ngati Whatuas restaient très puissants, malgré les querelles qui les avaient opposés à leurs alliés. Cécilia n'avait pas oublié, mais la haine s'était tue en elle. Elle avait désormais une magnifique raison de vivre. Sa fille était certainement le plus beau bébé que le monde ait jamais porté. Elle lui prenait beaucoup de temps et lui évitait de trop penser aux disparus.

Moana avait hérité les cheveux noirs de son père et les yeux turquoise de sa mère. C'était une enfant pleine de vie, au caractère heureux, qui posait sur le monde un regard de princesse. Elle accueillait avec un bonheur égal les hommages de ses admirateurs, et il ne faisait aucun doute dans son esprit que tous les membres de la tribu étaient ses sujets. Elle vouait une admiration sans faille à son père. Il suffisait qu'il parût pour qu'elle éclatât de rire et fît toutes sortes de mimiques pour attirer son attention. Kaharinga, d'ordinaire inflexible, se mettait à fondre dès que la petite fille lui parlait. Elle marcha de bonne heure, et les Nga Puhis riaient de la voir gambader dans le village, toisant chacun du haut de sa petite taille avec un regard sérieux et fier. Alors que les autres enfants n'avaient pas de vêtements, elle exigeait de porter des robes richement colorées, sans doute afin de faire valoir son rang.

Cécilia avait tenté de savoir ce qu'était devenu Hippolyte. Elle avait appris, grâce aux éclaireurs envoyés par Kaharinga, que l'on n'avait jamais retrouvé le corps du petit garçon. Depuis la terrible nuit du massacre, aucun contact n'avait pu être établi avec l'ennemi pour obtenir des renseignements. Elle ne voulait pas croire que les Ngati Whatuas aient été assez cruels pour le manger. Les Maoris, même des brutes comme ceux-là, ne dévoraient pas les enfants. Seuls quelques-uns étaient assez lâches pour les tuer au cours des batailles. En général, ils n'étaient pas aimés. Il était possible qu'Hippolyte ait été enlevé par un guerrier désirant recueillir un enfant blanc. Mais c'était un espoir ténu. Avec le temps, Cécilia avait fini par se faire à la terrible vérité : même si l'on n'avait pas retrouvé son corps, son frère avait probablement péri au cours de la bataille. Et son meurtrier avait sans doute fait disparaître le cadavre afin de ne pas s'attirer la colère des autres.

Si la naissance de sa fille avait quelque peu compensé la peine de la jeune femme, elle prenait aussi de plus en plus de plaisir à son métier d'enseignante. Elle avait su éveiller chez les enfants ainsi que chez nombre d'adultes un grand intérêt pour la langue anglaise. Le soir, elle réunissait autour d'elle les plus anciens et lisait à haute voix des poèmes de Chatterton, de Percy, de Robert Burns et de bien d'autres. A Auckland, elle avait réussi à se procurer quelques pièces de William Shakespeare. A la fin de l'année précédente, elle était parvenue à monter une petite troupe de théâtre qui avait joué des scènes de *Hamlet*. Le fantôme, incarné par Pemako, le *tohunga*, avait particulièrement impressionné les spectateurs.

Selon la croyance indigène, la première femme avait été modelée par le dieu Tane avec de la terre. A l'inverse, l'homme était une création spirituelle du dieu de la Guerre, Tû. Dans l'esprit maori, cela signifiait que l'homme était *tapu*, alors que la femme était *noa*, c'est-à-dire non sacrée. Dans les faits, cela se traduisait par une importante suprématie masculine. Le rôle des femmes se limitait aux travaux domestiques : élever les enfants, préparer la nourriture, fabriquer des vêtements à partir du *flax*. Seules les plus âgées avaient parfois accès aux délibérations des anciens. Les hommes pêchaient, chassaient, abattaient les arbres à partir desquels on construisait les bâtiments.

Cependant, Cécilia occupait une place à part au sein de la tribu, qui n'était pas seulement due à son statut d'épouse du chef. Parce qu'elle avait apporté des choses bénéfiques, elle était considérée comme une femme emplie de sagesse, et elle avait droit naturellement au titre de *rangatira*, c'est-à-dire noble. Elle bénéficiait de toute sa liberté. Kaharinga savait que cette condition était essentielle s'il voulait qu'elle restât avec lui. Si elle respectait les *tapus* de la tribu, elle ne souffrait d'aucune contrainte en dehors de cela.

Elle partageait son temps entre sa fille, ses cours et son troupeau, reconstitué à partir de son petit cheptel de départ. Un vieux *tutua* veillait sur les bêtes, assisté par les enfants de la tribu.

Au sein de la tribu, Cécilia avait découvert une vie proche de la nature qui lui convenait parfaitement. A l'inverse des demeures des colons, repliées sur leurs odeurs de cire et de moisi, les *whares* n'étaient pas refermés sur eux-mêmes. Construits sur pilotis pour éviter les insectes, ils laissaient entrer le vent, la lumière, les parfums de l'extérieur. Au début, cette communion étroite avec la nature l'avait gênée. Puis elle s'était laissé pénétrer par l'atmosphère subtile qui régnait dans le village, les bruissements du vent, les appels des animaux, les cris des oiseaux, les jeux des enfants. Les odeurs des plantes, de la cuisson des aliments flottaient dans l'air, constituant une symphonie omniprésente et familière. L'amour sans faille qu'elle portait à Kaharinga contribuait sans doute à conférer à sa vie une atmosphère de magie. Cécilia se sentait parfaitement heureuse. Avec le temps, elle avait réussi à oublier ses cauchemars et n'aspirait plus qu'à une chose : vivre en paix au sein de la tribu. Celle-ci constituait comme un cocon au sein duquel elle se sentait en sécurité. Les autres membres de la tribu n'étaient pas des étrangers, comme c'était le cas des Européens qui ne faisaient pas partie de sa famille. Elle prenait peu à peu conscience de la signification de la notion de tribu. Chaque membre était indissociablement lié aux autres et cela engendrait un phénomène de solidarité que l'on ne rencontrait pas chez les Blancs, toujours prompts à se nuire. Au contraire, si un membre de la tribu connaissait des difficultés, les autres lui venaient immédiatement en aide.

Quand elle n'avait pas à se rendre à Kororareka, Cécilia adoptait les vêtements maoris, un pagne et une chemise de lin légère. Cela lui avait permis de se débarrasser du corset qu'elle détestait. Lorsque le temps refroidissait, elle y ajoutait un manteau en peau de chien orné de bordures colorées. De même, elle allait pieds nus, portant sa fille sur son dos dans une couverture habilement nouée. N'eussent été ses longs cheveux blonds, on eût pu la prendre pour une véritable Maorie. Sa peau avait bruni, accentuant le contraste avec ses yeux d'eau claire. La vieille Marevaora lui avait enseigné l'art du *taniko*, qui consistait à orner les bordures des vêtements de tresses de couleur. C'était là l'une des tâches principales des femmes de haut rang.

Sa présence avait modifié plusieurs aspects de la vie de la tribu, notamment au niveau de la nourriture. Ayant autrefois passé, par curiosité, de nombreuses heures en compagnie du cuisinier Philibert, elle avait retenu plusieurs recettes. Les Maoris se nourrissaient essentiellement de *kumara*, la patate douce, de fruits et de viande de porc, de poulet, de rat et de chien. On faisait cuire la nourriture dans des fours ronds creusés dans la terre, dans lesquels on plaçait de grosses pierres brûlantes. Cécilia s'était construit un four de brique où elle faisait cuire des plats typiquement français, qui étaient hautement appréciés par les membres de la tribu. Elle avait également enseigné aux femmes l'art de faire cuire le pain à partir de la farine de blé.

Parmi les changements apportés par Cécilia figurait le développement de l'agriculture. Elle avait expliqué à son mari que la tribu devait engranger des provisions afin de se prémunir contre d'éventuelles mauvaises saisons. Les champs de blé, d'orge et de patate douce furent agrandis par l'abattage de parcelles forestières. On compléta les cultures traditionnelles de *kumara* par des plants de tomates, de courges, de choux et de haricots de toutes sortes. Avec elle, les Maoris avaient découvert une cuisine dont ils ignoraient tout, mais qu'ils ne furent pas longs à apprécier. Elle s'était procuré diverses épices dont elle assaisonnait les plats.

On construisit de nouveaux *patakas*, des entrepôts sur pilotis destinés à emmagasiner les récoltes. Celles-ci pouvaient aussi servir de monnaie d'échange avec les autres tribus. En à peine deux années, les guerriers maoris de Kaharinga se transformèrent en de paisibles éleveurs et cultivateurs. Après la dernière bataille, chacun aspirait à la paix, et le déplacement de la tribu à Kaingaroa avait apporté cette paix. On avait pu panser les blessures de la terrible bataille de Kaikohe.

Autre révolution, Cécilia avait combattu l'abattage des chiens. Les Maoris les considéraient comme du bétail, au même titre que les cochons ou les rats dont ils se nourrissaient habituellement. Les deux chiens de berger sauvés par Kaharinga ainsi que tous leurs petits avaient échappé à cette pratique. Quelques membres de la tribu les considéraient parfois avec un regard d'envie, mais il était hors de question de contrarier l'épouse du chef. Peu à peu, elle incitait les Maoris à les remplacer par des moutons, dont la chair était bien plus savoureuse. A force de patience, elle avait converti une bonne partie de la tribu.

Bien sûr, ces bouleversements dans les habitudes ancestrales avaient provoqué quelques réticences de la part de certains anciens, mais personne n'osait aller contre sa volonté. Cécilia possédait une autorité naturelle contre laquelle il était difficile de lutter.

Kaharinga écoutait volontiers les conseils et les suggestions de sa femme. Lui-même était persuadé que les Maoris devaient abandonner leurs coutumes guerrières, sous peine de disparaître. Dans cet esprit, il continuait à prôner la religion chrétienne, plus pacifique que les croyances maories. Cependant, il agissait avec sagesse en conservant certains aspects des traditions tribales. Chaque homme, qu'il fût *rangatira* ou *tutua*, homme du peuple, restait parfaitement libre de choisir. Pour cette raison, il était très respecté des siens. Les anciens avaient reporté sur lui la confiance qu'ils avaient éprouvée pour son père.

Cécilia n'avait pas totalement rompu avec les *pakehas*. La laine récoltée était revendue à Kororareka, où elle se rendait régulièrement. Dans la petite ville, son mariage avec un chef maori n'avait guère été apprécié. Chaque fois qu'elle s'y rendait, elle ressentait une sourde hostilité. Passe encore qu'un homme blanc épouse une femme maorie. Mais l'inverse... Cécilia conservait un contact avec le remplaçant du banquier Honeywell, un nommé James Chamberlain. Ce dernier, fraîchement débarqué d'Angleterre avec des idées définitives, lui témoignait un mépris à peine déguisé. Cependant, son compte était régulièrement approvisionné car la laine se vendait toujours très bien, et il ne pouvait faire aucun reproche à sa cliente. Cécilia l'eût volontiers quitté s'il avait existé une autre banque, mais ce n'était pas le cas.

Elle ne se faisait aucune illusion : la réaction des Européens aurait été la même ailleurs. Elle ne prenait plus plaisir à leur compagnie. Sauf à celle de l'un d'entre eux.

L'évêque Paul Selwyn leur rendait régulièrement visite. Cécilia, malgré sa réticence vis-à-vis des hommes de religion, s'était prise de sympathie pour cet homme posé à l'esprit ouvert, qui savait se montrer curieux de la culture maorie et ne cherchait jamais à convertir à tout prix. Il croyait plus en la vertu de l'exemple. Cécilia aimait bavarder avec lui. Paul Selwyn avait, selon le désir de Kaharinga, baptisé la petite Moana.

Kaingaroa vivait ainsi dans une ambiance curieuse, où l'on célébrait de temps à autre le culte anglican, où hommes et femmes arboraient des croix à côté de leurs amulettes, leurs *hei-tikis* à forme humaine grimaçante.

Une chapelle avait été construite dans un coin du *marae*. Elle côtoyait, de manière insolite, les sculptures sacrées représentant les *atuas*, les divinités du panthéon maori. Les *tikis* qui les représentaient avaient souvent les yeux bridés, des mains en forme de serres et un bec qui les faisaient ressembler à des oiseaux monstrueux. Dans la croyance indigène, les dieux et les âmes des morts utilisaient les oiseaux comme monture.

De même, certains principes restaient ancrés dans l'esprit de la tribu, comme le *mana*, qui symbolisait l'autorité, la puissance spirituelle d'une personne, voire d'un objet. Les Maoris accordaient une très grande importance au *mana*, qui se renforçait avec l'expérience, ou bien à la suite d'un exploit. Ainsi, pour un guerrier, il était important de tuer beaucoup d'ennemis. Sa puissance s'en trouvait ainsi augmentée. En revanche, s'il était vaincu, son *mana* décroissait. Ce pouvoir s'étendait aux objets lui appartenant. Un homme du peuple n'avait pas le droit de toucher un objet appartenant à un *rangatira*, sous peine de le souiller. Il existait alors des rituels pour le purifier et lui rendre sa puissance. En fonction de ces règles, les relations entre les différents membres de la tribu obéissaient à un protocole bien précis.

Certains objets sacrés possédaient également leur propre *mana*. Le plus souvent, ils appartenaient à la tribu. Il s'agissait par exemple des objets sacrés employés par les prêtres. Eux seuls avaient le droit de les utiliser. Si une personne du peuple les touchait, ils perdaient leur pouvoir. Cécilia s'était bien gardée de les approcher. Dans certaines tribus, une femme qui aurait posé la main sur l'un d'eux aurait été mise à mort. Ce n'était pas le cas chez les Nga Puhis, mais Cécilia respectait leurs croyances. La religion chrétienne avait, elle aussi, ses objets sacrés.

Le *mauri*, la force vitale, complétait le *mana*. Sa disparition expliquait la mort. Cécilia apprit aussi toute l'importance revêtue par le *moko*, le tatouage. Pour les Maoris, il constituait le moyen d'affirmer son identité, de se différencier des autres. Il était inconcevable pour un membre de la tribu de ne pas porter de *moko*. Pemako, le *tohunga* qui le pratiquait, lui en avait expliqué la légende.

Elle commençait par une histoire d'amour entre un fier guerrier nommé Mataora et une jeune princesse du royaume souterrain, Niwareka. Malheureusement, un jour, Mataora se montra brutal avec Niwareka, et la battit. Furieuse, la princesse s'enfuit et retourna à Uetonga, le royaume de son père. Ce départ brisa le cœur de Mataora. Dévoré par le remords, il se lança sur ses traces. Mais il ne connaissait pas le chemin menant à Uetonga. Pour y parvenir, il dut affronter de multiples dangers et surmonter d'innombrables obstacles. Lorsqu'il arriva dans le royaume souterrain, après de longs mois d'errance et de combats, il était couvert d'ecchymoses et son corps était maculé de boue. A le voir ainsi, Niwareka se mit à rire, aussitôt imitée par son père et tout le peuple d'Uetonga. Désireux d'obtenir le pardon de sa fiancée, Mataora supporta les quolibets sans broncher. Puis il se jeta aux pieds de Niwareka pour implorer sa mansuétude.

Il dut raconter l'origine de chacune de ses blessures, et les habitants d'Uetonga découvrirent qu'il avait combattu avec un grand courage. A sa place, beaucoup d'hommes auraient péri ou renoncé. Chacun comprit que l'amour qui l'unissait à Niwareka était sincère, et la princesse finit par lui pardonner. Plus encore, afin de commémorer ses exploits, le père de Niwareka décida de marquer à jamais son corps des blessures qu'il avait reçues en les tatouant d'une manière ineffaçable. Ainsi naquit l'art du *moko*.

Il lui apprit aussi l'art de confectionner les franges de couleur qui ornent les manteaux, le *taniko*. De retour dans le monde de la surface, Mataora et Niwareka transmirent leur savoir à leur tribu, et celui-ci se répandit d'une région à l'autre d'Aotearoa.

Les séances de tatouage étaient très douloureuses. La résistance à la souffrance faisait partie d'une sorte d'initiation, une épreuve qu'il fallait savoir affronter avec courage. Les incisions étaient pratiquées avec des ciseaux d'os ou de bois très dur. On introduisait ensuite dans les plaies, par martelage, un pigment fabriqué à partie de suie de gomme de *kauri* ou de chenilles brûlées. Afin de soulager la douleur et d'accélérer la cicatrisation, on appliquait sur les blessures des feuilles de *karaka*. Pendant toute la durée du tatouage, outre la souffrance, le patient devait faire face à une autre difficulté : à cause de ses chairs boursouflées, il ne pouvait pas se nourrir correctement. Seule la nourriture liquide était acceptée, que l'on ingurgitait grâce à un entonnoir. Afin de soulager le malheureux, on lui jouait de la flûte ou on lui récitait des poèmes.

Avec le temps, Cécilia avait fait une constatation surprenante et attristante. A leur arrivée, les Européens avaient estimé que les Maoris âgés restaient remarquablement conservés. Elle découvrit qu'en réalité, la plupart d'entre eux n'avaient guère dépassé les quarante ans. La vie rude qu'ils menaient provoquait un vieillissement prématuré. Ils tombaient facilement malades. Elle ne fut pas longue à comprendre que leur fragilité était due aux affections apportées par les Blancs. Aussi se mit-elle en devoir, afin de les préserver, d'étudier les remèdes aux maladies les plus courantes. Elle se rendit à Auckland afin de se procurer des livres de médecine. Les bénéfices réalisés grâce à la vente de sa laine furent réinvestis dans l'achat de potions, d'onguents, de pommades, voire d'instruments de chirurgie destinés à libérer les infections.

Peu à peu, elle acquit ainsi un statut équivalent à celui du *tohunga*. Cependant, afin de ne pas s'attirer l'hostilité de l'homme-médecine du village, elle prit le soin de l'associer à ses travaux. De son côté, Pemako réagit avec sagesse. Il avait compris que les efforts de la jeune femme étaient orientés vers le bien de la tribu, et il lui fit à son tour partager son savoir. Entre le vieil homme et Cécilia s'établit une sorte de complicité.

La vie quotidienne était rythmée par la pêche et la chasse. Mais on passait aussi beaucoup de temps à confectionner des objets sacrés ou usuels. Les matériaux durs, comme le bois ou la pierre, étaient travaillés par les hommes. La sculpture, appelée *wakahuia*, était une occupation réservée aux chefs. Kaharinga consacrait de nombreuses heures à fabriquer des figurines représentant les divinités maories, les *taumatas atuas*, en compagnie des autres *rangatiras* de la tribu. On utilisait également l'os, la fibre végétale, les plumes, les coquillages. L'un d'eux, le *paua*, servait à représenter les yeux des statues et leur donnait cet éclat particulier qui les faisait paraître vivantes. Les outils se composaient d'herminettes de pierre à manche de bois, de forets à pointe de pierre. Les statuettes allaient ensuite protéger les demeures ou bien orner la petite chapelle sur pilotis. D'autres, dédiées aux divinités de la fertilité, allaient prendre place dans les champs afin d'assurer de bonnes récoltes. Les hommes fabriquaient aussi des boîtes en bois magnifiquement travaillées, incrustées de nacre. Les os de baleine étaient utilisés pour la fabrication d'armes, les dents de cachalot pour les parures.

Les femmes confectionnaient de petits objets personnels, comme les peignes, les broches, les parures en plumes, les boucles d'oreilles, les amulettes *hei-tiki* qui protégeaient contre les mauvais esprits générateurs de maladie et de malheur. Elles fabriquaient aussi, avec les feuilles vertes du *flax*, des paniers et des plats. Le même *flax*, broyé, macéré et décoloré, donnait une fibre solide dont on tissait des vêtements. Il servait de même à lier les charpentes des pirogues ou des maisons, pour lesquelles on n'utilisait pas de chevilles en bois. Voiles et cordages étaient également tissés dans cette matière.

Le travail était toujours accompagné de chants. On racontait aussi des histoires qui amenaient des rires. Cécilia avait appris à leur contact que les Maoris adoraient jouer. Leur univers était riche en superstitions et croyances de toutes sortes. Le soir, les anciens aimaient évoquer de vieilles légendes, comme celles liées aux *marakihaus*, les esprits ancestraux qui vivaient dans la mer, et dont le corps sinueux s'achevait en une longue queue ondulante. Ils avaient de gros yeux globuleux et une horrible langue tubulaire. On disait qu'ils étaient capables d'avaler une *waka* et son équipage. Aussi leur offrait-on des sacrifices avant de s'embarquer.

Si l'arrivée des Blancs avait apporté des outils en métal dans la tribu, Cécilia avait constaté que les Maoris restaient profondément attachés à la néphrite, ce jade vert avec lequel on fabriquait les armes des guerriers, et qu'ils appelaient *pounamu*. Ce jade sacré était importé de l'île du Sud et coûtait très cher. Il était de plus très difficile à travailler en raison de sa dureté, supérieure à celle de l'acier. On ne pouvait l'entamer que par abrasion avec une lame de grès.

Aussi la néphrite faisait-elle l'objet d'un trafic important entre les deux îles. Sur les conseils de Cécilia, Kaharinga avait fait installer une sorte de port destiné à accueillir les pirogues des tribus venues de Te Waka a

Maui[1], nom maori de l'île du Sud. Les visiteurs savaient qu'ils trouveraient là un bon accueil et la certitude de vendre leur néphrite dans de bonnes conditions. Les rumeurs de guerre ne les incitaient pas à débarquer plus au sud, où ils risquaient de tomber sur une tribu belliqueuse qui n'hésiterait pas à les massacrer pour s'emparer de leur chargement. Les batailles fréquentes avaient fait croître les besoins en matière première, et Kaharinga avait vite compris qu'un stock important représenterait une richesse pour la tribu.

Cécilia espérait que ces occupations détourneraient les Nga Puhis de leur désir de vengeance envers Tangata Nui. Malheureusement, deux ans après le massacre de Matawaia, un événement fit resurgir le spectre de la guerre.

29

Selon le rituel maori, les victimes de la bataille de Kaikohe avaient été enterrées une première fois.

1. *Te Waka a Maui* : la « pirogue de Maui ». Selon la légende, le dieu Maui, embarqué sur cette île qui lui tenait lieu d'embarcation, a fait surgir l'île du Nord sous forme de poisson, ce qui explique aussi le nom de l'île du Nord : *Te Ika a Maui*, le « poisson de Maui ».

Cependant, il ne s'agissait pas de l'enterrement définitif car, d'après la tradition, les âmes des morts planaient encore dans le village pendant deux années avant de quitter définitivement le monde des vivants. On disait qu'elles étaient responsables des bruits étranges que l'on entendait parfois dans les *whares*. Aussi, en ce début d'année 1845, il fallait offrir aux défunts leur véritable sépulture.

D'ordinaire, ces enterrements définitifs ne concernaient qu'un ou deux disparus. Mais la bataille de Kaikohe avait provoqué une trentaine de morts. La cérémonie – le *tangi* – qui s'apprêtait à être célébrée revêtait donc un sens particulièrement douloureux. On avait fabriqué une trentaine de cercueils de bois sculpté, qui devaient recueillir les os des défunts. Certains avaient la forme de *wakas*.

Le jour de la cérémonie, les sépultures furent donc ouvertes. Le temps avait fait son œuvre, et il ne restait plus des corps que des ossements, qui furent confiés à chaque famille afin de subir un nettoyage. Ce travail étrange était accompagné de chants rituels psalmodiés par les femmes. Bouleversée, Cécilia assista de loin à cette coutume singulière. Si elle fut un peu choquée au début – elle n'imaginait pas que l'on pût rouvrir la tombe de ses parents –, elle comprit que cette cérémonie témoignait de l'attachement que les vivants avaient pour les morts. Il n'était pas une famille qui n'eût perdu quelqu'un dans les combats. Malgré le temps, ils ne les avaient pas oubliés, et la peine qui sourdait des chants rituels pénétrait profondément la jeune femme.

Les ossements furent ensuite déposés avec délicatesse

dans les cercueils. Puis ceux-ci furent mis en terre en position verticale. Cette fois enfin, l'âme des disparus était libérée. Elle allait pouvoir quitter le village, rejoindre le vieux *pohutukawa*, tout au nord de l'île, et s'envoler vers le royaume des ancêtres, Hawaiiki. L'enterrement du vieux chef, particulièrement, réveilla chez les Nga Puhis un sentiment de colère. Ensuite eut lieu un *haka* funèbre, au cours duquel les jeunes guerriers laissèrent s'exprimer leur désir de vengeance. Cécilia observa avec inquiétude leurs visages chargés de haine, les hurlements, la manière agressive dont ils tiraient la langue vers un ennemi imaginaire.

Ce soir-là, elle dormit très mal. Deux ans s'étaient écoulés depuis la bataille de Kaikohe, mais Cécilia sentait qu'il suffirait de peu de chose pour rallumer la guerre.

Deux jours plus tard, on annonça l'arrivée de Hone Heke.

Durant ces deux années, les deux chefs s'étaient rencontrés plusieurs fois, soit chez l'un, soit chez l'autre. C'était alors l'occasion de réjouissances et de festins, et une façon de confirmer leur alliance et leur amitié. Cette fois pourtant, Cécilia devinait que le motif de la visite revêtait un caractère particulièrement grave. Hone Heke était accompagné par Te Ruki Kawiti.

Cécilia n'assista pas aux discussions. Selon la tradition, les femmes n'étaient pas admises dans l'enceinte du *marae* lors des palabres réunissant les chefs. Elle passa la journée en compagnie de sa fille et de Marevaora, avec qui elle s'était liée d'amitié. Elle se força à jouer avec Moana, mais son esprit était ailleurs. Elle savait que Kaharinga n'avait guère envie de mener les siens au combat. D'autant plus que, selon ce qu'il lui avait confié peu avant l'arrivée de Hone Heke, l'ennemi n'était pas une tribu maorie, mais bien les Européens. Et il ne s'agirait pas d'une simple escarmouche dirigée contre le domaine d'un colon indélicat, mais d'une véritable guerre. Hone Heke considérait désormais les Anglais comme des envahisseurs qui méprisaient les termes du traité signé cinq ans plus tôt. Il avait réuni plusieurs tribus du Nord sous son commandement. Toutes étaient prêtes à livrer bataille. Cependant, il fallait se méfier de certains villages du Sud, appartenant essentiellement aux Ngati Whatuas, qui se prétendaient favorables au gouvernement.

— En réalité, avait dit Kaharinga, ils se rangent du côté où vont leurs intérêts. Il faut nous méfier d'eux, car ils escomptent une défaite des rebelles pour s'emparer de leurs territoires.

En fin d'après-midi, les trois chefs ressortirent de la maison commune. Cependant, Kaharinga ne rejoignit pas immédiatement Cécilia. Elle dut d'abord assister à un *haka* réunissant les guerriers de toutes les tribus alliées. La violence qui se dégageait des cris de guerre angoissa la jeune femme. Tous ces hommes n'aspiraient plus qu'à une chose : se battre. Elle ne voyait pas comment Kaharinga parviendrait à les empêcher de courir à la bataille.

Ce ne fut que bien plus tard, lorsqu'il la rejoignit dans leur *whare*, qu'il put enfin lui parler.

— Rien n'empêchera plus la guerre, dit-il. Hone Heke considère que les Blancs volent les terres des Maoris en les achetant à bas prix. Puis ils se livrent à une spéculation qui les enrichit.

— Ce n'est pas nouveau.

— Mais les colons sont de plus en plus nombreux. S'ils continuent à en arriver autant, ils vont finir par s'emparer de toutes nos terres, et il ne nous restera plus rien. Nous risquons alors de disparaître. Hone Heke dit que ces îles appartiennent aux Maoris et que les *pakehas* n'ont rien à y faire s'ils ne respectent pas le traité de Waitangi. Il veut frapper un grand coup afin d'effrayer les *pakehas*.

— Vas-tu les soutenir ?

— Je n'ai pas encore donné de réponse. J'ai fait valoir qu'il valait mieux entretenir de bonnes relations avec les Anglais, qu'une bataille provoquerait de nombreux morts. Ils ne veulent pas en tenir compte. Te Ruki Kawiti m'a rappelé qu'ils avaient honoré notre alliance en nous offrant la protection de leurs tribus contre les Ngati Whatuas. Si nous vivons en paix depuis deux ans, c'est parce que nos ennemis ont peur d'eux. Te Tangata Nui n'a pas osé s'emparer de Kaikohe parce qu'il redoute une riposte de nos alliés. C'est sans doute vrai.

Il poussa un soupir.

— Je vais essayer de les dissuader de se lancer dans cette aventure. Mais s'ils attaquent les Anglais, nous serons obligés de combattre à leurs côtés. Je ne vois pas comment empêcher cela. Mes jeunes guerriers ne rêvent que de bataille. Ils savent que Hone Heke est prêt. Il possède des fusils en suffisance, des munitions et des casse-tête en abondance.

— Que compte-t-il faire ?

— Je l'ignore. Il a déjà abattu le drapeau de l'empire britannique à Kororareka, en juillet de l'année dernière, et deux fois au mois de janvier.

— Les Anglais l'ont laissé faire ?

— Le mât se dresse sur la colline de Maiki, derrière la ville. Il n'est pas très bien gardé.

— C'était un geste symbolique.

— Oui. Les Maoris attachent beaucoup d'importance aux drapeaux. Ils croient qu'ils possèdent un pouvoir magique. Hone Heke pensait que les Britanniques réagiraient en lançant une attaque, mais apparemment, ils n'ont pas pris cela au sérieux. Il n'y a eu aucune riposte. Hone Heke prend très mal cette absence de réaction. Il considère cela comme une nouvelle humiliation.

Cécilia secoua la tête.

— Nous devons tenter quelque chose. Avant de laisser une guerre se déclencher, il faudrait aller à Kororareka pour essayer d'obtenir des garanties de la part du représentant du gouverneur. Je connais aussi le commandant de la garnison. C'était un ami de Philip. Il s'appelle Dunaway.

— Je doute que cela serve à quelque chose. Paul Selwyn est au courant de la colère des Maoris. Il a déjà tenté d'agir de son côté, mais sans résultat. Les spéculateurs se moquent des termes du traité.

— Nous devons essayer. De toute manière, je dois aller à la banque.

— J'irai avec toi.

Le lendemain, Kaharinga envoya deux messagers vers Hone Heke et Te Ruki Kawiti pour leur dire qu'il allait demander une dernière fois des garanties de la part des autorités de Kororareka. Puis il prit la mer en compagnie de ses plus fidèles guerriers et de Cécilia.

Deux jours plus tard, les deux *wakas* arrivèrent en vue de l'ancienne capitale. Sitôt débarquée, Cécilia ressentit l'atmosphère lourde qui régnait sur la petite ville. Elle remarqua aussitôt les regards méprisants que lui adressaient les Européens. Elle avait déjà ressenti cette hostilité auparavant, mais cette fois, les rumeurs de guerre aggravaient la situation. Aux yeux de beaucoup, elle avait trahi son peuple en épousant un « sauvage ». Un mélange de colère et de peur l'envahit. Dans les rues, des groupes se formèrent après leur passage. On n'osa pas les provoquer ouvertement, car ils étaient une douzaine, et bien armés. Cécilia savait aussi qu'ils ne devaient attendre aucune aide de la part des Maoris qui vivaient sur place. Ils n'étaient plus que des individus amoindris par l'alcool.

Ils parvinrent cependant sans encombre au palais. Elle demanda à rencontrer le commandant Dunaway.

— Je suis désolé, madame, répondit l'ordonnance qui la reçut. Le commandant Dunaway n'est plus à Kororareka. C'est le commandant Philpotts qui le remplace.

— Nous voudrions lui parler.

— C'est que... je ne sais si je peux le déranger.

— Dites-lui que Cécilia de Hauterive, épouse du chef nga puhi Te Ruki Kaharinga, désire le voir pour une raison de la plus haute importance.

L'ordonnance disparut dans les couloirs. Elle revint quelques instants plus tard, expliquant que le commandant Philpotts leur demandait de patienter.

Il leur fallut attendre près de deux heures avant d'être enfin admis dans le bureau du nouveau commandant militaire. Cécilia comprit aussitôt qu'il lui serait très difficile de s'entendre avec l'individu qui trônait derrière l'immense table de bois couverte de dossiers. Afin de manifester son dédain, il resta ostensiblement assis lorsque Kaharinga et elle entrèrent. Tout en lui trahissait la rigidité militaire, l'intransigeance et la conviction de sa propre supériorité.

— Vous avez demandé à me voir, madame... heu, comment doit-on vous appeler depuis que vous avez épousé un Maori ?

Le mépris avec laquelle il avait utilisé le terme « maori » était une insulte en lui-même. Cécilia l'aurait volontiers giflé, mais il valait mieux ne pas relever la provocation.

— Vous pouvez toujours m'appeler lady Cécilia de Hauterive, commandant. Je porte encore le titre de noblesse légué par mon père. Je précise que mon mari est noble lui aussi. Il est chef de la tribu des Nga Puhis de Kaingaroa.

— Mais c'est un Maori.

Cécilia serra les dents puis riposta sèchement :

— Je ne vois pas de quoi vous voulez parler, commandant. Existerait-il une loi qui interdise à une femme européenne d'épouser un chef maori ?

— Non, bien sûr ! répondit l'autre sur le même ton. Mais vous avez désiré me parler. Venez-en au fait. Je suis très occupé.

Cécilia inspira profondément afin de dominer une nouvelle envie de le frapper.

— Nous sommes venus vous demander d'intervenir auprès des colons qui spéculent sur les terres achetées aux Maoris. Les *tapus* sont violés et certains *pakehas* s'enrichissent d'une manière indécente en trompant les indigènes. La colère gronde dans différentes tribus. Les chefs exigent que le traité de Waitangi soit respecté.

— Sinon quoi ? explosa Philpotts en se levant brusquement de son siège. Ces terres ont été achetées légalement. Les acheteurs sont libres d'en faire ce qu'ils veulent ensuite. Elles n'appartiennent plus aux Maoris.

Cécilia fit un violent effort pour rester calme. Elle posa la main sur le poignet de Kaharinga, qui avait blêmi devant la réaction insultante de l'Anglais.

— Vous ne les connaissez pas, commandant, dit la jeune femme sans élever la voix. Pour eux, la terre est sacrée. Lorsqu'ils vendent un territoire, c'est seulement un droit d'exploitation qu'ils vendent. Mais il est interdit à l'acheteur de ce droit de revendre les terres sans le consentement du chef de la tribu qui les a vendues, surtout avec les plus-values honteuses pratiquées par certains.

— Eh bien, il va falloir qu'ils se fassent à la notion de propriété anglaise. Si cela ne leur convient pas, c'est la même chose, madame de Hauterive. Ils sont bien contents de toucher l'argent de la négociation. Ils devront s'en satisfaire.

Cécilia se leva à son tour et fixa Philpotts.

— Ecoutez-moi bien, commandant ! Un traité a été signé. Les termes doivent en être respectés. Si ce n'est pas le cas, ne venez pas vous plaindre des conséquences.

La figure de Philpotts vira au rouge sous l'effet de la fureur. Cette femme qui couchait avec les sauvages dépassait les bornes.

— Madame, j'ai été trop bon d'accepter de recevoir une personne de votre sorte. Je vous ordonne de sortir de mon bureau. Dites à vos... amis maoris qu'ils feraient mieux de se tenir tranquilles s'ils ne veulent pas encourir la riposte de l'armée britannique.

— Ils sont ici chez eux, répliqua vertement Cécilia. Vous n'êtes qu'un envahisseur.

— Tout comme vous, madame !

Cécilia accusa le coup.

— C'est la flèche du Parthe, monsieur. Mais mon père, lui, respectait les Maoris.

— Des Maoris qui s'en prennent au drapeau britannique, madame. Par trois fois, il a été abattu, dont deux fois ce mois-ci. C'en est trop ! Sachez cependant qu'il en faut plus pour impressionner l'armée anglaise.

— Vous ne vous êtes pas demandé pourquoi ils avaient agi ainsi ?

Elle crut qu'il allait exploser tant son visage était devenu cramoisi.

— Partez, madame ! éructa-t-il. Partez avant que je ne vous fasse enfermer, vous et votre... mari !

Cécilia posa une nouvelle fois la main sur le bras de Kaharinga. Mais celui-ci restait étrangement calme. Il prit la parole d'un ton posé, dans un anglais sans défaut et sans accent.

— Je suis très déçu par votre attitude, commandant Philpotts, dit-il doucement. Nous étions venus rencontrer un homme raisonnable, afin d'évoquer un problème grave, dont les conséquences pourraient se révéler catastrophiques. Vous avez eu tort de ne pas écouter mon épouse. Sa démarche était parfaitement honnête. Nous désirons plus que tout vivre en paix avec les Européens. Ne commettez cependant pas l'erreur de sous-estimer la puissance des Maoris et l'importance de leur colère.

L'Anglais le regarda avec stupéfaction. Il ne s'était pas attendu à ce qu'un « sauvage » s'exprimât mieux que lui.

— Où... où avez-vous appris à parler ainsi ?

— A Sydney. J'ai eu d'excellents professeurs.

Puis, sans attendre de réponse, Kaharinga tourna le dos à Philpotts.

— Avez-vous entendu, ma chérie ? ajouta-t-il cérémonieusement à l'intention de Cécilia. Le commandant ne désire pas prolonger l'entretien.

Cécilia faillit éclater de rire devant la mine compassée qu'affichait Kaharinga. Elle lui donna le bras en imitant son attitude et tous deux sortirent du bureau, abandonnant un Philpotts partagé entre la fureur et la stupéfaction.

Une fois dehors, ils retrouvèrent leurs compagnons.

— Cet homme est un parfait imbécile, dit enfin Cécilia.

— Hélas ! répondit Kaharinga. Il vaudrait pourtant mieux avoir un ennemi intelligent. Je crains qu'aucune négociation ne soit possible.

Cécilia réfléchit un instant et ajouta :

— Nous allons passer à la banque. Je vais clore mon compte. Je n'ai pas envie qu'ils confisquent mon argent sous prétexte que j'ai épousé un Maori.

James Chamberlain ouvrit des yeux ronds lorsqu'elle lui fit part de son intention.

— Mais pourquoi ? Aurions-nous commis une erreur dans vos comptes ?

On aurait dit qu'elle se préparait à lui arracher un morceau de sa chair. Mais son insistance n'eut aucun effet. Malgré ses lamentations, il fut bien obligé de céder à la demande de la jeune femme, qui ne lui fournit aucune explication. Quelques instants plus tard, Cécilia ressortait de la banque nantie d'une somme de plus de cinquante mille livres. Cela eût été suffisant pour reconstruire la demeure de Matawaia.

Ils se dirigèrent vers le port. Mais, alors qu'ils s'apprêtaient à rejoindre leurs pirogues, un attroupement s'était formé. Une quarantaine d'individus armés de bâtons et de fusils leur barraient le passage.

Une onde de peur envahit Cécilia. Ces hommes n'étaient pas là pour rien. Peut-être l'un d'eux les avait-il vus se rendre à la banque. La plupart étaient des va-nu-pieds du port, prêts à tous les mauvais coups pour quelques pennies. Mais il y avait parmi eux des marins, des chasseurs de phoques toujours enclins à maltraiter les Maoris pour le seul plaisir. Elle aperçut aussi quelques colons qu'elle avait déjà croisés en compagnie de Cyrus Plymouth.

— C'est un piège, souffla-t-elle à Kaharinga. Qu'allons-nous faire ?

— Passer ! répondit-il simplement.

Il ordonna à ses hommes de sortir leurs casse-tête et de former un cercle autour de Cécilia. Ils obéirent aussitôt. La jeune femme sentit une onde glaciale lui couler le long de l'épine dorsale. Si un seul de ces excités attaquait, les Maoris réagiraient instantanément. Elle les avait vus combattre et elle savait que le nombre de leurs adversaires ne les impressionnait pas. Mais les autres possédaient quelques fusils.

Kaharinga n'en tint pas compte. D'un pas décidé, ils marchèrent sur le barrage.

— Ne ripostez que si vous êtes attaqués ! dit-il. Ne répondez pas aux insultes. Même celles qui s'adresseront à Wahinehoi.

A quelque distance, un petit groupe de soldats attendait sans manifester la moindre velléité d'intervention. Mais les armes étaient prêtes à faire feu. Cécilia eut le sentiment qu'ils avaient reçu l'ordre de tirer sans discernement. Elle se demanda dans quelle mesure le commandant Philpotts n'avait pas décidé de provoquer délibérément un incident. Il n'avait pas apprécié leur visite et désirait leur donner une leçon. Kaharinga l'avait compris et, pour cette raison, il avait décidé de ne pas réagir aux injures. Elle admira son sang-froid et sa clairvoyance.

Cécilia serrait contre elle le sac contenant l'argent. Le mur humain se rapprochait, mais Kaharinga, en tête, ne ralentit pas l'allure. Cécilia était certaine que sa détermination allait provoquer une bataille. Pourtant, les assaillants hésitèrent, puis s'écartèrent devant le regard féroce du jeune chef. Les casse-tête intimidaient les plus arrogants. Tandis qu'ils traversaient la foule, des insultes fusèrent, dirigées surtout contre elle. On la traitait de catin et d'autres termes beaucoup plus orduriers. Certains crachaient sur son passage. Mais les attaques demeurèrent verbales. Partagée entre la peur et la colère, Cécilia ressentait une terrible humiliation. C'était comme si son propre peuple la rejetait. Des larmes lui brûlaient les yeux, qu'elle retint en serrant les dents. Elle aurait aimé saisir elle-même une matraque et fracasser le crâne de ces imbéciles.

Enfin, ils parvinrent de l'autre côté de l'attroupement, puis se dirigèrent vers les *wakas*, gardées par un guerrier. La foule hostile les suivit, aboyant toujours des injures. Ils embarquèrent sans hâte. Cécilia s'installa à l'arrière, le cœur battant. Bientôt, ils seraient sauvés. Les pagaies plongèrent dans l'eau bouillonnante de la baie. Peu à peu, les pirogues s'éloignèrent du bord. Alors, des pierres jaillirent de la grève et vinrent frapper la coque de bois. L'une d'elles toucha Cécilia à l'épaule. Elle poussa un cri. Et soudain, un claquement sinistre retentit. Comme dans un cauchemar, Cécilia vit sa robe se tacher d'éclats écarlates. A cause de sa douleur à l'épaule, elle crut un instant avoir été touchée. Mais elle vit l'homme qui se tenait devant elle s'écrouler sur son voisin. Une balle l'avait frappé à la nuque, le tuant sur le coup. Cécilia hurla. Kaharinga se retourna et comprit aussitôt ce qui s'était passé. Il ordonna de forcer l'allure pour se mettre hors de portée des forcenés. Mais le mort gênait les autres. Cécilia le saisit à bras-le-corps et le tira vers elle. Dans un dernier réflexe, le guerrier tenait toujours fermement sa pagaie. La jeune femme l'agrippa et en détacha ses doigts un à un. Le guerrier bascula sur elle, tachant définitivement sa robe. Un sentiment de rage et d'impuissance envahit Cécilia. Elle connaissait bien ce guerrier, qu'elle avait toujours vu aux côtés de Kaharinga. Il s'appelait Pawati. Il avait une femme et deux enfants.

Un profond sentiment de désespoir envahit Cécilia. Non seulement sa démarche s'était avérée inutile, mais elle avait coûté la vie à un guerrier nga puhi. Ceux de Kororareka n'avaient aucune raison de tirer ainsi. Ils avaient agi par bêtise, par inconscience, par méchanceté imbécile. Ils n'avaient aucune idée des conséquences de leurs actes. Elle sentait vibrer la colère et la volonté de vengeance chez les autres compagnons de son mari. Elle avait l'impression qu'une divinité mauvaise se jouait des hommes, provoquant des événements dramatiques qui menaient inexorablement vers le chaos et la guerre.

Elle comprit alors que, quoi qu'elle fit, rien ne pourrait plus désormais arrêter la marche des événements.

Au loin, une cohorte de nuages sombres approchait par l'orient, annonçant une tempête.

30

Kororareka, 11 mars 1845

Depuis la visite de Cécilia de Hauterive, le commandant Philpotts dormait mal. Avant qu'il la rencontre, on lui avait vanté les charmes de cette femme. On la disait indépendante, volontaire, séductrice, et belle à perdre l'âme. Nombre d'hommes s'étaient disputé ses faveurs autrefois. Pourtant, d'après les anciens militaires encore en poste, elle n'avait cédé à aucun. Tous avaient envié le capitaine Jefferson qui seul avait su la conquérir. On assurait cependant que c'était elle qui dirigeait le domaine de Matawaia dont elle s'était retrouvée propriétaire après la mort de ses parents. On la disait femme de tête, et courageuse. Lui, le commandant Philpotts, détestait ces femmes qui ne savaient pas se tenir à leur place. A ses yeux, cette Cécilia de Hauterive n'était qu'une intrigante qui aurait bien eu besoin de la férule d'un mari digne de ce nom. Où allait le monde si les femmes se mêlaient de vouloir diriger ?

Plus tard, son domaine avait été attaqué. Elle avait survécu, mais tous les siens avaient été tués, et ses terres étaient tombées aux mains des Ngati Whatuas. C'était la loi de ce pays. L'armée britannique n'avait pas les moyens de combattre les Maoris sur tous les fronts. Les colons savaient ce qu'ils risquaient lorsqu'ils s'installaient à l'intérieur des terres. Cette fille aurait dû revenir parmi les Blancs et épouser un autre militaire qui lui aurait fait des enfants. Au lieu de ça, elle s'était abaissée à suivre l'un de ces sauvages. On prétendait même qu'elle avait eu une fille avec lui. Ce faisant, elle avait déshonoré ses ancêtres. Aux yeux du commandant Philpotts, elle valait désormais moins que les prostituées du port.

Et cette catin avait poussé l'arrogance jusqu'à oser venir dans son bureau pour lui demander de faire respecter le traité signé cinq ans auparavant avec quelques-uns de ces indigènes puants et tatoués. S'il n'avait tenu qu'à lui, il aurait mené une guerre d'extermination contre ces barbares. Mais certains missionnaires avaient décidé d'en faire des chrétiens. Comme si Dieu pouvait avoir mis une âme dans ces corps peinturlurés !

Comment une femme aussi belle avait-elle pu aller se vautrer dans la couche malodorante de ces sauvages ? Il fallait qu'elle eût le vice chevillé au corps ! Il la détestait. Il ne parvenait pas à oublier son regard d'eau claire, sa peau dorée au grain trop fin, sa silhouette élégante, ses gestes assurés. Il se dégageait d'elle une sensualité troublante, qui avait éveillé en lui des envies inavouables. Il la haïssait d'avoir provoqué ces pensées impures. Depuis sa visite, il ne pouvait s'endormir le soir sans imaginer sa peau tiède contre la sienne, sans évoquer ses cheveux blonds qu'elle laissait flotter d'une manière indécente au lieu de les dissimuler sous un bonnet comme doivent le faire toutes les femmes honnêtes. Un désir maudit nouait ses reins, qui lui rappelait constamment l'humaine condition.

Parfois, elle envahissait ses rêves et le désir se manifestait alors d'une manière encore plus insoutenable.

Par moments, il n'était pas loin de se croire la proie d'un démon succube venu lui arracher son âme. Il s'éveillait alors en sueur, le corps tendu et inassouvi.

Ce matin du 11 mars, il avait encore rêvé d'elle. Il s'était réveillé de fort méchante humeur, la blâmant de provoquer chez les hommes des réactions indignes d'une femme respectable. Il avait eu raison de se montrer ferme avec elle. Bien sûr, il y avait eu ensuite ce regrettable incident au cours duquel l'un des Maoris avait péri. Mais après tout, cela lui ferait comprendre qu'elle n'avait plus rien à faire à Kororareka. Il valait mieux qu'elle restât loin d'ici. Qu'elle ne revînt jamais ! Mais cette idée lui parut très désagréable. Il avait envie de la revoir. Furieux contre lui-même autant que contre Cécilia, il poussa un juron et se dirigea vers la fenêtre de son bureau. Une petite pluie fine tombait sur la Baie des îles. Un crachin qui lui rappelait la campagne anglaise.

Il s'apprêtait à prendre son petit déjeuner. L'intendant devait lui préparer des œufs et du bacon avec un plein pot de thé fumant. Il aimait ce moment privilégié de la journée où il pouvait savourer un peu de calme.

Tout à coup, il lui sembla percevoir une rumeur insolite en direction des terres. Il leva les yeux vers la colline de Maiki, sur laquelle se dressait l'Union Jack. Un juron énorme lui échappa à nouveau. Une fois encore, le mât avait été abattu. Il songea immédiatement à organiser des représailles. Mais sa colère se changea bientôt en inquiétude. Les auteurs du crime étaient encore sur place. Bien pire, une véritable marée humaine déferlait de la colline en direction de la ville.

Bientôt, la rumeur devint un grondement, puis des hurlements retentirent dans le petit matin gris. Philpotts sentit une onde glacée lui couler le long du dos.

— Ce n'est pas possible, murmura-t-il.

Jamais ces sauvages ne s'en étaient pris directement à une ville. Et surtout pas à une cité aussi importante que Kororareka, l'ancienne capitale de la Nouvelle-Zélande. Il crut à une hallucination. Mais les hurlements étaient bien réels.

Philpotts se précipita hors de son bureau. Dans la caserne, c'était l'affolement. Rien ne laissait prévoir une attaque de cette envergure. Philpotts évalua rapidement le nombre des assaillants à près de deux mille. Ses troupes étaient cinq fois moins nombreuses. Il estima qu'il n'avait aucune chance de tenir tête à la meute déchaînée qui envahissait déjà la cité. Il donna aussitôt des ordres afin d'organiser un repli vers le *Hazard*, le navire de guerre ancré dans la rade.

Des coups de fusil résonnaient dans le petit matin. Ces chiens étaient bien armés. Les habitants fuyaient en tous sens. Certains embarquaient sur les quelques navires à quai, des baleiniers, des cargos, des barques de pêche. Philpotts gagna son bâtiment en courant. L'objectif des Maoris était limpide et il l'avait compris : ils voulaient s'emparer de la garnison et de son stock de munitions. Il fallait fuir au plus vite. Mais ses hommes n'auraient jamais le temps de tout emporter. Aussi donna-t-il des ordres afin de piéger ce qui resterait. Il imaginait déjà quelques centaines de Maoris déchiquetés par une explosion vengeresse. Ainsi, ils comprendraient qu'il valait mieux ne pas s'attaquer au commandant

Philpotts. Il n'attendit pas l'exécution de son ordre. Après tout, les soldats savaient ce qu'ils avaient à faire. Quelques instants plus tard, il était en sécurité sur le navire.

Il avait à peine mis le pied sur le pont du *Hazard* qu'une explosion formidable retentissait. Incrédule, la bouche ouverte sur un cri qui ne voulait pas sortir, Philpotts vit les murailles de la caserne se désintégrer tandis qu'une boule de feu dévorait les bâtiments situés à l'intérieur. Après un instant de surprise, il laissa échapper une bordée de jurons tous plus verts les uns que les autres. Ses soldats avaient dû faire une fausse manœuvre, et l'explosion avait eu lieu trop tôt. Les Maoris n'avaient même pas atteint la caserne que celle-ci flambait comme une torche, avec ce qui restait de militaires à l'intérieur. Au bord de l'apoplexie, il donna l'ordre de larguer les amarres. Tant pis pour les retardataires.

Tandis qu'il regardait la caserne brûler, une nouvelle bouffée de haine l'envahit. Il était sûr que cette maudite femme était derrière tout cela. Elle n'avait pas accepté qu'il refuse de prendre ses revendications en compte et elle avait poussé les Maoris à la guerre. Mais ces chiens puants n'allaient pas s'en tirer comme ça ! Sitôt que le *Hazard* eut atteint une distance raisonnable, Philpotts ordonna d'armer les canons et de mettre le navire en position de tir. Le second, après un moment d'hésitation, objecta :

— Mais, monsieur, il y a encore des civils dans la ville. Nous risquons de les tuer, eux aussi.

Le visage rouge de fureur, Philpotts balaya l'objection d'un revers de main rageur.

— Ils n'avaient qu'à fuir plus tôt. Qu'ils se débrouillent ! Je veux hacher menu cette vermine de sauvages !

Le second eut une moue de désapprobation discrète, puis répondit :

— Bien, monsieur.

Quelques instants plus tard, les gueules de feu crachaient la mort sur la petite cité pleine de guerriers maoris et d'Européens qui tentaient en vain de défendre leurs biens. Les uns comme les autres furent touchés par les boulets. Quelques maisons s'effondrèrent dans un fracas infernal. Des clameurs de rage et de douleur jaillirent des rangs des indigènes.

Une seconde bordée effectua de nouveaux ravages parmi les Maoris et les habitants. Du haut de la colline où les trois chefs surveillaient l'évolution des combats, Kaharinga déclara :

— Ce Philpotts est fou. Il tire sur les *pakehas*.

A ses côtés, Hone Heke Pokai et Te Ruki Kawiti acquiescèrent.

— Nous ne pouvons laisser massacrer nos hommes ainsi, dit Te Ruki Kawiti. Il faut qu'ils reviennent. Tous les soldats ont embarqué.

— Ce lâche a refusé le combat, rugit Hone Heke.

— Alors, mettons le feu à la ville ! répondit Te Ruki Kawiti. Qu'il n'en reste rien.

Kaharinga acquiesça. Cette ville était mauvaise. Il avait en mémoire l'accueil que les habitants avaient réservé à Cécilia, simplement parce qu'elle avait épousé un Maori. Mais il émit une réserve.

— Cette cité fut la première fondée par les *pakehas*. Sa destruction frappera leur imagination et les incitera peut-être à respecter le traité. Qu'elle brûle ! Mais épargnons les deux temples. Les missionnaires chrétiens ont toujours été nos alliés.

Les deux autres chefs approuvèrent.

Deux heures plus tard, les guerriers maoris parachevaient l'œuvre brillamment commencée par Philpotts. Hormis les deux églises, Kororareka était ravagée par les flammes. Les baraques de bois construites un demi-siècle plus tôt s'embrasèrent comme de l'étoupe. Les entrepôts, la caserne en ruine, les auberges, les maisons d'habitation s'écroulèrent les uns après les autres. A la nuit tombante, l'incendie continuait son œuvre destructrice, illuminant le ciel nocturne d'une lueur écarlate.

A bord du *Hazard*, Philpotts enrageait. Kororareka n'existait plus. Il avait la responsabilité de sa protection et il prenait conscience qu'il avait failli à sa mission. L'évêque lui en avait amèrement fait la réflexion. Paul Selwyn avait trouvé refuge sur un baleinier français dès les premiers instants de l'attaque. Il avait voulu demeurer sur place pour parlementer. Mais ses proches lui avaient fait comprendre qu'il serait trop dangereux de rester. Dès que la ville avait été incendiée, il avait rejoint Philpotts, auquel il avait fait part de son mécontentement.

— Vous auriez dû tenir compte des avertissements

de Cécilia de Hauterive, commandant. Et surtout, vous auriez dû m'en parler.

— Vous étiez absent lorsqu'elle est venue ! Et puis, je ne pouvais pas imaginer que ces chiens oseraient s'en prendre à Kororareka.

— Vous avez commis une erreur.

— Certainement pas ! Cette femme a trahi l'empire. Elle a couché avec ces barbares. Elle mérite la potence.

— Elle a épousé un chef maori, ce qui était son droit le plus strict, commandant. Kaharinga est un grand chef, et l'un de nos meilleurs alliés. S'il a accepté de participer à cette guerre, c'est qu'il avait une bonne raison.

— Ils sont venus me défier. Mais ils ne s'en tireront pas comme ça. Je reviendrai avec une armée puissante. Et ils paieront leurs crimes.

— Ne les sous-estimez pas. Les Maoris sont de redoutables guerriers. Et ils possèdent des fusils dont ils savent se servir.

— Nous verrons cela.

L'évêque laissa passer un moment, puis demanda :

— Que s'est-il passé lors de la dernière visite de madame de Hauterive ?

Philpotts se leva et fit quelques pas nerveux dans la cabine illuminée par la lueur rouge de l'incendie, au loin.

— Rien d'important. L'un de leurs guerriers a été tué.

Paul Selwyn accusa le coup.

— Et vous trouvez que cela n'a aucune importance !

Mais cela équivalait à une déclaration de guerre. Comment est-ce arrivé ?

— Cette catin n'est pas aimée à Kororareka. Une bande de colons et de marins un peu éméchés ont voulu la bousculer un peu. Ce n'était pas bien méchant.

— Parce qu'on lui reproche d'avoir épousé un Maori ? Croyez-moi, commandant, Kaharinga vaut bien mieux que les dépravés qui hantent le port. Vous auriez dû intervenir.

— J'avais d'autres occupations. Et puis vous ne m'empêcherez pas de penser que cette femme est une dévergondée et une traîtresse.

L'évêque observa Philpotts sans mot dire. Puis il déclara :

— Je connais bien Cécilia de Hauterive, commandant. J'aimerais que toutes les femmes de notre communauté, qui se prétendent bonnes chrétiennes, aient le même courage et la même générosité qu'elle. Je suis persuadé qu'elle a dû faire tout ce qui était en son pouvoir pour empêcher cette guerre. Quant à ces Maoris, ils ont épargné les églises. Voilà bien la preuve qu'ils ne sont pas les barbares que vous décrivez. Les vrais responsables sont ailleurs, parmi ces colons qui ne tiennent aucun compte des accords passés il y a cinq ans.

— Accords ou pas, nous sommes désormais en guerre. Et je ferai en sorte que les chefs soient tous pendus ! Et cette femme avec, si elle a quelque responsabilité dans cette attaque inqualifiable.

Selwyn soupira. Il n'y avait rien à attendre d'un individu aussi obstiné. Et surtout, il avait deviné qu'il était tombé amoureux de Cécilia, ce qui expliquait son intransigeance. L'évêque connaissait bien Philpotts, l'un de ses plus zélés paroissiens. Mais il ne l'aimait guère. Tout comme il détestait l'intolérance dont faisaient preuve nombre de ses fidèles. Cette attitude, à ses yeux, était contraire aux commandements du Christ qui prônait d'aimer son prochain comme soi-même, c'est-à-dire en l'acceptant tel qu'il était. Kaharinga, lui, possédait cette sagesse naturelle.

— Dès demain, je vais aller à terre, déclara-t-il. Il faut tenter de parlementer avec eux pour obtenir une trêve.

— Ils vont vous massacrer !

— Si telle est la volonté du Seigneur, commandant ! Je vais demander au pasteur Peacock s'il désire m'accompagner. Ils ont épargné le temple également.

— Faites comme vous voulez. Mais je vous aurai prévenu : vous prenez le risque de finir dans leur estomac.

31

Depuis quelques jours, Cécilia ne vivait plus. Elle avait refusé de demeurer à Kaingaroa ainsi que le lui avait demandé Kaharinga. Après avoir confié Moana à Marevaora, elle avait suivi les guerriers jusqu'à Kaikohe. L'ancien *pa* des Nga Puhis avait été choisi comme base de l'opération. Sur le plan stratégique, le village était proche de Kororareka et pouvait facilement être défendu en cas de repli.

La mort de Pawati avait décidé Kaharinga à se ranger aux côtés de ses alliés. Il ne pardonnait pas non plus aux *pakehas* la manière dont ils avaient traité Cécilia. Elle avait tenté de lui expliquer que leurs agresseurs n'étaient que des ivrognes du port, mais il avait refusé de l'écouter. Les autres Blancs, à l'image de ce commandant Philpotts, ne valaient guère mieux. Il fallait donc entreprendre une action de grande envergure afin que l'empire britannique sache que les Maoris étaient toujours les maîtres de leur pays.

— Si on laisse faire les colons, nos territoires vont se réduire, puis disparaître, et nous n'aurons même plus le droit de vivre sur notre propre île. Il faut empêcher cela. Pawati doit être vengé.

Le choix du repli de Kaikohe à Kaingaroa, deux ans plus tôt, avait été dicté par la sagesse. Il fallait éviter un nouveau conflit avec les Ngati Whatuas, et les Nga Puhis étaient restés sur une victoire. Celle-ci avait suffisamment impressionné l'ennemi puisqu'il n'avait pas tenté de s'emparer du *pa*, même abandonné. Les morts avaient été nombreux dans chaque camp et l'on avait préféré s'en tenir là. En revanche, avec les Anglais, la stratégie devait être différente. Outre le fait que le sang de Pawati criait vengeance, ne pas réagir eût laissé le champ libre à d'autres exactions, d'autres crimes de la part des colons.

Ainsi avait parlé Kaharinga. Cécilia avait bien tenté de lui faire comprendre que cette guerre allait entraîner des morts, la décision de son mari était prise, et elle savait qu'il était inutile d'essayer de le faire changer d'avis. D'autant plus qu'elle ne pouvait lui donner tort. Si les Maoris ne réagissaient pas, les colons continueraient de ronger inexorablement les terres des indigènes. Elle espérait seulement que les combats ne dureraient pas trop longtemps et qu'un compromis serait vite trouvé.

Depuis qu'elle s'était installée à Kaikohe, elle était condamnée à attendre sans pouvoir agir. Parfois lui venait l'envie de seller son cheval et de courir à Kororareka pour savoir ce qui s'était passé. Mais sa présence n'aurait rien changé. Elle redoutait qu'un messager ne vînt la prévenir que Kaharinga avait été tué.

Enfin, au matin du 14 mars, un guerrier arriva en courant et annonça d'une voix essoufflée que la bataille s'était soldée par une victoire totale. Les Anglais avaient été repoussés à la mer et la ville de Kororareka n'existait plus. Kaharinga avait joint un courrier, rédigé en anglais.

Ma tendre et chère épouse,

Tû, le dieu de la Guerre, et le Christ en sa miséricorde nous furent favorables. Nous avons triomphé. Le commandant Philpotts a eu tellement peur de nous qu'il s'est réfugié sur son navire avant même de livrer bataille. Dans sa précipitation, il a fait sauter les munitions de la caserne et celle-ci a explosé. Nous avons tué quelques soldats et quelques colons, parmi ceux qui t'ont insultée. Nous avons laissé les autres s'enfuir. Notre but n'était pas de massacrer. Philpotts, par dépit, a fait tirer sur la ville sans tenir compte des pakehas *qui s'y trouvaient encore. Nous avons perdu quelques guerriers, mais fort heureusement, ce Philpotts est un piètre militaire. Il a démoli plusieurs bâtiments. En représailles, Te Ruki Kawiti a fait incendier la ville. Nous sommes ainsi restés maîtres des lieux.*

Le lendemain, notre ami Paul Selwyn et un autre prêtre sont venus parlementer. Afin de montrer notre attachement à la religion chrétienne, nous avions épargné les deux temples. C'est un geste que Paul Selwyn a apprécié. Il nous a demandé une trêve. Nous avons accepté de cesser temporairement le combat. Malheureusement, il lui fut impossible de s'engager à la place du commandant Philpotts. Celui-ci refuse de négocier. Il envisage de faire venir une armée plus importante. Je crains donc que cette guerre ne fasse que commencer. Je vais demeurer sur place. Nous sommes déterminés à nous battre jusqu'au bout, car si nous abandonnons maintenant, tout cela n'aura servi à rien.

Sois prudente. Je sais que mes guerriers veilleront sur toi. Mais repars immédiatement à Kaingaroa à la moindre alerte.

Je t'adresse tout mon amour, ma bien-aimée.

Kaharinga

Une vive émotion s'empara de Cécilia à la vue de l'écriture soignée, bien dessinée. Kaharinga apportait toujours un grand soin à tout ce qu'il faisait.

Elle replia la lettre en soupirant Elle se doutait que cette attaque ne pousserait pas les Anglais à céder. Par principe, ils refusaient toute défaite et poursuivaient la lutte jusqu'à obtenir gain de cause. Mais elle connaissait aussi les chefs maoris. Ils étaient bien décidés à se battre et ils ne craignaient pas d'affronter directement l'armée de l'empire. Elle redoutait ce qui allait se passer. Hone Heke, Te Ruki Kawiti et Kaharinga resteraient sur place en espérant obtenir des garanties sur le respect des accords de Waitangi. Mais à présent, il était possible que les Anglais dénoncent le traité à cause de cette attaque surprise.

Le messager était reparti et Cécilia ignorait combien de temps elle resterait sans nouvelles. Cinq jours s'écoulèrent ainsi. Kaikohe était quasi désert. Seules quelques femmes avaient tenu à accompagner leur mari. Une douzaine de guerriers, parmi lesquels quatre des fidèles de Kaharinga, assuraient la sécurité du village. Cécilia trompait son attente en effectuant de longues randonnées à cheval. L'un des guerriers, Taunga, la suivait comme son ombre, courant à côté de sa monture afin de la protéger. Cécilia résistait chaque jour à l'envie de retourner à Matawaia, mais ses promenades la guidaient toujours vers le sud. Elle aurait plus que tout aimé se recueillir sur la tombe de ses parents. Mais cela eût été trop dangereux. Elle risquait de tomber sur Cyrus Plymouth. Elle n'était pas sûre de se retenir de tirer sur lui si d'aventure elle le croisait. Ses pistolets étaient chargés en permanence. Parfois, elle se surprenait même à espérer le rencontrer.

Un jour, elle finit par céder et s'engagea sur son ancien domaine, malgré les avertissements de Taunga. Elle voulait s'approcher suffisamment pour apercevoir le grand *kauri* sous lequel reposaient les siens. Afin d'éviter d'attirer l'attention, elle suivit les parcelles forestières que Plymouth n'avait pas encore fait abattre.

Le couvert des frondaisons lui permit de s'aventurer au plus près de la maison. Taunga avait sorti ses armes et ne cessait de grommeler. Cécilia savait que Kaharinga serait furieux s'il apprenait son imprudence, mais elle savait aussi que le guerrier ne la trahirait pas. Une vive émotion l'envahit lorsqu'elle aperçut le grand arbre. Cependant, il lui était impossible de s'en approcher davantage sans risquer de révéler sa présence. Elle se contenta donc de contempler le petit cimetière lointain, dont visiblement personne ne s'occupait plus depuis longtemps. De hautes herbes masquaient les tombes. Elle porta son regard sur la maison, qui se dressait encore plus loin. Elle distingua quelques silhouettes sur la terrasse, mais fut incapable de dire si Cyrus Plymouth se trouvait parmi elles.

Tout à coup, une rumeur retentit au loin. Cécilia frémit.

— Des guerriers ngati whatuas ! gronda Taunga. Ils viennent par le sud.

En effet, un important groupe de Maoris se dirigeait vers la maison. Une vive colère s'empara de Cécilia lorsqu'elle vit l'une des silhouettes marcher à leur rencontre. Cette fois, il ne faisait aucun doute qu'il s'agissait de Plymouth. Cela confirmait qu'il avait partie liée avec eux.

— Ils vont peut-être profiter de la bataille de Kororareka pour s'emparer de Kaikohe, dit Cécilia.

— Que Wahinehoi se cache dans la forêt. Taunga va s'informer.

Sans attendre de réponse, il disparut sous les frondaisons. Cécilia lui faisait confiance. Il était capable d'infiltrer les rangs ngati whatuas sans se faire remarquer. Moins d'une heure plus tard, il était de retour. Il semblait bouleversé.

— Vite, Wahinehoi ! Il faut prévenir Kaharinga. Ta supposition n'était pas juste. Tangata Nui a appris l'attaque de Kororareka et il s'est déclaré allié des *pakehas*. Il va prendre nos guerriers à revers.

La jeune femme blêmit.

— Combien sont-ils ?

— Je l'ignore, Wahinehoi. Aussi nombreux que ceux de notre village, au moins.

Cela représentait près de quatre cents guerriers. Cécilia prit sa décision immédiatement.

— C'est bien. Tu vas retourner à Kaikohe pour avertir les autres de se tenir prêts à repartir pour Kaingaroa. Quant à moi, je vais à Kororareka.

Puis elle éperonna sa monture et fila sur la piste de l'ancienne capitale.

32

Jamais Cécilia n'avait galopé aussi vite. Elle avait l'impression que les Ngati Whatuas étaient à ses trousses. Mais ceux-ci n'avaient pas pu l'apercevoir. Elle possédait donc une certaine avance sur eux. La vitesse d'Aideen lui permit de gagner encore du terrain.

Elle arriva en vue de Kororareka peu avant la tombée de la nuit. Une abominable odeur de brûlé flottait dans l'air. Comme elle approchait, elle se rendit compte qu'il ne restait rien de la cité, hormis les deux temples. Les demeures n'étaient plus que des amas de ruines calcinées. La banque de Nouvelle-Zélande, le palais du gouverneur où James Busby donnait autrefois ses fêtes, les auberges lépreuses du quartier du port, les échoppes, les entrepôts, tout avait disparu. Les murailles du fortin s'étaient effondrées, image du chaos qui s'était abattu sur la ville.

Dans la baie, elle repéra les navires à l'ancre. Les Maoris auraient pu les attaquer en utilisant des pirogues de guerre, mais les canons anglais auraient causé beaucoup trop de victimes. Elle rendit hommage à la clairvoyance des trois chefs qui ne s'étaient pas lancés dans une opération aussi périlleuse.

A peu de distance, les feux de camp des tribus illuminaient le crépuscule. Elle se dirigea vers eux. Des guerriers se dressèrent devant elle. La reconnaissant, ils s'écartèrent.

— Je dois parler à Kaharinga ! cria-t-elle.

Quelques instants plus tard, elle était devant lui. Il tenait une réunion avec Hone Heke et Te Ruki Kawiti. Elle leur expliqua le danger qui planait sur eux.

— Ils seront là demain, après-demain au plus tard. D'après Taunga, ils sont environ quatre cents.

Kaharinga prit la parole.

— Nous ne pouvons pas abandonner Kororareka. Te Tangata Nui est mon ennemi. C'est à moi de le combattre. Ma tribu est assez nombreuse pour l'arrêter, et nous avons de nombreux morts à venger. Nous avons un avantage sur lui : il ignore que nous sommes au courant de sa venue.

Hone Heke et Te Ruki Kawiti approuvèrent. Il fut décidé que leurs tribus resteraient sur place pour tenir la ville en cas de contre-attaque – toutefois peu probable – de Philpotts.

— Tangata va sans doute bivouaquer pour la nuit. Nous allons nous porter à sa rencontre et retourner l'effet de surprise contre lui.

Il s'adressa à Cécilia.

— Tu as agi courageusement, dit-il. Maintenant, tu vas rester ici. Tu y seras plus en sécurité à présent que la route de Kaikohe est coupée.

— Non ! répliqua-t-elle. Cette fois, je viens avec toi. Je suis armée et je ne supporte plus de te voir courir tous les risques seul.

— Tu n'y penses pas !

— Oh que si ! Et n'essaie pas de m'en empêcher ! Ces gens-là ont tué ma famille ! Je ne l'oublie pas. Moi aussi, j'ai des morts à venger !

Devant la véhémence de son épouse, Kaharinga finit par céder. Il savait par expérience qu'il était inutile de tenter de faire changer Cécilia d'avis.

Les Nga Puhis profitèrent de la nuit pour quitter le camp. Philpotts ne devait pas savoir que celui-ci se dégarnissait. La pleine lune facilita la progression de Kaharinga et de ses guerriers. La piste suivait la presqu'île et menait vers l'intérieur des terres. Peu avant l'aube, ils parvinrent à un petit village abandonné appelé Moerewa. L'endroit offrait un atout stratégique important : l'ennemi était obligé de passer par là. Moerewa se situait en lisière d'une forêt dense bordant des prairies. L'endroit offrait de multiples possibilités pour tendre une embuscade aux Ngati Whatuas. Kaharinga décida d'y poster ses guerriers. Un peu plus tard, un éclaireur l'avertit que Tangata Nui avait établi son campement à moins de deux miles vers le sud.

— Tû et le Christ sont avec nous, déclara le jeune chef. A l'aube, ils vont se remettre en route. Nous avons juste le temps d'organiser notre piège.

En quelques instants, il repéra les emplacements stratégiques, les positions en surplomb qui offriraient un avantage à ses troupes. Alors que le ciel blanchissait à l'orient, tous les guerriers s'étaient mis en place, attendant un signe de leur chef.

Les Ngati Whatuas ne devaient pas escompter rencontrer d'ennemis avant Kororareka. Ils avançaient sans aucune précaution, faisant un vacarme peut-être destiné à impressionner leurs ennemis. A l'inverse, Kaharinga avait appris une chose de la stratégie anglaise : il était inutile d'effrayer l'adversaire par des hurlements gutturaux. Mieux valait une attaque surprise efficace.

Celle-ci joua totalement. Au moment où les Ngati Whatuas s'engagèrent dans la forêt, des salves nourries les cueillirent. Kaharinga avait repris la même tactique que celle qui lui avait valu la victoire deux ans plus tôt. Tandis que certains de ses hommes tiraient, d'autres rechargeaient les armes, afin de ne laisser aucun répit à l'ennemi. Des hurlements de douleur et de fureur retentirent. Près de son mari, Cécilia utilisait quatre fusils, que Taunga rechargeait immédiatement pour elle. Il s'était établi entre elle et ce géant silencieux, dont le corps était presque entièrement recouvert de tatouages, une grande complicité. Taunga lui vouait une véritable adoration depuis qu'elle lui avait sauvé la vie à la suite d'une mauvaise fièvre dont elle avait réussi à triompher. Il s'était tacitement institué son garde du corps. Tous deux avaient pris place sur une élévation depuis laquelle ils dominaient le champ de bataille. Kaharinga, à quelques pas de là, surveillait l'évolution des combats. Les Ngati Whatuas tentèrent bien de repérer les tireurs, mais les frondaisons épaisses les dissimulaient efficacement à la vue. Rapidement, les pertes furent très lourdes de leur côté, alors que les Nga Puhis n'avaient perdu qu'un seul guerrier.

Soudain, Cécilia repéra, derrière les troupes ennemies, un individu qui vociférait des ordres dont elle n'entendait que quelques bribes. Visiblement, l'homme écumait de fureur. Elle comprit qu'il s'agissait de Tangata Nui, le criminel qui avait fait massacrer sa famille. Une coulée d'adrénaline parcourut ses membres. Elle choisit le fusil offert par son père, de loin le plus précis. Elle l'arma elle-même, épaula, visa posément. Tangata Nui était loin, mais elle avait déjà réussi un tir semblable. Occultant mentalement le vacarme qui l'environnait, elle se concentra. Sa cible se déplaçait sans cesse, hurlant après ses guerriers désemparés. L'un d'eux dut tenter de lui faire comprendre qu'ils allaient tous se faire tuer, car l'autre réagit avec une violence extrême.

Il saisit sa hache de pierre et l'abattit sauvagement sur le crâne du malheureux. Puis il resta un instant immobile, contemplant sa victime. Cécilia sut qu'elle devait profiter de cette immobilité temporaire. Un coup de feu claqua, précis, imparable. Là-bas, Tangata Nui fit un bond en arrière, tituba, mais resta debout. Il regarda avec surprise la tache rouge qui s'élargissait sur sa poitrine. Puis l'air refusa de pénétrer ses poumons et il ressentit une faiblesse intense. Dans un ultime sursaut de colère, il voulut hurler une dernière fois, mais aucun son ne sortit de sa gorge. Il s'effondra sur le sol sous les yeux de ses guerriers stupéfaits.

— J'ai eu leur chef ! exulta Cécilia.

Kaharinga bondit près d'elle, constatant que la débandade était totale parmi les Ngati Whatuas. Au loin, il aperçut le corps de son ennemi.

— Nous te devrons la victoire, ma belle épouse, déclara-t-il. Mais j'aurais aimé tuer ce chien moi-même.

Cécilia haussa les épaules.

— Tu n'es jamais content.

Là-bas, la débâcle de l'ennemi était totale. Privés de leur meneur, les Ngati Whatuas refluèrent vers le sud-ouest, en direction de Matawaia. Le cœur de Cécilia se serra. Elle tenait peut-être là le moyen de reprendre son domaine en chassant Cyrus Plymouth ainsi qu'il l'avait fait pour elle deux ans plus tôt.

— Il faut les poursuivre ! dit-elle.

Kaharinga acquiesça. Il ne fallait pas laisser le temps à l'ennemi de se réorganiser. Sur l'ordre de leur chef, les Nga Puhis surgirent de la forêt en hurlant et se lancèrent à la poursuite de l'ennemi en proie à la panique.

La confusion la plus totale régnait sur les lieux. Portés par la peur, les Ngati Whatuas comptaient demander l'aide de leur allié blanc de Matawaia, celui à qui ils avaient vendu le territoire appartenant autrefois aux Nga Puhis. Le domaine se situait en limite de leurs terres. Et Plymouth possédait, lui aussi, des fusils.

A la demande de Kaharinga, Cécilia suivait la tribu à distance, montée sur Aideen. Il ne voulait pas qu'elle prît trop de risques. Taunga était demeuré près d'elle avec quatre autres guerriers. Soudain, elle vit arriver un homme qui brandissait quelque chose à bout de bras. Elle faillit se mettre à vomir. Le trophée sinistre qu'il lui présentait fièrement n'était autre que la tête de Tangata Nui, qu'il avait tranchée à l'aide de son poignard.

— Sa tête est à toi, Wahinehoi, dit-il d'un air triomphant. La tête de notre ennemi ! Ce soir, nous nous moquerons de lui et nous cracherons sur sa face afin qu'il sache que nous sommes vainqueurs !

Cécilia serra les dents. Il lui était interdit de montrer le dégoût que lui inspirait ce geste. Elle répondit :

— C'est bien. Tu la porteras pour moi.

L'autre, un jeune guerrier qui n'avait pas vingt ans, poussa un rugissement de joie.

La traque se poursuivit ainsi pendant une bonne partie de la journée. On atteignit les limites de Matawaia en fin d'après-midi. Cécilia avait l'impression d'être plongée en plein cauchemar. La piste suivie par les Nga Puhis était jonchée de corps ensanglantés. Malheur à ceux qui tombaient entre les mains des guerriers de Kaharinga. Malgré le temps écoulé, le sang des victimes de Kaikohe criait encore vengeance et plus d'un Maori le paya de sa vie en cette terrible journée. Mais sans doute était-elle la seule à avoir conscience du carnage, car ses compagnons semblaient prendre un grand plaisir à cette chasse à l'homme.

A mesure que l'on se rapprochait de la maison construite par ses parents, l'émotion de la jeune femme grandit. Elle ne pouvait nier être en partie responsable de cette traque féroce. Spontanément avait surgi en elle l'idée qu'elle pourrait reprendre Matawaia. A présent, elle constatait de quelle barbarie se nourrissait cette décision. Bien sûr, elle n'avait pas été seule responsable. Kaharinga l'aurait sans doute prise sans son intervention. Mais elle l'avait conforté dans son entreprise.

Elle s'accrochait à l'idée que les guerriers ngati whatuas qui tombaient sous les coups de ses compagnons étaient ceux-là mêmes qui avaient lâchement assassiné sa famille deux ans plus tôt. Mais cela ne la consolait pas. Elle se sentait sale, avilie par le sang qui maculait le sol sur sa route.

La perspective de voir Cyrus Plymouth, son ennemi, affronter bientôt les siens aurait dû la réjouir. Mais elle se surprit à espérer qu'il parviendrait à s'échapper à temps. Rien, aucune vengeance ne pouvait justifier le spectacle d'apocalypse qu'elle avait sous les yeux.

Bientôt, elle aperçut la maison. Les Ngati Whatuas s'y étaient retranchés à la hâte, espérant une aide des occupants. Mais Cécilia constata que les hommes de Plymouth ne désiraient pas être mêlés à un conflit entre tribus maories. Le chaos régnait sur les lieux. Cécilia vit plusieurs Blancs s'enfuir. Des Ngati Whatuas, furieux de ne pas trouver sur place l'allié sur lequel ils avaient compté, se retournèrent contre eux. Les casse-tête s'abattirent sur les crânes des malheureux. La panique était à son comble. Plusieurs dizaines d'ennemis s'étaient réfugiés dans la grande demeure. Des combats pleins de sauvagerie s'engagèrent un peu partout. Soudain, Kaharinga surgit au côté de Cécilia. Il aperçut la tête ensanglantée de Tangata Nui, que le jeune guerrier tenait toujours par les cheveux.

La jeune femme lut l'anxiété dans les yeux de son mari. Elle en comprit immédiatement la raison.

— Ne t'inquiète pas, dit-elle d'une voix qu'elle tâcha de rendre ferme. Je n'étais pas obligée de venir.

— Il vaut mieux que tu n'approches pas. Les Ngati Whatuas ont massacré tous les occupants.

— Ils étaient pourtant leurs alliés.

— Ils ne leur ont pas pardonné de ne pas avoir combattu à leurs côtés.

— Cyrus Plymouth ?

— Je ne l'ai pas vu. Peut-être a-t-il réussi à s'échapper, mais c'est peu probable.

Un bref sanglot secoua Cécilia. Kaharinga hocha la tête.

— Les femmes ont parfois des réactions étranges, dit-il. Cet homme était pourtant ton ennemi. Il était responsable de la mort de ta famille.

— Je sais, répondit-elle doucement. Ne fais pas attention à moi. Comme tu l'as dit, les femmes ont parfois de curieuses réactions.

Elle ne devait pas l'affaiblir à ce moment des combats.

— La bataille sera bientôt terminée, ajouta-t-il.

Nous avons perdu peu de guerriers. La surprise a joué en notre faveur. Les Ngati Whatuas fuient de tous côtés. Nous allons les poursuivre jusqu'à leur *pa*. Si certains des nôtres sont encore prisonniers chez eux, nous les délivrerons. Et nous brûlerons leur village. Cela les dissuadera de revenir nous attaquer.

Cécilia ferma les yeux.

— Je vais rester ici, répondit-elle. Taunga me protégera.

— Je laisse plusieurs guerriers avec toi, au cas où des Ngati Whatuas rôderaient encore sur place.

Soudain, leur attention fut attirée par un vacarme étrange.

— Le feu ! s'écria Cécilia. Ils ont mis le feu à la maison !

En effet, au loin, la belle demeure construite par Charles de Hauterive était la proie des flammes. Peut-être parce qu'ils n'avaient pas réussi à arrêter l'ennemi, peut-être par vengeance envers leur ancien allié, les Ngati Whatuas avaient jeté des torches dans la maison. Les rideaux s'étaient embrasés, provoquant un incendie que le vent soufflant du sud attisait avec férocité. En quelques instants, la belle demeure ne fut plus qu'un immense brasier. La gorge de Cécilia se serra. Elle avait songé un instant reprendre possession de la maison. Mais cela ne servirait plus à rien à présent. Elle sentit à peine les larmes qui coulaient sur ses joues. Une odeur âcre de sueur, de fumée et de sang emplissait ses poumons. L'odeur de la guerre. A ses côtés, le jeune guerrier brandissait toujours la tête de Tangata Nui. Cécilia maîtrisa avec peine une terrible envie de vomir.

A la fin de la journée, les combats s'étaient déplacés vers le sud, en direction des territoires des Ngati Whatuas. Comme il l'avait promis, Kaharinga avait laissé une douzaine d'hommes avec Cécilia. Avec mille précautions, elle s'avança en direction de la maison en flammes. L'incendie faisait toujours rage. Soudain, alors que Cécilia était parvenue à proximité, le toit s'effondra dans un fracas infernal. Des nuées d'escarbilles incandescentes s'envolèrent, emportées par les bourrasques. Les autres bâtiments, bergeries et entrepôts, avaient également été incendiés. Une atmosphère de fin du monde régnait sur les lieux, renforcée par une infecte odeur de brûlé et de chair calcinée. Malgré la chaleur qui se dégageait de l'incendie, Cécilia frissonna. Par précaution, elle chevauchait Aideen, tenant son fusil en main, entourée de ses guerriers. Des Ngati Whatuas pouvaient encore rôder aux alentours.

Mais ils ne découvrirent personne, sinon des cadavres de *pakehas*. Des moutons fuyaient en tous sens en bêlant de terreur, accentuant encore l'atmosphère de démence. Cécilia contourna le sinistre. Elle ne désirait plus qu'une chose à présent : aller se recueillir sur la tombe de ses parents. Bientôt, elle atteignit le petit cimetière livré aux herbes folles. Plymouth n'avait même pas eu la décence de le faire entretenir. Certaines pierres étaient soulevées par la végétation luxuriante. Maladroitement, Cécilia arracha quelques plantes, s'écorcha les mains. Mais l'entreprise était vouée à l'échec. Elle devrait revenir plus tard, avec des outils. Elle finit tout de même par dégager en partie les dalles de ses parents et de Philip. La mousse et le lichen avaient presque effacé leurs noms. A l'aide d'un poignard, elle ôta ce qu'elle put.

Par respect autant que par superstition, les guerriers étaient restés à l'extérieur du cimetière. Ils ignoraient les rituels des *pakehas* et il valait mieux ne pas contrarier leurs esprits. L'homme qui reposait là était un grand chef, d'après ce qu'avait dit Wakatanga, dont il était l'ami. Cette terre était la sienne désormais.

Les yeux gonflés de larmes, Cécilia resta longtemps dans le crépuscule, debout devant les pierres tombales. Un vent frais soufflait de la forêt, emportant les puanteurs de l'incendie, dont le reflet inondait le petit cimetière d'une lueur rougeoyante.

La jeune femme avait un goût amer dans la gorge. Elle songeait que son ennemi, Cyrus Plymouth, avait probablement été massacré par ceux-là mêmes avec lesquels il avait passé son pacte maudit. Justice était faite, mais elle n'en tirait aucune satisfaction – seulement un sentiment de vacuité et d'écœurement.

Mais Cécilia se trompait. A seulement quelques pas de là, un homme blessé braquait sur elle un fusil chargé. Une rage terrible le tenait. Cyrus Plymouth avait réussi à échapper au massacre avec une petite poignée des siens. Il avait trouvé refuge dans le bosquet épais qui jouxtait le petit cimetière. Occupés par la bataille avec les Nga Puhis, les Ngati Whatuas ne l'avaient pas poursuivi. Depuis, il attendait que le calme revînt. Il avait songé que cette bataille était seulement un conflit entre deux tribus. Un conflit dans lequel il aurait préféré rester neutre. Mais ses anciens alliés en avaient décidé autrement. Ils avaient exigé qu'il combatte de leur côté. Ayant très vite compris qu'ils avaient déjà perdu la bataille, il avait refusé. Ils s'étaient alors fâchés et avaient commencé à massacrer ses bergers et ses employés. Lui-même n'avait dû la vie qu'à la promptitude de ses réflexes et aux pistolets qu'il conservait toujours chargés à portée de main. Il avait abattu les guerriers qui voulaient le tuer, puis avait fui avec ce qui restait de ses proches.

C'est alors qu'il avait vu Cécilia s'avancer vers le cimetière, illuminée par les feux de l'incendie, telle une créature surgie de l'enfer. Aussitôt, il la rendit responsable de tous ses malheurs. Il ne faisait aucun doute que c'était elle qui avait poussé les assaillants à attaquer Matawaia. Elle voulait reprendre le domaine. A présent, il la tenait au bout de son fusil, le doigt pressé contre la gâchette.

Il lui suffisait d'appuyer.

Mais un reste de lucidité arrêta son geste. En dehors de son jeune fils, seuls deux hommes lui restaient. S'il tirait maintenant, les guerriers réagiraient aussitôt et ils seraient tous massacrés. De toute façon, il avait reçu un mauvais coup de hache dans le flanc et il souffrait horriblement. Il n'était même pas sûr de tuer cette maudite femelle. Et puis, malgré la haine qu'il éprouvait pour elle, il ne pouvait s'empêcher de la trouver divinement belle. Sa chevelure blonde flottait légèrement dans le vent de la nuit tombante. Il ne voyait pas ses yeux, mais il devinait leur éclat dans les flammes de l'incendie.

Tout comme il devinait le dessin troublant de sa bouche, la douceur de sa peau...

Lentement, il abaissa son fusil. En silence, il pesta. Un jour ou l'autre viendrait le temps de la vengeance. Et il disposait pour cela d'une arme dont elle était loin de se douter.

A pas lents, Cécilia revint vers la demeure en flammes, toujours escortée par les guerriers, les sens aux aguets. Mais seuls les cadavres jonchant le sol témoignaient de la violence des combats. Aucun bâtiment n'avait été épargné. Les moutons qui n'avaient pas péri dans l'incendie de leur bergerie avaient fui vers la prairie. On entendait leurs bêlements affolés, auxquels répondaient les aboiements des chiens que les Ngati Whatuas n'avaient pas tués.

Cécilia s'assit sur le sol, à bonne distance de l'incendie. Elle avait un moment songé revenir à Matawaia, après l'avoir repris à Plymouth. Mais elle se rendait compte qu'elle n'en avait aucune envie. Sa vie n'était plus en ces lieux. Trop de souvenirs s'attachaient à la demeure, qu'elle ne pourrait plus jamais partager avec personne.

La nuit passa. Les guerriers s'étaient installés autour d'elle pour la veiller, ainsi que l'avait ordonné Kaharinga. Epuisée, Cécilia finit par céder au sommeil, enroulée dans son manteau en peau de chien.

Kaharinga revint deux jours plus tard. Contrairement à ce qu'avait redouté Cécilia, il n'avait pas rencontré une grande résistance. Le *pa* avait déjà été déserté par la plupart de ses habitants. Un bref combat avait opposé les Nga Puhis et les Ngati Whatuas qui n'avaient pas réussi à fuir. Kaharinga ramenait une vingtaine d'esclaves. Sur les hommes qui avaient autrefois travaillé pour Cécilia à Matawaia, il n'en avait retrouvé que deux. Tous les autres avaient été tués et dévorés.

Un profond malaise tenait Cécilia. Elle avait espéré que, peut-être, Kaharinga découvrirait Hippolyte. Il comprit aussitôt les raisons de sa déception.

— Non, je n'ai pas trouvé ton petit frère. Mais cela ne veut rien dire. Beaucoup ont fui avant notre arrivée. S'il était là, ils l'ont sans doute emmené avec eux.

Cécilia ne répondit pas. C'était un espoir insensé. Il était beaucoup plus probable qu'Hippolyte avait été tué deux ans plus tôt. Pourquoi refusait-elle de se résigner ?

Kaharinga et les siens revinrent à Kororareka. Cécilia avait tenu, avant de partir, à restaurer un peu le petit cimetière. Sur sa demande, les guerriers l'avaient aidée. Elle ignorait quand elle pourrait revenir, mais, au moins, il avait retrouvé son aspect d'antan.

A Kororareka, Kaharinga retrouva les deux autres chefs, ainsi que l'évêque Paul Selwyn, venu rendre compte du résultat de ses négociations avec Philpotts.

— Il ne veut rien savoir, avoua-t-il. Il vous considère comme des rebelles avec lesquels il est inutile de discuter. A ses yeux, vous n'êtes que des criminels, et il va demander des renforts pour vous combattre. C'est pourquoi je veux me rendre à Auckland pour parler directement au gouverneur Robert Fitzroy. Peut-être m'écoutera-t-il. Je vais faire valoir que l'obstination de Philpotts peut mener à une guerre généralisée en Nouvelle-Zélande. Mais je ne suis pas sûr d'obtenir gain de cause. Aussi, il faut vous attendre à des représailles. Vos villages risquent d'être menacés. J'ignore de combien d'hommes l'empire peut disposer contre vous.

L'évêque savait qu'il était inutile de proposer aux Maoris d'abandonner le combat. Ils ne l'auraient pas accepté. Plus tard, il prit Cécilia à part.

— Je sais que vous avez tenté de convaincre votre mari de ne pas participer à cette guerre, dit-il. Il me l'a dit. Mais je crains que désormais les choses ne soient encore plus graves. Cette partie de l'île va devenir le théâtre de terribles batailles. Le commandant Philpotts a conçu une haine extravagante envers les rebelles et il fera tout pour obtenir une armée suffisamment puissante pour les anéantir jusqu'au dernier. Je voudrais...

Il hésita, puis ajouta :

— Vous avez une petite fille, Moana. Je voudrais que vous acceptiez de venir avec moi à Auckland. Là-bas, vous serez en sécurité.

— Je ne peux pas abandonner les miens, monseigneur.

— Je sais. Mais il serait peut-être plus prudent de tenir votre fille à l'écart des combats qui vont avoir lieu ici.

L'argument toucha la jeune femme.

— Il faut que j'en parle à mon mari.

Mais celui-ci se rangea à l'avis du prêtre, qu'il appelait familièrement par son prénom.

— Paul a raison, Cécilia. Nous allons regagner nos villages en attendant le résultat de son intervention auprès du gouverneur. Il ne sert à rien de rester ici. Mais je ne me fais aucune illusion : Philpotts va vouloir poursuivre la guerre. Je serais plus tranquille si je vous savais en sécurité à Auckland.

— Un baleinier français est prêt à nous emmener là-bas, ajouta Paul Selwyn. Nous pouvons faire une escale à Kaingaroa pour prendre Moana.

Cécilia hocha la tête.

— C'est d'accord, dit-elle. Je vais vous accompagner à Auckland.

33

Le lendemain, à l'aube, les Maoris levèrent le camp. Apprenant la décision de Paul Selwyn de se rendre à Auckland, Hone Heke et Te Ruki Kawiti avaient estimé qu'il était inutile de demeurer à Kororareka. Ils avaient prouvé leur détermination et leur supériorité sur Philpotts et les *pakehas*. Leur retrait serait interprété comme un geste de bonne volonté de leur part. Du moins l'espéraient-ils. Cependant, il existait une autre raison. L'attaque de Tangata Nui montrait que plusieurs tribus restaient favorables au gouvernement. Elles risquaient d'attaquer les territoires des rebelles en leur absence. Il n'était pas non plus impossible que les Anglais lancent des opérations de représailles sur les villages des insurgés. Il valait donc mieux être sur place.

Tandis que Kaharinga repartait à Kaikohe pour les mêmes raisons, Cécilia embarqua à bord d'une *waka* en compagnie de l'évêque Paul Selwyn.

— Le Seigneur impose là une bien rude épreuve à mes pauvres reins, gémit-il avec bonne humeur en se glissant dans l'embarcation.

Kaharinga leur avait adjoint deux guerriers commandés par Taunga. Il ne fallut pas plus d'une heure à la pirogue pour traverser le bras de mer séparant Kororareka de Waitangi, où le baleinier avait jeté l'ancre. Dès qu'ils arrivèrent en vue du petit port, Cécilia reconnut immédiatement la *Marie-Morgane*, le navire du commandant Yann Le Bihan. Plus de deux années s'étaient écoulées depuis la soirée qu'ils avaient passée chez les Simpson avec Philip, au cours de laquelle il avait raconté comment les Français avaient failli s'emparer de l'île du Sud. Une bouffée de joie envahit la jeune femme. Pendant tout ce temps, elle n'avait eu aucune nouvelle de lui. Elle n'avait plus guère fréquenté les Européens depuis son mariage avec Kaharinga. Yann ignorait sans doute ce qui lui était arrivé.

Il ne s'attendait surtout pas à la voir monter à bord de son navire. On lui avait dit qu'il devrait transporter l'évêque de Kororareka jusqu'à Auckland, mais personne n'avait mentionné une femme. Et surtout pas celle-là. Il ouvrit des yeux ronds et balbutia :

— Cécilia ? Vous ? Mais... comment ?

— Bonjour, Yann !

— Voilà ! Vous savez tout. Vous comprenez à présent pourquoi je dois me rendre à Auckland en compagnie de monseigneur Selwyn. Et pourquoi je dois passer reprendre ma fille à Kaingaroa. Je ne veux pas qu'elle reste dans ce pays tant que dureront les hostilités.

Tous trois étaient réunis dans la chambre des cartes, où ils s'étaient enfermés après que Yann eut commandé les manœuvres d'appareillage. Le Breton affichait un visage sombre.

— Ainsi, on ne m'avait pas menti.

— Comment cela ?

— J'avais entendu des rumeurs sur votre compte, auxquelles je n'avais pas ajouté foi.

— Quelles rumeurs ?

— Des marins de l'île du Nord prétendaient que vous aviez épousé un Maori.

— Elles étaient fondées. Vous a-t-on dit également que Philip avait été tué ?

— Je l'ignorais. Il faut dire que je viens rarement à Kororareka, justement à cause des risques de conflit. Le développement de la colonie française d'Akaroa me demande beaucoup de temps, et nous entretenons de bonnes relations avec nos voisins anglais de Christchurch. Il a cependant fallu que j'arrive ici en pleine guerre. Pour un peu, vos Maoris me massacraient. Je n'ai eu que le temps d'embarquer et de mettre mon navire à l'abri.

— J'en suis désolée.

— Mais comment est-ce possible, Cécilia ? Comment avez-vous pu épouser l'un de ces...

Elle le fixa sévèrement.

— L'un de ces quoi, Yann ?

Il hésita.

— Mais enfin, vous êtes européenne !

— Je ne vois pas pourquoi cela m'empêcherait d'aimer un Maori.

— Pardonnez-moi, dit-il après un silence. Je n'ai pas à vous juger. Ne voyez dans ma réaction qu'un dépit bien compréhensible. Dieu m'est témoin que je n'ai jamais souhaité la mort du capitaine Jefferson, même si vous l'avez préféré à moi. Cependant, je vous avais dit que vous pouviez compter sur mon amitié, quelles que soient les circonstances. Après la perte de vos biens, vous auriez pu venir me rejoindre. Je vous aurais apporté...

Il n'acheva pas devant le regard de Cécilia. Il haussa les épaules.

— Oui, je sais, vous n'êtes pas amoureuse de moi.

— On ne commande pas ses sentiments, Yann. Lorsque les Ngati Whatuas ont détruit mon domaine, Kaharinga m'a recueillie. Mais ce n'est pas pour cette raison que je l'ai épousé. Je le connaissais depuis mon arrivée en Nouvelle-Zélande. J'étais jeune alors, mais je crois que je suis tombée amoureuse de lui dès que je l'ai vu. Et c'était réciproque. Malheureusement, un mariage entre lui et moi eût fait scandale. J'étais blanche et lui maori ; j'appartenais à l'aristocratie, je devais donc épouser un homme de mon monde. De toute façon, Kaharinga était promis à la fille d'un chef de tribu allié. Je suis devenue la femme du capitaine Jefferson parce que je ne pouvais pas épouser Kaharinga. Ne vous y trompez pas, j'ai aimé Philip. Il n'y aurait jamais rien eu entre Kaharinga et moi si nos conjoints respectifs étaient encore vivants. Mais la guerre nous a privés lui de sa femme et de sa fille, moi de Philip. Nous nous sommes retrouvés seuls tous les deux. J'avais tout perdu. Je n'étais plus rien pour les Blancs. Le gouverneur Fitzroy a refusé de m'aider. Alors, j'ai épousé Kaharinga.

Elle ajouta, avec une nuance de défi dans la voix :

— Et j'en suis fière. Parce que je suis heureuse avec lui. C'est un homme de grande valeur.

— Mais les Maoris sont cannibales ! s'insurgea Yann.

— C'est faux, riposta Cécilia. Kaharinga est chrétien, comme beaucoup de chefs maoris à présent ; il n'a jamais pratiqué l'anthropophagie. Et il a reçu une solide éducation anglaise à Sydney.

— Cela ne l'a pas empêché de prendre les armes contre l'empire britannique, ironisa le Breton.

— Pour défendre son peuple, répliqua-t-elle sèchement. Que diriez-vous si des étrangers débarquaient dans votre chère Bretagne et s'emparaient de vos terres ?

Paul Selwyn intervint :

— Attendez, mes amis. Ne laissez pas la colère vous brouiller le cœur.

Il se tourna vers le capitaine.

— Yann, ne portez pas de jugement hâtif sur les Maoris, dit-il. Leurs revendications sont tout à fait justifiées. Si le traité de Waitangi avait été appliqué, cette guerre n'aurait pas eu lieu. Mais vous connaissez comme moi l'avidité de certains colons. Je peux vous assurer que les chefs rebelles ont fait preuve d'une grande patience. Hélas ! le gouvernement a refusé de les écouter. Je soupçonne d'ailleurs quelques-uns de ses membres d'y trouver avantage. C'est pourquoi je dois me rendre à Auckland, pour prendre leur défense et tenter d'apaiser ce conflit avant qu'il ne prenne de l'ampleur. Quant à Cécilia, elle souhaite mettre sa fille à l'abri des combats. Je vous demande de l'accepter à votre bord. Je veux croire qu'elle n'aura pas fait en vain appel à votre amitié.

Yann poussa un grognement.

— Je devais y aller, de toute façon. Et c'est toujours un plaisir de vous rendre service, monseigneur.

— Il faudra que nous fassions escale à Kaingaroa pour que Cécilia puisse récupérer sa fille.

Yann écarta les bras et ajouta, toujours ironique :

— Eh bien, pourquoi pas !

Puis ses sourcils se froncèrent.

— Est-elle baptisée, au moins ?

Paul Selwyn faillit éclater de rire devant le caractère bougon du Breton.

— Je l'ai portée moi-même sur les fonts baptismaux.

— Alors, ça va. Parce que vous comprenez, monseigneur, un enfant non baptisé à bord d'un navire, ça porte malheur !

Cécilia s'abstint de répliquer. Elle avait toujours

pensé qu'un Dieu juste ne pouvait pas tenir rigueur à un enfant de n'être pas baptisé. Mais si elle voulait éviter de se fâcher avec Yann pour des questions qui n'avaient que peu d'importance au regard des événements, il valait mieux esquiver ce genre de débat. Cependant, elle savait à présent pourquoi elle avait toujours repoussé ses avances autrefois : mariés, ils auraient passé leur temps à se quereller à propos de la religion ou de tout autre sujet. Yann était intransigeant, borné, dominateur, et il avait la tête près du bonnet.

— Cécilia, ne me regardez pas comme ça, dit-il d'un ton radouci. J'accepte volontiers de vous emmener à Auckland.

— Merci, bougonna-t-elle.

Il n'attendait tout de même pas qu'elle lui adresse un sourire après avoir failli traiter son mari de sauvage ! Ce qui énervait Cécilia, c'était que, malgré ses innombrables défauts, elle l'aimait bien, ce fichu Breton !

Yann en avait autant à son service. Il avait trouvé à Akaroa une épouse à sa convenance, qui lui avait déjà donné trois enfants aussi robustes et aussi têtus que leur père. En revoyant Cécilia, il avait dû faire un effort pour chasser la sourde nostalgie qui s'était emparée de lui. Profondément croyant, il était persuadé que l'intention vaut l'action et que c'était un péché de convoiter une autre femme lorsque l'on était marié. Et il lui en voulait un peu d'être responsable, même sans le vouloir, de cette tentation.

Deux jours plus tard, la *Marie-Morgane* mouillait dans la baie de Kaingaroa, où sommeillaient quelques *wakas*. Les Maoris de l'île du Sud continuaient à livrer régulièrement de la néphrite, indifférents aux conflits qui ensanglantaient l'île du Nord. Cécilia reprit sa fille puis rejoignit le bord, toujours suivie par Taunga et les deux guerriers.

— Vous bénéficiez d'une escorte de reine, commenta Yann.

Il se pencha sur la petite fille.

— Elle a les mêmes yeux que sa mère. Des yeux magnifiques, pour la perdition de son âme.

Encore une fois, Cécilia évita de répliquer qu'elle n'avait pas perdu son âme parce qu'elle avait épousé un Maori.

Après une traversée sans histoire – sinon qu'elle fut marquée par les chamailleries qui opposaient parfois Cécilia et Yann, et qui amusaient l'évêque –, la *Marie-Morgane* parvint à Auckland.

Cécilia pensait trouver un peu de paix après les jours de combat et d'angoisse qu'elle avait traversés, mais il régnait dans la capitale une atmosphère indescriptible. Le port était en effervescence et ils débarquèrent dans la confusion la plus totale.

— Que se passe-t-il ? demanda la jeune femme.

De nombreux colons montaient à bord des navires. Le gouverneur Robert Fitzroy avait placé la ville en état d'alerte. Des groupes de soldats patrouillaient dans les rues. Ils finirent par comprendre que la guerre qui sévissait dans le Nord avait provoqué une panique générale qui incitait les habitants à fuir la Nouvelle-Zélande. Dans les auberges, on ne parlait plus que des crimes abominables commis par les Maoris. On évoquait des colons massacrés, hommes, femmes et enfants. On disait que les victimes avaient ensuite été dévorées au cours de sinistres festins où des membres humains grillaient sur des braseros avant de finir sous les crocs de sauvages pris de folie meurtrière.

— C'est ridicule, s'insurgea Cécilia. Les Nga Puhis n'ont mangé personne. Ils ne sont plus cannibales depuis qu'ils sont convertis au christianisme.

Pourtant, ces rumeurs étaient fondées. Profitant du désordre provoqué par la prise de Kororareka, des bandes incontrôlées s'étaient livrées au pillage de domaines européens. On ne comptait plus les morts. Auckland n'avait pas eu à souffrir de la moindre attaque de ces groupes, mais dans l'esprit des habitants, rien ne disait que les insurgés n'allaient pas s'en prendre à la nouvelle capitale après avoir détruit l'ancienne.

Ces massacres avaient provoqué deux types de réaction. Certains immigrants, effrayés par les récits des survivants, avaient décidé de quitter la Nouvelle-Zélande pour gagner l'Australie ou rentrer en Europe. Ils fuyaient le pays après avoir vendu leurs terres dans de très mauvaises conditions[1]. A l'inverse, dans certaines régions, des milices étaient en train de se former afin de combattre les criminels.

1. Il y eut bien un tel mouvement de panique et de fuite après la prise de Kororareka par les tribus de Hone Heke et de Te Ruki Kawiti.

— Et le gouvernement ne fait rien pour contredire les rumeurs, commenta Paul Selwyn. Il est dans l'intérêt des autorités que le peuple confonde les insurgés avec ces tribus incontrôlées. Cela sert ses objectifs. Je crains que notre tâche ne s'avère très difficile.

On savait cependant que de nombreuses tribus restaient fidèles au gouvernement ; c'est pourquoi les trois Nga Puhis qui escortaient Cécilia ne furent pas inquiétés.

Paul Selwyn offrit de loger Cécilia dans la maison que l'Eglise avait mise à sa disposition. C'était une demeure vaste et austère, mais confortable. Cécilia accepta. Une femme joviale l'accueillit et tomba immédiatement en extase devant Moana. Madame Blacksmith était une personne accorte, qui connaissait bien les Maoris pour avoir accompagné autrefois l'évêque dans ses voyages et parlait couramment leur langue, avec toutefois un accent qui réjouit Taunga et les deux guerriers.

— Vous pourrez rester ici le temps qu'il vous plaira, dit-elle à Cécilia. En ce moment, les auberges sont prises d'assaut par les colons qui veulent quitter le pays et qui attendent un navire pour s'embarquer.

— C'est de la folie ! dit Cécilia. La guerre s'est limitée à Kororareka.

— Je sais, monseigneur me l'a expliqué. Mais j'ai l'impression que cette bataille en a déclenché beaucoup d'autres, occasionnées par des motifs moins nobles que les vôtres. Car je partage votre point de vue : certains colons abusent de la situation. J'espère que monseigneur va finir par faire entendre raison à cet âne de gouverneur.

Visiblement, elle n'aimait pas beaucoup le personnage. Cela leur faisait au moins un point commun.

Paul Selwyn obtint une audience dès le lendemain.

— Son Excellence est, paraît-il, très inquiète de ce qui se passe. Il a accepté immédiatement de me rencontrer. Mais, d'après ce que j'ai surpris dans les couloirs, j'ai l'impression qu'il n'est pas du tout favorable à une négociation pacifique.

Il eut un petit sourire et ajouta :

— Pardonnez-moi, Cécilia, mais je pense qu'il serait préférable que je me rende seul à cette audience.

Elle ne put s'empêcher de sourire à son tour.

— Vous pensez que mon... manque de diplomatie risque de nous porter préjudice ?

— Votre caractère entier et volontaire fait tout votre charme, ma chère amie. Mais je crains en effet que vous ne vous emportiez si Son Excellence ne réagit pas comme vous le souhaitez. Et c'est malheureusement ce que je redoute. Je vais devoir user de toute ma diplomatie.

— Je m'en voudrais d'être un obstacle à la paix, monseigneur. Je ne vous accompagnerai pas. D'autant que ma dernière entrevue avec ce monsieur ne s'est pas déroulée dans une ambiance très cordiale. Si vous saviez comme je regrette notre ami William Hobson ! S'il était encore en vie, toutes ces horreurs n'auraient jamais eu lieu.

— Je le crois aussi. Mais il y a une autre raison, ajouta Paul Selwyn. Le fait que vous soyez l'épouse de l'un des insurgés pourrait donner à Son Excellence l'idée de se servir de vous comme... disons, comme élément de dissuasion. Il pourrait vous faire arrêter pour complicité.

Cécilia blêmit. L'évêque avait raison. Et si une telle chose arrivait, qui s'occuperait de Moana ?

— Je comprends, monseigneur. Il serait même préférable que je me montre discrète.

— Ce serait plus prudent. Mais j'en saurai plus ce soir.

Paul Selwyn revint dans la soirée. Cécilia comprit à son air abattu qu'il n'avait pas obtenu gain de cause.

— Je n'ai rien pu faire, avoua-t-il. Cette brave madame Blacksmith n'a pas tort lorsqu'elle traite Son Excellence de tête de mule. J'ai essayé de lui faire valoir que les tribus nga puhis ne se sont révoltées que parce qu'on les avait poussées à bout. Je lui ai aussi fait remarquer que les deux églises avaient été épargnées, preuve de la bonne volonté des rebelles. Il n'a rien voulu savoir. Il faut préciser que le commandant Philpotts est arrivé hier. Il a raconté les événements à sa manière, en les tournant à son avantage. Selon ce qu'il a dit, les Maoris ont fait eux-mêmes exploser les réserves de munitions dont ils se sont emparés par ruse. Et ils ont ensuite mis le feu à la ville, si bien qu'il n'a eu d'autre solution que de la faire bombarder pour tenter de les chasser. Nous savons l'un comme l'autre que les choses se sont passées différemment, mais Son Excellence a refusé d'écouter ma version des faits. Pis encore : il m'accuse de m'être rangé du côté des insurgés. J'ai craint un moment qu'il ne me fasse arrêter pour complicité.

— C'est monstrueux.

— Il valait vraiment mieux que vous ne soyez pas avec moi, Cécilia. Je pense qu'il n'aurait pas hésité à vous jeter en prison. Par chance, ils ignorent votre présence à Auckland.

Mais les soldats de l'empire avaient autre chose à faire que de s'inquiéter d'elle. D'ailleurs, hormis Philpotts, personne ne la connaissait ici.

Profitant d'une accalmie du mauvais temps, elle rendit visite à Rebecca Simpson, qu'elle n'avait pas revue depuis plus de deux ans, mais à qui elle avait écrit après le massacre de Matawaia pour lui raconter ce qui s'était passé. Rebecca n'ignorait pas que Cécilia avait épousé Kaharinga et qu'elle avait eu de lui une petite fille.

— Elle est superbe, s'extasia-t-elle. J'aimerais tellement avoir un enfant, moi aussi.

— Vous n'avez toujours pas trouvé de mari ?

— Des militaires grossiers et vulgaires, ou bien des colons avides de faire fortune, mais tout aussi rustres. Certains me font une cour empressée, mais aucun ne m'intéresse. D'autant plus que je ne suis pas sûre de rester en Nouvelle-Zélande. Mon père envisage de retourner en Angleterre. Il ne s'entend pas très bien avec Robert Fitzroy. L'époque de notre ami William Hobson est bien révolue. Cependant, mon père occupe un poste important et il lui répugne de partir en pleine crise. Notre départ n'est donc pas encore imminent. Si vous le souhaitez, vous pouvez habiter ici le temps que vous voudrez. Nous pourrons évoquer... le passé. C'est à la fois si proche et si lointain.

Cécilia accepta.

Durant les deux semaines qui suivirent, l'évêque Paul Selwyn multiplia les démarches pour tenter d'infléchir la position du gouverneur. Mais celui-ci, toujours conseillé par un Philpotts furieux et vociférant contre les « barbares de Kororareka », ne modifia pas sa position. D'autres nouvelles de massacres perpétrés par des bandes de pillards ne contribuèrent pas à apaiser la situation. L'évêque fit remarquer au gouverneur que ces tueries avaient lieu en dehors des territoires des Nga Puhis; Robert Fitzroy rétorqua qu'ils avaient probablement envahi les terres des autres tribus. Philpotts renchérissait en arguant que l'on avait rapporté les échos de violents conflits opposant différents clans maoris. La plus grande confusion régnait sur le Northland.

Le 22 avril 1845, Paul Selwyn se présenta chez les Simpson.

— Ma démarche s'est révélée totalement inutile, ainsi que je le craignais, avoua-t-il. Le gouverneur avait pris sa décision depuis le début, sans doute. Un contingent de deux cent quinze soldats du 58e régiment vient d'arriver en provenance d'Australie. Philpotts est déjà à la tête d'une petite armée de cent cinquante hommes. Robert Fitzroy veut écraser la révolte dans le sang.

— Il est fou, répondit Henry Simpson, lugubre. Depuis quelque temps, il ne me tient plus au courant de rien. Il connaît mon opinion pacifiste. Il ne se rend pas compte que les Maoris sont prêts à se battre jusqu'au dernier.

L'évêque répondit d'un ton lugubre :

— C'est peut-être ce que veut le gouvernement : éliminer les tribus séditieuses pour ne conserver que celles qui sont fidèles à l'empire.

— Je dois prévenir Kaharinga ! dit Cécilia.

— Ce n'est pas tout, ajouta Paul Selwyn. J'ignore comment, mais le commandant Philpotts a appris que vous étiez à Auckland.

— C'est impossible !

— Peut-être l'un des marins de la *Marie-Morgane* a-t-il parlé. Il sait que vous avez fait le voyage en ma compagnie, et il vous cherche pour vous faire arrêter.

Cécilia pâlit. Paul Selwyn poursuivit :

— Il s'est présenté au presbytère avec une escouade de soldats. Madame Blacksmith les a envoyés au diable, ajouta-t-il avec un sourire malicieux.

— Il va venir ici...

— Non, rassurez-vous. Il ne sait pas que vous logez chez vos amis. Cependant, il serait plus prudent de quitter Auckland. Désormais, la capitale n'est plus un endroit sûr pour vous.

— Je vais rejoindre mon mari.

— Et votre fille ?

Rebecca intervint :

— Je peux la garder, si vous voulez. Si ce maudit Philpotts se présentait, je lui dirais qu'elle est à moi.

Cécilia ne répondit pas immédiatement. Evidemment, il lui serait difficile de voyager avec une petite fille de deux ans dans un pays livré à la guerre. Et puis, n'était-elle pas venue à Auckland pour la mettre en sécurité ? Où pouvait-elle être mieux qu'avec Rebecca ? Mais l'idée de se séparer d'elle pour une durée indéterminée lui déchirait le cœur.

— Je crois, dit-elle enfin, que ce serait une bonne solution, en effet. J'ai confiance en vous, Rebecca.

— Il faudrait changer son prénom, ajouta l'évêque. Ce serait plus prudent.

— Son deuxième prénom est Laura. Vous pourriez l'appeler ainsi.

— C'est bien. Ce prénom n'a rien de maori. Cela brouillera les pistes, le cas échéant.

Cécilia prit les mains de son amie dans les siennes.

— Soyez remerciée de tout ce que vous faites pour moi, Rebecca.

Elle hésita, puis continua :

— Vous savez... il est possible que... je ne revienne jamais de ce voyage...

— Ne dites pas des choses semblables, Cécilia. Vous serez de retour dans deux ou trois semaines, peut-être quatre. Je suis sûre que ce conflit finira par trouver une solution. Pendant ce temps, votre fille sera à l'abri ici.

— Mais s'il m'arrivait malheur...

Rebecca ne répondit pas immédiatement.

— Dans ce cas, je prendrais soin de votre fille. Je l'élèverais comme si j'étais sa mère.

Cécilia serra les dents pour retenir ses larmes. Un terrible pressentiment lui broyait le cœur.

Le lendemain, peu avant l'aube, Cécilia, accompagnée de ses trois guerriers, quittait Auckland à bord d'une *waka* achetée à un vieux Maori. La jeune femme eut le temps d'apercevoir le *Hazard* dans le port. Le navire de guerre anglais se préparait déjà à appareiller. Les renforts n'auraient séjourné qu'une seule journée dans la capitale avant de partir au combat. Un frisson glacial parcourut Cécilia. Avec la *waka*, il leur faudrait au moins deux jours pour aller jusqu'à Hokianga. La pirogue, même gréée d'une voile triangulaire, n'était pas capable de distancer le lourd vaisseau de guerre.

Parviendraient-ils seulement à sortir de la baie d'Auckland ? Pour couronner le tout, une tempête d'automne s'annonçait. Une vague de désespoir la submergea, qu'elle chassa par un effort de volonté.

34

Il leur fallut trois heures pour sortir de la baie d'Auckland. Heureusement, Kaharinga avait choisi ses hommes parmi les meilleurs pagayeurs de la tribu. Taunga, qui les dirigeait, connaissait bien son affaire.

Mais les vagues, qui présentaient parfois des creux de trois mètres, rendaient la navigation difficile. Ils avaient dû renoncer à utiliser la voile triangulaire en raison des vents contraires.

Tant qu'il fut en vue, Cécilia scruta anxieusement le port. Mais, lorsqu'il disparut dans les brumes froides, le navire anglais n'avait pas encore pris la mer. Ils avaient donc un peu d'avance sur lui.

Luttant contre les bourrasques violentes, ils contournèrent la pointe de Cornwallis, puis celle de Whatipu. Cécilia devait se cramponner de toutes ses forces pour ne pas basculer par-dessus bord. Par moments, la *waka* bondissait, soulevée par une vague plus forte, puis elle plongeait au creux de la suivante. La jeune femme était trempée par l'eau salée et froide. Elle regretta de ne pas savoir pagayer pour aider ses compagnons, mais elle les aurait gênés plutôt qu'autre chose. Cet exercice exigeait une grande force physique qu'elle ne possédait pas.

Enfin, ils passèrent dans l'océan et commencèrent à longer la côte vers le nord-ouest, en direction de Hokianga, distant de cent vingt milles marins. Cécilia songea que toute la région était aux mains de tribus favorables au gouvernement. Il leur faudrait se montrer prudents au moment de bivouaquer, le soir venu. S'ils tombaient entre des mains ennemies, ils étaient perdus. Mais Taunga connaissait les endroits où il était possible d'aborder sans grand danger. Au nord d'Auckland, la côte alternait de vastes plages de sable et des étendues de forêts de *kauris*. Cette région était peu peuplée et les arbres offraient un refuge assez sûr. Cependant, il était nécessaire, pour y parvenir, de dépasser l'entrée de la baie de Kaipara, repaire de nombreuses tribus hostiles.

Par chance, une fois dépassé le cap de Whatipu, les vents se révélèrent favorables. Il fut possible de hisser la voile, ce qui soulagea d'autant les guerriers. Cependant, la pirogue ne pouvait rivaliser de vitesse avec le puissant navire de guerre. Vers le milieu de l'après-midi, Cécilia distingua un point noir vers le sud-est.

— Les Anglais ! s'écria-t-elle. Ils nous rattrapent.

Alors commença une course-poursuite infernale entre la petite embarcation et le lourd vaisseau. Cécilia se doutait que Philpotts était à bord. Ils ne devaient absolument pas tomber entre ses mains. Leur seul atout reposait sur le fait que Philpotts ignorait qu'elle se trouvait à bord de la pirogue. Mais il fallait atteindre la rive nord de la baie de Kaipara avant la nuit, la rive sud étant infestée de tribus ennemies. S'ils étaient contraints d'y accoster, ils étaient perdus. Mais si le navire les rejoignait avant, ils l'étaient également, car Philpotts risquait de les aborder.

Malgré leur épuisement, les trois guerriers redoublèrent d'ardeur, luttant avec l'énergie du désespoir contre les vagues creusées par une houle puissante. Cependant, très vite, Cécilia se rendit compte que leurs efforts étaient vains. Le *Hazard* gagnait irrésistiblement du terrain sur eux.

Bientôt apparut l'entrée de la baie de Kaipara.

— C'est trop bête, ragea la jeune femme. Si nous parvenons à atteindre la côte nord, nous sommes sauvés.

Elle se douta que Philpotts devait les observer à la

longue-vue. Il était encore trop loin pour distinguer quoi que ce fut à bord, d'autant plus que les vagues couvertes d'écume les protégeaient un peu. Mais bientôt, il serait plus près... et il l'apercevrait. Soudain, elle eut une idée. Il ne fallait pas que Philpotts la vît à bord de la pirogue. Avertissant ses compagnons, elle s'allongea comme elle put dans le fond de l'embarcation et se recouvrit des manteaux en peau de chien.

— Faites semblant de vous diriger vers l'intérieur de la baie, dit-elle. Philpotts pensera peut-être qu'il a affaire à des alliés et il nous laissera tranquilles.

— Il nous rattrape, Wahinehoi, dit Taunga.

Par une trouée aménagée dans les couvertures, Cécilia distingua au loin la rive nord. Elle pesta. A une heure près, ils l'auraient atteinte et ils seraient en sécurité dans la forêt qui bordait la côte. Le cœur broyé par l'angoisse, la jeune femme vit le lourd navire approcher inexorablement.

Tout à coup, Taunga cessa de pagayer et la pirogue fila sur son erre. Plus morte que vive, Cécilia comprit que le *Hazard* était tout près. Elle n'osait plus faire un mouvement, malgré les courbatures qui lui mordaient les membres et le froid humide qui détrempait ses vêtements.

— Nous leur faisons des signes d'amitié ! expliqua Taunga. Ne bouge surtout pas !

Cécilia n'en avait pas l'intention. A tout hasard, elle adressa une vibrante prière à ce dieu auquel elle ne croyait pas tellement, et une autre à Maui, le jeune dieu polynésien qui avait créé Aotearoa. La perspective d'être arrêtée ne l'effrayait que dans la mesure où elle risquait de ne pas revoir Moana avant longtemps. Car Philpotts n'aurait aucune pitié pour elle. La prison la guettait, peut-être même la pendaison, car il avait juré de punir les chefs rebelles de façon exemplaire.

— Ils s'éloignent, dit soudain la voix de Taunga.

La jeune femme poussa un soupir de soulagement.

— Nous nous dirigeons lentement vers la côte nord, Wahinehoi. Reste bien cachée. J'ai aperçu le commandant *pakeha*. Méfie-toi : il nous surveille.

Cécilia dut patienter encore une bonne heure, coincée dans le fond de la *waka*, malmenée par les rouleaux chargés d'écume. Enfin, la pirogue fut projetée brutalement sur la grève sablonneuse que longeait une vaste étendue forestière aux arbres immenses. Des *kauris*. La jeune femme put s'extraire de sa cachette. Le *Hazard* avait disparu dans le crépuscule. Elle poussa un soupir de soulagement, puis massa ses membres endoloris et glacés.

Après une nuit passée dans la forêt, la *waka* reprit la mer à l'aube. Cécilia était frigorifiée. Ils n'avaient pu allumer de feu de peur d'attirer l'attention des tribus locales et ses vêtements trempés ne l'avaient guère protégée du froid nocturne.

Le vent n'avait pas faibli depuis la veille et ils durent affronter une houle puissante, puis une pluie battante qui ralentit leur progression. En raison des éléments, il leur fallut encore deux jours pour rejoindre Hokianga. Là, ils retrouvèrent le bras de mer qui leur permettrait de rejoindre Kaikohe.

Soudain, comme ils doublaient une pointe rocheuse, Cécilia poussa un cri.

— Le *Hazard* !

Le navire de guerre anglais avait jeté l'ancre sur la rive sud du fjord. Au loin, elle distingua quelques embarcations ainsi que des pirogues de guerre appartenant aux Ngati Whatuas.

— Il n'a pas rejoint Kororareka, s'étonna Cécilia. Mais pourquoi ?

Puis elle comprit.

— Philpotts veut prendre les nôtres à revers. Il doit être en train de conclure une alliance avec les Ngati Whatuas.

— Nous ne pouvons plus passer, Wahinehoi, dit Taunga. Ils nous repéreraient aussitôt.

Cécilia lâcha un juron que n'aurait pas désavoué Max le cocher. Il lui était impossible désormais de rejoindre Kaikohe.

— Il ne nous reste plus qu'une solution, dit-elle. Le territoire de Hone Heke commence sur la rive nord. Nous devons le rencontrer.

Bientôt, la *waka* fila hors de vue du navire de guerre et gagna la côte nord du fjord. Malgré leur épuisement, ils durent encore marcher toute une journée dans la brousse, traverser une rivière tumultueuse avant d'atteindre le *pa* de Hone Heke, Puketutu. Sitôt arrivés, on les conduisit devant lui.

— Wahinehoi ! s'écria le chef maori en l'apercevant. Comment se fait-il que tu sois là ? Je te croyais à Auckland.

— Les Anglais sont sur le point d'attaquer !

Elle expliqua ce qu'elle avait appris.

— Je suis au courant, répondit-il. Ces chiens

rouges[1] préparent une alliance avec nos ennemis. Ils veulent nous combattre.

Il écarta les bras en signe d'impatience.

— J'ai fait renforcer les défenses de mon village, mais ce n'est pas terminé. Un flanc reste à consolider. Nous avons manqué de temps. Nous avons dû lutter contre une tribu favorable aux Anglais. S'ils attaquent par là, nous aurons du mal à les repousser. Mais qu'importe ! Nous les vaincrons !

Cécilia se rendit compte qu'une bonne partie de la population était occupée à creuser des tranchées autour du village. On plantait ensuite des lignes de pieux pointus et durcis au feu. Puketutu bénéficiait de deux lignes de défense, sauf sur le flanc est, qui n'en comportait qu'une seule.

— Je pense qu'ils vont attaquer d'ici deux ou trois jours, poursuivit Hone Heke. C'est trop peu pour achever nos défenses.

— Je vais rejoindre Kaharinga, déclara Cécilia. Il viendra te prêter main-forte.

— Malheureusement, c'est impossible. Des bandes de Ngati Whatuas ont investi nos territoires. Tu risques d'être tuée. Le mieux est de rester ici. Tu seras en sécurité.

— Mais en passant par le nord, puis en rejoignant Mangamuka...

— C'est trop dangereux. Tu n'as pas ton cheval pour leur échapper.

1. Les uniformes anglais étaient de cette couleur.

— Il faut pourtant que Kaharinga soit prévenu, intervint Taunga. Je vais le faire. Personne mieux que moi ne sait se cacher dans la forêt.

— C'est bien, approuva Hone Heke. Pars dès que tu auras repris des forces.

Cécilia acquiesça. Aideen était restée à Kaikohe. Elle n'avait pas le choix. Elle était condamnée à rester. Et à se battre aux côtés de Hone Heke.

35

Une attente éprouvante avait commencé. D'une manière ou d'une autre, Philpotts avait appris que les trois tribus rebelles s'étaient séparées et avaient regagné leurs villages. Il voulait profiter de ce morcellement des forces insurgées pour les attaquer l'une après l'autre, ce qui expliquait la promptitude avec laquelle il avait rejoint les lieux des combats.

Mais si le transport des troupes par bateau n'avait pas posé de problème majeur, il était plus difficile de faire traverser une brousse hostile à plus de trois cents soldats et à deux canons. Hone Heke avait estimé qu'ils ne pourraient pas être là avant trois ou quatre jours. On mit ce répit à profit pour tenter d'achever le flanc oriental, qui présentait toujours des faiblesses.

Les habitants de Puketutu considéraient Cécilia avec

curiosité. La plupart ne la connaissaient pas, mais ils avaient entendu parler d'elle. Cependant, peut-être en raison de sa chevelure blonde qui trahissait son état de *pakeha*, on hésitait à lui adresser la parole. Tumika et Ranaki, les deux guerriers de sa tribu, ne la quittaient pas. Ils étaient les seuls avec lesquels elle pouvait parler.

Hone Heke lui-même ne semblait pas très à l'aise avec elle, bien qu'il l'eût rencontrée plusieurs fois. Cécilia ne fut pas longue à comprendre pourquoi. Hone Heke avait deux épouses, dont il avait l'habitude d'être obéi sans discussion. Cécilia constituait un cas à part en tant qu'épouse d'un guerrier maori. Elle bénéficiait, du fait de sa personnalité, d'une grande indépendance. Elle avait la réputation d'être dotée d'une autorité naturelle à laquelle les guerriers de Kaharinga se pliaient sans difficulté. Cette idée choquait Hone Heke, pour qui les femmes étaient *noas*, c'est-à-dire impures, non issues de l'essence divine, à l'inverse des hommes qui, eux, étaient *tapus*.

En réalité, Hone Heke ne savait pas comment s'y prendre avec elle. L'assurance de la jeune femme, renforcée par son regard pâle, le désarçonnait. Aussi évita-t-il de s'occuper d'elle. Dans son esprit, elle pouvait aller où elle voulait dans le village à condition de ne pas gêner les préparatifs.

Cécilia décida donc d'apporter son aide aux bâtisseurs. C'était un travail ordinairement réservé aux hommes, mais personne n'osa lui dire quoi que ce fût. Assistée par Tumika et Ranaki, elle entreprit de planter des pieux.

Elle constata l'ingéniosité avec laquelle avaient été

construites les défenses du *pa*. Sauf sur le flanc oriental qui ne comportait qu'un seul fossé, le village était entouré de deux lignes de tranchées recouvertes de rondins de *puriri* épais destinés à protéger les guerriers des obus ennemis. Ces chemins couverts s'appelaient des *ruas*. Abrités par les troncs d'arbres, les guerriers pouvaient se déplacer facilement d'un point à un autre sans trop de risques. De gros rouleaux de *flax* avaient été placés aux endroits stratégiques pour protéger les tireurs[1].

Tout à coup, vers le milieu de la matinée, une vingtaine de guerriers ennemis surgirent de la forêt, armés de mousquets, et prirent position à la hâte. Des coups de feu éclatèrent. Avant que .les défenseurs aient pu réagir, deux hommes s'écroulèrent. Puis les agresseurs s'évanouirent dans l'épaisseur de la forêt, comme ils étaient apparus. Cécilia comprit qu'il était inutile de les poursuivre. Hone Heke survint et poussa un rugissement de colère.

— Ces chiens nous paieront cela ! hurla-t-il.

On emporta les deux hommes, qui n'étaient que légèrement blessés, vers le *whare* du sorcier. Cécilia s'approcha de Hone Heke.

— Tu as vu ! grogna-t-il. C'est pour cela que nous

1. Ce système de fortification étonnant fut mis au point par le chef Te Ruki Kawiti, qui se révéla, au cours de la guerre du Mât de 1845, un redoutable stratège et un remarquable ingénieur. Cette ingéniosité explique en grande partie les défaites anglaises.

n'avons pas encore pu terminer ce rempart. Ils ne cessent de nous harceler depuis plus de dix jours. Ils tirent, puis ils disparaissent. Au début, nous avons essayé de les poursuivre, mais c'était peine perdue.

— Ils vont revenir, dit Cécilia. Dans ce cas, il faut armer ceux qui travaillent.

— Mais il faut planter ces pieux ! Nous n'avons pas beaucoup de temps.

— Alors, j'assurerai moi-même leur défense. Donne-moi des mousquets. Une douzaine. Et deux hommes pour les recharger.

Il hésita. Les armes étaient réservées aux hommes. Mais il avait eu l'occasion de voir Cécilia tirer lors d'une réunion entre les deux tribus. Personne ne pouvait rivaliser avec elle.

— C'est d'accord, dit-il. Mais essaie de ne pas te faire tuer. Mon ami Kaharinga ne me le pardonnerait pas.

Quelques instants plus tard, Cécilia prit position derrière un talus qui offrait une vue dominante sur la pente dégagée cernant le village. Tumika et Ranaki s'étaient placés de part et d'autre. Deux hommes de la tribu attendaient derrière eux, prêts à recharger. Il leur fallut patienter jusqu'au début de l'après-midi pour voir à nouveau surgir la vingtaine de guerriers ngati whatuas. Mais cette fois, Cécilia avait prévenu les ouvriers. Elle hurla :

— Couchez-vous !

Abandonnant leur tâche, ils obéirent instantanément. L'instant suivant, avant même que les assaillants aient pu se mettre en position, des tirs précis les accueillirent. Cécilia avait ordonné à ses guerriers de viser posément. Deux combattants ennemis s'effondrèrent en hurlant. Une seconde salve en toucha un troisième, qui fit une pirouette en arrière sous l'impact. Stupéfaits par cette riposte inattendue, les agresseurs marquèrent un temps d'hésitation, puis se replièrent en emportant leurs blessés, sans avoir eu le temps de tirer. Les ouvriers poussèrent un hurlement de victoire et entamèrent un *haka* endiablé et bruyant, avec force tirages de langue et injures aux vaincus.

Hone Heke, qui était survenu aussitôt qu'il avait entendu les coups de feu, rejoignit Cécilia.

— Je comprends pourquoi les tiens te vouent une si grande admiration, dit-il. Sois remerciée. Tu as sans doute sauvé plusieurs de mes hommes.

Il hésita, puis ajouta :

— Je sais que tu as enseigné le tir aux guerriers de Kaharinga. Accepterais-tu de le faire pour les miens ? Beaucoup ne savent pas se servir correctement d'un fusil.

— Avec plaisir.

La proposition réjouit Cécilia. Tout d'abord, elle serait certainement plus utile dans cette occupation. Et surtout, elle venait de gagner la confiance de Hone Heke.

Elle se mit immédiatement au travail, assistée par ses deux guerriers.

L'ambiance du village était lourde, comme à l'approche d'une tempête. Dans l'air flottait une inquiétude palpable. Les Maoris étaient toujours prêts à se battre entre eux. Cela faisait partie de leurs habitudes, et la mort ne les effrayait pas. Mais ils ignoraient la manière de combattre des Anglais, auxquels ne les avaient opposés que des escarmouches par le passé. Cette fois, il s'agirait d'une véritable bataille.

Cécilia était également inquiète pour Taunga. Elle savait qu'il était capable de passer à travers les pièges tendus par les bandes qui rôdaient dans la forêt. Mais s'il était capturé, il serait tué et dévoré. Et elle ne pouvait supporter cette idée horrible.

Le 7 mai 1845, le quatrième jour après l'arrivée de Cécilia, une rumeur se fit entendre au sud, dans la forêt. Aussitôt, les guetteurs embouchèrent des sortes de trompes taillées dans des conques pour avertir les habitants de l'arrivée de l'ennemi. Cécilia courut jusqu'à l'entrée, une haute porte double protégée par trois chicanes de fossés et de palissades.

Au loin, sous un ciel couvert de lourds nuages noirs, la forêt semblait parcourue par d'inquiétants frémissements. Des bruits inhabituels en sourdaient, qui peu à peu formaient une sorte de grondement, comme si un monstre gigantesque rampait sous l'épaisseur des arbres. Le silence s'était fait dans le village, seulement troublé par les gémissements des enfants, qui sentaient qu'il se passait quelque chose d'anormal.

Cécilia avait l'impression d'être renvoyée deux ans et demi plus tôt, lorsque les Ngati Whatuas avaient attaqué Kaikohe après avoir massacré les siens. Ils avaient obtenu la victoire grâce aux mousquets qu'elle avait achetés à Auckland. Ces mousquets avaient abattu les démons responsables du massacre de sa famille à Matawaia. Cette fois, l'ennemi était anglais. Elle prit conscience qu'elle allait devoir tirer sur des soldats britanniques. Mais avait-elle le choix ? Si les Anglais parvenaient à investir Puketutu, leurs alliés maoris ne feraient aucun quartier. Les prisonniers seraient tous tués ou réduits en esclavage.

Une bouffée de haine l'envahit, dirigée contre Philpotts et Fitzroy, qui avaient refusé toute négociation. Par calcul peut-être – l'élimination des rebelles au profit des tribus fidèles à l'empire –, par intérêt sans doute, par orgueil sûrement. Philpotts n'avait pas digéré ses maladresses de Kororareka et il voulait prouver qu'il était un grand chef de guerre.

Cécilia ne se trompait pas. Le commandant du *Hazard* s'en voulait de la réaction qui l'avait saisi lorsqu'il avait vu les Maoris déferler sur l'ancienne capitale. Il se reprochait d'avoir manqué de courage. Il aurait pu rester sur place et s'enfermer dans la caserne. Il disposait de deux canons et de munitions en suffisance. Il lui aurait suffi d'ordonner au navire de bombarder les rebelles pour les chasser. Mais le nombre de ses soldats était limité. Il risquait de ne plus pouvoir s'échapper de la ville et de périr sous les coups des sauvages.

Si au moins ses hommes n'avaient pas fait sauter la réserve de poudre trop tôt ! Il aurait pu éliminer ainsi plusieurs dizaines de Maoris d'un coup. Et peut-être même leur faire suffisamment peur pour qu'ils déguerpissent. Mais ses soldats, dans leur précipitation, avaient commis une maladresse fatale. Tant pis pour eux, ils n'avaient eu que ce qu'ils méritaient ! Lui-même avait dû mentir au gouverneur pour établir une vérité qui ne fût pas déshonorante pour lui. Lord Fitzroy l'avait cru. Mais ce maudit prêtre avait pris la défense des rebelles. Il avait même tenté de rétablir la vérité en le discréditant aux yeux de Son Excellence. Heureusement, le gouverneur Fitzroy n'avait pas écouté ce traître, et il avait accordé les renforts que lui, James Philpotts, demandait. Tous deux partageaient les mêmes sentiments vis-à-vis des Maoris : de la racaille barbare et païenne qu'il convenait de dominer ou d'éliminer.

Bien décidé à en finir au plus vite, Philpotts n'avait pas laissé à ses hommes le temps de souffler. Il fallait écraser cette vermine avant de lui laisser le temps de s'organiser. Il disposait à présent de quatre cents hommes bien armés, auxquels s'étaient joints près de deux cents Maoris alliés. On pouvait compter sur eux pour exterminer tous ceux qui résisteraient lorsqu'ils auraient envahi ce damné village fortifié. Hone Heke, le plus dangereux, commandait la tribu la plus nombreuse. C'était donc lui qu'il fallait frapper en premier. Ensuite viendrait le tour du vieux Te Ruki Kawiti, puis celui de ce chien de Kaharinga, qui avait poussé l'arrogance jusqu'à épouser une femme blanche. Une catin, certes, mais une Anglaise. Celle-là ne perdait rien pour attendre, elle non plus. Personne ne savait ce qu'elle était devenue. La rumeur avait prétendu qu'elle se trouvait à Auckland, mais on n'avait pu mettre la main dessus. Il est vrai que l'on n'avait pas disposé de beaucoup de temps. C'était la corde qui l'attendait quand elle serait capturée. Et il tenait à être présent lorsque cela arriverait !

Tout en approchant, Philpotts remâchait ainsi sa rancune. Cependant, une fois en vue de Puketutu, une certaine inquiétude le saisit. Le village était beaucoup plus grand qu'il ne se l'était imaginé. Il s'était attendu à trouver un assemblage hétéroclite de baraques de bois habitées par quelques barbares puants et mal organisés. Il se trouvait face à une véritable petite ville solidement implantée au sommet d'une colline parfaitement aménagée. Les pentes avaient été débarrassées de leur végétation afin d'ôter toute protection aux assaillants. Le village lui-même était protégé par des palissades hautes comme deux hommes.

Il pesta intérieurement. Il avait escompté une victoire facile et rapide sur des sauvages mal armés. Cela ne serait sans doute pas aussi aisé qu'il l'avait cru. Mais il savait par ses alliés maoris que la partie orientale était plus fragile. Il avait amené deux des canons du *Hazard*, ce qui expliquait qu'ils avaient mis quatre jours pour parcourir moins de vingt miles.

Après avoir évalué la situation, il estima qu'en concentrant l'attaque sur la partie est, les défenses devraient céder en une seule journée. Autour de lui, les guerriers ngati whatuas avaient entamé un *haka* bruyant, jetant défis et insultes en direction du *pa* ennemi.

Puis on mit les canons en batterie. Bientôt, des obus jaillirent en direction du village. Mais la position en contrebas gênait les artilleurs, qui avaient beaucoup de peine à effectuer des tirs précis. De plus, au bout d'une heure, Philpotts, la gorge irritée par la poudre, s'exclama :

— Concentrez votre tir, bandes d'imbéciles ! Nos obus ne leur causent aucun dégât important.

En effet, si les projectiles soulevaient des gerbes de terre spectaculaires, ils ne parvenaient pas à percer la muraille ennemie de manière efficace. Et surtout, à l'endroit même où ils étaient tombés jaillissaient ensuite des guerriers indemnes qui lançaient des cris de victoire.

— Mais comment font-ils ? explosa Philpotts. Ces chiens sont donc invulnérables !

Il obtint l'explication de la part d'un guerrier ngati whatua, qui lui décrivit le système des tranchées protégées contre lesquelles les obus se révélaient la plupart du temps inefficaces.

Enfin, vers le milieu de la matinée, l'un des projectiles parvint à creuser une brèche dans le rempart oriental, tuant deux guerriers au passage. Ce fut le signe que Philpotts attendait. Poussant un cri de victoire anticipée, il donna l'ordre d'attaquer. Une marée d'uniformes rouges s'élança à l'assaut de la colline en tirant des salves à intervalles réguliers afin d'empêcher les défenseurs de riposter. Cécilia avait bien précisé aux guerriers qu'elle avait formés de ne pas répondre immédiatement et d'attendre que les assaillants fussent assez proches. Mais plusieurs d'entre eux n'obéirent pas et il s'ensuivit un échange de coups de feu nourri entre les Anglais et les défenseurs. Malgré la situation en surplomb, plusieurs Maoris tombèrent en hurlant. Cécilia faillit crier de colère. Ces fous refusaient d'obéir à une femme.

Heureusement, une bonne moitié d'entre eux avaient attendu. Lorsque les soldats britanniques furent à mi-pente, elle donna l'ordre de tirer. Cette fois, tous les Maoris déchargèrent leur fusil simultanément. Une douzaine d'uniformes rouges s'effondrèrent. Au pied de la colline, James Philpotts écumait de rage. Ces maudits sauvages avaient appris à se servir de leurs armes ! Il constata très vite que ses soldats ne pouvaient plus progresser. Le feu bien organisé de l'ennemi les clouait littéralement sur place. Cependant, il refusa d'abandonner. Quel que fût le prix en vies humaines, il viendrait à bout de ce nid de frelons ! Il ordonna à ses hommes de poursuivre l'attaque. Toutefois, malgré le courage de ses soldats, malgré la hargne de ses alliés maoris qui s'étaient eux aussi lancés à l'assaut du village, ses troupes ne progressaient pas d'un pouce.

Lorsque le soleil fut au zénith, les attaquants avaient perdu une trentaine d'hommes. Philpotts se décida enfin à faire revenir ses soldats.

Un deuxième assaut eut lieu dans l'après-midi, qui connut le même échec et leur coûta une dizaine de morts. Le soir, le commandant ne décolérait pas. Ses subordonnés, même blessés, se firent vertement réprimander.

Et surtout, il avait appris par ses hommes que l'épouse de ce damné Kaharinga était présente, et qu'elle tirait sur les troupes britanniques. On l'avait formellement reconnue. Une femme aux longs cheveux blonds. Mais comment était-ce possible ? Comment avait-elle pu s'échapper aussi vite d'Auckland pour venir se réfugier ici ? Soudain, il se souvint de la petite pirogue que le navire avait dépassée le long de la côte, à la hauteur de la baie de Kaipara. Elle était certainement à bord ! Il lâcha une nouvelle bordée de jurons. C'était elle, il en était sûr, qui avait organisé la défense de ce maudit village !

Il avait escompté une victoire rapide, remportée sans le concours des Ngati Whatuas. Ceux-ci avaient promis d'envoyer trois cents guerriers en renfort. Il les attendait pour le lendemain. Il était aussi furieux contre lui-même. La sagesse voulait qu'il attendît leur présence pour attaquer, mais il aurait souhaité ne devoir cette victoire qu'aux seules troupes britanniques. C'était une question de prestige, afin de leur montrer que l'on n'avait pas besoin d'eux.

Cependant, force lui était de patienter jusqu'à l'arrivée des Ngati Whatuas, commandés par le propre fils de Tangata Nui, Te Orongo Pokai.

Le lendemain, vers le milieu de la matinée, une nouvelle rumeur retentit dans la forêt. Cécilia s'était attendue à ce que les Britanniques attaquent dès l'aube, mais ils s'étaient contentés de tirer quelques coups de fusil parcimonieux pour répondre aux *hakas* de provocation dansés par les plus jeunes guerriers, impatients d'en découdre à nouveau. Elle était épuisée après avoir passé la nuit sur place. Elle avait à peine trouvé le temps, au matin, de faire une toilette rapide pour nettoyer son visage maculé de terre. Peu à peu, de nouvelles troupes apparurent qui brandissaient leur hache de jade en poussant des cris gutturaux.

— Cette fois, nous allons devoir nous battre jusqu'à la mort, déclara Hone Heke qui l'avait rejointe. Ils sont deux fois plus nombreux qu'hier.

Comme il l'avait redouté, l'assaut fut cette fois beaucoup plus violent. Les tireurs embusqués derrière leurs épais panneaux de *flax* ne suffirent pas à repousser les soldats anglais. Une partie des défenseurs avaient été obligés de se porter au sud, où attaquaient plus de deux cents Ngati Whatuas. Un corps à corps furieux s'engagea très vite pour la défense de la grande porte d'entrée. Cécilia, débordée, avait dû abandonner son poste. Les Britanniques, au prix de lourdes pertes, étaient parvenus au sommet de la colline et il fallait les affronter au casse-tête et au poignard. Elle n'aurait été d'aucune utilité. Réfugiée près de la porte avec une douzaine de guerriers, elle en avait assuré la défense. Si celle-ci cédait, l'ennemi investirait le village.

Tout à coup, elle ressentit une violente douleur au côté gauche. Une balle l'avait touchée. La respiration coupée, elle tomba à genoux. Le sang battait à ses tempes. L'ennemi n'était plus qu'à quelques pas, grimaçant et vociférant. Elle aurait voulu hurler de colère, mais aucun son ne sortait de sa bouche. Elle porta sa main à son flanc et la retira poisseuse de sang. C'était trop stupide. Elle avait traversé d'autres batailles sans être touchée. Si le village était investi, elle ne pourrait même pas se défendre. Un voile rouge passa devant ses yeux. A bout de force, elle s'effondra en avant.

A quelques pas de là, le lieutenant anglais qui avait fait feu poussa un hurlement de triomphe. Il savait qui elle était. Le commandant Philpotts lui en avait parlé. Il vit un sauvage la tirer en arrière. Elle ne bougeait plus. Peut-être l'avait-il tuée...

Il ne le sut jamais. Un casse-tête lui fracassa le crâne.

Hone Heke avait vu Cécilia s'effondrer. Il blêmit. Mais il lui était impossible de la rejoindre pour l'instant. Il fallait repousser l'ennemi qui, un peu partout, menaçait d'enfoncer les défenses du *pa*. Autour de lui, Ngati Whatuas et soldats anglais s'écroulaient. Sa taille gigantesque lui conférait un gros avantage, et rares étaient ceux qui osaient l'affronter directement. Sa *mere* faisait des ravages dans les rangs adverses. Partout la bataille faisait rage, à coups de hache, de casse-tête, de lance, à coups de poing parfois. Les défenseurs luttaient avec l'énergie du désespoir, mais les assaillants arrivaient toujours plus nombreux. Par endroits, la première ligne de palissades et de fossés avait été enfoncée. La seconde menaçait de céder à son tour.

Tout à coup, un vacarme retentit au pied de la colline. Hone Heke se débarrassa de son agresseur et bondit sur le rempart. Il poussa un long hurlement de triomphe. Au loin, les troupes de Philpotts étaient prises à revers par les tribus de Te Ruki Kawiti et de Kaharinga. En quelques instants, la panique s'installa chez les attaquants. Les Ngati Whatuas, comprenant que tout était perdu, rompirent l'engagement, dévalèrent la pente et s'enfuirent dans la forêt, aussitôt pris en chasse par les guerriers de Te Ruki Kawiti. Ils laissaient une centaine de morts sur le champ de bataille. Les Britanniques, pris entre deux feux, n'avaient plus d'autre solution que de battre en retraite. Mais les Nga Puhis de Kaharinga leur barraient le chemin.

Le commandant anglais bouillait de colère. Une nouvelle fois, ces sauvages s'étaient joués de lui. D'après les rapports de ses subordonnés, près d'une centaine de ses soldats avaient été tués. Le quart de ses effectifs[1] ! Poursuivre la bataille eût été courir au suicide, d'autant plus que les munitions commençaient à manquer. Il ordonna à ses hommes de baisser leurs armes et d'agiter un drapeau blanc. Il était encore temps de négocier une retraite honorable.

La rage au cœur, il vit venir à lui deux chefs au visage tatoué, un vieux et un plus jeune, tous deux revêtus de manteaux en peau de chien ornés de tissu de couleur. Ces gens-là ne pouvaient-ils pas s'habiller comme tout le monde ? L'un et l'autre étaient couverts de terre et de sang. Ils avaient combattu personnellement. Lui-même ne l'avait pas fait. Malgré sa fureur, leur allure noble et fière l'impressionna et il ne put s'empêcher d'éprouver pour eux une certaine admira-

1. Authentique. La bataille de Puketutu fut l'une des plus importantes et des plus meurtrières de la guerre du Mât.

tion. Tout à coup, il reconnut le plus jeune. Il lui avait rendu visite quelques semaines plus tôt à Kororareka en compagnie de la femme blanche. Une bouffée de haine l'envahit à l'évocation de cette dernière. Il savait qu'elle se trouvait dans le village assiégé. Ces soldats avaient aperçu une fille à la longue chevelure blonde. Ils avaient ajouté qu'un lieutenant l'avait blessée, tuée peut-être. A cette idée, il ressentit un curieux mélange de satisfaction et de regret. La mort de cette catin constituerait une vengeance pour la défaite qu'il avait subie aujourd'hui.

Ce fut Kaharinga qui prit la parole.

— Commandant Philpotts, vous êtes vaincu. Nous n'avons jamais voulu cette bataille, ni la mort des *pakehas*, mais vous avez investi nos terres par la force et nous nous sommes défendus. Plusieurs dizaines de soldats britanniques ont péri ainsi que beaucoup des nôtres. Tout cela aurait pu être évité si vous aviez accepté d'écouter le message d'avertissement que mon épouse et moi-même vous avons apporté il y a quelques semaines. Soyez persuadé que nous continuerons à défendre nos terres avec la même détermination. Un accord a été signé entre nos tribus et le gouvernement britannique le 6 février 1840. Nous exigeons qu'il soit respecté. Veuillez porter ce message à Son Excellence le gouverneur Robert Fitzroy.

Philpotts blêmit. Il avait oublié que ce chien parlait un anglais plus correct que le sien. Il répliqua d'un ton sec :

— Qu'allez-vous faire de mes soldats ?

— Ils sont libres de repartir pour Auckland également.

Nous vous laisserons le temps de récupérer vos morts. Et nous prierons Dieu pour qu'il accueille en ce jour tous ceux qui ont été tués, *pakehas* comme Maoris.

Kaharinga pointa le doigt sur Philpotts.

— Mais vous, commandant, n'oubliez pas que vous portez la responsabilité de leur mort. Alors, ce soir, au moment de repartir, faites votre examen de conscience. Et priez, vous aussi !

L'Anglais faillit répliquer vertement. Ce barbare se permettait de lui donner des leçons ! Il serra les dents pour endiguer le flot de rage qui lui tordait l'estomac, d'autant plus qu'il avait peine à soutenir le regard dur de son adversaire. Mais il n'était pas en position de force. Il se consola en songeant que ce barbare allait découvrir tout à l'heure que son épouse, cette catin anglaise dont il était si fier, avait été tuée. Cependant, à cette idée, une vague nausée tordit l'estomac de Philpotts. Peut-être était-ce l'odeur de sang qui émanait de ces sauvages...

Un peu plus tard, tandis que les survivants britanniques commençaient à ramasser leurs compagnons tombés au combat, Kaharinga et Te Ruki Kawiti se dirigèrent vers le village. Après la bataille régnait un calme étrange. Les survivants, hébétés, erraient à pas lents, tentaient de relever un compagnon, fermaient les yeux d'un mort. D'autres, plus ou moins grièvement blessés, gémissaient, allongés sur le sol. Certains portaient triomphalement par les cheveux des têtes d'ennemis. De larges traînées rouge sombre maculaient le sol, témoins de la violence des combats. La gorge serrée, Kaharinga songea que ce désastre aurait pu être évité avec un peu de bonne volonté de part et d'autre. Le christianisme lui avait ouvert les yeux sur une autre manière de considérer le monde. Les hommes n'étaient pas faits pour la guerre, même si les Maoris se montraient extrêmement susceptibles et prompts à vouloir venger la moindre provocation. Ils appelaient ça le *utu*.

Il chassa ses idées sombres. Cécilia était là, quelque part. Il avait tellement tremblé pour elle. Quelle idée avait-elle eue de revenir en pleine guerre ! Bien sûr, ses informations s'étaient révélées primordiales, mais il aurait préféré la savoir en sécurité à Auckland.

En approchant de la haute porte d'entrée, il sut, au visage sombre de Hone Heke, que quelque chose de grave était arrivé.

36

Kaharinga fut conduit jusqu'à une maison longue où l'on avait rassemblé les blessés. Cécilia était allongée sur une natte. Un linge rougi enserrait son flanc. Le cœur broyé par l'angoisse, il s'agenouilla près d'elle. Elle ouvrit les yeux.

— Cécilia ?

Elle grimaça un sourire.

— Tu es là, souffla-t-elle. Cela veut dire que Taunga a réussi à passer.

— Oui. Il est ici. Il a même amené ton cheval.

Il n'aima pas son teint pâli et son regard trouble.

— Que s'est-il passé ?

— Ce n'est rien. Une égratignure. Une balle m'a traversé le flanc, mais elle est ressortie. Je m'en remettrai.

Sa voix était étouffée. C'était la première fois qu'il la sentait aussi affaiblie. Il regarda la vieille femme qui l'avait soignée. Elle hocha la tête, embarrassée.

— Il lui faut du repos. Elle a perdu beaucoup de sang. Son *mauri* est faible. Seuls les dieux décideront si elle doit vivre ou pas.

La gorge de Kaharinga se serra. Il ne supportait pas l'idée que Cécilia pût mourir. Il se pencha, posa son front sur celui de la jeune femme et ferma les yeux. Cécilia adorait ce geste de grande douceur. Elle aimait l'odeur qui se dégageait de sa peau, sa main qui se refermait sur la sienne.

— Pourquoi as-tu quitté Auckland ? demanda-t-il. Tu as mis ta vie en danger. Et tu as quitté notre fille.

— Elle est en sécurité. Je l'ai laissée chez mon amie Rebecca Simpson. Mais je devais t'avertir de l'arrivée de Philpotts à la tête d'une armée puissante.

— Nos éclaireurs l'auraient fait.

— Ils vous auraient avertis trop tard. Puketutu a pu préparer plus efficacement sa défense. Et surtout, sans Taunga qui a réussi à passer pour te prévenir, Hone Heke aurait dû résister seul.

— C'est vrai, intervint l'intéressé. Grâce à Wahinehoi, mes hommes ont appris à mieux se servir d'un mousquet. Ton épouse est courageuse, Kaharinga.

— Je le sais. Mais, comme disent les *pakehas*, elle est aussi têtue qu'une mule.

Si la bataille de Puketutu s'était terminée par une victoire pour les insurgés, elle avait été lourde en pertes humaines. Plus de cent vingt guerriers avaient péri, dont soixante-dix dans la seule tribu de Hone Heke. Le soir même, les trois chefs se réunirent avec les anciens du village.

— Nous avons décidé de mettre un terme à la guerre, déclara Kaharinga lorsqu'il retrouva Cécilia plus tard. Aujourd'hui, nous avons remporté une grande victoire. Les Anglais ont été vaincus, et nous avons chassé les Ngati Whatuas qui s'étaient alliés avec eux. Mais nous ne pourrons pas lutter indéfiniment contre les *pakehas*. S'ils envoient de nouvelles troupes, ils finiront par nous vaincre. Nous ne sommes pas faits pour livrer de telles batailles. Nous sommes trop peu nombreux. Hone Heke veut gagner son ancien *pa* de Te Ahauhu[1]. Te Ruki Kawiti et moi sommes las de nous battre. Nous espérons seulement que cette défaite amènera Philpotts à renoncer à poursuivre le conflit. Je lui ai dit que nous

1. Après la bataille de Puketutu, Hone Heke s'est effectivement réfugié dans ce village fortifié. Mais un jour qu'il s'en était absenté, Te Ahauhu fut repris par deux chefs progouvernementaux, Te Taonui et Waka Nene. Hone Heke tenta de le reconquérir mais, blessé, il dut y renoncer.

étions déterminés à lutter jusqu'au bout. Il a perdu une centaine d'hommes aujourd'hui. Mais c'est un homme orgueilleux. Dieu seul sait ce dont il est capable.

Cécilia fut soulagée de voir bientôt les combats cesser. Cependant, elle avait d'autres soucis.

— Je dois aller rechercher Moana à Auckland, dit-elle.

— Nous irons la reprendre. Mais il faut d'abord que tu recouvres des forces. Ta blessure est sérieuse.

Kaharinga n'avait pas tort. Cécilia dut rester plusieurs jours à Puketutu avant de pouvoir retourner à Kaingaroa. Heureusement, la robuste constitution de la jeune femme lui permit de se remettre très vite sur pied. La perspective de bientôt revoir sa fille la soutenait. Fin mai, une accalmie se dessina dans les tempêtes d'automne qui se succédaient depuis la terrible bataille. Les Nga Puhis en profitèrent pour regagner leur village de Kaingaroa. Une fois sur place, Cécilia manifesta l'intention de repartir immédiatement pour Auckland. Mais Kaharinga la tempéra.

— Tu es encore trop fragile, déclara-t-il. Ce voyage risque de se révéler dangereux et tu dois être en pleine possession de tes moyens. Il est hors de question d'emprunter un navire européen. Nous utiliserons la *waka*.

— Que crains-tu ?

— Je me méfie du commandant Philpotts. Je doute qu'il renonce à nous combattre. Et puis, n'oublie pas qu'il te fait rechercher. En fait, il serait même plus prudent que j'aille la chercher seul.

— Non ! répondit-elle d'un ton catégorique. J'attendrai d'être suffisamment remise, mais je veux t'accompagner.

Kaharinga savait qu'il était vain de s'opposer à ses décisions. A sa place, il aurait réagi de la même manière. Aussi accepta-t-il sans discuter.

— Alors, il faut éviter que les *pakehas* ne soient au courant de ta présence à Auckland. Tu es reconnaissable.

Il désigna sa longue chevelure couleur d'or.

— Je porterai un bonnet, répliqua-t-elle, déterminée. Ils sont laids, mais ils sont larges. Je m'habillerai de gris. Et je garderai les yeux baissés.

Trois semaines plus tard, grâce aux soins du *tohunga* et de Marevaora, Cécilia était rétablie. Elle ne conserverait de sa blessure qu'une superbe cicatrice. Avec le recul, la jeune femme s'était rendu compte qu'elle avait eu une chance inouïe. La balle avait été tirée à bout portant et l'avait traversée de part en part sans qu'aucun organe vital fût touché. Les vagues souvenirs d'anatomie qu'elle conservait de ses études en Angleterre lui révélèrent qu'à cet endroit se trouvaient ses intestins. Leur perforation eût signifié une mort inéluctable et douloureuse.

Kaharinga et elle s'apprêtaient à partir pour Auckland lorsqu'ils reçurent la visite de Paul Selwyn. Pour une fois, l'évêque paraissait satisfait.

— Mes amis, je suis porteur de bonnes nouvelles,

déclara-t-il. Après la défaite subie par les troupes du gouvernement, Son Excellence Robert Fitzroy a décidé de revenir sur ses positions. Il accepte de négocier. Il désire rencontrer les trois chefs rebelles.

Cécilia fit la moue.

— Les trois chefs ? A Auckland ? Je n'aime pas beaucoup ça. Qui nous dit qu'il ne les fera pas arrêter dès qu'ils seront arrivés ?

— Je ne crois pas. Il risquerait de déclencher la colère de leurs tribus. Cependant, vos soupçons sont partagés. Je suis passé voir Hone Heke et Te Ruki Kawiti avant de venir ici. Ils ont eu la même réaction que vous et refusent d'aller à Auckland. Ils disent qu'il n'y a aucune raison de négocier un traité qui a été signé voilà cinq ans. Ils demandent seulement son application et la restitution des terres revendues très cher sans leur accord.

— Je les approuve, répondit Cécilia. Je n'ai aucune confiance en Robert Fitzroy, ni en James Philpotts.

— Ils m'ont pourtant dit qu'ils désiraient plus que tout voir la fin des combats.

Kaharinga resta un moment silencieux.

— Peut-être faudrait-il nous rendre là-bas malgré tout, dit-il enfin. Nous devons savoir ce qu'ils proposent. Je pense que nous ne risquons rien si nous sommes protégés par notre statut de porte-parole.

— Bien sûr. Et je serai à tes côtés, mon ami, conclut le prêtre.

Cécilia soupira. De toute façon, ils devaient se rendre à Auckland pour reprendre Moana. Cependant, malgré les paroles rassurantes de Paul Selwyn, elle n'aimait pas la perspective de se trouver de nouveau face à Philpotts et à Fitzroy.

Kaingaroa, 1865

Le vieux chef observa un long silence, puis regarda Laura :

— Ils sont bien partis pour Auckland, à bord de la *waka* du chef Kaharinga. Mais ils n'en sont jamais revenus.

La jeune femme blêmit.

— Vous voulez dire... qu'ils ont disparu au cours de ce voyage ?

Mangamuka hésita un long moment avant de répondre. Enfin, il déclara, le front soucieux :

— Personne ne le sait. On ignore même s'ils sont arrivés à Auckland.

Laura poussa un soupir de déception. Une nouvelle fois, elle perdait la piste de sa mère. Cependant, un élément la troublait.

— Vous m'avez dit que votre tribu n'était pas celle de Kaharinga. Dans ce cas, qu'est devenue celle-ci ?

— Je l'ignore. Quelques mois après leur départ, ils ont tous quitté Kaingaroa. Nous sommes venus prendre possession du village cinq ans plus tard. C'est tout ce que je peux te dire.

Une sensation de désespoir broya le cœur de Laura. Il était désormais plus que probable que Cécilia de Hauterive avait péri au cours de ce voyage, peut-être tuée dans une embuscade tendue par les Ngati Whatuas qui n'avaient pas digéré leur défaite de Puketutu. Comment expliquer autrement qu'elle ne soit jamais venue la chercher ?

Rebecca Simpson, ne la voyant pas revenir, avait pris la décision de repartir pour l'Angleterre avec son père.

Et avec la petite Moana, rebaptisée Laura.

37

Auckland, 1865

Laura était revenue dans la capitale. Plus que jamais, elle avait l'impression d'avoir fait tout ce voyage pour rien. Elle avait retrouvé l'hôtel confortable dans lequel elle avait élu domicile à son arrivée. Depuis leur retour, Douglas profitait de son séjour à Auckland pour rencontrer des amis. Il passait aussi beaucoup de temps sur le port et sur les chantiers navals. Il s'était également mis en tête d'acheter un bateau. Ensuite, il devait repartir pour Russell. Cependant, il avait dit à Laura qu'il attendrait encore un peu, au cas où elle aurait encore besoin de lui. Ce dévouement l'étonnait un peu.

— Pourquoi faites-vous tout cela, Douglas ? lui demanda-t-elle.

— Votre quête m'a offert l'occasion de briser mon ennui. Malheureusement, je n'ai plus mes parents. Ma mère est morte à ma naissance. Je ne l'ai jamais connue. Et mon père est mort... de maladie il y a une dizaine d'années.

Son visage s'était durci l'espace d'une seconde, et une étincelle de haine était passée dans son regard, qui étonna Laura. Elle pensa un instant qu'il détestait son père, mais il poursuivit :

— Il s'est montré bon et généreux avec moi. Il m'a laissé une certaine fortune qui me met à l'abri du besoin jusqu'à la fin de mes jours. Mais la vie de rentier a aussi ses inconvénients. Je commence à me lasser de la chasse et des cercles de jeu clandestins de Russell ou d'ailleurs. J'ai envie de voyager.

— Ce qui explique pourquoi vous voulez acquérir un bateau.

— Exactement. Il fallait pour cela que je vienne à Auckland. Il n'y a rien à Russell.

Laura ne ressentait aucune attirance pour Douglas. Parfois, elle se disait que c'était étrange. Il était bel homme, prévenant, serviable, drôle. Tout comme elle, il était libre. Mais le sentiment qu'elle éprouvait pour lui était purement amical. Sans doute était-elle trop accaparée par ses recherches pour penser à autre chose. Et puis, malgré sa générosité et sa disponibilité, quelque chose en lui la gênait. Elle ne parvenait pas à savoir quoi.

Katherine, en revanche, trouvait Douglas à son goût. Malheureusement, il ne s'intéressait guère à elle. Elle en avait conçu un peu de dépit, mais elle se consolait en se disant qu'elle n'était pas destinée à rester dans ce pays où l'on risquait de se faire dévorer par les habitants. Bien sûr, les Maoris qu'elles avaient rencontrés s'étaient montrés accueillants et hospitaliers, mais des rumeurs inquiétantes ne cessaient de circuler à propos de ces tribus féroces inféodées au mouvement hauhau. On ne parlait que de cela en ville. Sur le bateau qui les avait ramenées de Kaingaroa, des voyageurs avaient évoqué d'ignobles massacres perpétrés dans le Sud. Elle avait hâte de quitter la Nouvelle-Zélande.

— Quand repartons-nous pour l'Angleterre ? demanda Katherine.

— Je ne sais pas.

Elles étaient toutes deux installées sur la terrasse de la chambre de Laura, à l'hôtel. Depuis son retour, plus rien ne semblait pouvoir la tirer de sa mélancolie.

— Rien ne te retient ici à présent, insista son amie.

— Si ! Je ne sais toujours pas ce qu'est devenue ma mère. Rien ne prouve qu'ils aient péri durant ce voyage. Personne n'a vu son corps, ni celui de mon père.

Katherine leva les yeux au ciel.

— J'ai peur que tu ne veuilles à tout prix entretenir un faux espoir, Laura. Si elle était arrivée à Auckland, elle t'aurait reprise aux Simpson. Rebecca t'a emmenée avec elle parce qu'elle a dû avoir la preuve que Cécilia était morte.

— Elle ne me l'a jamais dit.

— Elle a peut-être voulu éviter de te faire de la peine.

— Alors, pourquoi m'a-t-elle avoué qu'elle n'était

pas ma vraie mère ? C'est à ce moment-là qu'elle m'a fait de la peine. Pourquoi ?

— Elle désirait soulager sa conscience. Tu avais le droit de connaître la vérité. Je ne sais pas, moi... Elle ne pensait sans doute pas que tu viendrais jusqu'ici ensuite.

— Oh si ! elle le savait. Elle me connaissait bien. Elle se doutait que j'entreprendrais ce voyage si j'avais le moindre doute. Et ce doute, elle l'avait aussi ; elle me l'a transmis. On a dû lui dire que ma mère était morte, mais elle n'en a jamais été tout à fait sûre. Et c'est pour cela qu'elle m'a dit la vérité. Pour que je tente de retrouver Cécilia. Tout au moins de savoir ce qu'elle est réellement devenue.

— C'est de la folie. Ton raisonnement ne tient qu'au désir que tu as de la connaître.

Laura se dressa.

— Je ne peux pas accepter qu'elle soit morte, tu comprends ? Au plus profond de moi, quelque chose me dit qu'elle vit encore. Ou alors, que l'on me montre sa tombe, ou que quelqu'un me dise : « Oui, j'ai vu le corps de votre mère. Elle est morte à tel endroit, en telle année ! »

Katherine soupira. Cette quête devenait une obsession, mais elle savait par expérience qu'il était inutile de tenter de faire changer Laura d'avis.

— Que comptes-tu faire ?

— J'ai eu une idée cette nuit. Nous allons essayer de retrouver la maison que Rebecca et son père ont habitée il y a vingt ans. Elle doit toujours exister. Les services de la mairie devraient pouvoir me renseigner. Je suis sûre que nous apprendrons quelque chose sur place.

Elle n'eut pas à chercher beaucoup. Dans les couloirs de la mairie, elle croisa Donald McLeod, qui lui avait fourni les informations sur Matawaia. Il s'inclina respectueusement devant elle.

— Bonjour, milady. Je suis très heureux de vous revoir. Mes renseignements vous ont-ils été utiles ?

— Oui, et je vous en remercie. Mais peut-être allez-vous pouvoir m'aider à nouveau. Vous souvenez-vous de Rebecca et Henry Simpson ?

— Oui, cela me dit quelque chose. Henry Simpson était l'assistant de Son Excellence William Hobson. Lorsque celui-ci est mort, il a travaillé avec le gouverneur Fitzroy. Mais j'ignore ce qu'il est devenu. Il faut dire que j'ai quitté Auckland pour Wellington en 1844. Je sais qu'il habitait un peu à l'extérieur de la ville. Si vous m'accordez un délai, je vais essayer de retrouver l'adresse dans les archives de la ville.

Le lendemain, Donald McLeod vint lui-même à l'hôtel porter le renseignement.

— J'espère que mes informations sont bonnes. A l'époque, il n'y avait pas d'adresses à proprement parler, mais plutôt une description des lieux. Leur maison était située près d'un grand *pohutukawa*. S'il existe encore, il doit être en fleur en ce moment. Les Simpson possédaient un terrain très vaste. Vous aurez peut-être un peu de mal à le trouver. Il y a eu beaucoup de constructions par là depuis vingt ans. Mais les voisins pourront sans doute vous aider. L'arbre doit encore être là. Il est sacré pour les Maoris.

— Je vous remercie.

Dans l'après-midi, après avoir loué une voiture, Laura se rendit sur place en compagnie de Katherine. Pour une fois, Douglas ne les avait pas suivies ; il avait un rendez-vous sur le port. La jeune femme observa le quartier avec attention, espérant reconnaître un détail ou un autre. En vain.

— J'avais deux ans lorsque j'ai vécu ici, soupira-t-elle. J'étais trop jeune pour conserver des souvenirs précis. Et puis, cela a dû beaucoup changer.

Elles suivaient une sorte de piste mal égalisée, entourée d'immenses terrains à la végétation exubérante, au milieu desquels se dressaient des demeures de style colonial, ornées de colonnades. Malheureusement, la route était déserte. Personne ne pouvait les renseigner. Cependant, elles n'eurent aucun mal à découvrir, au milieu d'une placette, la masse écarlate d'un magnifique *pohutukawa*. Laura arrêta le cheval et descendit de la voiture.

— J'ai déjà vu cet arbre, dit-elle.

— Il y en a beaucoup dans ce pays, objecta Katherine.

— Pas d'aussi beaux que celui-ci.

Elle regarda autour d'elle. Elle éprouvait une sensation étrange. Elle était sûre d'être déjà venue dans cet endroit que pourtant elle ne connaissait pas. Tout au moins pas consciemment. Des images incertaines passèrent dans sa mémoire, des souvenirs de parfums, peut-être dus à l'arbre rouge.

— La maison était par là, affirma-t-elle soudain.

Elle poursuivit le chemin à pied, sur quelques dizaines de mètres. Soudain, elle s'arrêta devant une allée bordée d'acacias.

— C'était là. Je reconnais ces arbres.

En revanche, la maison qui s'élevait au bout de l'allée ne lui rappelait rien.

— Je ne comprends pas, dit-elle. Les arbres me sont familiers, mais pas la demeure.

Un homme à cheval sortait d'une propriété située de l'autre côté de la route. Laura s'adressa à lui.

— Pardon, monsieur, je suis lady Whitmore. Pourriez-vous me dire si cette maison a autrefois appartenu à un homme appelé Henry Simpson ?

L'individu la regarda, interloqué, puis mit pied à terre.

— Mes respects, milady. Mon nom est Edward Merrith. Oui, j'ai bien connu Henry Simpson. C'était mon voisin, et un excellent ami. Mais il est reparti en Angleterre il y a une vingtaine d'années.

Il indiqua la maison.

— Il a bien vécu à cet endroit, mais cette maison n'est pas la sienne. Elle a été reconstruite depuis. Celle de mon ami Simpson a brûlé.

— Brûlé ?

— Oh ! c'est une bien triste histoire. A l'époque, une guerre opposait le gouvernement à certaines tribus maories. Dans la région d'Auckland, des bandes se livraient au pillage. Plusieurs maisons de ce quartier ont été attaquées. Elles étaient moins nombreuses qu'aujourd'hui. Nous étions isolés de la ville et loin les uns des autres.

Il haussa les épaules.

— C'était un peu de notre faute. Lorsque Auckland est devenue la capitale, en 1840, le terrain a pris énormément de valeur. Certains colons, comme Henry Simpson et moi-même, ont acheté de vastes propriétés à l'extérieur de la ville. Nous comptions revendre nos terrains en parcelles plus tard, lorsqu'ils auraient acquis de la valeur. Mais cela ne plaisait pas du tout aux Maoris à qui nous avions acheté les terres. Des petits groupes s'en sont pris à nous. Plusieurs personnes ont été massacrées. Lorsque cela s'est produit, Henry venait juste de quitter la Nouvelle-Zélande. Il avait vendu sa maison et son terrain une quinzaine de jours auparavant. Je n'ai pas connu les nouveaux propriétaires. Ils ont été tués quelques jours à peine après leur installation.

Une vive émotion s'empara de Laura. Cette information pouvait expliquer pas mal de choses.

— Dites-moi, monsieur Merrith, vous souvenez-vous d'une petite fille qui vivait avec les Simpson les derniers temps ?

— Oh oui ! Elle avait environ deux ans. Une petite poupée brune avec de grands yeux bleu clair. Elle s'appelait Moana. Je me souviens l'avoir prise sur mes genoux. Elle avait déjà beaucoup de charme.

Il s'arrêta de parler, la regarda plus attentivement.

— Pardonnez-moi, mais... ses yeux étaient de la même couleur que les vôtres. Serait-il possible...

Laura refoula ses larmes.

— Je suis cette petite fille, monsieur Merrith, répondit-elle, la gorge nouée.

— Vous ? Oh ! je suis confus. J'ai dû vous paraître familier. Mais j'adore les enfants.

— Ne soyez pas confus, vos paroles me touchent profondément. Je suis à la recherche de ma vraie mère. Elle a disparu à cette époque.

Il hocha la tête.

— Je savais que cette petite n'était pas la fille de Rebecca. Elle lui avait été confiée par une amie dont je ne me souviens plus le nom. Lorsque les Simpson sont partis pour l'Angleterre, ils ont emmené l'enfant avec eux.

— Et personne n'est venu ensuite la réclamer ?

— Non, je ne crois pas. Mais cela ne veut rien dire. Les attaques ont commencé seulement deux semaines après leur départ. Lorsque j'ai compris qu'il devenait très dangereux de rester ici, je suis parti m'installer dans le centre-ville. Je voulais mettre ma famille à l'abri. Je ne suis revenu que plusieurs mois plus tard. Par chance, ma demeure avait été épargnée.

— Ce qui veut dire que vous n'avez pas pu savoir si ma mère est revenue me chercher. Mais c'est ce qui a dû se produire. Et lorsqu'elle est arrivée, elle n'a retrouvé qu'une maison incendiée. Quelqu'un a dû lui dire que les occupants avaient été massacrés, et elle en a déduit que j'étais morte.

— C'est possible, intervint Katherine. Mais dans ce cas, pourquoi Rebecca n'a-t-elle pas attendu le retour de Cécilia ? Elle savait que ta mère devait revenir. Si elle a décidé de repartir pour l'Angleterre en t'emmenant avec elle, c'est qu'elle avait appris, d'une manière ou d'une autre, que tes parents étaient morts. Tous les deux. Ou alors, il faut envisager qu'elle ait voulu te garder pour elle seule.

— Non, ce n'est pas possible. Rebecca n'a pas pu faire cela à ma mère.

— Tu n'en sais rien. Cela expliquerait peut-être qu'elle a voulu t'avouer la vérité au moment de mourir.

Laura ne répondit pas. Elle refusait d'envisager une telle explication. Mais l'hypothèse de Katherine se tenait. Rebecca l'avait aimée comme sa fille. Et elle n'avait pas d'enfant...

— Pardonnez-moi, milady, demanda Edward Merrith, mais qui était votre mère ?

— Elle s'appelait Cécilia de Hauterive, et elle avait épousé un chef maori du nom de Kaharinga.

— Cécilia de Hauterive. C'est bien le nom que m'avait donné Henry. Cela me revient à présent. Avant son départ, il s'était renseigné pour savoir ce qu'elle était devenue. Il m'en a parlé. Il a interrogé le gouverneur de l'époque. Mais le renseignement lui a été finalement fourni par un militaire, un nommé Philpotts, si je me souviens bien. C'est lui qui avait mené les combats pendant la guerre du Mât.

Le visage de Merrith s'assombrit. Il hésita, puis poursuivit :

— Pardonnez-moi, milady, mais cet homme a affirmé que votre mère et votre père avaient été tués au cours de la bataille qu'il avait livrée dans le Nord.

— La bataille de Puketutu ?

— C'est possible.

— Voilà l'explication ! s'exclama Katherine. Philpotts a dit à Henry Simpson que tes parents étaient morts !

— Oui. J'en suis navré. C'est à ce moment-là que

Henry est venu me voir avec sa fille. Ils m'ont dit qu'ils n'avaient plus aucune raison de rester en Nouvelle-Zélande. Rebecca était bouleversée d'avoir perdu son amie. Mais elle a juré qu'elle prendrait soin de vous et vous élèverait comme sa fille.

Les yeux brillants, Laura répondit :

— C'est ce qu'elle a fait, monsieur Merrith. Elle m'a emmenée et elle a été une mère admirable. Mais ce départ explique pourquoi Cécilia, lorsqu'elle est venue ici, n'a trouvé qu'une maison incendiée dont les habitants avaient été massacrés. Elle a cru que j'avais été tuée.

— Pourquoi dites-vous que votre vraie mère est venue ici après le départ des Simpson ? s'étonna le voisin. A ce moment-là, elle était déjà morte.

— Non, monsieur Merrith. Elle vivait encore, tout comme mon père. Le commandant Philpotts a menti. Ma mère a bien été blessée à Puketutu, ce qui explique qu'elle n'a pas pu revenir me chercher immédiatement après la bataille. Mais elle n'est pas morte là-bas. Les Maoris de Kaingaroa me l'ont confirmé. Quant à mon père, il n'a même pas été blessé. Pour atténuer sa défaite, Philpotts s'est vanté d'actes de bravoure qu'il n'a jamais accomplis.

Après avoir pris congé d'Edward Merrith, Laura et Katherine reprirent la voiture et revinrent vers le centre d'Auckland. Laura, bouleversée, avait laissé les rênes à son amie.

— Ma mère a dû venir jusqu'ici, j'en suis sûre. Elle n'a pas péri au cours du voyage.

— Mais pourquoi n'est-elle pas retournée à Kaingaroa ensuite ? objecta Katherine. Elle n'avait plus rien à faire à Auckland.

Laura secoua la tête.

— Il a dû se passer quelque chose ici. Mais quoi ?

— Que vas-tu faire ?

Laura réfléchit un instant.

— Ce que j'ai fait à Russell : passer une annonce dans les journaux. En offrant une récompense. Peut-être quelqu'un aura-t-il entendu parler de ma mère.

38

Auckland, 1845

Cécilia contemplait avec horreur les décombres de la maison des Simpson. De la superbe demeure, il ne subsistait que des pans de murs noircis. Bien que l'incendie datât de plus d'un mois, une odeur âcre et écœurante flottait encore dans l'air.

Près d'elle, Kaharinga s'était pétrifié, les yeux fixes, la mâchoire serrée. Au-delà de la douleur bouillonnait un flot de haine que son esprit chrétien ne pouvait combattre. A ses côtés, l'évêque Paul Selwyn était effondré.

— J'étais à Auckland, gémissait-il. Mais je n'ai pas su ce qui s'était passé. J'avais entendu parler de groupes qui attaquaient des maisons dans les environs d'Auckland, mais pas un instant je n'ai imaginé qu'ils avaient pu s'approcher si près de la ville. Si j'avais pu me douter, je les aurais invités au presbytère.

Il se tut. Il ne servait plus à rien de se lamenter. Un homme très âgé approcha et hocha la tête d'un air sombre.

— Ah! c'est pas beau à voir, dit-il. Tous les occupants de la maison ont été massacrés, les domestiques comme les maîtres. Ensuite, ces salauds ont flanqué le feu. Les soldats sont venus, mais ça les a pas empêchés de revenir quelques jours plus tard. Il y a eu plusieurs maisons brûlées par ici. Mais on n'a jamais pu les capturer.

— Y avait-il une petite fille dans cette maison? demanda le prêtre.

— Oh! j'en sais rien, je les connaissais pas. Mais je sais que ces chiens n'ont pas épargné les enfants. Ils étaient de votre famille?

Cécilia serra les dents pour endiguer le flot de haine qui lui nouait les entrailles. Ces Maoris étaient des lâches immondes comme celui qu'elle avait tué à Kaikohe. Elle aurait voulu les tenir pour les exterminer jusqu'au dernier. Malheureusement, il serait impossible de les retrouver. Et de toute façon, leur mort n'aurait pas rendu la vie à Moana.

Dans la voiture qui les ramenait vers le centre de la ville, Cécilia s'était enfermée dans le mutisme. Elle ne se pardonnait pas d'avoir abandonné sa fille derrière elle. Des larmes silencieuses roulaient sur ses joues, intarissables. Il lui semblait qu'elle était morte à l'intérieur. Elle avait envie de hurler, de se décharger d'un chagrin trop lourd à porter. Pourquoi avait-elle voulu amener Moana à Auckland ? Si elle était demeurée à Kaingaroa, rien de tout cela ne serait arrivé, et la petite serait encore en vie. Quel destin maudit s'était donc joué d'elle en lui faisant croire qu'elle serait plus en sécurité dans la capitale ? Et si au moins elle avait été là, elle aurait pu la défendre. Ou mourir avec elle. Mais elle était repartie pour avertir Kaharinga de l'attaque imminente des Britanniques. Elle ne pouvait pas l'emmener. Le voyage était trop risqué. Elle se souvint d'avoir été obligée de se cacher dans le fond de la *waka* pour échapper au regard de Philpotts. Une bouffée de haine la saisit à l'évocation de ce crétin de militaire. Tout cela était arrivé par sa faute. Et par la faute de Fitzroy, qui avait refusé de négocier. Un instant, elle rêva de les tuer tous les deux.

A ses côtés, Kaharinga restait silencieux. Les yeux fermés, elle remarqua qu'il priait. Peut-être était-ce une solution. Encore fallait-il avoir la foi. Mais elle-même ne croyait plus en rien. Un dieu juste n'aurait jamais permis une telle abomination.

Tout à coup, Kaharinga lui prit la main.

— Ne te reproche rien, dit-il doucement. Nous avons fait ce que nous croyions devoir faire. Nous nous attendions à une attaque imminente des Anglais.

L'attaque aurait pu se porter sur Kaingaroa. Notre *pa* est situé au bord de la mer. Et nous aurions tous pu être tués. Nous avons voulu mettre notre fille à l'abri, mais nous ne pouvions pas prévoir que des bandes incontrôlées s'en prendraient aux habitants d'Auckland. Personne n'aurait pu s'en douter.

— Votre mari a raison, Cécilia, insista l'évêque. Kaingaroa se trouvait au beau milieu de la zone des combats. Et il n'y avait pas que les Anglais. Vous auriez pu être attaqués par une tribu hostile aux Nga Puhis.

— Mais le village a été épargné.

— Parfois, on rencontre des havres de paix au beau milieu de la tourmente, répondit le prêtre. Seul Dieu sait pourquoi.

Soudain, Cécilia éclata en sanglots et se réfugia dans les bras de Kaharinga. Sans doute se sentait-il aussi responsable qu'elle.

Paul Selwyn les accueillit au presbytère.

— Si elle était restée ici, dit Cécilia, elle serait encore vivante. Mais Rebecca semblait si heureuse de la garder...

— N'oubliez pas que vous étiez recherchée, ma chère amie, dit le prêtre. Les soldats se seraient étonnés de voir une petite fille dans un lieu pareil. Mais ne parlez plus. Il vous faut tenter de trouver la paix.

— La paix ? Et comment pourrais-je trouver la paix désormais ?

Puis elle se rendit compte que l'évêque faisait tout son possible pour lui apporter un peu de réconfort.

— Pardonnez-moi, monseigneur. Vous êtes si gentil avec nous.

— C'est l'enseignement du Christ, Cécilia. « Aime ton prochain comme toi-même. » Vous devez vous reposer. Le gouverneur Fitzroy vous attend pour négocier. Nous le rencontrerons dès demain.

Le lendemain, lorsque Cécilia s'éveilla, il lui semblait avoir fait un cauchemar horrible. Mais elle comprit très vite que tout était bien réel. Elle ravala les larmes qui lui brûlaient à nouveau les yeux et se leva. Kaharinga avait déjà rejoint le prêtre dans le salon, où madame Blacksmith avait préparé un petit déjeuner à l'anglaise. A l'autre bout de la table se tenaient les trois guerriers qui les avaient accompagnés dans la capitale, Taunga, Tumika et Ranaki.

— Nous allons demander audience à Son Excellence, dit le prêtre.

Il se tourna vers Cécilia. Mais elle avait anticipé son idée.

— Je pense qu'il serait préférable que je ne vienne pas.

— Vous faites preuve de sagesse, Cécilia. Après le drame que vous venez de subir, je redoute que vous ne manquiez de patience si le gouverneur prononce des mots qui vous froissent. Et je le connais, tout comme je connais le commandant Philpotts, ils ne tiendront aucun compte du malheur qui vous frappe. Ce ne sont pas des hommes très charitables et la compassion n'est pas leur fort. Mais ce n'est pas tout. Kaharinga est l'émissaire des insurgés. Il est protégé par son rôle de porte-parole. Vous-même ne l'êtes pas, et vous êtes anglaise. Je crains que l'on ne vous considère, compte tenu des circonstances, comme traître à votre nation. Philpotts a clamé haut et fort que vous aviez tiré sur des soldats britanniques.

— Parce qu'ils attaquaient le village où je me trouvais.

— Son Excellence ne s'embarrassera pas de cette nuance. Je ne voudrais pas que vous soyez arrêtée. J'ai entendu Philpotts dire qu'il voulait vous voir pendue.

Cécilia blêmit.

— Cet imbécile de militaire ! Qu'il aille au diable !

— Calmez-vous, ma chère. Vous allez rester ici avec vos guerriers. Nous vous rapporterons ce qui se sera dit.

Un peu plus tard, Paul Selwyn et Kaharinga quittaient le presbytère. Cécilia resta seule en compagnie de madame Blacksmith qui affichait un visage triste et silencieux. Cécilia ne pouvait détacher ses pensées de Moana. Elle n'acceptait pas l'idée de ne jamais la revoir. Elle se souvint de la douleur qu'elle avait éprouvée lorsque son petit frère Hippolyte avait disparu, trois ans plus tôt. Elle avait espéré pendant longtemps qu'il avait été enlevé par les Ngati Whatuas et qu'on le retrouverait vivant. Mais, avec les années, elle avait fini par comprendre qu'elle ne le reverrait plus.

Cette fois, c'était encore pire, car il s'agissait de sa propre fille, de sa chair, de son sang. Elle se moquait bien de l'issue des négociations. Son cœur n'était plus qu'un bloc de haine. Elle en venait presque à souhaiter leur échec, pour pouvoir de nouveau prendre les armes et se battre, se battre jusqu'à ce qu'une balle miséricordieuse lui ôtât la vie. Mais elle n'avait même pas le droit d'envisager cette hypothèse. Si ce qu'elle pressentait se confirmait, elle attendait un autre bébé. Elle n'en avait pas encore parlé à Kaharinga, de peur de se tromper. Mais elle n'avait plus perdu de sang depuis deux mois. Et cela la bouleversait. Un enfant lui avait été ôté, un autre lui était donné. Comment comprendre une telle aberration ? Moana était si vive, si jolie...

En elle bouillonnait la formidable pulsion de vie qui animait toutes les femmes. Elle n'avait pas le droit de mourir. Malgré la cruauté dont elle faisait preuve parfois, la vie devait continuer. Elle devait protéger ce bébé à naître. Bien sûr, cet enfant ne remplacerait jamais Moana, mais il leur donnerait une nouvelle raison de vivre. Alors, il fallait faire taire sa haine, et souhaiter ardemment la réussite des négociations.

Cependant, lorsque Paul Selwyn revint dans l'après-midi, elle comprit à son visage défait qu'il s'était passé quelque chose de grave.

— Où est Kaharinga ? Que lui est-il arrivé ?

— Ah ! ma chère amie, ces hommes n'ont aucune dignité !

— Où est-il ? cria Cécilia au bord des larmes.

— Ils l'ont arrêté.

— Arrêté ? Mais pourquoi ? N'était-il pas protégé par son rôle de négociateur ?

— Il s'agit bien de cela ! Peut-être le gouverneur Fitzroy avait-il l'intention de le recevoir dignement lorsque je lui ai demandé de rétablir la paix. Encore que je puisse en douter. Mais une nouvelle attaque a été lancée contre les Nga Puhis rebelles il y a quelques jours. Cette fois, Philpotts s'en est pris au *pa* de Te Ruki Kawiti, Ohaeawai. Et ses troupes ont subi une nouvelle défaite. Plusieurs dizaines de soldats anglais ont péri. Philpotts a été blessé. Il était présent lors de notre entrevue. Il écumait de rage, disant que l'on ne pouvait rien obtenir des insurgés, qu'il fallait les exterminer jusqu'au dernier.

— L'imbécile !

— Fitzroy a dit à Kaharinga qu'il n'y aurait aucune négociation. Il l'a accusé d'avoir pris les armes contre l'armée britannique, d'avoir participé au massacre des colons de Kororareka. Il lui a signifié qu'il allait être jugé, et que tous les autres chefs étaient déclarés ennemis de l'empire, et, à ce titre, seraient pourchassés jusqu'à ce que la paix soit rétablie dans la région. Mais ce n'est pas tout.

Il se tut et précisa :

— Il a aussi ajouté que son épouse – vous-même –, si elle n'avait pas été tuée à Puketutu, aurait été recherchée pour crime contre des soldats anglais et condamnée à la pendaison.

Cécilia crut qu'elle avait mal entendu.

— Ainsi... ils me croient morte.

— Oui. Philpotts a raconté au gouverneur qu'il vous avait tuée lors de la bataille.

— J'ai été blessée. Ils ont dû me voir tomber et ils ont pensé m'avoir éliminée.

— Il vaut mieux qu'ils continuent de le croire.

Paul Selwyn écarta les bras.

— Dieu me pardonne, je me suis mis en colère. Je leur ai dit que leur attitude était déloyale, et contraire à toutes les règles de la diplomatie. Fitzroy m'a fait jeter dehors comme un chien, en me disant qu'il me considérait comme le complice des rebelles. Il ne m'a pas fait arrêter par respect pour ma fonction ecclésiastique, mais il m'a interdit de remettre les pieds au palais.

— Et Kaharinga ?

— Il a tenté de s'enfuir. Des gardes l'ont ceinturé et il a été emprisonné. Je n'en sais pas plus.

— Mais comment va-t-on faire à présent ? Je ne vais pas le laisser en prison. Ils vont le pendre après un procès bâclé.

L'évêque baissa les yeux.

— Cela fait partie des possibilités, hélas ! Ces gens n'ont même pas conscience qu'en agissant ainsi, ils risquent de ranimer la guerre. J'avais réussi à obtenir de Te Ruki Kawiti et de Hone Heke qu'ils cessent toute opération contre les colons. Philpotts n'a rien trouvé de plus intelligent que d'attaquer Ohaeawai. Et il a été vaincu une nouvelle fois. Il a reçu une balle dans la jambe et se déplace avec une canne. Lorsqu'ils apprendront l'arrestation de Kaharinga, je doute que Hone Heke et Te Ruki Kawiti continuent de respecter la trêve.

Pour Cécilia, cet aspect de la question n'était pas le plus important.

— Je dois sauver Kaharinga ! gronda-t-elle.

Taunga intervint :

— Les *pakehas* ne doivent pas garder Kaharinga en prison, Wahinehoi. Nous irons le délivrer. Où est-il ?

Le prêtre leva les bras.

— Calmez-vous, mes amis. L'endroit où il est détenu est gardé par des dizaines de soldats. Vous vous feriez tuer inutilement.

— Mais alors, que pouvons-nous faire ? s'insurgea Cécilia. Je ne peux tout de même pas attendre ici qu'on l'assassine !

— Prenez patience. Malgré l'interdiction du gouverneur, je vais retourner plaider sa cause, et tenter de raisonner Son Excellence. En attendant, vous pourrez loger ici le temps qu'il vous plaira.

Cécilia n'eut pas à attendre longtemps. Après trois jours d'un procès à huis clos, le verdict était rendu. Lorsque Paul Selwyn revint, son visage était sombre.

— Je suis désolé, dit-il. Philpotts a obtenu gain de cause. Votre mari a été condamné à la pendaison. Et ce n'est pas tout. J'ignore comment, mais ils ont appris que vous êtes vivante. Le gouverneur pense que vous êtes à Auckland et il a ordonné de vous faire rechercher. Votre vie est en danger.

39

Cécilia pâlit. Elle n'avait pas peur de mourir, mais elle n'en avait plus le droit à cause de l'enfant qu'elle portait.

— Cette fois, ajouta Paul Selwyn, ils ne vous lâcheront plus. Vous devez quitter Auckland le plus vite possible.

— Vous avez raison, dit enfin la jeune femme. Nous allons repartir pour Kaingaroa et informer Hone Heke et Te Ruki Kawiti de ce qui se passe.

— Mais comment retourner là-bas ? demanda Taunga. Nous n'avons pas de *waka*.

— Je vais essayer de trouver un moyen, dit Paul Selwyn. En attendant, il va falloir vous cacher. Je crains que cette demeure ne soit plus très sûre. Philpotts me soupçonne. L'un de mes amis possède une maison près du port. Je vais vous y conduire discrètement. Ils ne penseront pas à vous chercher là.

A peine avait-il terminé sa phrase que la porte s'ouvrit soudainement, livrant passage à une madame Blacksmith affolée.

— Des soldats viennent par ici ! s'exclama-t-elle.

— Seigneur tout-puissant, dit le prêtre. Déjà !

Il referma la porte, réfléchit en toute hâte. Mais madame Blacksmith fut plus rapide.

— Ils ne peuvent pas partir maintenant, les soldats les verraient. La huche à pain ! Elle est assez grande pour y cacher une personne.

— Oui, approuva l'évêque. Cécilia, acceptez-vous de...

Mais elle n'avait pas attendu son invitation. Dès que madame Blacksmith eut ôté les gros pains qui se trouvaient dans le coffre de bois, elle s'y recroquevilla. Madame Blacksmith le recouvrit de différents objets afin de donner le change. Puis elle monta à l'étage afin de cacher les affaires trop féminines de Cécilia.

— Quant à vous, dit le prêtre aux guerriers, ne faites rien. Ce n'est pas vous qu'ils recherchent. Ils n'ont aucune raison de vous arrêter. Si l'on vous interroge, vous direz que vous ignorez ce qui se passe. Vous êtes des Maoris chrétiens appartenant à la tribu des Arawas. Vous venez de la région de Whakatane.

Taunga acquiesça. Mais les mains des trois Maoris se serrèrent sur leurs *meres*.

L'instant d'après, une série de coups violents retentit sur la porte. Le prêtre alla ouvrir. Le commandant Philpotts en personne apparut, le visage éclairé d'un sourire mauvais. Derrière lui suivaient une douzaine de soldats armés de fusils. Il entra en traînant la jambe.

— Bonjour, monseigneur. Je dois fouiller votre presbytère.

— Pour quelles raisons ? s'insurgea Paul Selwyn.

— Ne faites pas l'innocent ! Nous recherchons Cécilia de Hauterive, l'épouse du chef rebelle Kaharinga. Elle est convaincue de crimes contre des soldats britanniques.

— Je suis au courant, répondit sèchement le prêtre. Mais elle n'est pas là.

— Où est-elle ? hurla Philpotts.

Paul Selwyn toisa le militaire.

— Commandant Philpotts, je vous prierais de respecter mon habit et ma fonction. Madame de Hauterive est partie se cacher chez une amie.

— Se cacher ? Pourquoi se cacher ?

— Parce qu'elle n'avait aucune confiance en vous. Elle estimait que vous ne respecteriez pas la fonction d'émissaire de son mari et elle a préféré se mettre à l'abri.

— Où habite cette amie ?

— Je l'ignore. Par précaution, elle a refusé de me dire où elle allait.

Philpotts lâcha un juron d'une rare grossièreté. Puis il se tourna vers les trois guerriers, qui se tenaient immobiles comme des statues de pierre.

— Et ceux-là ? Ce sont les guerriers de Kaharinga !

— Non. Madame de Hauterive a emmené ses guerriers avec elle. Ces gens sont des Arawas chrétiens d'une tribu fidèle au gouvernement. Ils viennent de Whakatane. Mais ils ne parlent pas très bien anglais.

Jouant la comédie, il s'adressa à Taunga, lui expliquant, en maori, les raisons de la présence des soldats. Le guerrier hocha la tête, puis sembla se désintéresser de la question, aussitôt imité par ses compagnons. Mais le prêtre comprit que tous étaient prêts à bondir sur les soldats s'ils faisaient mine d'ouvrir la huche.

Philpotts jura une nouvelle fois.

— Bien ! Nous allons tout de même fouiller la maison.

Sur son ordre, les soldats se répandirent dans le presbytère comme une meute de chiens de chasse à l'affût d'un gibier. Madame Blacksmith, qu'ils faillirent bousculer, se plaça devant la huche à pain et s'exclama d'une voix furieuse :

— Des soldats dans la maison du Seigneur ! Mais où vous croyez-vous ?

Elle vit Paul Selwyn faire un petit signe de croix rapide, tant pour sauver Cécilia que pour se faire pardonner les mensonges qu'il avait dû débiter avec la plus parfaite assurance. Elle lui adressa un discret regard complice. Elle avait eu le temps de mêler les affaires de Cécilia aux siennes. Les militaires n'y verraient que du feu.

Quelques minutes plus tard, Philpotts revenait, l'air dépité.

— Elle n'est pas là, commandant.

Paul Selwyn explosa.

— Evidemment qu'elle n'est là, puisque je vous l'ai dit ! Je vous remercie d'avoir osé mettre ma parole en doute, commandant !

Soudain, Philpotts se dirigea vers la huche. L'évêque blêmit. Philpotts contempla le coffre. Le cœur battant la chamade, madame Blacksmith s'était légèrement écartée. Elle vit le militaire tendre la main vers le coffre… puis saisir dans la coupe une pomme dans laquelle il mordit à belles dents.

— Je vous en prie, gronda Paul Selwyn. Servez-vous !

Philpotts se retourna, s'appuya sur le coffre.

— Ne le prenez pas de haut avec moi, monseigneur. A mes yeux, vous êtes complice de ces rebelles. Seule votre robe m'empêche de vous arrêter vous aussi. Je suppose que vous allez retourner chez eux dans les jours qui viennent.

L'évêque dut faire appel à toute sa patience pour ne pas flanquer son poing dans la figure du militaire. Son arrogance et sa stupidité étaient à peine supportables. Il répliqua d'une voix posée :

— Je ne suis pas leur complice, commandant. Je tente seulement de rétablir le dialogue et la paix dans ce pays. La guerre et la violence n'ont jamais rien résolu. Et puisque vous me posez la question : non, je ne retourne pas là-bas. Je n'ai rien d'autre à leur annoncer que la rupture des négociations, ainsi que l'arrestation et la condamnation à mort de leur émissaire. Ils l'apprendront bien assez vite et réagiront de même. Il vous faudra alors affronter les conséquences de vos actes, commandant Philpotts. Non seulement ici, dans ce pays, mais aussi plus tard !

Il leva le regard vers le ciel.

— Ne pensez pas que Dieu fermera les yeux sur toutes vos erreurs et sur votre orgueil insensé !

Mal à l'aise, Philpotts répliqua sur un ton qu'il aurait voulu plus assuré :

— On ne négocie pas avec des criminels !

Les trois guerriers avaient les yeux fixés sur lui. L'évêque sentit qu'ils étaient sur le point de saisir leurs armes. Il préféra apaiser les choses.

— Ce n'est pas à nous de juger, commandant. Mais à présent, si vous le permettez, je dois me consacrer à ces trois hommes qui sont aussi de bons chrétiens.

Philpotts haussa les épaules, puis abandonna la

pomme à moitié mangée sur le bord du coffre à pain. Enfin, il ordonna à ses soldats de quitter les lieux.

— Ne bougez pas ! intima Selwyn à Cécilia qui avait manifesté l'intention de sortir dès que la porte s'était refermée. Ce militaire est un fieffé roublard, si Dieu veut bien me passer l'expression.

Il avait vu juste. Quelques instants plus tard, la porte s'ouvrait d'un coup. Philpotts entra et jeta un coup d'œil soupçonneux dans la salle. Mais rien n'avait changé de place. Cécilia était encore dans la huche et les guerriers n'avaient pas bougé.

— Que voulez-vous encore ? demanda l'évêque, furieux. Est-ce une manière d'entrer chez un homme d'Eglise ?

Philpotts poussa un grognement de dépit, puis répondit d'une voix embarrassée :

— Pardonnez-moi, monseigneur ! J'avais cru entendre quelque chose.

— Le cri de votre conscience, peut-être, suggéra Paul Selwyn avec ironie.

Philpotts, vexé, sortit sans saluer. Après avoir attendu un temps raisonnablement prudent, Cécilia put enfin sortir de son coffre.

— Je vous dois la vie, monseigneur, dit-elle. Heureusement, vous avez su deviner les intentions de ce scélérat.

L'évêque eut un petit sourire entendu.

— Comme disent les catholiques, comme on connaît ses saints, on les honore. Ce Philpotts est un renard. J'espère que vous avez compris qu'il vous faut absolument quitter Auckland.

— Oui, mais comment ?
— Je vais vous trouver un navire.

Il ne lui fallut pas plus d'une journée.
— Un capitaine irlandais est prêt à vous prendre à son bord. Il doit faire escale à Coromandel ; ensuite, il remontera vers le nord en direction de Kororareka. Je lui ai demandé de vous emmener jusqu'à Kaingaroa. Il est d'accord. Vous embarquerez cette nuit. Son bateau s'appelle le *Galway*.
La mort dans l'âme, Cécilia accepta. Elle n'aurait même pas la possibilité de revoir Kaharinga une dernière fois avant qu'il ne soit exécuté.
— Essayez de le rencontrer, monseigneur. Dites-lui que je l'aime et que j'attends un autre enfant de lui.
— Un autre enfant ? Alors il faut tout faire pour le protéger, ma chère petite. Et je vais aussi faire tout ce qui est en mon pouvoir pour essayer de sauver votre mari. Je vous le promets.
Elle acquiesça silencieusement.

En fin d'après-midi, madame Blacksmith grima Cécilia afin de la faire ressembler à une femme âgée. Elle lui avait donné une vieille robe, un manteau élimé et un bonnet de dentelle usagé à large bord, qui dissimulait parfaitement ses cheveux blonds trop reconnaissables. En d'autres circonstances, cette séance de déguisement aurait beaucoup amusé la jeune femme. Mais le temps n'était pas à la plaisanterie.

Le soir venu, Paul Selwyn la regarda partir avec une profonde inquiétude. Il se doutait que Cécilia n'accepterait pas le jugement inique de son mari sans réagir. Elle ne pourrait pas le sauver, mais elle ferait tout pour le venger. Et la région du Northland risquait de se trouver plongée dans de nouveaux bains de sang.

Cécilia et ses guerriers gagnèrent le port séparément afin de ne pas attirer l'attention. Mais Philpotts avait dû relâcher sa surveillance, car ils ne croisèrent pas beaucoup de soldats dans les rues. Et ceux qui restaient n'accordèrent aucune importance à cette vieille femme qui marchait le dos voûté en traînant la jambe. Sous son déguisement, Cécilia avait l'impression que les battements de son cœur s'entendaient à vingt pas. Pourtant, elle arriva sans encombre au port. Elle ne fut pas longue à repérer le *Galway*. C'était un petit cotre sans doute spécialisé dans la contrebande. Jason O'Connell, le capitaine, après un moment d'étonnement devant son déguisement, l'accueillit avec sympathie. Il la fit entrer dans la cabine afin de ne pas attirer l'attention d'une éventuelle patrouille.

— Soyez la bienvenue à mon bord, madame. Monseigneur Selwyn m'a dit les malheurs qui vous ont frappée. Je suis heureux de pouvoir vous rendre service en jouant un bon tour aux Anglais.

Le navire quitta Auckland à l'aube. O'Connell avait recommandé à Cécilia et à ses guerriers de rester cachés dans la cale tant qu'ils ne seraient pas sortis du port.

Un voyage éprouvant commença pour Cécilia. Alors

qu'elle n'avait pratiquement pas été malade lors de sa première grossesse, des nausées incoercibles se manifestèrent, confirmant son état. Sans doute les mouvements incessants du *Galway* n'y étaient-ils pas étrangers. Mais surtout, elle ne parvenait pas à admettre qu'elle ne reverrait plus Kaharinga. Parfois, elle songeait que, si elle n'avait pas été enceinte, elle se serait rendue et aurait demandé à partager son sort. Cependant, elle rejetait très vite cette idée. Elle s'était juré de poursuivre la lutte et de faire payer très cher leur lâcheté et leur trahison à Philpotts et à Fitzroy.

Partagée entre la haine et le désespoir, elle vit à peine la beauté des côtes tourmentées de la péninsule de Coromandel, ville ainsi appelée du nom d'un navire de la Royal Navy qui avait jeté l'ancre dans sa baie quarante années auparavant pour y effectuer des réparations. Dans les forêts de cette région magnifique, on trouvait les plus grands des *kauris*, et les colons qui s'y étaient installés pratiquaient l'exploitation forestière. En fait, le capitaine O'Connell faisait du cabotage pour vendre des outils et des marchandises diverses. Mais Cécilia remarqua, comme elle l'avait soupçonné, qu'il se livrait aussi à la contrebande.

Dix jours plus tard, elle avait regagné Kaingaroa. Il lui semblait qu'elle n'éprouvait plus rien. Son cœur était devenu sec et elle n'avait plus de larmes. En quelques jours, la vie lui avait tout pris, sa fille, son mari. Il ne lui restait que le bébé qu'elle portait dans son ventre, mais qui ne se manifestait que par les envies de vomir du réveil. Il était la seule chose qui la rattachait encore à la vie, avec le désir de venger Kaharinga. Elle ignorait si son mari avait déjà été exécuté. Compte tenu de la rapidité du jugement, il y avait de fortes probabilités pour que Kaharinga ait très vite été mis à mort. Elle préférait ne pas y penser.

Lorsqu'elle raconta ce qui s'était passé au conseil des anciens, il y eut un formidable mouvement de colère. Les *pakehas* n'avaient aucune parole, et ils paieraient leur crime ! Pemako, le *tohunga*, décida qu'il fallait immédiatement avertir Hone Heke et Te Ruki Kawiti, et des messagers leur furent aussitôt envoyés. Mais la vie de la tribu devait se poursuivre. Il fallait élire un nouveau chef. Aucun homme ne voulait briguer la place de Kaharinga. Mais, après une importante délibération, un de ses cousins, Waikato, fut choisi.

Afin de ne pas trop se laisser gagner par la colère et le désespoir, Cécilia avait repris son activité d'institutrice. Les rires des enfants, leurs yeux curieux lui évitaient de trop se lamenter sur son sort ou de laisser les pensées de haine la ravager.

Trois semaines après son retour, elle s'étonna que Hone Heke et Te Ruki Kawiti n'eussent pas encore répondu aux messages envoyés. Waikato lui en fournit l'explication. Les tribus favorables au gouvernement ne cessaient de les harceler et ils devaient se battre pour leurs propres territoires. Hone Heke avait même été blessé en tentant de reconquérir l'un de ses *pas* dont deux chefs ennemis s'étaient emparés.

Huit jours plus tard, un petit navire jeta l'ancre dans la baie de Kaingaroa. Il amenait l'évêque Paul Selwyn. Cécilia, qui se porta aussitôt à sa rencontre, craignit de le voir annoncer que Kaharinga avait été pendu. Mais son visage rayonnant démentait cette impression. Il vint à elle, lui prit les mains avec effusion.

— Votre mari est vivant, ma chère enfant.

Cécilia crut que son cœur s'arrêtait de battre.

— Vivant ? Mais alors... il n'a pas encore été exécuté !

— Mieux que ça : il ne le sera pas. Sa peine a été commuée en exil à vie.

— Comment cela ?

— Le gouverneur Robert Fitzroy a été démis de ses fonctions et remplacé par lord George Grey, un homme arrivé d'Angleterre juste après le procès. La Couronne reproche à Fitzroy son incapacité à maintenir la paix avec les Maoris. Lord Grey a aussitôt décidé que le traité de Waitangi devait être respecté. Quant à Philpotts, il n'est plus commandant des opérations militaires. Il est cantonné à bord de son navire, le *Hazard*, et devra répondre de ses nombreuses maladresses.

— Alors, pourquoi n'ont-ils pas libéré Kaharinga ?

— A cause des nombreux soldats britanniques qui ont été tués. Le gouverneur Grey a décidé de faire malgré tout un exemple afin d'inciter les autres chefs à se tenir tranquilles.

— Il ne vaut pas mieux que les autres ! éclata Cécilia. Il n'a tenu aucun compte du fait que Kaharinga était envoyé en tant que négociateur. Il l'a traité, lui aussi, comme un criminel.

— Au moins, il est toujours vivant, Cécilia, répondit Paul Selwyn, conciliant.
— Où l'ont-ils envoyé ?
— Aux îles Chatham.
— Où sont-elles ?
— Je l'ignore. Assez loin de la Nouvelle-Zélande, j'imagine.
— J'irai le chercher et je le délivrerai.
Un grondement d'enthousiasme répondit aux paroles de Cécilia, lancé par les guerriers.
— Ma chère enfant, croyez que je suis de tout cœur avec vous, mais comment vous y prendrez-vous ? Je vous rappelle que vous attendez un bébé.
Taunga intervint :
— Nous irons avec Wahinehoi, mon père. La terre de Kaharinga est ici, pas là-bas. Ce n'est pas aux *pakehas* de décider.
Cécilia écarta les bras.
— Vous voyez, je ne serai pas seule. Et je ne saurais laisser mon mari dépérir dans une prison à l'autre bout du monde alors que je le sais vivant. Je le ramènerai et nous vivrons ici comme avant. Si Philpotts revient le chercher, il aura affaire à moi ! Je sais encore me servir d'un fusil !
— Vous ne savez même pas où se trouvent ces îles...
— Moi, non. Mais je connais quelqu'un qui va m'aider.

40

Auckland, 1865

Cela faisait à présent plus d'un mois que Laura avait commencé à faire passer ses annonces. Renouvelant à chaque fois sa promesse de récompense, elle avait ainsi utilisé les services des trois quotidiens qui paraissaient à Auckland. Elle avait pris contact avec ceux de Wellington, la future nouvelle capitale, et avec ceux de Christchurch et de Dunedin, dans l'île du Sud. Des affiches avaient également été placardées sur le port. Cependant, malgré tous ses efforts, elle n'avait reçu aucune réponse jusqu'à présent. A Katherine, qui doutait de l'utilité de ces démarches, elle répondait qu'il fallait laisser le temps de réagir aux gens qui l'avaient connue.

— Tout cela s'est passé il y a vingt ans, disait-elle. Il reste beaucoup de personnes ayant vécu en Nouvelle-Zélande à cette époque. Il faut attendre que quelqu'un réponde. Cela peut demander plusieurs mois.

Katherine poussait des soupirs de découragement. Elles étaient donc bloquées là pendant une durée indéterminée. Il lui tardait pourtant de retrouver Londres. D'autant plus que Douglas ne s'intéressait toujours pas à elle. Mais elle aimait trop Laura pour se plaindre davantage.

Le jeune homme avait renoncé à retourner à Russell. Lui-même semblait s'être pris au jeu. Il tenait compagnie aux deux jeunes femmes, leur faisait visiter la région d'Auckland, les volcans éteints, la baie.

Il avait fini par acheter son bateau. Un matin, il était arrivé à l'hôtel en compagnie de Mathias Kaufman, le capitaine qui les avait amenés, quelques semaines plus tôt, de Russell à Kaingaroa, puis à Auckland.

— Mesdames, dit Douglas avec un large sourire, je ne vous présente pas le capitaine Kaufman, que vous connaissez déjà. J'ai le plaisir de vous annoncer que son navire m'appartient désormais.

Le colosse à barbe noire approuva.

— Monsieur McAllistair m'a tiré d'un mauvais pas, expliqua-t-il, embarrassé.

— Des dettes de jeu un peu trop criardes, reprit Douglas. Ce brave Mathias avait perdu l'équivalent de la valeur de son navire. Je lui ai donc proposé de le racheter tout en le gardant à son poste, avec son équipage. Il ne pouvait rêver meilleur arrangement. J'ai donc maintenant un navire à ma disposition pour vous faire visiter les côtes de la Nouvelle-Zélande. Car je suppose que vous n'êtes pas sur le point de partir, chère Laura.

— Non, en effet. Je ne désespère pas de recevoir une réponse.

Ainsi, dans les jours qui suivirent, Laura et Katherine passèrent le plus clair de leur temps à naviguer le long des côtes. La jeune femme s'était liée d'amitié avec le capitaine Kaufman, malgré le penchant marqué du bonhomme pour le rhum. Il connaissait toutes les côtes de Nouvelle-Zélande pour y avoir bourlingué pendant plus de trente ans. Cependant, lorsqu'elle l'interrogea sur sa mère, il ne lui apprit rien de précis. Comme les autres, il avait entendu parler de cette femme européenne qui avait épousé un chef maori, mais il ignorait ce qu'elle était devenue. Laura sentit pourtant que le sujet l'embarrassait. Mais c'était une réaction qu'elle connaissait déjà. Elle n'insista pas.

Pendant ce temps, la situation en Nouvelle-Zélande se détériorait. En certains endroits, la guerre faisait rage. En 1860, un grand nombre de Maoris, excédés par les manœuvres frauduleuses de l'administration anglaise pour s'emparer de leurs terres, avaient élu un roi. Celui-ci avait déclaré la guerre aux *pakehas* afin d'obtenir l'annulation de certaines ventes abusives. La Couronne avait réagi en envoyant la troupe... et avait subi de nouvelles défaites, dont celle de Gate Pa, en avril 1864, où deux cents Maoris avaient tenu tête victorieusement à mille sept cents soldats britanniques pourtant équipés de canons lourds[1]. A cela, il fallait ajouter le mouvement hauhau de Te Ua Haumene, qui avait pour but de chasser tous les étrangers de Nouvelle-Zélande. Dans de nombreux endroits, des colons avaient été massacrés. Toutefois, les Maoris, incapables

1. Cette bataille de Gate Pa, dans la région de Tauranga, fut un désastre pour l'armée britannique, qui perdit plus de cent cinquante hommes dont plusieurs officiers, pour des raisons encore aujourd'hui controversées. Un bombardement digne de la Première Guerre mondiale avait pourtant ouvert une brèche dans les fortifications du village. Mais, une fois à l'intérieur, les soldats anglais furent pris sous le feu croisé des défenseurs et il s'ensuivit un mouvement de panique qui décida de la victoire.

de s'organiser en une véritable armée capable de repousser l'envahisseur, se contentaient souvent d'actions sporadiques destinées à effrayer les immigrants.

Cependant, certaines tribus restaient fidèles au gouvernement et combattaient les rebelles, au gré des alliances. Des milices de colons commençaient à se former, qui donneraient bientôt naissance aux Forest Rangers, premier élément de l'armée néo-zélandaise.

A Auckland, cette guerre larvée n'avait pas d'incidence majeure. La ville était bien défendue désormais, et les combats n'avaient pas empêché le gouverneur Chalmers d'organiser les régates annuelles, auxquelles Laura et Katherine assistèrent en compagnie de Douglas McAllistair.

Cependant, Laura se demandait toujours ce qui avait bien pu arriver à ses parents pour qu'ils renoncent à retourner à Kaingaroa. Ce fut Katherine qui un jour émit une nouvelle hypothèse :

— Ils ont peut-être été arrêtés.

Laura pâlit. Katherine n'avait pas tort. Cela expliquerait leur disparition. D'après le chef Mangamuka, ils devaient être reçus par le gouverneur Fitzroy. Mais peut-être cette invitation n'était-elle qu'un piège. Et s'ils avaient été pendus ou fusillés, à cause de la bataille de Puketutu...

— Monsieur McLeod saura peut-être nous renseigner.

Le lendemain, elle retourna au palais. Le vieil Ecossais l'accueillit avec un large sourire.

— Mes respects, milady.

— Bonjour, monsieur McLeod. J'aurais encore besoin de votre aide. Savez-vous s'il y a eu, en 1845, un procès au cours duquel un chef maori et son épouse auraient été condamnés ?

Il se gratta la tête.

— Il y a eu plusieurs procès à l'époque. Mais je n'étais pas à Auckland à ce moment-là.

— Il s'appelait Kaharinga.

Il se gratta la tête.

— Oui, cela me dit vaguement quelque chose. Quelqu'un m'a parlé d'une histoire assez trouble au sujet d'un délégué maori emprisonné. Il m'a raconté qu'un évêque est venu au palais faire un esclandre. Le procès s'est tenu à huis clos et il a été très vite expédié. Il faut dire que nous étions en pleine guerre du Mât et que notre armée avait subi plusieurs défaites cuisantes. Les militaires étaient furieux. C'est à peu près à cette époque que le gouverneur Fitzroy a été remplacé par le gouverneur Grey.

— Ce chef maori a-t-il été condamné ?

— Je crois qu'il a été gracié. Mais j'ignore ce qu'il est devenu.

Laura poussa un soupir de soulagement.

— Et son épouse ?

— Je suis désolé. On ne m'a pas parlé d'une femme.

Plus tard, lorsque Laura retrouva Douglas McAllistair, elle lui rapporta ce qu'elle avait découvert. Il fronça les sourcils.

— Vous aviez raison, dit-il enfin. Si votre père a été gracié, ils ont dû quitter Auckland. Mais pour aller où, puisqu'ils ne sont pas retournés chez eux ?

— Comment le savoir ? J'espère que quelqu'un va finir par se manifester.

— Cela fait près d'un mois et demi que vous avez commencé à faire passer vos annonces, remarqua Douglas, et cela n'a toujours rien donné. Ils sont peut-être morts pendant le voyage du retour.

— Douglas, ne soyez pas pessimiste.

— J'admire votre obstination, répondit-il. Quand donc vous arrêterez-vous ?

— Lorsque je la retrouverai. Car je suis sûre qu'elle vit toujours !

Douglas hocha la tête.

— Alors, je vous aiderai à la retrouver.

Au bout de deux mois, Laura commençait à se décourager lorsqu'un matin, un homme se présenta à l'hôtel. Elle le reçut immédiatement dans le salon. C'était un vieux marin aux joues mangées par une barbe clairsemée, un bonnet rouge rivé sur la tête. Sa dentition fantaisiste et jaune trahissait l'abus de chiques de tabac. Il ôta cérémonieusement son couvre-chef, dévoilant un crâne pratiquement chauve, et s'inclina devant la jeune femme.

— Mes respects, milady, dit-il d'une voix chuintante. Mon nom est Angus McCaffrey. On a parlé devant moi de cette dame que vous recherchez. Si c'est celle que je crois, je l'ai vue il y a bien longtemps.

— Quand ?

— C'était dans le courant de l'année 1845. Oh ! ce que je sais, c'est pas grand-chose. Elle était dans l'île du Sud, dans une petite ville appelée Akaroa.

— Akaroa ?

— Oui, c'est une ville habitée par les Français. J'étais dans une auberge, avec d'autres marins. Tout d'un coup, on a vu arriver cette femme. Elle a donné son nom, Cécilia de Hauterive. Ça m'est resté, parce que c'était pas le genre d'endroit où on croisait des gens de la haute.

Un peu méfiante, Laura demanda :

— Comment était-elle ?

— Très belle, avec des cheveux longs, tout blonds. Et des yeux très clairs, comme l'eau des baies en été. On aurait dit qu'un ange était entré. Personne disait plus rien.

— Pourquoi était-elle là ?

— Elle a dit qu'elle voulait rencontrer un type, un Français. Mais je sais plus son nom.

Laura eut une intuition soudaine.

— Ce n'était pas Yann Le Bihan ?

Les yeux du vieux marin s'illuminèrent.

— Oui, c'est ça. Les gars ont dit que c'était un chasseur de baleines.

Le visage de Laura s'éclaira.

— Je vous remercie, monsieur. Vous avez mérité votre récompense.

Après le départ du vieil homme, elle laissa éclater sa joie.

— J'en étais sûre ! Ma mère n'est pas morte au cours du voyage vers Auckland.

— Et je suppose que tu veux que nous allions à Akaroa, dit Katherine.

— Bien sûr. Elle s'est peut-être installée là-bas. Cela expliquerait que personne ne l'ait jamais revue par ici.

— Oh là là ! gémit Katherine. En pleine guerre ! Tu vas finir par nous faire tuer !

— Mais non ! Nous allons emprunter le bateau qui fait la liaison avec l'île du Sud. Sur mer, nous ne risquons rien. Je suis curieuse de connaître ce Yann Le Bihan.

— S'il est encore en vie. Et puis, il va falloir attendre que ce fichu navire daigne revenir à Auckland.

— Arrête de jouer les oiseaux de mauvais augure !

Douglas intervint :

— Vous n'aurez pas besoin d'attendre. Mon bateau est à votre disposition.

Laura se tourna vers lui.

— Vous êtes gentil, Douglas, mais je ne veux pas abuser. C'est un long voyage.

Il leva les mains pour l'empêcher de protester.

— C'est une joie pour moi, Laura. Ne m'en privez pas.

Devant son insistance, elle finit par céder. Toutefois, la proposition de Douglas l'ennuyait un peu. Depuis deux mois qu'elle était revenue à Auckland, il n'était pas retourné une seule fois à Russell. N'avait-il pas ses propres préoccupations, des affaires à traiter ? Parfois, elle avait l'impression que la recherche de Cécilia était devenue sa propre quête. Elle se demandait même s'il n'avait pas racheté le bateau de Mathias Kaufman dans ce but. Mais elle se disait que c'était une supposition ridicule. Pourquoi aurait-il fait cela ?

Si encore il avait tenté de séduire Katherine ou elle-même... Mais il se contentait de se montrer charmant, serviable et drôle. Laura l'avait même un moment soupçonné de préférer les hommes. En Angleterre, l'un de ses amis était homosexuel. Cependant Douglas ne semblait pas présenter de penchants de la sorte. Elle en avait même eu la preuve lorsqu'elle l'avait aperçue, un jour, à Auckland, au bras d'une fille avec laquelle il entretenait visiblement des relations... rapprochées. Elle s'était imaginé alors qu'il avait une amie, mais elle l'avait vu quelques jours plus tard en compagnie d'une autre. Douglas était donc un coureur de jupons. Mais, pour une raison étrange, il ne s'intéressait ni à Katherine, ni à elle. Elle imagina un moment jouer de sa séduction pour en savoir plus, mais, outre qu'elle n'en avait aucune envie, elle ne voulait pas courir le risque de fausser des relations par ailleurs si plaisantes.

Deux jours plus tard, après avoir fait le plein de vivres et d'eau douce, le *Redman* appareillait pour Akaroa.

Après une dizaine de jours d'un voyage sans incident notable, le navire arriva à Akaroa. C'était à cet endroit que s'étaient installés les soixante-trois pionniers français amenés par le *Comte-de-Paris* en 1840. Akaroa était lovée sur la côte orientale d'une sorte de fjord bordé par des collines verdoyantes rappelant un peu la Normandie. Ici, la végétation ressemblait nettement à celle de l'Europe, d'autant plus que les colons avaient planté des arbres importés de Normandie, des haies, de la vigne. De petites maisons de bois s'étageaient le long de ruelles qui s'élevaient en serpentant. Depuis un an, une église avait été construite pour les catholiques français et irlandais, St Patrick. Mais on y trouvait aussi une église anglicane, St Peter.

Après avoir réservé des chambres dans l'unique auberge de la ville, Laura interrogea son propriétaire.

— Yann Le Bihan ? Oui, il vit toujours. Il a abandonné la chasse à la baleine pour se consacrer à la terre. Il est devenu paysan. Mais il a du bien.

— Est-il marié ?

— Depuis une vingtaine d'années, oui. Il a même une demi-douzaine de gamins.

Le cœur de Laura se mit à battre plus vite.

— Pardonnez-moi, monsieur, mais... savez-vous le nom de sa femme ?

L'homme la contempla avec circonspection. Sans doute la trouvait-il trop curieuse, mais elle faisait partie de l'aristocratie. Il était difficile de la remettre à sa place.

— Elle s'appelle Marie. Marie Fleuret.

Laura poussa un soupir de soulagement. Lorsque le vieux McCaffrey lui avait dit que Cécilia était venue à Akaroa, elle avait un moment imaginé qu'elle avait l'intention d'épouser Yann Le Bihan. Cela aurait signifié que Kaharinga avait péri. Il restait donc une chance pour qu'ils fussent encore vivants tous les deux.

Un peu plus tard, après avoir emprunté une voiture peu confortable, Laura, Katherine et Douglas prirent le chemin menant à la ferme Le Bihan. Ils la découvrirent sur les hauteurs, à un endroit d'où l'on dominait à la fois la baie et l'océan, en direction de Christchurch. La vue était magnifique. Une croix de pierre en marquait la limite. De tous côtés s'étendaient des vergers de pommiers et de poiriers, des champs de blé, tandis qu'une haie de peupliers menait à une habitation rustique de style breton. Un colosse aux cheveux grisonnants les attendait, les bras croisés, entouré d'une demi-douzaine d'enfants. Une femme brune en coiffe se tenait à ses côtés.

— Soyez la bienvenue, milady, dit Yann Le Bihan. Ma modeste demeure est très honorée de votre visite. On est venu me prévenir que vous souhaitiez me rencontrer. Si vous voulez bien vous donner la peine d'entrer...

Ils pénétrèrent dans une salle au sol dallé, preuve d'un certain confort à une époque où l'on se contentait souvent de terre battue. Un lourd vaisselier artistement ajouré, présentant de belles assiettes peintes, et une immense armoire bretonne de bois sombre se faisaient face, encadrant une longue table flanquée de deux bancs. Dans le fond trônait un lit clos réservé aux parents. Curieux, les enfants auraient aimé assister à la rencontre, mais leur père les envoya remplir des tâches diverses, tandis que son épouse s'effaçait discrètement.

Laura le contempla. Le capitaine Le Bihan était bien tel qu'elle l'avait imaginé au travers du récit du jardinier Pierre-Marie Le Drezen. Un regard bleu-gris, une carrure impressionnante, un teint buriné par le soleil et le sel marin. Il se dégageait de lui une autorité que nul n'aurait songé à remettre en cause.

— Je vous remercie de me recevoir, monsieur Le Bihan. Mon nom, Laura Whitmore, ne vous dira sans doute rien. Mais vous avez rencontré ma mère autrefois : Cécilia de Hauterive.

Yann fronça les sourcils.

— Cécilia ? Vous êtes la fille de Cécilia ?

— Oui, celle qu'elle a sans doute crue morte, massacrée à Auckland dans la maison des Simpson.

Il la contempla avec des yeux stupéfaits.

— La petite Moana ?

Il se tut, puis murmura :

— C'est pas Dieu possible ! C'est pas Dieu possible !

Enfin, il ajouta, embarrassé :

— Pardonnez ma familiarité, milady. Il est vrai que vous lui ressemblez beaucoup, hormis la couleur des cheveux.

— Je la dois à mon père, monsieur Le Bihan. Mais vous avez raison, je suis Moana, la fille de Cécilia et du chef Kaharinga. Je n'ai pas été tuée à Auckland. Rebecca Simpson, croyant de son côté que mes parents avaient péri au cours de la bataille de Puketutu, m'a emmenée en Angleterre et m'a élevée sous le nom de Laura, mon second prénom. Ma mère adoptive m'a révélé l'existence de Cécilia peu avant de mourir. Depuis, je tente de la retrouver. Elle est venue vous voir il y a vingt ans. J'aimerais que vous me parliez d'elle.

Yann hocha la tête, l'air hagard. Puis il déclara :

— C'est bien, je vais vous dire ce que je sais.

41

Akaroa, août 1845

— J'ai besoin de votre aide, Yann.

Le Breton regarda la femme épuisée qui se tenait devant lui. Pourtant, jamais elle n'avait été aussi belle. La lueur tragique qui brillait dans ses yeux donnait envie de la protéger, mais son visage reflétait aussi une détermination farouche qui lui conférait une sorte de dureté. Elle était vêtue d'un grand manteau de mouton aux pans ornés de tresses de couleurs vives, selon la tradition maorie. Son teint pâle et ses joues creusées disaient qu'elle n'avait pas mangé à sa faim ces derniers jours. Mais elle portait toujours ses cheveux blonds libres sur ses épaules au lieu de les tenir enfermés dans un bonnet. Elle faisait penser à l'une de ces déesses guerrières évoquées par les légendes celtiques.

Derrière elle se tenaient une vingtaine de guerriers au visage fermé. Tous semblaient lui obéir sans discussion. Ils avaient débarqué de deux *wakas* quelques heures plus tôt. A peine arrivée, elle était venue le demander à l'auberge. Il avait accouru aussitôt.

— Vous avez de la chance que je ne sois pas parti chasser la baleine, remarqua-t-il. Je suis rentré il y a seulement deux jours.

— Je vous aurais attendu, Yann.

Il ne répondit pas immédiatement.

— Que puis-je faire pour vous ? demanda-t-il enfin, embarrassé.

Par les marins, il était au courant de l'ampleur prise par les combats dans l'île du Nord, et il se doutait qu'elle n'y était pas tout à fait étrangère.

Cécilia respira profondément et répondit :

— M'aider à sauver mon mari.

— Que lui est-il arrivé ?

— Il a été exilé aux îles Chatham. Malheureusement, je ne sais pas comment m'y rendre. J'ignore même où elles se trouvent. Mais je me suis souvenue qu'elles se situaient près de vos zones de chasse et que vous y faisiez régulièrement escale.

— C'est exact. Si vous me racontiez tout depuis le début...

Cécilia lui expliqua alors ce qui s'était passé depuis leur dernière rencontre, quand il l'avait amenée à Auckland avec Moana. Lorsqu'elle eut terminé, des larmes brûlantes ruisselaient sur ses joues. Yann lui prit la main.

— J'en suis profondément bouleversé, Cécilia. Parfois, il est difficile de comprendre le bon Dieu.

— Laissez Dieu où il est. S'il existait, il n'aurait pas permis que ma petite fille soit tuée par des monstres.

— Ne dites pas ça. Il peut vous être d'un grand secours.

Elle eut un sourire triste.

— Voilà que nous nous querellons encore pour Lui, remarqua-t-elle.

— Pardonnez-moi, je suis une brute. Qu'attendez-vous de moi ?

— Je veux libérer Kaharinga. La tribu a désormais un nouveau chef, mais j'ai proposé aux guerriers les plus fidèles de mon mari de monter une expédition pour aller le délivrer. Ils ont tous accepté. Et nous sommes venus à Akaroa pour solliciter votre aide, parce que vous connaissez les îles Chatham.

— Et vous êtes venue depuis l'île du Nord sur une pirogue ?

— Bien sûr. J'en ai l'habitude. Nous n'avons pas eu trop de mal à trouver Akaroa. Cela fait quelques années que nous entretenons des relations commerciales avec certaines tribus de la région de Christchurch. Elles nous apportent du jade dont les Maoris font des armes et des outils. J'ai profité de leur passage pour leur demander de nous guider jusqu'ici. Ce fut un voyage plutôt long et éprouvant. La traversée du détroit de Cook a été un enfer. Le vent soufflait constamment et nous avons dû affronter des creux de plusieurs mètres. De plus, nous avons dû nous méfier de la nouvelle colonie installée à Wellington depuis cinq ans. Je suppose que le gouverneur a fait diffuser mon signalement.

— Si cela peut vous rassurer, ici personne n'est au courant que vous êtes recherchée.

— De toute façon, je ne vais pas rester. Je veux aller aux îles Chatham.

Yann soupira :

— Et vous comptez sur moi pour vous aider.

— Seulement pour m'amener sur place. Ensuite, j'aviserai.

Il secoua la tête.

— Vous ne doutez de rien, Cécilia.

— J'aime mon mari, Yann. Croyez-vous que j'aurais entrepris ce voyage infernal sans cela ? J'irai jusqu'au bout.

Le Breton ne répondit pas immédiatement.

— J'aurais aimé susciter chez vous une passion identique à celle que je devine en vous pour cet homme. Vous n'avez pas hésité à risquer votre vie pour lui.

— Il l'a fait de nombreuses fois pour moi. Et je n'ai pas l'intention de l'abandonner. Sa place est près de moi.

— S'il s'évade, il risque d'être repris. Et cette fois, ce ne sera pas l'exil.

— Eh bien, nous nous battrons encore. Mais nous serons ensemble. Alors, accepterez-vous de me conduire à ces îles ?

Le Breton se gratta la tête.

— Ce que vous me demandez là est délicat. Si les Anglais apprennent que je suis votre complice, ils risquent de créer des problèmes à mes amis français d'Akaroa.

— Ils n'en sauront rien. Je vous demande seulement de me débarquer avec mes guerriers. Le reste, je m'en charge.

— Parce que vous comptez revenir avec ces pirogues !

— C'est avec ces pirogues, comme vous dites, que les ancêtres des Maoris ont conquis le Pacifique ! Et cela bien avant que Christophe Colomb n'ose s'aventurer à traverser l'Atlantique !

Il ne put s'empêcher d'éclater de rire.

— Ne vous fâchez pas, Cécilia. Je comprends pourquoi monseigneur Selwyn vous a conseillé de vous tenir à l'écart des négociations. Vous auriez été capable d'arracher les yeux de Fitzroy.

— Et surtout de Philpotts !

Elle le regarda intensément.

— Vous m'avez dit autrefois que je pouvais compter sur votre amitié. Yann. M'aiderez-vous encore cette fois-ci ?

Il grommela :

— Et comment puis-je refuser ? Je dois être aussi fou que vous ! Mais c'est d'accord ! Je m'en voudrais de rater une telle aventure.

42

— Les îles Chatham sont situées à environ cinq cents milles marins à l'est de Christchurch, expliqua Yann. L'archipel compte une dizaine d'îles, mais seules deux d'entre elles sont habitées par un peuple qui ressemble aux Maoris, les Morioris. L'île a été découverte en 1791 par un Anglais, William Broughton. Il a donné à l'île principale le nom de son navire, le *Chatham*, mais les indigènes l'appellent Rekohu, l'île des Brouillards. Il faut dire qu'elle porte bien son nom. Les

Morioris se disent descendants du ciel et de la terre. Autrefois, des conflits les opposaient, comme les Maoris. Mais l'un de leurs chefs a décidé un jour que les combats s'arrêteraient à la première goutte de sang versée. La coutume s'est perpétuée et ils sont devenus très pacifiques. Ils chassent les oiseaux et les phoques, et ils pêchent. On trouve dans les eaux de ces îles de superbes langoustes.

« A partir de 1820, les baleiniers ont commencé à y faire escale. Malheureusement, l'arrivée des Européens a apporté des maladies aux indigènes [1]. Leur population a sensiblement diminué. Pour couronner le tout, il y a une dizaine d'années, des Maoris de la région de Wellington se sont attaqués à eux et beaucoup ont été réduits en esclavage. La seule ville s'appelle Waitangi, comme celle du traité, mais ce n'est qu'une petite bourgade.

— Y a-t-il une prison ?

— L'île Chatham elle-même est une prison. On ne peut pas s'en échapper à moins de s'emparer des rares bateaux qui assurent le ravitaillement des soldats installés sur l'île. Ceux-là ne sont pas très nombreux, mais ils possèdent des armes. Ils se contentent de surveiller les navires européens. Les prisonniers qui tenteraient de s'y introduire seraient immédiatement abattus. Et les baleiniers n'ont pas envie d'avoir des ennuis avec l'empire britannique en embarquant des passagers clandestins.

1. Les Morioris ont aujourd'hui totalement disparu. En 1900, ils n'étaient plus qu'une douzaine. Le dernier est mort en 1933.

— Nous ne vous demanderons rien de tel, répondit Cécilia. Je voudrais seulement que vous nous emmeniez là-bas.

— Et comment affronterez-vous les soldats britanniques ?

— Nous avons des armes, nous aussi.

— En admettant que vous réussissiez à les vaincre, comment reviendrez-vous ?

— Avec les *wakas*. On devrait pouvoir les charger à bord de la *Marie-Morgane*. Elles ne sont pas très grandes.

— Et vous comptez vraiment revenir jusqu'en Nouvelle-Zélande avec ces pirogues ?

— Les ancêtres de Kaharinga ont fait pire lorsqu'ils ont traversé le Pacifique.

Yann secoua la tête.

— C'est de la folie. Je crois voir que vous êtes enceinte.

— C'est vrai.

— Alors, vous n'en reviendrez pas vivante. Vous n'avez aucune idée des conditions climatiques de cette région. Le plein océan, c'est autre chose que de longer les côtes. Surtout en cette saison.

Elle le fixa dans les yeux.

— J'en reviendrai et je ramènerai Kaharinga.

— Sans moi, vous n'avez aucune chance de réussir. Mais si je vous prends à bord pour le retour, je suis perdu. Lorsque les Anglais s'apercevront de la disparition de leur prisonnier, ils accuseront aussitôt les navires ayant fait escale à ce moment-là. La *Marie-Morgane* est connue là-bas.

— Vous ne serez pas inquiété, Yann. Vous n'aurez même pas à faire escale. Il nous suffira de mettre les *wakas* à la mer avant d'arriver aux îles Chatham. Vous nous direz où aborder.

— Avec des pirogues, le mieux est le lagon. Vous pourrez vous mêler aux pêcheurs de langoustes.

Huit jours plus tard, en plein cœur de l'hiver austral, la *Marie-Morgane* levait l'ancre, profitant d'une accalmie entre deux tempêtes. Devant la couleur des vagues crêtées d'écume, Cécilia se demanda si elle ne s'était pas montrée trop optimiste. Les *wakas* avaient été chargées à bord du navire et sommeillaient sur le pont. Les balanciers avaient été démontés afin de tenir moins de place. Taunga et ses compagnons s'étaient mêlés à l'équipage cosmopolite de Le Bihan. On trouvait parmi ses marins un peu de toutes les nationalités. Si la majorité était des Français, on croisait aussi des Irlandais, des Ecossais, des Allemands, des Italiens, un Espagnol et même un Norvégien, auxquels il fallait rajouter trois Maoris ayant choisi de vivre parmi les Européens.

A mi-chemin, un puissant ouragan contraignit le capitaine à faire amener les voiles. Des paquets de mer embarquaient, malmenant les *wakas* pourtant solidement arrimées. Yann avait cédé sa propre cabine à Cécilia. Elle bénéficiait d'un confort spartiate, mais elle était à l'abri du froid et de l'humidité. Cependant, les mouvements incessants du bateau accentuaient les nausées qui la prenaient chaque matin.

— Croyez-vous toujours que vous serez capable de

traverser cet enfer avec vos pirogues ? lui demanda Yann un matin. Les ancêtres de vos Maoris n'ont certainement pas choisi cette saison pour naviguer. Nous aurions pu attendre le printemps.

— Nous aviserons sur place. Au besoin, nous resterons le temps qu'il faudra pour que les tempêtes s'apaisent.

— Vous êtes encore plus têtue qu'une Bretonne !

— C'est normal, je suis à moitié bretonne.

La *Marie-Morgane* arriva dans les parages de l'archipel vers la mi-juillet. Dès que les îles furent en vue, on mit les *wakas* à la mer.

— A présent, dit Yann, vous allez contourner l'île Chatham par le sud, en empruntant le détroit qui la sépare de l'île Pitt. Vous longerez la côte et pénétrerez ensuite dans le lagon. Là, vous pourrez accoster en toute tranquillité. Vous croiserez des pêcheurs, mais les soldats ne vont jamais par là. Les navires de la marine royale ne peuvent s'y aventurer à cause des hauts fonds. Il n'y a donc aucune chance pour qu'un prisonnier s'évade par là. Ensuite, vous reviendrez vers Waitangi en marchant vers l'ouest. Je vous conseille cependant de nouer vos cheveux. Ils sont très reconnaissables. Il vaudrait mieux que vous vous fassiez passer pour une femme de colon européen. Le problème, c'est qu'ils se connaissent tous.

Cécilia hésita un instant, puis répondit :

— Il y a une autre solution. Mes guerriers passeront par le lagon pour se mêler à la population locale. Quant à moi, je débarquerai avec vous à Waitangi. Je vous promets d'attacher mes cheveux pour ne pas attirer l'attention.

— Et l'on saura que c'est moi qui vous ai débarquée.

— Je me montrerai discrète. Je repérerai les lieux. Je remonterai à bord lorsque j'en saurai assez pour agir. Ensuite, j'attendrai la nuit pour rejoindre mes guerriers.

Yann se prit la tête entre les mains.

— Vous allez vous faire tuer.

— C'est un risque à courir.

Bien entendu, Yann fut obligé d'accepter le plan de Cécilia. Tandis que les deux *wakas* se dirigeaient vers le sud de l'île, la *Marie-Morgane* pénétrait dans Petre Bay, au fond de laquelle s'étendait Waitangi. La côte offrait un relief accidenté, à la végétation soumise à la violence des vents. Les arbres étaient rares, de petite taille, courbés et brûlés par le sel. Les falaises sombres, couvertes de bruyère et d'herbe desséchée, abritaient des colonies d'albatros.

Le petit port de Waitangi alignait quelques maisons de bois et de pierre, deux entrepôts, une petite chapelle mal entretenue, une auberge et un magasin général. Par certains aspects, l'île Chatham rappelait les îles bretonnes. La partie sud présentait une colline élevée, culminant à près de trois cents mètres. Un autre navire était ancré le long de la jetée unique. A bord se tenaient deux soldats en uniforme rouge. L'armement du bateau comportait une douzaine de canons.

— C'est le *Rifleman*, le navire de ravitaillement du

fortin, expliqua Yann. J'ai l'impression que ça va être plus difficile que prévu.

Cécilia ne répondit pas immédiatement.

— C'est une chance, au contraire. Combien y a-t-il d'hommes sur ce navire ?

— Pas plus d'une dizaine, je pense. Plus les marins.

— Et au fortin ?

— Une dizaine aussi.

— Alors, nous allons nous emparer de ce bateau.

Yann crut qu'il avait mal compris.

— Quoi ?

— Vous avez raison, Yann. Traverser l'océan à cette époque serait trop dangereux avec des pirogues. Il vaudrait mieux un bateau. Donc, je vais m'emparer de celui-là. Ainsi, même s'ils s'aperçoivent rapidement de l'évasion de Kaharinga, ils ne pourront pas nous donner la chasse. Ils devront attendre l'arrivée d'un autre navire anglais.

— Mais vous ne vous rendez pas compte ! Ces soldats sont armés !

— Nous aussi. Je dispose d'une vingtaine de guerriers et ils savent se battre, croyez-moi. De plus, je pense que mon mari n'est pas le seul Maori exilé sur cette île. Nous délivrerons tous les prisonniers et ils se battront à nos côtés.

— Et qui va manœuvrer ce bateau ?

Elle répondit avec un grand sourire.

— Mais... les marins anglais que nous allons capturer.

Yann leva les yeux au ciel.

— Seigneur Jésus ! Vous allez être poursuivie pour cette action. Si vous réussissez !

Cécilia eut un petit rire.

— Les Anglais m'ont déjà condamnée à la pendaison. Je ne risque plus grand-chose.

— Et où irez-vous après ?

— A Kaingaroa.

— Et vous déclencherez de nouvelles attaques britanniques contre votre village.

— Eh bien tant pis ! Nous renforcerons nos défenses et ils perdront encore de nombreux soldats.

Le Breton poussa un soupir de désespoir.

— Comment faire entendre raison à une tête de mule comme vous ? Vous n'avez pas une chance de réussir. La guerre n'est pas une affaire de femme !

— Détrompez-vous, Yann. Les femmes sont capables de beaucoup de choses par amour. Y compris de s'emparer d'un navire.

Dès que la *Marie-Morgane* eut accosté, Yann descendit à terre. Par précaution, Cécilia attendit une bonne heure, puis elle débarqua à son tour, à un moment où il n'y avait personne sur la jetée. Emmitouflée dans un épais manteau de mouton, les cheveux entièrement cachés par un foulard noir, elle avait en outre passé une capuche large qui dissimulait son visage. Elle avait même barbouillé ses joues de terre afin de donner l'illusion de la crasse. Marchant un peu voûtée, elle avait de nouveau l'air d'une vieille femme. Les marins et indigènes ne lui accordèrent aucune attention. Elle évita l'unique auberge de Waitangi, puis, suivant la grève balayée par les vents, elle se dirigea à pas lents vers le nord, où se trouvait le fortin. Ce n'était qu'un ensemble de baraquements sans réelles vertus défensives. Apparemment, il servait surtout à loger les soldats. Plus loin, des masures se dressaient au bord d'un étang salé séparé du lagon, probablement pour abriter les prisonniers.

Les bourrasques de pluie et de vent favorisaient Cécilia. Les rares individus qu'elle croisait pensaient plus à se protéger qu'à s'étonner de sa présence. D'autant que l'endroit était surtout peuplé par des Morioris, qui évitaient de s'approcher des femmes de colon. Un panier sous le bras, elle pouvait laisser croire qu'elle allait ramasser des coquillages.

Elle eut tôt fait de repérer un groupe d'exilés maoris installés sur une bande de terre qui séparait l'étang salé du lagon. Son cœur se mit à battre plus vite. Kaharinga était là !

Couvert d'un manteau chaud, il était en compagnie d'une vingtaine d'autres Maoris qui semblaient l'écouter avec attention. Il avait dû arriver quelques jours auparavant. Elle résista à l'envie de courir vers lui. Elle devait absolument éviter de se faire repérer, et rien ne disait que des soldats ne patrouillaient pas à proximité. Elle poursuivit son chemin comme si de rien n'était, traversa la bande de terre. Un mile plus loin, elle parvint sur les rives du lagon. Elle dut attendre encore deux heures pour voir arriver les deux *wakas*, qui avaient été obligées de contourner l'île par l'est. Sans doute en raison du mauvais temps, les lieux étaient pratiquement déserts, ce qui lui facilita les choses. Taunga et ses compagnons eurent tôt fait de la rejoindre.

— Kaharinga est un peu plus loin, dit-elle. Il sera facile à l'un de vous de s'introduire dans leur groupe et de leur signaler notre présence. Je ne peux pas le faire moi-même. C'est trop risqué.

Ils retournèrent vers l'endroit où se trouvaient les exilés. Après s'être assuré qu'aucun soldat ne rôdait dans les environs, Taunga se dirigea vers eux. Il revint quelques instants plus tard. Mais il n'était pas seul. La haute silhouette de Kaharinga le suivait, accompagné d'un autre Maori. Les yeux brûlants de larmes, Cécilia se jeta dans ses bras.

— Tu es venue jusqu'ici me chercher ! murmura-t-il en posant son front contre le sien.

Ils restèrent un long moment enlacés. Puis il perçut le léger renflement de son ventre et ses yeux se mirent à briller.

— Paul Selwyn m'a dit, pour le bébé.

— Il naîtra à la fin de l'année.

Kaharinga ne pouvait détacher son regard de celui de Cécilia. Jamais il ne l'avait vue si farouche, si déterminée. Ses traits s'étaient creusés, ses membres affinés. Elle paraissait fragile, pourtant il émanait d'elle une force extraordinaire. Rien ne semblait pouvoir lui résister. Une énorme bouffée d'amour le saisit, qu'il aurait voulu pouvoir lui manifester. Mais ils n'étaient pas seuls.

Il lui présenta son compagnon :

— Te Turuki est le fils du chef d'une tribu qui vit dans le centre de l'île du Nord, près d'un grand lac. Il s'était engagé comme marin sur un navire anglais. Mais un jour, il s'est rebellé contre son capitaine. Celui-ci l'a fait fouetter et l'a condamné à l'exil sur ces îles.

Cécilia s'inclina devant le Maori pour le saluer. L'histoire de Te Turuki n'était malheureusement pas unique.

Elle constata que Kaharinga avait maigri. Sans doute ne mangeait-il pas à sa faim. Elle se douta que les Anglais ne devaient pas lui fournir beaucoup de nourriture. Sans doute espéraient-ils que le climat rude des Chatham aurait raison de lui. Elle ne les laisserait pas savourer ce plaisir. Elle donna aux deux hommes les fruits et la viande séchée qu'elle avait emportés avec elle. Puis elle expliqua :

— Yann Le Bihan, un ami, m'a amenée avec Taunga et les autres. Nous allons quitter cette île maudite, dit-elle. J'ai un plan. Le navire de ravitaillement est à quai. Nous allons nous en emparer et rentrer à Kaingaroa.

Il la contempla avec des yeux effarés.

— S'emparer d'un navire anglais ? Tu ne doutes de rien.

— Ils ne sont pas très nombreux. J'ai repéré une dizaine de soldats et autant de marins sur le bateau. Quant au fortin, Yann m'a dit qu'il ne renfermait pas plus d'une dizaine d'hommes. Nous avons des armes en suffisance. Nous agirons cette nuit.

Kaharinga secoua la tête, stupéfait. Puis, après un moment de réflexion, il déclara :

— Après tout, c'est très faisable. Les gardiens ne

nous surveillent guère. Ils passent leur temps à boire et à jouer aux cartes. Et le soir, la plupart sont saouls.

— Alors, nous allons vous donner des armes, reprit Cécilia. Nous en avons apporté en suffisance. Vous attendrez l'aube pour plus de sûreté. Ils seront endormis ou cuveront leur bière. Vous vous emparerez du fortin, neutraliserez les gardiens, puis vous viendrez sur le port. Pendant ce temps, Taunga et les autres s'empareront du navire. Il faut éviter qu'il n'y ait des morts. Trop de sang a coulé dernièrement, et ces soldats ne sont pas responsables de l'imbécillité de leurs supérieurs.

Kaharinga et les autres acquiescèrent.

Dans la soirée, Cécilia regagna la *Marie-Morgane*. Yann était déjà revenu.

— Alors ? demanda-t-il.

— J'ai vu mon mari. Nous agirons comme prévu. Nous leur avons donné des armes. Il y a une vingtaine d'exilés maoris avec lui. L'un d'eux est le fils du chef d'une tribu qui vit dans le centre de l'île du Nord, dans une région volcanique. Il s'est lié d'amitié avec Kaharinga.

Elle lui expliqua son plan.

— Vous ne parviendrez pas à vous emparer de leur bateau, grommela-t-il.

— Et pourquoi ? Ils ne s'attendent certainement pas à être attaqués. Nous attendrons l'aube.

— Je serai accusé d'avoir amené la femme mystérieuse à l'origine de ce coup d'éclat.

— Non. Les rares personnes qui ont pu m'apercevoir

n'ont vu qu'une vieille femme. Qui irait la soupçonner de quoi que ce soit ? D'autant plus que l'on m'a vue remonter à bord.

Encore revêtue de son triste manteau gris, elle lui fit une grimace et mima une ancêtre courbée sous le poids des ans.

Il ne put s'empêcher de rire.

Cécilia quitta la *Marie-Morgane* vers la fin de la nuit, évitant de se faire voir des deux sentinelles qui montaient la garde sur le pont. Mais les deux hommes avaient fort à faire pour se protéger de la pluie battante qui noyait la vue. Trempée, Cécilia rejoignit Taunga et les guerriers qui l'attendaient sur la grève. Une attente angoissante commença. Peu avant l'aube, un bruit annonça l'arrivée de Kaharinga et des autres exilés. Cécilia courut vers lui.

— Tout s'est passé comme tu l'avais prévu, dit-il. Nous n'avons même pas eu à les frapper. Ils ne s'attendaient pas à ce que nous ayons des armes. Nous les avons solidement ligotés et enfermés. Puis nous avons pris leurs fusils. Il leur faudra un certain temps avant de pouvoir se libérer.

Il regarda la silhouette noire du *Rifleman*, uniquement éclairée par les lueurs tremblantes des fanaux.

— Il faut d'abord éliminer les sentinelles, dit-il. Ensuite, nous pourrons monter à bord sans donner l'alarme. Toi, tu vas rester ici avec Taunga. J'agiterai une lumière pour te signaler que tu peux rejoindre le bord.

Cécilia acquiesça. L'instant d'après, les Maoris se fondaient dans la nuit liquide. Moins de vingt minutes plus tard, des minutes qui avaient semblé des siècles à la jeune femme, elle vit l'un des fanaux s'agiter. Le bateau était entre leurs mains. Le ciel commençait à peine à pâlir à l'orient. Une odeur d'iode et d'algue lui emplit les poumons. Elle inspira profondément, se retint de pousser un cri de victoire.

Ils étaient libres !

Depuis sa cabine, Yann observait les événements. Malgré les rideaux de pluie d'une aube ténébreuse, il avait vu une poignée de Maoris monter agilement à bord du navire anglais, surprendre les sentinelles qui s'étaient effondrées, assommées sans pouvoir réagir. Quelques instants plus tard, une quarantaine de guerriers embarquaient pour neutraliser les marins et soldats pris par le sommeil. Enfin, il vit Cécilia, engoncée dans son grand manteau, rejoindre le bord alors que le temps commençait à s'éclaircir à l'orient. Ce Kaharinga avait beaucoup de chance d'être aimé d'une telle femme. Puis il se dit que lui-même n'aurait peut-être pas été capable de la rendre heureuse. Elle avait besoin de liberté, à l'image de cette chevelure blonde qu'elle laissait couler sur ses épaules.

Une heure plus tard, le *Rifleman* sortait du port. Yann eut le temps de voir les marins manœuvrer sous la contrainte des mousquets. Yann faillit éclater de rire : cette diablesse avait réussi[1].

1. Pour rocambolesque que puisse paraître cette aventure, elle est pourtant inspirée de faits réels. En 1866, Te Kooti Arikirangi,

Puis il songea qu'il ne la reverrait sans doute jamais plus. Alors, il leva la main pour un dernier adieu muet.

43

Akaroa, 1865

— Contrairement à ce que je redoutais, je n'ai jamais été inquiété à la suite de cette histoire, conclut Yann. Le lendemain, lorsque les soldats ont fini par se libérer, j'ai joué les innocents. Cela s'était passé pendant la nuit. Ni moi ni aucun membre de mon équipage n'avions rien vu en raison de la tempête qui sévissait à ce moment-là. Plus tard dans la journée, ils ont retrouvé les deux pirogues abandonnées dans le lagon. Ils en ont déduit que les Maoris étaient arrivés grâce à elles et ils ne m'ont pas soupçonné.

un chef de guerre particulièrement actif, fut arrêté et déporté aux îles Chatham. Il s'en échappa le 4 juillet 1868 en s'emparant du *Rifleman*, le navire de ravitaillement. Arrivé le 10 juillet dans le sud de Tauranga, il y libéra les marins prisonniers et se réfugia dans la région de Gisborne, à l'ouest de l'île du Nord. Les autorités tentèrent plusieurs fois de le capturer, sans succès. Il fut amnistié en 1883 et mourut en 1893. Durant son exil, Te Kooti Arikirangi a fondé l'Eglise Ringatu, qui est reconnue comme Eglise officielle en Nouvelle-Zélande bien qu'elle compte peu de fidèles.

— Et vous n'avez jamais revu ma mère ? demanda Laura.

— Ni elle ni votre père. J'ai tenté d'obtenir des nouvelles par des marins de passage. On était au courant de leur exploit, mais personne ne savait ce qu'ils étaient devenus. Depuis, on n'a plus jamais entendu parler d'eux.

— On ignore donc s'ils ont réussi à rentrer en Nouvelle-Zélande.

— Oui. J'ai espéré qu'elle m'adresserait un message pour me dire s'ils avaient réussi. Mais je n'ai rien reçu.

Une immense tristesse envahit la jeune femme. Ils n'étaient pas revenus à Kaingaroa et ils n'avaient pas envoyé de message à Yann Le Bihan. Est-ce que cela signifiait qu'il leur était arrivé quelque chose au cours du voyage de retour ?

— Ce silence m'a inquiété, je dois le dire, soupira Yann. A cette époque de l'année, les tempêtes sont violentes et soudaines.

— Mais enfin, insista Laura, il y avait des marins chevronnés avec eux. Vous m'avez dit que Te Turuki avait navigué sur un navire anglais.

— Cela ne suffit pas pour faire un bon capitaine, milady.

Il haussa les épaules.

— Il y a peut-être d'autres raisons. On peut tout imaginer. Peut-être les soldats se sont-ils mutinés. Ils ont pu reprendre le contrôle du navire après les avoir massacrés. Mais le plus probable, c'est qu'ils ont croisé une escadre anglaise sur la route du retour. Dans ce cas, ils n'avaient aucune chance de lui échapper. Et la marine royale n'est pas réputée pour faire preuve de pitié.

Il se prit la tête dans les mains, l'air sombre.

— J'aurais dû les emmener sur la *Marie-Morgane*. J'y ai repensé pendant toutes ces années. Dieu me punira pour ne pas leur être venu en aide.

Laura posa sa main sur l'épaule du Breton.

— Vous aviez déjà beaucoup fait pour elle, Yann. Vous n'avez rien à vous reprocher.

Le surlendemain, ils reprirent la mer en direction d'Auckland.

Katherine ne savait comment tirer Laura de sa mélancolie. Pour la première fois, la jeune femme était rongée par le doute. Cécilia avait réussi à libérer Kaharinga. Où pouvait-elle aller sinon à Kaingaroa ? Mais elle n'y était jamais revenue. Cela voulait dire qu'elle avait disparu entre les îles Chatham et la Nouvelle-Zélande. Quelle que fût la raison de cette disparition, elle signifiait que ses parents étaient morts. Et cela expliquait pourquoi personne n'avait plus jamais entendu parler d'eux depuis vingt ans.

La plupart du temps, Laura passait son temps à regarder l'océan, accoudée au bastingage. La superbe côte de l'île du Sud défilait sous ses yeux, mais elle la voyait à peine. Parfois, elle imaginait que ses parents n'étaient pas revenus vers la Nouvelle-Zélande, mais avaient mis le cap sur une autre destination. Elle se prenait à espérer, et Katherine était le témoin de ses hypothèses abracadabrantes.

— Tu comprends, ils savaient qu'ils seraient recherchés,

que les Anglais allaient attaquer leur village. Alors, ils ont préféré quitter le pays.

— Pour aller où ?

— Je ne sais pas. Un pays où la guerre n'existe pas. Il y a tellement d'îles dans cet océan. Peut-être Te Turuki en connaissait-il une...

Katherine laissait parler son amie. Dans ces moments d'espoir insensé, elle n'avait pas le cœur de lui dire que cette supposition était extravagante. Ses parents n'étaient pas seuls à bord du bateau. Qu'étaient devenus les marins anglais ? Et les autres exilés ? Malheureusement, l'hypothèse de Yann Le Bihan paraissait la plus plausible.

Une dizaine de jours plus tard, ils étaient de retour à Auckland.

Laura décida de rester encore quelques jours sur place, pour faire passer une dernière annonce, au cas où elle obtiendrait d'autres nouvelles. Sans trop y croire.

Au bout d'une semaine, personne ne s'était manifesté.

— Nous allons repartir pour l'Angleterre, déclara Laura.

Katherine poussa un discret soupir de soulagement. Elle n'était pas fâchée de quitter ce pays de sauvages. La veille encore, des voyageurs avaient évoqué, à une table voisine de la leur, de nouveaux massacres commis par les terribles Hauhaus. Les détails horribles qu'elle avait saisis au travers des conversations l'avaient écœurée et effrayée.

Le lendemain, Laura se rendit à la capitainerie pour acheter les billets de retour.

— J'ai un bateau pour l'Europe dans une semaine, milady, lui dit le directeur, obséquieux.

— C'est parfait. Cela nous laisse huit jours pour profiter de votre beau pays.

En réalité, Laura n'avait guère envie de quitter la Nouvelle-Zélande. Partir signifiait s'éloigner pour toujours d'une mère qu'elle imaginait encore vivante. Mais que pouvait-elle faire de plus pour la retrouver ? Elle avait tout essayé.

Trois jours plus tard, dans la soirée, elle fit ses adieux à Douglas McAllistair, qui devait repartir le surlendemain pour Russell. Il se montra navré.

— Je suis désolé que votre aventure se termine de cette manière, Laura. J'aurais tellement voulu que vous parveniez à retrouver vos parents.

Elle secoua la tête.

— Les choses étaient écrites ainsi, sans doute. Au moins, je me serai un peu rapprochée d'eux au travers des récits que m'ont faits les personnes qui les ont connus. Mais je ressens une terrible sensation d'échec. Car je ne peux pas croire qu'ils aient péri en revenant des îles Chatham.

— Peut-être sont-ils partis pour un autre pays, comme vous l'avez supposé. Ne soyez pas trop triste. Vous êtes jeune. Songez à ce qui vous attend en Europe.

— Oh ! l'Europe va me sembler bien monotone à présent. Je n'y ai plus aucune famille.

Elle prit les mains du jeune homme dans les siennes.

— Vous avez été très gentil, Douglas. Jamais je n'oublierai votre dévouement et votre amitié.

— Ce fut un plaisir de vous être utile. Et puis, ces voyages vous auront permis de découvrir ce pays magnifique.

Il la serra dans ses bras. Lorsqu'ils se séparèrent, Laura hésita, puis ajouta :

— Je crois que... j'aurais aimé avoir un grand frère comme vous.

— Et moi une sœur comme vous, répondit-il.

Puis il se tourna vers Katherine, qu'il étreignit à son tour.

— Prenez bien soin de vous, Katherine. Vous êtes quelqu'un de bien.

En rentrant à l'hôtel après avoir quitté Douglas, une étrange nostalgie envahit Laura. Elle n'était pas amoureuse. C'était autre chose. Son amitié, ses plaisanteries, ses petites attentions allaient lui manquer, tout comme leurs promenades en bateau autour de l'île fumante, ainsi que l'on appelait l'île du Nord.

Il ne restait que quatre jours avant le départ.

Le lendemain matin, Laura et Katherine s'apprêtaient à partir flâner en ville lorsqu'un employé de l'hôtel frappa discrètement à la porte de la chambre.

— Pardonnez-moi, milady, un homme demande à vous rencontrer. C'est un chef maori. Il y a deux guerriers avec lui.

— Un chef maori ? A-t-il dit son nom ?

— Oui, il dit s'appeler, heu... Hone Heke, ou quelque chose comme ça.

44

Une vive émotion s'empara de Laura.

— Je descends tout de suite, dit-elle, s'efforçant de masquer sa joie soudaine.

Après le départ de l'employé, elle prit Katherine dans ses bras.

— Hone Heke ! Il a bien connu mes parents ! Je suis sûre qu'il sait où ils sont. Il a dû voir l'annonce. C'est merveilleux.

Après avoir calmé les battements de son cœur affolé, Laura, suivie par Katherine, descendit dans le vaste hall de l'hôtel. Un homme de haute taille l'attendait, entouré de deux guerriers armés de casse-tête et de poignards. Hone Heke avait dépassé les cinquante ans et, comme tous les Maoris, il présentait l'aspect d'un vieil homme étonnamment bien conservé. Il s'avança vers Laura et la regarda longuement avec attention. La jeune femme fut impressionnée par sa carrure herculéenne et son allure royale.

— Y a-t-il un endroit où nous pouvons parler sans être écouté ? demanda-t-il enfin.

— Le jardin de l'hôtel est désert à cette heure-ci.

L'endroit était situé à l'écart du bâtiment principal et orné de massifs de fleurs aux couleurs chatoyantes. Un magnifique *pohutukawa* trônait au centre d'une pelouse bien entretenue. Hone Heke s'assura qu'il n'y avait personne et s'installa sur un banc de pierre. D'un geste, il invita Laura à prendre place près de lui. Puis, de nouveau, il poursuivit son examen silencieux sous le regard inquiet de Katherine.

— Ainsi, dit-il enfin d'une voix rauque, tu serais cette fille que Wahinehoi croit avoir perdue il y a vingt ans.

— Oui, je m'appelle Laura, mais mon premier prénom était Moana.

— Moana, oui, dit-il gravement.

Laura ne s'offusqua pas de son observation méfiante. Elle commençait à comprendre certaines choses. Elle déclara :

— Le chef Mangamuka ne m'a pas dit toute la vérité, n'est-ce pas ?

Hone Heke resta muet. Laura poursuivit patiemment :

— Mes parents sont bien revenus à Kaingaroa après s'être enfuis des îles Chatham. Pourquoi Mangamuka me l'a-t-il caché ?

Il ne répondit pas directement à la question.

— Hum ! tu as la même attitude fière que Wahinehoi. Et tu as le même regard bleu.

— Vous avez seulement voulu les protéger, c'est cela ? continua Laura.

— C'est exact, confirma-t-il. Ton père, Kaharinga, et ta mère, Wahinehoi, étaient mes amis.

L'angoisse resurgit dans l'esprit de Laura.

— Etaient...

— Oh ! ils le sont toujours, la rassura-t-il aussitôt. Mais cela fait bien des années que je ne les ai pas vus. Cependant, j'ai de leurs nouvelles régulièrement par des messagers.

Le cœur de Laura se mit à battre plus vite.

— Ils sont vivants ! Où sont-ils ?

Le visage de Hone Heke s'éclaira d'un sourire amusé.

— Tu as la même fougue que ta mère, dit-il. Ils vivent près du lac Taupo, dans le centre de l'île. Tu as parfaitement deviné. Après l'évasion de Kaharinga, ils sont revenus à Kaingaroa. Ils avaient libéré leurs prisonniers dans le sud de l'île et conservé le navire. Ton père souhaitait prélever ses canons pour défendre leur village.

— Comment a-t-il pu manœuvrer ce bateau sans l'aide des marins ?

— Grâce à Te Turuki et à ses guerriers. Tous avaient servi dans la marine anglaise. Te Turuki savait piloter. Tes parents ont d'abord pensé s'installer à Kaingaroa et reprendre leur vie d'avant. Kaharinga avait retrouvé son rang de chef. Puisqu'il était vivant, son cousin Waikato lui avait rendu la place. Mais le gouvernement n'a pas pardonné à tes parents d'avoir volé un bateau. C'était une nouvelle humiliation. Par l'intermédiaire de l'évêque Paul Selwyn, le gouverneur leur a fait savoir qu'il exigeait la reddition de Kaharinga. Bien sûr, il a refusé. Mais il s'est douté que son village allait être attaqué. Te Ruki Kawiti et moi lui aurions prêté main-forte, mais il estimait que nous avions déjà assez à faire pour défendre nos propres *pas*. Et c'était vrai. Nous étions sans cesse harcelés par les tribus progouvernementales. Te Turuki lui a alors proposé de venir vivre chez lui, dans la région du lac Taupo. C'est un endroit où les colons ne se sont pas installés, et il y avait largement assez de place pour une autre tribu. Ta mère était très favorable à cette idée. Elle désirait plus que tout vivre en paix. Ton père a accepté.

— Voilà pourquoi Mangamuka m'a dit que la tribu avait quitté Kaingaroa plus tard.

— Ils ont utilisé le bateau anglais pour transporter le bétail et tout ce qui était trop lourd pour les *wakas*, et ils sont partis. Ton père a abandonné le navire non loin de Tauranga, en emportant les douze canons, la poudre et les munitions. Il a rejoint le lac Taupo où il s'est installé avec ta mère et la tribu. Lorsque la flotte anglaise est arrivée dans la baie de Rangaunu, il ne restait plus personne. Mais ton père avait laissé un message destiné au gouverneur Grey. Il disait qu'il ne porterait plus les armes contre l'empire britannique sauf s'il était lui-même attaqué. Comme il disposait d'une artillerie, les Anglais se sont méfiés. A cette époque, la paix était revenue et ils n'avaient pas envie de se lancer dans de nouvelles batailles hasardeuses dans une région où la paix avait toujours régné. Depuis, tes parents n'ont plus jamais été inquiétés. La marine anglaise a étouffé l'affaire du navire volé.

Laura avait à la fois envie de rire et de pleurer. Enfin, elle avait la preuve que ses parents vivaient toujours. Et elle savait où.

— Mais pourquoi ne m'avoir pas dit tout cela plus tôt ? s'étonna-t-elle.

— Nous nous méfions de tous les *pakehas*, répondit Hone Heke. Le gouvernement n'a prononcé aucune amnistie concernant tes parents. Nous redoutons toujours un piège. Actuellement, l'armée britannique mène de grandes opérations dans certaines régions du centre de l'île, à cause des Hauhaus et des tribus rebelles. La guerre n'a pas touché le lac Taupo, mais nous savons que les militaires profitent de ces conflits pour essayer de nouveaux canons. Tous les prétextes sont bons pour attaquer les villages qui n'ont pas fait allégeance au gouvernement.

« Lorsque tu lui as rendu visite, Mangamuka avait des raisons de douter de ton histoire. Tu prétendais être la fille de Wahinehoi, mais ta mère avait vu ce qui restait de la maison de ses amis d'Auckland. Pour elle, et pour nous tous, la petite Moana était morte. Aussi, plutôt que de te dire la vérité, mon ami Mangamuka m'a prévenu de ta visite. J'ai décidé de te rencontrer et je suis venu à Auckland. Malheureusement, tu étais partie pour Akaroa. Je me suis douté que tu apprendrais l'évasion de tes parents par l'ami français de Wahinehoi. Alors, je t'ai attendue ici. Avant de te rencontrer, je t'ai fait surveiller discrètement par mes guerriers. Par précaution. Mais j'ai vite compris que tu n'avais pas de mauvaises intentions.

Laura adressa un sourire au vieux chef.

— Vous auriez pu me faire gagner un temps précieux, mais je vous remercie de les avoir protégés ainsi. Leur avez-vous fait savoir que j'étais à leur recherche ?

— Un messager est parti il y a deux jours.

Le visage de Hone Heke s'assombrit.

— A présent, tu vas vouloir aller sur place. Cependant, tu dois savoir que ce voyage est très dangereux. Dans le centre et l'ouest de l'île vivent les guerriers hauhaus. Leur chef, Te Ua Haumene, veut chasser tous les *pakehas*. Il parle de la Bible en prétendant que les Maoris sont persécutés par les Blancs comme les Hébreux par Pharaon. C'est un fanatique. Il ne faut pas que tu tombes entre ses mains. Il te tuerait. Pour éviter leurs territoires, tu devras passer par l'est. C'est un chemin long et difficile. Il faut traverser une région où la terre brûle, où de l'eau bouillante jaillit jusqu'aux nuages, où les montagnes crachent le feu. Les *pakehas* appellent cet endroit la Porte de l'enfer.

— Comment ferai-je pour retrouver mes parents ?

— Tu dois d'abord te rendre à Tauranga. Les deux guerriers que tu vois là vont t'accompagner. Ils ont déjà fait le voyage plusieurs fois. Ils te guideront à l'intérieur des terres, en un lieu appelé Rotorua. Là, tu rencontreras Omokoroa, le chef des Arawas. Il est prévenu de ton arrivée et t'indiquera le chemin qui mène au *pa* de tes parents. Il est situé à plusieurs jours de marche vers le sud.

— Je vous remercie de votre aide, Hone Heke.

Le vieux chef hésita, puis ajouta :

— Une dernière chose encore. Malgré le temps écoulé, certains *pakehas* de Kororareka n'ont pas pardonné à ta mère d'avoir épousé un Maori qui a participé à la destruction de leur ville. C'est surtout pour cette raison que Mangamuka ne t'a pas révélé toute la vérité. Tu ne dois dire à aucun Blanc que tu as retrouvé l'endroit où vit Wahinehoi.

— Même après vingt ans, ils lui en veulent encore ?

— Plusieurs dizaines d'habitants ont péri pendant la destruction de Kororareka. Les Blancs ont accusé ta mère d'avoir poussé ton père à combattre contre eux. C'est faux, bien sûr, elle y était opposée. Mais plus tard, on l'a vue participer à la bataille contre les Ngati Whatuas, à Matawaia. Et cela a provoqué la haine des *pakehas*. Méfie-toi d'eux.

— C'est bien. Je ne parlerai pas de mon expédition.

— Comment comptes-tu te rendre à Tauranga ?

— L'un de mes amis possède un bateau. Je pense qu'il acceptera de m'emmener. Il s'appelle Douglas McAllistair. J'ai toute confiance en lui. Et puis, il a vingt-cinq ans. Il est trop jeune pour avoir été mêlé à tous ces événements.

— Sois tout de même prudente.

Le soir même, Laura et Katherine se rendirent sur le port, escortées par Jack. Elles n'eurent aucune peine à retrouver le *Redman*, qui devait appareiller le lendemain. Par chance, Douglas était à bord.

— Laura ! s'exclama-t-il.

— Je dois vous parler !

Il la regarda d'un air intrigué.

— A voir votre visage radieux, il semblerait qu'il s'agisse d'une bonne nouvelle.

Il les fit monter à bord.

— Mes parents sont vivants ! déclara la jeune femme.

Douglas la contempla avec stupéfaction.

— Qu'avez-vous ? On dirait que ça ne vous fait pas plaisir, s'étonna-t-elle.

Il se reprit.

— Au contraire, répondit-il, enthousiaste. Mais c'est surtout que... Après toutes années, comment pouvez-vous en être aussi sûre ?

— Cela vient de m'être confirmé par le chef maori Hone Heke. Et je sais où ils se trouvent.

Elle lui expliqua en détail ce qu'elle venait d'apprendre.

— C'est pourquoi je voulais vous demander un dernier service, Douglas. Vous serait-il possible de m'emmener jusqu'à Tauranga ?

Il n'hésita pas un instant.

— Bien évidemment. Je vous accompagnerai même jusqu'à leur village, si vous le permettez. Je serais désolé de manquer de telles retrouvailles.

— Avec plaisir, conclut la jeune femme.

Le lendemain, après s'être ravitaillé en eau et en vivres, le *Redman* reprenait la mer en direction de Tauranga.

45

Le voyage ne dura que deux jours. Laura rayonnait. Impatiente à l'idée de revoir bientôt ses parents, elle trouvait que le *Redman* n'avançait pas assez vite. Elle se tenait à la proue, guettant la côte. Coriano, le second du capitaine Kaufman, lui décrivait les lieux. Après avoir quitté Auckland, le navire doubla l'île Waiheke, le cap Colville, au nord de la presqu'île de Coromandel, qu'il longea ensuite vers le sud en direction de Bay of Plenty. Laura aurait voulu que le voyage fût plus court. En vérité, elle aurait aimé pouvoir voler dans les airs. Pendant ce temps, la pauvre Margaret, sa femme de chambre, ne quittait pas le bastingage en raison de ses entrailles malmenées par les mouvements du bateau.

Cependant, le premier soir du voyage, alors que le *Redman* passait devant Mercury Bay, Laura se rendit compte tout à coup que Katherine ne partageait pas son enthousiasme.

— Qu'y a-t-il ? Serais-tu malade, toi aussi ? la taquina-t-elle.

— Non.

Discrètement, Katherine la prit par le bras et l'entraîna à la proue, à l'écart des marins et de Douglas. Laura la regarda avec une lueur de moquerie dans les yeux.

— Que se passe-t-il ? N'es-tu pas heureuse que nous ayons réussi ?

— Ce n'est pas ça. Je me trompe peut-être, mais je trouve que Douglas n'est plus le même.

— Comment ça ?

— Je le trouve bizarre depuis que nous sommes partis. Toi-même, tu t'es étonnée de sa réaction lorsque tu lui as annoncé que tes parents étaient vivants. Il ne semblait pas vraiment content.

— Ne vois pas le mal partout. Il était seulement surpris.

— Non. Je suis sûre qu'il y a autre chose. Ecoute-moi. Cela fait bientôt trois mois qu'il t'apporte une aide désintéressée. Il s'est toujours montré charmant, serviable, prêt à raconter des anecdotes amusantes. Mais à présent, j'ai l'impression qu'il cherche à nous éviter. Je l'ai observé. Il semble nerveux. Pourquoi ?

— Peut-être a-t-il des soucis.

— Eh bien, si c'est le cas, il n'est pas le seul, ajouta Katherine. Le capitaine Kaufman lui aussi a changé. Lors de nos voyages précédents, il était joyeux, de compagnie agréable, toujours de bonne humeur. Il commentait les lieux que nous visitions. Depuis que nous avons quitté Auckland, il reste enfermé dans sa cabine. Il ne parle presque plus sinon pour donner quelques ordres. Mais c'est Coriano qui commande le navire la plupart du temps, parce que Kaufman est le plus souvent saoul.

— Ce n'est pas la première fois, objecta Laura.

— D'ordinaire, il reste quand même capable de diriger la manœuvre, rétorqua Katherine. Et il y a autre chose : ce matin, je me suis levée à l'aube et je suis allée sur le pont pour prendre l'air. J'ai surpris une dispute entre lui et Douglas. Ils étaient dans la cabine du capitaine. Je n'ai pas compris ce qu'ils se disaient, mais cela avait l'air sérieux.

— Peut-être sont-ils en désaccord. Kaufman avait l'habitude d'être seul maître à bord. A présent, il n'est plus seul à décider. Ce n'est pas forcément facile pour lui.

Katherine secoua la tête.

— Tu as peut-être raison.

— Que pourrait-il y avoir d'autre ?

— Je ne sais pas. Mais je n'aime pas ça.

Laura éclata de rire et donna une pichenette au nez de son amie.

— Allez, je t'interdis d'être pessimiste, déclara-t-elle.

Bay of Plenty devait son nom – la baie de l'Abondance – à la manière dont le capitaine Cook avait été reçu lorsqu'il y avait abordé. Les Maoris de cette région, les Arawas, l'avaient accueilli avec hospitalité et lui avaient généreusement offert des provisions.

Tauranga se nichait au sud d'un havre protégé par une bande de terre longue d'une trentaine de miles, l'île de Matakana. L'entrée du havre était dominée par les deux cent trente et un mètres du mont Maunganui qui se dressait comme une énorme sentinelle plantée au bord de l'océan.

Le petit port, construit vingt-huit ans plus tôt par les colons, devait sa richesse aux exportations de lin néo-zélandais. Si l'on y retrouvait l'inévitable quartier louche des marins et des prostituées, propre à tous les ports, l'intérieur de la ville était composé de demeures coloniales, d'entrepôts, de bâtiments officiels, de magasins où l'on pouvait trouver à peu près de tout. Une forteresse imposante se dressait également en lisière de la ville, qui abritait un contingent de plusieurs centaines de soldats. Dans cette région, l'empire britannique restait sur ses gardes. Moins de deux ans plus tôt avait eu lieu la désastreuse bataille de Gate Pa, au cours de laquelle les forces anglaises avaient subi un revers cuisant.

Le lendemain de leur arrivée, sur les conseils de Mokai et de Tihoi, les deux guides de Hone Heke, Laura et Katherine achetèrent des vêtements masculins, pantalons et vestes de drap gris, plus pratiques pour affronter la région tourmentée qu'ils allaient traverser. Pour Jack, le valet, il était hors de question de ne pas accompagner Laura comme elle le lui proposait. C'est pourquoi la malheureuse Margaret, aussi effrayée à l'idée de demeurer seule dans cette ville inconnue que de se lancer dans cette expédition périlleuse, choisit, elle aussi, de suivre sa maîtresse. Après quelques récriminations, elle accepta également d'adopter une vêture masculine, ce qui fit rire les deux jeunes femmes. Laura acheta ensuite une voiture et des chevaux, ainsi que des vivres pour une quinzaine de jours de route. Le soir, les voyageurs se retrouvèrent à l'hôtel. Le départ était prévu pour le lendemain.

Cependant, malgré la bonne humeur de Laura, le repas du soir se déroula dans une atmosphère un peu tendue. A présent que Katherine le lui avait fait remarquer, elle se rendait compte qu'il s'était effectivement produit un changement dans l'attitude de Douglas. Il ne paraissait plus aussi insouciant qu'avant. Après le dîner, elle le prit par le bras et l'entraîna sur la terrasse où flottait un mélange subtil d'odeurs maritimes, de résine et de fleurs. Une brise tiède agitait les pins et les chênes.

— Qu'avez-vous, Douglas ? Vous semblez soucieux.

Il éluda la question.

— Ce n'est rien, dit-il plutôt sèchement. Je n'aime guère cette région.

— Pourquoi ? insista-t-elle.

— Ce n'est pas pour rien qu'on l'appelle la Porte de l'enfer.

— Vous n'êtes pas obligé de nous accompagner là-bas, proposa-t-elle. Vous avez déjà été assez gentil de nous amener ici.

Il se tourna brutalement vers elle. Elle crut qu'il allait se mettre en colère. Une flamme de fureur telle qu'elle ne lui en avait encore jamais vu passa dans ses yeux.

— Me prendriez-vous pour un lâche ? s'exclama-t-il. Il est hors de question que je vous laisse y aller seule !

Il se rendit compte aussitôt qu'il lui avait parlé avec brusquerie. Il lui adressa un sourire crispé et marmonna des excuses avant de s'en aller.

— Pardonnez-moi ! J'ai... j'ai quelques soucis en ce moment.

Katherine arriva au même moment.

— Tu avais raison, constata Laura. On nous l'a changé, notre ami Douglas.

Katherine secoua la tête.

— J'ai l'impression qu'il souffre.

— Mais pourquoi ?

— Je l'ignore. Il est inabordable depuis quelques jours. Peut-être en veut-il au capitaine de nous accompagner. Cette décision n'a pas eu l'air de lui faire plaisir.

En effet, Mathias Kaufman avait demandé à Laura la permission de participer à l'expédition.

— Je ne peux pas laisser monsieur McAllistair s'aventurer dans cette région sans moi, avait-il dit pour se justifier. Je ne veux pas qu'il lui arrive quelque chose.

La jeune femme avait accepté. Lorsqu'il l'avait appris, Douglas avait manifesté une certaine colère. Mais il n'avait pas demandé pour autant à Mathias de renoncer.

— C'est tout de même bizarre, remarqua Laura. En tant que propriétaire du *Redman*, Douglas pourrait exiger de Kaufman qu'il reste à bord. Or, il n'en fait rien. Comme s'il n'avait pas toute autorité sur lui.

— J'ai noté une certaine familiarité dans leurs relations, précisa Katherine. On dirait que le capitaine veille sur Douglas comme si c'était encore un enfant. Ils se tutoient. Peut-être l'a-t-il connu très jeune.

— S'ils restent fâchés pendant tout le voyage, cela promet d'être gai, grommela Laura.

Cependant, le lendemain matin, au moment du départ, Douglas avait retrouvé sa belle humeur habituelle. Mais Laura, qui commençait à le connaître, ne pouvait s'empêcher de penser que quelque chose sonnait faux dans son apparente décontraction.

Tandis que Jack chargeait la voiture, elle prit le capitaine Kaufman à part et lui demanda sur un ton innocent :

— Vous semblez très proche de Douglas. J'ai l'impression que vous vous connaissez depuis longtemps.

Il marqua une légère hésitation, puis répondit :

— C'est exact, milady. J'étais un ami de son père. Sur son lit de mort, il m'a fait promettre de veiller sur Douglas.

Il poussa un long soupir, puis ajouta :

— Mais ce n'est pas toujours facile.

Laura nota qu'il n'osait pas la regarder en face, comme s'il voulait lui cacher quelque chose.

— Vous auriez préféré qu'il reste à Tauranga...

Il acquiesça en silence. Elle hésita, puis demanda encore :

— Pourquoi ?

Il secoua la tête, visiblement mal à l'aise

— C'est que... ce pays est très dangereux. Vous allez comprendre pourquoi lorsque nous y serons.

Laura n'insista pas, mais elle avait compris que ni Douglas ni Kaufman n'avaient dit la vérité. Pour la première fois, elle reconnut que Katherine n'avait peut-être pas tort : leur comportement s'était modifié depuis qu'ils avaient appris que Cécilia était vivante. L'avertissement de Hone Heke lui revint également. Peut-être tout cela n'avait-il aucun rapport avec sa mère, mais elle se promit de rester sur ses gardes.

46

La colonne se mit en marche. Une piste cahoteuse, mais relativement passagère, menait jusqu'à Rotorua, le village des Arawas. Tandis que Laura, Katherine et Douglas montaient les chevaux, Jack conduisait la voiture qui accueillait Margaret et le capitaine Kaufman, ainsi que les vivres, tentes et couvertures nécessaires à l'expédition. D'après Mokai et Tihoi, les guides de Hone Heke, il faudrait au moins une douzaine de jours pour rejoindre Tokaanu, le village de Kaharinga et Cécilia. Les deux Maoris suivaient à pied, surveillant les environs avec méfiance. Bien que la région fût à présent située loin des lieux des combats, il valait mieux se méfier. On pouvait toujours craindre une incursion des Hauhaus.

Le petit groupe cheminait en compagnie d'un colon qui s'était installé sur le territoire des Arawas. William Cobb dirigeait une exploitation de culture de *flax* qu'il revendait aux exportateurs de Tauranga. Il possédait également un troupeau de moutons qu'il élevait autant pour la viande que pour la laine. Mais il avait un autre projet, sur lequel il se montrait prolixe et enthousiaste.

— La région de Rotorua est l'une des plus effrayantes, mais aussi l'une des plus belles au monde. On y trouve des sources d'eau chaude excellentes pour la santé. Quelques bains dans les eaux sulfureuses vous redonnent vigueur et bien-être. Depuis dix ans que je suis là-bas, je tente de convaincre les Arawas de me permettre de construire un établissement thermal où je pourrais accueillir les malades souffrant de rhumatismes. Mais, bien qu'ils soient les gens les plus hospitaliers du monde, jusqu'à présent, ils ont refusé. Ils redoutent de voir leurs terres envahies par les *pakehas*. Pourtant, cet établissement leur permettrait de mettre leurs territoires en valeur.

Et monsieur Cobb de décrire avec force détails les avantages de son idée pour la région, l'enrichissement qui ne manquerait pas d'en résulter.

— Je suis persuadé que dans l'avenir, Rotorua deviendra un haut lieu de tourisme. Outre les eaux sulfureuses, nous accueillerons un grand nombre de touristes. Les gens adorent se faire peur en approchant des lieux inquiétants. Je bâtirai les plus beaux hôtels du monde, avec des terrains de golf – savez-vous jouer au golf, milady ? – et de cricket.

Il amusait beaucoup Laura. Avec lui, pas de demimesure. Il usait et abusait du superlatif. Il pouvait avoir une quarantaine d'années, mais son enthousiasme lui donnait l'allure d'un éternel adolescent.

— J'ai déjà aménagé un jardin magnifique autour de ma maison. On y trouve les plus belles fleurs...

— ... du monde ! compléta Laura en éclatant de rire.

Nullement vexé, il rit à son tour.

— Pardonnez-moi, je suis un grand rêveur. Mais parlez-moi de vous. Pourquoi êtes-vous venue dans cette région ?

Laura n'avait nullement envie de raconter sa vie.

— Justement, pour faire du tourisme, monsieur Cobb.

Cependant, elle sentait qu'elle aurait pu lui raconter la vraie raison de son voyage. William Cobb lui inspirait confiance. Etait-ce parce que son enthousiasme lui évoquait un peu son grand-père Charles de Hauterive, tel qu'elle se l'était imaginé au travers du récit de Pierre-Marie Le Drezen ? Ou bien parce qu'elle le trouvait terriblement séduisant ? William avait des yeux verts absolument irrésistibles, dont le charme était souligné par quelques petites pattes-d'oie qui griffaient sa peau tannée par le soleil.

On passa la première nuit à Te Puke, un petit village habité par des colons et des Maoris.

— Existe-t-il une madame Cobb ? demanda soudain Laura alors qu'elle faisait une petite promenade en compagnie de William après le dîner.

— Hélas non ! répondit-il. J'ai quitté l'Angleterre il y a quinze ans, j'ai beaucoup voyagé et je n'ai pas eu le temps de trouver une épouse à ma convenance. Depuis que je me suis installé à Rotorua, mon travail m'a accaparé. Et puis, quelle femme accepterait de venir s'isoler dans un endroit dont les gens qui ne le connaissent pas affirment qu'il ressemble à l'enfer ?

— Et ce n'est pas vrai ?

— Rien n'est plus faux. L'enfer n'existe pas. Tout simplement, dans ce pays béni de Dieu, la nature nous livre quelques-unes de ses extravagances les plus folles. Et cela donne des paysages d'une beauté incomparable. Je vous montrerai cela demain.

Lorsqu'il la raccompagna, il lui baisa galamment la

main. Laura ressentit un frisson lui parcourir l'échine. Après lui avoir souhaité une bonne nuit d'une voix troublée, elle referma la porte et s'y adossa pour respirer profondément. Katherine, qui partageait sa chambre, la contempla avec un sourire amusé.

— Eh bien ? Tu m'as l'air toute retournée.

Laura secoua la tête, les joues un peu trop rouges.

— Mais non ! Il faut dormir. Demain, une longue route nous attend.

Depuis Tauranga, le paysage côtier avait alterné forêts et plaines cultivées gagnées sur les marécages. Après Te Puke, on quitta les rivages maritimes pour s'enfoncer dans les terres. La piste suivait à présent un plateau où les arbres se faisaient plus rares, remplacés par une herbe chétive et des arbustes rabougris, tordus par les vents et rongés par le sel. Des plaques de lichen jaune et de mousse desséchée colonisaient les roches affleurantes. Par endroits, les pluies avaient creusé de véritables ornières dans la piste, donnant naissance à de larges flaques d'eau boueuse qui rendaient le passage difficile pour la voiture. Peu à peu, le relief se fit chaotique, comme si une main gigantesque avait fouaillé les entrailles de la Terre pour en faire surgir des escarpements rocheux creusés de gorges où rugissaient des torrents tumultueux.

Malgré le soleil glorieux, une atmosphère inquiétante se dégageait du paysage. Il était difficile de croire que des gens pouvaient vivre dans un endroit aussi effrayant. Laura s'en étonna auprès de William Cobb qui expliqua :

— Ne vous laissez pas impressionner par cette hostilité apparente. Plus loin, les terres sont très fertiles.

Une odeur étrange flottait dans l'air, comme un relent de soufre. Par endroits, des vapeurs méphitiques s'élevaient du sol, provenant de bassins de boue en ébullition. Un grondement sourd semblait monter de partout à la fois. A plusieurs reprises, Laura avait senti le sol frémir sous les pas de sa monture.

— Vous ne rêvez pas, lui confirma William. La terre tremble régulièrement par ici. Cette région se trouve sur une faille volcanique qui s'étend du lac Taupo jusqu'à White Island, à cinquante miles en plein océan. Cela explique ce décor étonnant.

La piste longeait parfois des étangs emplis de boues fumantes. De grosses bulles venaient crever la surface avec des glouglous inquiétants. Plus loin, d'épaisses nuées rampaient à la surface d'une eau noire et bouillonnante pour envahir la piste, s'accrochaient aux aspérités du sol, puis s'effilochaient, emportées par des vents chauds. Aux abords de ces chaudrons infernaux, la végétation n'avait pas droit de cité. Mais on la retrouvait à distance, s'agrippant à la moindre anfractuosité comme si elle voulait envahir la plus petite parcelle habitable de cet impressionnant royaume minéral. L'érosion, les boues brûlantes et les séismes avaient sculpté là les formes les plus extravagantes. Par moments, l'odeur de soufre devenait suffocante.

La pauvre Margaret, pelotonnée dans la voiture, ne cessait de regarder autour d'elle, s'attendant sans doute à voir surgir de ces brumes infernales une bande de démons cornus ou de farfadets tourmenteurs armés de fourches chauffées au rouge.

— Que le Seigneur nous protège ! dit-elle à Laura qui s'inquiétait pour elle. Nous allons tous mourir.

La jeune femme elle-même n'était pas tranquille. L'endroit était vraiment impressionnant. Malgré le soleil qui les avait accompagnés tout au long de la journée, la visibilité était régulièrement noyée par les brouillards. Un vacarme étrange, fait de grondements souterrains, de craquements insolites, de chuintements et de clapotis sourdant des bassins fumants, s'élevait de ce décor dantesque. Parfois, sous les caprices des nappes thermiques, une colonne mouvante s'élevait des brumes lourdes. Pendant quelques secondes, elle prenait la forme d'un spectre diaphane qu'une bourrasque dissipait l'instant d'après.

Plus loin les attendait un spectacle impressionnant. Du haut d'une falaise, une cascade de plusieurs dizaines de mètres tombait dans un bassin agité par des remous bouillonnants. Une onde de chaleur les baigna, qui témoignait de la température élevée de l'eau.

— Voilà l'endroit exact que l'on appelle la Porte de l'enfer, dit William. Le nom maori est « Tikitere ». D'après la légende, il fut nommé ainsi en mémoire d'une femme, Huritini, qui s'y jeta parce que son mari la méprisait.

— Quelle horreur ! dit Katherine. Elle a dû souffrir terriblement avant de mourir.

— Dans ce bassin-là, sans doute, répondit William. Mais plus loin, on trouve des sources tièdes où l'on peut se baigner sans danger. C'est là que vivent les Arawas. Leur nom vient de la pirogue qui amena leur tribu en Nouvelle-Zélande il y a de cela plusieurs siècles. Ils se sont d'abord installés sur la côte, dans un lieu nommé Maketu. Mais les tribus qui occupaient le pays se montrèrent hostiles. Or, les Arawas sont plutôt de nature pacifiques. D'après la légende, l'un de leurs chefs, Inhenga, s'enfonça dans les terres. Il découvrit d'abord une petite étendue d'eau, qu'il baptisa Rotoiti, ce qui veut dire « petit lac ». Plus loin, il en trouva une autre, trois fois plus grande, qu'il appela Rotorua, « le second lac ». Il trouva l'endroit si beau qu'il décida d'y amener sa tribu.

La piste suivait à présent une bande de terre située entre les deux lacs Rotoiti et Rotorua. Elle les mena, au soir, au village des Arawas. A l'entrée se dressait un étrange monticule de pierre.

— Ce monument s'appelle Ohinemutu, commenta William. On dit que la fille d'Inhenga fut assassinée et jetée dans un étang d'eau bouillante. Son père éleva ces pierres à sa mémoire.

Le chef des Arawas, Omokoroa, réserva un accueil chaleureux à Laura et à ses compagnons. Agé d'une quarantaine d'années, il s'était toujours montré favorable à une étroite collaboration avec les immigrants. Il s'était converti au christianisme très tôt, comme la plupart des membres de sa tribu.

— Soyez la bienvenue, milady, dit-il dans un anglais châtié. Mon ami Hone Heke m'a prévenu de votre arrivée. J'entretiens des liens d'amitié avec vos parents, qui me rendent parfois visite. La piste qui mène à leur *pa* est difficile, mais quelques-uns de mes hommes vont vous guider.

Le soir même furent données de grandes festivités en l'honneur de la fille de Wahinehoi – car le nom maori de Cécilia était connu à Rotorua.

Une communauté déjà importante d'immigrants vivait dans la région. Celle-ci avait été découverte dès 1830 par un capitaine danois, Phillip Tapsell. Puis un missionnaire, Thomas Chapman, s'y était installé en 1838 et avait entrepris de convertir les indigènes au christianisme. Il les avait également convaincus d'accepter la présence de colons. A cause de cette alliance, les Arawas, alliés des Anglais, avaient subi les attaques de tribus hostiles. Cependant, jamais ils n'avaient remis en cause la présence des *pakehas* sur leur sol. Cela s'expliquait par le fait que les terres situées autour de Rotorua n'étaient guère favorables à l'élevage et ne faisaient pas l'objet de spéculations éhontées de la part des acquéreurs. Aussi les deux communautés entretenaient-elles de bonnes relations.

Le lendemain, peu avant le départ, William Cobb se présenta au campement installé aux abords du village.

— Chère Laura, je sais que vous avez prévu de poursuivre votre voyage, mais peut-être accepterez-vous de demeurer encore quelques jours sur place. Il y a tellement de choses étonnantes à voir dans ce pays, que j'aimerais vous montrer.

— Ce serait avec grand plaisir, William, mais je dois vraiment partir aujourd'hui pour le lac Taupo.

— Le lac Taupo ? fit-il, un peu déçu. Ah ! c'est une très belle région également. Eh bien, tant pis. Je n'insisterai pas. Mais je vais désormais vivre dans l'attente de votre retour, ajouta-t-il en lui baisant une nouvelle fois la main.

Lorsque la colonne se mit en route, il accompagna la jeune femme pendant quelque temps, lui faisant remarquer au passage les bassins bouillonnants de Whakarewarewa, à partir desquels il envisageait de construire son site thermal. Il lui montra également le Pohutu, un geyser dont la vapeur d'eau jaillissait à plus de trente mètres. Longeant les eaux du lac, il désigna, au centre, une petite île couverte de végétation.

— Elle s'appelle Mokoia, dit-il. Savez-vous qu'elle est le théâtre d'une légende que l'on pourrait comparer à l'histoire de Roméo et Juliette ?

— Racontez-moi, répondit Laura, intriguée.

— Sur cette île vivait un jeune chef, Tutanekai. Depuis toujours, sa tribu était l'ennemie de celle qui vivait sur les rives de Rotorua. Mais un jour qu'il pêchait, il rencontra une jeune fille, Hinemoa, dont il tomba éperdument amoureux. Cet amour fut partagé, mais malheureusement, Hinemoa appartenait à la tribu ennemie. Furieux, son père lui interdit de revoir Tutanekai. Il en fallait plus pour la détourner de son amoureux : elle décida de profiter de la nuit pour le rejoindre. Elle devait traverser à la nage. Or, les eaux de ce lac sont très froides. Aussi, pour éviter de couler si elle s'engourdissait, elle se fabriqua une ceinture avec des gourdes vides et la passa autour de sa taille. Elle parvint à traverser le lac, mais elle était transie lorsqu'elle arriva. La légende dit qu'elle se plongea alors dans un bassin d'eau chaude, qui aujourd'hui porte son nom.

— C'est une belle histoire. Vous êtes aussi poète, monsieur Cobb.

— Comment ne pas l'être en votre présence, chère Laura ?

Arrivé à la limite du lac, où il devait prendre congé de la jeune femme, il lui prit la main et la baisa une dernière fois.

— Je serais très heureux de vous revoir.

— Moi aussi, William. Je vous promets de passer vous voir à mon retour.

— Je vous attendrai.

Il s'en fut après un dernier regard de ses yeux verts. Déconcertée, Laura le vit s'éloigner avec un petit pincement au cœur. C'était la première fois qu'un homme la troublait à ce point. Elle rejoignit ses compagnons sous l'œil amusé de Katherine.

Ils se remirent en route. Par chance, le ciel clair s'était maintenu depuis la veille, et le soleil éclatant faisait naître des jeux d'ombre et de lumière dans les sous-bois couleur d'émeraude.

Au-delà de Rotorua, comme l'avait annoncé le chef arawa, la piste devenait plus rude. Elle se frayait un chemin dans une végétation de fougères arborescentes, de chênes, de hêtres et de pins. Dans la pénombre des sous-bois, ils aperçurent un oiseau étrange dépourvu d'ailes, au long bec recourbé, que les Maoris désignèrent sous le nom de *kiwi*. Mais ces forêts étaient aussi le royaume des daims et des cochons sauvages, descendants des porcs domestiques importés par Cook quelques décennies auparavant.

Puis loin, ils longèrent deux lacs, Tikitapu et Rotokakahi, dont les eaux, vertes pour l'un, bleues pour l'autre, offraient un contraste étonnant. A environ huit miles vers le nord dominait la silhouette imposante d'un volcan, le Tarawera, dont le nom signifiait : « javelot brûlé ». Son sommet laissait échapper des fumerolles inquiétantes qui s'élevaient dans un ciel exceptionnellement limpide.

Au pied du colosse était installé un petit village maori, Te Wairoa. Non loin de là, un spectacle d'une beauté incroyable attendait les voyageurs. Sur près de trois cents mètres, les rives du lac s'étaient couvertes de magnifiques terrasses de silice, d'un blanc immaculé par endroits, nuancées de rose ailleurs. Eblouie, Laura et ses compagnons arrêtèrent leurs montures pour contempler cette fabuleuse curiosité naturelle[1].

1. Une curieuse légende a cours dans le pays. Le 31 mai 1886, des touristes qui naviguaient sur le lac Tarawera aperçurent une pirogue qui glissait silencieusement sur les eaux couvertes de brume. A son bord se tenaient une dizaine de Maoris revêtus de vêtements de deuil. La *waka* disparut dans le brouillard et ils ne la revirent pas. Intrigués, ils rapportèrent cette étrange vision aux habitants de Te Wairoa, le petit village installé sur les rives. Les indigènes furent terrifiés, car il n'existait dans le pays aucune pirogue correspondant à leur description. Le *tohunga,* Tuhuto, estima que ce signe annonçait que la région allait être submergée et une grande partie des habitants quittèrent les lieux. Onze jours plus tard, le 10 juin 1886, alors que la pleine lune étincelait dans un ciel sans nuage, le Tarawera se fendait en deux et explosait, engloutissant Te Wairoa et les terrasses de silice blanc et rose.

Le soir leur réserva une nouvelle surprise. Devant eux s'étendait un immense lac aux eaux bouillonnantes, le chaudron de Waimangu, le plus grand bassin d'eau chaude du monde.

Le lendemain, la piste contourna d'autres lacs de cratère aux eaux bouillantes, dont les berges présentaient parfois des terrasses de silice couvertes d'algues. Sur la rive opposée de l'un d'eux, ils assistèrent à un spectacle hallucinant : cela commença par un grondement angoissant qui fit trembler le sol sous leurs pieds et arracha des gémissements à la pauvre Margaret. Et soudain, une colonne d'eau bouillante et boueuse jaillit à une hauteur incroyable, sans doute de plusieurs centaines de mètres[1].

Les voyageurs poursuivirent leur chemin au milieu d'une nature extravagante, qui multipliait les sujets d'étonnement. Ils découvrirent ainsi un lac dont les eaux tièdes offraient asile à des centaines de cygnes noirs au bec rouge. Depuis Rotorua, ils n'avaient plus aperçu la moindre trace de la présence de colons. Les villages maoris eux-mêmes étaient rares, et n'abritaient qu'un *whanau* ou deux, soit quelques dizaines de personnes. Celles-ci se montraient hospitalières et offraient des fruits et des poissons aux voyageurs.

1. Au début du XXe siècle, ce geyser de Waimangu cracha de l'eau boueuse jusqu'à la hauteur étonnante de cinq cents mètres. Quatre touristes imprudents y laissèrent la vie.

Après quatre jours d'une traversée éprouvante, ils parvinrent dans une région étrange, sur laquelle des brouillards bas planaient en permanence. L'odeur de soufre, qui s'était un peu dissipée après Rotorua, se manifesta de nouveau.

— Ici, c'est Warakei, dit l'un des guides arawas. Demain, nous arriverons au lac Taupo.

Ils passèrent devant la magnifique cascade de Huka, dont les eaux tombaient d'une corniche haute d'une quinzaine de mètres et prenaient, sous l'effet du soleil, de splendides reflets turquoise, avant de s'abîmer dans un étang fumant.

Le lendemain, une immense étendue aquatique se dessina sous leurs yeux, cernée par des chaînes montagneuses auxquelles s'accrochaient des guirlandes de nuages.

— Le lac Taupo, dit Matea, le chef des guides arawas.

Les eaux bleues regorgeaient de poissons et, tandis que Jack montait les tentes pour les trois femmes, les Maoris se mirent en devoir d'en pêcher quelques-uns, que l'on fit griller pour le repas du soir.

Laura avait constaté avec plaisir que la belle humeur de Douglas était revenue. Pendant la durée du voyage, il n'avait cessé de plaisanter. Contrairement à ce qu'il avait laissé entendre avant le départ, les endroits infernaux qu'ils avaient traversés n'avaient pas semblé l'inquiéter outre mesure. Il paraissait aussi s'être réconcilié avec le capitaine Kaufman. Pourtant, celui-ci conservait une attitude réservée, comme s'il continuait de redouter quelque chose. La jeune femme avait même constaté qu'il ne buvait plus de rhum le soir.

Le lendemain, ils reprirent la piste incertaine qui longeait le lac Taupo. Laura, comme à son habitude, chevauchait en tête. Cela faisait déjà huit jours qu'ils avaient quitté Tauranga. Si tout allait bien, il lui faudrait encore patienter quatre jours avant d'arriver à Tokaanu.

Cependant, à mesure qu'ils approchaient, Laura se sentait de moins en moins sûre d'elle. Au fond, elle ne savait de sa mère que ce qu'on lui en avait raconté. Bien des années s'étaient écoulées depuis leur séparation. Comment allait-elle réagir en la revoyant ? Elles n'avaient aucun souvenir en commun. L'enfance de Laura avait été choyée par Rebecca, non par Cécilia. Alors, qu'allaient-elles se dire ? Comment recréer entre elles les liens que la vie avait brisés vingt ans plus tôt ?

Elle se reprochait également de ne pas évoquer son père plus souvent. Depuis toujours elle avait cru être la fille d'un lord anglais. Lorsque Rebecca lui avait révélé la vérité, elle avait immédiatement pensé au capitaine Jefferson, Anglais lui aussi. Mais elle était la fille d'un chef maori. Bien qu'elle appartînt pour moitié à cette ethnie, elle ne parvenait pas vraiment à assimiler cette information. Son éducation, son expérience, ses souvenirs faisaient d'elle une Britannique à part entière. Pourrait-elle, comme sa mère l'avait fait, épouser, vivre avec un Maori ? Cela lui semblait impossible. Alors, comment réagirait-elle elle-même face à ce père inconnu ? Serait-elle capable de l'aimer comme elle avait aimé lord Whitmore ?

Elle détestait ce doute qui peu à peu s'installait en elle. Mais elle ne pouvait lutter contre lui.

Et soudain, en plein milieu de la matinée, un petit groupe de Maoris apparut au loin. Parmi eux chevauchaient deux cavaliers. L'un des deux était une femme blonde. L'autre était un grand guerrier maori aux cheveux noirs.

Laura crut que son cœur allait s'arrêter de battre.

47

Il est des émotions que les mots ne peuvent traduire. C'était comme si le temps s'était arrêté de couler, concentré en cet instant précis. Fébrile, Laura se laissa glisser à bas de sa monture et s'avança. Cécilia et Kaharinga. Ils étaient venus à sa rencontre. Elle aurait voulu courir, mais ses jambes la portaient à peine. Elle ne sentit pas les larmes qui s'étaient mises à couler sur ses joues. Malgré les obstacles que le temps et les guerres avaient jetés sur sa route, elle avait réussi. Elle les avait retrouvés.

Le premier moment de surprise passé, le temps reprit son cours. Peu à peu, les traits des arrivants se précisèrent. L'attention de Laura se portait surtout sur sa mère. Au cours de ses recherches, à travers les récits de ceux qui l'avaient connue, elle s'était fait une idée de son aspect. Elle la voyait jeune, ayant à peu près son âge, car c'était ainsi qu'on la lui avait décrite. Le visage de la femme qui venait à elle correspondait bien à ce qu'elle avait imaginé... avec vingt ans de plus. Cependant, elle le reconnaissait sans difficulté, comme si la mémoire de ses deux premières années avait gardé le souvenir précis des traits de Cécilia. Son regard d'un bleu intense éveillait en Laura des sensations oubliées, remontant à la petite enfance, et lui inspirait un sentiment de protection et d'amour absolu.

Cécilia devait avoir quarante-cinq ans. La plupart des femmes, à cet âge, accusaient des rides gravées par les épreuves et un embonpoint provoqué par les grossesses. Or, sa mère affichait toujours une silhouette svelte et élancée, sans doute due à sa vie proche de la nature. Yann Le Bihan avait dit qu'elle ressemblait à une déesse guerrière des légendes celtes. Il n'aurait pas pu trouver image plus juste. Elle arborait toujours sa chevelure blonde, qu'elle laissait couler librement sur ses épaules, comme une tache de lumière qui la faisait paraître aussi jeune que sa fille.

Cécilia était à présent devant elle. Laura avait espéré ce moment, elle l'avait redouté aussi, craignant de rencontrer une étrangère. Pourtant, en cet instant précis, tous ses doutes, toutes ses craintes se dissipèrent. Même si elle ne conservait aucun souvenir conscient de Cécilia, il lui semblait l'avoir toujours connue. Elles ne faisaient que se retrouver après une trop longue séparation. Elle sourit. Sa mère lui sourit en retour.

Cécilia dévorait sa fille des yeux, cherchant à reconnaître dans la femme magnifique qui était revenue vers elle depuis l'autre côté du monde l'enfant de deux ans qu'elle avait crue morte pendant si longtemps. Et les traits se reformaient dans sa mémoire, la moue, l'éclat de ce regard de princesse sûre d'elle-même, ce regard qui traduisait un formidable appétit de vivre, les yeux turquoise, mobiles, curieux de tout, si semblables aux siens. Elle éclata en sanglots et murmura :

— Moana !

— Maman !

Les deux femmes se jetèrent dans les bras l'une de l'autre, s'étreignirent. Nulle force au monde n'aurait pu les séparer.

Laura avait aimé Rebecca d'un amour très tendre, mais elle se rendait compte à présent que l'amour qu'elle ressentait pour Cécilia était bien différent. Il prenait ses racines dans le plus profond de sa chair. Elle était issue de ce ventre, de ce corps qu'elle serrait contre elle comme si elle avait voulu s'y mêler à nouveau. C'était cet amour extraordinaire qui lui avait donné la force de poursuivre sa quête alors même que tout espoir semblait perdu ; c'était lui qui avait maintenu dans son cœur et dans son âme la petite lueur allumée, comme une boussole qui l'avait infailliblement guidée vers Cécilia.

Peu à peu, Laura prit conscience qu'elles n'étaient pas seules. Près d'elles se tenait la haute silhouette de Kaharinga. Son père. Cécilia s'écarta, prit la main de sa fille et, sans un mot, l'amena vers lui. Laura s'était fait de lui l'image d'un homme jeune. Or, il approchait désormais des cinquante ans, un âge avancé pour les Maoris. Cependant, il conservait une allure royale et un corps puissant. Ses cheveux se striaient de fils blancs. Elle comprenait à présent pourquoi Cécilia avait pu tomber amoureuse de lui. Malgré son âge, il était encore bel homme, et son regard témoignait de sa profonde intelligence.

Kaharinga ne pleurait pas. Un chef maori se l'interdit. Mais ses yeux brillaient plus que de coutume quand il prit Laura dans ses bras. Il posa doucement son front et son nez contre celui de sa fille, qui se remit à pleurer. De joie, d'un bonheur trop grand.

— Père !

— Sois la bienvenue chez toi, Moana, dit-il.

Une fois remise de ses émotions, Laura présenta ses compagnons, Katherine, le capitaine Kaufman. Lorsqu'elle fut devant Douglas McAllistair, Cécilia éprouva une impression bizarre. Le jeune homme la fixait avec intensité. Elle fut incapable cependant de discerner les sentiments qui l'animaient. Une fraction de seconde, elle avait cru ressentir de sa part une onde d'hostilité, mais elle avait immédiatement fait place à la curiosité et à l'étonnement. Elle-même était intriguée par Douglas. Peut-être était-ce dû à l'éclat de ses yeux, aussi bleus que les siens. Cependant, ces sensations fugitives s'évanouirent devant le sourire qu'il lui adressa en s'inclinant.

— Soyez le bienvenu, monsieur McAllistair. Soyez

remercié pour l'aide inappréciable que vous avez apportée à ma fille.

— Ce fut un plaisir, madame,

Cécilia se demanda s'il existait quelque chose entre Moana et lui, mais cela ne semblait pas être le cas. C'était plutôt étrange. Mais peut-être ce Douglas McAllistair était-il d'une nature généreuse. Cependant, elle décida de rester sur ses gardes. Elle pressentait en lui une part de mystère qui la mettait mal à l'aise.

On avait repris la piste en direction du sud. Laura chevauchait entre Cécilia et Kaharinga. La jeune femme avait entrepris de leur narrer ses aventures depuis la révélation faite par sa mère d'adoption.

— Rebecca ne m'a appris la vérité que quelques jours avant de mourir. Elle savait que je viendrais jusqu'ici. Elle me connaissait bien.

— Pauvre Rebecca, dit Cécilia. J'aurais tellement aimé la revoir. Jamais je ne pourrai la remercier du soin qu'elle a pris de toi.

— Elle l'a fait avec une grande joie, je crois. Lord Whitmore n'a jamais pu lui donner d'enfant. Je suis devenue sa fille.

Cécilia resta un moment silencieuse. En elle passa le souvenir d'un visage aux traits fins, encadrés de cheveux sombres, un sourire moqueur, une bouche sensuelle, l'écho d'une voix, des bribes de conversation. Des prises de bec, tout au début, des œillades farouches, des défis, et pour finir, une très grande amitié. Dans sa mémoire, Rebecca avait vingt-sept ans la dernière fois qu'elle l'avait vue. Elle ne parvenait pas à l'imaginer plus âgée. Mais le sourire moqueur s'était éteint à jamais. Les yeux de Cécilia se mirent à briller.

— Il lui a fallu un grand courage pour t'avouer la vérité sur son lit de mort, dit-elle enfin.

— Sur le moment, j'en ai beaucoup souffert. Je refusais de la croire. Elle aurait pu partir en gardant ce secret pour elle et je ne me serais doutée de rien. Elle serait restée ma mère à jamais. Mais je pense qu'elle a toujours refusé de croire à votre mort. Peut-être s'est-elle reproché de ne pas avoir attendu plus longtemps à Auckland.

— Si elle avait attendu, vous auriez tous été tués, remarqua Cécilia. Le destin était écrit ainsi. Mais elle t'a transmis ses doutes, et tu es partie à ma recherche.

— La révélation de Rebecca m'a bouleversée. Je ne pouvais plus rester en Angleterre en imaginant que ma véritable mère était peut-être encore vivante.

A mesure que Laura déroulait le fil de ses aventures, Cécilia et Kaharinga sentaient se réveiller en eux des souvenirs enfouis depuis longtemps dans leurs mémoires. De nombreuses années s'étaient écoulées depuis cette époque, qui chacune avait apporté son lot de joies et de peines. Parfois, un nom suscitait une émotion.

— Pierre-Marie, le jardinier... Ainsi, il est toujours vivant.

— Il entretient le petit cimetière de Matawaia. Il y consacre sa vie.

— C'était un brave homme. Le seul qui ait survécu au massacre. Quelqu'un a-t-il repris le domaine ?

— Personne. Les Maoris le tiennent désormais pour

un lieu sacré qui appartient à l'esprit de votre père, Charles de Hauterive.

— Cyrus Plymouth n'a donc pas pu le reprendre !

— Non.

— Sais-tu ce qu'il est devenu, celui-là ?

— Je l'ignore. Peut-être a-t-il été tué au cours de l'attaque de Matawaia.

— Je ne crois pas. On n'a jamais retrouvé son corps. Je suis sûre qu'il est parvenu à s'enfuir. Les mauvaises herbes ont la vie dure.

Laura hésita, puis demanda :

— S'il était encore vivant, ne pensez-vous pas qu'il pourrait encore tenter de se venger de vous ?

— Il faudrait pour cela qu'il sache où je vis. Pour tout le monde, nous avons disparu il y a vingt ans. Et puis, il aurait plus de soixante-cinq ans aujourd'hui. S'il vit toujours, avec le temps, sa rancune a dû s'émousser.

— A Russell, les vieux vous détestent encore. Ils n'ont pas oublié la destruction de Kororareka, dont ils vous tiennent pour responsable.

— Ils ont tort. J'ai tout tenté au contraire pour empêcher cette guerre. Les seuls coupables étaient les colons comme Cyrus Plymouth. Et cela continue aujourd'hui, ajouta Cécilia avec un soupir.

Trois jours plus tard, la petite colonne atteignit la rive sud du lac Taupo. Ils passèrent deux jours dans le village de Turangi, où vivaient les Ngati Tuwharetoas. Ceux-ci avaient accueilli les Nga Puhis de Kaharinga vingt ans plus tôt et des liens étroits s'étaient noués entre les deux tribus. Laura fit la connaissance de Te Turuki, l'ancien compagnon d'exil de Kaharinga. Il avait succédé à son père quelques années après son retour. Près de lui se tenait son fils, un jeune homme de belle allure, au regard intelligent et ouvert. Il avait pour nom Te Heuheu Tukino. Des festivités furent organisées pour fêter l'arrivée de la fille de Wahinehoi.

Vers le sud s'étendait un paysage montagneux d'où émergeaient trois sommets élevés couronnés de neige. Ces trois volcans étaient sacrés pour les Ngati Tuwharetoas, qui pensaient que les feux qui couvaient dans leurs flancs étaient en relation avec Hawaiiki, l'île des ancêtres. Te Turuki narra la légende étrange attachée à l'un d'eux.

— Un jour, dit-il, le *tohunga* Ngatoro-i-rangi s'était égaré sur les flancs de l'un des volcans. Il s'y rendait régulièrement pour écouter les réponses que les dieux envoyaient à ses prières. Mais cette fois-là, les dieux semblaient sourds et ne lui adressaient aucun signe. Il fut obligé de monter de plus en plus haut en direction du sommet du cratère, suivi par son esclave, une jeune femme du nom d'Auruhoe. Lorsque la nuit tomba, le froid devint terrifiant et il crut qu'il allait mourir gelé. Alors, il se dressa et lança un appel aux dieux. On dit qu'il cria si fort que les démons d'Hawaiiki l'entendirent. Et depuis l'île des ancêtres, ils envoyèrent une flamme qui jaillit au sommet de la montagne. Alors, la température s'éleva autour de Ngatoro-i-rangi et il fut réchauffé. Le lendemain, pour remercier les dieux d'avoir épargné sa vie, il grimpa jusqu'au sommet du volcan et leur offrit Auruhoe en sacrifice. Depuis ce temps, le volcan porte le nom de Ngauruhoe en souvenir de cette esclave.

Laura frémit. Elle se demanda si les Ngati Tuwharetoas pratiquaient encore ce genre de sacrifices. Kaharinga posa sa main sur la sienne et lui sourit. Il avait deviné le sujet de son inquiétude.

— Rassure-toi, ma fille, tous les Maoris de cette région sont désormais chrétiens. Ils ne sacrifient plus les esclaves. Cette histoire est très ancienne.

Laura lui répondit par un sourire chaleureux. Entre Kaharinga et elle se tissaient déjà des liens de complicité. En quelques jours, il avait été capable de percevoir ses émotions.

Te Turuki estimait que les *pakehas* ne devaient pas s'installer dans cette région sacrée. Aussi était-il en pourparlers avec le gouvernement afin de faire de la zone des trois volcans un parc protégé[1].

Deux jours plus tard, on arriva enfin à Tokaanu, le *pa* où vivait la tribu depuis une vingtaine d'années. Le vil-

1. Le parc national de Tongariro sera créé en 1867. Vingt ans plus tard, Te Heuheu Tukino, devenu chef de la tribu des Ngati Tuwharetoas, fera don au gouvernement des trois volcans Tongariro, Ngauruhoe et Ruapehu. Tous trois sont en activité. Le Ruapehu, avec ses 2 796 mètres, est le sommet le plus élevé de l'île du Nord. Pendant la nuit de Noël 1953, il déversa une énorme coulée de boue dans les eaux de la Whangaehu, emportant un pont à 35 kilomètres de là. Le train reliant Auckland à Wellington fut précipité dans la rivière en crue quelques minutes plus tard, provoquant la mort de 153 personnes.

lage était installé au sommet d'une colline depuis laquelle on dominait les rives et les eaux étincelantes du lac Taupo. Comme Kaingaroa, il était entouré d'une enceinte fortifiée et de tranchées couvertes de rondins. Laura remarqua immédiatement les ouvertures par lesquelles on apercevait les gueules noires des canons.

— Vous avez réussi à les amener jusqu'ici, dit-elle. C'est un véritable exploit.

— Nous avions des bœufs, expliqua Cécilia. Et nous étions plusieurs centaines. Cela n'a pas été facile, mais ces canons constituaient la garantie de notre tranquillité. Les Anglais n'ont jamais tenté de les récupérer. Pendant longtemps, ils ont ignoré ce que nous étions devenus. Aujourd'hui, ils le savent, puisqu'ils sont venus à Tokaanu.

— Ils le savent ? s'étonna Laura. Mais lord Chalmers, à Auckland, ne m'en a pas parlé.

— C'est un sujet qu'ils préfèrent éviter. La marine anglaise n'est pas très fière de s'être fait voler l'un de ses navires avec ses douze canons.

— Il aurait pu me dire que tu vivais ici ! s'exclama Laura, furieuse.

— C'est sans doute une petite vengeance de sa part. Il n'allait tout de même pas aider la fille de la renégate à retrouver sa mère.

— Quel imbécile ! Tout ce temps perdu ! Mais... ne crains-tu pas qu'il déclenche une attaque contre Tokaanu ?

— Ils ont bien trop de soucis avec les Hauhaus et les rebelles du Taranaki, qui ont élu un roi. Notre tribu n'est pas dangereuse. Kaharinga a fait savoir que nous ne prendrions les armes que si nous étions attaqués. Depuis vingt ans, les Anglais se sont bien gardés de le faire, d'autant plus que les Ngati Tuwharetoas entretiennent de très bonnes relations avec les *pakehas*. Le gouvernement n'a aucun intérêt à les mécontenter en agressant leurs alliés, Te Turuki est en pourparlers avec les autorités de Wellington, la future capitale, pour faire de cette région un parc naturel où les colons n'auront pas le droit de s'installer.

— Et vous dites qu'ils sont venus chez vous ?

— Bien sûr. Aucune allusion n'a été faite à notre évasion. Il n'y a pas eu d'amnistie, mais je pense que les autorités préfèrent que l'on ne parle plus jamais de cette affaire. Le maire de Wellington, qui s'est déplacé en personne pour visiter la région du Tongariro, a feint d'ignorer la présence des canons et nous a complimentés sur l'agencement de notre village, sur sa chapelle, sur la qualité de notre laine.

Autour de Tokaanu, le relief vallonné s'étageait jusqu'aux rives du lac où, d'après Kaharinga, on trouvait les plus beaux poissons du monde[1]. Jusqu'au pied des montagnes qui barraient l'horizon vers le sud, le paysage alternait des champs où poussaient le blé, l'orge et l'avoine et des prairies où paissaient des vaches et des moutons, ainsi que quelques chevaux. Sur les pentes de

1. Le lac Taupo, le plus grand lac de Nouvelle-Zélande, est situé au fond d'un cratère gigantesque. Sa superficie est de 608 kilomètres carrés. Il regorge de poissons. On y a pêché jusqu'à 500 tonnes de truites en une année.

la colline s'étageaient des vergers. Au-delà d'une certaine distance, la nature reprenait ses droits. Une épaisse fourrure forestière couvrait le relief accidenté, parsemé çà et là d'une brousse plus clairsemée.

Mais Tokaanu réservait une autre surprise à Laura. Dès que la colonne fut en vue, une foule exubérante dévala la piste menant à la grande porte du *pa*. Trois jeunes couraient en tête, deux garçons et une fille.

— Tes frères et ta sœur, expliqua fièrement Cécilia. Le plus grand s'appelle Thomas, il a vingt ans. Il est né peu après le retour d'exil de Kaharinga. Je le portais lorsque j'ai appris que ton père avait été condamné à mort. S'il n'avait pas été là, dans mon ventre, je crois que je n'aurais pas eu la force de survivre. Le deuxième, Paul, a quinze ans. Et la petite dernière, Diana, n'a que douze ans.

— Ils portent des prénoms anglais.

— Comme toi. Mais ils ont aussi des prénoms maoris.

Les trois jeunes vinrent entourer Laura, à la fois intimidés et dévorés par la curiosité. Laura fut frappée par sa ressemblance avec Diana. Elle crut se revoir au même âge, dix ans plus tôt. Elle avait à la fois envie de rire et de pleurer. Katherine mise à part, elle avait toujours vécu seule, et elle se retrouvait avec une famille nombreuse. Lorsqu'elle leur ouvrit les bras, ils se précipitèrent tous pour frotter leur nez contre le sien.

Kaharinga indiqua à sa fille deux petites étendues d'eau d'où s'élevaient des vapeurs.

— Ce sont des sources chaudes, dit-il. Il est possible de s'y baigner. Plus loin, un geyser projette de l'eau jusqu'à plus de vingt mètres.

Chaque jour, Laura tissait de nouveaux liens avec son père. Ils restaient souvent de longues heures à bavarder. Laura savait qu'il avait perdu la fille qu'il avait eue avec sa première femme, Ti-Ara. Quelques années plus tard, il l'avait crue, elle, massacrée par une bande de pillards. Mais elle lui avait été rendue. Pour lui, c'était un cadeau que Dieu lui faisait, et sa joie le faisait paraître dix ans plus jeune. Kaharinga s'intéressait à la vie qu'elle avait menée en Grande-Bretagne, pays qu'il aurait rêvé de connaître.

— Malheureusement, ma condition de chef ne me permet pas de m'absenter facilement.

Laura apprit cependant que Cécilia et lui n'étaient pas restés enfermés à Tokaanu depuis qu'ils s'y étaient installés. Ils s'étaient rendus régulièrement à Wellington pour y acheter des marchandises en provenance d'Europe, du matériel, sans oublier des livres. Avec le temps, Cécilia avait constitué une bibliothèque remarquable. Elle avait continué à exercer son activité de professeur et avait instruit la plupart des membres de la tribu, qui tous savaient lire, écrire et compter, et parlaient un excellent anglais.

Les jours suivants passèrent très vite. Kaharinga avait organisé des festivités pour fêter le retour de sa fille. Pendant trois jours, ce ne fut qu'une succession de repas, de *hakas* et de courtes périodes de repos.

On avait attribué à Laura et à ses compagnons deux *whares* destinés aux invités. Laura avait découvert à l'intérieur un mélange surprenant de coffres de facture typiquement maorie et de meubles de style anglais. Aux murs étaient accrochés des panneaux de lin fabriqués à Tokaanu même. Le tout s'harmonisait selon un agencement où Laura reconnut la marque de sa mère.

Kaharinga avait entrepris de faire visiter la région à sa fille. Dans la journée, il l'entraînait dans de longues randonnées à cheval. Par discrétion, Katherine ne les suivait pas. Le père et la fille avaient trop de choses à se dire, dont elle n'avait pas à être témoin.

Laura aimait ces moments privilégiés qui lui permettaient de découvrir son père. L'étendue de sa culture la surprenait. Bien sûr, l'influence de sa mère n'y était sans doute pas étrangère, mais elle se rendit compte qu'il était d'une nature très curieuse et s'intéressait à beaucoup de sujets avec l'enthousiasme d'un enfant. Il pouvait lui citer des passages entiers de Shakespeare, lui parler de pays où il n'irait jamais, mais qu'il connaissait par les récits de voyage qu'il avait lus. Un jour, elle fit avec lui une découverte étonnante.

Il l'avait entraînée assez loin du village en direction du sud. Après avoir traversé une forêt, ils se retrouvèrent au cœur d'une brousse vallonnée. Kaharinga mit pied à terre et invita Laura à l'imiter. Puis il se mit à marcher en silence en direction d'une sorte de promontoire depuis lequel on dominait un vallon encaissé entre deux contreforts montagneux. Laura n'était guère rassurée. Au matin, la terre avait tremblé et elle redoutait d'entendre gronder la masse formidable du Ruapehu, dont ils s'étaient beaucoup rapprochés, et dont s'échappaient des fumerolles inquiétantes. Mais cela n'avait pas l'air d'inquiéter Kaharinga outre mesure. Il lui fit signe de ne pas parler, puis s'avança en limite de la falaise. A quelques dizaines de mètres en contrebas, Laura aperçut alors un petit groupe d'animaux étranges. Ils ressemblaient à des autruches, mais leur taille était deux fois plus élevée. Les plus grands devaient atteindre les quatre mètres.

— Ce sont des *moas*, expliqua Kaharinga. Autrefois, il en existait partout sur Aotearoa. Mais ils ont été chassés en trop grand nombre et il n'en reste presque plus. Bientôt, ils auront disparu.

Il secoua la tête.

— L'homme est ainsi fait, aveugle à l'équilibre de la nature, sur laquelle il croit pouvoir prélever ce qu'il veut sans se soucier des conséquences. Moi-même, j'ai abattu plusieurs de ces créatures. Chacune d'elles pouvait nourrir toute la tribu. Jusqu'au jour où je me suis rendu compte qu'il y en avait de moins en moins. Alors, Te Turuki et moi en avons interdit la chasse afin de les préserver. Mais je crois qu'il est trop tard[1].

Par bien des côtés, Kaharinga faisait preuve d'une sagesse que nombre d'Européens auraient pu lui envier. Chaque jour, Laura comprenait mieux pourquoi Cécilia était tombée amoureuse de lui.

A présent qu'elle avait retrouvé ses parents, elle songeait sérieusement à s'installer en Nouvelle-Zélande.

1. Aujourd'hui, les *moas* ont complètement disparu.

Elle n'avait aucune raison de repartir pour l'Angleterre. Peut-être Katherine accepterait-elle de rester avec elle.

Quant à Cécilia, jamais elle n'avait été aussi heureuse. Lorsque le messager envoyé par Hone Heke lui avait transmis la nouvelle, elle n'y avait tout d'abord pas cru.

D'ailleurs, Hone Heke lui disait dans son message de rester sur ses gardes. Cela pouvait très bien être un piège. Mais l'histoire racontée par cette Laura Whitmore était surprenante, et surtout, elle avait les yeux de la même couleur qu'elle. Peut-être disait-elle la vérité. A partir de cet instant, Cécilia n'avait plus vécu. Sa première fille était vivante ! Elle en était sûre. Si Kaharinga l'avait écoutée, ils seraient partis immédiatement à sa recherche. Mais il lui avait fait comprendre qu'il fallait lui laisser le temps d'arriver. Et l'attendre là où il n'existait plus qu'une seule route pour venir jusqu'à Tokaanu.

Lorsque Cécilia avait vu Laura, elle avait immédiatement su qu'elle était bien sa fille. Et le monde avait pris une couleur nouvelle, plus chaude, plus éclatante. Très vite, elle avait renoué avec la jeune femme les liens que leur longue séparation avait défaits. Des liens qui prenaient leurs racines dans ceux de la petite enfance.

La visite de Moana – enfin, Laura – avait provoqué en Cécilia un phénomène bizarre. Leurs longues conversations avaient réveillé en elle des souvenirs oubliés, des visages surgis du passé. Vingt années s'étaient écoulées depuis ces événements, qu'elle avait quelque peu oubliés. De nombreuses choses s'étaient produites depuis, comme la naissance de ses trois autres enfants, le développement de son troupeau de moutons, dont elle continuait à vendre la laine à Tauranga. La tribu s'était agrandie, il avait fallu construire de nouveaux *whares*, une chapelle, des entrepôts pour stocker les récoltes. Depuis vingt ans, les Nga Puhis vivaient en paix. Les Ngati Tuwharetoas qui les avaient accueillis sur leur territoire étaient pacifiques, et plusieurs mariages entre les deux tribus avaient scellé leur alliance. On chassait de concert, des festivités réunissaient souvent tout le monde, comme la fête des cerfs-volants, qui revêtait autrefois une grande importance pour les Maoris, mais qui avait été vigoureusement combattue par les missionnaires, à tel point qu'elle avait pratiquement disparu. Son maintien par Kaharinga et Turiki constituait pour les deux chefs une manière d'affirmer leur indépendance vis-à-vis des Blancs.

Il y avait cependant une ombre à ce tableau. Cécilia ne parvenait pas à cerner la personnalité de Douglas McAllistair. Le malaise qui l'avait saisie lorsqu'elle s'était trouvée pour la première fois devant lui ne s'était pas estompé. Elle l'avait surveillé discrètement, mais il ne paraissait pas particulièrement dangereux. Il s'était révélé de compagnie agréable, plaisantant volontiers et faisant preuve d'une certaine culture.

Cécilia ne parvenait pas à s'expliquer comment il avait pu résister au charme de Laura. Elle s'en était étonnée auprès de sa fille, qui lui avait répondu qu'elle s'était, elle aussi, posé la question. Mais les choses étaient ainsi : il l'avait aidée avec le plus parfait dévouement sans rien exiger en contrepartie. Laura avait ajouté qu'elle ne ressentait aucune attirance pour lui.

Cécilia avait bavardé avec son compagnon. Elle avait toujours eu un certain talent pour percevoir la personnalité de ses interlocuteurs. Elle avait très vite fait le tour de Mathias Kaufman. C'était un brave homme, joueur, un peu désabusé et porté sur le rhum. Mais il n'avait pas un mauvais fond.

En revanche, elle avait tenté à plusieurs reprises d'avoir une conversation avec Douglas. Pour une raison inexplicable, il l'évitait. Les rares fois où elle s'était trouvée seule avec lui, il s'était montré plutôt taciturne, éludant ses questions, et elle n'avait pas insisté. Il ne paraissait pourtant pas timide. Il fuyait son regard, s'écartait dès qu'elle approchait. Elle aurait pu lui demander directement la raison de cette attitude bizarre, mais quelque chose l'en empêchait.

Un matin cependant, elle avait, par accident, croisé son regard alors qu'il l'observait de loin. Et ce qu'elle y avait lu l'avait effrayée. Jamais elle n'avait lu une telle haine dans les yeux d'un homme. Peu à peu, la vérité se fit jour en elle : pour une raison inconnue, Douglas la détestait. Elle comprit alors pourquoi il avait offert son aide à Laura. Il n'était pas aussi désintéressé qu'il y paraissait.

Quelle pouvait être l'origine de cette haine incompréhensible ? Il était trop jeune pour qu'elle ait pu lui causer du tort vingt ans auparavant.

Mais une chose était sûre pour elle désormais : il était venu pour la tuer.

48

L'intuition de Cécilia ne l'avait pas trompée. Douglas McAllistair voulait sa mort. C'était une décision qu'il avait prise bien des années auparavant, et le temps passé n'avait pas effacé sa haine. Il ne pouvait cependant pas agir au vu et au su de tous. Il se fût immédiatement condamné à mort. Depuis son arrivée à Tokaanu, il attendait patiemment un moment où Cécilia se trouverait seule, ce qui n'était guère aisé dans le cadre d'une tribu. Cependant, il avait remarqué qu'elle s'éloignait parfois du village pour cueillir des simples dont elle faisait des tisanes et des remèdes.

Un matin, alors que Kaharinga avait emmené Laura et Katherine participer à une partie de pêche à la truite dans les eaux du Taupo, Cécilia quitta le village et se dirigea vers la montagne. Douglas comprit qu'il n'aurait jamais de meilleure occasion. Le capitaine Kaufman était parti avec les autres et ne tenterait pas de s'interposer.

Cependant, Douglas McAllistair n'était pas un assassin. Sa haine s'adressait à l'image d'une femme qu'il avait aperçue autrefois, dans des circonstances très particulières, et à qui il avait voué depuis la détestation la plus totale, parce qu'à ses yeux elle était une criminelle. Le vœu de la tuer était resté une obsession, mais aussi une idée abstraite jusqu'au moment où il s'était trouvé face à elle. Depuis, un terrible dilemme s'imposait à lui : cette femme ne correspondait pas du tout à l'idée qu'il s'en était faite. Mais il avait fait un serment. Il ne pouvait se parjurer. Il devait la tuer, par respect pour la mémoire de son père, qui avait agonisé pendant des années à cause d'elle.

Alors, pour se donner du courage, pour ne pas faiblir au dernier moment, il avait absorbé l'une de ces drogues utilisées par les marins. Et il avait suivi son ennemie.

Il parvint à l'orée de la clairière. Elle était là, à quelques pas devant lui, qui lui tournait le dos. Elle avait l'âge d'être sa mère. Pourtant, il avait eu peine à la suivre sans se faire remarquer, se glissant d'un arbre à un buisson, rampant presque parfois afin d'échapper à son regard. De temps à autre, il jetait un coup d'œil derrière lui pour vérifier qu'ils étaient bien seuls. Contre son flanc, il sentait la présence dure et froide de son arme chargée, prête à cracher la mort.

La femme avait commencé à couper des herbes. En tremblant, il porta la main à son pistolet, l'ôta de son étui. Il aurait voulu pouvoir lui tirer dans le dos : ainsi, il n'aurait pas eu à affronter son regard bleu. Mais c'était impossible. C'eût été faire preuve de lâcheté. Et puis, elle devait savoir pourquoi elle allait mourir. Il fit un pas, sortit lentement du sous-bois, leva son arme. La surprise se peignit alors sur son visage. Cécilia s'était retournée d'un bloc et braquait deux pistolets sur lui.

— Je vous attendais, Douglas. Vous faites vraiment beaucoup de bruit.

Un sentiment de honte l'envahit. Il avait pourtant fait attention.

— Mais comment avez-vous...

— J'ai passé les deux tiers de ma vie dans la forêt,

coupa-t-elle. Il en faut plus pour me surprendre. Alors, lâchez votre arme, ou nous serons deux à mourir.

Il cracha un juron de dépit. Elle s'était jouée de lui.

— Non ! hurla-t-il. Vous méritez cent fois de mourir !

Elle ne semblait pas vraiment effrayée. Seulement étonnée.

— Pourquoi voulez-vous me tuer ?

Il poursuivit, d'une voix saccadée due à la drogue.

— Parce que mon père est mort à cause de vous. Je vous ai vue mettre le feu à la maison où je vivais.

— Quelle maison ?

— Matawaia. Elle lui appartenait. Mais vous avez voulu l'en chasser, et vous avez envoyé vos hordes de guerriers pour le tuer. Seulement, il a survécu.

— Votre père ? Vous êtes le fils de Cyrus Plymouth ?

— Cyrus Plymouth, qui est mort à cause de vous !

— Mais c'est faux ! s'insurgea Cécilia.

— C'est la vérité ! hurla-t-il.

Cécilia conservait le doigt sur la gâchette. Elle n'avait pas l'intention de tirer. Elle devait l'amener à déposer son arme. Mais il était fébrile. Visiblement, il n'était pas dans son état normal. Elle comprit qu'il était sous l'emprise d'une drogue. Il était clair cependant qu'il n'avait rien d'un assassin et qu'il devait se faire violence pour accomplir sa vengeance. Il se mit à parler d'une voix hachée :

— J'étais petit à cette époque. Des guerriers sont arrivés. Ils étaient couverts de sang. Ils ont commencé à massacrer les hommes de mon père. Puis ils s'en sont pris à lui. Il s'est défendu et il a été blessé. Mais il a réussi à se débarrasser de ses adversaires et il m'a entraîné dans la forêt avec deux de ses bergers. Nous nous sommes cachés pour leur échapper.

Il braqua un pistolet tremblant sur elle.

— C'est là que je vous ai vue. Vous étiez à quelques mètres de nous, devant les tombes du petit cimetière. Derrière, je voyais notre maison qui brûlait avec les nôtres à l'intérieur. Il y avait des guerriers partout, une odeur de sang et de fumée. Mon père a levé son arme pour vous tuer. Mais il n'a pas tiré. Il savait que cela attirerait les autres et que je périrais avec lui. Moi, je voyais votre visage, éclairé par les flammes. Je ne l'ai jamais oublié. Tout petit, je me suis juré de vous tuer si je vous retrouvais un jour.

Cécilia était bouleversée. Tout cela reposait sur un terrible malentendu. Mais Douglas était incapable d'entendre ce qui s'était réellement passé. Et surtout, elle commençait à soupçonner autre chose. Une vérité encore plus épouvantable, dont elle n'avait aucune preuve, mais que lui hurlait son intuition. Elle avait déjà vu ce désarroi, cette colère, ce désespoir. Une vive émotion s'empara d'elle. Elle savait désormais qui était vraiment Douglas. Sa gorge se serra et son cœur se mit à battre plus fort. Elle dut faire un effort surhumain pour ne pas éclater en sanglots. Il aurait cru qu'elle avait peur, ce qui n'était pas le cas.

Elle prit une profonde inspiration et se força à parler avec calme.

— Comment se fait-il que vous portiez le nom de McAllistair si vous êtes le fils de Cyrus Plymouth ?

— C'était le nom de ma mère.

— Votre mère ?

— Je ne l'ai jamais connue. Elle est morte à ma naissance.

Il ne l'avait jamais connue. Et pour cause. Elle poursuivit, parlant toujours doucement.

— Je comprends. Vous avez changé de nom afin d'éviter d'attirer les soupçons de Moana, je veux dire de Laura.

— Mon père m'avait raconté les ennuis innombrables que vous lui aviez causés. Elle pouvait faire le rapprochement.

— Que vous a-t-il dit ?

— Que Matawaia ne vous appartenait pas légalement, parce que vous l'aviez acheté avant le traité de Waitangi pour une somme misérable. Plus tard, les Maoris que vous aviez trompés se sont révoltés contre vous et vous avez été chassée. Ensuite, mon père leur a racheté honnêtement ce domaine. C'est à cause de ça que vous le détestiez. Mon père m'a dit que, pour vous permettre de refaire votre vie, il a offert de vous épouser. Mais vous l'avez repoussé comme on rejette un chien. Il n'était pas assez bien pour vous. Vous vouliez reprendre Matawaia à tout prix et c'est pour cette raison que vous avez épousé un Maori, pour pouvoir plus tard lancer vos hordes sur notre maison.

C'était plus que Cécilia ne pouvait en supporter.

— C'est faux ! cria-t-elle.

— Taisez-vous ! Mon père a été grièvement blessé ce jour-là. Nous avons réussi à nous enfuir, mais il ne s'est jamais remis de sa blessure. Je l'ai vu dépérir pendant plusieurs années. J'avais dix ans quand il est mort. Il m'a fait jurer de tout faire pour vous tuer lorsque je serais grand. Je n'ai jamais oublié cette promesse. J'ai grandi. Mais lorsque j'ai voulu vous retrouver, j'ai appris que vous aviez été tuée au cours de la guerre du Mât. Mon père était donc vengé. Jusqu'à ce que je tombe, il y a quelques mois, sur une petite annonce. Cécilia de Hauterive avait une fille qui venait d'Angleterre et qui voulait tout faire pour la retrouver. Je l'ai rencontrée, sous le nom de McAllistair, afin de ne pas éveiller ses soupçons. Elle semblait si convaincue que vous pouviez être encore vivante que j'ai fini par croire que c'était possible. Et je lui ai offert mon aide. Je ne croyais pas qu'elle réussirait. Mais elle l'a fait. Lorsque j'ai appris que vous étiez en vie, toute ma haine est revenue. Je n'ai jamais oublié cette nuit terrible où vous avez incendié ma maison.

— Plymouth t'a menti ! riposta-t-elle. Ça ne s'est pas du tout passé comme ça. Tu ne sais pas tout.

Cécilia secoua la tête. Elle devait se mordre l'intérieur des joues pour ne pas céder à l'envie de pleurer. Elle devait à tout prix trouver un moyen de calmer le jeune homme. Soudain, elle le vit lever son arme sur elle et viser.

— Il est trop tard maintenant ! gronda-t-il. Nous mourrons tous les deux !

Désespérée, elle le fixa dans les yeux, puis laissa tomber ses deux pistolets l'un après l'autre. Ce geste étonna Douglas qui baissa un peu le sien.

— Pourquoi avez-vous fait ça ? Vous auriez pu vous défendre !

— Je ne peux pas tirer sur toi. Même si tu dois me tuer.

— Pourquoi ?

— Parce que tu ne t'appelles pas Douglas McAllistair. Tu n'es pas le fils de Cyrus Plymouth.

— Pourquoi dites-vous ça ? hurla-t-il.

— Parce que c'est la vérité.

Furieux, il leva son arme de nouveau. Cécilia ferma les yeux. Son cœur s'était mis à battre plus vite.

— Ecoute-moi ! supplia-t-elle.

Soudain, elle l'entendit éclater en sanglots.

— Mais pourquoi... pourquoi est-ce que je ne peux pas te tuer ? gémit-il.

Elle se redressa, prit une inspiration profonde.

— Parce que tu es mon frère. Douglas n'est pas ton vrai nom. En vérité, tu t'appelles Hippolyte de Hauterive.

Il la regarda avec des yeux hagards. Cécilia poursuivit :

— Es-tu vraiment sûr d'être le fils de Cyrus Plymouth ?

— Il a toujours été à mes côtés.

— Ne t'a-t-il jamais dit qu'il t'avait recueilli alors que tu n'avais pas deux ans ?

— Jamais ! Et c'est faux !

Mais Cécilia comprit qu'elle avait ébranlé la conviction du jeune homme. Elle insista.

— J'ai reconnu tes gestes, ton attitude, tes mouvements de colère, le regard que tu avais tout petit quand quelque chose te faisait peur. Quand notre mère est morte, je l'ai remplacée auprès de toi. Je te connais comme si tu étais l'un de mes enfants, Hippolyte.

— Non ! Ce n'est pas vrai...

— Tu as le même regard bleu que moi. Nous le tenons de notre mère, Helen. Laura en a hérité, elle aussi. C'est pour cela que vous n'êtes pas attirés l'un par l'autre. Vous savez tous deux, inconsciemment, que vous êtes du même sang.

— Je ne pouvais l'aimer parce qu'elle était ta fille ! riposta Douglas avec colère.

— Tu es le fils de Helen et de Charles de Hauterive. Lorsque la maison a été attaquée, tu as été enlevé par les Ngati Whatuas. Je t'ai cherché partout, mais je ne t'ai pas trouvé. J'ai fini par croire que tu étais mort. Mais Plymouth a dû te reprendre aux Maoris et t'a élevé comme son propre fils. Il savait qui tu étais. Et il t'a dressé contre moi. C'est lui qui a lancé les Ngati Whatuas contre notre domaine en 1842, parce que je refusais de le lui vendre. Je l'ai repoussé, c'est vrai ! Je n'étais pas amoureuse de lui, et de plus, j'étais fiancée à mon premier mari, le capitaine Jefferson. Il ne l'a pas accepté et il a tenté de me violer. C'est une chose dont il n'a jamais dû te parler, bien sûr.

— Tu mens !

— Non ! clama une autre voix. Elle te dit la vérité !

Douglas et Cécilia se retournèrent. A la lisière des bois venait d'apparaître le capitaine Kaufman.

— Je suis désolé, Douglas. Je savais que tu profiterais de l'occasion pour commettre une terrible erreur. Tu as refusé de m'écouter. Alors, je ne suis pas allé pêcher et je t'ai suivi.

— Qu'est-ce que tu viens faire ici ? se rebella le jeune homme.

— Tu n'es pas le fils de Cyrus Plymouth. Ton père et moi étions amis. Il m'avait raconté la vérité à ton sujet. Enfin, en partie. Il m'avait dit qu'il t'avait trouvé dans la forêt. Tu avais été recueilli par un petit clan de Maoris après le massacre de la famille de Cécilia de Hauterive. Je viens seulement de comprendre, en vous écoutant, que tu étais le frère de cette dame. Cela, il ne me l'a jamais avoué. Et je comprends à présent le plan machiavélique que Cyrus avait mis au point pour lui nuire. Il connaissait le lien qui vous unissait. Il aurait pu, il aurait dû te rendre aux tiens. Mais il a choisi de te garder et de t'élever.

— Il a été un excellent père pour moi.

— Oh ! je sais, il avait ses bons côtés. C'était un ami fidèle. Mais il savait aussi faire taire ses scrupules lorsque cela l'arrangeait. Et surtout, il était tombé passionnément amoureux de ta sœur. A en perdre la raison parfois.

Il regarda Cécilia.

— Il ne cessait de parler de vous, madame. Il a tout fait pour que vous soyez à lui. Mais vous ne l'aimiez pas. Cela, il n'a jamais pu le supporter. Il vous a détestée lorsque vous avez épousé le capitaine Jefferson. Mais lorsque celui-ci a été tué, il a espéré pouvoir le remplacer. Et vous lui avez préféré un chef maori. Cela, il ne vous l'a jamais pardonné.

Il se tourna vers Douglas.

— C'est pourquoi il t'a élevé dans la haine de ta sœur, la seule famille qui te restait. Mais il ne s'est pas arrêté là. Lorsqu'il a senti ses forces décliner, il t'a conditionné. Il t'a fait jurer de tout faire pour la tuer un jour. Ainsi, sa vengeance serait complète. Il faisait assassiner la sœur par le frère. Tu aurais peut-être appris la vérité plus tard, et cela t'aurait détruit.

— C'est faux, répliqua faiblement Douglas.

— Je connaissais ton projet. Je t'ai suivi jusqu'ici pour t'empêcher de commettre un crime. Mais j'ignorais alors que cette femme était ta sœur. Même s'il était mon ami, Cyrus était vraiment un mauvais homme.

Le jeune homme pointa le doigt sur Cécilia.

— Tu ne peux pas dire ça ! Je l'ai vue, lorsque j'étais caché dans la forêt. Elle dirigeait les Maoris qui avaient mis le feu à la maison. Je ne l'ai pas rêvé !

— Ce ne sont pas mes guerriers qui ont incendié la demeure, répondit-elle. Plymouth avait passé une alliance avec les Ngati Whatuas en leur rachetant mon domaine. En 1845, après la destruction de Kororareka, une bataille a opposé nos deux tribus. Ils ont fui vers Matawaia et ils ont voulu demander de l'aide à Plymouth. Mais il a refusé. C'est pour cette raison qu'ils ont massacré ses bergers et qu'ils ont mis le feu à la maison. Je ne suis pas responsable de cet incendie. Je suis arrivée bien après. Je suis allée dans le petit cimetière pour me recueillir sur les tombes de mes parents. De nos parents, Hippolyte ! Ton vrai père et ta vraie mère sont enterrés là. Et tu ne l'as jamais su. Cyrus Plymouth ne te l'a jamais dit, bien sûr.

— Il y a d'autres choses que vous devez savoir, précisa Mathias Kaufman. Je savais que Cyrus vous haïssait et qu'il faisait tout pour vous nuire. Il a payé l'un de vos anciens employés pour vous faire peur en égorgeant votre bétail.

— Slade Bowers !

— Oui, je crois qu'il s'appelait comme ça. Cyrus voulait que vous partiez. En revanche, vous vous trompez en pensant qu'il avait demandé aux Ngati Whatuas de détruire votre domaine. Il m'a paru étonné lorsqu'il a appris que votre famille avait été massacrée. Je crois qu'il n'avait rien à voir avec ça. Les Ngati Whatuas voulaient seulement s'emparer de nouveaux territoires pour les revendre aux colons et ils ont déclenché cette attaque parce que votre domaine se situait sur les terres de leurs ennemis. Peu après, Cyrus a sauté sur l'occasion. C'était pour lui une manière de prendre une belle revanche sur vous.

— Et c'est après avoir racheté Matawaia qu'il a appris qu'une tribu de Maoris avait recueilli un petit garçon.

— C'est exact. Il leur a proposé de l'argent pour le prendre avec lui. Et il l'a élevé comme son propre fils. Il n'avait pas d'enfant. Sa première femme était morte très jeune. Si j'avais su qu'il s'agissait de votre frère, je lui aurais dit de vous le rendre.

Il haussa les épaules.

— Mais je ne sais pas s'il m'aurait écouté.

Tout à coup, Douglas éclata en sanglots. Son arme tomba à ses pieds. Etourdi par la drogue et le chagrin, il s'effondra à genoux.

— Ce n'est pas possible, ce n'est pas possible, ne cessait-il de répéter, le visage enfoui dans ses mains.

Cécilia vint à lui et le prit doucement par les épaules.

— Cela va aller. Tu connais la vérité, à présent. Il leva des yeux brillants vers elle.

— Alors... vous êtes vraiment ma sœur ?

— Oui.

— Et j'ai failli vous tuer !

Cécilia le releva et le prit dans ses bras.

— Ce n'est pas moi que tu as voulu tuer. C'est une femme qui n'a jamais existé, mais à laquelle Cyrus Plymouth t'a fait croire. C'est fini maintenant.

— Laura est donc... ma nièce.

— Tout comme mes autres enfants.

Elle le serra de nouveau très fort contre elle.

— La vie provoque des miracles, parfois. En quelques jours, elle vient de me rendre la fille et le frère que j'ai crus morts il y a vingt ans. Alors, il ne faut plus pleurer mais aller annoncer la bonne nouvelle aux autres.

— Mais j'ai tout de même manqué de te tuer...

Cécilia se tourna vers Mathias Kaufrnan qui avait, lui aussi, les yeux humides.

— Nous ne sommes pas obligés de parler de ce qui est arrivé ici, dit-il. Nous dirons simplement qu'à la suite de certaines informations que je vous ai apportées, vous avez découvert la vérité tous les deux. D'ailleurs, n'est-ce pas ce qui s'est passé ? ajouta-t-il en écartant les bras.

Epilogue

Tokaanu, quelques jours plus tard

On avait organisé d'autres festivités pour célébrer ces nouvelles retrouvailles. Douglas avait repris son nom véritable.

— Je préfère Hippolyte, affirmait-il.

La consonance de ce prénom avait éveillé en lui des sensations étranges, des réminiscences inconscientes remontant à la petite enfance qui lui apportaient une preuve supplémentaire qu'il n'était pas le fils de Cyrus Plymouth.

— Je devrais lui en vouloir, dit-il. Mais je ne peux pas oublier qu'il s'est montré bon envers moi.

— C'était sans doute un calcul de sa part.

— Je ne pouvais pas m'en rendre compte.

Il ne conservait aucun souvenir conscient de ses parents. Aussi décida-t-il de rester à Tokaanu pendant quelques semaines. Il avait des années de retard à rattraper avec cette femme qu'il avait cru haïr, et dont il découvrait qu'il l'aimait profondément. Sa sœur. Ils passaient de longues heures à bavarder, à rattraper le temps perdu. A travers les mots de Cécilia, il découvrait ses vrais parents. Un jour, il déclara :

— Je voudrais que nous allions ensemble sur leur tombe. Revoir Matawaia avec des yeux différents. Tous les deux.

— Nous ferons ce voyage, je te le promets. Mais il serait plus prudent d'attendre que les conflits s'apaisent. Nous avons le temps. Tu peux rester ici autant que tu veux.

Hippolyte ne demandait pas mieux. Et puis, sa haine envolée, il avait recommencé à regarder autour de lui, et il s'était aperçu que Katherine était bien jolie.

Cependant, Cécilia redoutait de voir sa fille repartir. Malgré son métissage maori, Laura n'était pas faite pour vivre dans une tribu. Son éducation britannique la portait à mener l'existence d'une Européenne. La jeune femme n'avait pas encore parlé de son départ, mais sa mère savait que cela viendrait tôt ou tard. Un jour, elle s'en ouvrit à elle.

— Et toi, ma fille, que comptes-tu faire ? Vas-tu repartir en Angleterre ?

— Je ne crois pas. Toute ma famille est ici. J'y retournerai sans doute pour vendre mes biens et venir m'installer en Nouvelle-Zélande. Je crois que je suis tombée amoureuse de ce pays. Et j'ai encore beaucoup de choses à découvrir.

— Mais si tu veux te marier...

— Je peux épouser un colon.

— A condition d'en trouver un qui te convienne. Les lords anglais ne courent pas les pistes d'Aotearoa.

Laura éclata de rire.

— Je n'ai pas besoin d'un lord anglais. Il me suffit peut-être de répondre à une invitation. Et si l'homme auquel je pense me convient, je ne serai pas loin de toi. Combien y a-t-il de jours de marche jusqu'à Rotorua ?

La Nouvelle-Zélande

Quelques données

La Nouvelle-Zélande est un archipel comptant deux grandes îles et une multitude de petites îles. Situation : à 2 000 km à l'est de l'Australie. C'est la dernière terre colonisée par l'homme avant l'Antarctique (vers le xe siècle apr. J.-C.).

Capitale : Wellington, 360 000 habitants.

Plus grande ville : Auckland, 1 million d'habitants.

Population : 3,9 millions d'habitants.

Superficie : 268 105 km^2 (comparable à la Grande-Bretagne ou au Japon) ; 270 000 km^2 avec les dépendances.

Les Maoris représentent aujourd'hui 15 % de la population.

Pays montagneux : moins d'un quart du pays se trouve à moins de 200 m d'altitude.

Particularité : il y a 13 fois plus de moutons que d'habitants !

Monnaie : dollar néo-zélandais.

Un peu d'histoire

Les premiers colons polynésiens sont arrivés vers le Xe siècle, en provenance d'une île devenue légendaire, Hawaiiki, que l'on situe du côté de Tahiti ou d'Hawaii. Ils utilisèrent des *wakas* d'une quarantaine de mètres de long, capables chacune de transporter deux cents personnes. Certaines étaient couplées afin d'offrir une meilleure résistance. Une seconde vague d'immigration eut lieu vers le XIIIe siècle.

Découverte : le premier Européen à visiter la Nouvelle-Zélande fut Abel Tasman, en 1642. Mais il n'y débarqua pas, effrayé par l'accueil hostile des indigènes. Il faudra attendre 1769 pour que le capitaine Cook pose le pied sur le sol néo-zélandais. Les premiers colons s'installèrent dans Bay of Islands (la Baie des îles) à la fin du XVIIIe siècle. La ville de Kororareka, fondée par ces pionniers, accueillit surtout des chasseurs de phoques et de baleines, des aventuriers, des prostituées, des déserteurs. Il n'existait alors aucune loi et les contacts avec les Maoris se traduisirent par de violents affrontements. Les premiers missionnaires cédèrent pour beaucoup à la débauche qui y régnait. On appela Kororareka le « trou d'enfer du Pacifique ».

Puis, grâce à l'obstination de certains prêtres, les Maoris commencèrent à s'intéresser à la religion chrétienne. Les premières conversions eurent lieu dès 1830. La Nouvelle-Zélande ne devint cependant colonie anglaise qu'à partir du 6 février 1840, date du traité de Waitangi. Il ne fut cependant jamais ratifié par le gouvernement britannique et passe encore aujourd'hui pour une manœuvre frauduleuse de la part de la Couronne. A l'origine, il reconnaissait une superficie de 66 millions d'acres aux Maoris. Moins de quarante ans plus tard, il ne leur en restait que 11 millions. Ces difficultés engendrèrent de multiples affrontements au cours desquels les Britanniques subirent plusieurs défaites cuisantes malgré un armement supérieur. Encore aujourd'hui, des procès interminables opposent les Maoris et les Blancs pour la possession des territoires.

La Nouvelle-Zélande est indépendante depuis 1907.

Quelques Néo-Zélandais célèbres

Graeme Allwright, chanteur
Jane Campion, réalisatrice (*La Leçon de piano*)
Sir Edmund Hillary, alpiniste, vainqueur de l'Everest
Bruce McLaren, coureur automobile
Kiri Te Kanawa, cantatrice

Les Maoris

Origine

Les Maoris remontent probablement à un peuple qui vivait, il y a trois mille cinq cents ans, dans l'archipel de Bismarck, à l'est de la Nouvelle-Guinée.

On ne connaît pas la date exacte de la colonisation de la Nouvelle-Zélande par les Polynésiens, mais on estime que les premières pirogues ont dû arriver entre 950 et 1130 apr. J.-C. Elles amenèrent aussi des chiens et des petits rats qui servaient de nourriture. La Nouvelle-Zélande abritait de nombreuses espèces d'oiseaux coureurs herbivores comme les *moas*, sortes d'autruches géantes dont les plus grandes pouvaient atteindre quatre mètres. Soumis à une chasse impitoyable, ces *moas* finirent par disparaître.

Vie quotidienne avant l'arrivée des Européens

La société maorie était divisée en trois classes :

— les *rangatiras* : les chefs et les nobles ;

— les *tutuas* : les gens du peuple ;

— les *taurekarekas* : les esclaves.

Les deux premières classes se recoupaient en partie. En revanche, les esclaves n'avaient aucun droit et accomplissaient les basses besognes.

Les Maoris cultivaient la *kumara*, une patate douce qui s'est bien adaptée dans l'île du Nord. Les récoltes étaient stockées dans des *patakas*, sortes d'entrepôts montés sur pilotis. On pratiquait également la chasse et la pêche, la collecte de coquillages dont certains servaient de monnaie d'échange.

Le marae

C'est le lieu de réunion de la tribu, l'endroit le plus sacré, où l'on célèbre les grands événements : mariages, réunions tribales, funérailles, résolution des conflits opposant deux personnes de la tribu.

Le *marae* est tenu par les *tangata whenua*, les sages de la tribu. Le plus souvent, ils font partie des *kaumatua*, les personnes âgées. Leur rôle consiste à enseigner aux plus jeunes.

Le *waiata*, le chant, est un élément important. Il narre l'histoire de la tribu, les légendes, il participe également au *tangi*, aux funérailles.

Le hongi

C'est le salut rituel maori. On touche par trois fois le nez de l'autre avec le sien. Le mélange des souffles symbolise l'unité des deux personnes.

Le whare

Le *whare* est la maison des Maoris. Il en existe plusieurs sortes, suivant qu'il s'agit de la maison des ancêtres (*whare tupuna*), de la maison de réunion (*whare hui*), de la maison où l'on dort (*whare puni*) ou encore de la maison du conseil (*whare runanga*).

Symboliquement, le *whare* représente le chef et ses ancêtres.

Le kainga et le pa

Au début de l'installation des Maoris en Nouvelle-Zélande, les villages (*kainga*) ne nécessitaient pas de protection particulière. Puis les guerres se développèrent et l'on construisit des villages au sommet de collines (*puke*). Ces *pas* étaient protégés par des remparts solides et des fossés recouverts de rondins. Les Britanniques subirent plusieurs défaites en voulant s'emparer de ces forteresses ingénieusement conçues (Puketutu, Gate Pa). Le chef Te Ruki Kawiti se révéla un stratège particulièrement intelligent.

Le haka

Le *haka* désigne la danse. Il existait plusieurs sortes de *hakas*, selon les circonstances. Avant une bataille, on dansait un *haka* de *utu* (vengeance), ou de guerre (*peruperu*). On y pratique des grimaces féroces, tirages de langue, grognements, cris, hurlements de toutes sortes en agitant ses armes. Le *haka taparahi* exprimait des sentiments personnels ou collectifs.

Aujourd'hui, les rugbymen néo-zélandais le pratiquent afin d'impressionner leurs adversaires avant un match.

Le cannibalisme

Le cannibalisme était pratiqué par les Maoris comme par beaucoup de peuples polynésiens. Peut-être trouve-t-il ses racines dans des croyances remontant à l'époque préhistorique. Mais il est peut-être aussi provoqué par l'absence de gibier de grande taille dans le Pacifique.

Pour les Maoris, manger leurs prisonniers de guerre constituait la plus grande forme de mépris. L'ennemi était rabaissé au rang de bétail destiné à la nourriture, comme les chiens ou les rats. Parfois, les esclaves étaient sacrifiés aux dieux (*atuas*).

Le cannibalisme disparut progressivement au cours du XIXe siècle, sous l'influence de la religion chrétienne.

Quelques mots de maori

Note : certains mots sont dérivés de l'anglais par déformation. Les Maoris n'utilisent qu'un nombre restreint de lettres (absence du B, du D, du F, du V), ce qui explique des adaptations parfois curieuses.

Aotearoa : littéralement, le « Pays du long nuage blanc », nom maori de la Nouvelle-Zélande. Sa signification n'est pas certaine. On trouve aussi les traductions suivantes : le « Pays du long jour », « du long crépuscule », « de la longue aube ». Ces traductions se justifient probablement par le fait que les premiers Polynésiens ont été surpris par la longueur du jour, inhabituelle pour eux. Ils arrivaient des Tropiques, où la nuit tombe très vite, dans un pays situé sous une latitude équivalente à celle de l'Espagne.

Aporo : pomme (*apple*).

Aroha : aimer, Amour. « *Taku aroha ki a koe* » : je t'aime.

Haere mai : bienvenue.

Haka : danse.

Hapu : clan.

Hei-tiki (littéralement « tiki pendu ») : amulette portée

en pendentif, indifféremment par les hommes ou les femmes.

Hoa : ami.

Hoiho : cheval (*horse*).

Huga : sucre (*sugar*).

Ika : poisson.

Iti : petit.

Iwi : nation (tribu).

Kaiako : professeur.

Kainga : village, maison.

Karanga : chant d'accueil.

Kiwi : oiseau emblématique de la Nouvelle-Zélande. Egalement fruit originaire d'Asie, introduit en Nouvelle-Zélande au début du XXe siècle.

Kumara : patate douce.

Mana : puissance spirituelle d'un homme ou d'un objet. Selon la croyance maorie, cette puissance augmentait lorsque l'on remportait une victoire ou accomplissait un exploit. Il diminuait au contraire lorsque l'on était vaincu. Certains objets sacrés étaient également censés posséder un *mana*.

Maori : le peuple, les gens. Les Maoris n'avaient pas conscience, avant l'arrivée des Blancs, d'appartenir à un même peuple. Le mot *maori* signifiait plutôt indigène, par rapport aux *pakehas*, les Européens.

Marae : place située devant la maison commune, où avaient lieu les réunions importantes.

Maunga : montagne.

Mauri : force de vie. Sa disparition correspondait à la mort.

Mere : casse-tête de néphrite utilisé par les Maoris.

Moa : sorte d'autruche géante aujourd'hui disparue à cause d'une chasse trop intensive de la part des Maoris. Elle pouvait atteindre 4 mètres de haut.

Moana : mer, océan.

Moko : le tatouage. Il faisait partie des coutumes les plus importantes des Maoris. Les femmes étaient aussi tatouées, quoique de façon moins spectaculaire que les hommes.

Moni : argent (*money*).

Nui : grand.

Pa : village fortifié.

Pakeha : Européen, Blanc. Mot encore utilisé aujourd'hui, aussi bien par les Maoris que par les Néo-Zélandais d'origine européenne.

Pepa : papier (*paper*).

Pia : bière (*beer*).

Pohutukawa : arbre typique de Nouvelle-Zélande, aux magnifiques fleurs rouge écarlate.

Poti : bateau (*boat*).

Pounamou : pierre verte. Ce mot désignait le jade (néphrite) extrait de l'île du Sud (Ile de Jade).

Ra : soleil. A noter, la ressemblance entre ce mot et le dieu antique du soleil égyptien.

Rangatira : chef, noble.

Ringa : bras (*Kaha* : puissant. Kaharinga : « le bras puissant », nom du héros).

Roto : lac (*Rotorua* : le second lac ; *Rotoiti* : le petit lac).

Rua : deux.

Tangata : homme, peuple.

Tangi : funérailles, larmes, pleurer.

Taniwha : monstre marin.

Tapu : sacré. Ce mot a donné notre mot « tabou ».

Te Iki a Maui : littéralement, le « poisson de Maui ». Désigne l'île du Nord, ou Ile fumante.

Te Waka a Maui : littéralement, la « pirogue de Maui ». Désigne l'île du Sud, ou Ile de Jade. Selon la légende, Maui, aidé de son frère, pêcha l'île du Nord en utilisant l'île du Sud en guise de pirogue.

Tiki : représentation humaine stylisée. Ces sculptures aux faces grimaçantes protégeaient les maisons (*whares*).

Tikiti : billet (*ticket*).

Tohunga : sorcier, homme-médecine.

Tupapaku : le corps des défunts.

Urupa : cimetière.

Wahine : femme.

Waiata : poème.

Waiata tangi : chant funèbre.

Waka : pirogue.

Whaikaro : sculpture. Les Maoris réalisaient de magnifiques sculptures sur bois représentant des personnages (*tikis*). Cette occupation était réservée aux chefs.

Whanau : famille.

Whare : maison.

Whare wakairo : maison commune.

Wiki : semaine (*week*).

Bibliographie

Le Grand Guide de la Nouvelle-Zélande, Coll. Bibliothèque du Voyageur, Éditions Gallimard. *Nouvelle-Zélande, à la rencontre des Maoris*, Éditions Minerva.

Encyclopaedia Universalis.

Et les sites Internet suivants (tous en français) :

http ://nzphotos.free.fr/
http ://www.chateaudebrou.com/nouvelle-zelande
http ://www.oceanie.org

Avec une mention particulière pour le remarquable site http ://history-nz.org, qui m'a fourni une grande partie des informations grâce auxquelles j'ai pu rédiger cet ouvrage, notamment en ce qui concerne les Maoris. Il a été établi par Robbie Whitmore, dont le nom, par une coïncidence tout à fait involontaire, correspond à celui de l'une de mes héroïnes. J'encourage vivement les lecteurs curieux à lui rendre visite.

Achevé d'imprimer
en janvier 2006
par Printer Industria Gráfica
pour le compte de France Loisirs, Paris

Numéro d'éditeur : 44762
Dépôt légal : novembre 2005

Imprimé en Espagne